丘峰

文艺论文选

一

丘峰／著

文汇出版社

图书在版编目（CIP）数据

丘峰文艺论文选.1 ／ 丘峰著.－上海：文汇出版社，2011.1
ISBN978－7－80676－042－0
Ⅰ.①丘… Ⅱ.①丘… Ⅲ.①文艺评论－文集　Ⅳ.①Ⅰ06－53

中国版本图书馆CIP数据核字（2010）第233840号

丘峰文艺论文选（一）

作　　者 ／ 丘　峰
责任编辑 ／ 乐渭琦
特约编辑 ／ 李　亮
封面题字 ／ 白　鹤
装帧设计 ／ 张　晋

出 版 人 ／ 桂国强

出版发行 ／ 文汇出版社
　　　　　　上海市威海路755号
　　　　　　（邮政编码200041）
经　　销 ／ 全国新华书店
印刷装订 ／ 新艺印刷有限公司
版　　次 ／ 2011年1月第1版
印　　次 ／ 2011年1月第1次印刷
开　　本 ／ 720×960　1/16
字　　数 ／ 360千
印　　张 ／ 26.5

书　　号 ／ ISBN 978-7-80676-042-0
定　　价 ／ 58.00元

代序

陈鸣树（复旦大学教授）

编者按：本文是复旦大学杰出教授陈鸣树先生为丘峰、张蜀君伉俪的文艺评论集《玫瑰园遐思》写的《序》，曾在《文艺报》和台湾《世界论坛报》上发表，陈教授对丘峰和张蜀君的文学研究作了充分肯定，并且分析和评论了他们的研究方法与治学态度。在《丘峰文艺论集选》出版之际，我们重新刊登此文，对理解丘峰的学术态度有所帮助。

本书是丘峰、张蜀君伉俪继《文学探踪录》(学林出版社1990年版)之后又一本文艺评论集。

新时期以来，我国文艺界从思维的惰性和惯性中解放出来，佳作如林，异彩纷呈。相对来说，及时的谈言微中、深入膝理的批评少了点儿。批评的贫困会给繁荣的创作产生某些误导，诸如自作多情和自我放纵。

当然，我们也曾看到新的批评界有人从西方各种"新主义"那里借来不少新的话语，来装点自己滥情的批评。这种滥情批评往往循一己之私，图一时之快，难免不落入鲁迅先生曾屡屡告诫的"棒杀"或"骂杀"的陷阱。

我国古代大批评家刘勰在他破天荒的皇皇巨著《文心雕龙》中，将文学批评概括为"知音"两字，并且浩然叹曰："知音其难哉！音实难知，知实难逢，逢其知音，千载其一乎？"什么道理?刘勰认为批评的隔膜主要在于"贵古贱今"，"崇己抑人"，"信伪迷真"。所以，作为一个严肃的批评家，最要紧的是与批评对象本身的契合。当一个历史时期，文学曾被许多非文学的因素所挟持而呈现异化时，批评家的使命首先应该回到文学那里去。以文学的尺度回归文学的本性。文学既然与生活联系，也必然与生活中诸方面的因素诸如政治、经济、文化等等发生关系。问题不在与将这一切统统排除，提炼出纯而又纯的文学来，问题正在于不能把其中某种因素即使像政治这样极端重要的因素作为唯一的参照系，使文学归化为政治讲义。要之，文学批评或文学研究的本义实质上是文学批评对象或研究对象有层次的全面的本性的展开。

丘峰、张蜀君两位批评家深谙此道，对文艺批评有着神圣的向往，他们以古罗马著名批评家贺拉斯的格言——把创作比作"刀子"，文艺评论作"磨刀石"为己任。他们自觉地承担着"磨刀石"的任务。因此，当我们觉得这些"刀子"锋利的时候，我们不能忘记"磨刀石"的作用，正是在这个意义上，他们两位批评家的著作与他们批评和研究的作品的价值同在。

美国当代著名批评家雷诺·韦勒克在他杰出的代表作《近代文学批评史·导言》中说："批评是一般文化史的组成部分，因此离不开一定的历史和社会环境。"正是在本书中，我们读到了作家所批评和研究对象由此产生的历史和社会环境，从而作为二十世纪中国八九十年代的心灵史和精神现象学。至少是其中的一部分。

作者由于他们工作的性质，也由于他们对文学事业所怀抱的良知，在本书《文学散步》中，作者从恩格斯那里得到启发，认为要使文艺繁荣，只有除去"长官意志"，实行"艺术民主"，把这种手枪、棍棒送到它应该去的地方去。作者把此文作为开卷之作，从宏观角度为文艺的繁荣指明了方向。由于作者参加过《中国新文学大系(1927—1937)》这样的传世之作的编辑，作者呼吁应该多做点《创造性的编辑工作》、《编辑的加减法》一文，是深得心传的经验之谈，提出了编辑不但要"知文"，而且要"认人"，这样才可以使"文如其人"，由识得其人，而编好其文。在这一辑中，作者思绪缤纷，灵感勃发，即兴命笔，质文交加。

第二辑为《创作漫谈》，作者举重若轻，以潇洒纵逸之笔，写蕴藉含蓄之声，如《我与客家文学》，作者从自己的散文名篇《人牛》说开去，渲染了"别梦长故乡驰"的情致，既是法朗士式的印象主义的批评，又是情致缠绵、金声玉振的散文。不过这里"灵魂的冒险"并没有飞向太空，而是落在实地。

文艺批评或文艺研究的根本要点在于发现，我认为大致可分三方面，即：一、人的发现。即包括群众中的个体，也就是历史唯物主义上的人的发现，也包括人的深层心理结构的发现。从高尔基开始，都说文学是人学。但这里所谓人学，主要是指描写意义上的，其实更应该从哲学意义上诠释，即文学应该是对人的本质力量的自我肯定。作者集中凡是对作品中人物的品藻，大都着眼于此。二、情的发现。美国美学家苏珊·朗格说："艺术，是人类情感的符号形式的创造。"（《情感与形式》），法国现象派批评家杜夫海纳说："艺术要达到真正的再现只有通过一条途径，亦即借助审美要素的魔力而传播感情。"（《审美经验现象学》）对此作者更是别有会心，在《情深而文明》一文中，对小说创作中感情描写的探讨独具深入的见解，如认为"感情是艺术的灵魂"。在《以情感人》一文中，抓住了文学的一个重要要素。集中对美的发现，更在在所是。唯物主义的经典作家从来主张历史批评与审美批评的一致，正是在这一典范标准上，我们可以读到两位批评家不懈的企求。

书中第三辑《作品评论》，当为压卷之作。它的总命题是发现：人的发现、情的发现、美的发现。人性的感悟成为作者与作家心心相印的共同追求，对智量《饥饿的山村》的评论中，使读者读到了爱愤的沉思。两位批评家的笔触伸展到很宽广的领域，集中尚有若干现当代作家专题论文，作者既表现了这方面的积累，也表现了这方面先声夺人的卓见。

集中尚有论画之作多篇，表明作者深得个中三昧。

刘勰说："凡操千曲而后晓声，观千剑而后识器，故圆照之象，务先博观。"（《文心雕龙·知音》）面对琳琅满目的评论对象，说明两位作者是"操千曲"、"观千剑"的专家，他们从"博观"中掌握了鉴别的规律，

3

故能有感即发，有发必中。本书不但使读者了解了这时期的文学现象，也使作家有颇遇知音的知遇之感，使未来的文学史留下了不可磨灭的漫步者的足音。

　　文学是心灵史。批评家在评论中，不但从作品里看到了作家，并从书页后面发现了人。同样，读者也从批评家的激扬文字中，看到了坦诚的心胸。因此，站在这本评论集背后的是那个呼啸而过的时代，作者以或咏叹，或沉吟，或默想，或玄思，或欣慰的笔墨，使他们的评论对象与历史同在，并作为中国文学又一步向前的见证。

序

寒山碧（香港文学委员会主席）

　　丘峰先生的《丘峰文艺论集》出版之际，他嘱我作序，盛情难却，在读完他的主要评论作品之后，我对他的为人为文有了更进一步的了解，欣然为之序。

　　我与丘峰先生交往算起来也有十多年了，对他的人品文品也有一定的了解。七十年代末起，丘峰在京、津、沪、穗等地，发表大量文艺评论和散文，产生不小影响，有不少文章在大陆权威刊物上发表、转载，有的还获奖。在美国、新加坡、马来西亚等国以及香港、台湾等地，他也发表不少质量颇高的文章，引起海外华文文坛的注意。

　　我与丘峰的文学结缘是在香港。九十年代中，丘峰到新加坡作学术访问后，来港访问香港中文大学，当时是由黄维梁教授接待他的。没想到他在中大校园等待黄教授期间还在思考我的作品。我是从他对我的小说、散文集《漂泊的一代》的评论中知道的。他在评论中写道：

　　一九九七年三月，那天我到香港中文大学拜访黄维梁教授，抵达沙田中文大学校园时，离相约时间还早，便在校园相思树下散步。不知怎的，心情极为抑郁，脑海里老是浮现阴郁的泥泞雨巷，苍白的少女，小妹期望的目光以及美丽夜月下深山中的监狱，那秀丽的山村，那诗意般的塘边农舍……令风景秀丽的中文大学校园和那华灯初上的夜香港，都变得那么枯乏和单调，就连那些意气风发的男女大学生也没能吸住我的视线，我的心像揣着一块铅，一直往下沉，往下沉……

我读了后深受感动，为他的认真和真诚所感动。他在后来写的评论中，对我的作品作了较为深入的研究，颇受启发。

后来，上海汪义生教授告诉我，他在读大学时，丘峰的《文学探踪录》是教学参考书，对此书和丘峰在一些学术刊物上的学术论文，他都有认真阅读，总的印象是丘峰治学严谨，对作家与作品的研究颇有见地，总是有新的发现，给人予启迪。我很赞同汪教授的观点。

细读丘峰的文艺评论，我觉得有三点是值得注意的：

一是，丘峰在研究作家与作品时，总是把作家置放在特定的时代背景上加以探讨、考察，并且把作家的生活经历与作品所展示的生活情状，跟作品中的人物加以对比研究，不时有鲜活的观点跳出来，让人耳目一新。善于从作品实际出发，以研究者特有的目光加以审视，撷取作品的闪光点，加以阐发，从而论述作品的意义与价值，这是丘峰文艺评论的特点。这与那些从主观意念出发、套用国外新名词进行"轰炸"、无的放矢地"摆谱"，认为这是自己"创新"的评论方法有天壤之别。

二是，丘峰的文艺评论重要特点是"发现"二字。文艺批评或文艺研究的根要义是在于"发现"二字。丘峰文艺评论的发现有两点：第一是"人的发现"，第二是"情的发现"。著名学者陈鸣树教授在丘峰的《〈玫瑰园遐思〉序》一文中，也着重指出丘峰评论的这两个特点，这是很有见地的。丘峰呼吁文艺评论重在发现，不要人云亦云或老生常谈。我认为，这对当下文艺评论有着重要的意义。

三是，丘峰在文艺评论时，很注意写作技巧。他认为，文艺评论也是一种文学样式，不应该枯燥无味，而应当是文采与内容并重，应当充分重视写作技巧。也许丘峰也是散文家的缘故，他的作品很注意结构与文采，例如，

《他走通大渡河》一文，你可以既可以当作文艺评论来读，也可以看作是一篇优美的散文；再如，《追求者的足迹——孔捷生小说艺术论》、《"误入歧途"与"渐入佳境"——陈世旭小说艺术论》、《蒲叶溪情韵——古华小说论之一》、《挚爱在人间：竹林创作的新意象》等等，都是情文并茂的文章，值得借鉴。

丘峰是著名文艺评论家，同时又是著名的散文家。多年来，他在文艺园地中勤勤恳恳耕耘，在国内、国外获得许多奖项，可喜可贺，值此我向丘峰先生表示诚挚的祝贺。

是为序。

海上文评

1

沃土幽香

现代文学

6

海上
◎ - - - - - - - - - - - - - 文评

他们和她们

——1982：上海青年作家作品印象

　　在当今文坛上，形成了以各区域为群体的作家群。这些作家群的崛起，大都是以中年作家为骨干。例如，京津作家群是以王蒙、邓友梅、冯骥才、蒋子龙、从维熙、谌容、张洁等为核心的，当然其中不乏年轻有为的青年作家，像陈建功、梁晓声、张辛欣等都有雄厚的实力；湖南作家群是以莫应丰，叶蔚林、古华、孙健忠等一批中年作家为核心，其中青年作家韩少功、水运宪、谭谈等人也取得很大成绩；江苏作家群以陆文夫、高晓声、张弦等中年作家为支柱，也有相当一批青年作家；而活跃在上海文坛的中年作家只有少数几个人，而青年作家群却极活跃，蕴蓄着极大的热能。人们越来越熟悉这些名字：王安忆、竹林(王祖玲)、王小鹰、程乃珊、陈村、孙颙、关鸿、彭瑞高、刘征泰等。此外，还有像曹冠龙、薛海翔、刘绪源、赵长天、张宝发、缪士、蒋丽萍等人，也取得了很大的成绩，赢得了一定的声誉。

　　在这批青年作家中，女将"三王一程"，"她们"的成就超过了"他们"，这倒不是她们的智力商数比他们高，而是她们更勤于思索，更勤于在稿纸格子中间耕耘。

　　当然，我这里并不是说"他们"不如"她们"，像陈村的短篇小说《我们曾经在这里生活》、《当我二十二岁的时候》、《蓝旗》以及中篇小说《走通大渡河》等笔力绝不在"她们"之下。我认为，上海的青年男子作家们由于种种原因，他们的创作生产力的能量还远远没有释放出来，可以预见，在近期内，这些作家将会写出有全国影响的作品来。

　　由于工作的关系，我和这些作家有着较密切的接触，对她们和他们的形象、人品和作品都留下深刻的印象。现笔录如下，虽然有着我的主观色彩和粗疏之处，但我想读者或许可能从这些文字中看到她们和他们的剪影。

"岁月像条河，从身边缓缓流过……"

　　王安忆有一篇谈小说创作体会的短文，题名叫《岁月是条河》。这是一篇仅一千余字的短文，却给我留下了深刻的印象。它像一首富于哲理的诗，一曲令人回味的音乐，那样引人遐思。岁月像条河，从身边缓缓流过……

　　是的，在她的心灵深处，凝聚着多少值得回味的东西！岁月是条河，岁月不会倒流，但人们的记忆常常会追溯那流逝的岁月，尽管那是人们不愿回忆和正视的岁月。在十二岁那年，她留下了深深的记忆。那"革"文化命的风暴席卷到她家。她父亲王啸平是"没有改造好的摘帽右派"，她妈妈茹志鹃是名作家，作家桂冠前面再加上"名"字，那真够瞧的了！她感到迷茫。一九七〇年，连刚满十六岁的她也被这场风暴卷到了淮北乡下去"接受再教育"。王安忆说："一个人的成功除了他自身的努力之外，往往在很大程度上还取决于机遇。"生活的机遇给她的人生旅途带来了决定性的因素。一九七二年，拉得一手好风琴的王安忆考上了徐州地区文工团，她到处演出，到煤窑、部队、水库、山村……她的视野更加开阔了，生活积累也越来越丰富。终于，这个天真秀美的少女忍不住想写一点什么了。她把想法告诉妈妈，妈妈兴奋地说："你写吧！"于是，她写了一篇散文《大理石》，发表在《光明日报》上，这是王安忆的处女作。

　　岁月这条河在她心灵上流过，在她笔尖上流淌……

　　王安忆的名字，是在一九七九年读我到她在《青年一代》上发表《一个少女的苦恼》时留下印象的。当时有人介绍，王安忆是茹志鹃的女儿。有人说，王安忆的文章是她妈妈代写的。我虽然不相信这些流言蜚语，但王安忆的名字却从此牢牢地印在我的脑海中。我读着她的小说，那天真的雯雯，那新来的教练……给我留下了深刻的印象。直到一九八〇年我到北京文讲所组稿，到了女生宿舍，看到了一个穿绿色外衣，打扮有点洋派的高个姑娘，陪同我们的叶文玲介绍说："她是王安忆。"王安忆披着乌黑的长发，一双大眼睛飞快地瞅了我们一眼，微微一笑，似乎有点腼腆，不善言辞。她的同伴向我们介绍说，王安忆是文讲所最勤奋的人，一口气写了六万多字的短篇小说，同学们争相传阅，作品均为各报刊选用。她听着，瓜子脸上露出羞涩的笑容，她急急阻止同伴，说："我起点低，刚学写作，多练练有好处。"她总是十分谦虚，她认真听取同伴们的意见。那时候有人对她说，"王安忆应该走她妈妈的路。"蒋子龙却说："你是王安忆，不是茹志鹃。你的作品要有自己的特色，才能得到社会承认。如果你跟在你母亲后面，老是踏着别人的脚印走，那你一辈子也写不出自己的东西来。你应该像你自己！"王安忆后来回忆说："蒋子龙推心置腹的话，给我极大的启发，从此，我坚持走自己的路。"

其实，她是很善于言辞的，那是当她与你相熟并且谈得投机的时候。她思路清晰明快，又是天资聪颖的人。她时时在思考人生。她说："我用人生写小说，我用小说写人生。"她伴随着她笔下的雯雯，在沙沙雨声中走上了文坛。她的作品大多写知青生活：插队、上调、回城、恋爱和对理想的追求。谱写出一组知识青年命运交响乐章，其中不乏悲凉甚至灰暗的颜色，但能给人有思索和回味的余地，所以能拨动广大读者的心灵琴弦。

她很善于感受生活，在她的天真而又好奇的大眼睛里，时时摄入神奇的大千世界的各种幻景。她妈妈对她评价是："好像一个刚刚破壳而出的小鸡雏，才张开眼睛看世界。"这真是极妙的比喻，在纯真的安忆眼里，世上的一切都显得那样新鲜、美妙。

她终于意识到自己的生活基础并不那么厚实，她需要开拓视野和感受新的生活。她去年到了安徽合肥开会，在那里她会见了当代改革家温元凯、步鑫生、蔡爱仁……她感受到了另一种前所未有的新生活。有一次她对人说："安徽之行对我触动极大，使我看到生活是那么广阔。"

她的人品和作品一样美。她性格含蓄矜持、庄重。有人说，她像山溪一样清澈透明，这并不过誉。她有纯真甜蜜的爱情生活。她爱人在徐州，她在大上海。她在与熟人谈到她爱人时，眼睛里总闪出兴奋的光芒。

写到这里，我想起她第一次发表的散文《大理石》上的诗一般的语言来："这种石头，似白玉般细腻，似宝石般光洁，似彩霞般美丽。而且，它比玉和宝石更庄严、更端重、更明净……"

4

竹林秀色

在上海青年作家中，竹林是较早成名的一个。一九八〇年，她的长篇小说《生活的路》在人民文学出版社出版，震动了文坛。老作家茅盾和韦君宜给她极大的关注。这部小说原名《娟娟啊，娟娟》，写一个女知青在插队落户期间的曲折的人生历程。在小说出版前，人民文学出版社为此展开争论。小说出版后引起广泛的影响。这部小说是较早地、较真实地反映知识青年生活的长篇，应该说，竹林在知青题材开拓中是有贡献的。

我曾听人说，竹林是极腼腆的姑娘，你跟她谈话，她正襟危坐，低着头，眼睛看着脚尖，或者在地板上游移。她在听，但她很少开口，你问她为什么，她一笑，白净的瓜子脸上漾起笑意，但结果还是没说什么。果然，当我第一次跟她见面后，几乎得出相同的印象。她坐在我对面，眼睛看着地板，脚在地板上下意识地擦着。脸上挂笑，弯月眉勾成的笑意是真诚的。你问她什么时，她咧着嘴，似乎要说什么，其实，你不要期望她说什么，因为仅一会儿的工夫，她又合拢了小嘴，甚至笑容也消失，这就警告对方："无可奉告。"这种情形多发生在我询问她生活经历和创作打算的时候。

她性格内向。在上海青年作家中，她是天马行空，独来独往。她很少跟别人联系，她名义上是《上海文学》编辑，可她不上班，老请创作假，一个人躲到嘉定乡下去深入生活，搞创作，一去就是几年，直到现在，她偶尔回上海办点事，又回乡下去了。她跟外界接触很少，所以人们也就不太知道她的情况。"这很好，省事，"她几乎狡猾地笑笑，"否则，这个记者来，那个编辑找，本市的，外地的，吃不消。疲于应付，东奔西跑，这样当然可以见见世面，也可以逼着自己写点东西还债，但毕竟是苦事，我有点怕。"

她表面冷漠，其实她内心并不乏热情，那是当你跟她熟悉了，并且她对你产生信任感的时候。终于，我有机会谈她的过去了。几年前我曾几次到她家拜访不遇，她老父亲告诉她后，她从乡下回到家里，匆匆到单位来找我。她穿着淡雅的连衣裙，衬托着她白嫩的脸庞，乌黑的长发用手绢轻轻一拢，放在脑后，她显得更秀美年轻了。我们谈了她在乡下的情况，话锋一转，我问起她过往的生活。顿时，她脸上的笑容消失了，她谈到当年在安徽插队的情况。那里穷，知青们简直无法生活。她曾经目睹为了一根油条死了三个人的惨事，那情节写到了《生活的路》中，她谈了娟娟，生活中何止娟娟一个被奸被骗！她眼眶里贮满泪水。后来她调回上海，到少年儿童出版社工作(在这以前她已写了一些儿童文学)，她关在小楼上，每天写到深夜，心里淌血，眼里流泪，泪和血写成了催人泪下的《生活的路》。

竹林不太愿意让别人评论她的作品，她说："老舍说过作家是写家，就是要写。"她很信奉巴金的一句名言：作家要用作品说话。

竹林爱竹林，这大概是竹林四季长青，清静幽雅，像她的性格。在她的作品里多写竹林美丽，如长篇小说《苦楝树》里写竹林秀色，令人难忘。她取名竹林，正因为她原名"王祖玲"，与竹林谐音。

尽管经过严冬，竹林越发显出她的秀丽景色来。竹林这几年来写了一百多万字的作品，先后出版了七本集子。在儿童文学方面她极有建树，长篇小说《晨露》、中篇小说《夜明珠》等受到好评；成人文学方面，继《生活的路》之后，她又出版了长篇小说《苦楝树》，这是她长期在江南水乡深入生活的结晶，她现在致力于中、短篇小说创作，她决心向新的高度冲击。

小鹰唱的小夜曲

有位评论家说："王小鹰的作品就像一首首小夜曲，清新、委婉，读后有一种愉快感。"能给人以美的情操，美的意境，美的享受——我想，这才是真正的文学。

接触过王小鹰的人都说，王小鹰是一位纯真质朴的人，心地善良，明净如溪水一样清澈。小时候她写过一篇作文，一开头就写上："太阳对我笑眯眯。"她就是"笑眯眯"的人，对生活，对朋友，永远带着微笑。"她像个戏曲演员！"有个朋友见了王小鹰后对我说。那弯眉秀目，像搽过胭脂似的脸，苗条的身段，确具有演员的素质。她确实想当演员，而且叩开了越剧之门。那是在中学的时候，杭州越剧团来上海招考学员，她偷偷去报名应试，她那南国姑娘的秀丽丰姿和她平素对越剧的喜爱和训练，一眼便被导演看中。不过，她没有走成，倒不是名气颇大的诗人爸爸芦芒的阻止，而是妈妈舍不得女儿离开身边。

小鹰跟我谈起这段值得记忆的经历，有点眉飞色舞，似乎还有抱憾之感。她读文学作品，也学画，拜名师学得一手彩墨画。在她家大写字台的玻璃板底下，小鹰珍藏着一幅她心爱的画，那是她精心之作：一条山溪，潺潺而流，两岸一座座葱绿色的山峦，夹岸一簇簇杏雨桃霞，白云片片，飞鸟点点……这是一幅意境悠远，清丽淡雅，令人心神旷怡的写意山水画。

我们的话题很自然地由国画谈起。我说："你的作品中就有一幅写意山水画，像《金泉女和水溪妹》、《这里有一口幽幽的潭》，那意境很美。"她含笑说："国画与小说有相似之处。中国山水画讲究抒写性灵，这与小说的抒情，小说的意境有密切的关系！"这就透露出作者的艺术追求：她的作品大都是写青年，不少作品是写青年人建设山区的生活的，作者把对祖国的自然风光的赞美与山区建设者们的高尚情操的歌颂结合起来，像一支优美抒情的歌，拨动读者心灵深处的琴弦，这是小鹰作品的一大特色。

小鹰像她笔下的许多少女一样，有一颗真诚明净的心。她有女性的温柔和善良，又不乏男性的直爽和热情。她待人诚恳，有事相托，她总是极力办好。她有美好的爱情生活，她的"王胖"，赴美深造，真是一种相思，两地相连。在好友面前，她随时都会跳出"阿拉王胖来信啦！过几天有人到美国，我给阿拉'王胖'买些东西带去！"她会如数家珍地说出她买什么什么，说得眉飞色舞，兴高采烈。连没有见过"王胖"的我，也可以想见"王胖"的形象、性格。去年，"王胖"学成回国，小鹰又接连出了几本书，真是双喜临门，其乐融融。

最使人敬佩的是她对事业的不懈追求。王小鹰的创作始于十年前，那时她在黄山茶林场。她写了一篇小说，编辑看后觉得有基础，便叫她修改，她足足改了一个多月先后易稿八次。修改稿就写了八万多字，最后发表时仅八千字。她搞创作就有一股子钻劲。我们谈起文学，她深情地说："文学，是我多情的挚友。"是的，她为了文学牺牲了多少自己挚爱的东西。为了文学，她除了编辑业务外，舍弃了与家人共享天伦的美好时光，每天独守书房，常常到深夜；为了文学，她结婚多年仍未生养孩子，而且几年前还鼓励心爱的"王胖"远赴重洋，到美国深造。为了文学，她失去了许多，同时，也得到了许多。几年前，著名老作家冰心读了她一些作品，拨冗写信给她，鼓励她说："我觉得你个人修养和社会环境都很好，你能写，也可以写得更好……"近年来，她收获了丰硕的果实，她出版了《金泉女和水溪妹》、《相思鸟》等书，还出版了几部儿童文学。

我们愿小鹰展翅雄飞，为时代唱出更美的、独具风格的小夜曲。

蓝屋的子孙——程乃珊印象

"人间四月芳菲尽，山寺桃花始盛开"，这是白居易在《大林寺桃花》中的佳句。

别看登在一些报刊上的程乃珊的照片是楚楚动人的女郎，可她也受到自然规律的支配，也到了不惑之年。

她取得了成功，她是朵迟开的花，像庐山迟开的桃花，她在，"此中"寻觅"春归处"。

她是那幢仿岩石贴面的西欧古堡式蓝屋老室的后代，她走出了"蓝屋"，努力奋斗，经过长途跋涉，成了引人注目的女作家。

"她是上海高手女作者中打扮最入时的人"，这是我第一次见她时的印象。那是一九八〇年夏天，在上海文艺出版社客室里。《上海文学》老编辑彭新琪曾向我介绍了程乃珊的情况，她是一个中学英语教师，一九七九年发表第一个短篇小说《妈妈教我的歌》。她刚踏进文学之门，很勤奋，有才华，值得重视。我记下了她的地址和电话，我请她来谈谈，她很高兴地来了。她一听我的口音，心里一乐："哈，我们是广东老乡。"广东人是很讲究同乡之谊的，在外地相见，只要听到广东口音，就会感到亲切。我们便愉快地交谈起来。我关心的是她的生活经历和她的文学素养，因为一个编辑要看一个作者有无培养前途，这两条是极重要的。她说话很快，像是开机关枪，她的音色也很美，口齿清楚。从谈话中我感到她思维敏捷，对文学有极大的热情。送她回去的时候，我才较仔细地端详她：戴着玳瑁眼镜，眼睛极有神采，脸庞略圆，白皙。"简直有点像瓷娃娃"，我想。我揣度她可能不到三十岁，后来她告诉我，她已三十六岁，我大吃一惊：我像将近四十的人看上去已五十有余，她向四十迈进的人看上去还不到三十！

后来我才知道，她是富家小姐，她家和她夫家都是书香世家。

在和她接触过程中，我常被她的不懈的奋斗精神所感动。记得从那次认识她以后，我曾抱极大的希望，可她寄来一个短篇，我一看，退了，第二次，又退了。我有点泄气了，可她不泄气，再寄，我再退。我有点生气了，她为什么老寄水平一般的稿子来呢？是不是她想我这位老乡会看在老乡情面上开后门么？我想起来了，她这几篇稿子写的都是她不太熟悉的生活，"你写点熟悉的生活吧，写一个中篇来。"

又是一个下午，她气咻咻来到出版社，送来了一个中篇稿。她刚坐下，就抱歉地说："以往的几篇是我没写好，浪费你时间。"我感动了。有的作者，当第一次跟编辑见面时热情得很，但当编辑退了他几篇稿子后，对方便变了脸，而程乃珊却一如既往热情、质朴、谦逊，没有一丝怨言，相反倒怕累了别人……"这个中篇写的三个女性都是我妈妈的同学，最近三个人见了面，回忆当年，感慨万分，她们走了不同的道路……我很激动，我一口气写完它……我很激动。"她越说越快，简直有点语无伦次了。这是她第一个中篇《喷泉里的三枚银币》，写了解放前上海的美国教会学校的三个女学生慧敏、阿贞和雪莉三个人的坎坷命运，我很快读完它，心里也久久不能平静。当我提笔复信给她的时候，她又来了一封信，再次介绍了她写作这个中篇的背景和意图。后来，我找她谈了修改意见，她很快改好送来。应该说，这是一个从内容到形式都颇有特色的中篇，在程乃珊创作中是一个突破。《蓝屋》的诞生，标志着她创作上的攀登到了新的高度，她的艺术笔触伸延到更广泛、更复杂的社会生活中去，她探索了人们不太熟悉的领域，她获得了各方面的赞扬。接着她又发表了中篇小说《当一个婴儿诞生的时候》、《丁香别墅》、《穷街》等，还写了一系列短篇。不久前，当我在编她第一本中短篇小说集（成人文学的第一本）《丁香别墅》时，我才系统地把她的作品认真地读了一遍，我发现，她的起点是很高的，她的处女作《妈妈教我的歌》就很有艺术魅力。

前年，我去她家拜访她时，谈到长篇创作开始繁荣时，她很激动，她要写长篇，她要以她和她丈夫一家为蓝本写个反映中国知识分子几十年来历尽艰辛的长篇。她很有把握地说："我一定要写好！"本来我们约定去年年底交稿的，但未能如愿，她太忙了，欠"债"太多——她喜欢"动"，东奔西跑的，一会儿广州，一会儿天津，一会儿兰州，一会儿北京，几乎有会必去，每去必背一个"债务"回来。她乐呵呵地说："到外面好玩，他们大请客，又迎又送的，住宾馆，吃宴席，在这吃吃喝喝间就欠了大笔债。"她忙于还债。我真诚地希望她能"静"一段时间，坐下来，再读点书，想点事，把生活沉淀过滤一番，她会跃得更快更高。当然，我也希望她的长篇早日出世，她该是腾飞的时候了。四月的桃花也许会比三月的芳菲更盛更旺呢。她将会以她的勤奋和才能证明：走出蓝屋后的人们——蓝屋的子孙们不是为了怀恋过去，而是为了开拓新的生活。这大概是蓝屋所赋予的……

他走通了大渡河

陈村的中篇小说《走通大渡河》（《百花洲》1984年第3期）是一篇人与自然斗争的宣言书，他写出了人类与自然的动人心魄的搏斗，由衷地赞美人的崇高的生活信念，人是自然界的人，人是自然界的主宰者。这是一篇在题材开掘、主题提炼、艺术构思等方面都显得独特奇异的作品。作品发表后获得人们的热烈赞扬！

陈村曾说："艺术之宫可谓遥遥，远非三迭泉可比。"在遥遥的路途中，横亘着崇山峻岭，急流险滩，就像大渡河畔的险恶山峦，逼仄残酷。但陈村用他不竭的精力，走通了大渡河，找到了自己。

从陈村的作品，大致上可以看出他的生活经历。他属于当代文坛"知青作家群"中的一员。他一九七一年到安徽省无为县板桥大队"接受再教育"，三年后，病退回沪，再过三年，他走进上海师范学院政教系，三年毕业进了市政二公司。他笑笑说："三年就换一个地方，似乎是命运安排。"他的名字似乎也是他当年坎坷生活的难忘记录。陈村第一次发表作品时，不愿意用他杨遗华的真名，他想起了当年他从芜湖到黄山去玩时经过一个叫陈村水库的地方，这地方并不美，但那里落后且带有原始性的荒芜败落情景深深地留在他的记忆网膜上，他便取名陈村。"这意思是上海人说的有点'憨'——跟我这个有点拙的人相似。"他自认为拙，不怕人骂。

因此，在他一九八四年之前所发表的几乎所有作品中，都有着当代青年人生辛酸苦涩的记录。他的作品总是时时品味逝去的岁月的悲和欢，苦与甜，辛酸的泪和含泪的笑以及不能收回的失去和不会失去的收获……由于作品中过多地表现苦痛感情的回流，灰暗的生活色调，因此，读后有时使人郁闷，可以说缺乏使人感奋的精神。从这个意义说，人们不能不认为这是一种美中不足。在与我通信中，我曾直率地提出告诫："你是不愿意或者不敢正视现实?我认为作为一个编辑，对自己的作者和挚友，提出这样也许会挨骂的意见是必要的，也许不是明智的。后来我在他家见了面。他仍然这样显得动作迟缓，说话断断续续，思绪跳跃。有点兴奋地说："你的信我读了，连我爱人也读了，她说，'你真敢说话，谢谢。'"他不说，不仅仅是我，而且不少朋友早就对他提出了这些问题。看来，他确确实实地在更多地思考现实。

给陈村思想触动最大的是一九八三年九月应四川林业部门邀请的大渡河之行。他到大渡河原先并没有想到要写点什么，只想借此机会去九寨沟玩一趟。他说："看到《自古英雄出少年》中九寨沟很美，去玩儿去。"他们从上游足捉河走到乐山大佛处，一直考察到大渡河与泯江汇合处。当他们亲眼看到大渡河两岸迎面扑来的浑莽自然的旖旎风光、诱人的奇风异俗，当他亲自读到大渡河的悲壮历史，当他听到科长介绍当年第一支勘察队如何走通大渡河时，他激动异常，他仿佛看到了过去的奴隶，当今的主人是如何征服原始而带野性的河，他眼前浮现当年勘察者牺牲的令人心灵悸动的场面：那令人难忘的坠入大渡河中的左全良；娶了藏族姑娘，为救老藏人而被河水吞没的苏富贵；舍不得二十多本数据而死于雪崩的林乐山；新婚不久就来工地、被猴子用石头砸死的罗赫章……这些为了今天而在昨天献身的群体，他们那升腾跳荡的英雄主义精神，他们"不是为了送死，而是为了生，为了他人的生……"这一切，深深地打动了陈村，他的血液在奔腾，心灵在呐喊……

从《走通大渡河》可以看到陈村创作的变化，那就是他把眼光放到当代生活上去了，并注意了着重写现实生活的普通人。谈到他对以前自己创作的看法时，他颇有感触地说："以前我不愿写当代生活，我过多地在以前痛苦的生活中回旋，同时也想让生活过滤一下，澄清一下，才能把握得准一点。现在我到充满激情的生活中去以后，我才觉得，生活是多么广阔和美好，生活中有阴霾也有阳光，生活的色彩不仅仅是灰暗的。"

路子多变的"拳击手"

孙颙眉清目秀，白嫩的脸上微微泛红。随和、热情，常常挂着笑。去年，我应《文学报》之约，写一篇关于他的作品评论，他硬是不让我写。后来，我哄他，"我对你的作品有意见，尤其对《新桃花源记》"。这篇作品是投过七家刊物的退稿，最后发表在《十月》上，引起了争论。这是他用浪漫主义与荒诞手法创作的一个反映知青生活的短篇，是他极喜爱的。听说我要批评他的作品，他倒很愿意听听我的意见，说："你就是指着鼻子骂我，我也不生气。"他就是这种软性子。

不过，当我说他有点像女孩子时，他却开口骂人了，尽管不是真的生气。每到这时，他便摆出一副拳击运动员的样子，下蹲勾拳、直拳，直照你胸口、面颊连珠炮般击过来。当然，这是虚晃动作。这时候我才看到他的男子汉气魄。相处熟了，我才看出了他的内在的男子汉气质；热烈、爽朗，似乎还有些慓悍之气。"我们来决斗好吗？""我们来摔跤吧？"几年前，我们在上海文艺出版社创作室的斗室里编纂《中国新文学大系》，那里安静极了，有时不免有寂寞和单调之感，在这个氛围中，他突然提出这样那样的问题，常常使我们大笑起来。我说："君子动口不动手，我们来斗嘴吧。"他不善言辞，当然做不成"君子"，于是，他便大喝一声，自个儿对桌子噼哩啪啦地拳击起来，并且得意地说："在农场时……"

可以想见，在崇明农场时，他也有撒野的时候。在他的中篇小说《余波》、《他们的世界》里，那些农场青年确实很有男子汉的风度，他没有真情实感是写不出这些来的。

孙颙另一个特点是诚实，对朋友热忱。他从华东师大毕业后分到《小说界》当编辑，他看稿量大，工作认真细致。编辑部是坐班制的，他除了组稿外，总是在办公室里正襟危坐，像一架看稿机器，不到下班时间决不离开办公室。当编辑与当作家在时间和精力上似乎有着不可调和的矛盾，有时他应约写一个中篇，可写到高潮处正好编稿子极紧张，如果搁下笔，那激情过去后对创作是极其不利的。有时，我们劝他："你把稿子带回去编好了，在办公室里人来人往（大办公室里坐十个编辑！），电话不断，还有作者来找，不如在家快速编好稿子，好'揩油'（可怜！）写点东西。"有时我们甚至推他回去，他急得红着脸，"不，不，不行！"尽管他很忙，但同事们有事相托，或者作者催稿时，他总记在心上，把事办好。人们都说，孙颙是值得信赖的人。

孙颙在上海青年作家中算成名最早中的一个。他一九七九年就在人民文学出版社出版中篇小说《冬》，较早地描写了农场知青对"四人帮"的斗争，获得好评；第二年，他发表了《螺旋》，也是较早地反映打倒"四人帮"后资产阶级家庭出身的青年，在回城后如何对待金钱与爱情的问题。可惜他没有抓紧战机，进行更深的挖掘，又转到另一个题材领域去放枪了。

他的作品大多描写知青生活，勾勒出从"十年内乱"到当前"四化"建设中知青们探索、奋斗和前进的轨迹，像《余波》、《回答今日世界》、《最后一个》等都是力作。他在创作方面的另一个转折点是，他似乎在探求创作的多样性(无论题材开拓或在表现手法方面)，就像他多变的"拳术"一样。有人说他是"打一枪换一个地方"。这似乎是他的优点，又是他的弱点。对于青年作者来说，进行多方面的探求是必要的，不必过早"定于一"，但我觉得如果他能在一个地方相对开掘深一点，这样会逼使自己更多地思索如何超过自己，超过别人，如何创新，这样会给读者奉献出更多清冽甘醇的泉水。

每当看到他牢牢地坐在椅子上，弓着腰在读稿时，我不禁想："如果他不是当编辑，而是搞专业创作……"

他是编辑家，也是作家

关鸿个头不大，身材也欠魁梧，但他那老是绽着笑容的脸庞，当你跟他谈话时他那专注的神态，那圆溜溜滴溜溜转动的眼睛，你会感到他在机智地思考着，他在捕捉你谈话的要点，然后用几句简炼的语言回答你，这时你会情不自禁地叫好："这小伙子聪颖、精明!"

契诃夫说过，写作的艺术就是删削的艺术。去繁就简，精炼简洁，是作家应具备的气质。关鸿就具有这种气质。他目光犀利，他关注着生活中发生的一切，他善于捕捉生活中的闪光点。这些应该是作家的应有的敏感神经，他把这些运用到编辑的业务中。在他负责的《文汇月刊》小说栏里，他组发了一系列有影响的中、短篇小说。他捕捉新信息，努力发现新作者，他要求所发稿子要"新、深、短"。因此，每期小说稿都给人以新鲜感。在有限的篇幅里，他组发了矫健的中篇小说《老人仓》、王润滋的《鲁班的子孙》、张贤亮的短篇小说《肖尔布拉克》等等，在全国有广泛影响，有几篇还在全国评比中获奖。我到各地接触不少作家，提起《文汇月刊》无不称赞，对关鸿的精明干练也十分称道——他确实是很好的编辑家。

其实，关鸿应该是很有作为的作家，如果他也像有些作家一样有时间写作，有时间深入生活，而不是把许多时间放在审稿、编稿、读稿样上，不是年年月月勤为他人作"嫁衣"的话。我敢说，他会超过当今许多风云全国的青年作家。他的最宝贵的时间——下班后的几个钟头里，常常被别人掠夺了去，作者、朋友、各种来访者……他要替别人看稿，要了解青年作者思索些什么，还要赶发稿子，而他就只有这么一间小小房间，无法躲避来访者。再说，作为编辑，他也乐意这样做。他精力充沛，却时时闹病，他有胃病，有时一住医院就是几个星期。

他只能利用时间的边角料写作。他写作前都要细心算计一下，有的放矢，讲究效率。他说："我每写一篇都构思成熟才动笔，我没有这么多时间可资挥霍。"他写他的同时代人，"与同时代人一起思考"。他当过工人，当过记者，又去当编辑。他知识面很广，他酷爱艺术、美术、音乐、舞蹈……他写青年艺术家、科学家、记者，他了解他们就像了解自己的指纹，他写得活灵活现，短篇小说《无名化肖像》、《一个平常的女人》、《哦，神奇的指挥棒》、《艺术家生涯》……中篇小说《寄远方》、《模糊数学》等，一篇比一篇成熟，获得好评。《小说选刊》、《小说月报》、《中篇小说选刊》连续选载他的作品，同龄人的信件一封一封飞向他手中，那深沉的倾诉，那由衷的赞美，那充满期望的眼睛，使关鸿多么激动啊！

他要写，可他没有时间，他要读书，也没有时间！他没有时间，可他要读书、要写。不读书，还当什么作家，不会写作，也不是好编辑，要当好编辑，又怎能不读书。读书、写作和当编辑，都需要时间。时间对他来说是最宝贵的。而没有时间是他最大的苦恼。他想在编辑家与作家中间架起桥梁，可现实是不这么容易！人们会举出鲁迅、茅盾、巴金、叶圣陶、丁玲……这些文学巨匠都是从当编辑出身的呀！话是这么说，也是事实，似乎十分顺理成章，但现实又是另一码事，个中滋味，不是谁都尝得到！

他总是来也匆匆，去也匆匆。有次晚上九时才气咻咻赶到我家里，像炒豆似的哔哔啵啵，一连串响声后，他突立起身，拿起大衣便帽，边穿边告别，"我还要到某某家去。"他说话节奏极快，动作麻利。他消失在楼梯口，融进夜幕中。

他在攀登金字塔

刘征泰是我老师黄润苏先生的儿子。黄先生本人是复旦大学中文系的教师。她丈夫刘先生是留美著名化学家，解放初期响应周总理的号召回国。

那天我敲门后，黄先生笑吟吟地迎我进去，她说，"征泰也在家。"黄先生把我领进一间朝北的十平方米左右的亭子间里，征泰正伏案写作。他头发粗黑，似乎长了点。不过，配上他那清秀的脸庞，我却觉得更显出男子汉风度来。他房间里除了床、沙发和写字台外，四周全给书橱占领了，大多数是古书，有史书，有古典小说，也有理论研究著作。最醒目的是一套罗尔纲编的七大卷的《太平天国史料》，他在钻研太平天国史。他决心走历史文学创作的路。这位六六届高中毕业生，农场的挤奶工，走上文学道路真是步履艰难啊！

刘征泰从小酷爱文学和美术，这是和他母亲的教养分不开的。黄先生在大学里除教写作外，她特别喜欢历史和古典文学。她特别注意培养征泰对文学的兴趣，教他画画，读史书。征泰八岁那年，他画了一幅题为《行军》的彩色铅笔画，画得虽然稚嫩，但构思却十分新奇。这幅画被选中参加日本举办的"世界儿童美术画展"。他读史书，小学三年级时，他读到一本描写太平天国的画册，画面上气势磅礴的农民起义，叱咤风云的农民领袖以及胜利后的内讧使他惊奇。从此，他更加努力去读史书，以期解答脑子中不断出现的"为什么"。一九七七年，他以优异成绩考进复旦大学历史系，人们对他不考中文系而考历史系感到奇怪，其实，熟悉征泰的人都知道，他已下决心走历史文学创作的道路。

在大学期间，他治学严谨。他做的笔记，卡片有数十万字，他考试成绩优秀，门门都达到九十分以上，他的关于历史文学研究的毕业论文获得好评，他写出两部历史中篇小说《英王陈玉成》、《北飞雁》，还写了不少历史小说、散文等。

大学毕业后，他分到出版社当编辑。编辑，意味着为他人献身，用汗水、心血、青春……

他写一些散文，有一位著名散文家说过，"刘征泰的散文求质不求量，他的散文水平，远在当今不少的青年散文家之上。"他发表在《人民日报》上的《竹思》，《散文》上的《故乡的碑》，题深旨远，电台配乐朗诵，刊物转载。

这几年他写的少了，有点沉寂。我问他为什么。他胸有成竹地说："我在读书，我在研究。我永远记住老校长苏步青的一句话，'事业就像金字塔，关键在于它的底座。'"他在筑底座，可以想见，不久的将来，历史文学的金字塔将会出现。

当我坐下来开始冷静地思索的时候，我突然感到惶恐。我才想到，要写出上海几位青年作家印象谈何容易！尽管我跟他们交往较多，每个人的作品我都读过，而且有好几位的稿子还是由我编发，但真正下笔时却感到力不从心。有失误和冒犯之处，还请原谅。

海上
文评

17

雏鹰展翅

——王小鹰和她的小说创作

一

老师工工整整地在黑板上写下作文题目：

"十年后的我"

课堂上，一个秀气的小女孩忽闪着水灵灵的大眼，盯着黑板上使人神往的题目，凝神地想啊，想啊……她展开理想的翅膀，在飞，在未来的世界里翱翔！

啊，十年，三千六百五十个月升月落，物换星移，谁能保证不发生一点什么变化呢?然而，诱人的未来牵动着这天真无瑕的女孩的思绪。她拿起笔，不假思索地写道：

十年后，我将是一名星际航天站的女交通警察，无论是去月球、火星、太阳，无论是火箭、卫星、飞船，都得服从我的指挥，顺序往来……

多么美丽的幻想！

她思绪万千，在广阔的幻想天地里自由驰骋。然而，遗憾的是，这个天真烂漫的小姑娘无论如何也没有想到过她会成为女作家，尽管她爸爸是颇有名气的诗人芦芒！

春复春来夏复夏，窗外桃花变雪花。飞逝的岁月把这个小姑娘带到了八十年代初的春天。她，就是活跃在当今文坛上的青年女作家王小鹰。

王小鹰走过的道路是坎坷曲折的，因为生活并不永远是玫瑰色，太阳也不是永远对着小鹰"眯眯笑"。在人生道路上有明媚的阳光，也有满天的阴霾，有似锦的花束，也有刺足的蒺藜。一九六六年，当她正伸手叩大学之门的时候，无情的狂风把她卷到严酷的现实中：爸爸被游街、批斗、隔离审查了！她从"红五类"一夜之间变成了"狗崽子"。许多人的笑脸也变成了白眼，不是训斥嘲骂、"大义灭亲"，便是避而不见、"划清界线"。只有苏北老根据地的乡亲们，从小抚养过她的大伯大娘们，才默默的寄来红枣赤豆，叮咛爸爸妈妈保重身体……

红旗。汽球。鞭炮。大红花。小鹰终于得到一份青年人应得的"光荣"：被下放到了黄山茶林场。对风景如画的黄山，小鹰是抱着寻找世外桃源的遐想去到那里的。然而神奇的云海在变幻着，生活不也是像变化无穷的云海那样令人捉摸不定吗?连年亏本的农场依然在"路线斗争"的旋涡里打转；敢于坚持真理的同志变成了"现行反革命"，多少优秀的青年忍辱负重流血牺牲，最后身躯埋在青山脚下；还有那愚昧野蛮的封建余孽，吞噬了天真的女青年的青春……这也是生活，令人痛苦而又使人警醒的生活！

六年后，当小鹰回到上海，在一所设计院里开始新的工作不久，她又用自己的智力开拓了新的生活。她看到了被禁锢多年的青年男女如饥似渴的求知欲望，听到了他们憧憬未来、渴求爱情的心声：甜美和痛苦，美和丑搅在一起的生活！

她写！她写！默默地，默默地……

"文学，我多情的挚友"，小鹰深情地说。

是的，这绚丽斑驳的生活，触发了她心灵的火花。

她写！她写!默默地，默默地……

第一次，在编辑同志的辅导下，她写了一篇小说。这是什么样的小说哟！退稿。修改，退稿。修改……一共改了八稿，发表出来时只有八千字，而她所写的草稿足足有七万多字！写作多艰苦哟！

搁笔吗?不！

夜，静极了。她推开窗户，夜风裹着雾气朝她面颊上袭来，凉爽、清冽。看，天幕上嵌着若隐若现的星斗，多像苏北老大娘的眼睛！闪烁的星星啊，你更像小鹰那许许多多伙伴的眼睛!这是寄托着希望、嘱托、期待、深情的眼睛啊！

她写！她写！默默地，默默地……

她的两本儿童文学送到了小朋友手中，她的一篇又一篇短篇小说和青年读者的心交融了。《小说选刊》选载了她发表在《艺丛》杂志上的《金泉女和水溪妹》，《小说月报》转载了她发表在《滇池》上的《闪亮，闪亮，小星星》。此外，她连续发表了十几篇短篇小说，其中有《感谢爱神丘比特》（《上海文学》1981年第5期）、《雾重重》（《青春》1981年第5期）、《这里有口幽幽的潭》（《艺丛》1981年第6期）、《春在溪头荠菜花》（《萌芽》1981年第9期）、《香锦》（《作品1981年第12期》）、《宁儿》（《新港》1982年第1期）等，引起了读者的极大兴趣，一封封读者来信飞到小鹰的手中。啊，小鹰，她的小说牵动着多少青年人的思绪，拨动着多少青年人爱的琴弦！青年人把她当作挚友、益友，和她的作品攀了亲。老作家们也注意到了她的创作：

我觉得你个人修养和社会环境都很好，你能写，也可以写得更好……

著名老作家冰心看了她的作品后给她回了信，老前辈语重心长的教诲使她激动，深受教益。还有不少老作家和文艺刊物的编辑同志时时注意着她的创作，给她以辅导，使她得以健康地成长。

如今，她告别了大学校园，来到了《萌芽》编辑部，有更多的机会和青年人交朋友了，她将会在明媚的阳光下成长起来。

二

文学是生活的反映，是作者认识生活、评价生活和再现生活的结晶。青年作家王小鹰的创作生涯与她的生活道路是紧密相联的。她把自己的人生，与同时代青年人的经历、生活、理想、追求、欢乐、悲愤糅合在一起。在她的作品所展示的色彩纷呈的生活画面中，我们可以看到时代风云变幻的缩影，青年人前进的足迹，感受到强烈跳动的时代脉搏。她说，"刚回上海，我较多地写农场青年，进了设计院就写青年描图员与设计员，上了大学就写青年学生。"是她周围闪烁着青春热力的青年，时时撩拨着她的情感，是她周围"顽强地表现着生活美"的青年，时时触发起她强烈的创作欲望，使她不能自已，她要"用自己的眼睛观察，用自己的心热爱，用自己的理智判断"，于是她用饱蘸激情的笔，抒写着青年人的生活、理想、爱情、友谊……这里，有对真、善、美的讴歌，对假、丑、恶的鞭挞，有对劳动的赞美，对理想的追求，更多的是对美好爱情的憧憬。作者以优美清新的笔调，开掘了青年男女心灵深处的美，它宛若是在松间石隙中淙淙而流，弹奏出一曲曲具有美好情怀的恋歌的清泉。

王小鹰的小说大都是反映青年生活的题材。在描写青年男女之间的炽热情感时，并不是仅仅描写他们的爱情，或者把爱情放在不适当的地位加以歌颂，而是把纯真的爱情作为一种道德力量来抒发、来赞颂的，通过爱情描写有力地挞伐庸俗的、虚伪的、不道德的行为。作品中透露出的清新的、沁人心脾的气息，给人以耳目一新之感，激发人们对美好生活、美好事物的向往和追求。王小鹰的作品对前一时期把恋爱写成"滥爱"、"性爱"，把爱情写成至上的、超尘脱俗的文艺作品来说，无疑有着一种冲击波作用。

《这里有口幽幽的潭》涉及的爱情描写，作者就没有停留在男女之间的相亲相爱上，而是升华到爱情与事业以及神情契合、心灵沟通的完美、纯净的境界中去，宛如微风掠过，如诗如画的幽幽的潭中泛起阵阵爱情的涟漪，在明媚的阳光下闪烁出迷人的光彩。小说中的老宋就是寄托了作者理想的人物，作者既大胆地描写她对爱情的执著追求，又抒写了她对生活的坚定信念。在阿咪、月梅等青年一心盼回城时，她仍一如既往，照例"堂堂正正地与相爱的人约会，大大方方地绣结婚枕套"。这如醉如痴的爱情，难道仅仅是出于她对爱的忠贞吗?是，然而又不是。它还蕴含有深刻的内涵，绚丽的爱情之花是盛开在人们对自己的事业深深挚爱的沃土之中的，离开了自己为之奋斗的事业，爱情之花就会凋谢枯萎，这正是老宋积极进取的人生态度。她对农场山山水水的无比眷恋和炽烈的情感以及脚踏实地去奋斗的行动，使陷于惆怅、动摇之中的蓉蓉警醒和坚强了。作品生动地指出了一条正确的生活之路：新时代的青年人只有把个人的幸福建筑在为事业而奋斗的坚实基础上，生活才有丰富的内容；绚丽的爱情之花只有根植在努力建设"四化"的沃土之中，才能永远盛开。这是作者思想激情进射出的光华！而《闪亮，闪亮，小星星》则是在着力讴歌青年男女纯真爱情的同时，鞭挞了那种盲目追求生活安逸而胸无大志的爱情价值观念，贬斥了那种"见物不见人"的社会恶习。主人公雁儿仰慕的是潜心学习的有识之士，她的爱情是彼此的志同道合、心心相印，所以她不愿像哥哥嫂嫂那样沉浸于小市民生活的庸俗的温情之中，更不为自己的门第高贵而孤高自傲，竟爱上了妈妈开电梯，住房矮小陈旧，但富有才华、倔强上进的"老坦克"，这怎能不使俗气平庸之辈相形见绌呢?这，就是王小鹰的小说中摄人心魄的道德力量：正是这种力量，使得作者笔下的爱情描写自然而不呆滞，美丽而不轻佻，敦厚而不浅薄，使人得到思想的净化与情操的陶冶；正是这种力量，启迪青年人对生活、人生、理想的思索和探求。

　　王小鹰的小说之所以能强烈地拨动读者的心弦，除了描写爱情的忠贞专一外，还赞美了人与人之间的披肝沥胆、真诚无比的友情。在现实社会中，有许多这类现象：尤其对男女之间的友情，人们喜欢用因循狭隘的道德尺度来衡量，把男女之间真诚的友情亵渎成彼此对爱情的不忠。王小鹰以女性特有的细腻和敏锐，观察到生活中泛起的，不易察觉的细波微澜。一经轻轻点染，便使作品焕发出耀眼的光彩来，亦使读者振奋、惊叹。《感谢爱神丘比特》中的卢小羽，她对宋文渊至诚至切的关心，引起了同学的闲言碎语时，她还是那样执拗地追求异性间纯洁的友情。她感到这友情是神圣的、冰清玉洁的。正如她说的："我爱！我觉得周围的同学老师们都是那么可爱。心里盛的爱太多了，爱你，爱他，也爱她。如果大伙都互敬互爱，一块工作一块学习，该多好！"

　　如果说王小鹰在青年题材之爱情题材创作上作了令人满意的，较为成功的尝试的话，那么，她的新作《宁儿》的问世，标志着她从比较狭小的艺术天地中冲出来，向着新的题材领域拓进了。小说的主人公宁儿是已有一个宝宝的年轻妈妈，她却不甘束缚在家庭的温柔的脉脉情丝之中，她觉得一个人要与崇高的事业紧紧地联系起来，就要投身到"四化"建设之中去，这样美好的爱情才有所附丽，才能升华到更崇高的境界中去。这篇小说深沉蕴藉的主题，不止于表现了爱情与事业的完美溶合才是最美的情操，还由衷地歌颂了"人的情感中除了感情，还似乎有一种更可贵的——友谊"。而这种友谊是建筑在人与人之间的互相信赖、互相帮助的基础上，建筑在对美好事业的始终不渝的追求上，只有这样真诚的友谊，才能放射出灼灼的光华。

三

小说是以塑造典型环境中的典型人物为其生命和灵魂的。"人物形象的塑造永远是艺术作品中的中心问题。"（茅盾）文学作品的特点在于通过具体的、可信的、富有概括性的人物形象来反映社会生活，表现作者的理想、愿望和要求，这就要求文学家严格遵循文学艺术的特殊规律："反映和描绘劳动生活的图画，把真理化为形象——人物的性格和典型。"（高尔基《和青年作家谈话》）王小鹰在写作过程中，开始时较多的注意写事，对人物就写得单薄些。但近两年当她向读者奉献出《香锦》、《金泉女和水溪妹》、《感谢爱神丘比特》、《闪亮，闪亮，小星星》、《这里有口幽幽的潭》、《宁儿》等作品时，我们仿佛看到香锦、金泉女、水溪妹、老宋、卢小羽、朱玲玲、"老坦克"、宁儿等一个个性格迥异、生龙活虎的人物活跃在眼前，生动、逼真、令人难忘。王小鹰在回顾她的创作时深有感触地说："不做影子，做人，写人，写社会主义新一代的年轻人。"我们觉得，王小鹰的路子走对了，走稳了，走得坚实，她笔下活脱脱的人物，给人以多少思索和回味的余地啊！

王小鹰小说中的主人公大都是女青年。她们不是什么传奇人物，而是生活中的似曾相识者，她们没有惊天动地的英雄业绩，却有着我国妇女传统美德的闪光。她们善良温厚、朴实勤劳、纯洁真诚，而这些普普通通、情操高尚、内心美丽的人物格外真实、可信又可爱。

在《雾重重》中，宋佩琴称得上是出类拔萃者。她曾被同学誉为"女才子"，但现实生活并没有使她称心如意，当她与男知青龙子恋爱后，立即招来了女知青曹慧的嫉妒、非议和羞辱。当命运之神使她成了山民八丑的媳妇，而曹慧与龙子上调回城后又来到九曲螺峰旅行结婚时，她虽痛恨他们的庸俗自私，但还是叫女儿把蜜罐给了爱吃蜜的龙子。在宋佩琴的形象塑造上，作者是通过心理活动，回忆追叙和具体细节的刻画，来表现她性格的复杂性，其中更多的笔墨和心力又用在开掘人物性格中的品德美和心灵美，把人物的善良、温柔、怯弱、推到了较完美的地步。

读完王小鹰的作品，当我们掩卷回味的时候，这些活脱脱的青年男女一个个向我们走来，音容笑貌、举止谈吐是那样活灵活现。究其原因，是王小鹰在下笔之时，较注意人物性格的刻画，写出了各具不同个性的人物来。

试看《感谢爱神丘比特》中的卢小羽，这个人物性格是复杂而又鲜明的。在她谈笑自如的言行中，看上去简直有点玩世不恭，实际上她是那样天真活泼、热情爽朗，又有进取心，对生活、对同学有颗挚爱的心。在她看来，友情比爱情有着更深刻的内涵。她把自己心中的全部爱献给了丁之芬、宋文渊等同学。她发觉丁之芬对宋文渊欲爱又不敢爱时，就热情地替她做"红娘"，她知道宋文渊腿的残疾，为了不伤他的自尊心，就"故意装出快活的样子"陪着淋雨，给他温暖的友情，她对程翊的爱也是十分大胆和真挚的，当发现了程翊感情上的自私时，就马上向他畅开心扉，直率地批评他，显露出高尚的情怀。给卢小羽作反衬的另一个主人公朱玲玲的性格则不同，她是一个被极左思想禁锢的人物，处处以左的眼光来看待事物、人生、人与人之间的爱情与友情。但作为社会的人，她"能逃脱爱神丘比特的神箭"么？她爱程翊，而她的爱情是建立在自私、嫉妒基础上的。当她误以为卢小羽爱上程翊时，她就不择手段地向卢小羽进攻、报复，认为"只有她配得上英俊倜傥、才华横溢的"程翊。一个虚伪、自私、嫉妒的人物在作者笔下入木三分地凸现出来了。

恩格斯在谈到刻画人物性格时指出，要在对比中刻画人物性格，这样人物形象才能鲜明、生动。王小鹰在刻画人物时是十分注意让不同性格的人物反复对照，让人物性格在碰撞中迸发出耀眼的火花。她善于把两个或三个不同性格的人物同时或先后在一个生活场景中出现，让人物各自"亮相"，相互映照，各呈异彩。《金泉女和水溪妹》中的金泉女和水溪妹同是天真烂漫、伶俐可爱的乡村少女，同样有着美好的心灵，但她们的性格又有着微妙的差异。金泉女好高骛远，喜出风头，善于幻想；水溪妹脚踏实地、憨厚之态可掬，"不惹人眼，却耐风雨"。在谈到理想时，金泉女时而想当科学家，时而要做歌唱家，水溪妹则想做一个饲养员或当一个好会计；在劳动中，无论是采山果还是采春茶，金泉女好大喜功，却又干不好，水溪妹则踏踏实实、一步一个脚印。作者就在金泉女与水溪妹对待理想、劳动的对照衬托中，使"彼此区别得更加鲜明些"。真是同中有异，异处存同，个性刻画，各有千秋。

四

王小鹰家中大写字台玻璃板下，嵌着一幅意境悠远、清丽淡雅的彩墨画：只见两岸一座座葱绿色的山峦，夹岸一簇簇杏雨桃霞，白云片片，飞鸟点点，还有那清澈明净的小溪潺潺流过……多么令人心旷神怡的写意山水画！我禁不住失声赞叹起来。我们的话题就由她创作的这幅画转到了她的小说创作。我问她："你觉得国画与小说是否有关系？"她微笑着说："国画作为一门艺术，它与写小说有相似之处。中国山水画讲究抒写性灵，这与小说的优美抒情、景物描写是不无关系的。我从不写诗，但力求使自己的小说写出诗情画意来。"确实如此，在王小鹰作品的景物描写中，为我们展现了一幅幅秀美的图画：那迷蒙的远山，那清冽的溪水，那翠波荡漾的茶园，那错落有致的房舍，还有那天上美丽的云彩，地上悠扬的歌声……诗情画意，画境抒情，这一切使她的作品释出贮满诗意的意境美，轻轻地叩着读者心灵深处美感的闸门。你看：

……从来没有过这么美的潭，卧在橙色和白色的野花丛中，在阳光下像一块水晶，在月色中像一块翡翠，周围是浓淡不一的绿，绿的林子，绿的山崖。不知它的源头何在，水却永远是碧清清的，用手撩一把仿佛有千万颗珠子挤在指缝……

这平平淡淡的潭，经作者妙笔的点缀，被渲染得多么秀美而富有灵气！

王国维说过，"文学之事，其内足以摅己而外足以感人者，意与境二者而已。"作家如果仅仅为写景而写景，那他的作品充其量不过是静止的自然形态的复制品，于作品没有多大的意义，作家只有寓情于景，随景显情，把"意"与"景"溶化为一，作品才会虎虎有生气。王小鹰的写景，也不只是对自然美的单纯描摹，而是浸润着作者对祖国山川热爱的情愫、溶进了人物性格的。

《金泉女和水溪妹》一开头，就将读者领入诗味盎然的画境中：

云溪是南山的石崖上落下来的，清亮的水柱撞在石疙瘩上，散成一片片轻柔的云。云溪就像是云的瀑布在倾泻。花泉是从北山的果岭里淌出来的，花枝映在水底，花瓣落在水面，花泉就像是花的小河在奔流。云溪和花泉碰在一起，聚成一汪清潭，就叫花云潭。

在这诗的氛围中，随后作者颇具匠心地用淡淡的笔墨勾勒出两个写意人物：金泉女和水溪妹。作者既把人物放在特定的场景中来展示，又使场景围绕人物来渲染，这就更增添了画面的优美。值得一提的是，作者在小说中还采用了拟人的手法，赋予花泉、云溪等景物以人物性格的特征，使"神与物游"，把静止的物写活了。看完整幅画面，读者就不期而然地被这充溢山乡情趣的生活画卷所吸引，有韵味无穷之妙。

这种浓郁的诗情还源于作者通过精细的笔墨、优美的语句、抒情的格调，对人物的内心世界的探视和对人物的思想底蕴的揭示中。有时当你看着看着，这种抒情般的心理描写，就会像一条感情的溪流，通过字里行间，悄悄潜入你的内心深处，勾起你心灵的共鸣。

五

有人说，王小鹰的小说的"结构常有松散之嫌"。我并不以为然，王小鹰有些小说，看似洋洋洒洒，信手拈来，似乎不太讲究章法结构，更无什么摇曳生姿的情节，但实则是形散而神不散。当我们读完她的作品，仔细玩味，认真琢磨后，就会发现作者对每篇文章的结构安排都是匠心独运，妙在其中的。如《金泉女和水溪妹》粗粗一看，几个情节并不连贯，但作者的笔力都交凝于两个少女怎么对待理想、对待生活这一条思想纽带来贯穿情节的，是为层层展开矛盾、逐步刻画人物服务的。所以称得上是细针密线、谨严紧凑之作。细心的读者还可以发现，这种结构是与擅长抒情写意的风格相吻合的。

在结构上，为了使作品更加玲珑小巧，完整缜密，作者还擅长用"双线结构"或"三线结构"的方式来谋篇布局。《这里有口幽幽的潭》为使作品不会因单线发展而显得单薄，作者颇费苦心地采用"三线结构"，即以老宋、蓉蓉、月梅三对恋人为脉络组成三组线条和三对矛盾。但这三条线又不是平行发展的，在开头进行分头引"线"后，作者就巧妙地把三条线交叉进行，在矛盾交叉中，作者又紧紧地扣住蓉蓉这条线来展开矛盾冲突。这样作品显得层次分明，线条清晰，内涵深蕴，趣味盎然。作品的高明之处还在于：她始终把三对矛盾又紧紧扣在潭边来展开，使时间的先后、空间的转移、人物的活动都在这特定的场景中得到体现。青年人在这潭里挑水、洗澡、嬉笑……在这潭边约会、劳动、开山……文章开头提出潭的源头在哪儿，结尾回答在"人的心里：只要心源不竭，生活之水就会永远长流"，这就使得文章结构首尾有序，前后呼应，构成作品完整的结构。

《宁儿》这篇小说在艺术结构上较之以前的小说又有所不同。作者在结构上的探索与内容上的探索一样也是较成功的。这篇小说在时间上描写宁儿的儿子从生病到去医院碰到她丈夫为止，时间只不过短短的一瞬间，而作者通过插叙、回忆、对比和丰富复杂的内心活动的描写，几乎把宁儿整整走过的漫长的生活历程都囊括在其间，时间跨度二十余年。这对没有一定的艺术功底的人来说是难以驾驭的。有些作品在这样长时间的跨度中往往用中篇甚至长篇的容量才得以完成；有些作品因时间跨度一长，就容易产生流于松散的弊病，使人不堪卒读。王小鹰在仅仅八九千字的篇幅中，用俭省的笔墨、以白描手法明快地勾勒出宁儿质朴、善良、上进心强的性格，结构上是那样紧凑、凝重、敦实，读来有一气呵成之感。由此作者驾驭结构的功力也可见一斑。

六

当然，王小鹰的作品不是已经到了炉火纯青，完美无缺的境地。她的作品也有一些不足之处。首先是王小鹰的艺术视野较为狭窄，在她笔下的题材大多数是写知识青年生活、命运和爱情，很少把视野放到更为广阔的生活天地里去，这不能不说是她创作中的缺陷。但可喜的是她去年发表的《闪亮，闪亮，小星星》以及今年发表的《宁儿》，已经露出把笔触伸延到工人、市民的生活中去的端倪；其次，她的作品，有些人物性格还不甚鲜明，甚至有少数人物有雷同之处；另外，"写景"是王小鹰的优点，但在某种程度上说来不能不是个缺点，由于"景"写得多而美，往往会掩了人物，掩了事。关于这些，我想冰心同志给王小鹰信中谈的是一语中的的。

……你要像你自己说的："用自己的眼睛观察……用自己的理智判断……写人！"那样去写，要深入观察人和事，要多用白描手法，叙事多于写景，不要使"雾"常在你的"笔端缠绕"，要多一点"疏影横斜"，不要太多的"暗香浮动"。

王小鹰同志刚迈步就取得这样的成绩，是十分喜人的。我们衷心地期望，小鹰同志在今后漫长的创作征途上，写出更多更好的作品来，以飨读者。

愿小鹰在广阔的天空中展翅高翔！

走近孙颙

——孙颙及其创作印象

最近收到孙颙赠送的长篇小说《门坎》，使我既惊喜又惊讶。惊喜的是这位严谨的现实主义作家又向读者奉献出一部新作，这部沉甸甸的书定会使读者的阅读兴趣大增，因为根据以往阅读经验，孙颙的创作善变和多变，每部作品都会从不同的视角切入，阐述他新的人生见解。同时，使我惊讶的是，这位年轻的上海新闻出版局局长，公务繁忙，竟能在短短几年内写出《雪庐》、《烟尘》和《门坎》三部长篇小说，而且每一部都以娴熟的技巧、深沉的思索和深切的体验引起反响！

我与孙颙相识是在80年代初，那时我在上海文艺出版社供职。孙颙便与我做了同事。他很引人注目，在大学读书时，便发表了不少作品，引起文坛注意。他眉清目秀，白嫩的脸上微微泛红，随和、热情，常常挂着笑。那年，我应《文学报》之约，写一篇关于他的创作评论，他硬是不让我写。后来，我哄他："我对你的作品有意见，尤其对《新桃花源记》。"这是他用浪漫主义与荒诞手法创作的一个反映知青生活的短篇，是他极喜爱的。事实上，那篇作品是有新意的，应当视为新潮小说，即是早期的先锋小说。但当时由于我的观念不够"先锋"，曾经"捧过"这篇作品，现在回想起来还颇觉内疚呢。那次，听说我要批评他的作品，他倒很愿意听听我的意见，说："你就是指着鼻子骂我，我也不生气。"他就是这种软性子。不过，有时当我说他秀气得有点像女孩子时，他却大开"国骂"了，尽管不是真的生气。每到这时，他便摆出一副拳击运动员的样子，直照你胸口、面颊连珠炮般击过来。当然，这是玩笑似的虚晃动作。这时候，他的男子汉阳刚之气便顿时显现出来。

可以想见，在崇明农场时，他也有撒野的时候。在他的中篇小说《余波》和《他们的世界》里，他笔下的那些农场青年确实很有男子汉的野性，没有真情实感是写不出这些来的。

孙颙另一个特点是诚实，对朋友热忱。他从华东师大毕业后分到《小说界》当编辑，看稿量大，他工作总是那样认真细致。编辑部是坐班制的，他除了组稿外，总是在办公室里正襟危坐，像一架看稿机器，不到下班时间决不离开办公室。当编辑与当作家在时间和精力上似乎有着不可调和的矛盾。有时他应约写一个中篇小说，可写到高潮处正好是紧张的发稿时刻，如果搁下笔，那激情过去后对创作是极其不利的。有时，我们劝他："你把稿子带回去编好了，在办公室里人来人往(大办公室里坐十个编辑)，电话不断，还有作者来找，不如在家快速编好稿子，好'揩油'(可怜!)写点东西。"有时我们甚至推他回去，这时，他急得红着脸："不，不，不行!"尽管他很忙，但同事们有事相托，或者作者催稿时，他总记在心上，把事办好。人们都说，孙颙是值得信赖的人。

那时，孙颙在上海青年作家中算成名最早中的一个。他1979年就在人民文学出版社出版中篇小说《冬》，较早地描写了农场知青对"四人帮"的斗争，获得好评；第二年，他发表了《螺旋》，也是较早地反映打倒"四人帮"后资产阶级家庭出身的青年，在回城后如何对待金钱与爱情的问题。

在80年代，他的作品大多描写知青生活，勾勒出从"十年动乱"到"四化"建设中知青们探索、奋斗和前进的轨迹，像《余波》、《回答今日世界》、《最后一个》等都是力作。他在创作方面的另一个转折点是，他似乎在探求创作的多样性(无论题材开拓或在表现手法方面)，就像他多变的"拳术"一样。有人说他是"打一枪换一个地方"。当时，我很为他惋惜，我觉得创作多变，这似乎是他的优点，又是他的弱点。对于青年作者来说，在创作上进行多方面的探索是十分必要的，不必过早"定于一"。但我同时觉得，如果孙颙当时能在一种题材或某一表现手法上相对开掘深一点的话，他的成就和影响会更大一些。例如他的《螺旋》，可以说是上海最早接触"文革"后富家子女如何对待事业、金钱和爱情的问题，在当时引起强烈的反响，但他却未在这个题材上开掘下去，在他之后的程乃珊和王安忆等在这类题材上作了深层探索，取得了较好的效果。还有就是他的《新桃花源记》，巧妙地把荒诞与现实糅合起来，其实是当时文坛较早地融合西方现代主义表现手法的作品，他没有探索下去，令人惋惜。

80年代中期以后，孙颙先是当出版社社长，而后又当出版局局长，担任繁忙的行政工作。他勤政不忘勤耕，除了发表一些中短篇小说外，还出版了三部长篇小说，奠定了他在新都市文学中的地位。

这时的孙颙有一种气质上的成熟。他说公务繁忙，没有更多的时间进行创作，但他接触社会面广了，使他能考虑社会发展的某些现实问题。上海是国际大都市，它的历时性与现时性都有深沉的社会底蕴，值得人们回味咀嚼与深深的思索。孙颙说，他的三部长篇小说，尤其是新近出版的《门坎》是他对社会现实前沿问题的思考，传达出他对上海过往及时下社会生活和人生态度的理解，也是他对转型期人的思绪、追求、情感状态和新型人际关系的思索。《门坎》发表后，报刊上有不少赞誉文章，他感到欣喜，但也觉得有些抱憾。他对我说："老朋友，你读我的作品当然会有亲切感和新鲜感，但我认为你不必过多地说好话，实话实说，我要的是找岔子，要有尖锐的批评。"我知道他说的实话，从他的真诚目光里我知道他希望我们像当年一样毫无顾忌地斗嘴，对他的作品进行争论，哪怕骂一顿也好。

当我读完《雪庐》等三部长篇小说时，我承认我不想跟他"斗"了，因为这些反映上海当代都市生活的作品确是站在时代的制高点鸟瞰生活，反映改革开放的变化和人情世态等，极有韵味。有反映社会面的广度，也有时代的深度；既有历史的纵深感，又具有发人深思的现实感；如今的"他们的世界"不像当年的《他们的世界》里与现实的距离感。可以看出，孙颙是认真观察和思考了现实，过滤了现实，使人有亲近感和阅读美感。

孙颙在回城后的20多年中，作为大都市的一员，他积极参与社会生活，从知青到作家，从编辑到社长，从公务员到官员，他接触的社会面是广泛的。他的参与性使他的作品具有强烈的亲历性，表现出他对当代激烈变化的社会生活的感受和理解，他的作品涉及家庭、婚恋、财产、友情、宿怨、科学、文化、金融、体制改革、市民心态、同事纷争、人情世态等方方面面，折射丰富多彩的社会人生，使人们仿佛听到社会前进的足音——紧贴当代变革的社会生活，用积极的态度去看取生活，是孙颙小说的一大特色。

孙颙常说："艺术是生活中的艺术，是内化了的心灵中的艺术；文学也是生活中的文学，艺术化了的心灵中的文学。离开了生活，便无法产生文学和艺术。"然而，文艺作品决不能视作对生活的复述或简单的描摹。文艺作品应当是社会生活在作家心灵中酿化以后的蜜酿。正像世上没有相同的绿叶和指纹一样，世间也没有相同的蜜味。文艺创作贵在发现，孙颙深谙这一点。当今，青年人面临的不仅是爱情、理想和实现人生价值的困惑，更重要的面对21世纪来临的竞争意识，孙颙敏锐地捕捉到跨越新世纪的"门坎意识"。在《门坎》题头中他写下发人深省的话语："我们正在跨越的，仅仅是世纪的门坎吗?"他认为，时下青年人不仅要有一种跨越21世纪"门坎"的参与意识，更重要的是要有内在的前瞻性意识和跨越的实力，还要有一种忧患意识，正如鲁迅说的，"不满是向上的车轮"，有现时性的时代忧患意识才会有面对跨21世纪"门坎"的勇气。孙颙的小说让人感受到强烈的时代气息，也使人面对急遽变化的社会生活思考现实和未来的一些严峻问题。

其实，孙颙也和小说中的蓝欣、蓝亭一样面对如何跨越世纪门坎，他也不由得反躬自问："我们正在跨越的，仅仅是世纪的门坎吗?"

雄浑的青春奏鸣曲

—— 谈孙颙近年来的小说创作

　　孙颙从事创作已有十年的历史了。他奉献给读者的有六部中篇和近四十个短篇，所写的大抵是自己经历和体验过的生活，所描摹的大都是和他同辈青年的辛酸与喜悦交织的人生。他时而用深沉与凝重，时而用轻快与明晰的笔调，描绘出当代青年的精神面貌。

　　如果沿着逝去的岁月去追寻，把孙颙对生活的记录加以编排，就可以清晰地窥见出当代青年生活的轨迹。

　　短篇小说《新桃花源记》、《他们的世界》写的是青年人悲怆和苦涩的人生历程。一批童贞未泯的少男少女，怀着对生活的依恋和渴望，卷进史无前例的政治大风暴之中，他们以虔诚的信念去捍卫某种"人生哲理"，狂热地互相厮杀；他们来到梦寐以求的"广阔天地"，以为找到了人生的归宿，但生活欺骗了他们，使他们感到迷惘和困扰。作者记录的是青年人的痛苦和呼喊，可贵的是没有过多去回溯青年人的创痛，而是把视线投射到更为广阔的生活图景之中。《螺旋》、《灰色日记》、《小街转弯处》、《余波》等，展示的是在精神上、肉体上带着创伤的青年人，在回到大都市以后如何寻求人生的归宿和人生的价值。孙颙的大部分作品就是这样怀着获取新的人生喜悦和惊奋感，描绘各种青年人的苦苦思索和追求，展现出当代青年的风貌。他的作品反映的虽是截然不同的两个时期，但作品描绘的青年人所走过的道路是明晰的。既有回顾以往失落青春的惆怅感，又有面对新生活的热力感；既有追溯历史的深度，又有表现现实的广度，这就构成了孙颙作品的厚度和力度。

　　孙颙的作品对生活的敏感给人留下了深刻的印象。1979年，他发表了第一个中篇小说《冬》，较早地表现老知青从迷惘到觉醒的历程。在当时"伤痕文学"成为文学时尚的情况下，作者敏锐地发现，如果让人们过多地在痛苦的感情回流中去审视人生，有可能走向把人生的灾难的根源归结为现存社会制度的弊端，因此，小说努力描绘青年人如何从痛苦窒息的生活之中终于意识到对"四人帮"的黑暗势力的生死搏斗，是时代赋予青年一代的神圣使命，表现出作者对生活的敏锐的洞察力。以后，当大批老知青像潮水一般涌回城里，作者对当代青年思考很快指向生活的另一个敏感的区域。《螺旋》及时地触及了青年人面临的新问题：在落实了资本家的政策后，沉寂十年的拜金主义以新的面貌在世人中出现，青年人应该如何对待这个生活的课题？资产阶级家庭出身的刘雨潇，当她回到老家时，面对着金钱和洋房，是拜倒在不劳而获的丰厚的物质享受的脚下，过养尊处优的小姐生活，还是走自己的创造生活之路？十年的艰辛不仅仅是失去，也有获得。她终于认识到不能回到原来的生活起点上，"生活总得是自己创造的才可靠"，生活不能是封闭式的"0"，而应该是螺旋式的"永远上升"！应该说，这是孙颙对青年题材的新发现。如果说，刘雨潇在如何看待家庭，如何抛弃拜金主义问题上，还表现出性格上的犹疑和懦弱的话，那么，《螺旋》的姐妹篇《回答今日世界》中的从逆境中跋涉过来的孔熙光却清楚地认识到这样一种事实：理想主义的灵光无法给青年指引生活之路，而靠自己的奋斗却能开拓新的坚实的路，否定了理想主义的灵光同样也不能朝拜市侩哲学的神灵！这是当代青年对今日世界的有力回答，对广大读者有着启迪意义。

孙颙说："生活是个谜，要不断地探测，才能获取人生哲理的奥秘。"作者在对"人生主题"的探索中，艺术视野伸延到青年生活的各个领域，向人们勾勒出既有深沉感又有开阔感的生活画面：在那过去了的年月里，时代的狂澜把涉世未深的青年掀到南国北疆、海角天涯，生活的梦魇咬噬着整整一代青年人的心灵；十年一觉青春梦，当神州大地巨雷轰响，时代的浪涛又把大批老知青卷回大都市，犹如噩梦惊醒，人们顿时发现阳光耀眼，春风醉人，给人们以震奋感。但当他们发现自己已置身于一个前所未有的生活天地时，惊喜之中挟着惶惑，追寻之中渗着迷惘，一种青年人对美好事物的追求的本能又从几乎泯灭的心灵灰烬中燃起，他们感受到了时代跳动的脉搏和未来的希望。孙颙就在这色彩浓重的广阔背景上，来描绘和展示各种各样青年人的生活和追求。

《余波》是一部生活容量大、主题深刻的中篇小说，正如小说引子所提示：一群经过十年生活磨难的青年人，面临的是"新的洒满阳光的一页掀开了，但道路仍不平坦，到处有令人苦恼的问题……"汤鸿书的父亲是一个爱国老教授，在"文革"中被逼"揭发"了舒星之父舒校长的"政历"问题，两位老人屈死在"四人帮"的淫威之下。汤鸿书与舒星经过十年离乱生活，共同的理想把他们的感情维系在一起。当他们从新婚的甜梦中醒来，发现了这个"恩怨"的秘密时，老一辈人负的"债"咬啮着后辈人的心。刚从梦魇中挣扎出来的青年人，再也承受不住这种生活的重压了，舒星终于发出呼喊："难道说，父辈的错误也不分青红皂白地要一直压在我们身上?不，我们的生活是属于我们自己的！"小说告诉人们：十年浩劫给两代人造成的灾难是惨重的，今天的青年不能再背这个沉重的历史十字架，只有从过去的生活阴影中解脱出来，才能迈出创造新生活的步伐。

作者还饱含深情地探讨一些后进青年变态性格形成的社会原因。十年动乱使有的青年看不到前途，在生活浊流中消沉下去，出现一些"没落的人"。当新生活的朝霞出现在眼前时，他们仍带着怀疑甚至是报复的情绪来看取人生，在《他们的世界》、《祝你顺风》等篇什中，作者把艺术触角伸向这些"部分畸形"的人的心灵深处，通过对姜海光变态性格的探讨，发现这类人愤世嫉俗不过是"特殊的社会、环境的影响下，某些部分变畸形罢了"，因而满腔热情地呼吁人们要善于发现和掘取他们身上闪光的东西，擦去他们心灵上的灰尘，矫正他们的心理偏向，化弊为利，而这也是搞好"四化"建设中不可忽视的方面。与此同时，作者还大胆地把另一种被称为"复杂类型"的青年作为自己的表现对象。这类青年不乏对生活的热情，他们原先怀着诚挚的信念上山下乡，生活的砥砺使他们磨炼出一种锐意进取的性格，成为"典型"，实际上是那个年代的真诚的牺牲品。"四人帮"垮台后，他们又受到不公正的待遇，背上沉重的包袱。在《大学里的早春》、《灰色日记》等作品中，作者细致入微地描写他们心情的苦痛和灵魂的搏斗。可贵的是，作者极力注意用新生活的热力感染他们，使他们看到生活前景，幡然悔悟，勇敢地卸掉精神上的重荷，满怀热诚地迎接新生活。

更值得注意的是中篇力作《最后一个》。小说写大批青年返回城市，农场里留下最后一个当年的知青刘海亮，这个青年场长有条件回城，心里也想回去，但一种未完成使命的社会责任感促使他下决心留下来。这是一条"前面荆棘丛生"的路，其结果可能是像老书记一样"献出一切，却无所作为"。在不少作者把知青回城后奋斗成功作为"天才"来赞颂的时尚中，孙颙却选择刘海亮作为表现对象，这里蕴含着深刻的社会内涵。正如作者尖锐地指出的："现在以为只有考进大学的人才是人才，也不全面"。像刘海亮一样把自己命运与自己挚爱的事业维系在一起，自觉地把个人融进集体之中，这种人才不也是当今"四化"建设中极可宝贵的吗?作者没有以成败论英雄，而是以对"四化"建设、以是否有时代使命感和为之献身精神来认识人才，这是作者思路敏捷、见解独到之处。

总之，在多方面探索青年问题的同时，孙颙怀着对新生活的深沉的爱，以凝炼细腻的笔触传递给他同辈青年，唱出一首首生活之歌、希望之歌、奋斗者之歌。这是从心底里流泻出来的深厚雄浑的青春奏鸣曲：对新生活永不停歇的追求，对丑恶势力有力的鞭挞，对真、善、美热切的渴望，对"四化"建设锐意进取的精神。这些构成了孙颙作品的主旋律。

不过，孙颙的作品也有使人稍有不安之处：作者在看取人生时有时不自觉地流露出一种淡淡的惆怅感；有的作品在着色时虽不能说过冷，但或多或少使人感到有些灰暗。作者在写具有复杂性格的人时大多写得较生动，而在写具有奋发精神的青年时(例如刘海亮)却过多地渲染其"复杂"的一面，而使本来可以写得更具有典型性的人物结果变成好坏兼而有之的"复杂型"人物，从典型化角度来说，作者至少是"浪费"了本来极具典型意义的人物。高尔基在谈到写新人时说，作者不能跟新人站在同一高度看取生活，而要站在时代的制高点上去表现人生。我觉得孙颙在描绘青年尤其是落后青年时强调"要站在他们同一位置上看待他们"，是有弊端的。如果说从熟悉青年的角度上来说是可取的，但从表现他们角度上来说，那就似乎站错了位置。正因为如此，在孙颙作品中对这些"没落的人"流露出过多的同情和谅解，这无疑要影响作品的思想高度和有损于人物形象。

在创作手法上，孙颙自己说是"四面出击"，或者说"打一枪换一个地方"。任何事物都有其二重性，这对创作实践，提高驾驭作品能力的作用来说是不言而喻的，但对如何深入挖掘生活素材，如何突破等方面说来似乎又是不利因素。例如，作者试图用荒诞手法表现自己创作意图的《新桃花源记》，我觉得就有点荒诞不经。试想，在"文革"中誓不两立、互相厮杀的青年男女，到了深山老林，在对自然的斗争中恩怨顿失，脱离现实斗争而去搞科学实验，这可能吗?作者离开了现实主义的基本态度去朝荒诞方面"出击"，我认为是不可取的。

海上

他走通了大渡河

——陈村创作印象

他沿着大渡河走着。这是一条野性的河，吃人的河，记载着悲壮历史的河，启迪着人类智慧，教会人"懂事"的河！

人类走通了大渡河。大渡河这条蛮荒神秘的河，自古以来两岸有的是雪崩、飞石，河中是激流，险滩！魄岩怪石，阻塞通路；漩流恶浪，吞噬了整本"百家姓"它吃人，吃石达开，吃藏民，也想吃红军……多少人望而生畏，多少人心惊胆战！新中国成立后，劳动者当了历史的主人，当了河的主人，踏勘队终于走通了大渡河，而今那桀骜不驯、慑人魂魄的大渡河被人类打通了，驯服了，它为人类发电，运木材，尽管它还充满烈性，狰狞恣睢……

作家走通了大渡河，沿着险山恶水……她(他心爱的女主人王兮)说："我来过了，我渐渐看见了……大渡河是不懂事的，可我懂事了。"他(他敬佩的当年踏勘队队长、第一次走通大渡河的参与者、领导者刘科长)说："不懂事的河在教人懂事，它教了许许多多人……我也算一个。现在，轮到我们来教它。"这不正是青年作家陈村在《走通大渡河》中深沉真挚、充满人生哲理的感受吗？

是的，他走通了大渡河，大渡河教他"懂事了"。

陈村的中篇小说《走通大渡河》(《百花洲》1984年第3期)是一篇人向自然开战的宣言书，他写出了人类与自然的动人心魄的搏斗；由衷地赞美了人的崇高的生活信念；人是自然界的人，人是自然界的主宰者！这是一篇在题材开掘、主题提炼、艺术构思等方面显得独特奇异的作品。它体现了陈村的风格：怪。作品发表后获得各方面读者热烈的赞扬！

陈村曾说："艺术之宫可谓遥遥，远非三迭泉可比。"在遥遥的路途中，横亘着崇山峻岭、急流险滩，就像大渡河畔的险恶山峦，逼仄残酷。但陈村用他不竭的精力，走通了大渡河，找到了自己——艺术至关重要的是认识自己和找到自己。

　　陈村是以1979年秋天发表在《上海文学》上的《两代人》走上文坛的。一开始就显示出他不凡的创作才能，这篇作品是反映当时不受欢迎的"代沟"，一个地位颇高的报社编辑，屈服于"四害"压力，做一些违心的事，而儿子却是颇具反抗精神的当代青年。这里有对历史的回顾和对现实的反省，对两代人的思想差异表现得极为深刻。这篇作品由于种种原因虽然在全国优秀短篇小说评选中落选，但还是受到文坛同行的赞誉。次年春天，陈村又发表《我曾经在这里生活》，这是一个古老的爱情故事，不过主人公却是当年被"文革"旋风卷进古老村落的三个知青，但那苍凉凄楚的故事，那冷酷荒凉、物质匮乏的生活，那女主人公小文的死，以及陈村那深沉含蓄的艺术笔力，告诉人们：当年，我们曾经有过凄惨的生活，不可收获的爱情；今后，但愿下一代以至永远不要再那样生活了！接着，陈村又发表《当我二十二岁的时候》、《书》，以后又发表《蓝旗》（获"五四"青年文学奖）、《地上地下》、《癌》、《走通大渡河》、《野外》等作品，陈村以他敏锐的思索和奇特的艺术构思，引起了文坛的瞩目，尤其获得青年读者及青年作者的喜爱，他以独特的风格走上文坛。

　　从陈村的创作大致可以看出他的生活历程。他的生活道路和当今大多数青年作家几乎没有二致。他属于当代文坛的中坚"知青作家群"中的一员。他1954年生于上海，1971年到安徽无为县板桥公社"接受再教育"，三年后，病退回沪，再过三年，他考进上海师范大学政教系，又过三年他毕了业，进了市政二公司。他笑笑说："三年就换一个地方，似乎是命运安排。"他的名字似乎也是他当年坎坷生活的难忘记录：陈村。第一次发表作品时，他不愿意用他杨遗华的真名，这时他想起了当年他从芜湖到黄山去玩时经过一个叫陈村水库的地方，这地方并不美，那里的落后且带有原始性的荒芜败落情景深深地留在他记忆网膜上，这是生活的记录。他便取名陈村。"这意思是上海人说的有点'憨'——跟我这个有点拙的人相似。"他自认为拙，颇带自嘲。

因此在他1984年之前所发表的几乎所有的作品中，都有着当代青年人生辛酸苦涩的记录。欢欢在那个苦难的年代，忍受不住心灵痛苦的煎熬，他反抗封建法西斯式的暴力，他想创造新生活，但严酷的现实警告他："不!"他被投进监狱，他到处碰壁!在那个荒蛮的岁月，"我"和崔小文、王大树想追求一点感情上的东西，以充实生活，可小文被生活送进了坟墓，"我"和王大树也在心灵上筑起了坟碑；还有那今年三十岁还没找到幸福的爱情的姑娘；除了上班之外就只有天天在文艺会堂等退票、想看接吻拥抱和女人大腿，那可怜的思想空虚的小伙……他的作品总是时时品味逝去的岁月的悲和欢，苦与甜，辛酸的泪和含泪的笑以及不能收回的失去和不会失去的收获……作品中过多地表现痛苦的感情回流、灰暗的生活色调。因此，读后使人积闷，有的使人感到丝凉凉的"冷"，似乎可以说，缺乏使人振奋的精神。从这个意义上说，人们不能不认为这是一种美中不足，或者说，陈村对社会，对人生的观照似乎表面冷静而客观，实际上有点偏颇。

也许可以这样说：陈村在这一段时期的作品大多是他和同时代的老知青痛苦心灵历程的记录，但是陈村却缺乏同时代有机智思考的老知青作家那种正视现实的勇气。他的作品在全国引起反响，蒋子龙和冯骥才就曾几次跟我谈到，"你们上海的出版社一定要充分注意陈村，陈村有才。"但他的作品在全国评选中老是还没进入决赛圈就被"割爱"，他的中篇力作《走通大渡河》在当年全国优秀中篇小说评奖中在最后一秒以两票之差落马。对于这些，朋友们深感惋惜。他似乎表现很淡漠，镜片背后的迟滞的眼睛微微一笑："我对这些并不看得很重。"当然，陈村并不认为葡萄是酸的。

但是，有为的作家不能老是在过去的生活土壤中去攫取收获。如果这样，土壤将会变得越来越贫瘠，以至颗粒无收。有勇气的作家不但要有勇气反省过去，而且更重要的是要有勇气和热情正视现实。古往今来，莫不如此。在我们通信中，我曾直率地提出告诫："你是不愿意或者不敢正视现实?"我认为作为一个编辑，对自己的作者和知友，提出这样也许会挨骂的意见是必要的，也许不是不明智。后来我在他家里见了面，他仍然这样显得动作迟缓，说话断断续续，思绪跳跃。他有点兴奋说："信我读了，我爱人也读了。她说，'你真敢说话，谢谢。'"他的话和他的作品一样含蓄。究竟是谢谢我"敢说话"，还是谢谢我说的意见中肯?是他谢谢我还是他爱人谢谢我?他说，不仅仅是我，而且不少朋友早就对他提出了这些问题。看来，他确确实实在更多地思考现实。

他是真诚的。对朋友，对艺术的追求都是如此。

他的艺术视线从对过往生活的回味沉思转到对现实生活的足迹的追寻中去。他到工厂，到建筑工地，到农村，到各地城市去开拓生活视野，他努力从历史和现实中寻找出内在联结的纽带。1983年底，他发表了描写当代建筑工人的生活与爱情的《地上地下》(收入上海文艺出版社出版的《全国短篇佳作集》)。朋友们振奋异常，我亦如此。我提笔写信祝贺他的新收获。我真诚地希望这将意味着他创作的新起点。他说，他写《地上地下》是想写当代生活的普通人，想写点当今参加"四化"建设的工农兵，在普通的爱情故事中给人以生活美感和新鲜感。

给他触动最大的是1983年9月应四川林业部门邀请的大渡河之行。他去大渡河时，原先并没有想到写什么，只想借此机会去九寨沟玩一趟，他说："看到《自古英雄出少年》中九寨沟很美，去玩儿去。"当时林业部门派了一辆吉普车，派一个科长陪他和上海青年作者曹冠龙、薛海翔沿大渡河走一趟。他们从上游足捉河走到乐山大佛处，一直考察到大渡河与泯江汇合处。当他们亲自目睹大渡河两岸迎面扑来的浑莽自然的旖旎风光、诱人的奇风异俗；当他亲自读到激流飞越的大渡河的悲壮历史，当他听到科长介绍当年第一次踏勘队如何走通大渡河时，他激动极了，他仿佛看到了过去的奴隶、当今的主人是如何征服原始而带野性的河，他眼前浮现出当年踏勘者牺牲的令人心灵悸动的场面：坠入大渡河中成了大渡河第一个单漂的左全良；娶了藏族姑娘、为救老藏人而被吞没的苏富贵；舍不得二十多本数据而死于雪崩的林乐山；新婚不久就来工地、被猴子用石头砸死的罗赫章……这些为了今天而在昨天献身的生命群体，他们那升腾跳荡的英雄主义精神，他们"不是为了死，而是为了生，为了他人的生……"深深地打动了他，他血液在奔腾，思绪在跳跃，心灵在呐喊……

他们三人，产生了创作冲动，想写一个电影剧本，把那史诗式的悲壮场面，把那应该加载史册而无法加载史册的人和事表现出来。但他们合作得很糟，他们是好朋友，爱吵架的好朋友，没有动笔就争起来。他对曹冠龙和薛海翔说："你们写你们的电影剧本吧，我写小说！"各人的生活感受不一样，他的思想，他的感受终于跳跃在纸面上：《走通大渡河》。

陈村深有感触地说："以前说深入生活，我不相信，去了大渡河后，我相信了，很有必要。"他读到大渡河木材水运局(被人们简称为"大水局")单在1957年开发疏通大渡河时就死了一百多人。他说："对于那死去的英雄、那活着的勇士，你能不感动吗?你能不写吗?"不过，他认为，深入生活不要一辈子只钉在一个点上，这样视野不开阔，没有比较，生活感受虽然可能深一些，但容易以偏概全。另外，更重要的是，深入生活不要带着写作任务去，更不要指派非写什么不可，而是去走走、看看、玩玩、听听、说说、想想，有激情就写，有真情实感就吐露出来，这样更真实自然，否则容易虚假。他认为《走通大渡河》尽管取得了成绩，但还有缺点，就是生活不够充实。这篇作品是他回到上海写的，在动笔时，感到有些地方似乎缺乏细节，根据现有资料很难把故事连贯起来，他想补充生活，可办不到，因此，只好采用时空交叉，思绪跳跃的写法，才能驾驭这题材。

去年春天，陈村又到海南岛去走了一趟，感受颇深，于是他又写了一个中篇《野外》（载《青春》丛刊1985年第1期）。

从《地上地下》到《野外》，可以看到陈村创作的新变化，那就是他更多地把焦距对准当代生活，注意并着重写了现实生活中的普通人，而这些是他以前很少正视的。他感慨地说："以前我不愿写当代生活，那是我的感情过多地在以往痛苦生活中回流，同时也想让生活过滤一下，澄清一下，才能把握得准一点，现在深入生活，体验生活后，我才觉得，生活是多么美好和广阔，生活中有阴霾也有阳光，生活的色彩不仅仅是灰冷的。

写到这里，我不由想，现在是前所未有的创作自由时代，每个作家都可以按照自己的意志写作，每个作家都能发挥自己的才华。我预祝他成功。

他会成功。

寻找：追求更高更完美的艺术境界

——评俞天白的中篇小说创作

一

我真不敢想象，这位中年作家、忙于编务的俞天白，在短短的几年时间里竟写出了《吾也狂医生》、《氛围》、《愚人之门》、《X地带》等四部长篇小说，还发表了《现代人》、《儿子》、《危栏》等十余部中篇小说，总共两百多万字的作品！

此刻，摆在我案上的花城出版社出版的中篇小说集《他们是丁香铃兰郁金香紫罗兰》，正是他近年来小说创作的结晶。

大概与作家的生活经历有关，作家写的多为青年题材。俞天白大学毕业后当了二十多年中学教师，从"文化大革命"前到"文化大革命"之后这二十余年的青年生活、思绪、追求等等，他都有亲切感受。打倒"四人帮"后，他调到《萌芽》当编辑，他接触了更多的青年作者和读者，对当代青年生活有着更深层次上的理解，这就使他笔下的青年题材有更多的挖掘和扩展，对各层次的青年的心态有更深刻的认识，所以他下笔之后，作品引起广泛的反响，在青年中引起共鸣。尤其对于当代青年心态描绘方面，真可谓具有穿透性的笔力。

有人认为光写一种题材容易造成单调，流于平淡。其实并不，俞天白在青年题材中作了多方面的开掘，使题材不断翻新和深化，因而含蕴较深。

这主要表现在作家从各种不同思想形态的青年的角度去透视当代青年的心态变化。

文评

43

《泱泱》写的是一个有着心灵创伤的农村姑娘泱泱，回到了城市。这位涉世不深且带有纯真的少女，在她眼里观察纷繁复杂的社会生活、各种人情世态，她这种独特的审视点犹如破壳而出的小鸡，睁开眼来看世界，一切都那么美好、有趣，但当她涉足正义与邪恶、高尚与卑下等世俗冲突中时，她感到迷惘和恐惧，无所适从；当她经过世态纷争后，从她这纯真少女的思考角度来认识世界，她觉得她的生活天地在山村，在山村淳朴的父老乡亲中，在秀美的青山绿水中，在透明般的情绪之中。她毅然抛弃诱人的商品粮、城市户口，回到了哺育她成长，陶冶了她的情操的山村，找到生活的位置。

如果说，《泱泱》是采用农村少女来看取城市生活，寻求自己的生活方式的话。那么，《他们是丁香铃兰郁金香紫罗兰》则采用一群城市青年去旅游，到山村中去看取山村、小镇的人情世态，从一系列的戏剧性的经历中，一群青年人认识了生活，从而较好地把握住自己。这又表现出作者的巧妙而机智的审视生活方式，对不同类型的青年的心绪作了较好的把握。

《危栏》是从肖淑吟对卫岛的大胆的爱情的表达方式中，展示了高莎与肖淑吟的不同的爱情观，从而使人们窥见在现代生活方式下，青年人的爱情观念的发展与变化；《屏》侧重点则在与从青年教师潘然对领导、同事之间的相互关系中，从隔膜、疏远以至误解中，发现了随着当代社会生活的变革引起的人际关系的重新调整和发展变化，坦露出当代青年的封闭而又开放的思考方式。

所以，俞天白许多作品虽然都写青年题材，但由于作者对青年的熟悉和了解，他能驾轻就熟地从各个不同视点上透视和综合思考，从而使他的作品产生较深刻的艺术感染力。

二

寻找：青年人自我意识的觉醒；寻找：追求更高、更完美的思想境界。这是俞天白关于青年题材创作的基点。

经历"文化大革命"风暴，历尽生活磨难的青年人，在迎面扑来的新生活浪潮冲击下，宛如惊涛拍岸，他们的思绪随着浪花四溅，有的迷惘惶惑，有的举止犹疑，有的奋勇搏击，有的徘徊观望……但这群不甘寂寞，不愿在施舍或恩赐中过日子的青年，他们苦苦地思索和寻求，他们求索一种能够自我证明和自我实现的方式，从纷纭复杂的生活现象中找到自己生活的位置，证明自己的存在价值，找到一种精神慰藉。作者把自己机智的思考流淌笔端，记述了青年人在追索中觉醒：青年人要勇于摈弃传统因袭的重荷，打破依附他人的传统锁链，实现经济和人格的独立、自立和自强，这样作为时代最富朝气的青年人的主体性凸现出来，从而显示出青年人的主体意识和主体力量。这正是俞天白青年题材的极富成效的主题价值。

作者不是用简单的议论来表述这种主题，而是让青年人潜藏在自身的旧意识跟外部世界中的疾迅变化的生活方式发生激烈冲突，对这种痛苦的较量、自省和自我觉醒过程的刻意描绘，就使作品更具撼人心弦的艺术魅力。

泱泱姑娘原本对自己的生活是满足的。儿时奶奶抚养她这位孤女。她喜欢山村。那欢唱的小溪，散落在小溪旁的茅屋瓦舍，缠绕的云，绿绿的山；她养羊，孵鸭；憨叔教她识文断字，奶奶教她学会山里人的勤劳俭朴……一阵时代的飓风把她卷回城市，人们说要让她找到原本属于她的东西。她爸爸是在"史无前例"的风暴中惨死的，在一次风暴中，三艘渔船因台风沉没，死了五人，失踪三人。当时担任渔业公司经理的爸爸他不愿牵连正受到冲击的老上级姜长瑞，所有责任由他一人承担，因而遭受厄难；泱泱的妈妈疯死。党的十一届三中全会以后，她爸爸平反了，她应该获取她应该得到的一切。泱泱回到了城市，城市生活就像万花筒，五光十色、目不暇接，令泱泱感慨感叹。这位天真的姑娘由此卷进了一场家庭纷争中去。姜长瑞死了，他的妻子安芸用死人作筹码，要地位，要房子，要得到她想得到的一切，泱泱也变成她手中的一块筹码。泱泱从安芸的"女儿"到帮佣，从她所得到了权利与无形中被剥夺，从她"城里人"到回归山村，在纯与浊、爱与恶、真与假的矛盾冲突中，从渴望一种崇高的母爱的慰藉到否定这种令人失望的虚假的"母爱"中，泱泱终于悟出了实现自身的价值不在于依附和恳求，而在于自立和创造。"见到了青山绿水，她突然产生了从未体验到的自由感，脑壳清爽了，鼻管畅通了，脚头轻松了，她相信自己应当生活在这个山沟沟里，而不是在可怕的城市"。作者从多角度透视到人物的心理流程中，清晰明确、极富层次地表现了人物的觉醒和作为人的主体意识的认识。

写得更有趣的是《他们是丁香铃兰郁金香紫罗兰》。四个青年，不满足于现况，决定出去"闯荡江湖"。魏晔由于父母老实本份，在魏晔工作上无法"烧香"，致使被安排到里弄加工场，和家庭妇女筛选二点五伏的电珠，感到难捱的是"那份低人一等的羞耻"。他决定到他外地当局长的表姑父那里去"烧香"，以图改变自己的生活环境。这样便牵扯出何鸿、齐家璞和路露三个青年男女来。一路上，他们几乎是喜剧性的经历，旅店服务员、作家、经理、老科学家，他们各自有自己的生活方式和生活信念，使这四个不同阅历、不同信念的青年不能不作出对前途、对信念的思索，以及对青年人应以什么样的生活支点来支撑自己作出抉择。在这种自身内心的新与旧的生活信念的交织和碰撞，希望和痛苦之间的冲突，引起青年人内心的强烈冲动，这种人物意识流程的碰撞、驳诘和选择，揭示了几个青年人丰富的内心世界及其社会属性。

作者通过令人置信的情节展示，表现了青年人自我意识觉醒的复杂性与曲折性，原先认为改变生活支点的是"人际关系"的魏晔，在一系列的生活事件面前，终于醒悟出这一含蕴深刻的人生真谛："拯救自己的上帝就在自己心中，但也需要朋友的支持和帮助。"

是的，生活就犹如东流的大江，它们磅礴的气势，柔柔韧韧地改变山陵的面貌，认定东方，永不止息地奔腾!青年人从惶惑到自信。自信蕴藏在曲折回旋之中，而人生的方向却体现着信念，生活的强者就敢于以这种自信和信念，去重新组合，去面对残酷的裂变!作者对青年人的心绪和探求的描写，蕴藏着多么丰厚的人生哲理和社会内涵!

三

俞天白是一位严谨的现实主义作家。在他一系列小说创作中我们可以看到，他是以惊喜和忧戚的心情来看取生活，感受生活，他坚持从生活出发去认识和表现生活，他从来也不懂"面向自我，背向生活"的高深的创作理论为何物。他说："在我不短的写作经历中，认识到不管吸取什么风格，采用什么手法，都应该服从于正确的、自然的、艺术的再现生活的目的，使我们在文学创作活动中，主客观得到最完美的统一。"

俞天白的这种创作思想，使他的作品极具当代意识，有极强烈的现实感。

在作品题材选择上，充分表现出俞天白作品的当代性特色。

《泱泱》的作品聚光镜对准要特权与反特权的斗争。姜韬的爸爸姜长瑞，原是市委纪律检查委员会书记。他生前从切身的教训中痛悟出我们共产党人要生存和发展，就得正视和反击自己身上的毒瘤——特权，为此他向市委提出了一系列反对特权的建议。想不到他死后，他竟成了他夫人安芸向党要特权的筹码——他被陈尸。安芸要崔市长答应她一系列的特权要求，姜长瑞才能火化。由此，崔市长以及姜长瑞的儿子姜韬便与安芸之流展开了限制特权和反限制特权的争斗。这是极具时代内容的题材。

作者的高明之处在于，他敢于把这种社会上极敏感的问题加以典型化。共产党人对于自己的缺点、弱点从来不隐讳，因为共产党人是强者，它的自信足以把自身队伍中的毒菌暴露在光天化日之下，暴晒死的是毒菌，从而使自己肌体强健。正如列宁所说："我们是不会灭亡的，因为我们不怕说出自己的弱点，并且能够学会克服弱点。"崔市长、姜韬他们正气凛然，以正压邪，充分表现了共产党人的坚定信念。作者提出这一敏感的社会问题，但又不过于渲染，而是恰到好处地把握共产党人高度信念，更好地反映社会本质。

在含蓄蕴藉的《屏》中，作者捕捉住经过"文化大革命"冲击后的人们的心态，加以深刻的探讨和揭示，同样具有浓重的当代色彩。青年教师潘然，在人际关系极其复杂的学校里，她紧紧关闭自己的心灵窗户，对谁都怀疑，投下不信任的眼光。她这种"保持距离"、关闭自己的处世哲学，使她的视线所触之处，人人都成了变了形的自私者。她这种处世方式和思考方式，概括了一些历尽政治磨难的知识分子的心态，无疑具有现实性。但是，随着现代化的进程和时代的变化，这种明哲保身的处世方式处处受到冲击。

她不能不怀疑这种"箴言至理"的现实意义。当一系列的误会澄清后，她才省悟到人与人之间在新生活面前不应如此隔膜和防范；人还是有良知和进取精神的；排除跟随自己二十余年的孤独，去正视和迎取新生活，向人们坦露自己的心扉，这才是人生的要义。作者捕捉当代人际关系中极有社会意义的题材，加以认真的层层剖析，使作品获得强烈的当代意识。

俞天白的作品的当代意识不仅表现在作品题材具有强烈的现实意义，还表现在作品人物具有鲜明的时代色彩。这主要表现为作者笔下的人物个性有着独特的时代风貌。

很难想象，在过去作品中能出现姜韬这一具有叛逆精神的时代骄子。作者从历史的角度来描绘安芸沽名钓誉、向党伸手要特权的世俗观念，在我国封建制度延续发展伸延了几千年的国度里，封建意识根深蒂固，深深地渗透进某些人的意识里，这是不足为奇的。安芸就是这种世俗观念的奴隶。作者强烈地感到这种旧的社会痼疾还在时时危害我们党的机体，妄图拖住隆隆前进的时代战车。作者痛切地加以剖析。这种剖析，是由姜韬的作为，他勇敢地向世俗挑战来实现的。而老一辈的崔市长、老赵等却是时代搏击者的精神支柱。"认识你自己！"这是姜韬为代表的一代青年的心声。就是说，认识自己所处的位置，认识自己肩上所扛的时代赋予的使命——在改革浪潮中跋涉前进，奋然前行。这就得首先向陈腐的观念作彻底的决裂和冲击。姜韬放弃自己举手可得的"特权"，也坚决反对安芸及兄嫂他们的特权，他成了家庭的反叛者，他甚至为了维护党的声誉，为了维护父亲的尊严而幼稚地假造父亲的遗嘱，以达到击破安芸向党要特权的目的。这种时时采用进攻姿态，自觉维护党的利益的性格，无疑是当今时代的佼佼者。

肖淑吟(《危栏》)更是在开放改革下的所出现的时髦人物。伴随着巨大的经济改革必然会带来生活方式的变革，同时也会带来对旧有观念的冲击。肖淑吟寻求新的生活形态过程中，产生了复杂的，甚至是不可名状的情感。在她的心灵的沙漠中，她需要爱的甘霖滋润。作者把笔触透入肖淑吟的日常生活、工作过程中，去探视其内心世界的复杂运动，在浓重的现代生活氛围中，紧紧把握其心理层次的复杂状态。肖淑吟对于"维多利亚时代"和"孔夫子时代"的迂腐陈旧的道德观念深恶痛绝，时时加以嘲弄和痛击，这种叛逆心理促使她勇敢地向假道学发起频频攻击，表现了当代青年勇于超越、敢于进取的时代品格。但问题的复杂性却在于，她想爱却不知道如何去爱，她试图超越阻隔她爱情的"安全栏"，而不知道这种"超越"并不是和时代道德同节拍的"超越"，而是带有一定的盲目性和危险性。作者怀着复杂的感情来描绘肖淑吟性格的时代性和时代性的超越。表现了历史转变时期青年内心的骚动不安、惶惑痛苦而又不甘寂寞和自我菲薄的复杂感情。

俞天白作品的当代意识还从青年人对社会的认识、理解到为之献身中得到了强化。女教师阿桑、默默地为教育事业献身的黄从武，乍看去是苟小之徒，但随着作者视线对迷雾的穿透，人们从迷雾逐渐廓清中看到了烙着强烈时代印记的献身者：阿桑勇于跟庸俗的世俗观念决裂；黄从武当年勇敢地走向边疆、做搏击风云的时代骄子，今天，他埋名隐姓，仍是默默地为造就一代新人献身，为了他人而牺牲自己……

作品的当代性愈强烈，其反映的社会内涵也就更深刻人物的时代感愈鲜明，其反映的社会生活也就更有深度。俞天白的作品之所以在青年中引起强烈反响，是由于作者在时代生活中获取了新鲜的素材，把握住时代生活的本质，使作品表现出在变革生活中的深刻性与复杂性。

四

俞天白是勤奋的，勇于探索的作家，他在文学创作道路上一直孜孜不倦地"寻找我自己"。（《他们是丁香铃兰郁金香紫罗兰·自序》）

在他不短的创作生涯中，在艺术表现手法上一直不停地探求。起初，他和许多初学者一样，师法他所崇拜的大师的作品，也有过师法所得的喜悦，同时又由此带来刻意模仿所带来的苦恼——他不知道自己是什么。他惘然。他在学步，力图走自己的路。他从六十年代中写的长篇小说《吾也狂医生》以及后来的二部续篇中，他追求的是清丽淡雅的风格。浙东的美丽的田园风光，淳朴的民情民俗，更增添不少色泽。他并不止于此，而是随着社会生活的变化，他的创作也力求适应这种变化节奏，他的《现代人》、《融雪夫》表现出东方第一大城市上海的浓重的气氛，有着明显的都市风情画色彩。

而近年来的创作，可以看出俞天白又有着不同前者的艺术追求。这种追求表现在作家笔法更加老练娴熟，他重人物而不重情节；重人物的心态而不重人物的形态。他不追求情节的大起大落，而着力把人物的心灵展示给读者。

《危栏》表现了青年人的心态。作者着重写肖淑吟在新时期中思绪的波澜起伏，寻求一种新的爱情价值观。尽管她走的是那曲折迂回的、不现实的道路，但她那大胆追求，努力寻找自己的思想状态多少还能概括出这个时代的青年特征：他们愿意受约束，却不愿受操纵。高莎却是另一类型的青年妇女，温柔贤淑，对事业又有着极强的进取心。作者对她着墨不多，但却从她的眼神的窗口和行动中透出她心绪起伏变化。

而《屏》几乎通篇都采用窥探心灵的办法，通过被扭曲了心灵的青年女教师潘然的目光来看取生活，探视周围的人的内心活动。作者采用摄取镜头，通过场景和事件的剖析，由潘然用回忆、思索、综合、判断等方法来写潘然对世界认识的变化，写潘然周围的人物黄从武、阿桑、康院长等人的高尚的精神境界，写来有起伏波澜，有声有色，读来令人回味，有厚重感。

在长篇小说《X地带》(《小说界·长篇小说专辑》)又标志着俞天白在艺术手法上的新变化。作者不用长篇小说创作常用的单线发展的办法，而是大胆地采用放射性结构，三个中年知识分子，三种不同的遭遇，但他们都处于历史的"X地带"，如能冲越这个地带，就能走向自由王国。他们苦苦拼搏，但还是难于逾越。作者用的是三个人物，三条线索，交叉放射，没有连贯的情节，人物和情节都是跳跃式的，时断时续的。但作者由此展开的画面，如此宏大，对知识分子的心灵展示又是何等深刻和大胆！作品发表后受到好评，认为是城市文学的新突破。

"是的，我在寻求，凡是路，我都想闯进去走走。"在创作上，俞天白不"定于一"，而是勤于探求，努力超越，这种积极进取精神是何等可贵！

五

俞天白的创作，有其长处，也有其不足。作者似乎想勾划出一代青年在痛苦寻求之后，迷途知返，奋然向上。这主观立意极好，还达到了应有的艺术效果。但略有不足之处是，有些地方落笔较生硬，给人以外加的感觉。例如魏晔，几天的旅游生活，很快就出现思想的转机，从认为人的生活支点是"人际关系"马上就转到认识到人生靠自己奋斗等等，似乎为时过早。尽管作者最后也点明了他要继续寻找生活的真谛，寻找信念和自信，但读来总有生硬的感觉。

另外，作者有时过多地采用感情回流来叙述人生，似乎不太注重情节的力量，因此，有此地方给人较沉闷的感觉。

我以为，作品表述的人生哲理既要在人物的心绪思绪之中，也要注意在人物的行动情节之中，才能产生超越情节的效果。

都市文学的新拓展
——程乃珊小说创作探踪

"大陆的琼瑶"：程乃珊创作之谜

　　海外有人说程乃珊是"大陆的琼瑶"，这是因为程乃珊与琼瑶有相似之处：她们都善于写富家男女的爱情故事，她们对上流社会生活都稔熟于心，在作品中表现出浓重的色彩。

　　然而，琼瑶毕竟是琼瑶，程乃珊毕竟是程乃珊，各人生活的社会背景、历史条件不同，因而反映的生活有极大的差异。琼瑶反映的是腾飞时期的台湾上流社会的男女爱情故事，而程乃珊反映的是大陆"文革"之后的新生活。他们的人物、命运也不同。

　　人们把程乃珊和琼瑶比较之后，会惊讶地发现：在解放以后成长的程乃珊，怎么会对上海滩的"上流社会"生活如此熟悉？对原工商业者家族的各种心态竟如此了解？程乃珊是怎样向社会打开观察他们的一个窗口的？这简直是一个文学上的谜。

　　其实，熟知她的人都知道，程乃珊本人及其夫家就是原工商业者的后裔。程乃珊娘家的老宅就是那幢"蓝屋"：那是一座仿岩石的西欧古堡式老宅；她爸爸就是那蓝屋的长房长孙，现在90高龄的祖父是当年金融界名人，现住在香港，还是全国政协委员呢。当年，"蓝屋"鼎盛时，每天开晚饭的时候，坐了满满两圆桌台面的人。

　　1949年，对"蓝屋"的居民是一个严峻的考验。那时，有的远渡重洋，有的赴港定居，偌大的"蓝屋"人去楼空，这老宅成了政府的一个办公机关。

　　"蓝屋"的后代各散西东，有的成为工程师，有的当教师，也有翻译家、医生、雕塑家……她的哥哥当年告别上海，到大西北工作，程乃珊的《蚌》、《当一个婴儿诞生的时候》中的主人翁就是以她哥哥为模特儿。

程乃珊的夫家也是沪上名门高第，现在住在'上只角'愚园路上的一家三层洋房里。

程乃珊的妈妈以前在上海有名的教会学校——中西女校就读，后来毕业于赫赫有名的圣约翰大学，现在退休后仍为一些大学生补习英语。

程乃珊是极有心计的人。她很注意观察生活和收集素材，常常对他们的言谈、习俗、风度、举止、心态等静观默察，烂熟于心。当她找到创作的爆破点后，她的创作热情便喷薄而出，一发而不可收。在她发表了《蓝屋》、《女儿经》、《秋天的盼望》之后，名声大震，成为她创作的里程碑。

如今，程乃珊正在艰苦地寻找自己，跨越自己。最近她闭门伏案，撰写准备多年的反映沪港两地四代知识分子生活的长篇小说。几年前，我曾听她谈过这部长篇的构思和立意，当时我听后不禁拍案叫好，我鼓励她尽快写出来，但那时她教务在身，无法用整块的时间来完成她的宏伟工程；如今她已成为专业作家，她有时间去思索、构想和写作。我有理由相信，她这部长篇将成为她创作的第三个阶段——成熟和丰收的阶段。

现在，让我们沿着程乃珊创作的轨迹去作一番追寻。

妈妈教唱的歌：用双手唤起新的生命

1979年，当中国大地荡涤了"文革"的污垢之后，面对迎面扑来的新生活浪潮，程乃珊推开封闭已久的心灵窗户，对着美丽的大上海，唱出了她久蕴心胸的第一支歌：《妈妈教唱的歌》。

野兽都已经离开草原，

大地在等待着人们来临，

等待人们前来开垦，

用双手唤起新的生命……

这是妈妈教小薇唱的一支曲调优美的歌，而妈妈却早在严酷的日子里离开了大地。

这也是程乃珊心中的歌，一支蕴含丰富的歌。

十一届三中全会以后，中国形势起了巨大的变化，开放改革成了国内生活的主旋律。但在久经动乱的人们面对汹涌的生活波涛，犹如清晨从噩梦中清醒过来，看到窗外明丽纷繁的画面，深感惊诧和迷惘。尤其在世界著名的大都会上海，当告别了过往苦痛生活之后，人们不禁陷在深深的思索中：人生道路应当怎样走?是陷在过往苦痛的感情回流之中，还是追逐大浪奋然前行?是躲进小楼过自成一统的生活，还是去搏击风雨，迎接生活的挑战?……

小薇就是在惊喜中陷入深深的思索。她唱起妈妈教唱的一支美丽的歌，却并不理解其深刻的含义。是工厂生活给小薇带来了忧伤：妈妈蒙冤含愤而死，爸爸也因搞"R．S"冶炼试验而招祸。在这个时刻，小薇的"阿姨"——爸爸的同事，挑起指引迷途的重任。小薇终于懂得：在人生征途上，要取得幸福，就要"付出巨大的代价"，当"野兽都已经离开草原"的时候，祖国大地正"等待人们前来开垦，用双手唤起新的生命"。

这是小薇妈妈和"阿姨"教唱的歌，也是祖国母亲教唱的歌，道出了人生真谛。

值得注意的是，这篇作品发表在1979年7月，当时，"伤痕文学"在国内成为时尚文学，作者虽然写出了小薇父女及"阿姨"心灵上灼下的伤痛，但可贵的是，作品并没有在悲戚中深陷到悲怆的感情旋涡中去，而是以高亢的声调展示人们美好的生活前景，这就使作品有着比当时某些赶时髦的作品更深沉的社会内涵。

此后，程乃珊一直沿着这条心路在拓展和丰富她的创作主题。

如果说，程乃珊的处女作《妈妈教唱的歌》由于对当时生活的理解力尚处于较为稚嫩阶段，而使其对新生活前景的认识较为朦胧的话，那么，紧接着发表的短篇小说《蚌》、《呼唤》、《父母心》以及中篇小说《喷泉里的三枚银币》等作品，在拓展自强不息这一主题上就显得较为深沉开阔、明朗具体，有着更深的生活容量和生活内涵。这充分表现了作者对生活的迅疾敏思的理解力和艺术表现的深度和力度的潜心开掘。

《呼唤》写一对青年夫妇对人生价值的不同理解和追求。这是程乃珊关于自立主题的具象化和较有力度的扩展。

在那非常年代，经过风霜刀剑的、而又失去了原先所赖以生存基础的知识阶层"高等华人"和原工商业者阶层的子女，痛感依赖父母的知识或物质基础而生活的惰性和软弱性，这就宛如沙塔，底基散陷而带来塔身的倾覆。社会是严酷的。不少经历动乱年代的青年都深深感悟到这一点。正因为如此，像一朵娇嫩的牵牛花似的、依赖父母而生活的少女"我"，与原工商业者的子弟"他"心灵沟通了，他们的结合就构筑在"自立"的理想墙基上了。因此，尽管他们只有几平方米的小间，两个人工资加起来也仅有80多元（"他"还需付20元赡养被扫地出门的父母），生活虽然拮据，但心灵却异常充实。在扫除"四人帮"后，"他"家发还了被抄的30万元以及一幢小洋房。作者抓住这个具有特殊意义的时机，笔触分别探折了两个青年人的思想变化的轨迹。"他，成了生活的宠儿，不再按自己的意志去做人，去奋斗，而是按父亲的意志生活，醉心于突然暴发的金钱和物质的享受。而"我"却仍按他们当年向往象征自立的"天蓝色"的生活。她终于明白：在时代的潮流冲击下，并不是每个人都能恪守自己的信念。在新的生活环境面前显示出这对不同层次教养的夫妻的差异。差异就是矛盾，他们终于分道扬镳。"我"仍孜孜不倦地追求，寻找自己在生活中的位置："我是一粒微小的尘埃，但天地间应该有我的一个位置！"

《呼唤》表现出程乃珊早期作品的艺术功力。作者不是一般地写两个青年人不同生活信念和追求，而是跳出时尚的、简单地把两个青年人放在几个生活场景面前表现不同态度的窠臼，着重写出环境对人的思想产生的不可忽视的影响，从他们对人生价值的理解差异到融合，从融合再裂变的过程中，使人们窥视出不同社会环境（尤其在社会环境剧变的关键时刻）、不同的社会潮流对青年人不可忽视的冲击力所产生的有撼动性的影响，从而告诫青年人要在各种生活环境中砥砺自己的意志，对自己的理想信念要始终如一去追求，人生才有价值，爱才有所附丽。

程乃珊不仅给人们描绘出上海青年在上海圈子内不断探求自身的人生价值，寻求较为完美的实现这种自我价值的方式，而且她还较早地注意到青年人不能仅仅围于小家庭或大上海的生活天地中，而应当在更大程度上去拓展新的生活前景，对敢于闯荡他乡异域去创造新的生活方式的青年作了由衷的赞颂。

　　《蚌》是写一个资产阶级家庭出身的青年，二十年前大学毕业到雁北去工作。"他为自己的终于完全独立而得意"。他原本有机会回到上海，他完全能找上海姑娘结婚调回来的。可他崇尚的并不是上海这大都市和金钱美女，而是生活的自立，人格的独立。他觉得他的生活乐趣和他的事业在那塞外。当他出差回到上海听说原先的女友依敏为逃避去塞外而千方百计留在上海，如今一股出国风又把她吹出外国去了时，他鄙夷地说："像她那样万事没有主见，凡事吃不起苦的，别说去美国，就是去上帝那儿也是一事无成的。

　　《蚌》在很大程度上道出了作者对生活的理解：蚌培育了闪光的珍珠，但珍珠的培育过程是痛苦磨练的过程，它由一粒砂子进入体内后，经过痛苦的刺激折磨，才把砂子磨练成有价值的珍珠。人要有所成就，对社会要有所贡献，也就要像珍珠一样经过生活和感情上的砥砺，才能闪出耀眼的人生价值。

　　应该说，在1983年秋发表《蓝屋》之前的作品，是程乃珊创作的第一阶段。她早期的作品虽不乏稚嫩单纯和较为理想化，但她有一股深刻的透视力，就是从大上海纷繁复杂的生活中，在青年人从恶梦中苏醒过来而陷入深深的思索之际，她敏锐地捕捉住家住"上只角"的青年人的生活道路抉择问题，迅速遣上笔端，显示出她作品所具有深度的主题。

　　这是作者在推崇自强不息、坚韧不拔的自立精神，鄙视企求依托家庭，过纸醉金迷的寄生生活。她这种在处世态度上重精神而轻物质，重自立而轻依附，这种渗透在作品中的人生信念，对当时(包括当今)把物质视为人生的终极目标的俗不可耐的人生观，起着一种健康积极的净化作用。

王安忆的"谜"：程乃珊在《蓝屋》中索解

程乃珊在苦苦地寻找自我。

她终于如愿以偿。那是在她以惊喜的心情发现了"蓝屋"以及从"蓝屋"出走之后。

其实，上海青年作者中最早找寻"蓝屋"的倒不是程乃珊，也不是王安忆，而是孙颙。

八十年代初，孙颙还在大学读书时，他就以敏锐的目光捕捉到大上海的一个奇特的社会现象：当年工商业者的后裔，也和普通子民百姓一样经历了心灵的风暴，甚至有过之而无不及。他们祖父辈被抄家，赶出"蓝屋"，他们也被一阵飓风卷到了农村。当时代的潮汐又把他们卷回上海大都市时，他们面对巨大的财富和家产，心灵深处又翻卷起更猛烈的波涛。孙颙稍稍思索之后，便写下了小说《螺旋》，引起了反响。但这位擅长于"打一枪换一个地方"的作者，又回到深山里去探寻他的荒诞故事了。人们不禁为之惋惜。

此后，在差不多的同时，王安忆发表了中篇小说《流逝》，程乃珊发表了《蓝屋》，陈村发表了《地上地下》等作品，组成了上海风情的奏鸣曲，"上海味"的作品令人刮目相待。

王安忆的《流逝》写一个资产阶级少奶奶欧阳端丽在"文革"中的苦难历程。但她对资产阶级"上流"生活并不熟悉，她便巧妙地避开正面描写原工商业者家族的生活，而对她们受到冲击之后的生活着力泼墨，从而达到了她预期的艺术效果。但是，她留下了一个谜："我们家曾住在这样的一个地方，左右前后有一些中产以上阶层的人家。他们深居简出，大门似乎永远紧锁着，他们的生活对于众人，是一个谜。"（《岁月是条河》）

其实，程乃珊为解这个庭院深锁的"中产以上阶层的人家"的谜，已思索了好些时候了。

《蓝屋》就是她解谜的"程序"。

七十年代末八十年代初，创作界不少人对寻找政治性、爆炸性的题材趋之若鹜，企求引动创作爆炸装置而一鸣惊人。就在人们热热闹闹地扔"炸弹"、"手榴弹"之类的时候，程乃珊却耐得寂寞，躲在自己的高级寓所中，思索当年在上海显赫一时、飞扬跋扈的"蓝屋"子孙们的今昔。"蓝屋"历尽人世沧桑，几经政治风暴，却并没有把它从地球上拔除。如今，"蓝屋"安在?它的子子孙孙们又怎样呢?

"蓝屋"，她太熟悉了。当年祖父一辈创造了"蓝屋"，父辈们围绕"蓝屋"产生了纷争，有的走出，有的坐享其成。"蓝屋"的第三代在时代浪潮中，有的成为时代的弄潮儿，奋然前行；有的落伍，寻根回归……她渐渐摸清了他们的思想脉络和生活方式。终于，在新旧文化交汇撞击中，她惊喜地发现了一个几乎被人遗忘、被时代湮没的重要的题材领域，在大都市发现了"蓝屋"的内在价值。她的笔触谨慎地伸进"蓝屋"之中，觅解鲜为人知的"谜"。

58　　《蓝屋》叙述的是原工商业者、上海滩上赫赫有名的钢铁大王顾福祥之后两代人的儿女情、家务事。作品从顾传辉偶然发现自己的身世秘密——蓝屋的后代切进去，由此展开了两代人一系列的家庭纷争。

顾传辉为了在"上流社会"中找到一席位置，掀起了回归热：他希望在富丽堂皇的蓝屋里有他的位置，捡回他应得到的一份家产。他叔叔顾鸿基为了保住蓝屋的一切，决定给顾传辉一点施舍，在他名下开了一万元的户头。当年，顾传辉的父母为了自立，寻求新的生活，毅然舍弃了蓝屋的合法继承权，求得了自主自立的独立人格，而今天，下一代却热衷于蓝屋的一切，这使父母甚为惊异。在父母和女友白虹的启发下，顾传辉才省悟到人的幸福不能靠别人的施舍来求得，而在于自身的开拓和创造。他在人生路上走了一个圆圈之后才感悟到父亲说的话的实在意义："我一直认为，青年应学着在可能范围内约束自己的欲望。事实上，一切往往是从小小的依赖开始的。人一生所受的诱惑多着呢，一点克制性都没有，这怎么行呢?"而他却"为了找一点依赖"，"竟押上了自己的幸福"，他感到愧疚。

作品高明之处并不是着重于事件本身的描写，而是着眼于从父亲当年从蓝屋中跳出来,而儿子却从外面跳进去;儿子跳进去到蓝屋内部构件之中作出了探视和思索后,又终于从蓝屋中慢慢地踱出来。在这一进一出之间,展示出父辈和儿辈两代人的各种不同的追求和心态,从而,昭示出人生的要义:嗟来之食,不是幸福;自己奋进,才能创造幸福。

程乃珊并不满足于从"蓝屋"内部透视新时期中原工商业者家族纷纭交错的关系和他们各自的人生观。随着改革旋律的激越飞荡,她在更高层次上鸟瞰时代潮流荡涤之下他们的复杂的心理状态。于是,她巧妙地把人物从"蓝屋"里拉了出来,置放在社会改革背景之下,勾出他们的心灵轨迹。

旧弦续新声。随着改革的深入发展,气势磅礴的时代洪流猛烈地冲击着社会的每个角落,洗刷历史的旧迹,这使历来洁身自好、深居简出的原工商业者的家族也震醒起来。他们思索,产生一种前所未有的焦灼感。他们对现实不能不作深深的思虑和抉择,扬弃陈屑,使其合理的内核显示出强劲的生命力。应该说,这种对改革时代产生的热力感和在不同程度上的投身于改革事业,和当今的政治潮流、改革流向紧密地交切和胶合,显示出其新的实际意义。程乃珊这种题材发现和主题开掘对当今丰富文学创作是有重要意义的。

在《风流人物》中,当年被人誉为"上海时装界的泰斗"的叶信义,凭他的技术和精明的经营方式,从简陋的工厂发展成自产自销的服装行业,创立了"添禄"时装名牌,国内外名声大震。解放前夕,他拒绝了美国方面重金聘请,希冀在公私合营之后能把"添禄"事业发展下去。但随着时间的推移,"添禄"被湮没了。他"无时无刻不在思念它,好比怀念一个青年时代的恋人,没有'添禄',他有一种被生活摈弃的感觉。"这位不甘寂寞的老人,心灵深处像蒙上雾霭般的迷惘与惆怅,他想再干一番,重振声名,却又无从着手,一种对昨日的依恋和淡淡的哀愁油然而生。当他当年的高手徐师傅的儿子徐九龄厂长来登门求教、请他出山时,他内心深处荡激起波澜,一方面他心底里愿意出山,希望能对事业有所贡献;另一方面,他又被突如其来的改革之风刮得有些迷茫。但当他确信改革是一项大事业之后,他便毅然决然投身进去,引进外资、技术和原料,大张旗鼓地干起来。作者对叶信义的复杂心态刻画是有分寸的,对他的犹豫与决策,对他出山与行动既没有拔高，也没有贬低。他对"四化"建设没有过高的认识，正如他儿子叶子杰想到的："事实上他知道，恢复'添禄'牌子和公司，从公私合营那天起，父亲就在盼望了。凭良心，父亲倒不是为了钱，更不是为'四化'，只是为了考验一下他这辈子还能不能再风流起来。"作者对原工商业者的心态把握，使人信服，人物形象也就不会失之单薄了。

解放前大上海这十里洋场是民族资本主义的萌生之地，不少工商业者对中国民族工业的发展做出了应有的贡献。解放以后，由于历次政治运动都席卷过他们，使他们心有余悸，深藏不露，他们的生活很少有人知晓，因此文艺作品也很少涉及到这个方面。周而复的长篇小说《上海的早晨》以及徐昌霖等的长篇小说《东风化雨》就是写上海资本主义改造时期的资本家的生活内幕。此后20余年，由于资本家的处境每况愈下，关于他们的生活变化和他们家庭成员的心理状态，别人无从触及。尤其在安定团结、搞改革的今天，他们的生活和心理流向更是一个谜。程乃珊在这方面作了不少有益的努力，可以说她有着开拓性的贡献。这也意味着她走向成熟和发展。这是她创作的第二阶段，也是她创作的里程碑。

程乃珊的"宠儿"：原工商业的家族系列

程乃珊是幸运的，她的独特的，与许多平民百姓不甚相同的生活经历，使她结识了许多过去"上只角"人物，熟知他们的生活习俗，了解他们的思想脉络。这是一个特殊阶层，他们过着封闭式的生活，他们社交圈子狭小，这使外人很难窥视他们的一切。而程乃珊却得天独厚，对他们的上代、平辈乃至后一代，都有机会接触，这就使她心中库存了不少鲜为人知的创作素材，经过她的过滤筛选之后，在她眼前已经浮现出一个个栩栩如生的原工商业者家族系列形象，诉诸笔端，一个个血肉丰满、个性迥异的形象便脱颖而出，形成程乃珊创作的人物系列。

苏联美学家斯托洛维奇说过，"艺术价值不是独特的自身闭锁的世界，艺术可以具有许多意义：功利意义和科学认识意义，政治意义和伦理意义。

但是如果这些意义不交融在艺术的审美冶炉中，如果它们同艺术的审美意义折衷地共存并处，而不有机地纳入其中，那么作品可能是不坏的直观教具，或者是有用物品，但是永远不能上升到真正艺术高度。"这就是说，文学作品中的艺术形象，如果它的多重复合意义不熔铸在它的艺术形象中，使它有着更高层次的审美意义，那么它还不能称为真正的艺术结晶。

具有高层审美意义的文艺作品，是作家对人物的心灵、对社会生活的真实、准确的把握，是作家对客体的审美观照。作家的创作活动有一种双向过程：一边是客体向主体作家展示各种生活场景、纷纭繁杂的信息输入主体印象之中；另一边是主体印象对客体的反射，把作家对生活的印象、态度、爱憎、情感等等，作用于客体，这就形成创作的主体和客体的融合，这样的艺术过程的艺术成像就会产生强烈的艺术效果。

程乃珊显然对这一创作规律有着较深层的理解。在她把客体印象摄入自己脑际之后，在自己脑海中反复迭现，而又把自己的生活、经验、知识、和雏型的成像与客体对象作复合胶切，因此使她笔下的人物有着不同个性、不同形象。这样，在她笔下所塑造的原工商业者及其家族系列众多的不同时代、不同年龄、不同教养、不同气质的人物，能凸现在读者面前。

程乃珊的"上只角"的原工商业者家族一般归纳为三代人：第一代人多为创业者，这些人在困境中奋勇进击、叱咤风云，终于闯出了发达的事业；第二代演化为知识分子或依附豪富家业的有闲阶层人物，其中有守业者，有叛逆者；第三代是经受了"文革"磨难的当代青年，他们有的前进，有的颓唐，过着碌碌庸庸的寄生生活。作者着重描绘积淀在这些人物性格中的动荡回旋的社会演进的痕迹，描摹他们当今的生活形态，揭示在他们身上汇聚着的复杂世相，让人们研摩玩索，警醒迷途，启迪人的心智。

当年上海滩钢铁大王顾福祥(《蓝屋》)、服装泰斗叶信义（《风流人物》）就是第一代的创业者。顾福祥原来是一个白铁匠，后来娶了东家的女儿。他以过人的胆识，乘欧战之机大发洋财，创建了上海滩上赫赫有名的豪华富丽的蓝屋。在顾福祥看来，蓝屋并不是安乐窝，蓝屋意味着创造和不懈地进取。这位当年气壮如牛的风云人物，在解放以后他也曾想振作一番，惜乎时运不济、命运乖舛，在"文革"浩劫中溘然而逝，留下了遗憾。叶信义的命运比顾福祥好得多。在某种意义上说，他的命运可以看作是顾福祥命运的延伸。叶信义在过往的岁月里，失去了以往赖于立身奋斗的经济实体之后，回首以往，油然而生出一股淡淡的哀愁和失落感。但当国家允许个人经商发展后，他的心情极为复杂：似乎有点"沉滓泛起"，凭借他的高超技术和经营手段，使他生出一种荣誉感，或者说优越感。对自己当年奋斗发迹史时露于色，溢于言表，想在工商界舞台上显露一手；但时过境迁，今非昔比，使他觉着有点力不从心。值得注意的是，他是以惊喜的心情来迎接新形势，希望个人的愿望和奋斗精神能够合上时代前进的节拍，因而摈弃过往的旧我；但另一方面，他又不可避免地带着某些个人的陈旧观念来看待新生活，因而形成新的特异心理势态。

程乃珊在描摹这些原工商业者的复杂心理时，把他们置放在当今开放改革的广阔的背景上，使人物有时代感和一定的厚度；同时作者又把笔触伸延到他们过往的历史中去，并且赋予现实主义的深度。这样作者笔下的原工商业者就显示出真实的生命力。

这些原工商业者的第二代是较为复杂的知识阶层。一方面，他们出身豪门巨贾，跟海外工商界亲人保持经济和亲情关系，有着较强的经济后盾；另一方面，面对解放30多年来的政治运动，有不少人又有独立意识，想摆脱家庭的羁绊，过自食其力的生活。

顾鸿基(《蓝屋》)、"高等华人"沈家阿姆、金昆锦(《女儿经》)、刘先生(《风流人物》)等就是靠祖上庇荫，过着寄生式的生活。他们对现实生活方式不满意，而又无能为力，对于失去了的、过往的优裕生活不由自主地回首和眷恋；他们希求改变一下生活形态，但不是靠自身，而是寄希望于下一代，千方百计让子女出国留洋，或攀附一个殷实人家，以便旧梦重温。《秋天的盼望》里的琳达，就是不满于丈夫的无能，她的丈夫过的是自食其力的清贫生活，她把这视作无能，而产生感情上的离异，只身到香港去闯荡。大陆移民要在香港立足谈何容易，更不要说是一个年轻女子。她只好委身于富商巨贾，挣点钱来撑门面。严酷的现实生活无情地打破了琳达的美梦，最终客死异地。琳达在临死前"似乎见到公公那位姨太太，那位她向来嗤之以鼻的扬州堂子里出生的、不知父母为何人的小老婆。她真幸运，与心爱的人，手拉手厮守着离开这个人世。可怜她这个自恃有H大文凭、自诩为新女性的林湛秋，到头来连个姨太太都不及。"那个自视甚高的蓓沁(《女儿经》)为了找到有洋关系的殷实人家，连当情妇的资格也不可得，最后只好被人戏弄而人财两空。作者对这些带有悲剧色彩的人物是持批评态度的，哀其不幸，怒其不争。当然，作者并不是把他们当主要人物来描绘，而是让他们与自强不息、默默无闻地对社会作出贡献的人物相映衬，以期取得更积极的艺术效应。

跟颐鸿基之流背道而驰的是作为原工商业者第二代的顾鸿飞、芬(《蓝屋》)、翁豪威(《当我们不再年轻的时候》)、蓓琼(《女儿经》)等人，程乃珊也许出于对中学教师的偏爱，这些人都是中学教师。他们大都是重精神而轻物质，重自立而轻寄生，鄙视那些依附别人的人物。他们的生活信条是：自力更生、贡献社会。顾鸿飞当年在优裕的物质生活条件下，为了自立，摆脱依钵，毅然走出蓝屋，跟文静贤淑的妻子芬过着安贫乐道的生活，他对蓝屋压根儿丢到脑后，但对于"蓝屋"象征的自立精神，他却铭刻于心。他在教学园地中默默地耕耘，作出了奉献。社会也承认了他的价值，他当上了市政协委员。而翁豪威却成了时代的弄潮儿，他勇于摈弃来自各方面的重压，为了实现他的"野心"，他公然宣称："有野心并不是一件坏事。""工作场地就是竞争场地"，他大胆搞教学改革，充溢着青春锐气。而蓓琼在回城后生活发生骤变时刻，她对热衷于个人发家致富的小唐产生了离心力，小唐的财富及洋房等对她竟没有一丝一毫的吸引力，相反，她对那些重学识、重进取的青年、却有一股崇敬之情，她崇尚自己的事业。程乃珊塑造的这一组具有积极进取的知识分子的形象，无疑与当年他们的父辈创业精神有内在联系的，不过具有不同的时代意义和实际内容罢了。

小唐(《女儿经》)、顾传业、顾传辉、小朱(《蓝屋》)、闯荡大西北的"他"(《蚌》)、唐大为(《当一个婴儿诞生的时候》)、阿平(《父母心》)等人是程乃珊笔下的原工商业者人物系列中的角色。这些在"文革"大浪冲刷过的当代青年，有着不尽相同的心灵的苦难历程，他们对人生的见地也各有差异。这些人在大苦大难之后，痛定思痛，得出不同的人生教训，在选择人生前途、寻找个人在生活中的位置时也有自己的天平砝码。"他"和唐大为不仅仅跳出温暖的家庭，而且跳出了多少人梦寐以求的大上海，踏上风沙漠漠的大西北征途，义无反顾。在那里，他们寻找到了人生乐趣，这是属于开拓型的人物。无疑，他们是青年的中坚力量。程乃珊以极其敬佩的心情写下了新生活开拓者的创造诗篇。而顾传辉则复杂得多。他原本也是一个热血青年，有理想，有抱负，但当他偶然发现自己原来是沪上钢铁大王的嫡亲孙子时，他要以他这高贵血统重新回到他父亲当年毅然舍弃的蓝屋之中去。他要为娴静、恬美的女友白虹"造一间宫殿，然后用他的双手把她抱上铺得软软的宝座之上"。这父子间的一出一进，是对不劳而食的蓝屋生活形态的否定与肯定。更富有戏剧性的是，当顾传辉还是奋发有为的青年时，白虹走进了他的生活天地，而他得到了万元存款及海外伯值准备给他带令人垂涎的"一份礼物"时，白虹却愤而离开了他。使他也在对蓝屋的走进与走出之间作了有益的思索。对虹桥路上唐家孙子小唐，作者对其选择的想继承祖业、当个体户发家致富这一点给予理解，并以欣喜的心情来肯定他的有益的选择，但对他平庸自私、充满金钱欲这点是有所鞭挞的。作者以赞许的心情来描写蓓琼与小唐分手，这就表达了作者的人生态度。至于像小朱这样凭靠一把铜钱，终日无所事事的青年，作者是以极大的鄙视来写他的。其实，这一类人物在上海滩并不罕见，可惜作者以自己的偏见而舍弃了对这类人物的开掘。否则，这将会丰富作者的人物系列。

值得注意的是，程乃珊在刻画这些人物时，并不是采用平行伸延的线性结构方式，而是采用在不同历史条件下让各个层次的人物的深层意识和行踪契机作交叉换位。作者这种睿智的创作内省力，使作品有着强烈的艺术感染力。以《蓝屋》为例，钢铁大王顾福祥在发迹之前，由于一次失误，倾家荡产，几走绝境；后来飞黄腾达，创下了上海滩赫赫有名的以"蓝屋"为象征的家业。但在"文革"中，这盏耗尽的油灯，在凄风苦雨中无声无息地熄灭。他与顾鸿飞、顾鸿基的爱与恨，亦交织在变幻无定的命运里。当初他与顾鸿基父子相爱，但在"文革"风暴洗刷下，各人的灵魂美丑顿现原形，顾鸿基明哲保身，竟把他赶出家门，由爱而恨。而他与顾鸿飞，本来已断绝父子之情，他们以恨字相互脱离关系，但在患难之中，在那风雨之夜，顾鸿飞接纳了他，直至给他送终。爱宇又把他们的感情作了内在的联结。爱与恨作了交叉换位。在程乃珊的第一阶段创作中，人物只作纵向描述，缺乏横向伸延的笔力，作品较为肤浅，而现在她的创作不再在表层游移，在这种人物及其命运的交叉换位中，使作品增加深层的历史感和横向辐射力。

可以说，像程乃珊这样集中笔力对大都市原工商业者的多侧面、多层次的描写，给读者奉献众多的人物形象，在我国当代文学创作中尚属首次，其意义显然远远超出她的创作本身。

南北两极对称轴：鸿沟及其填平式

综观程乃珊的创作，她的艺术视线更多地对准上海滩上的南北两极："上只角"和"下只角"，即较为富有、文化素养、社会地位、生活形态、待人处世以及住房等等都有较优越条件的人家，多数为原资产阶级家庭(即原工商业者)及高层知识分子家庭，他们大都住在北区即她作品中常出现的淮海中路、茂名路、愚园路等高级住宅区人家。这些人家对一般市民来说简直是一个谜；另一极是"下只角"的贫困的、大多为"穷街"上的人家。确切地说，是在上海滩上做苦力的江北人。由于历史的原因，他们社会地位较低，他们的文化素养、生活方式、待人接物等都与"上只角"人家有着明显的差异，他们的住房更是挤闹不堪，常常招人嘲弄取笑。

程乃珊深深知道，这是大都市的有着特异性的现象。尽管解放30多年了，"上只角"的许多人家在历次政治运动中深遭磨难，而"下只角"的人家生活条件也有明显的改变，但这种差异仍然存在，在思想意识上的"南北对称轴"局面很难消除，尤其是在"上只角"。成长的程乃珊，在走上社会后她到了典型的"穷街"——著名的杨浦工业区去教书，接触的学生和家长大多数是在"下只角"里的生活环境里陶冶出来的人。这些"下层"出身的孩子，在思想和习俗上自然而然地打上了"穷街"人家的烙印。当程乃珊和这些思想单纯、淳朴憨厚而又桀骜不驯、带有点野性的人们接触后，她常常为"上只角"的人们以鄙夷的谈吐和目光看待他们而感到忿忿不平。于是，程乃珊对这些带有深深的历史印记的社会现象进行机智的思索的剖析，塑造了南北两极对称轴的两大家族人物系列，在不少人物的身上，经过作者的过滤和洗涤，折射出诱人的光彩。

在程乃珊的作品中，有不少篇幅是写"下只角"居民相对贫困的生活和他们的心理状态，以及他们的子女在生活、工作、入学、爱情等问题上的不公正待遇。短篇小说《尴尬年华》、《小松鼠》、《黄丝带》以及中篇小说《丁香别墅》、《穷街》等都反映了这大都市城市贫民区的生活习俗等问题。阿昌（《尴尬年华》）这位少年，生长在杨浦的贫民区，由于"文革"的不良影响，整日无所事事，心里空虚得很。正处青春萌动期，他和伙伴们不好好读书，而是调皮地打沙仗，戏弄过路的男朋女友以及小女孩等等，以此来渲泄心中的苦闷。显然这枯竭的心灵是亟待滋润的。《黄丝带》中的少女朱玫，也是典型的"穷街"孩子，父亲犯罪送青海改造，母亲丢弃了她。她受到歧视，感到苦闷和寂寞，产生变态心理，只好以猫为伴。在学校里，她摆脱不了家庭带给她的心理压力，既自卑又自傲，对老师和同学产生一种莫名其妙的情绪，"摆出一幅挑战的姿态"。这两个处在身心发育时期的少男少女，由于家庭和社会环境的影响，产生心理异态，亟需矫治。这是上海大都市协奏曲的"低音区"。

程乃珊不仅描绘了"下只角"的少男少女的由于缺乏较好的环境和教育而造成的粗鄙庸俗的特异性，也把笔触伸延到了少年工人身上。这是较为普通的社会现象。《调音》中的"我"从小就失去受教育机会，为了糊口，只好跟温叔学修钢琴。他的憨厚与粗俗，跟"上只角"人家的小姐刘露茜的娇嫩与文静形成极大的反差。《小松鼠》中的中学毕业生阿桂，他是修阳伞的个体户，他乐于干这行业，为了给人们修好伞，他苦学技术，把上海许多制伞厂都跑遍了。作者是以赞许的心情来写这些不依赖家庭而自立的青年工人的。在程乃珊笔下的"上只角"人家里，下一代的青年人大都是有高尚职业的，如教师、音乐家、工程师等等。而对"下只角"的描写，笔力就较集中在"低档"职业的、社会地位较低的劳动者，写出他们的苦衷、悲喜和为人们所忽视的健康与病态交错的情绪。

《穷街》是程乃珊对"下只角"生活区的集中描写，展示出上海滩生活的另一面，具有穿透性的笔力。这篇作品通过"上只角"和富有家庭出身的青年女教师文习绣到"下只角"生活区域的一所中学任教，以她的所见、所闻、所思来反映这"穷街"的自然环境，生活习俗等等，写出这些粗俗落后，带有野性的社会环境对于下一代的影响。这条穷街居住的大都是被上海人所歧视的"苏北人"的后裔，有的为生活计，在课余时间要帮家里做点杂事；有的缺乏高雅的审美趣味，行为粗野，以丑为美；有的缺乏远见，不习功课，浪迹街边，只求长大了混口饭吃……穷街上的不文明，杂乱庸俗，不良习气等等，作者写得活灵活现。当然，作者决不是有意去猎奇或故意展览丑恶的社会现象，而是企图通过描绘这些"下只角"的纷乱生活和匆匆的脚步来引起人们的思索。事实上，作者是怀着挚爱和同情，怀着恨铁不成钢和想急切改变这一社会现象的心情来写这些的。作者塑造出穷街上的学生、工人、家长等一系列人物形象。

当前在都市文学创作中，不少作者只把创作视线对着文化素养较高的知识分子阶层或其它"上流人物"，似乎只有写这些代表"都市文明"的"高层"人物才能表达大都市的文明，写城市发达，才有都市文学色彩。程乃珊却采用散点透视，以众多的透视点来窥视繁华的都市生活的"全豹"。难能可贵的是，她敢于正视高度发达的大上海中不那么发达的、文化层次极低的"下只角"居民的真实状况，披露他们的喜怒哀乐。这种积极的创造意识是具有远见卓识的、极有意义的尝试。

程乃珊笔下的"穷街"和"富街"（即"上只角"）同处上海市，但却俨然是两种世界、两个地域。他们的人情风俗、文化教养、处世态度、生活环境以及对前途、爱情、理想等等的看法竟是如此迥异，形成惊人的南北两极对阵，看似如此水火不兼容的人物和生活形态，竟统一在上海的大都市里！

值得指出的是，程乃珊并不是故意骇人听闻地制造这南北两极鸿沟，更不是有意渲染和扩大这一鸿沟。恰恰相反，程乃珊苦心孤诣地弥合填平这个鸿沟。

可以看出，程乃珊对南北两极鸿沟的难于弥合这一点存在着焦灼感。在两种不同的理想和追求、不同的生活方式发生碰撞时，程乃珊总是对那些只重物质生活、只追求营造自己生活殿堂的人表示忧虑不安，并希望他们重视劳动创造，以取得独立的人格，不要仰仗别人鼻息而生活，这样的人生才有意义。《呼唤》中的"他"出身富裕家庭，在"文革"中"落难"，在困苦的生活中他获得了人生最宝贵的东西——人的独立意识。可是当风暴过去，生活又回旋到原有的平静恬淡的方式时，"他"故态复萌，什么理想奋斗的人生要义都付诸脑后了。出身平民家庭的"我"带着淡淡的惆怅，告别了"他"——这是对那种终日沉湎于纸醉金迷生活的一种高尚的否定。对于那些穷街上的"高价姑娘"，她们不好好学习本事，终日梳妆打扮，只想高攀上"上只角"的名门子弟，求得日后生活的富足，程乃珊更是痛心疾首，以焦灼的心情提出善意而尖锐的批评。

程乃珊认为，面对这南北两极的差异，人与人之间只有加深理解、谅解和了解，用"爱心"来沟通他们的心灵。这两极的人在心绪、教养以至生活形态都会渐次沟通，鸿沟将被填平。这是渗透在她作品中的深层意识。

她的"爱心"，除了人与人之间情感的融合，以使隔膜消溶外，她还极力提倡的是对事业的挚爱。热爱自己的事业，并终生为之奋斗，这是程乃珊"爱心"的重要内容。在穷街上长大的"江北人"的孩子张祥麟，虽出身寒微，但志高气傲，他不屈服于命运，敢于向陈腐观念抗争。他有强烈的进取精神，终于上了重点中学，又考取重点大学，最后他又回到"穷街"任教。在他的强烈的事业心影响下，文习绣终于继续留在"穷街"上教书，决心与张祥麟一起，提高学生的智慧和进取精神，填平思想上的鸿沟。文习绣与张祥麟从思想上的分歧到融合，可以说是程乃珊的理想的"填沟"方式："富街"的人多了解和理解"穷街"人家的思想和生活脉络，用爱心来多看他们朴实勤劳等长处；而"穷街"的人们则多靠自身的努力，荡涤旧上海经济畸形发展所带来的一些不良习俗等等，在事业上发奋猛进，这种南北两极的互溶互补，沟通有无。

程乃珊在《调音》中更是集中地阐发了自己这个理想的填沟方式。阿秋和愠叔住在"下只角"(低音区)，刘露茜小姐住在"上只角"(高音区)。阿秋与她在那场政治激流中邂逅相遇，帮助她避过了这场飓风式的灾难，互相之间产生了好感。但由于出身门第的差异，产生了一系列隔膜，而后各自找到了生活位置：她当了钢琴师，阿秋当了钢琴修理工。为此，程乃珊提出了消除高低音区域的理想方案：调音。在"我"帮她调好音之后，她以带有哲理性的语言写道："调校过后的琴音犹如一注涓涓细流，清澈悦耳，高音区和低音区相衬得十分协调、和谐……或许生活也是这样，差异是不可避免的，但是可以调校，只要用心来校，是可以奏出感人的乐章的！"程乃珊甚至这样美好地设想：让刘露茜的丈夫来教阿秋的儿子学提琴，将来让阿秋和刘露茜两家孩子同台演出，让南北两极对峙成为历史陈迹。尽管这带有虚幻的理想色彩，但程乃珊出自胸臆的爱心，还是给人留下了深刻的印象。

但愿人类的"爱心"成为人与人之间连结的纽带，最终让世界充满爱。

海上

文评

感人至深的师生情谊

余秋雨的文化散文享誉海内外，对他的作品，青年学子都如数家珍，真个烂熟于心了。

对于余秋雨的为人，许多学生只知道他热爱自然，热爱祖国的古老文化，热爱自己的家乡，这些都是从他的文字中和其它评论中读到的。至于对他本人就不那么了解了。

其实，余秋雨是一个有情有义的人，一个"爱"字就能能阐释他的人生态度。

像许多人一样，每个人都有自己的启蒙老师；像许多人一样，每个人都热爱自己的老师。《30年的重量》就是记述余秋雨与自己的老师感人至深的故事。

余秋雨是文化界的大名人了，自然有许多应酬不完的事，也有许多一时忘记了的事。这是完全可以理解的。

事情就从一个电话开始的。在他接不完的电话中，突然插进来一个苍老的声音：那是他30年前读中学时候的语文老师穆尼先生的电话！事情就是从这个电话开始，作者回叙了30年前在中学就读时的师生情谊。

余秋雨以蘸满深情的笔触，写出穆尼老师博学和为人师表、对学生的谆谆教诲，表现出师生之间的深情厚谊。穆尼老师是学问渊博的人，在他年轻时就出版过不少著作。他的才能不仅表现在他的学问与写作上，而且表现在他对学生的认真负责，在他的教育下，余秋雨在中学时就夺得全市中学生作文大赛的大奖。穆尼老师并没有沾沾自喜，而是更加严格要求学生，也正因为老师的严格要求，使余秋雨打下了扎实的基础，同时他也感到了穆尼老师"学问和人格的亮度"。为此建立了师生间的真挚感情。

知恩图报是中国人的古训，余秋雨深谙这点的。对老师的谆谆教诲，作为学生的余秋雨"一直傻傻地想着感激老师的办法"，于是，就在老师政治上遭遇困境、"日子过得很不顺心"之时，他和曹齐同学代表全班同学绘制贺年卡送老师聊表心意。没有想到的是，这个毫不起眼的、稚嫩的作品竟然在老师心中珍藏了30年！这穿越时空30年的真正含义是真情、深情！是难忘的师生之情！作者写出了这对师徒之间的诚挚的感情，令人感动。

老师惦记着学生，学生自然也思念老师。在文革中，老师珍藏的学生的作品被抄走了，老师在这30年来一直没有忘记这"土土的"贺年片，他珍藏的是学生的淳朴的真情。为此，他要学生"补画一张"，并把它作为"晚年最珍贵的收藏"。而余秋雨在繁忙的事务中"把手上的工作立即停止"，"把它当作岁末活动中最有意义的一件事"，与曹齐把贺年片做好奉送给老师。做贺年片送给老师，并不是什么大不了的事情，但在成名后的余秋雨感念老师的恩情，对老师的尊敬与热爱一如既往，这种深沉的师生情谊感人至深，令人难于忘怀。

古代文艺理论家刘勰说过："情深而文明。"余秋雨这篇散文是从心里流淌出来的情，是从心里生发出来的爱，写得真切自然，唯其如此，才能打动人的心灵，让读者久久难忘。

写作要用真情，这是余秋雨给我们的启示。

芦苇的灵魂

——读赵丽宏《会思想的芦苇》

芦苇，不是动物，更不是人，而它却会思想，你信吗？

不信？请你读读著名作家赵丽宏的这篇优美的散文吧！

芦苇是长在海边滩涂的植物，它曾经被人认为是荒凉的象征。然而，在作者眼里，它却是有美丽自由的生命，是有情感、会思想的真诚的朋友。

不是吗？你看，芦苇多么富有人性！

首先，在作者笔下，芦苇的生命是与崇高的奉献联系在一起的。它不求索取，只求奉献。它的一生是奉献的一生。从它的诞生开始，便在生命史上写着"奉献"二字。它的嫩芦可解渴充饥，它的杆、叶、花等都为人类生存发展作出贡献。作者以浓重的笔墨写下了芦苇的高贵品格。

其次，作者在实写芦苇之后，进一步写出它与人类相通的性情。在作者的眼里，芦苇之所以值得赞颂，还因为它通人性。你看，芦苇和人一样有坚忍不拔的、倔强生长的旺盛生命力，它不择时、不择地，哪里有水，哪里有土，它就在哪里播绿；它爱美，它播美，它给人以美的礼物，给人以美感，以慰藉辛劳的人们。在这里，作者以优美的笔触，饱蘸生命的激情写下了芦苇与人的思想的融通。不是吗？在春天和夏天农人辛勤劳作的日子里，它披上绿衣，在江边河畔，以它的青嫩的叶子给人掸衣拂脸，慰抚农人；秋天，它以美丽的芦花迎接绚丽的晚霞，给人以生命的七彩；而到了冬天，尽管朔风凛冽、严霜覆盖，使它身枯叶焦，但它却倔强地屹立在苍穹下，向世人宣告：只要挺过严冬，春天就会来临！芦苇不通言语，却通透人的灵魂，理解人的感情，这是何等可贵的精神！

　　给芦苇赋予人的灵性，赋予人的品格，赋予人的情感，给它以鲜活的灵魂，让芦苇人格化、思想化，这是本文的主要的写作特色。

　　要说明的是，作者之所以能够写出生动逼真、活灵活现的芦苇，并不是凭空想出来的，而是作者对芦苇有长期细致的观察、深刻的理解，对芦苇产生了深厚的感情，作者之以芦苇，并不是把它当成平常的植物，而是有生命的、会理解人的朋友。作者与芦苇在艰难岁月中长期共处、患难与共，尤其是在离别之后的思念，经过长期的感情酿化之后，产生更强烈的思念之情，因而当回到魂牵梦绕的故乡，看到日思梦想的芦苇时，便产生出倾诉情感的强烈的创作冲动，文思泉涌，挥笔而就，古人刘勰说的"情深而文明"就是这个道理。这是需要同学们去细细体味理解的。

　　本文在写作上的另外一个特点是，作品层次清楚、结构紧密、丝丝入扣。作者采用旧地重游、睹物思情的写法，把几十年前在故乡与芦苇结下的不解之缘与眼下突然又见到了日思梦想的"朋友"，随着时空拉近，对芦苇油然产生了亲情，作者要把思念之情渲泄出来，下笔时就很自然地随着感情的流动，有条不紊地记述下来，层次感就很强；另外，作者开头和结尾做了较好的回应，把开始看见了芦苇与后来芦苇对自己人生的启迪作了呼应，结构就紧密了。

情真意切　笔下生辉

——致赵丽宏、赵小凡父子

　　谢谢惠赠大作《爱之初》，签名写上"小凡、赵丽宏"，这太对了。尽管书的署名是赵丽宏，其实这是你们父子的共同创作。如果没有小凡的生活，赵丽宏写不出这本书，当然，如果没有赵丽宏，小凡也无法让这本书出世。

　　丽宏，这是一本题材独特，写法新颖的书。我敢说，在小凡出世之前，你无论如何也构思不出这类题材的书，毕竟生活不是臆造，而是创造——亲身参与的创造。书中写的是你们父子生活的记录，是父子之爱的真情流露。读着清丽隽永的文字，不知不觉，把我带进了你们的生活天地，领进你们的温馨家庭之中。我感受到爱的暖流，我听到你们父子间感情真切，充满情趣的对话，我看到小凡成长的心灵轨迹，以及父母为此付出的心血。在你们的文章中，一桩桩动人的故事，一幕幕令人难忘的情境，展示在我眼前，我感动了。真的，读着作品，真有如见其人，如闻其声之感。我随你们游公园，跟你们上医院，参加你们的对话，跟你们一道弹琴画画……

　　鲁迅云：无情未必真豪杰。父子之情、母子之爱是最感人的。丽宏，你是人高马大的汉子，可你并不粗心，而是有着惊人的耐心、细心和诚心，在稚子面前常常流露出一股真情，就像一股涓涓山泉，轻轻地流，细细地滋润儿子的心田。小凡学步，小凡闯阳台，小凡奔草地，使你心惊肉跳，唯恐他闯祸，唯恐他摔跤，当小凡勇敢地往前走时，你惊喜，你激动，你鼓励他睁大眼睛看世界；儿子学绘画，弹钢琴，你陪伴在旁边，认真地观察，细细地思索，你终于惊喜地发现，儿子展开想象的翅膀，在飞，在闯，他可以把尿迹想象成月亮，把警察岗亭比作大瓶子，把法国梧桐球果看作吊铃……儿子的想象是稍纵即逝的，你却迅速地发现并加以捕捉，循循诱导和鼓励，这是何等真实的爱心啊！

爱是相互的。爱是维系亲情的纽带，爱要真切和深切。小凡，你从降生到世上始，就享受父子之情、母子之爱，沐浴在人世间最耀眼、最有热力的亲情之爱的阳光之中。你充分感受到父母真诚的爱，你也用爱心在回报双亲。爸爸出差了，他思念你，他用图画给你"写信"，而你呢，嚷着要妈妈把着你的手给爸爸写回信，爸爸为了不让你摔跤，被公园的铁链绊了一跤，你内疚自责；黑夜回家上楼，你像勇敢的男子汉："爸爸，你不要害怕，有我哟，我在这儿保护你！"读到这里，我忍俊不禁笑出来了，一个堂堂男子汉还要你这个稚儿保护吗？但是，我在你这稚嫩的话语之中读出了你的可贵爱心——童贞的自然流露。小凡，你爸爸没有给你作形象描写，这不是小说，可以不作人物的描绘刻画，但我却从你们的形状、思绪和对话中读出了你，看到你的天真活泼、稚嫩又淘气的形象和内心世界。或许是由于你的形象太鲜明了，使你爸爸烂熟于心，信笔写来，便呼之欲出了，生活真是写不完的大书啊，从你们父子俩合作(尽管是无意合作的)的这本书里，让人信服地相信：生活是创作的源泉。我相信，你们和谐的、可爱的家庭生活，还会出现许多动人的篇章。

现在，我又要对你说了。丽宏，在你们这部作品里，在你与小凡的关系中，有一种令人难于忘怀的新东西：你们是小凡的监护人，在你们的父子、母子亲情关系中注入了一种新型的情感关系——友情。这一点很少为父母者所能做到的，包括我自己。我很佩服你能处理好这种关系，而且这样妥帖、和谐又很自然。你是以平等待态来对待儿子的。"记住，儿子，我们不仅是你的爸爸妈妈，还是你的朋友！"你这样说，儿子做错了事，妈妈打他屁股。可妈妈也会做错事，例如，妈妈把汤锅放在书上面，小凡直率地说："书要给烫痛的！""妈妈，我做错了事，要打屁股，你做错了事，也应该打屁股呀！对不对？"当然，妈妈做错了事该不该打屁股，你是无法准确回答的，面对天真的儿子，你跟儿子坦言，"但有一点，我的看法和你一致：爸爸妈

妈和你是平等的。你有错，要承认，爸爸妈妈有错，也应该承认。爸爸妈妈并不是永远正确的。"(《我们是朋友》)

丽宏，正因为如此，你尊重儿子的人格，尊重他的选择，你不强加于人。你和儿子是用心交流，在日常生活中充满真诚、理解和信任，父子之间是完全交融在一起的。儿子打碎了花瓶，他谎说是花瓶自己从桌子上跳下来打碎了的，儿童稚嫩的掩饰，欲盖弥彰。妈妈打他，你却从电视机里播放的一部外国神话影片中启发他，诱导他，使他终于认识到自己的错误，做个诚实的孩子，你使儿子记住了："做一个诚实的人是美好的，做一个真正的诚实人也不容易。"(《诚实》)犹如一阵清风，吹拂着儿子的心田。对于弹钢琴，是上海人教育培养孩子最时兴的，你们也时兴了一阵，无奈儿子却觉着是苦差使，迫于父母压力，只好硬着头皮弹下去。正巧告诉你，"我最恨的是弹琴，最好把钢琴扔了!"在搬家时，儿子终于吐出了郁积在心里的话。你最后只能宣布儿子今后可以不弹琴了，在儿子"我不弹琴喽"的欢呼声中你承认这次"弹钢琴"教育事件的失败，但你却获得了世间最为珍贵的父子间温馨欢乐的亲情(《别了，钢琴》)。当然，我不是说父母不需要对子女的管教和诱导，我认为，对子女来说，爱护他们，引导他们，关心他们和尊重他们是同样重要的。丽宏，你的作品真叫人感动，仿佛如一面镜子，照耀我们这些为父为母者。

情深而文明。丽宏，你作文并非炫耀儿子如何聪明伶俐，如果这样实在没有什么意义。你是以一个父亲的眼光，以一个朋友的心情来注视着儿子，用深情来关怀儿子，用细腻的笔触来抒写儿子，表现出最真挚的爱心，所以你的作品深深打动读者心灵。

末了，我要说更重要的一点是，《爱之初》与其说是表现父子之爱，不如说你表现的是更为伟大的爱——放大了或延伸了的父子之爱：人类之爱。这是你的爱的宣言，爱的题旨。不是吗?当有人拿枪打小鸟，儿子想叫小鸟赶快飞走，而小鸟偏却不知祸之将至，儿子义愤填膺地谴责："打小鸟的叔叔是坏叔叔!"儿子义正辞严的声音唤来了支持者，这是用美战胜了丑。然而，儿子却存疑了："不能打小鸟，那为什么会有枪呢?"丽宏，你回答得铿锵有力，你向儿子宣布："将来有一天，我们要把所有的枪都扔进大海里。人类再也不需要枪！"（《鸟》)你坚信：爱，应该是我们这个世界的主旋律。这种爱，决不仅仅存在于父母、父子和其它亲人之间；人与人之间，都应该充满爱心。当然，这种爱应当以相互理解作为基础。"假如世界充满了爱，那么，许多无谓的仇恨、非份的贪欲和阴暗的嫉妒都会悄悄地和解……"（《第一封信》)。

　　小凡、丽宏，我说多了，写下这些作为读后感，我可以这样毫不夸张地说：你们的作品是一部难得的佳作，不矫揉造作，不硬塞情节，你们的故事是自然流露的，是生活写就，是心灵写就的，是情，是诗，是美文。

海上

爱的甘泉

——读赵丽宏散文集《爱之初》

　　读毕赵丽宏的散文集《爱之初》(江苏教育出版社),心潮起伏,久久难以平静。论题材,没有惊人之举,他只不过记录父母与儿子小凡的日常生活与情感交流;论情节,更没有石破天惊、大起大落的撼人心灵的故事,儿子呱呱落地,做父母的惊喜、激动,儿子创造了父母——没有儿子的诞生,父母名称也无从诞生。儿子学步、学画、学琴,儿子睁大眼睛看世界,惊喜中带着新奇,新奇中渗着疑问,疑问中不断地思索,思索中认识世界,这种题材不是太多了吗?这种情节不是平凡不过吗?哪个父母没有亲历过?哪个父母没激动过?

　　然而,《爱之初》确实打动了我的心灵,那是因为一个“爱”字:父子之情、母子之爱。这永恒的主题,永恒的魅力,在赵丽宏笔下显得多么真挚,多么深沉,多么激动人心。

　　你做过父亲(或母亲)吗?你体味到当儿子(或女儿)诞生时的喜悦和儿子造就父母的激动吗?儿子是父母爱情的结晶,也是父母爱的伸延,爱的拓进。这使世上除了夫妻之爱外多了一层爱的内涵——父子之爱。在赵丽宏的笔下,等待一个新生命的诞生,盼望初为人父的惊喜写得如此生动自然。是的,“父亲,这个平凡熟悉的字眼,此刻竟变得那么陌生,那么惊心动魄”。当生命来临的瞬间,他感悟到人生的意义:“人们呵,热爱生命吧,热爱生活吧!”(《人生的一瞬》)当父亲不仅仅是传宗接代意义上的父亲,而是有着崇高的社会责任,这是父子之爱的超越,于平淡之中透露出对人生真缔的理解，这是赵丽宏散文的动人和动情之处。

爱是真情的自然流露，是夫妻、父子关系的联结点。爱不是赠予，而是付出，爱是心灵的沟通。只有深谙这一点，才能爱得真切、真诚。孩子的日常生活，起居饮食，身体和智力的增长无不需要父母付出精力和心血。儿子对于十几平方的房间觉得越来越乏味，他需要拓展生存空间，他需要到阳台上"潇洒爬一回"，看看阳台外面世界究竟有多大，阳台外面的色彩有多明丽。作为父母者，需要付出精力，不能禁锢，"你既然想通过自己的奋斗来摆脱孤独，来瞭望世界认识世界，我们怎么能阻止你呢？"（《阳台》）儿子看到外面世界很精彩，他想跳、想飞、想唱，像海鸥，像花蝴蝶，像小蜻蜓，像小蝙蝠，长上翅膀，飞离地面，飞到高高的蓝天上。然而，他却犯愁了："爸爸，我为什么没有翅膀？"儿子要爸爸给翅膀，这里充满童稚情趣，充满想象力。而爸爸却给了高深的回答："这翅膀在你心里。你想要有，它就会在你心里飞起来。"（《美丽的翅膀》）这深奥的回答显然无法满足儿子好奇心。于是，爸爸只好逐步引导：月亮是弯的，儿子把香蕉比作月亮，把撒尿的尿迹比作月亮，当然尿迹有时会变成"小熊猫"、"大灰狼"、"大汽车"……爱心的付出，需要耐心和时间，需要"返老还童"，从孩子的思维角度去思考启发。作者写到这些时，真情自然流淌，就像甘甜的山泉汩汩而出，滋润孩子的心田。这种真诚真情的爱，把儿子与爸爸的情感紧紧维系在一起。

如果仅仅付出爱，而没有收获，没有回报，没有爱的交流与交融，那么这种爱会显得乏味和枯竭，作品很难久久撼动人心。对爱的理解和交融，对爱的回报和回味，会使爱变得更充实，更深沉也更感人。作者在作品中生动地写出了父子间情感的交流和感情的回旋，蕴含着作者超越父子之爱——对人生的深刻理解。当今父母对子女很容易俯视，这是不正常的父子关系。赵丽宏在作品中处处表现出对儿子的平等关系，使儿子心灵上得到一种慰藉。在作品中，作者特别注意用"平视"来看待儿子，而不是居高临下来管教儿子，这就使父子之爱建立在新的平等关系上健康发展。在作品中，爸爸时时自省，有时还对自己言行自责，显示出作者的可贵的爱子之心。儿子玩录音机，爸爸怕一千多元买来的录音机毁了，便故意开响音量来恐吓儿子，还觉得自己"治子有方"；儿子做错了事，被打屁股，爸爸为此自省自责，因为"我们不仅是你的爸爸妈妈，还是你的朋友！"(《我们是朋友》)正是把父子之间的关系视为既是父子关系，又是平等关系，作者基于这一点上来看取和体味父子之间的温情，表现父子之情，才使作品产生新的意蕴。

《爱之初》是赵丽宏具有特殊韵味的作品，与其说是父子之爱，不如说是作者写出了放大了的爱，人类之爱："儿子，请你记住，假如没有爱心，世界将会是一个无望的冰窟。"作品有着较深的寓意，正如美国心理学博士罗洛梅说的："在爱与意志的每一种行动中——在最终，它们皆呈现于每一种真正的行动中——我们同时塑造了我们自身及我们的世界。事实上，我们所谓孕育未来正是这个意思。"(《爱与意志》)

生命意志与艺术激情
——赵丽宏散文的艺术踪迹

80年代初，上海文坛冒出一个陌生的名字：赵丽宏。

十多年后的今天，赵丽宏就像他笔下的倔强的生命草，沐浴着阳光雨露，扎根在生活土壤，顽强地向上生长，迎着飓风，迎着霜雪，昭示生命的美丽，就像他在《生命草》中描述的："早晨，在它绿茵茵的叶瓣上，挂着一颗颗晶莹透明的露珠，就像许多纤小而又健壮的小手臂，托着一颗颗闪闪发光的珍珠。"把绚丽的诗篇献给人们，把生命的激情，人生的哲理献给人们。

的确，赵丽宏的作品就是他的生命体验的记录和展示。赵丽宏成长的年代正是中国经历史无前例的飓风肆虐的时刻。那时，一个19岁的少年身边带着简单的行李，坐在船头，在轻纱似的雾中行驶，举目四望，白茫茫一片，仿佛整个世界都笼罩在朦胧的气氛中。于是，他写下了对世事的观察和情感寄托的《鹭鸶》、《芒芽》、《火光》等散文和诗。这些作品特点是朴素、精炼和真情的自然流露，他挚爱这些虽然稚嫩却是他迈上文坛的作品："至今我仍喜爱这些文字，它们是我走向社会开始的几步脚印。尽管处处显露出幼稚，但它们是真实的，其中有我的仿徨和困惑，也有我的憧憬和幻想。"（《〈生命草〉跋》）。如果说1977年之前是赵丽宏创作的生活启动期和实感积累期的话，那么，1977年他考入华东师范大学至1985年是他的知性积累期和创作的初创期。这期间他创作了《小鸟，你飞向何方》、《诗魂》、《雨中》、《峨嵋写意》、《秋风》、《峡谷》、《厚朴》、《洗畔》、《纺织娘》等影响颇大的散文，这些作品大都收集在《生命草》中。

这时期赵丽宏对过往生活的回味咀嚼，把久积心头的愁隐和生活的理解泻泄出来，随着感情的流泻，作者优美的文笔诉说人世沧桑，心灵的煎熬，对生命的挚爱，对美的追求。这时期作品的特点是：作品大都是反思性的，记叙那特殊年代的令人灵魂震颤的人和事，题材较为狭窄。由于作者对生活有真切的感受，艺术功底较厚实，一上阵就发挥得淋漓尽致，写得凝重、深沉、厚实，真挚感人，充分展示出其艺术才华。

1988年以后，赵丽宏生活有了较大的变化，他成了专业作家。由于扩大生活容量，他的作品触及舞蹈、音乐、绘画、师生、友人、山水……爱与恨、生与死、美与丑、真与假、人生的真谛、世间的真情等等成为他探索的主旨，这些都倾注了他全部的感情，以表现真实自我作为重要的审美特性，直面社会人生，独抒灵性，绰约多姿，满腔热情地拥抱生活，强调审美的直接性和现代意识。笔随心意，自然流淌，使作品显得随意自然，情真意切，虽不经意追求技巧却不着痕迹地显示出高超的艺术技巧。他的1988年获新时期全国优秀散文集奖的《诗魂》和《赵丽宏散文选》以及近期出版的《人生韵味》和《心里的珍珠》是别具一格、有很高的艺术品格的代表作。

生命的庄严："不屈服于命运的生命更是美好的"

经过"文革""劫礼"，在坎坷曲折的生活道路上经受肉体和心灵磨难的赵丽宏，他的艺术视线首先对准万物之灵的人。赵丽宏认为，生命在本来意义上就是美丽的，人的使命是应该把生命之花浇灌得更为鲜艳。这种生命思辨在今天看来是平淡无奇，但经历了"风霜雨雪严相逼"的特殊年代之后，这种创作理念变得极为珍贵和真诚。本能的"护花"意识深深地渗透到他对世界、对人生的理解中，并且成为支配他的行为取向和创作题旨的生命意志。

生命是庄严神圣的。生命意味着爱和奉献，意味着美丽和希望。赵丽宏的散文集《爱之初》中的篇什，描述看似平淡无奇的对生命降临的喜悦，儿子呱呱坠地，父母创造了儿子；儿子也创造了父母——没有儿子的诞生，父母的名称也无从诞生。爱是维系亲情的纽带，是生命的联结点。在《爱之初》里，与其说是表现父子之爱，不如说作者所表现的是更深沉真挚的爱：人类之爱。基于这样的理解，赵丽宏充满深情地说："假如世界充满了爱，那么，许多无谓的仇恨，非份的贪欲和阴暗的嫉妒都会悄悄和解……"（《第一封信》）

热爱生命，就要敢于跟黑暗势力、跟逆境、跟不公平的命运去搏击，从而焕发出生命的华彩。这是赵丽宏散文的一个重要特色。《舞忆》记述一个在舞台上消逝了15年的女人，15年后又出现在舞台上，她那优美的舞姿，抒情的画面，给观念奉献出美。在她翩翩舞姿的背后有过多少辛酸！为了艺术生命，她在呼啸的北风里习舞，在孤独的油灯下练功，在冷嘲热讽中咬紧牙关恢复变形的体态，为人们播下美的种子，创造出完美的艺术生命。《顶碗少年》中的少年艺人敢于拼搏，失败为成功的垫基石，他最后取得成功。作者从这平凡的故事中升华到人生哲学高度："敢于拼搏的人，才可能是命运的主人。"

法国一位作家把死亡说成是："最伟大的自由，最伟大的平等。"生老病死，就像春夏秋冬四季轮回一样，是自然的规律。但对于非正常的死亡，对于凶残地毁灭生命，那是对美的祭奠。在《峡谷》中，作者描述了上海弄堂口两幢高高的大厦相峙造成的峡谷，这是死亡之谷。从五十年代到"文革"，每次政治运动都会令人震颤，这峡谷便成了死亡"风景线"，生命在这里毁灭。读着这严重生存环境带来的悲剧文字，人们不禁会对历史作反思与追问，对人性、人生和生命意志作耐人寻味的探寻。同样对《遗忘的碎屑》中扭曲了人性的女红卫兵，原本是纯真的少女，在那个疯狂的年代却成了摧残生命的刽子手，摧残心灵和毁灭美的过程在那个年代变得极其简促，一夜之间纯净便会染成污浊；在《太平湖记》中，作者以沉重的笔触记下了悲惨的1966年8月的一天，著名作家老舍在太平湖里毁灭了自己的生命。老舍是一位热爱生命的作家，他在一篇文章中写到他从小猫口中救下了一只麻雀，满怀欢喜地写道："我捧着它，好像世界上的一切生命都在我的掌中似的。"一个如此尊重生命、热爱生命的人，为什么却由他亲手毁灭生命?作者显然在叩问历史，他愤慨地说："我想，该诅咒的不是湖，而是把老舍逼上绝路的邪恶势力。"作者在这里不是像七十年代末的"伤痕文学"一样作控诉式的描绘，而是把理性思维和当代审美批判意识有机融合起来，让读者感悟到事件本身所蕴含的深层意味，使作品达到"言近旨远"的艺术效果，让人们省悟到作品意旨远远超出了描写对象本身而具有厚重的历史感和共时感，从而使看似平淡的死亡主题上升到哲理高度，并且以此为参照，生发出更加热爱生命，热爱今天来之不易的生活，产生独特的艺术效果。

生命是壮丽的，珍惜生命的人们更要以自己的聪明才智的生命之泉去浇灌生命之花。这是赵丽宏近期散文的题旨变化。在八十年代赵丽宏致力探讨生命宏旨时，他就极注意挖掘顽强的生命意志，全身心地感受生命律动带来的鲜活的艺术生命。《雨中》、《晚香玉》、《厚朴》、《旷野微光》、《永远的守灯人》等主题指向严酷冷峻的生存窘况中人性和生命生发出来的亮色，透示出人类的通性:在任何艰难困苦中，都在追寻生命的终极意义，就是为人类作出积极的贡献。这种主题基调到了九十年代更为张扬。赵丽宏强调要不断变化自己，带给人一点新鲜感，其中就有对生命意蕴的积极发现和深层开掘。《天上的路》深情地赞美高架路的建设者们;《心里的珍珠》由衷地赞颂故乡人的珍珠般的心;《月光和少女》怀念为纯净人的灵魂的少女与优美的《月光曲》;《神奇的绿色》中年轻警察为了众人生命显示出的威慑力量……

赵丽宏意识到，生命之树常绿有赖于土地。离开了土地，流水就会失去源;离开了土地，生命就失去了根;离开了土地，一切都会变得漂浮不定，无所依靠。当年，在日寇铁蹄蹂躏祖国大好河山时，著名诗人艾青就曾这样吟涌过:"为什么我的眼里常含着泪水?因为我对这土地爱得深沉……"如今，高扬生命旗帜、高歌猛进的人们更应该积极进取，扎根在土壤之中，"只有把根深扎进生你养你的土地，只有把土地的色彩和气息珍藏在你的心里，你的生命和人生之树才能枝繁叶茂，开花结果……"(《土地啊……》)生命的主旋律在赵丽宏笔下流淌，对历史的沉思，对现实的挚爱，对未来的执着，对主体生命的感情与张扬，透显出赵丽宏对文化生命的深层思考，使他的作品凸现出厚实的、深挚的哲理意蕴。

赵丽宏不仅对人类生命作由衷的赞颂，就是对自然界中的一石一木、一山一水、一花一草也常常赋予颇有新意的生命情感。在他插队落户那艰难岁月里，在他的人生旅途感到灰冷晦暗的时刻，他还忘不了在黯淡的底色上画上几笔明净亮丽的色彩——生命的昂扬勃发，生命倨傲不倔与积极进取。细小幼嫩的芦芽，用手轻轻一掰便能把它折断。然而，就是这样娇嫩的芦芽，却敢于顶开坚硬如石的冻土，倔头倔脑地从坚冰冻土中蹿出来，宣告新生命的诞生，并且在严寒酷暑中蔓延成一片青翠，洋溢着生机的绿海。"这是生命创造的奇迹！"而奇迹的张扬是"痛苦而又漫长的，需要韧性，需要恒心，需要忍，需要日复一日的等待……"（《芦芽》）那些将飞入漫长而又曲折的征途的大雁，面对峻峭的高山、茫茫的林海、湍急的江河，面对暴风骤雨、惊雷闪电，无沦什么艰难险阻，他们都无所畏惧，"昂起头颅，展开翅膀，高高地飞上天空，满怀信心地遥望着前方。"（《致大雁》）赵丽宏饱醮激情，礼赞昂扬的生命。在《生命草》、《海，海，海……》、《石魂》等文章中，都是倾诉对大自然，对生命情感的作品。他从对这些不具生命而又赋予生命动感和生机的抒写中，昭示出人的生命意识的文化品格，对自然的力量、人的力量和人的强劲的生命力的发现、展示和颂扬，坚信人有能力把握自己的意识和生命，正如他在《火焰山和葡萄沟》中宣称："生命是不可战胜的……只有人类，才是大自然的主宰。"

真情的诉说："一粒沙里见世界，半瓣花上说人情"

散文是主情性很强的文体，作者既是生活的参与者，又是生活的发现者，在行文中处处融进对生活的认识、理解与发现。一个作家，只有对社会，对人生注入挚爱之情，散文才有撼人心弦的艺术魅力。

赵丽宏对此是心领神会的。他在谈创作体会时说："散文的灵魂是什么?是情感,是真情实感。"(《关于散文的随想》)抒真情、写真感这是散文创作的基本要素。"没有真情实感的散文,即使形式再新奇,文字再华丽,也只能是一些没有灵魂的浮华躯壳。"(《告别世纪初·序》)他强调他的作品"确是从我的内心深处流出来、迸出来、萌发出来的。"(《告别世纪初·序》)

　　赵丽宏对生活怀有挚爱之情。他以深情的笔墨描绘出社会生活的发展和变化的轨迹。赵丽宏从漂泊在苏南农村当木匠的日子里起,就细致观察社会,体味人世沧桑和社会变迁踪迹。从他的记叙农村生活的《洗畔》、《纺织娘》、《乡下人》起,他陆续写下"文革"风暴对社会各式各样人的心灵冲击以及红色浪潮无法湮没的追求人间美情的《小鸟,你飞向何方》、《诗魂》;忠于职守、默默为社会作贡献的《绿邮包和红杜鹃》、《青鸟》、《厚朴》;写噩梦频发、人性受到摧残的《秋风》、《遗忘的碎屑》以及《岛人笔记》中的系列散文;写美妙的艺术精灵、给人以美的享受的音乐的《莫扎特造访》、《无形的手指》、《月光和少女》、《灵魂的倾诉》等;写"文革"之后人与人之间友情的诚挚、亲情的回归的《爱之上》、《挥手》、《愿变成一棵树》、《雨和树》、《友情似醇酒》等;有写异国风情及其丰厚文化积累的《玛雅之谜》、《饿是中国人》、《基辅情景》、《阿尔巴特街》等;也有写改革开放后的新生事物的《天上的路》、《俯瞰》、《桥的断想》……如果把这些内容串起来读,人们便可以看到中国近20年来的变迁,听到社会前进的脚步声。散文家看世事可以称之为"散点透视",他们的观察点是多方面的,就像多棱镜,可以从各个角度透射出各种社会生活面貌来。从赵丽宏的反映社会生活面来看,可以说他充分驾驭了散文这一轻灵的题材样式,多方面多角度来鸟瞰生活,展示出各种色彩绚丽的生活图景和社会前进的人们的精神风貌,有如刘勰在《文心雕龙》"神思"篇中所说:"吟咏之间,吐纳珠玉之声;眉睫之前,卷舒风云之色。"

　　散文是作家主观情思、人生意趣和思辨色彩作用于创作对象的结果,对社会生活的参与性和敏感性特别突出。同时,在写作上散文又是"没有一定格式的,是最自由的"(梁实秋《论散文》),它可以随随便便,与好友任心闲话,这样轻灵的文体特点是情融于景,神与物游。赵丽宏在散文中记事状物都不是纯客观的，在行文中烙上自己浓烈的主观色彩，情感始终是酣畅饱满的。他对主宰社会进程的人的力量、人的生命力和创造力作了明确的认同与积极的肯定。在写作中作了自觉不自觉的主情参与，使作品中生命意识处处跃动，生活实感处处呈现，生发出感人的艺术力量。《在天堂门口》描述"文革"结束不久，作者在音乐厅听李姆斯基·科萨克夫交响诗《天方夜谭》时，一个汗渍未干的工人沉醉在优美的音乐之中，作者留下难忘的印象，在他的记忆库中珍藏着这帧散发着美的照片。这既是对那位粗黝的工人的审美判断，又是在精妙地解剖自己审美的人生态度和感受，充溢着人生体验和人间真情。《老白酒》是一篇短小的文字，从乡间酒吧说到精装老白酒的变化，从积淀的酒文化中看到作者浓浓的故乡情结；《平淡的真》写作者与一位老编辑的友谊，记叙老编辑在乎淡的文字生涯中默默无闻的奉献；《秋兴》、《庐山雪》等写自然界的变化给作者带来的丰富的联想和人生思考……散文批评家林非在《散文创作的昨日和明日》中谈到："散文创作是一种侧重于内心体验和抒发内心情感的文学样式，它对于客观的社会生活或自然图景的再现，也往往反射或融合于对主观感情的表现中间，它主要是从内心深处迸发出来的真情实感打动读者。"赵丽宏的散文就是以深挚的真情，强烈的情感参与感染读者的。在他笔下，一片芦花、一只飞雁、一段友情、一次旅程、一位故友、一方水土、一座名刹、一条小河等等都能写意性地抒发自己的人生体验的丰厚积淀，把自己的内在品格与生活感受精巧地沟通起来，传达出作者对人生哲理的思考和对生活的挚爱之情，正如赵丽宏自己所说："真正好的散文，要诚实、要自然、要充满感情。作者把自己在生活中感受到的美和悟到的哲理，娓娓地向读者倾吐、就像挚友促膝谈心。读者以生动畅晓的文字作为媒介，能听到一颗真诚的心在跳动，能看到一股真诚的感情在流淌。"（《诗魂·序》）

真实的感悟："照片说谎，而艺术真实。"

著名艺术大师罗丹这样意味深长地说："照片说谎，而艺术真实。"（转引自宗白华《艺境》）照片是生活的复印，它显现的客观事物的表像的形真而非内在的神真；而且照片是被动的反映而非能动的反映，它完全排斥了作者的主情因素；而且，照片是静态式的反映客体事物，而文艺作品则是在动态变化中抓住事物本质加以反映。著名美学家宗白华在阐释罗丹这观点时认为，自然界无时无刻不是处在运动和变化之中，而照片摄取的仅是自然的"静象"，这并非自然的"真象"；而艺术能表现自然的"动象"，而"动"才是自然的"真相"，所以罗丹的雕刻"写动而不写静"，他"最喜欢表现人类各种情感动作"。（转引自宗白华《艺境》）只有对人类的行为、情感或者对于某种事物赋予主观动态生命的描绘，从而反映事物的本质生命时，才会呈现出艺术生命的活力。

赵丽宏的散文拒绝静态的照片式的社会观照，而是能动的动态式的艺术反映，因而是真实的。

纵观赵丽宏的创作，可以看出他能较准确地把握社会生活的发展变化，真实地反映了当代人的追求、思维和精神风貌。

这里首先表现在作者笔下不同时期的人物群体的真实描绘。他早期的《乡下人》、《洗畔》、《纺织娘》等极为真实地写出了乡下人的人物系列：木匠、村姑、农妇、乡邮员、拉粪人等，人物生动逼真，像技艺超群却无力传艺的韦木匠、友好坦诚的小木匠小孟、境遇悲凉的秀羽、学究式的老农朱自清、受人喜爱、忠于职守的乡邮员等，他们的形象久久地留在读者的心里。还有在"文革"中倍受压迫的老太，把当清洁工当成人们对她的最高奖赏(《秋风》)，隐居山林50余年，当改革开放之风吹度祖国大地时，以82岁高龄重回上海开画展的管锄非(《梅魂》)，在山灵水秀的九寨沟偶遇的黑眸子等。作者笔下的人物都有曲折的心灵历程，经过生活的磨难，犹如一颗长在石缝里的小草，拼着命从岩石的挤压中伸出臂膀来，去承接雨露，去拥抱阳光。作者通过这些人物的勾勒，让人看到随着生活的变化，人的境遇和追求，以及人的心灵境界，这些都深深地打上时代烙印。作品写出了人的真实的人文环境和生存景况。

当然，作者不是对人物简单的描摹，也不是专门作精细的照相式的映照，而是极注意从人物的形态描写中透示出当代人的灵性美。这就是追求美好生活，努力创造美好生活的奉献精神，这是当代人美好心灵的真实写照。人们看到作者笔下的作家、编辑、画家、音乐家、大桥建没者、隧道工人、厂长等，无不以主人翁的姿态投入到祖国建没中去。作者以丰富的人生体验去贴近生活，贴近周围的人群，感悟描写对象，不重对象外在而重在人物的内在心灵的挖掘，不重工笔刻划而重透示写意，极力开掘描写对象的心灵世界和人的气韵，给人予智性的启迪。

赵丽宏理解的艺术真实，是重在自己的生活体验。巴金为赵丽宏题写了这两句："写自己最熟悉白勺，写自己感受最深的。"(《维纳斯在海边·序》)赵丽宏认为这是散文最重要的审美特征。他强调，他的散文都是非虚构的，而是带有自传色彩。"这里所谓自传色彩，并非作者叙说自己的一生，而是指人生的片断经验，观察社会的点滴见闻，或者是一段思想和感情的真实经历。""我在写着我身心的体验，写着我生命的经历。"(《人生的选择》)赵丽宏的散文如果以时序变化串缀起来读的话，几乎可以看作这是他的生活履历。从"文革"初期的插队落户、大学生活、编辑生涯、当专业作家后到建设前沿深入生活、出访、游历以及他的特殊爱好：读书、收藏、音乐、艺术、写作、交友等等，都在他的作品中得到有序的反照。当然，赵丽宏这些作品不纯是写儿女情长或身边琐事，它与时代前进的滔滔江流是相通的，当他作品情感的涓涓细流汇人奔腾大江后，读者自然感受到了社会生活的急遽变化和奔腾不息、日泻千里的时代激流，揭示出生活的真和美。

赵丽宏在展示人间风景的真实情景的同时，还以抒情的笔调精工细刻描写艺术风景与自然风景的真实情境。

赵丽宏说，他从小从未想过将来要搞文学创作。那时，对他最有吸引力的首先是音乐，其次是绘画。他说："我崇拜音乐家，他们能用无形的音符，创造出千变万化的旋律，倾诉人类的悲欢喜怒和种种微妙的感情，这是其它艺术无法比拟的。"(《人生的选择》)在赵丽宏作品中，有许多篇幅抒发自己对音乐、舞蹈和绘画的艺术理解与人生体悟。《致音乐》、《音乐的光芒》、《弦上的河流》、《莫扎特造访》、《无形的手指》、《月光和少女》等都是脍炙人口解读品曲的作品。赵丽宏不是简单的"渎乐札汇"式的介绍，而是根据自己的人生体验，融入自己的情感理解写成"怎么读"。在《音乐》中，赵丽宏以虚幻式的描写，把悠远的音乐幻化成一个黑衣少女，伫立在月光下拉一把金黄色的小提琴，纤手操持着轻巧的弓，音符奇妙地从弓弦下飘起来；在辉煌的音乐殿堂中又出现巴赫、莫扎特、贝多芬……作者由此而回叙当年乡村草屋，沉浸在音乐的回忆中，动情的音乐旋律融化在灵魂里，使孤寂情感得到升华。在赵丽宏的"闻乐札记"系列作品中，不是重复音乐，而是凭着自己深厚的文化素养，用自身的生命去艺术地感受音乐，并且总是站在当代审美意识的高度，从历史文化的特定层面去观察、理解、感悟和透析描写对象，挖掘其共时性与历时性的丰厚的文化内涵，使作品有着意旨远远超越描写对象本身的厚重的文化内蕴。

与"闻乐札记"一样，"天涯履痕"也是赵丽宏散文创作中的具有厚重感的作品。十多年来，赵丽宏足迹遍及欧美以及祖国的名山大川，他记录下各地的名胜古迹、风土人情，从《晨昏诺日朗》、《峨嵋写意》、《雁荡抒情》到《红场》、《日月金字塔》、《特奥蒂瓦坎之夜》等，使人感到自然生命的美的意象，《西湖秋意》从如火的红枫感悟到绚丽的人生；《大戈壁》的骆驼草、红柳、胡杨、沙枣等在荒凉的大漠中倔强地生长，使人领悟到生命的博大深远；《玛雅之谜》的古代墨西哥人留下的金字塔、庙宇广场等等，这些古老传说和丰厚的文化积淀，让人们体味到历史的苍凉、悠远和博大……值得注意的是，作者在描绘山川风物时，不是沉浸在精妙的景观之上，他的笔墨也不是追求形式，而是在人事物景中完全浸透作者的主观情志。竭力寻求穿越时空的文化、景象、性灵和情绪的融通，全身心地投人其中，从而微妙地感受到久远的生命律动和历史景观的空灵悠远而又鲜活跃动的艺术生命，揭示出永恒深远的文化主题。

值得注意的是，作者无论抒写不绝如缕的感人旋律还是描摹令人心醉神迷的画山绣水，饮誉世界的名人胜迹等，都不仅仅是自然的翻版、原生态的真实，而是主体精神内化后的人与自然，情景相互浸润后的新状态。他追求的真实不是自然的显现，不是客观形态的写真，而是融情于客体对象后酿化成的真实，情感升华的真实，是展示作者复杂内心世界的真实，也是作者心路历程的坦露的艺术自白。例如，《戈壁魂》、《火焰山和葡萄沟》、《南浔的幽香》等写塞外与江南的自然景观，作者把山水风光放在历史和现实的文化大背景中描写，在自然、社会、人生和情感的内在联系中进行复杂的美感体验，使景物由原生态的"静"态变成超越自然属性的带有强烈的主观情感的"动"态，显示其美学内涵，这就是作者将审美情感赋予静态景致后的能动美。这种美是脱离了照相属性后的艺术真实，是自然人格化以后产生的积极生命现象，这些客体物象凭借作者主情感应和想象而获取强劲的生命力，它们有更高层次上的审美价值。

　　文艺创作必须真实，才有感人的艺术魅力，但它决不是对客体物象的整体复照，而是要以作者的丰富的人生体验为主导，力求把描写对象蕴含的内在品格与自己的艺术品格联结起来，从而传达出某种哲理或人生思考，这样的作品，才会有超然客观物象真实的艺术真实。这是赵丽宏创作提供的成功的艺术经验。

"李晓现象"的社会意蕴

——李晓小说创作论

一

我觉得奇怪的是，一个沉默寡言的李晓，竟然有如此多的话要说，在他下笔之时，似行云流水、挥洒自如，作品叙述一个又一个娓娓动人的故事，写得如此热烈而执着，以致这几年来文坛也为他热闹起来，评论文字常见诸报端，著名评论家吴泰昌感慨地说："李晓一定是实实在在拥有了一个他的世界。"

更使我惊奇的是，李晓一上阵就以老到的笔触，直面人生，描写的世人世相真个入木三分。人们惊诧地发现，中国当代文坛出现了一个成熟的、敢于正视人生、正视社会的、个性独特的作家，难怪冰心老人在读了李晓作品后说，"李晓以幽默夸张的手法将社会相人生相冷峻从容地端给读者，是近两年引起注意的青年作家中难得的有潜力有才气的一位。"

对于李晓的作品，全国主要报刊上都有评论文字，但在几乎所有的评论中都是从李晓作品的独特风格——诸如"黑色幽默"、喜剧是从悲剧这方面来评价，却很少有人从"李晓现象"中所蕴含的人生内涵、"李晓现象"的社会意蕴及其艺术踪迹上去阐释。本文试图从"李晓现象"的生发及其社会价值、艺术追求上作一些剖析。

二

细读李晓作品后，我觉得李晓在小说题材上并没有什么新发现，甚至可以这样说，他选的题材大都是"那过去了的故事"，很少有新鲜感。

笔者对李晓作品作如下的排列组合：

（一）知青题材。这在李晓作品中占较大的成份，尤其他前期的作品大多是以知青生活为题材的。这知青题材可以分为"前知青题材"（如《屋顶上的青草》、《小镇上的罗曼史》、《浪漫主义者和病退》等)和"后知青题材"(如《继续操练》、《宿命》、《七十二小时的战争》等)，还有知青前期生活与回城后生活交融在一起的作品，如《海内天涯》等；

（二）社会题材。这类题材主要反映当代城市各色社会生活的，如《机关轶事》、《关于行规的闲话》、《小楼三奇人》等；

（三）历史题材。这类题材主要是写对抗日战争或解放战争往事的追忆，并以此为契机写出当事人在过往和现时的命运，如《相会在K市》、《叔叔阿姨大舅和我》等。

当然，笔者这样分析李晓的创作题材并不是有非常的严密界限的，因为所有题材都可以归并到"社会题材"中去，我这里主要从论述作者的创作思路来作粗略的界定。

从以上题材可以看出，李晓无意追求新鲜或有刺激性的题材来取悦读者，也不想用奇特题材或热门题材来取得作品的轰动效应。和他复旦时的同窗卢新华、王兆军、梁晓声等相比，他的知青题材落后了一大节拍！当李晓提笔写那过去了的时候，距卢新华的《伤痕》已有八年了！但是，李晓并没有摈弃这段血和泪写就的历史，而他不像他的同窗们仅仅写出老知青们的心灵和肉体伤痕，而是站在另一个审美角度来审视这段荒唐历史，从老题材挖掘新意蕴。同样对于历史题材和其它社会题材，他也力求变换独特的叙事角度和"审事"的角度，生发出新意来。如果仅仅讽刺官僚主义、衙门作风，《机关轶事》、《关于行规的闲话》无论如何也不可能超越八十年代初的《电话选官记》等，如果仅仅是揭露学阀之间的尔虞我诈、压制后进，李晓的《继续操练》也不可能达到新水平、新高度；如果仅仅为了控诉由于偶然事件而被误关进大墙内的人们，《天桥》也不可能比从维熙、张贤亮的此类作品更令人回味、深思。

可见，李晓小说的魅力不在于题材上有什么新突破，也不仅仅在于他的别具一格的幽默和讽刺，而在于他的小说有着深层意蕴。

三

如果把李晓作品排列一下，就不难看出作者的追求。作者从抗日战争、解放战争写到解放后反右斗争，"三年自然灾害"、"文化大革命"的红卫兵运动和上山下乡运动，知青回城风、知青回城后参与各种社会生活，以及当前的改革开放等等。这是一条长长的历史线索，时间跨度50余年，反映的社会面如此之广，实在令人惊讶。这简直是中国现代社会生活的缩影。作者力图描绘出几十年中国社会变革中给人们心灵留下的社会概貌，审视作为人的自身价值和社会价值。

从李晓对各个历史时期的社会生活的参与者的精细描绘来看，作者是以关注人的命运为审美意向的。作者不仅注意写出特定环境下的人的心绪，还特别关注人们在经历坎坷的人生历程后由于前面复杂的"因"带来的噩梦般的"果"——人物命运的归宿，并由此而引起对历史的反思。

作为知青题材，如果作者仅仅把四眼、蟹兄、林肯、小牛鬼等人在规定情境下展示其悲怆的命运，那李晓会一筹莫展，作品也难于跳出"伤痕文学"的臼巢，难于取得读者的认同，李晓的高明之处在于，他在描写老知青生活时，时间上既指向过去，又指向当今，在空间上既定位于乡村，又定位于城市并且在过去和现实中作人际、情境和命运的交融和冲突，从而昭示人的生存和生命体验的实在意义。如果把《屋顶上的青草》、《女山歌》、《小镇上的罗曼史》、《浪漫主义者和病退》与《七十二小时战争》、《继续操练》、《宿命》连缀起来阅读，并把老知青四眼、蟹兄、林肯等人的生活历程编年史，就不难发现作者的视野并不局限在一个乡村、一个城镇、一个故事，而是着眼于写人的艰辛的心路历程，并且寄寓了作者无限感慨和热切的关注。李晓对老知青过往在那场浩劫中的插队生涯往往带着隐痛的情感去描写，但他更为关切的却是回城后老知青们各自的际遇。那位当年为了搞病退而吃尽苦头的林肯，回城后却为了基本的生存权利而大打七十二小时的战争；当年在农村为了读书的权利而苦读的四眼，回城后当了名师的研究生，由于不满老师剽窃自己的学术论文，而撞得头破血流，投告无门；至于那小牛鬼当年由于是狗崽子而遭人欺凌，倍受磨难，后来到了香港听命于母亲而把糟糠之妻圆圆推向悲惨的深渊……作者一方面对老知青过往悲剧性的人生命运表现愤懑不平，而对未来寄于厚望，但对老知青们回城以后面对五光十色的城市生活迷惘而怅惘，想实现自身的价值，但在现实的局限条件下，想寻找又难于寻找，想自我超越又无法自我超越，但在他们不懈的奋进和自强不息的进击中，表现出对不公平命运的抗争和锲而不舍的积极进取人生态度，尽管其在实现自我价值中困难重重，有时甚至带有悲剧性的，但作者这种审美选择还是具有合理性和深刻性，使知青文学走向超越和更高的文化层次。

更值得玩味的是短篇小说《宿命》。这是一篇令人读后心情沉重的小说。1966年夏天，三个红卫兵闯进一个老资本家家里，第二天这个老头死了，民警确认不是他杀或自杀而是死于心脏病。25年后当年的红卫兵"我"，成了颇有成就的记者，兰兰官运亨通，当上处长，只有还在江西的大梁命运多舛。大梁被命运所捉弄，从粗壮的身体被人惩罚而得了心脏病，这使他省悟到当年资本家的死其实可以说近乎"他杀"，这种罪恶感一直噬咬着他的心，回沪后他用近乎恶作剧的手段使"我"和兰兰陷进田境，最终他要"我"与兰兰在他身上重演当年的可怕的一幕，当大梁因赎罪心理而死于心脏病猝发时，他"仿佛是在品味一生中最美好的时刻"。与其说作者关注大梁的命运还不如说作者更加关注老资本家的命运，老资本家和大梁的遭际与其说是个人的悲剧还不如说是时代的悲剧。作为历史，它的永久的价值是在于唤起人们的历史感，反思过去和警醒未来，最终的美学形态是指向悲剧。

对叔叔、阿姨、大舅等前辈人的命运的描绘和关注，是李晓美学意蕴的新指向。正如"我"坐在当年暴动时叶阿姨坐过的石头上闲情地望着河水那样，河里流淌的是历史的陈迹。可是，这条当年载着烈士尸体，流淌过血和泪的河水，不时翻起浪花，在作者心中泛起涟漪。父辈们的命运如何？那些当年在生死线浴血奋战的好汉呢?他们在几十年后的今天作何抉择?这些时时萦绕着作者的思绪。

李晓笔下的父辈们的命运都是坎坷曲折的,带有悲壮色彩。《叔叔阿姨大舅和我》中的大舅,由于眼睛高度近视,一次意外闯进敌伪阵地,还误以为是到了自己部队,无意中说出了自己的科长身份和姓名,待逃出来后,他为此永远背着"自首"的黑锅,给他后来命运罩上浓重的阴影。正是由于他偶然发现夏副市长的妻子婉君(叶阿姨)是当年上饶集中营中敌人审讯他时的记录员,而导致夏副市长和婉君的生命终结和爱情悲剧。《相会在K市》中诗人刘东,当年是热血青年,投奔了新四军,阴差阳错,由于偶然的事件刘东被疑为汉奸而被处决。在李晓笔下,对由事情的偶然性造成悲剧的必然性,作了较深刻的描写。在他笔下有的悲剧发生在战争年代,有的却发生在和平时期,人物的命运笼罩在不可知神秘色彩中。同样是死,刘东死得悲壮,夏副市长死得悲惨,叶婉君死得冤枉。李晓把战争年代的奋勇献身(刘东致死时还以为是敌伪处决他,所以他还可以哼自己想唱的歌,走向死亡,何其悲壮)!与和平时期的命运多舛联系在一起来思考,这就透示出社会生活和人生的曲折性和复杂性,留给人们深深的思索。

李晓笔下的那些人物,有着对生命价值热切追求。无论是战争年代的热血青年还是在"文革"中怀着虔诚投进上山下乡大潮的"插兄"们,他们在复杂的社会实践中产生了自我的主体意识,他们苦难的生活历程及种种生命体验、活动、情感、人际关系和社会生活的剧变等等,逐渐在心理上产生躁动和不安,当年热血青年抛家弃室,离开大城市来到苏南参加革命,严酷的战争环境促使人与人之间的分野和重新组合,有的还被自己人误伤误杀;战争结束后当年的青年都走上了不同的领导岗位,但都在不同程度上带着战争年代留下的心灵创伤,伸延在和平环境里又给人们在心灵上以新的冲击,造成心防失陷的悲剧;在"文革"中的老知青们也跟当年父辈们一样虔诚,上山下乡的飓风把他们卷到贫困的山村,他们的热诚与真诚被生活所欺骗,那苦痛的劳作后的疲倦,那心灵受骗后的痛苦的呐喊,那些受嘲弄和作弄的屈辱,追求崇高和美好幻灭后的孤寂与苦闷,在迷途中终于在精神荒原上产生点点绿洲——爱和被爱的愉悦与苦痛……这一切内化为种种复杂而真实的生命感受，时而交织，时而迭现，时而撞击，变幻不定，作者与笔下的人物产生共鸣，带着复杂的情感，遣诸笔端，让人们领悟生存和生命的真实意义：人生本身就是处在矛盾的旋涡之中，时而平缓，时而激越，人们从生命扩展中观照自身，发现自我和超越自我，在不平的现实局限中寻求平衡的心理支点，在不满之中寻找奋力向上的车轮，正如美学家狄尔斯说的，"诗把心灵从现实的重负下解放出来，激发起心灵对自身价值的领会。"这正是李晓小说的深层指向。

四

　　许多论者在评述李晓的作品时，多从李晓的幽默、调侃等方面论述，其实李晓的小说在喜怒笑骂、调侃嘲讽的背后隐藏着更深层的社会批判功能，显示出作品的社会性和深刻性。

　　文艺是时代的生活和情绪的历史。高尔基这一观点反映出文艺的社会功能。任何文艺作品如果离开了特定情境下的特定生活，离开了对生活现象的提炼和反思，那就失去其生存土壤。李晓的小说都是有感而发，因时而着的，蕴含着较为丰富的社会内容。可以说，不论何种题材的作品都没有疏离社会现实，而是与时代生活有，不可分离的深层连结，感应时代脉搏，启迪人们的新思路。

　　李晓作品对社会的思考特点是"大题小做"。就是说，李晓善于从大处着眼思考问题，落笔时却从小处切入，这样的把握时代的新角度和切近现实的新方式使李晓作品在旧题材中找到新的生命力。

　　刘东(《相会在K市》)之死，看似偶然一次错误的决策而遭错杀，其实有其现实的必然性。刘东是三十年代上海光华大学学生，青年诗人。他是富家子弟却刻意约束自己，穿着打扮终年一件旧长衫，教授见他直摇头，富家子弟干脆叫他乡巴佬，他受之坦然，似乎还很得意。刘东是热血青年，毅然投笔从戎，奔赴苏南抗日。然而不幸的是，刘东走后，小丽的父亲(刘东的战友)被捕，于是怀疑刘东系奸细，刘东刚踏进苏南抗日根据地没几天便遭支队领导人老周下令秘密处死。如果说这在当时特定的反扫荡条件下还可以理解的话，那么到了今天反思过往的事件时，再坚持如是说就有些令人难于理解了。老周在解释这件枉杀事件时说，在当时条件下只能作出这一种抉择，"但如果再处在那种环境下，我仍然会那么干。"诚然，在那日寇大扫荡的严酷条件下老周作了杀刘东的抉择，也许是不得已而为之，但在这背后隐蔽着"左"的路线，从井冈山错杀王佐到苏南错杀刘东，伸延到延安错杀王实味等，这其实是"左"的思潮在作祟。作者含蓄地揭示出"左"的思潮不仅过去有，直到现在仍然影响、浸透在人们的社会生活、人际关系和人的思维与行动之中。

假如说刘东之死倘有当时特定的历史背景作合理性的解释的话，那么和平时期的叶阿姨之悲剧给人敲起更响的社会警钟。

叶阿姨原系上饶集中营中国民党审讯被俘的新四军战士的记录员，后来她的生命发生了质的变化，她在新四军战俘的影响下参加赤石暴动，辗转来到苏南根据地，这是她生命辉煌的时刻。可是历史是无情的。六十年代初，在杜叔叔从福建来到上海见到叶阿姨，确认叶阿姨当年的身份后，叶阿姨怕无法说清真相而又舍不得离开深爱的夏叔叔，最后只好双双结束生命。一对在战争年代经过严酷环境考验的夫妇，在和平环境中却无法逃过厄运，这实在是人生大悲剧。除此之外，其余活着的大舅、杜叔叔也在后来的"文化大革命"中受尽磨难，使他们痛感"左"的思潮对人的生存和生命价值的威胁。杜叔叔在和大舅谈起"文化大革命"挨斗时不约而同地想起那时候死去的夏叔叔和叶阿姨夫妇：

杜叔叔在汽车里对大舅说，挨斗的时候他常想起夏叔叔。
"你也想过老夏？"大舅黯然说。
"是的，"杜叔叔看着大舅，　　　"我想他还是那样走了好。要是晚几年，碰上'文化大革命'，他们俩可就惨了。"

这些带血含泪的话，既是对人生况味的体味，又是表现出人对历史的无能为力。作者追述历史，为的是品味现在，含蓄蕴藉地揭示"左"的思想的历史延续性，及其对人性对社会带来的危害性。

李晓的指向不仅于此，他的思绪从昨天拉回到反右和"文化大革命"的严酷现实，更进一步指出那些"左"的思潮在人们心头造成的震荡和危害。

《天桥》写的是反右斗争给一般工人带来的悲惨命运。反右斗争，曾给中国知识分子带来巨大的灾难。在这方面，从维熙的《大墙下面的红玉兰》、张贤亮的《牧马人》等作了较为深刻的揭示。但反右斗争给普通的工人带来厄运，在这方面李晓作了开拓性的、有益的探索。青年工人王保在反右那年响应号召，写了大字报发了言，这就阴差阳错在劳改农场关了22年，由此带来家庭的灾难：母亲因为去探监带了些粮票在车上被歹徒所害，没能走过那"天桥"；王保命乖运蹇，直到22年后回到上海时，才在人事干部手中看到中央发的档，按档规定有错误言论的工人，不应戴右派帽子，已经作了处分的，应予撤销。这个档是在王保押解劳改农场半年之后发的。要是当时能落实这个档，本来他娘不会千里迢迢来看他，就不致死，而王保也可以堂堂正正做人。这是历史的误会历史的偏差造成人的历史性的悲剧这不能归咎于具体某个人，而只能在"左"的错误的路线上去找原因。

李晓对"左"的思潮抨击与批判并不止于此，他的犀利的笔触直指当代生活。那场"文化大革命"的浩劫，是"左"的思潮的膨胀扩张，给中华民族带来灾难性后果。作者在《屋顶上的青草》、《小镇上的罗曼史》、《浪漫主义者和病退》、《大洪山》、《宿命》等篇什中，有时以玩世不恭的玩笑，有时以旁观者的叙述，有时又以当事人的参与，写出了这场"大革命"背后的大悲剧：像四眼、博士等大批有为的青年，被莫名其妙的飓风卷到闭塞的农村，在这荒唐的年代里，他们感到信念不能代替现实，理想难于裹腹，人性受到摧残，《屋顶上的青草》中"蟹兄火中个护宝像"荒唐情节的背后是一把辛酸泪。《小镇上的罗曼史》中老知青们为了基本的生存权利而挣扎着，本来可以大有作为的青年却把青春埋葬在无谓的人际关系里，作者把历史的荒谬和现实的严酷交织在一起加以比照，引起人们心灵的震颤和深深的思索。

李晓的作品不仅具有穿越历史的深邃性，而且具有抨击时弊的尖锐性。《机关轶事》、《继续操练》、《关于行规的闲话》、《七十二小时的战争》等小说显示出李晓的审视生活的机敏性和思索社会的深刻性。《机关轶事》和《关于行规的闲话》矛头直指当今体制的问题。政府一个机关，单秘书处就有四个处，机构庞杂，人浮于事。为了提高办事"效率"，不是从根本体制上着眼，而是想出一些新怪招，挖空心思，多发文件，多存文件，表面上出了"效率"，其实使机关体制更加复杂化。《关于行规的闲话》里写出了中国社会的各行各业的各种行规，宴会上宴菜从主宾那里分起是行规，官商雁过拔毛是行规，提取佣金也是行规，订货不是拣优质价廉而择质次价高的生产线，也成了说不得、动不得的行规。李晓不动声色地加以叙述和概括，入木三分地揶揄、调侃后给予无情的鞭挞，痛陈这些行规陋俗给改革带来的危害，其矛头指向是明显的。《七十二小时的战争》看似闹剧，其实李晓以嘲讽的形式严肃地抨击了当今的官僚主义，最终林肯收回了两间房子，有了暂时栖身之地，但这种妥协也是耐人寻味的。

李晓的小说，有其独特的审美观念，无论其反映历史还是描绘现在，都不是"玩文学"，有其明确的价值取向，那就是直面人生，直面国情，以探索社会、探索人生的大思路使作品有着更深沉的蕴含。

五

李晓一上阵就引起文坛的注意，并获得各方面的好评，其中篇小说《继续操练》获全国优秀作品奖。评论家们惊叹，一个有才华、有独特风格的作家登上了文坛。细读李晓的小说，对李晓知识的渊博、幽默、机智、调侃的文风，行云流水般的文字，娓娓动人的叙述，有章有法的结构，确实有其独特之处。

可以说，讽刺是李晓作品的重要艺术特色。李晓的讽刺主要表现在前期的作品中(姑且把李晓创作分为前后两期),《机关轶事》、《继续操练》、《屋顶上的青草》、《浪漫主义者和病退》为其讽刺丛书的代表作。后期作品却写得深沉,与前期作品相比,作品的深度和力度加强了,讽刺幽默的风格却消失殆尽,在《相会在K市》、《叔叔阿姨大舅和我》等作品里,人们看到的是人性被扭曲、人生的艰辛,命运被捉弄,甚至还使人感到人对自己的生存也难于掌握,时时被不可知的命运捉弄,生与死、痛苦与快乐都被不可知的命运所操纵,充满生命的迷惘与神秘感。而李晓前期的作品却是以机智的讽刺,冷静的思考取得强烈的艺术效果。

李晓的讽刺有具指与泛指之别。作品中的具指,是以某一具象为指向的。在对某一具象为讽刺对象时,有的是善意的嘲讽。例如,《浪漫主义者和病退》中的猎狗,爱说大话,但对朋友极其热情,他自称帮过20多人搞病退,体壮如牛的林肯要搞病退,他热情相助,搬出了他搞病退的十八般武艺:半小时内吃下一斤水果糖使血糖升高;在尿液里滴血伪装成肾炎;把身上206块骨头全拍成标准照,以便寻找出一块不标准的骨头;空口吃下两斤不放盐的肥肉……林肯吃尽苦头,出尽洋相,无奈由于猎狗医学知识不过如此,屡遭失败,最后林肯顶着猎狗的名字进行化验却查出猎狗患肝炎被关进隔离所。作品在不经意中对猎狗进行嘲讽,但作者这讽刺并无恶意,猎狗可爱又可笑,但笑过之后,细细一想,人们发现作者是讽世,透过猎狗的天真热情透射出世事的冷酷、知青的艰辛,不由得对知青和猎狗产生恻隐之心。

李晓讽刺对象有的属泛指,并不具体针对某个人,而是对着某种事物,某种现象,有感而刺。例如《机关轶事》里包打听谈到鼠患成灾,经常把办公厅的档咬成粉,为此办公厅发文到地震局去询问鼠患与地震有无关系;五处听说老鼠啃档效率高,比东洋货碎纸机强多了,抓了好些老鼠"搞科学实验"。这种讽刺带有夸张性,但作品没有具指某人而是把矛头指向某机关,这种讽刺就更产生艺术效果。

李晓在讽人刺世时,常常采用把事实夸大到变形的地步,令人捧腹之后想到它背后的文章来。原本机关里的秘书科,不久升格成处,这是常有的事,但一个秘书处一分为五,分成五个处,起草和修改档要设一个处,誉清复印要设一个处，收发转送要设一个处，保管档案数据设一个处，回收、销毁档设一个处，一个处只有六七个人，这些旁观式的冷静的叙述，不由令人发笑；到后来写到鼠患成灾，把四处搞得人仰马翻，简直成了闹剧，这种情节已经夸张到变形了，现实生活中堂堂政府机关哪里有可能让老鼠横行猖獗。但作者这种变形的夸张使人又觉得有其合理性，而且由于人们对机关的官僚主义、机构臃肿已深恶痛绝，所以谈到作者对这些机关的巧妙的讽刺时又不觉得夸大其词，而觉得谈之痛快，讽刺得甚合人意。更妙的是，刘姥姥在鼠患时竟把保险箱用来藏饼干，致使机密文件全军覆灭，傅处长向办公厅打报告请求处分她，但由于机构重迭，人员素质极差，这份报告竟转到五处销毁了。处分于是不了了之，傅处长以为刘姥姥有不平凡的背景，刘姥姥也以此荣耀一番，傅处长对刘姥姥"比出事以前更为亲热了"。这种令人啼笑皆非的夸张讽刺，达到了深化文艺批判社会功能的效果。

鲁迅在《从讽刺到幽默》中谈到，肚子里有半口闷气，"要借着笑的幌子，哈哈的吐他出来"，这便成为幽默，但幽默如果单是"为笑笑而笑笑"，那也没有多大的社会意义。所以中国人的幽默"是倾于对社会的讽刺"，这样的幽默才有实在意义。李晓的小说带有喜剧性的，读之忍俊不禁要笑出来，在讽刺中有幽默，幽默中又无处不带讽刺。《机关轶事》中小马，代傅处长操刀，写一篇关于机关行政管理的论文。小马从"机关"一词起源"机者发动所由也，或日巧作"，一直追述到《红楼梦》中的"机关算尽太聪明，反误了卿卿性命"，这种不伦不类的论述已令人捧腹，而小马更进一步论述机关的作用，把办事机构与搞计谋结合起来，再发表一番关于辩证法的宏论："进机关的人必须得聪明，不聪明怎么算机关呢?但又切不可太聪明，太聪明就会误性命。"这令人啼笑皆非的论述已着了讽刺锋芒，更妙的是作者笔锋一转，傅处长看了初稿居然还满意，打印送上去参加评奖。作品从上到下，把机关人员的素质讽刺了一番，让人对体制改革的迫切性作一番思索。这种讽刺中就很有幽默感。机锋所向，一目了然。此外，像《继续操练》中，新闻部主任老马关于新闻的释义"狗咬人不是新闻，人咬狗就是新闻"，到后来"我"要报导王教授剽窃四眼的研究成果的"人咬狗"的新闻时，老马却按下不发，振振有词地辩解说，"人咬狗又怎么样?从古至今，不都是人吃狗肉吗?"这种幽默到了尖刻的讽刺，在笑声过后令人感到压抑和悲哀。

值得注意的是，李晓的讽刺与幽默，决不是"为笑笑而笑笑"，锋芒指向社会顽疾。鲁迅说过："其实，现在的所谓讽刺作品，大抵倒是写实。非写实决不能成为所谓'讽刺'。"可见，讽刺艺术如果不赋于深广的社会内涵，那只能流于浅薄。李晓是选择讽刺幽默的艺术形式来表达他对社会、人生的思索的。从他对老知青在农村生存线的挣扎到回城后各自寻找自己的生活位置所遇到各种社会现象，从对机关、外贸体制的思索到对人们为基本生存权利的争斗，李晓都巧妙地把严肃的主题寓于喜剧形式之中，而又通过讽刺幽默的表现形式揭示出严重的社会痼疾，引起疗救者的注意。李晓的小说与那些消闲文人的"玩文学"比较起来，有着天渊之别：他劝世而不玩世，他讽世而不贬世；他看似站在社会大潮彼岸静观默察、不动声色，其实他是满怀激情地投入生活、针砭时弊；他刺喻有些学者、商人甚至某些官员的不崇高，而在他行文之中却处处流露出对美、对崇高的呼唤，普列汉诺夫说文学作品要使人灵魂崇高起来。李晓对某些假、恶、丑的批判和讽刺，正是对人类崇高的呼唤。唯其如此，李晓的作品才有真实的意义和存在价值。

发现诗意和激情：历史的另一种写法

——读肖关鸿的《情话—寻找历史的诗情》

肖关鸿擅长写小说和报告文学，他关注的是现实生活。然而，他写散文随笔时，他的艺术视线投向了历史。《情话》不是情意绵绵的话语，更不是现实生活的语题，而是历史的展示，历史的语境。作者用诗意的笔调抒写沉重的历史，在沉重的历史中发现诗意和激情：这是历史的另一种写法。

历史是不能遗忘的。每天每个人都在抒写历史，昨天是今天的历史，今天是明天的历史；而每个人的生活既是个人的历史，又是社会的历史，时代的历史。肖关鸿通过各种人的不同命运的描绘，不仅揭示出个人的生活情境，更重要的是揭示不同时代的社会生活和特定时期的历史。《情话》涉及众多人物的生活经历，从不同角度展示他们过往的坎坷命运。作品描述了艺术大师刘海粟富有传奇性的爱情和不懈的艺术追求；记述了文坛大师巴金与著名编辑王仰晨之间的真诚友谊；叙述了艺术大师徐悲鸿与刘海粟的恩恩怨怨以及他们奋勇攀登艺术高峰的事迹；写出著名指挥家曹鹏纯朴真诚的艺术理念；记录了革命家彭柏山冤案的成因及其夫人由此而经受的种种苦难；写出了乒乓名将庄则栋的跌宕的命运……所有这些都让读者为之心灵震颤，令人思索。

作者写历史并没有写重大的历史事件，而是摘取历史长河中的一个人物、一个事件、一朵浪花，并且把它置放在特定的历史时期中加以表现，使人物的命运与时代生活紧密地联系在一起，从而折射出历史，使历史鲜活起来，让人"看到的不只是一朵小浪花，而是大河本身。"在《刘海粟与徐悲鸿》中，作者记述刘海粟与徐悲鸿从同乡、朋友、师生到反目为仇，老死不相往来，其中的恩恩怨怨有个人的原因，更多的是社会的原因。从两位大师的坎坷遭遇使人们看到社会的变化和旧社会留在知识分子身上的伤痕，而两位大师最终未能握手，所留下的抱撼也让人深深思索。《巴金与他的编辑》写的是巴金与王仰晨之间的友谊。王仰晨从40年代就与巴金交往，在"文革"中把他们之间的通信全烧毁了，留下遗憾。但后来王仰晨保留了巴金写给他的300多封信，交出版社出版。从两位老人之间的友谊反映出时代沧桑和友情的可贵，同时也反映出时代的变化。

的确，任何历史都是当代史，而任何现实也都是历史。历史可以离我们很近，而现实可以离我们很远。肖关鸿笔下的历史使我们看到了现在。彭柏山的悲剧，郑超麟的命运，都是离我们较为远久的历史了。然而，我们从中可以领悟现在，因为最终对他们实事求是的评价，使人们看到中国共产党人的高风亮节。当然，历史不是大人物的专利。肖关鸿不仅写名人，也写普通人，因为普通人的命运更贴近生活，也更能反映历史真实。人活在世上总要生存，总要奋斗，而在这过程中，有的人成功了，有的人失败了。但不论如何，他们的奋斗史就是历史。《天下谁人能识君》是一部凡人的悲怆史。陆福荣是作者的老同学，他只是平常到连名片都不用的人，他把绘画当作生命。他奋斗，他挣扎，然而，他失败了，他是带着遗憾离去的；相比之下郑兴业和许四海幸运得多，他们原都是平凡的孩子，尽管历尽波折，但成功是奋斗者的回报。作者写凡人凡事都是把他们置放在当代社会变革的大背景中去表现。尽管岁月流逝，这些都成为历史，但人们却从过去看到了现在，从中省悟到生活的真谛。

确实，历史太沉重了，以致使得人们常常背起历史的十字架踽踽而行。肖关鸿并不回避"文革"这严酷的岁月。史无前例的"文革"使多少人留下难愈合的创伤。冤狱、焚书、批斗、扫地出门，污蔑人格……全民族在"魔力"驱使下，尽其所能地摧残人类文明，这是何等惊心动魄的历史啊！肖关鸿以沉重的笔触记录了这一令人难于忘却的在历史。且不说刘海粟、巴金等这些大师难于幸免，就是平民百姓也深受其害，以致造成文明断层、文化失落、人性扭曲……肖关鸿敢于正视这些历史，并且大胆地把这些人物放在"文革"大背景上来描绘，使人们既看到那过去了的沉重历史，又看到了中华民族的反思过去，正视现实，面向未来，走向光明的勇气和前景。庄则栋是六七十年代在体坛和政坛的风云人物，但此后却命运坎坷，沉浮起落。作者大胆地选取这个人物来表现时代的变化，让人们既看到过往的悲怆岁月，又看到改革开放以来的中国是富有人情味和充满希望的。在《受难者的妻子》、《最后一位托派》等其它篇什中，作者都作了较好的整体把握。这样，作者把历史和现实交织在一起来写，从现实来审视历史，以历史来观照现实，在历史中寄托现实的情感，在现实中发现历史的真谛，从而使作品有鲜明的时代感和厚重感。

是的，历史是一条河，在河流中有奔腾的激流，也有平静的港湾；有混浊的激流，也有清蓝的河水。我们的作者要站在时代高度上审视历史，在"真实"中发现谎言，在"崇高"中发现虚伪，也可以在"虚假"中发现真实，在"丑陋"中发现诗情。这，就是肖关鸿对历史真实的诠释，从中发现诗意和激情，也是他对历史的另一种写法。

漫谈郑芸的长篇小说《恐惧的情感》

生活是个谜。你看毛兮竟然捧起骷髅，脑袋一斜，脸腮贴上了头盖骨，好像骷髅是一只温驯的猫。

郑芸的小说《恐惧的情感》太令人惊异。通篇人物和场景以及情境画面反差太大，太怪诞了，不由引起读者阅读的兴趣和对主人公命运的期待。

一张本是姣好的姑娘脸不知为什么显得可怜凄楚，一只本是狰狞的骷髅却由于洞窟的空泛显出一种无忧无虑的乐观。二者交相辉映，相辅相成，构成为一种莫名其妙的和谐……

俊秀的姑娘和恐怖的骷髅竟能统一于和谐的情境之中，郑芸的小说实在是一个谜。

毛兮凝视这骷髅，掘开了记忆的坟墓。那过去了的荒唐岁月，挥霍掉的青春，埋葬了的爱情，被压抑的人性，理想的破灭和理想的不灭的火光……往事不堪回首，百感交集。

毛兮这种感慨又源于老知青回城后对当代生活的不适应，引发对过往情感的回味及产生恐惧感。她感到心理失衡，而企求寻找逝去的岁月给予感情的寄托。

郑芸提供的毛兮过去和现在的爱情故事和故事中的爱情并不新鲜，老知青昔日苦涩的爱情和当今有夫之妇与有妇之夫炽烈的婚外恋。作品没有大起大落的中心情节，也没有大起大伏的情感回流，但作者在毛兮对时间跨度二十年的时空交汇的娓娓叙述中，却不知不觉地把读者带进主人公毛兮的情感天地，让读者感受到毛兮搏动的心路历程，引起共鸣和回味思索。可以说《恐惧的情感》是一部让人欲罢不能、心灵悸动的长篇佳作。

《恐惧的情感》也是一部颇有深度的作品。作者对主人公毛兮从七十年代到九十年代人生心路历程的描绘，表现了毛兮在泥泞沼泽的昨天困境中，苦苦追寻至善至美的心灵春天。从九十年代的高坡上，回眸审视那不能收回的失去和不会失去的收获，对人类的情感，人性的失落与人性的追寻作出深层的思索。

时序转轮已到九十年代初，当年的老知青在"历尽生活上的坎坷与心灵以致爱情上的磨难之后，时代的浪涛又把他们推回原来生活起点的大城市。喧闹的大城市像五光十色的万花筒，迷离扑朔，无论在工作、生活、人际关系抑或爱情上感到迷惘甚至有些不知所措，感到心理失衡。过去的知青生涯中挥霍乃至埋葬了不能回复的青春使他们深感悔恨和痛楚，但那年月也有，值得回味与珍视的人生体验。那海滩、田畴、河流、绿野、知青的红瓦屋、或写黄色的合欢树乃至恐怖的骷髅，竟也不时在毛兮心间闪回。而更重要的是，这些过去了的所具象的东西似乎有更深的蕴含。

作者以细腻的、酣畅饱满的笔触，描绘了时空跨越二十年的过去和现在两组爱情故事。在这些充满爱和恨的爱情故事中，透视纵横交错的人际关系和混沌的人生图景。展现在我们面前的第一组是知青生涯中的爱情：曲华热恋刘志扬；张保尔深恋毛兮；月菲爱恋王金彪以及施兰芳暗恋金炳章等。几乎十三连的知青都

在谈情说爱，就连工作组开进十三连后，工作组成员(包括组长施兰芳)都在这"恋爱大本营"中谈起了恋爱。本来这些爱情虽然很难说美满，但却犹如平静的河水，在常态下流动。但自从工作组进驻十三连整顿"歪风邪气"后，爱情故事就变得非常态了，尤其是工作组的曲华、毛兮甚至人到中年的工作组长施兰芳也加入了恋爱大军，就使爱情渗入了政治因素而变得冲突激烈而且更具悲剧色彩。刘兰娣失女，月菲失去恋人乃至因爱而带来生理上无法弥补的损害。曲华遭毛兮的告发，爱情的晴空上突然乌云骤至，就寡居的施兰芳暗恋金炳章而无法大胆地爱，爱情的醇酒突然变得混沌，变得苦涩难咽。

如果说当年老知青的爱情是在那个荒唐年月中酿出的苦酒的话，那么到了八十年代和九十年代，这批回城的老知青既不能回复过去的苦恋，也无法回避以往的爱情生活所带来的阴影。荒原上的那两棵合欢树，虽然示意爱的

希望所在，但同时也时时提示这样一种事实：那是在爱情坟墓上长出来的合欢树。合欢树下有血，有泪，有骷髅。作者在现实生活中组合了几对爱情：毛兮与吉原；吉原与妻子；张保尔与毛兮。这组爱情的特征是：两组爱情中的人物都各有家室，而各个家庭中又缺乏爱情必备的条件——心灵深处的真挚的爱。组合的爱情并非爱情的完美，完美的爱情必然有其特定的含义。毛兮心灵中反复出现那两棵合欢树和红骷髅，这是对七十年代摧残人性的爱情的恐惧和对纯净真诚爱情的向往。毛兮原本并没对古原产生爱情，只是由于对过去的爱情以及自己不自觉地参与扼杀青年人的爱情的忏悔与自责，产生对同事吉原倾诉的强烈愿望，不管吉原听与不听，她只是想排遣心中的积郁，没料到在叙述者和听者之间竟灵犀相通，又产生新的爱情。尽管这是爱情的变奏，但毛兮与吉原却感到具有强烈的情感冲击力，他们才感悟到真挚纯净的爱情已期而至，并得以升华。

值得注意的是，在作者笔下，无论过去还是现在的爱情全部失败了。作者把笔触伸入人物心灵深处，过去和现在爱情中的人物无不对爱情充满期待而又充满恐惧，但主人公毛兮却执着地追求那至善至美的爱情。在期待中失落，在失落中期待；在恐惧中寻找，在寻找中又产生不可名状的恐惧。最终现实和理想之间发生强烈的碰撞，毛兮在寻求理想中的爱情而不可得的情况下最终含笑离去，求得爱情的自我完善。

如果把《恐惧的情感》仅仅归结为爱情小说，似乎还不够公允。诚然，作者以沉重的心情，以凝重的笔触酣畅淋漓地向读者倾诉"一把辛酸泪"的爱情主题——为在那非常的年代，老知青们希冀追求生存状况下的近乎原始状态的爱情而不可得，作者为此发出痛苦的呐喊。而到了回城后，主人公追求那纯净的、超然尘世的爱情所引起心灵的楚痛，她越是对过往苦痛爱情的回味，就越反衬出她对心灵向往的纯净爱情的憧憬，从而引起读者的共鸣和沉思。更为重要的是，作品通过纷繁交错，扑朔迷离的爱情故事的剪辑、组合，透视较为深沉的人生含义、人生价值、人性善恶等等。总之，作品力图表现一种对人的认识、人生概念、人性的主题。

爱是人性的具体表述。毛兮之所以对吉原喋喋不休地叙述那过去了的故事，是因为在那年代里爱情受到压抑，人性受到摧残。施兰芳带领工作队进驻十三连，对知青们双向的或单向的和已萌发和将萌发的爱情一律视为异端，查抄手抄本，到知青寝室作奸，审讯刘兰娣，逼月菲作检讨以及毛兮鬼使神差地参与拆散曲华与刘志扬的爱情……这一切都是摧残人性的行经。

作者对老知青们的爱情充满同情，从对他们的遭际生发出对人性善恶的思考。有人认为在那年代，像施兰芳那样的人是摧残人性的刽子手。确实作者压抑不住自己的感情把施兰芳作为鞭挞对象。施兰芳凭借"根红"和当工作组长的权力，进驻十三连后"抓"一系列的"革命"措施，拆散了几对恋人，也使几对恋人反而变得更加坚强，她甚至连知青在艰难的生存状态下最原始的恋爱方式都不放过，就像一阵飓风，把海岛上的一切都企图掠尽，在知青心灵上造成一片荒漠，就如海滩上的盐碱地，留下的是一片凄凉。然而，作者又巧妙地写出摧残人性者的人性要求。例如，施兰芳暗恋金炳章。就在刘兰娣交代她与金炳章有关系时，施兰芳心里不由产生酸楚，导致她终于不顾后果地找金炳章在寝室谈话，坦露自己爱的心扉。而当她遭拒绝，在金炳章逃跑后，作品写她一个人在田野上，"她一动不动地站着，面前是辽阔的缀满半天晚霞的天空和铺展到天边的青黄杂色的稻田。微风吹起施兰芳的头发，夕阳给她的侧面边缘镀上了一道亮光。"她的脸虽然僵滞呆板得像石头，但还透出一股忧伤气息。使施兰芳对基本人性要求的复杂感情跃然纸上。在她凄怆的神情中，表现出她内心极度的矛盾，以致后来她表露出少有的对刘兰娣忏悔式的爱恋与温柔，不动声色地把上报场部要求给刘兰娣定坏分子的报告撤回了。作者在冷静含蓄的叙述中，试图把知青在爱河中挣扎的苦痛与普遍人类生存状态的基本要求相沟通，使人们的视线穿越历史走向了超越，升华到人生哲学和人类文化的更高层面上。

作者对人性的思考还表现在对毛兮的心态变化上。毛兮从七十年代末走来，走回大都市，但毛兮的思想情绪并没有停靠在喧嚣的都市层面上，"她的视线穿透时间，停在散发着泥土气息的过去。"

毛兮对施兰凤的作为深感痛恨，但在那年代、那氛围中她又不得不违心地做了一些内疚的事。她觉着善与恶之间似乎只隔一层薄纸，她想做善事，陪月菲去做"人流"，反而害了月菲切除子宫终生不能再孕，后来只好出家当尼姑，她一念之差报告了曲华与刘志扬的关系，以致使刚绽开的爱情之花遭到暴风雨的无情摧残，致使二十年后曲华仍是大龄青年。她深感内疚和自责，感到人性的丑恶。作品写到："毛兮看到了人类的劣根性在自己身上的体现，那是一种希望别人倒霉的恶意。无论曲华的事还是刘兰娣的事，就是在对月菲的帮助中，这种恶意也无时不在。""毛兮觉得自己和那些人没什么两样。某件事看见别人已经恶攻在先，自己则把恶意藏在同情心背后，让自己的同情跟在别人的恶攻后面前进。某件事，如果迟迟不见别人恶攻，自己便憋不住跳出来，恶意便大暴露。"毛兮的带血的自我解剖，坦露出自己人性恶的一面，从而表露出她对人性善一面的张扬。作者没有简单地区分人性的善与恶，而在作者笔下，人性善中有恶，恶中有善，甚至认为人性是善与恶的复合，黑白兼而有之。后来毛兮上大学后，有想做作家的强烈愿望，想写小说。后来她才发现自己回忆那段往事的真实动机，并非为了写小说，而是为了忏悔和获得安慰。应该说，毛兮在对过去历史的追忆是为了在对恶的人性的自省自责中寻求精神上的自我解脱，也是对完美人性不懈的追求。这并不是消极的，而是与追寻人生价值相联系的。

毛兮返城后感到现实生活的平庸和琐碎，远非自己心灵中所憧憬的境界。因此，她在生活面前表现出极度的浮躁与无奈。一方面她试图在回忆过去和痛苦的生命体验中去超越历史的具象，所以她在对吉原的叙述中时时表现出"那种恍恍惚惚的沉醉表情"。另方面，她又执着地追求她理想化了的爱情和完美的人性，执着地向不公的命运挑战。她要以新的生命体验，来实现她的人生价值。然而．时代发生急剧变动，毛兮这种具有浪漫情调的爱情观显然很难找到其存在的理由和存在的合理性。她与吉原原本是同事，没有爱情，毛兮只不过想找一个宣泄内心压抑的物件来宣泄她对过往的忏悔与内疚，就像基督教徒向神父坦露内心一样。但没有想到情况突然发生变化，她与吉原之间又萌生了爱情，又受到新的压抑，产生恐惧的情感。其实就在毛兮向吉原倾诉那年代压抑人的情感和心灵的不安时，在她的潜意识中已萌生对其反向的追求，她与吉原心灵碰撞而产生爱的火花也是自然而然的事。

毛夕是有夫之妇，吉原是有妇之夫，这是一种难于逾越的现实。另一方面，由于世俗观念，道德规范等等，毛夕又无力冲破这些而造成新的情感压抑与恐惧。她想超越又难于超越，想达到理想境界中的至善至美的爱，却又无法冲破道德伦理的厚壁，最后只好以殉情方式来体验爱的至高境界。应该说，毛夕这种爱不与社会的投入、参与和奉献联结起来；不与社会的存在方式，如家庭、事业、人际关系等联系起来，而仅仅以追求美好、纯净的爱为终极指向，最终还是摆脱不了爱和被爱的困境，只能以殉情来达到爱的自我完善和人性的自我完善。当然，人们在嗟叹毛夕对爱作出懦弱而又勇敢的抉择之时，无意中在毛夕殉情的山崖上发现其闪灼的悲剧之美。

毛夕的人生历程和痛苦的生命体验向人们昭示：社会的进步和历史走向最终将会与理想的人性相吻合，人类将会达到完美的人性的理想境界。

尽管《恐惧的情感》是郑芸的长篇处女作，但作品并无幼稚之感。相反，表现作者艺术上的尝试与追求是成功的。仅仅十多万字的长篇小说，在这框架内容纳了从"文革"到九十年代初时间跨度的容量，表现了作者有相当的艺术驾驭能力。

长篇小说要扩大社会容量，必须有整体构思的大思路。作者不以某种故事为主要契机来铺陈矛盾，展开矛盾把情节推向高潮。也没有采用琼瑶爱情故事中的解"钮子"的方式来制造悬念抓住读者。而在她作品中简直看不到完整的故事或完整的人物命运的渲染与叙述。作者写拆散了的故事，打乱了故事结构和叙事方式，用今天的目光回眸往事，穿透历史和审视现实，对人物的形状和思绪作剪辑、编辑和排列组合，构成以写人，写人的情状和探索人性为中心的结构方式。这样作者自由度较大，可以在并不宽阔的构架上容纳较为复杂的人物、情节和各种人的心态，使作品有较深的社会内涵。

为了使人物的心态和人物的爱情追求有更深层的社会含义，作者采用昨天和今天时空交汇的手法，站在昨天的田野上，凝视未来，祈求具有真实意义的纯净的爱情降临；站在今天的时代高度，穿越历史的迷雾，审视昨天荒唐年代中发生的带血含泪的爱情。毛夕今天的爱情从某种意义上说，是昨天未竟爱情的伸延，而通过昨天压抑性的爱情的回味和思索，使今天的爱有着更丰富、蕴含更深的意义。毛兮不断对昨天爱情的回忆性的倾诉，在肯定和否定中包含了对今天爱情的强烈追求。作者把过去和现在两条线有时分头并进，有时交错进行。有时采用作者叙述；有时又采用毛兮的叙述或毛兮的小说日记等方式交替并用。在叙述方

　　式上作品语调多变，有时用冷静旁观或有时又以作者在自己评述参与式。使作品中的人物和情节得以有机的融合，推动人物和情节的发展，构成作品情节、信息、情态和情境的描写疏密相间，有条不紊，达到较好的艺术效果。这是作品的重要艺术特色。

　　作品的语言特色是文学冷静幽默。对鞭挞对象以辛辣的嘲讽，如作者写到施兰芳时，教育工作组成员要有"男女授受不亲"观念，在大会主席台上，她却与周水生"一笑百媚生"。作者轻轻几笔就把施兰芳假道学作了绝妙的注脚。又如毛兮，曲华等人到周水生媳妇房里借宿，把房间里样板戏，剧照凌乱作描绘："李铁梅的号志灯点燃了喜儿的苍苍白发，吴清华的红缨大刀避开了方海珍的柳条帽朝脖子砍去，阿庆嫂滚烫的茶壶撞上了视察巴掌山回来的江水英，而柯湘的手枪正和常宝的猎枪对射。看到这幽默的编排，人们不禁捧腹。寥寥几笔把那个年代的氛围，样板戏渗透农家小屋，以及文化素养低下的农民根本无法理解样板戏的内容，把严肃的主题变成笑话。有时作者在嘲讽时带着淡淡的讽刺揭露得淋漓尽致、怆楚，令人感慨万千。例如作者回叙那百无聊赖的工作组生活时，写到工作组寝室"老鼠在屋梁上嬉戏，蜘蛛在屋角弹竖琴，人围在桌边准备打扑克，癞蛤蟆在床底下歌唱，鼻涕虫在地上漫游。"写到这里，作者接着用"各得其所，皆大欢喜"两句来发议论，给人以凄楚的感觉。而在描写吉原与毛兮在海滩幽会，毛兮在海里游泳嬉戏时，作者笔锋一转，以优美的文字，把海滩的变幻场景，他们的恋情写得如诗如画，美不胜收。由于作者的文化素质较高，语言驾驭能力较强，生活体验较真切，所以无论在叙述、描写等方面，语言特色较明显。

　　作品的另一个艺术特色是，作者善于营造一种特殊意义的意象，表现较为深刻的内容。作者多次使用红骷髅、合欢树等带有意象的具物，给作品带

的《女性人》杂志，中国图书出版社以及台湾的出版社等都相继出版和发表了她的许多作品。

然而，在国内文艺界和读者中，竹林的情况，人们了解得还是很少。个中原因，可能很多。有位论者认为，这是因为"她生存在一个错综复杂的人事关系的网中。她自身的文化心态，她的个性，使她难以和周围的每一个网结网扣协调。"不过，这位作家的创作道路，是值得我们研究和考察的。

二、红色的纸雨伞

竹林是共和国的同龄人。不幸的是，她只能跟着奶奶度过了自己寂寞的幼年和少年时光。那时，她和奶奶居住的是一个只有六平方米的小亭子间，四壁都糊满了年画纸，一张用长凳和木板搭起的床占了屋子的三分之二。少年竹林便在这张床上看书、写字和画画。小学时，学校对面有个小人书摊，一分钱可看两本；如果有一毛钱，则可以租11本带回家去看。奶奶有时偶尔给一角零花钱，她就会赶紧跑到那书摊上，一本本地精心挑选，然后将它们带回家趴在床上足足可以享受一星期。就是从这些小人书里，她最早接触了不少文学名著，像《红楼梦》、《西游记》、《雾都孤儿》，以及安徒生、格林童话等等。

然而，生活不是童话。文化大革命开始不久，奶奶离开了人世，又将孤立无援的她抛向了安徽凤阳农村。从此，一切都必须靠自己稚嫩的双手去开辟，她必须靠一个劳动日八分钱的收入过日子。冬天的风雪中，她和村里的壮劳力一起去电灌站工地推小车、担土、睡窝棚，吃一天两顿的山芋糊糊；夏天的烈日下，她与农妇们一起下水田插秧、锄地和收割，晚上回家，住的是四面透风的牛棚，睡的是用草绳攀的凉床，用泥坯垒的土灶煮饭，用墨水瓶制的油灯照亮……但生活的艰苦并没有能摧毁她心中的理想。她希望通过自己的努力被推荐去上大学，将来当一名作家。为此，她在拼全力与农民一样劳动之余，又自学针灸，为当地缺医少药的农民治病。虽然她的热情远高于技术，但她也真的治好了不少病人。有一次，她还用土法及时地救活了一个喝农药自杀的孕妇。由此，她的医名在附近的村庄大噪起来。然而，她还是太天真了！在她第三次被推荐上去又被刷下来之后，绝望的她从县城返回住地的路上，突然遇到了一场滂沱大雨。她茫然若失地踩着泥泞的路向前走着，突然一阵流水奔腾的轰响传来，在她的眼前出现了一条宽阔汹涌的河。不知出于一种什么力量的驱使，她毫不犹豫的拔腿朝河里走去……就在这时，远处传来一个响亮的喊声，透过朦胧的雨雾，她抬头看见一个撑着红色纸雨伞的老农民正挥动着胳膊向她跑来，一把拽住了她。于是，她的手被握在了他粗糙的长满老茧的手里，两人并排着侧身面对激流，小心地踩着脚下那只有两步宽的桥，摸索着挪动了脚步……那人见她有点紧张，便鼓励她道："别怕，不要光看你脚下的一点点水；抬起头来向前看，只要脚步站稳了就行。"她听他的话站直了身子，抬头一看，突然觉得视野开阔了，天地变大了。

她感动起来。这顶红色的纸雨伞，从此永远留在了她的心里。也从此，她想写一本书。在艰苦的劳动之余，在夜深人静之际，她就在那盏用墨水瓶改制的煤油灯下悄悄地写：夏天的晚上，为了抵御蚊子的袭击，她穿着长袖衣裤和高统雨靴写；冬天的夜晚，她忍着辘辘的饥肠和透骨的寒气坐在被子里写……

终于，她结束了六年的插队生活回到了上海，而且历尽曲折被一家单位录用，成了一名编辑。她白天上班，兢兢业业地工作，到了晚上，就在单位的一间作为女子集体宿舍的小阁楼里挑灯夜战，节假日，则是她写作的最好时光。上天不负苦心人。她的反映知青生活和命运的长篇小说《生活的路》终于完稿了。稿子几经周折，送到了人民文学出版社，得到了肯定的答复。这时正是1978年，党的三中全会刚开过，文艺界已开始解冻。然而，极"左"的惯性却还在运转，有人认为《生活的路》是攻击上山下乡的大毒草。

《生活的路》是否是"大毒草"的争论终于在人民文学出版社被挑起了，然而出人意料的是，它反而促使了有关领导的重视，并且以此作为文艺界思想解放的契机而召开了粉碎"四人帮"后的全国第一次中长篇作者座谈

四、遵循现实主义，坚定不移

　　不幸的童年和坎坷的人生经历，使竹林正视和面对现实，并且对现实生活有了较清醒和深刻的认识。因此，她的创作也就自然而然地贴近现实主义。如果说，她的第一部长篇《生活的路》，只是一部最朴素的知识青年苦难命运的真实纪录的话，那么，随着竹林的创作进程，面对新时期文学发展中出现的林林总总的新潮流派，她以后创作的数百万字的小说、散文、诗歌、儿童文学，仍然遵循现实主义的创作方法，这就不能不说是她的一种自觉的选择了。有这样一个故事，也许能说明问题：有一次，竹林从农村采访完回县城的住所，由于天突降大雨，路滑难走，因此未能赶上末班的郊区汽车，她只好摸黑在公路上步行，哪知又碰上了流氓拦路抢劫，将她的背包、钱包、雨伞、连同那采访笔记本，全都抢走了。她只能跌跌撞撞地向公路旁的小路乱跑，最后奔进一个村庄，敲开了一家农户的门。开门接待她的是老俩口及一个十六七岁的少女。他们像对待亲人一样让她换上了干衣服，端来热饭热茶给她吃。而更令她激动不已的是当她与那个女孩同眠的时候，女孩拿出了她书架上的一本书，而且用这本书的作者的例子来鼓励竹林坚强地面对生活——而这本书竟然就是她的《生活的路》！竹林被感动得蒙着被子暗暗掉泪，同时她也被文学的力量震撼了。

　　竹林遵循现实主义道路，在创作手法上也不是一成不变的。如果说，《生活的路》是完全按照中国古典小说的传统从头到尾结构故事的话，到了她那部描写云南边境知青命运的长篇《女性一人!》，则已经变成了用第一人称从现实不断地向过去回叙的方式叙事的构架了。而最能代表她的创作风格的长达四十多万字的长篇《女巫》，则是以人物命运的展开来叙事的。它将一个个事件的片断穿插在人物命运的发展中，采用时空切割的方式，上下卷从一点向时间前后双向扩散，而中卷则采用传统的顺叙结构。这样便使整部作品有如一首交响乐：从快节奏的紧张乐曲开始，过渡到舒缓、流畅、优美的轻音乐，再逐步推向激越的高潮，形成一种马鞍形的构架，产生一种立体的、丰富的、气韵悠长的艺术效果。

因此，可以这样说，坚持现实主义，既是竹林的创作追求；也是她的人生追求。现实主义让她直面苦难的人生。由于在自己的生活道路上缺少爱，经历了太多的苦难与不幸，见到了太多的冷酷与丑恶，因此她更加渴望爱，渴望温暖，渴望美。她要在自己的创作中，用对爱和美的理想的追求来慰藉自己孤寂的心，冲淡苦难的人生，并且企望"从儿童们美好的心灵和天真纯洁的形象中，看到生活道路上的光明和希望。"因此，在竹林的许多儿童文学中，她都用美好的语言描绘孩子们天真无邪的童心，塑造了一群群栩栩如生、性格各异的农村孩子的形象，歌颂了他们夜明珠般纯洁的心灵。而在成人文学的创作中，她常常是在描写苦难时，又融入给人以温暖和希望的美妙的写景和抒情，从而使整个作品笼罩着一种清丽优美的天国情致，即使是悲剧，往往也能给人以一种悲壮向上的力量。

五、充满信心地跨入新世纪的门坎

坚持深入生活和坚持现实主义，是竹林在创作上的两大特点。不管经历了多少艰难与曲折，她终于收获了丰厚的果实。不久前，她的文集5卷本出版了，而且在当前图书市场不太景气的情况下，销售情况良好。她的长篇《挚爱在人间》，也获得了"八五期间全国优秀长篇小说奖"，这不能不说是社会和读者对她既往的创作道路的肯定与鼓励。

最后，笔者去竹林在沪郊深入生活的基地拜访了她。从今年起，虽然她离开了那个简陋的"寒暑斋"，居住条件有了改善，但她那新住处仍然在一片田野的边上，白天有清脆的鸟鸣，晚上有响亮的蛙声。我问她："面对新世纪，你有什么不同以往的打算?"竹林却笑着摇摇头："我不想离开这里。"顿了一会，她又说："人类在新世纪可能会面临许多新的问题和新的挑战，但我们惟一的选择，就是面对现实!"也正是基于这样的思维，竹林目前正在写作关于环保题材的长篇。第一部《脆弱的蓝色》二十多万字，已经完稿，正由辽宁少儿社付梓；第二部正在写作中。

为了让读者对竹林这位作家有个比较准确的了解，我们不妨摘录她最近为《今日作家互联网》写的自传中的几句话，以为本文的结语："在旷野的贫瘠中生长的竹子，无疑是顽强生命力的象征——它既能挺拔地傲立，也能柔韧地弯曲，尤其是还能在最艰难困苦、濒临绝境时开花结果。我十分崇敬这样根植于贫瘠中的植物。我愿永远默默地耕耘，永不艳羡灿烂的花期。"

性格的力量：《女巫》解读

—— 竹林小说创作论之一

从八十年代中期起，中国文坛风靡着"新写实小说"、"寻根文学"、"先锋派小说"等，使文坛充满活力和创新意识，但在这些新观念、新方法、新思维的风潮下，有些人在创作实践和文学理论上导入了误区。有的人认为文学只要写一些个人琐事，"还原生活"，作家不需要有责任感和使命感；也有人认为文学创作应走向"无情节、无人物、无主题的"至高境界"，文学才成为文学；还有人认为小说创作根本不需要塑造典型人物，认为那种通过塑造典型人物来反映社会生活、表现作家自己的社会理想和追求是"过时的现实主义"，对反映论、现实主义、典型创造等不屑一顾，认为是文学发展的桎梏；甚至有人认为"现实主义已经过时了"，等等。其实，这是对文学的误解，或者说是对现实主义认识失之偏颇。

十年前，巴金对长篇小说创作提出两个希望：一个是"新"，一个是"深"。"新"就是要出新意，写出新的人物，新的世界，新的生活来，这是对塑造人物和创造情节来说的。"深"就是作家笔下的人物形象要有深度，要有典型性，通过人物形象的塑造，在反映生活上要有力度，使作品的思想更有深度。这是巴金对自己几十年创作生涯的总结和对新时期文学创作经验评估后提出的观点，也是说，文学创作要坚持现实主义才会产生强大的生命力。

近年来，继路遥的长篇小说《平凡的世界》之后，又出现了贾平凹的《废都》、陈忠实的《白鹿原》和竹林的《女巫》，这三部作品在当代长篇小说创作中被誉为史诗性的作品，堪称扛鼎之作。在社会上的商潮和创作上的新潮冲击下，这些作家不为所动，耐得寂寞，蛰居乡间，写社会，写历史，写人生，写人物，产生出有深度，有力度的作品，显示出现实主义的力量和创作的美妙前景。在这方面，竹林的长篇小说《女巫》给人颇多的启示。

竹林的《女巫》是一部具有独特文化品味的现实主义力作。作品时间跨度大，从晚清一直写到八十年代末，展示出这半个多世纪中国江南农村社会的巨变，描摹出在这漫长的历史时期中中国农民的命运以及他们在严酷的现实中挣脱封建主义的桎梏，寻求自己命运归宿的漫漫旅程。作者在构思作品和谋篇布局时有一种明显的主体追求和自觉的文本取向，就是以现实主义为指导，以凝重深沉的笔墨，探求中国农村社会长期滞后不前的症结，以犀利的笔触剖析神权、族权、司法权、政权交织在一起、集合于一身后给农民带来的沉重灾难和严重后果，尖锐地指出：在中国农村，不论是前天、昨天或今天，封建势力是农村社会的毒瘤，中国社会要发展，无论过去、现在亦或将来都必须跟封建主义作坚决的、不妥协的和长久不懈的斗争。《女巫》起到警世并参与人生和社会生活的作用。

竹林是一位不善言辞却有执着追求的作家。在她的创作生涯中始终有固执的信念，文学要参与社会生活就要塑造好人物形象。她以塑造典型人物为己任。她认为，只有活生生的人物、有灵有肉的人物，才有高度的概括性，才能通过人物参与社会生活，反映社会生活，当作品的典型人物为读者接受，并活在读者心间时，文学作品才有更好地参与和干预社会生活的功能。为此，她在《女巫》中着力塑造出须二嫂、阿柳、殷来、连升、悦来、荷花等一群栩栩如生，具有典型意义的人物形象。

须二嫂是作品中的主要人物，是中国苦难农民的缩影。须二嫂的生活史是一部灾难史。如果把她的父辈人的历史与她的历史联系起来读，人们可以发现，这恰恰是一部现代中国农民生活历史的写照。须二嫂的父亲蔑竹阿狗是竹匠，他艺高胆小，恪守本分，小心翼翼做人，老老实实做事，但他仍逃脱不了悲惨命运，他的儿子被把持宗法大权的阿柳害死；他在解放前夕又中了阿柳的圈套，买了阿柳抛出的地，莫名奇妙地成了富农；解放后掌握村里大权的阿柳仍不放过他，逼他走上绝境，悲惨地死去，而他的妻子也厄运难逃，含恨而去。须二嫂为营救母亲，阿柳逼她做了她死也不愿做的事情，她受辱后阿柳仍像幽灵般缠着她，左右着她的命运，她像生活在梦魇世界里，直到"文革"以后，阿柳大权旁落，须二嫂才在茫茫的暗夜里看到了曙色。作者用含蓄蕴藉的笔调，勾勒出中国农民的沉重的生活负荷，展示出一幅幅惊心动魄的人间悲喜剧，让人们对中国农村社会有深层次上的认识与理解以及深深的思索。

　　作者把须二嫂的性格置放在严酷的社会环境之中来展示。在江南农村由于长期封建专制文化的统治下，形成一股强大的、无形的黑暗势力，宗法观念和神权、政权像恶魔无时无刻不在压抑着人们，吞噬着人们的生命。善良本分的须二嫂一家就是在这股权势上惨遭毁灭，即便是解放后，由于这股黑色浊流的侵袭，须二嫂一家仍躲不过厄运，掌握农民生死大权的、恶魔般的阿柳仍然时时窥视她，无形的手伸向她生活的每一个领域中，把她推向无边的苦海之中。这种特定的恶劣的社会环境砥砺了她的性格，她的性格变得病态、乖戾、泼辣、强悍而又不乏善良。

　　须二嫂性格的另一面是在逆境中奋起，在高压之下采用各种形式进行强烈持久不懈的反抗，这是极独特的性格特征。须二嫂的人生经历概括起来有三个阶段：少女时代的纯真；青年时代受辱；中年时代的抗争和对人间真情挚爱追求。抗争成为她性格的主导面。少女银宝(须二嫂原名)天真烂漫，心地纯净。有善良勤劳、关心他人的美好的品格，在她心灵世界中，世界犹如天空的彩霞，绚丽多姿。银宝与小和尚殷来、悦来捉小鸟、银宝与两个小和尚傍晚放风筝以及银宝在风雨中爬到屋顶给赵妈妈盖酱缸等情节，把少女的风姿、纯情和绰约形象写得活灵活现，生发出清新的性格内涵，流溢出令人迷醉的、有着泥土芬香的诱人情趣。随着岁月的流逝，出壳小鸡睁眼看到的迷幻世界令人迷惘，茫然无措。银宝知晓哥哥之死的秘密，目睹心爱的人失踪，父母被陷为富农，父亲遭残杀，母亲被摧残，自己也为救母亲而被阿柳奸污，这一切惨痛悲怆的生活，使她感悟到旋转世界中社会的丑恶，人性的泯灭，在她的心灵世界中，再也没有净土，彩霞褪尽，彤云密布，狂风横扫，心灵的天空布满阴霾，一夜之间她埋葬了青春，埋下了仇恨，萌发出报仇的欲望，但她无权无势，只好求助于神，可神的世界也像尘世一样充塞着丑恶，她的命运仍无法逆转，但她不认命，她不屈从，苦苦寻找抗争的思想武器，便采取"巫"来抗击恶势，她说："人的世界不公道，神的世界也不公道，所以我要用巫的世界魔的世界来惩罚他！"她借助"巫"的魔道，步步进逼，以魔攻魔，以魔制魔，把阿柳的权力世界搞得混沌一片，逼使阿柳节节败退，原形毕现。她的反抗是义无反顾的，当她意识到以阿柳为代表的黑暗势力步步进逼，欲置她于死地时，她更清楚地看到善与恶的殊死斗争："恶人最多死后下地狱，可善人活着的时候就在地狱里。"于是她也步步设营节节进击，直到阿柳几乎疯了时，她仍在北池甸用七根香组成棺材方阵，念魔的咒语，"把大地上所有的两足野兽统统赶出他们盘踞的乐土，赶上荒山，赶进沙漠，赶进一切干旱的不毛之地……直至扫荡干净，直至宇宙洪荒，天地玄黄，世界回复成一只美丽无瑕的鸡蛋。"这些情节看似荒诞，其实这正是作者匠心独运之处：这里既显示封建势力压迫之下人妖颠倒，中国农民命运的凄怆，又点出须二嫂性格的精明干炼。须二嫂从挣扎到抗争的转变，示意着中国农民掌握自己命运所走过的艰辛历程。作者在冷静叙述中显示出人间冷峻的真色，在写须二嫂摆脱和抛弃种种精神负累与障碍中性格得到拓展，表现出她的执着的进取的人生追求，在善的扬，恶的灭中呈示出人间的悲喜剧。

须二嫂性格的丰富性和独特性还表现在作者细致入微地描写出她的善面和对美的追求。少女时代的银宝天真无邪，在她的纯净心灵中储着湛蓝的天空、广袤的田野、绚丽的野花……江南农村的秀色陶冶了她的性情，显得清丽真诚。她行乐善施，天真可爱。她从朦胧中意识到圣洁的爱情的来临，便勇敢地迎接它，感受它，在爱河中畅游。作者饱蘸激情，酣畅淋漓地写出她对真、善、美的渴望和挚爱，写出她性格美好的一面。当天空的雷鸣电闪、狂风暴雨摧残了她的美丽的梦境时，她在命运的深渊中挣扎，在恶魔势力逼迫下，架在她头上的枷锁窒息了她善良的人性和追求幸福的意识和能力，她愤怒，她呼喊，复仇的欲火在她心中燃起。当代表社会恶势力的阿柳受到命运的惩罚后，她又与"死"而复生的恋人殷来重逢，在她惊异和呆痴的目光中，作者含蓄地写出须二嫂爱情的复苏。待殷来觉着此刻正义得到伸张、心爱的恋人已经抛弃生活负累而昂首过着真正意义上的人的生活时，他终于无憾地离开历尽苦难的须家村，这时须二嫂鼓起勇气去追回本来属于自己的那份爱："她突然明白，在已逝的岁月中，她所经受的一切苦难，一切凌辱，以及她的抗争，她的诅咒，全是为了他! 她不会再有另一次青春，另一种人生了。今生今世，她再也不能失去他，再也不能停下追寻的脚步。"读到这里，我们不禁为坚韧不拔地追寻爱情的完美的须二嫂感到由衷的高兴。在这里须二嫂的性格塑造得以完成。须二嫂少女时代追寻美和爱，这是普遍的人性要求，可是在黑暗势力的重压下，她如同盘石下的小草，艰辛困苦地、曲曲折折地生长，性格异化，真情磨灭殆尽，但终于在新的时代潮流冲击下，伸了冤，掌握了自己的命运，人性得以复归，性格得以完成。

从须二嫂身上，人们既看到千百年来中国农民身上的愚昧、狭隘、落后、贫穷的沉重的精神负荷，也看到他们激愤的抗争、反叛的呼喊，并从他们身上体现出强大的民族的承受力和忍耐力，尤其是作者的笔墨最终落在他们的刻苦耐劳、自强不息、不惮苦难的力量以及他们的仁爱、宽宏、容忍和奋发的道德情操，透示出中华民族文化精神的博大与深邃。须二嫂是典型人物，是体现中国农村妇女命运的典型形象，这是近年来文学创作的实绩。

在对立和对比中塑造人物形象，在善与恶、美与丑、真与假的比照中来写人物，能使人物形象更加丰满，更加真实，更具立体感。作者在刻画命乖运蹇的须二嫂的同时，精心塑造出与之对立的阿柳的典型形象，阿柳的形象在历来文学创作中极为罕见，这是竹林《女巫》的成功之处。

阿柳是黑暗势力的总代表，可以说是封建势力的象征，是须家宅万恶之源，须家宅发生的所有悲剧都与他有着关联，或者说他制造了须家村的许多悲剧，操纵着人们的命运。作者是怀着既怜悯又愤懑的心情来塑造他的形象的。

如果说须二艘只是与阿柳的对衬、对抗关系中得以完成性格的话，那么，阿柳则是置放在复杂的、众多人物关系中来展示的。阿柳原本系须家付的少年，不乏纯真。后来与小尼姑有了奸情，为了占有她，他略施小计搞垮情敌族长，没想到反而害得小尼姑被"放水灯"，这时的阿柳充其量是恶少。自从他从道婆那里悟"道"以后，他顿悟世间一切都离不开"抓纲"，抓住这个"网纲"，就能得到所有的鱼，能得到一切。这就成了阿柳的生活信条和行为准则。封建主义的一种思想行为观念是"人不为己，天诛地灭"，阿柳就是以"为己"为出发点，凡阻碍者，那怕是亲朋好友、父母子女，均在"扫荡"之列。与过去许多反面典型所不同的是，作者在写阿柳时直接探入他的内心，昭示他的人生哲学："抓纲"是手段，"受用"是目的。这个形象与许多作品中的草莽"英雄"、胡作非为的浅层次人物有明显的不同之处。当人们看到阿柳略施小计把竞争族长的对手须守道搞垮、自己当上族长，而后在解放前夕把田地抛给篾竹阿狗、又在剿匪中立了功，从而又钻进并牢牢握着农村基层政权后，我们的心为之颤栗。作者高明之处是不仅写出了阿柳这类人的丑行和手段，更重要的是画出了他的灵魂。从阿柳身上我们读到了中国的历史、民族的苦难史：过去中国农村，阿柳之流把政权、族权、神权集合于一身，形成最顽固、最野蛮的封建势力，蹂躏着苦难的农民；而解放后这类人又钻进新的政权里，以新的姿态、新的外衣作掩护来施行奸其。阿柳的狡诈、乖戾、暴怒的性格常常披上行善色彩，给人有一定迷惑性，他能深隐不露，暗藏杀机却不露声色，图私利却俨然为公，作者把笔触深入肌里，入木三分，把他写得维妙维肖，形神兼备。

人物性格单一性是塑造人物的忌讳，因为作为大写的人，有喜怒哀乐，有七情六欲。作为人，有着相通的人性，有人的复杂性。作品只写出人的复杂性、丰富性来，才会有活生生的人的存在。阿柳作为人，也有着复杂丰富的人性。他一方面寻花问柳，玩弄女性，但他对小尼姑荷花，最终也产生了爱情，当小尼姑劝他堂堂正正做人的时候，他心灵也为之感动；作为中国人，他对日本鬼子也产生仇恨，勇敢机智地杀了入侵者；就是在解放后，他也为村民办过好事，办了加工厂，村民增加了收入；在儿子明华与叶瑛关系上，他怕儿子娶了"黑"媳妇而坚决反对，这里也深隐父子之情。作者没有简单地处理阿柳的性格，而是从多方面给予丰富和衬托，使人物性格有立体感。应该指出，阿柳的形象与许多作品不同之处是，这个人物从解放前延伸到改革开放的八十年代末，其权势的威慑力也一直得以伸延，作者把人物性格的发展变化和错综复杂的人际关系置于新旧不同历史条件下加于洞察观照，并以此来表现人物特定环境下的性格与心态，传递出作者对社会生活的独特理解：不论新社会还是旧社会都存在权力之争和权力的运用；不论新社会还是旧社会，权力一旦落入心术不正的人的手中，都会变成阻碍社会变革的力量，只有扫除心地不正，玩弄权术的宵小之徒，社会才得以安宁稳定和发展。阿柳的典型魅力就在于此。

作者笔下的明华、春芳是现代新型农民，他们与须二嫂、阿柳、阿桃、殷来等上辈人既有联系，又有区别。他们向往美好的生活和营造美好的爱情，但他们心灵上又因袭上代人的恩怨重负，他们想摆脱重负却又被压得喘不过气来，他们想创造崭新的生活却又被愚昧落后的传统观念束缚着，步履艰难，他们不能不跟传统势力决裂搏杀，因而付出巨大代价。尽管他们两人有性格上的差异，但他们代表了农村的向上力量，示意着农村改革的希望，这在竹林以往的作品中是很少出现的。

从《女巫》的人物形象塑造，我们看到一个值得注意的现象：人物不仅要在特定的生活历史场景中来展示，而且要用丰富扎实的情节来表现。作品中的活灵灵的人物都是在江南农村沃土中培育出来的，每个人物都有传奇般的而又不失真实的故事，这些故事那样美丽、凄婉、动人，笔调那样厚重、深沉、苍劲，还有作者匠心独运，采用传奇式的悬念紧凑的手法，步步胜景，读者没有任何阅读障碍便可以把作品中的人物与情节记在心中，从而引发人们的思考，达到良好的艺术效果。

《女巫》的艺术成就还在于作家从独特的文化视角切入来构建长篇，使作品植根于深厚的艺术土壤之中，增添了作品的渗透力和艺术韵味。《女巫》以古老的中华民族文化为背景，以江南农村的神秘的宗教文化串通全篇。作品中人物的活动、场景的铺排、情节的发展以及人物的行为具状几乎无一不与神秘的宗教文化牵连在一起。从开头天上出现的莲花而引发"谢天地"情状到给菩萨添香、做道场、吃公祭等生动场面，以及叫魂、圆光、相面、算命、菩萨娶亲、鬼魂附身和树上怪胎等奇异情节的描绘，看似荒诞怪异，其实正是作者匠心独运之处。作品尖锐地指出这些宗教文化渗透到农民生活的所有领域，引起疗救者的充分注意；同时通过这些描写、推进人物性格和情节的发展，并且通过对这些展示和剖析，让人们正视社会的复杂和人生的悲剧，使作品有极强的社会穿透力和深刻的社会意蕴。

应该指出，这部近40万字的长篇小说之所以成功，得助于竹林的高超的艺术驾驭能力。从某种意义上说，长篇小说艺术是结构的艺术，建筑的艺术。如果结构松垮拖沓，题材再新颖、情节再生动也难于构成宏大精深的艺术大厦。竹林摈弃了以时间线索为顺序，以情节的"发端——高潮——收尾"的长篇结构传统性模式，而是采用时空交错、人物交叉、事件分叙的块状(人物出现的场景和叙述故事)和线状(人物命运线索)相结合推进人物和情节发展的办法来建构。在行文中，作者采用悬念手法，开头设疑，逐步解疑，在解疑中又设疑，疑中套疑，设疑又解疑。这样把事件逐步引向深入，牵出复杂的人和事，紧紧把握住读者阅读的兴奋点，使作品趋向厚实，蕴含越发深刻。作者有意把俗文学和雅文学的表现手法较好地融合起来，使作品可读耐读，引人深思。读完作品之后能从作品严谨的结构中品出完整的历史事件和人物命运的意蕴来。

当然，《女巫》也留下有缺憾之处，有的人物关系安排得太巧，有"编造"之嫌；对阿柳鞭挞虽狠，但有些地方有漫画之虞，削弱对封建势力的批判力等，但瑕不掩瑜，《女巫》无疑是当代文学的力作。

现实主义的魅力：文学的回归释《女巫》

——竹林小说创作论之二

当有的人推崇"非情节，非人物，非主题"的时候，当有人力主文学作品应当写生活小事"还原生活"，而作家应以"情感零度介入"的时候，当有的作家胡编乱造，写天马行空式的小说的时候，脚踏在江南农村土壤上的你，却以炽烈的情感投入生活，以浓重的感情色彩塑造你的典型人物，以生动的、真实的、富有江南农村气息的情节展示人物命运，写出从清末到八十年代末期中国农村社会的变迁，显示出一幅惊心动魄的人鬼之斗，美丑之争，铺展出农村社会生活的历史画卷，这就是你的具有震撼力和历史穿透力的40万言的长篇小说《女巫》。冰心老人在你的《女巫》讨论会上特地以"创作未有穷期，竹林前途无量"题赠。

自从七十年代末，你推出震动文坛的长篇处女作《生活的路》后，你一头扎在江南农村，深入生活，潜心创作，你又写出《苦楝树》、《呜咽的澜沧江》、《挚爱在人间》等六部长篇小说。虽然你不善于发表什么创作宣言；也很少出头露面，但你很明白：作家要用作品说话。正如一位老作家在《女巫》研讨会上说的："一个作家用他的作品为自己的墓碑准备内容，而这墓碑的撰写则是后人和读者为他完成的。"多年来，你扎根农村写农村，路子扎实。你面对现实，直面人生，不随流俗，不赶新潮，你在现实主义创作道路上扎扎实实地走出了自己的路，你的创作实际就是明证。

与你过往创作一样，农村社会结构的流变和农村妇女的命运是你关注的两大主题。农村妇女的命运是由它在农村社会中的地位决定的。因此，你紧紧把握住由农村社会的变革引起妇女命运的变化，又把农村妇女的命运置放在社会变革流程中来展示，放在变革中所引起的农村复杂的、众多人物关系中来观照，力求在特定的生活场景中把握住人物性格和心态，从人物命运的沉浮中揭示丰富的社会蕴含。如果把赵婆婆、须二嫂和春芳三代妇女的命运组合在一起来读，人们不难看出半个多世纪来中国农村妇女命桀运蹇步履艰辛。政权、神权、族权组成的封建势力的权力核心，像拧成一道的坚韧绳索，把妇女拴在统治者的裤腰上，任其奴役和宰割。赵婆婆年轻时被大伯拐骗到须家宅嫁给戆大，丈夫戆大死后，小叔子阿桃、阿柳为了侵吞财产竟谋害赵婆婆儿子小宝，须二嫂的命运可以说是赵婆婆命运的延伸，她的父母被阿柳逼害致死，自己被奸致孕，恋人被害，直到八十年代阿柳还步步进逼，略施小计把分给她的好田调包……她被堕入命运的深渊，苦苦挣扎，苦苦思索，希冀从绝望的泥沼中挣扎出来，她寻找"巫"作为反抗的精神武器，她愤懑地说："人的世界不公道，神的世界不公道，所以我要用巫的世界、魔的世界来惩罚他！"须二嫂的女儿春芳是新时代的青年，她的命运毕竟比前辈人好得多，但她背负前辈人的恩怨重荷，使她裹足不前。须二嫂上下三代人是苦难的中国农民命运的缩影，作者以浓重笔墨描摹他们是为了揭示这样的命题：中国妇女悲凄的命运是由于千百年来封建主义造成的，要摆脱封建主义桎梏，妇女必须自己掌握自己的命运，而要掌握自己的命运，就必须正视封建势力的顽固性，不管是昨天还是今天，都必须与之作长期斗争，中国妇女才能得到真正意义上的解放。

竹林，你在揭示农村妇女命运的同时，特别注意运用情节的力量来塑造独特性格的典型人物，可以说《女巫》丰富了当代文学的人物画廊。

情节是人物性格发展的历史。用生动的、真实可信的情节构架来塑造人物，才能把人物写活。美国作家爱伦·坡在《写作的哲学》中写到："在动笔之前，对每一个真正的情节从开始到结局要有一个清晰的轮廓，必须进行苦心经营。只有经常心怀故事的结局，使事件的发展，尤其是使一切故事的格调都指向作者意图的方面，我们才能赋予情节一种不可或缺的连贯性或因果氛围。"你充分调动了情节，使用了情节的力量，使块状、点状的情节块变成一气呵成的整体性情节。你巧妙地用明华与春芳的爱情线索把情节的珍珠缀串起来，使人感到整体性的情节既合理又丰富生动，富有神秘性和传奇性，有很强的可读性。例如，从开头天上的莲花、须家宅村民给赵婆婆送葬，赵婆婆死而复生到须二嫂与阿柳的三代血仇，再到结末观世法师神秘出现，以及最后出现夕阳下树梢挂着的怪胎等情节，你都作了精心编排和应用，使作品凝重、厚实，有丰富的蕴含。竹林，你机智地选择和调动情节，娴熟地安排和组合情节，使《女巫》有很强的可读性和很高的艺术性，使作品有更强烈的艺术感染力，在当前文学创作不景气的情况下有着很深刻的启迪意义。

当然，情节的力量还在于它是塑造典型人物至关重要的文学要素。在较长时间内，随着时兴的各种"流"各种"派"的产生和应运，典型人物被冷落了，甚至被人遗忘或遗弃，而你却充分运用情节去塑造人物形象。你通过阿柳从道婆的"小幛人"那里悟出抓权受用的"道"，接着用计谋搞垮族长候选人须守道，让自己当族长；解放前夕阿柳略施小计，摇身一变，又钻进了新政权里，"新瓶装旧酒"，本质上仍干着封建卫道士的营生。而你塑造了新旧两个社会伸延性的封建势力总代表的典型阿柳，透示出社会生活的复杂性和告诫人们反封建主义的长期性。对于须二嫂，你是含着泪用沉重的笔墨来刻画的。你写须二嫂少女时代的纯真，心灵如明净的天空，向往美满的爱情；你写青年时代须二嫂被人扼着脖子生活的苦痛，父母冤死，自己被奸，命运的悲惨；你写须二嫂对阿柳的抗争，用巫的魔力咒他……你塑造了农村妇女从柔弱到奋起的典型人物，令人振奋。从典型人物身上，人们观照生活、感受生活，梳理生活，理解生活，人们感受到了现实主义的魅力。可以说，近年来的小说创作中，很少有人能创造出像你笔下的可信有感的典型人物来。

应该说，《女巫》在结构方式上也有很高的艺术造诣。竹林以往的作品，大多采用传统的以时序为外在线索，以人物命运发展为内在线索，平行推进。《女巫》却一反常态，在结构上采取时空交切，过去与现实交错的手法，从现实发生的人和事引伸开去，把过去的人和事勾回来，进行铺排衍引，把现实与过去比照回味，梳理人物行踪和事件线索，使作品高潮起伏，节奏有序。竹林，你在精心安排作品的新颖结构时，你始终把握住以人物命运为结构的基架，也就是说，须二嫂的新旧社会的凄苍的命运始终是你把握小说构架的基本点，这是你的高妙之处。其次，你融进通俗文学的技巧，抓住读者的阅读兴奋点，在设结与解结间做得天衣无缝，令人惊叹。你在第一卷中设了许多结，主要的是须二嫂为何突然疯了?疯了的人为何把须家宅当年发生的杀小宝的事及参与的人说得有头有尾、准确无误?此后，你不断设结，又不断解结。在解结中又设结，结中结，谜中谜，时而疑窦交错，时而柳暗花明。你设置明华和春芳的爱情线索，实际上是为解三代人恩怨之结而作巧妙安排的，这样你把打碎了的情节才得以有机结合起来，使整体性结构有厚重感。

　　竹林，我很佩服你在现实主义道路上不断探索、发展和创新的勇气。《女巫》无论从内容上或艺术上都可以列为中国当代文学创作的精品，是有创新意识之作，别说在上海文坛可以称雄，就是在中国当代文学史上也要添上一笔的。末了，我想借用萧干老两句话："它(指《女巫》)的内在力量和影响，也许会大大超出我们的估价，而走向世界。"

《挚爱在人间》：竹林创作的新追求

——竹林小说创作论之三

"灵魂又一次向自己发问：你到底要寻找什么？"

——摘自竹林长篇小说《挚爱在人间》

一

你在寻找，你在人生的泥泞中觅寻至今。竹林，你找到了什么？

我在读你的长篇小说《挚爱在人间》（载《特区文学》1993年第3期，台湾中华图书出版社出版），我的心被撼动了。竹林，当我读完小说后，掩卷苦苦思索，我在寻找你……

二

那年，我在上海文艺出版社当编辑，我们是在办公室里相识的。那时，你刚从北京参加人民文学出版社举办的长篇小说创作座谈会回来，我们很想听你谈谈开会的情况，尤其想听那些老作家对你的长篇小说《生活的路》的评说。因为在此之前我们就听说茅盾、韦君宜等前辈作家很赞赏你的作品。但你当时并没有喜形于色，谈吐平静，有点木讷，偶然淡淡一笑，秀丽的脸上显得苍白，神情有些抑郁，似乎有难于排解的忧愁。

后来我在读你赠阅的《生活的路》时，我的灵魂为之颤动，我心灵深处为你们一代被埋葬了青春的知青生括哭泣，那个被污辱了的女知青，那个在火车站跟素不相识的采购员走了、从此杳无音信的女知青，那个在山洪暴发中伸出救助的手的老农民给我留下了至今难忘的印象。这是你的处女作，里面显示的是真实的生活和生活的真实，里面有血有泪有灵魂的呼喊。应当说，你是知青题材的开拓者、佼佼者。在写知青文学史时谁也不会忘记这一点。

此后，我听到了关于你到北京开长篇小说座谈会前的种种不公平的"待遇"，以及后来你愤而打某男士耳光的故事(这些你都在《挚爱在人间》里作了生动的记录)，我才理解你为何脸上总是那样带着淡淡的忧伤，是啊，你是个弱女子，然而，你又是强者，因为你追求你的独立人格，你不会也不能失掉自我，你不应失掉自我，因为你是竹林!

我们熟悉了，我们相互有了信任感。以后我们多次促膝长谈。谈创作，谈人生。我这才发现，你的沉默后面隐藏着机智的思考;你文静的后面隐藏着甚健的谈锋。你谈在插队时的生活，孤苦无援，灵魂悲号;你谈《安徽文艺》的同志发现了你的文学天才，可在那个年月里，一个弱女子没有过硬的后台，处处受压，陷入重围;谈你回到上海，虽然找到了理想的工作，但似乎在大上海、在你的故乡仍无你插足之地，你左冲右突，仍难于突出世俗人际关系的重围……你笑，你骂，你讥讽，更多流露的是你的不屈不挠的个性。你在朋友面前尽情地发泄，排遣自己的积郁，你像天真烂漫的儿童，赤裸自己的灵魂。这些在你的《挚爱在人间》里得到真实的显现。是的，对"自我"的大胆裸露是人的一种生命的需要，也是创作生命的需要。

竹林，我觉得你在作品中找到了自我，写出了自我，还一个真实的自我!在某种意义上说，林男是你，或者说林男是你的显现，是你的人生历程的记录。你给了林男以真实的人生。或者也可以这样说，这是一部自传体小说，一部含泪带血的真实小说。唯其真实，才有文学价值，文学生命。其实是你创作的信条，你创作的生命。

真实来自自己的生命体验，才显出它的实在意义。林男四十年来的风霜刀剑的生活际遇不正是你的生活写照吗?写到这里，我想起高尔基曾经强调过小说创作："归根到底是事实，事实!"这种事实就是真实性。巴尔扎克说得更直截了当："同实在的现实毫无联系的作品以及这类作品全属虚构的情节，多半成了世界上的死物。至于根据事实，根据观察，根据亲眼看到的生活中的图画，根据从生活中得出来的结论写的书，都有永恒的光荣。"竹林，我引用了这么些话无非是要说明，任何缺乏生活体验而用虚构的"事实"来"充实"作品的人都成不了大家；同样任何一位大家都必须以自己的真实生活体验来构思作品，创作才有生命力。你的作品之所以有较强的艺术感染力盖源于此。

写到这里，我觉得你的笔并未到此止步，我的思索也未到此止步。我觉得，在你的作品中有一种令人欲罢不能的魅力。你在寻找，竹林，你还在寻找什么？

三

对了，你在寻找挚爱亲情，你在寻找人世间最诚挚的父爱，人间伟大的爱。

是的，林男失落过父亲，失落过父爱，她在苦苦寻觅父爱。她向生命源头寻觅，"爸是她举步维艰，向生命源头寻觅时而突兀而现的一座山！"多少年来，林男在冷漠孤寂和凄风苦雨中度过，她不知道自己是如何被创造的，怎样诞生的，"也许是偶然而又偶然，一次冲动，一个不幸，一团埋在深渊的狂想，被你创造了……"正因为这样，林男更加渴求父亲，她暗暗哭泣："爸爸，雨为大地而降，我的泪为你，为了你快流干——为了寻觅。你，我付出的绝不仅仅是眼泪的代价。"

竹林，你写林男追寻父爱确实写得很凄婉，很美丽，也很动人，但掩卷细想，我又觉得你的父女之情写得有些做作，有些虚情，缺乏真实感，这不仅仅是因为我知道、并且曾到村上拜访过你，拜访过你的父亲的缘故，知道你父亲多少年来一直生活在上海，你有一个真实的父亲——尽管他并没有给你太多的温情。因为我阅读作品时，我知道内中许多情节都是你亲历的，你的心灵有许多创伤，但我以为只读林男盼望台湾的父亲情节是外加的——因为你没有在台湾的父亲。但当我了解到你确实生父在台湾，并且有过像林男

五

　　更值得一提的是，你以极大的注意力来描写林男的自强不息、百折不挠的奋斗精神。可以说，林男是社会的缩影，是一代人的缩影。林男的形象极有典型性和社会概括性。林男是一位弱女子，她没有父母的荫庇，也无权势作后盾，一切都要靠自己的一双纤纤素手去开拓，去拚搏，去闯荡。从插队到回城，随着时间的流逝，生活越发显出它艰辛苦涩的一面。在农村10年，整整一代知青被埋葬了青春、才华，甚至生命。林男被埋在生活的最底层，在社会的谷底挣扎呼号。在那年代里"一切荒谬我都可以理解，一切卑下我都可以宽容"。但十年之后回城遭受的种种际遇，林男就难于理解了，她在绝望中挣扎，她甚至想远离人世，撕毁生命。但她最终在友情的温暖下，在父爱的挚爱下，她倔强地抗争，为了挚爱的文学事业她可以舍弃一切。她获得了成功，她的创作成就获得社会肯定，读者的肯定；甚至远在台湾的父亲，也以出版家的挑剔目光来审视作品，给予充分的肯定。竹林，你的可贵之处是既以知青身份落在生活的底谷，来洞察世上的真实生活、体味世态炎凉，而又以城市人的心态来回顾和鸟瞰生活，发现生活的真谛，这样的双重角色、双重站位和双重透视，自然对人生有着更深沉的理喻和解释，使作品更具艺术魅力。

　　竹林，你不也有过像林男一样的生活经历吗？你也不是从人生的泥泞沼泽中走过来的吗？你不也像林男一样经受过狂风暴雨的摧残而至死不悔，决不放下为民请命、为己伸冤的笔吗？是的，林男像你一样经过长途的人生旅程后，仍孜孜不倦地追求自己挚爱的东西，要与世间丑恶的灵魂抗争："哪怕肉体的生命化作灰烬，也要在这个世上留下灵魂的呼叫！"这是弱女子的呐喊，强者的宣言！

　　是的，你在寻找，在漫漫途中，在迷惘尘海中，你要完成自己未完的事业，你要在文学天地里获得灵魂的慰藉和栖息。"在那个梦幻与想象的天地里，她是上帝，是万物的主宰，她一天比一天更强烈地感受到，她就是为了做这件事而降生于世的。"

在这里，我终于明白了，你苦苦寻觅的是至高的人生境界：能在这个世上敢哭、敢笑、敢言、敢歌、敢怒、敢骂、敢与丑恶势力针锋相对地抗争——文学世界。只有在这里你才体味到自己的存在价值。

　　这是自由的天空，纯净的天空，能任自己感情自由驰骋的天空，能任自己个性纵横挥洒的天空——自己的天空！

　　竹林，愿你在自己的天空里捭阖纵横。

海上
文评

值得注意的是，作者在刻意描写林男险恶的生存环境时，不是仅对某些丑恶势力扼杀林男的人性和才华作出动的物象描绘，而且着重从社会、道德、伦理和复杂的人际关系的观照中，深刻地探索林男生存和成长中的曲折的心理历程，而在这种特定社会条件下形成的心态和个性，又给读者回过来反观和反思逝去的社会生活，从而给人予新的启迪。

林男的晶莹是在浑浊比照之中得以显现，而她的对美的追求又是在丑的反衬中呈现异彩。16岁的少女，考上了重点中学却无法上学，在浴室的蒸气中"望着瓷砖墙上映出的那个蓓蕾一样，细柔娇嫩的少女，突然捶着墙壁放声痛哭。她不要这个少女，她祈求造物主把她的小生命收回。"美的东西得不到培育，美的追求难于实现，这是刚涉世的少女第一次在心灵中引起震荡。岁月无情，社会把她引向生活的深处。她插队安徽后似乎被命运所捉弄，生活处于困境中，这使她尝到世态炎凉的滋味，她追求美，但她觉得这犹如天国的乐曲，可以想象而终不可闻，这反而激起她更加珍惜自己的生命和人生价值的追求。当处于逆境之中时，"一股奇异的力量从她心中升起，她忽然觉得在滔滔滚滚的洪流中，人是渺小的，但生命是可贵的"，"风暴是大地匆匆的过客，而灯火是永恒的"，理想之光一直在她心中点燃。作者细微精当地描写她的理想与严酷的现实发生激烈的碰撞，美的向往和追求几乎被奸妄的社会丑类剥夺和吞噬在这美与丑、光明与黑暗的搏击中，作者总是把握住美蕴含的魅力和释发出来的强劲的力量，对现实生活中的假、恶、丑发起反弹与坚韧的冲击。所以当林男回沪后在当权者以"左"的姿态对她发起批判、围攻时，她在几乎要毁灭生命的绝境中产生奇异的力量："生命的脚步就是这样在寒风的侵袭和雨水的洗涤中前进"，"哪怕肉体的生命化作灰烬，也要在这个世上留下灵魂的呼叫！"正是这种力量使她敢于直面冷峻的人生，鼓起生活的风帆。作者选取的生活具象多是事物的两极，在两极的反差对峙中寻求更宽广的艺术空间，从而更深沉有力地传递出意蕴深刻的社会内涵。

作者在抨击丑恶势力给社会、个人造成祸害、美的事物受到摧残的同时，还充分注意描绘社会氛围，饱蘸激情地抒写社会美好的境界：人间真情。林男的奋斗成长既有个人行为，也有社会行为。而有力的社会行为往往促使个人行为向美好的方向转化。在逆境中，神秘的算命先生的点化，老农民淳厚的无言的救助，一个秫饼延续了她的生命，在被挨批判后痛不欲生中阿发兄幽默地祝贺"一个大作家的诞生"，及至到北京开长篇小说座谈会受到茅盾等前辈作家的指引等等社会亮光都是以她的悲剧命运为反衬的。这些爱心燃起她对生命的珍惜和对生存价值的追求，这正如作品中那位在风雨中救助她的农村女孩子读过她的作品以后说的："这些都是写我们女孩子的故事，写得很苦，可是很美丽，很动人，你读了以后会觉得，受苦受难不要紧，生活里会有许多爱，许多希望。"这实际上是作者的美学追求，也是她对社会人生的观照基点。作者以炽烈的情怀抒写了林男渴求父爱，最终得到父爱以及得到父爱后的种种意念和感受，其实也是表述作者的"人间自有真诚在"这一美学观念的。林男在逆境中，在人生的迷惘困顿中，总是渴求真诚的父爱，父爱不可得，却得到社会各方面人士的援救，而她父亲当年流落上海时亦得到各方人士的救助，这种人间的爱与父爱是有内在联系的，烁出一种人性美。其实，作者写父爱是一种载体，作品真实意义是塑造林男心理历程的典型，塑造当代女性强者的形象。

这部小说是作者以自传为基础的，作者全身心投入创作，尤其作者投入了全部激情，作者的欢悦与痛苦，热爱与憎恶，兴奋与抑郁，追求与渴望等无不与林男联系在一起。作品以作家激情为内核，辐射开去，形成感情强烈、脍炙人口的作品。可以说《挚爱在人间》不仅是竹林创作上取得的突破性进展，就是在当代长篇小说创作上也是成功而又不乏创意的作品。

沃土

◎ — — — — — — — — — — — — 幽香

引人深思的人物形象
——评张抗抗中篇小说《淡淡的晨雾》

白丁香那一层层雪片般纯净的花团,酷似黎明前最早的曙色。而这一切都被迷茫的、淡淡的晨雾遮掩着。但是,人们看到,朦胧的云层中正透出几道橙黄的光束,太阳总是要出来,晨雾终究要消散的,即使不是淡淡的,而是浓浓的晨雾……

这是张抗抗的中篇小说《淡淡的晨雾》中(载《收获》1980年第3期)给人们描绘的一幅诗一般的图画。在这含蓄蕴藉的优美景色里,包含着多么深刻隽永的哲理。这就是七十年代最末一个春天里中国大地的现实:一场声势浩大的思想解放运动犹如一阵狂风过山,可是,也遭到了一些思想僵化的各色各样人物的百般抵挡,就像黎明前的一抹淡淡的晨雾到处弥漫。在这部小说中,作者用深沉的笔调,通过郭立枢一家在思想解放热潮中产生的尖锐矛盾的描写,寓意深刻地告诉人们:要搞"四化",就必须来一个思想大解放,而扫除"极左"思潮的流毒,把人们从极左思潮桎梏中解放出来,重视人才,尊重人的创造力,是摆在人们面前的紧迫而严峻的课题。作者对这一主题的探索是值得重视的。

值得注意的是,作者在阐述这一引人深思的主题时,并没有进行简单的说教,"不是叙述,而是用形象、图画来描写现实。"(高尔基语)作者把蕴蓄于胸中的尽绪和情志,熔铸到艺术形象中去,用纤细的笔触,相当精致入微地刻划了荆原等一系列的人物形象,并且十分注意探视人物的内心世界,揭示人物思想的底蕴,启迪人们从这些血肉丰满的形象中去认真思考。

故事是从某大学邀请曾被错划为"右派"现已改正的荆原,到校作实践是检验真理的唯一标准的报告开始的,平静的校园顿时掀起轩然大波:有人欢迎,有人反对。而荆原则成了这场风暴的中心人物。从行文来看,作者对荆原著墨并不多，但是作者却用欲扬先抑的笔法，虚实结合，层层铺垫，着力刻划了敢于解放思想的荆原的刚毅果敢的性格。从他遇到的各种矛盾，使人们清醒地看到，解冻的春天还会有寒流的突袭，明媚的清晨还会有淡淡的迷雾来临。

作者在与荆原相对比中，入木三分地刻划了郭立枢这个人物。这是一个"连吃饭也用左手"的"畸形儿"。还在他的幼年，生父被打成了右派，母亲便带着他和大哥投奔到省商业局副局长的门庭下，他为母亲给他带来的"好前途"而兴奋；他等待时机，拼命钻营，终于爬上了校团委副书记的宝座。可贵的是，作者并没有停留在对他发迹的一般叙述上去，而是把笔墨渗入到人物的灵魂深处，让郭立枢卑劣丑恶的灵魂显现在光天化日之下。他表面上双手赞成"思想解放"，还偶尔骂几句极左思潮，而在暗地里却恪守林彪、"四人帮"一伙的整人哲学，欺上瞒下、呼风唤雨、打小报告，对荆原进行从上到下的围剿，扬言要给荆原"重新戴二十年帽子！"甚至当他得知荆原就是他的生父时，他仍无动于衷、冷若冰霜，摆出一副势不两立的架势。作者寥寥几笔，通透灵魂，把郭立枢的丑恶形象淋漓尽致地呈现在读者眼前。作者并没有把这一矛盾简单地处理为他们两人之间的个人恩怨，而是把这矛盾置于1979年春天思想解放热潮的广阔背景中展示，这就使人物行动涂上了强烈的时代色彩，从一个侧面显示出这场斗争的性质、规模和历史发展的趋势，以及与极左思潮斗争的必要性。

如果说从郭立枢身上使人看到清除"四人帮"流毒的必要性和长期性的话，那么，作者在郭立楠、梅玫的形象塑造上使人看到了"新时代的希望"。郭立楠认为要搞四化，就不能．把"一个个传统的、陈旧的思想像标本和化石一样被保存起来。新的时代要是不努力解放人的创造力，我看一切都是纸上谈兵！"因此，他热烈欢迎荆原关于人才问题的探索，对他哥哥郭立枢的行为由反感到抵制；对新思想是那样的向往和追求，在他身上使人看到了新时代青年的纯洁的灵魂和追求真理的勇气。郭立枢的妻子梅玫，在人生道路上有着痛苦的探索历程，她的性格是一直处于迷茫和热烈的追求之中，她努力探索新思想，思想解放的春风给她"打开了一个新天地"，这就使她与思想僵化、动辄整人的丈夫分道扬镳。从郭立楠和梅玫身上十分生动地概括了一代青年觉醒的道路，他们身上焕发出来的光彩，昭示着一种积极向上的信仰和生活力量。

《淡淡的晨雾》是一部能引起人们思索的小说。当然，作品也存在不足之处。例如，对罗阡的描写交代不清，她的行动也缺乏必然性；郭立枢的性格也缺乏时代特色；作者对问题的思考还需要更深刻地表现到具体形象之中去。看来，这些仍有待于作者进一步努力改进。

奋斗者的足迹
——陈建功和他的小说创作

青年作家陈建功被读者所认识，并不是从他的《丹凤眼》获1980年全国优秀短篇小说评选奖始，而是早在两年前发表的《流水弯弯》就令人瞩目了。果然，他不负众望，在两年多的时间里，发表了《京西有个骚鞑子》、《盖棺》、《迷乱的星空》、《飘逝的花头巾》等十余篇小说，其中不少被全国性报刊所转载，他的作品蕴含的丰富的内涵和精湛的艺术技巧，这是在青年作者中极少见的，在文艺界引起了甚为强烈的反响。读者们以欣喜的心情正在注视着这颗在文坛迅速上升的明星。

1977年，在北京京西煤矿当了十年矿工、并且腰椎还带着伤残的陈建功考取了北京大学中文系。经过十年动乱生活，一旦面对着崭新的生活天地，痛定思痛，他在深深地思索：从混沌迷茫的生活中突然闯进了新的生活领域的青年人，应当怎样挣脱过去拖在身上的精神羁绊，怎样在新的生活中寻找自己生活的位置，怎样对待生活、爱情，怎样为美好的生活奋斗和追求……简言之，他在作品中深入进行对人生的探讨。他说："现实主义文学是为人生的……我以为最重要的，是从人所常见的生活中挖掘出真、善、美，挖掘出人生的真义，形象地昭示给读者，使他们从对生活、对人生的思索中把自己的精神境界加以提高。"挖掘人们的美好心灵，探索人生的真义和价值，并且精心熔铸到艺术形象中去，以此来触发人们对新生活的挚爱的炽热的火光，使他们感奋起来，为真理、为"四化"、为振兴中华而奋斗，这就是陈建功小说表现出来的深远题旨和成功奥秘所在。

和不少青年作家的作品做比较后，陈建功的小说给我一个异常强烈的印象：题旨深远，格调较高。仿佛在秋高气爽时节到郊外秋游时迎面扑来的秋风，给人以舒适、清新的感觉。他不是普罗米修斯，但他溢满激情的作品，给予人们的星火的热，火的光。读着他的作品，会使你热情之火充溢于胸间，激发人们对新生活的无限向往和追求，对人生、对前途充满坚定的信念。陈建功是含着眼泪看过去，带着微笑看今天的。这是他的作品之所以昂扬向上的真谛。

陈建功经历了风狂雨暴的十年内乱年代，在他心灵和肉体上也不可避免地烙下一道道伤痕。在他笔下，对那过去了的岁月给人们带来的生活苦难作了有力的鞭挞，但并没有像某些作品一样使人郁闷压抑，甚至给人以毫无希望的感觉，而是站在历史应有的高度，居高临下地俯视他所要描写的生活，在关注人们的命运、有力控诉黑暗势力给人们带来的灾难同时，着意写出压抑在石头下面的小草、黑暗将尽时的曙色。《盖棺》中的魏石头，他在解放前的困苦忧患的生活中铸成了"犯倔，认死理儿"的倔强性格，这自然不容于"四人帮"横行时的"时事"了，他成了人们茶余饭后的笑料人物，人们称他"老变"，但他有金子般闪光的心，他对党的信念始终不变。作者镂刻的魏石头的性格是那样鲜明，熠熠闪光。

作者的艺术才华还强烈地表现在他在驾驭现实生活的题材时，在他所熟悉的生活天地里撷取富有哲理的、发人深省的素材，凝聚在笔端上，给人以昂扬向上、奋发进取的力量，使读者引起心灵上的共鸣。这是他作品成功的支撑点。而作品所表现出来的浓烈的艺术感染力，则在他独具匠心的主题开掘上求得答案。《流水弯弯》之所以博得青年读者的热烈赞扬，并不是作者别开生面地写了已婚少妇对过去情人的怀恋这一点上——如果作者只是以题材上的猎奇来取悦读者，那么，作品是不会有生命力，更不会有震撼人心的艺术魅力的。作者从描写丹丹的新婚丈夫的庸俗，对事业的无知而又餍足中，使丹丹感到生活的寂寞，心灵的空虚，从而唤起她对过去敢于对生活搏击、对事业有极强的进取精神的恋人钟奇的怀念；当她发现生活对钟奇不公平的待遇而迫使他消沉时，她又以"幸福是属于生活的开拓者"这种奋斗不息的热情，来消融凝结在他心灵上的冰霜，鼓励他投身到建设四化的新的生活天地里去，这样主题深刻隽永，效果强烈。如果《丹凤眼》只着眼于"挖煤光荣"这个基调的话，充其量只是一出爱情的喜剧；而作者独到之处在于：让孟蓓和辛小亮这一对极有个性、有着自尊性格的有情人在社会某种不公正的氛围中一次又一次碰撞，从而闪耀出他们豪迈的自我意识的光辉，终于，他们相通了，骄傲地共同走在为开拓新的事业的人生道路上，使他们的性格闪出耀眼的光华。写青年男女由于虚荣心驱使而堕落的故事，已经屡见不鲜了，而陈建功最近受到人们赞赏的《飘逝的花头巾》在主题开掘方面又作了新的探索。作品写高干子弟秦江从混沌的生活樊笼中挣脱出来，奋斗者沈萍的"花头巾"点燃了他蕴蓄在胸中的火花，终于走上了为振兴中华而奋斗的道路；而沈萍却陷在极端个人主义的泥泞道路中而不可自拔，这样互相衬托、对照，捉炼出了极有现实意义的主题：当今青年只有把个人的命运和祖国的前途、事业紧紧联结在一起，这种奋斗才有坚强的支撑点。值得注意的是，陈建功即使在两年前"伤痕文学"成为一股势不可挡的文学潮流时，他的作品也从没有只给人以哀伤或颓唐，而是对党、对人民、对祖国的事业充满深沉的挚爱。这是十分难能可贵的。如果作者没有高瞻远瞩和非凡的洞察力，是不可能取得这些令人瞩目的艺术成就的。

作家对生活、人生的思考只有凝注在人物形象塑造上，这种深沉的思想才有所附丽，才能拨动人们对美好事物追求的心灵琴键。陈建功的艺术才华，还表现在他在人物形象塑造的非凡的艺术功底上。他笔下的老工人写得生动逼真，维妙维肖。《京西有个骚鞑子》中的"装骚鞑子"的皮德宝，他整治"溜主任"的故事写得诙谐风趣，在微笑中令人深深地思索。而心地善良、憨厚可爱的老工人王凤祥更是使人感到亲切可爱，他那对工人的关心、对党拳拳挚爱的赤子之心，令人油然而生敬意。《盖棺》中的老工人魏石头，他那在"四人帮"高压下的病态社会中刚直不阿、对党忠贞不二的形象，更是令人激动敬佩。

更值得注意的是陈建功塑造的性格鲜明、活灵活现的各种不同的青年形象。经过十年动乱的青年，一旦闯进新的生活天地，他们兴奋、惊异和不安，他们要寻找新的生活中的位置，以《飘逝的花头巾》中秦江的话来说是：在面对崭新的生活中，"每个人都显示了自己在生活中的位置——舍身求法的、锲而不舍的、浑浑噩噩的、卑躬屈膝的……我忽然感到了一种被生活淘汰的恐慌。"这就很微妙地描绘出青年人的心理状态和抉择。他们在思索"关于奋斗者。关于人生。"是的，青年奋斗者有奋然前行的开拓者，在振兴中华民族中的献身者，也有败下阵来的"奋斗者"；在人生旅途上有喜剧，有悲剧，但这些对于奋发有为的青年来说，"只能使我们警醒、思考、坚定。"孟蓓和辛小亮，他们对生活充溢着坚定的信念，作者通过他们富有喜剧色彩的性格冲突，展示了他们幽默风趣、有强烈自尊的独特性格。如闻其声，如见其人。更动人心弦的是，作者捧献给读者的各具神态的青年奋斗者的形象。《迷乱的星空》中的顾志达是在文艺领域里探求真理的奋斗者，他不随俗，认定方向，为繁荣社会主义文艺理论不怕挫折，孜孜以求，"他毕竟有自己的位置，自己的轨道，自己的价值……"这个刚正的青年奋斗者形象活生生地站在人们面前。同是奋发有为的奋斗者钟奇(《流水弯弯》)和秦江他们的个性又如此不同：曾经是坚强的奋斗者的钟奇，在严峻的生活面前碰得头破血流，他在激愤之余终沉溺于无聊的生活，在丹丹的感召下，终于认识到人生的价值就是为四化建设而奋斗，于是又在生活激流中勇猛前进；秦江却是从迷茫浑浊的生活中冲了出来，但终因找不到"新的奋斗支撑点"而苦恼。但当他从沈萍的"花头巾"中找到了奋斗者的道路时，他是那样坚定执着、奋发进取，进而使他的思想升华到新的高度，决心把自己汇聚到为振兴中华而奋斗的洪流中去，这两个人物各自不同的性格给读者留下了鲜明的印象。沈萍，这个独立不群、始终游离于党和人民事业之外的奋斗者，她的悲剧性格也刻划得那样细致入微，令人回味、思索、警醒。

王蒙同志说作家"要能抢几把板斧"。陈建功就有三把犀利的"板斧"，往往一斧中的，入木三分。他的艺术视野是十分开阔的，表现在他的创作手法、风格也是多样的。他的"谈天说地"一组文章，用的是传统手法，以人物的行动，情节的进展来刻划人物，使人物神态毕肖、妙趣横生；而《流水弯弯》等整个布局是以丹丹的思索、回顾、警醒为线索来展现人物、揭示主题的，这是吸收了国外流行的某些心理现实主义手法来表现的，写得深刻感人；最近炙脍人口的力作《飘逝的花头巾》则是前两种手法的有机融合，还吸收了国外盛行的新闻体小说手法，变换了叙事的角度、方式，按"生活跟踪"的线索展开矛盾，增强逼真感，产生了强烈的艺术效果，以至有不少读者写信给作者，十分关心秦江和沈萍的命运，甚至有传闻说陈建功这篇小说惹怒了同班的一个女同学，人家骂他云云。从这个插曲中我们可以看到陈建功这一"板斧"的利害。

作为青年作者在探索过程中总免不了会出现这样那样的缺点或败笔，陈建功有的作品由于着眼于对人生的思考，富于哲理而相对地削弱了形象塑造；有的在情节安排上还欠周密，经不起细细推敲等等。我们盼望陈建功同志今后写出更瑰丽的篇章来。

沃土
幽香

又一个成功的开拓者形象

——谈蒋子龙的小说

蒋子龙自从塑造出光彩照人的乔厂长形象以来，用饱蘸激情的笔触镂刻出一个又一个活灵活现的开拓者形象：车篷宽、凤兆丽、解净、牛宏……最近，我们在《小说家》的创刊号上，又看到作者新创作的中篇小说《悲剧比没有剧要好》，蒋子龙以他对生活的独特见解，为读者奉献出另一个崭新的开拓者呼从简的感人形象。

在呼从简即将离任去当副省长时，电影导演康玄要拍有关他的真人真事的故事短片时，意味深长地对他说："你是主角。"是的，敢于搏击风云的开拓者呼从简确是生活舞台的主角。高尔基指出："文学的任务，不完全是在于反映十分迅速消逝的现实，文学的任务是在生活中找出具有普遍意义的东西，不仅仅对今天是典型的东西。"蒋子龙总是十分敏锐地把智力透过纷繁复杂的现实生活，通过栩栩如生的人物塑造，异常迅速地反映出生活中"具有普遍意义的东西"——在体制改革中矛盾和斗争以及改革者的生气勃勃的精神面貌。

一个作家，只有对自己笔下的人物有新的认识，有新的发现，赋予新的生活内容和思想质量，这样，人物才能出新，才能深刻地揭示生活的底蕴。要做到这点，就必须写出人物的灵魂。蒋子龙在塑造呼从简的形象时，就像高明的画师，寥寥几笔便勾勒出传神的人物，活灵灵的人物性格，画出了呼从简的灵魂。

改革者呼从简的性格的可贵之处，首先在于他对变革中的现实有着清醒的认识，他以战略家的气魄和锐利的目光来看待经济体制的变革。呼从简领导的工厂是部属大厂，这个行业是属于调整对象，全国类似的厂都"吃不饱"，"入不敷出"，但呼从简的厂却兴旺发达，财源茂盛。这与呼从简大刀阔斧搞改革是分不开的。呼从简深深意识到自己肩上的重担和作为一厂之长的使命："一个单位能否振兴，很大程度取决于那个单位的掌权者。"他有着一股强烈的进取精神，这是呼从简的动力和灵魂所在。

作为锐意改革者，不但要站在时代的高度高瞻远瞩，把握社会发展趋势；还必须通晓现代化科学管理知识和方法，这样才能把经济改革这盘棋下活。呼从简作为现代工业的领导者，深谙现代管理科学，这充分表现在他对人的认识上。呼从简把调动工人的积极性，并让他们充分意识到自己是工厂的主人这一点，作为现代管理的重要方法。从而表现出呼从简性格中对生活的机智的思索和果敢精神。

蒋子龙说过：我主张写改革中的人发生了什么变化。要写人的变化，人的心灵。值得注意的是，作家通过精细入微的描写，使读者看到的呼从简并不是神化了的人，而是生动的、真实的、活的人。呼从简从富胜康手里接下的是被"搞得一塌糊涂"的烂摊子，一个五万人的大厂，每年至少亏损七百万，他接手后，第一年就转亏为盈一千二百万。但是，富胜康出于嫉忌心理，采取了不承认态度，作家巧妙地、意味深长地画出了他的阴暗心理：如果他承认了呼从简现在的成功，就等于承认了自己以前的失败；否认了别人的天才，也就等于否认了自己的平庸和无能。他看到了呼从简对自己地位的潜在威胁，因此巧妙地利用省委第一书记求贤若渴的心理，堂而皇之地把对手清除掉。因此，在呼从简"去"和"留"的问题上双方的灵魂都亮了相。呼从简一方面感到如果他一走，很可能会前功尽弃；另方面，他又感到对手的无情的压力，有些无法应付。最终，他走了。蒋子龙说过："写人要写灵魂的历史，当你写出当代活灵灵的人的痛苦与欢乐，活灵灵的历史以后，人物就活了。"蒋子龙善于用人的心灵来折射社会，富胜康和呼从简灵魂的交锋就极为深刻地展示出人与人之间的复杂的关系，使人物的性格在强烈对比中区别得更加鲜明，人物更加"活"了。

高尔基指出："文学应该积极地深入当代生活。"蒋子龙以其敏锐的洞察力，在生活面前机智地思考，并且迅速地用栩栩如生的人物形象来反映生活，这是难能可贵的。我们热切盼望作家笔下有更多的生活舞台的主角出世。

暴风雨中诞生的新人

——评冯骥才小说《走进暴风雨》中贺达形象

冯骥才在他的近作中篇小说《走进暴风雨》(《小说家》创刊号)中，以前所未有的遒劲笔触，在画布上处理出雄浑的画面：天幕上乌云翻滚，电闪雷鸣。在这浓重的氛围中，一个中年知识分子迎风搏雨，奋勇而行。透过画面，我们感受到他激烈跳动的脉搏，听到他洪亮坚定的心音："这才是社会，是生活，在翻腾滚动中显现出它险恶惊人的波峰浪谷，而只有这生活旋涡的中心才是真正锻炼人的。"画布上的搏击者贺达就是叱咤风云的人。

冯骥才用饱蘸激情的笔触，为人们镂刻了生动感人的改革者贺达的高大形象。这在他的创作中是一个新的起点。在冯骥才小说中，有过令人难忘的十年动乱中的受害者教师，有运动员、教练，有画家、科研工作者等等；在题材方面有写学校的，有写体育战线的……而像《走进暴风雨》中以工业战线的改革为题材，气势磅礴地勾画出改革者的形象还是第一次。这部中篇小说，就其在题材的开拓和人物的出新，跟他其它作品比较，都是较独特、较成功的，可以称之为"非冯骥才式小说"。

冯骥才在给朋友的信中谈到《走进暴风雨》创作意图时说："我着力写一个我没写过的新人——生活的挑战者形象。我想在这部书里表示我对现实斗争的关心。"的确，冯骥才在刻画贺达的形象上是倾注了巨大热情的。法国著名雕塑家罗丹说过："在艺术中，有'性格'的作品，才算是美的。"冯骥才在塑造贺达形象时，十分注意多方面、多层次来雕塑他的美的性格，从而使人物闪出耀人眼目的光彩。

作品一开头就把贺达置于矛盾斗争的旋涡中心。贺达是大学毕业生，一个书生气很重的中年知识分子。对于权术斗争，他是外行。当上级调他当公司党委书记时，他就陷进巨大的矛盾斗争之中：公司下属的工艺品厂建成一座八套住房的房子，关厂长等人利用职权想把这些房子私分；由于关厂长等假公肥私，引起的连锁反应是出口外贸的几万只彩蛋全部发霉变质，退回工艺厂要重新洗涤加工；更为严重的是，贺达派去解决住房问题的工作组朱科长、谢秘书等人与关厂长沆瀣一气，造成既成事实，逼他表态承认；最后又不择手段挑拨群众和他的妻子，妄图逼他收下其中一间房间，好让他不可自拔……朱科长与关厂长等人上下联络、左右疏通，结成一张巨大的人事关系网，使贺达面临困境。作者的高明之处，在于着意写出严酷的现实环境，让人物在这困难处境中经受考验，让他在与对手交锋中"狠狠揭露那些阻碍向'四化'进军的错误行为、错误思想"，使他在与对手的性格碰撞中闪出眩目的火花。

可贵的是，作者紧紧把握住时代特点，让贺达在这尖锐的矛盾冲突中处于主导地位，掌握斗争的主动权，在斗争中显示出其刚毅的性格。贺达并不回避矛盾，敢于正视现实。他站在时代的高度来剖析这场斗争的实质，这就是共产党人要不要坚持党性、取信于民?共产党人究竟以"私"字还是以"公"字为出发点?归根结底，问题的焦点是共产党人还要不要革命，要不要搞四化?面对这巨大的、四通八达的人事关系蜘蛛网，贺达正气凛然，横眉冷对，他决心依靠党组织和群众冲破这张关系网，扫除"四化"途中的障碍。他宣布："干部不干正事，不干公事，就辞掉他!"对那些非法占房的党员干部，他限令三天之内要么交出钥匙，要么别当党员。充分表现了他嫉恶如仇、主动进攻的性格。

人们给贺达一个雅称："秀才书记"。作为知识分子出身的党的工作者，贺达既有工农干部的豁达大度、雷厉风行的特性，又有知识分子感情细腻、思虑周密的特点。作者恰如其分地把握住这一性格特点，展示其丰富的内心世界，使形象更添实感，丰满可信。贺达的内心是一座具有丰富内涵的感情世界的宝库。他对党的事业有着挚爱深情，对四化建设有坚定的信念。正像眼睛里容不得一粒灰尘一样，他对任何有损于党的神圣事业的事情都无法容忍。谢灵批评他"知识分子最大的弱点是感情用事，容易冲动。感情一

沃土

幽香

159

冲动就容易坏事……最后白白吃亏"。其实，这正是贺达对党对人民的一往深情的表现。作家还细致入微地揭示了作为知识分子干部的某些脆弱的矛盾心理。当贺达命令关厂长等人搬出占用的新房后，关厂长等人把办公室占了，走廊上摆满了像逃难一样乱七八糟的东西，在刹那间"他不由得产生一种良心上的不安和负疚感"。但当他意识到这是不健康的感情时，他站在党的立场上扫除心灵上的阴霾，而使感情更加充实。作家善于捕捉人物心灵上稍纵即逝的火花，寥寥几笔，使人物性格闪出亮光。

贺达性格的独特之处，不仅表现在他感情色彩的丰富性上，而且还表现在他作为知识分子干部的思想方法和工作方法上。作为知识分子，他有一种清高(或叫清廉)感，当他看到浑浊的人和事时，往往抑制不住感情的冲动，因此他不能不时时用"制怒"两字来控制自己；同时，作为知识分子，他又有着一种处理问题严肃认真的态度。他不怕麻烦，他认为："恐怕自己的天性就是自找麻烦的。爱管事，爱揽事，不怕事。当麻烦死缠着他，他一点点冲开这麻烦的包围圈，也是一种快乐。"在贺达对矛盾冲突的处理方法上，他的细致特殊的思想工作方法，也表现了他性格因素中的独特性。他在解决分房的矛盾时，既注意落实知识分子政策，又充分调动工人的积极性。他发现汽车司机邢元对分房给技术员都半民有误解，便巧妙地派他去都半民家送画册，让他了解都半民家的实际困难，取得他的支持；对老于世故的秘书谢灵，则亲自带他去老龚头家看三代六口人搭三层床的实际困难，希望他从中警醒；而对关厂长等人，则因势利导，从他们厂都半民画的一幅杜甫像谈起，谈到这个一千多年前的封建文人尚且关心人民的疾苦，而我们今天共产党人不全心全意搞四化而去利用职权假公肥私，这是党纪所不能容忍的。贺达利用他知识上的优势，居高临下洞察一切，又语重心长、循循善诱，表现了他宽阔的情怀。

冯骥才谈到他这部作品时说："我改了路子。"我觉得他这路子改得好。他有几年的工厂生活，而写工业题材却是第一次。他笔下的改革者贺达有着深沉练达的个性，机智敏锐的思考，写得活灵活现、引人注目。作家通过对贺达形象的塑造，向人们提出了尖锐的问题：在现实生活中，"大大小小的蜘蛛，上上下下到处拉网，如果你想切实去解决一件事，先要费出牛劲又得十分耐心地解开罩在这事情上的一层人事大网"。作为改革者若不坚决破除这种关系网，非但改革无法进行，而且有失信于民、亡国亡党的危险。作家寓意是深刻的。贺达作为中年知识分子的党的干部形象，在当前文学创作中还不多见，冯骥才在这方面的尝试是有深刻的现实意义的。

沃土
幽香

海与岸：潮汕乡土文学的文化意蕴

——评陈跃子的潮汕系列乡土小说

几年前，部队作家李西闽给我寄一个中篇小说，并叮嘱说，这是潮汕的青年作家，写乡土文学，很有潮汕味，希望我尽快读。这就是陈跃子的《得月楼》。

20年前，我在上海文艺出版社工作时，致力编辑《萌芽丛书》，陈国凯的第一本小说集《羊城一夜》、陈世旭的第一本小说集《带海风的螺壳》、王亚平的第一部长篇小说《刑警队长》等都是我编辑的，我对青年作者有特殊的感情，听说潮汕冒出来的青年作家的作品，我自然很愿意拜读的。读完之后，我心情很振奋，我觉得作者写得很有韵味，结构好，情节生动而不直露，文笔洗练老到，尤其写潮汕平原的风土人情，有独到之处，洋楼、饮茶、海滩、芦苇、野雁、海洋……简直写神了，我是客家山村长大的人，从未在潮汕平原生活过，那一次陈跃子的作品领我游览了潮汕水乡的旖旎的风光，给我留下了美好的记忆。嗣后，我把《得月楼》郑重地转给了上海一家大型文学刊物的编辑，那位编辑也赞不绝口，很快在那家刊物上发表了。此后我陆续读了陈跃子的《女人是岸》、《情人滩》、《抱扑斋》等，我被他笔下的潮汕风情所感染，我对敢于开拓、勇于进取的潮汕人感到敬佩，我为在改革开放年代中所涌现的积极进取的潮汕人的事迹所感动，我循着陈跃子的笔迹认识潮汕沃土，读出令人神往的潮汕文化精神和所蕴含的社会意蕴。

不久前，我赴广州参加程贤章的长篇小说《围龙》研讨会，程贤章是当代客家文学的拓荒者，他的小说都是以客家地域和客家人为描写对象，展示出客家文化气韵。我不由想到潮汕文化和潮汕地域文学。程贤章和潮汕文学的代表人物王杏元以及陈焕展等都是刃年代的"冲出云围的月亮"，王杏元的《铁笔御史》和《绿竹村风云》无疑是潮汕文学的代表作，曾经在60年代

162

初撼动过中国文坛，为什么此后便成了绝唱呢?程贤章等一些客籍作家在肋年代至90年代仍在孜孜不倦地探索客家人的历史和现实的文化精神，而具有深厚文化底蕴的潮汕人却为何产生不出具有冲击力的作品呢?陈跃子的出现(包括其它一些青年作家)最少示意着潮汕文学透射出亮色，这是令人振奋的。

　　陈跃子的系列小说，写出了潮汕厚重的历史和具有热力的现实生活，是潮汕沃土上产生的潮汕乡土文学。中国的乡土文学源远流长，它通过一个地域乡村的历史变迁和人的心路历程的变化，折射出过去与现实的历史文化和社会现实的状态与文化意蕴，它具有强劲的艺术生命力。鲁迅的《阿Q正传》、《故乡》、《祝福》等标示出乡土文学的地域特色和展示的社会蕴含，蹇先艾的《水葬》、王鲁彦的《菊英的出嫁》、废名的《竹林的故事》以及茅盾的《春蚕》，《林家铺子》、沈从文的《边城》等写出了乡土情结和社会底层的人物命运;当代作家刘昭棠的"运河系列"、李杭育的"葛川江系列"、古华的"湘西系列"及贾平凹的"商州系列"作品等展示出急遽变化的社会风貌，具有浓郁的地域风情，形成独特的文学风景线。可见，一个作家如果用浓重的彩笔写出色彩强烈的地域风貌以及社会变革中的人情世态来，就能产生具有长久魅力的乡土文学来，而陈跃子正是致力于潮汕乡土文学的作家，并且以其创作实绩向世人昭示出潮汕乡土文学的迷人风采。从这一点上，他的小说集《女人是岸》是潮汕文学中不可磨灭也是无法替代的作品。

　　乡土文学的重要特征是它的地域性，它要求作家写出具有独特的地域的人文环境。因此，作家笔下的特定地域的山川景物、风土人情、社会习尚、气候特征、社会环境等都有生动的描绘，向人们展示特定社会环境下的社会风貌。陈跃子的"潮汕乡土系列"小说不仅写出了古老而美丽的潮汕平原和海、海岸的风光，而且生动地展示出与中原(潮人先祖地)及毗邻的客家山村迥异的文化特性。例如《得月楼》中有着历史重负的潮汕民居得月楼，那庭园里保存完好的别致的小木楼，月亮门内遍地金色秋叶的庭院，尤其那海边雁鸣坞夜月打雁的描绘，真是绘声绘色，令人心旌神摇。而《龙舟河》中写饶村人的龙舟竞赛，那热烈场景，那水上飞舟，那急雨鼓点，那勇争上游的男人，真是一幅潮汕风情画，令人难忘。在人际关系上，从描绘风雨如盘的旧中国的《抱扑斋》、《得月楼》到反映当代社会生活的《女人是岸》、《情人滩》等都深深打上时代烙印和潮汕人的既有人情味而又富有挑战性的特殊的文化意味，这是特定的地域人文环境所产生的社会关系，有独特的生活内涵。

茅盾在《关于乡土文学》中说："特殊的风土人情的描写，只不过像看一幅异域的图画，虽然引起我们的惊异，然而给我们的只是好奇心的餍足。因此，在特殊的风土人情之外，应当还有普遍性的与我们共同的对于命运的挣扎。"乡土文学除了描绘特定的社会风情外，还应该充分注意它的社会内涵，而揭示其蕴含的时代性和社会性是乡土文学的重要的命题。古华在《芙蓉镇》"后记"中谈到他的作品是"寓政治风云于风情民俗图画，借人物命运演乡镇生活变迁"。可以这样认为，古华这种乡土文学观念是乡土文学最重要的审美特征。陈跃子的潮汕乡土文学系列给人们展示出潮汕地区的政治风云和社会变迁。《如血残阳》、《抱扑斋》和《得月楼》是反映抗日战争时期潮汕平原动荡不安的社会生活，血性男儿驰骋疆场；有正义感的得月楼主程知秋，当日寇铁蹄践踏潮汕时，他毅然向敌人勾动板机。在改革开放的今天，陈跃子以敏锐的目光审视新的社会生活和剖析新的社会矛盾以及人际关系结构的新变化，以清新的笔调揭示出人与人之间，男人与女人、人与海、海与岸等关系的调整与变化，既有潮汕平原的田园牧歌，又有勇于在新生活潮流下搏击的悲壮诗篇，《龙舟河》、《情人滩》等在这方面作了可贵的探索。

乡土文学需要准确把握一个特定地域的文化精神，尤其是把握这个地域的群体在特定的历史和现实的环境中，由传统的文化积淀以及新的社会因素制约下产生的精神风貌，把握好这一点就能较好地表现特定地域中产生的与时代风云相联的社会生活，从而达到以小见大的艺术效果。在陈跃子笔下写出了一个个勇于开拓、勇于进取、敢于拼搏的血性男儿，表现出潮汕人的博大情怀、刚烈勇猛的特性，显示出潮汕人敢于征服一切的阳刚之美。我常想同处于粤东的客家人和潮汕人的文化品格异同问题，概括地说，客家人地处山区，背山面山，围屋而居，视野较狭窄，走不出山与屋，其文化特征可归结为"山屋文化";而潮汕人则背山面海，视野较开扩，出门则面海，其文化特征可概括为"海岸文化"。客家人与潮汕人都是古代由于战乱从中原南徙而来的，他们不畏强暴，勇于开拓这是他们共同的特性。但潮汕文化不能忽视这样的地域人文特点：由于其背山面海观念所形成的好强争胜、探险冒险精神。事实上，陈跃子也把自己作品的文化特性定于海与岸上。他在《女人是岸》题记中写下意味深长的话："男人上岸的时候，女人就是海；男人下海的时候，女人就是岸。"他在阿蟹相亲乍见阿菜时写道："……以往那种见了陌生女人就羞怯的心理遁去了，直觉得眼前这女人是岸，是拴住他这只落了帆的小船的岸！"作者把男人与女人的关系看作海与岸的关系，使两者互为依存又互融互补，这是基于作者对潮汕人所处的海与岸的生存环境产生的文化特征的认识，有着很深的哲学意味。作品写人的生存环境和生命需求(包括生理本能的需求)，以及这两者间的矛盾而造成人际关系的窘境，在阿蟹、阿菜和珊妹的关系中，他们的性格因素和情感冲突折射出特定的时代生活面以及时代轨迹的面影。这种两性关系的"海与岸"的文化选择，已不仅仅是自然属性或简单的社会属性，而是把人与自然，人与社会联系起来思考，达到了人与社会的和谐统一，从而进入到更高层次的文化属性，使作品包含更深广的社会和人的内容。

更可贵的是，作者不仅在两性关系上作"海与岸"的深层思考与把握，而且推而广之在潮汕人的性格基本面上也作如是把握与定位，这是作者对潮汕乡土文学的基调的发现与贡献。潮汕人落地第一次的哭声就与大海的潮声共鸣，他们世世代代呼吸海洋的湿润空气，他们在大海上耕作，靠海与岸繁衍生息，他们与海为友，以海为师，与海为伍，以海为生；他们期望于海，感恩于海，索取于海，眷恋于海；大海教会他们生存，大海给他们以勇气，大海给他们以苦难，大海陶冶他们的性格。近代改革家梁启超对海有深刻的理解："海也者，能发人进取之雄心也……故久居于海上者，能使其精神日以勇猛，日以高尚，此古来滨海之民，所以比于居陆者活气较胜，进取较锐。"潮汕人的刚烈性格和锐意进取精神是举世瞩目的。陈跃子在潮汕系列作品中以浓重的笔墨写出了这一点。在《龙舟河》中作者作了这样有意义的表述：饶村的热血男儿余满是个争斗好胜的角色，作者写道："这大抵和流淌在他血液里的竞舟人好胜斗勇的祖宗遗风有关。"他祖辈在海南垦荒失败了，但余满觉着人就要有开拓精神，因而他觉得因循守旧、满足现状是最不可取的，他说："死守25亩方塘有什么奔头?当一个富足温饱的专业户有什么滋味?"鲁迅说过："不满是向上的车轮。"只有敢说、敢想、敢干的人才会有机遇和创新，就像大海敢于经年累月向海岸、向岩石冲击才能拓宽自己的疆域。《情人滩》中的余大浩挚爱自己的土地，为此辛勤的付出，但爱土不等于守土，而是要拓土和给土地赋予生命与活力。因此，余大浩在征战情人滩时，与书记赵焕富发生激烈的冲突，这一方面是由于他的刚烈性格所致，另一方面也表现出他的不愿守业，而要开拓的情怀，最后在台风来临，情人滩大堤决口的危急关头，余大浩开着满载水泥的卡车冲口堵堤。如余大浩性格所示：潮汕人的性格有如大海怒涛，在惊涛击岸时，浪花溅碎，连粉身碎骨都不怕，他还怕什么呢?潮汕人豪爽开朗的性格、宽阔坦荡的胸怀和大海的性格融合在一起，使人看到大海——潮汕人；潮汕人——大海!陈跃子的审美态度上把人与环境即潮汕人与大海作整体的、全面的文化观照，把人与自然、人与历史、人与社会、人与人的关系中都置放在浓重的时代色彩中加以观照，形成颇有时代特色、有新鲜时代感的潮汕文化品格。

陈跃子的潮汕系列小说示意潮汕乡土文学的强劲生命力，虽然有的篇什略显得有些稚嫩，但却显示它的拓荒价值和存在意义。我相信，有丰厚文化积淀的潮汕沃土会结出一批一批甜美的文化果实。

超越自己

——评叶文玲的短篇小说创作

　　叶文玲同志是人们比较熟悉的一位青年女作家，粉碎"四人帮"以来，她发表了不少作品，一九七九年以前的作品都收在上海文艺出版社出版的小说集《无花果》里。一九八〇年更是她创作丰收的一年，无论是作品的数量和质量都取得了可喜的成绩。这一年她一共发表作品十八篇，其中短篇小说就有十篇。短篇小说《心香》获得一九八〇年全国优秀小说评选奖。比起她以前的作品来，我们感到她的短篇小说有了明显的提高和突破，进入了一个新的阶段。

　　叶文玲同志创作上的突破和提高，主要表现在作品中那些活生生的人物形象塑造上。这一段时间以来，作者比较注意刻画人物，在塑造人物形象上下了功夫，有新的探索和追求。正如她自己所说，她有"一种渴望，一种追求，就是要挖掘要表现生活的美，人的心灵的美。"高尔基说，"文学是人学。"文学作品是描写人的艺术，表现人的理想，愿望和追求，表现人的美好感情。"人的心灵的美"是多么值得我们去尽情地揭示和讴歌啊！正是这种美，体现着生活的希望，是前进的力量，是"人民精神的火光"，它深深地拨动着读者的心弦。也正是这种追求，使叶文玲同志的小说有了提高和突破。

　　《心香》(《当代》一九八〇年第2期)可以说是叶文玲同志的代表作，我们就从《心香》说起吧。《心香》是一篇诗一样的小说，人们读后，就像作品中亚女的弟弟小元一样，亚女那美的灵魂也给人们点燃了一炷心香。亚女是那样的不幸，自小就哑，双亲早已过世，而且成份不好，靠她挣钱供弟弟上学，她甚至连名字也没有，亚女这个名字还是画家暗中为她起的。本来要深刻地、准确地表现人物的心灵就不太容易，现在要不言一声地刻画人物

沃土

幽香

167

的性格那就更不容易了。作者说过，既然亚女从外表到心灵都像水晶石似的透明、美丽，那就不需要再借一张嘴去自我表白了。确实，在作品中，作者通过人物的行动，细节的运用，环境的渲染，其它人物的烘托，揭示出亚女丰富的感情世界，那是很有艺术感染力的。亚女的外表是很美的，但更美的是她的灵魂。这个普通的农村少女的爱是十分纯洁的，她没有沾染上那些世俗观念。她有自己的理想和标准，一旦把自己的爱情献给谁，就是那样的执着，一往情深。她的生活中偶然出现了一个美术系的大学生，她爱上了，她敢爱，能爱。无论是给他当模特儿，看他画画，要他画"花样"，为他烧红糖姜片茶，还是最后临走时送他帐沿《溪边》等，都表现了亚女的大胆而率真的爱情。至于是不是可能，她的要求是不是非份之想——她是没有、也不会考虑的。同样，在她自己，她也没有更不会想到她这一切行动是想"腾飞"。因此，大学生匆匆走了，爱情是明显地不可能了，但她珍藏着他的素描练习，珍藏着他画的"花样"绣成的帐沿，每晚要她的弟弟学绘画。然而尽管她生活艰苦，但当大学生寄来稿费时，她又原封不动地退回去，这一切又如日月一样明白，流水一样自然。她珍藏着自己的爱，退回了金钱。她的爱是无法用价值来衡量的。四年之后，她的爱情得到了进一步的考验，那个大学生画家成为右派来到这个山村改造，亚女对他一如既往，感情更为真挚热烈，她把当时送给他而他没有收的"帐沿"重新为他挂起来，每天晚上为他送壶滚热的开水，在那困难时期，亚女甚至冒着危险用瓦壶偷了食堂里的稀饭给他吃……最后竟为着爱而死去了。这也是为世俗观念所不能理解的，却进一步揭示了亚女高尚、纯洁的美的灵魂。她用全部身心爱着一个曾经冷漠她，伤了她心的人，而眼前这个人在政治上又是一落千丈，一般的人避之唯恐不及，哪里还谈得到爱呢！不，亚女不是这样，她的爱是属于别一性质的，她爱这个大学生，更爱艺术，爱美，爱创造美的人。在她心里，这个大学生、艺术、美和政治上的右派(也许她是不理解的)是无法联系在一起的。亚女爱美，渴望为生活创造美，无论经受多大的打击、曲折和痛苦，也不能减弱她的热情，这正是亚女心灵的美。亚女的悲剧是美的悲剧。作者曾经说过：她"写亚女是动了心的"。是的，正是这种激动，不能自已的激动，使她能够把笔触深入到人的心灵深处，深刻而细腻地揭示了亚女丰富至美的内心世界。当然，这篇小说的意义不仅仅在于揭示了亚女心灵的美，还表现了那几年极左思潮的严重危害，鞭挞了大学生岩岱的庸俗势利的处世哲学，促使人们深思。

《毋忘草》(《收获》一九八〇年第2期)中的尹海月，也是具有这种心灵美的人。尹海月由于小时生病，成了聋子，她父亲在文化大革命中被迫害致死。她父亲的战友，副所长刘明琛千方百计，冒着危险照顾她。她渐渐长大了，她勤恳地工作，如疯入迷地读书，在刘明琛的启发辅导下自学英语，希望自己成为这方面有用的人才。在那残酷的岁月里，她和刘明琛彼此结下了深深的情谊。她爱刘明琛(刘的妻子也在文化革命中被迫害死了)，如果说，开始还是出于报恩的话，那么，后来就是一种战斗的激情和向往促使她行动了。她要做刘明琛的"一个同心同德的妻子"，面临又一场风暴时，给他"如海深情的慰藉""哪怕前程风险浪恶，我将跟你走遍天涯海角！"因此，她不管那些年龄、学识……等等世俗偏见，摈弃了凡俗的对幸福的理解和追求，毅然决然地拒绝了其它人的爱慕和追求，把自己和刘明琛紧紧地联系在一起。因此，她虽然还来不及向刘明琛表露，在批判"右倾翻案的代表人物刘明琛"的大会上，她竟然拨开人群，走到会场前边，挨着刘明琛昂头挺胸地站着。她听不见别人的话，她也激动得说不出一句话，但一个纯洁美丽的灵魂呈现在人们面前。刘明琛心脏病突发死了，尹海月着魔一样继续学习英语。"四人帮"粉碎后，在刘明琛的追悼会上，尹海月祭奠刘明琛的，是一本散发着油墨清香的科技译作校样。是呀，尹海月爱刘明琛，她爱刘明琛的事业——科学，爱祖国的将来。她不相信黑暗的岁月会永久持续下去。作者不是一般地表面地写尹海月对刘明琛的爱，而是挖掘尹海月的内心，窥见了她的心灵的美。刘明琛教她学习外语，显然就有了特殊的意义，是在尹海月心田亮起了"一点火花"。正如刘明琛说的"待'四化'实现之日，当看到在许多蜂蜜中间，有一滴是你自己酿造的，这种幸福将是无可比拟的！"尹海月顽强地学习外语，这是尹海月对刘明琛的爱，对科学的爱，更是对祖国的爱。这样人物形象就比较深刻丰富了，作品也就有了新的意义。在现实生活中，成千上万普普通通的人的心灵是很美的，多么需要我们的作家去挖掘，去表现啊！

我们读了叶文玲的作品，似乎感到她有一种偏爱，好几篇作品都是写残缺的人的，比如前面谈到的两篇就是。后来我们了解到这不是没有缘由的。一九七八年，她写了一篇报告文学，描写了一个耳聋的少年，怎样艰苦地克服生理上的缺陷，取得了成绩。后来她就收到很多残缺的青少年的信。他们向作者诉说，和作者交朋友，这使作者很激动，由此她发现一种在现实生活中往往容易忽视的美，于是她就去挖掘，就去表现，这是多么可贵的一种作家的责任感啊！作者还写了一篇散文《啊，牡丹！》，借牡丹表达了她的这种心情。文章写道："据传说，牡丹是被贬谪到人间来的。她有着不公平的遭遇，但是，她却坦然地永远把美贡献给人间。"

"我赞美牡丹，就是因为屈辱的经历，不能摧毁她为生活创造美的热情和意志！"果然叶文玲同志写了一篇又一篇的作品，我们读着这些作品，深深感到作家对人物的爱，充沛的热情对于作品显得多么的重要啊！不能设想，一个对生活没有什么热情的作家会写出感人的作品来。

一谈到揭示人的心灵的美，人们往往就会想到爱情方面去。不错，爱情往往能透示人的心灵深处，其实，其它方面同样能深刻地揭示人的内心世界。叶文玲同志的作品中有很多就不是写爱情题材的，但也深刻地挖掘了人的心灵的美，《上海文学》(8月号)发表的《舅公》就是这样一篇作品。这篇作品我们十分喜欢。作品朴实无华，也没有什么复杂的情节。通篇就由舅公想到那，说到那，洋洋洒洒地叙述，间或有插话作为联络，生动、幽然，富于充沛的感情，蕴藏着深刻的道理。庆海舅公，那是一个多好的真正的"舅公"呀！他生于清朝，八十岁了，洋袜子没有穿过一双，头上的辫子在文化大革命中才被剪掉了。他在屋场宅基旁，侍弄了一个小菜园，"一挑蔬菜十样锦，带露摘来水灵灵"，很受群众欢迎，在"文化大革命"中也被批掉了。他看不惯那些管生产的在会上瞎吆喝，会后瞎折腾。队里要抽干池塘水，填土，种稻，他去劝阻。最后种稻失败了，年终发放返销粮，他那一份他不要，还把苦苦结余下来的钱送到队里，救济别人。就是这样一个好舅公，有人却说他尽说背时话，想整他。然而他认准"天理人情"，不相信时势永远这样，他孙子要在菜园上盖房子，他怒吼着不答应。"四人帮"粉碎后，他第一个提出"包产"，第一个敢出来"包塘"，种莲藕，带动了大家。他越活越年轻，想买电视机，想吃"益寿宁"，想再活八十岁！这个人物是挖掘得很深刻的。这样一个头上还留着辫子，看起来比较老旧背时的人，心灵深处却闪耀着纯朴、高洁、真挚的美的光辉。谁损害了集体利益，犹如剜了他身上的肉。他心痛，成天唠叨，甚至希望早死，但他至死又不相信这是党的政策。现在他又想长寿，为什么?因为"如今好时势有了"，"如今我们长塘镇人的心劲大着哩，这日子到现在真又越来越有点味道了。"在党的三中全会方针政策的指引下，这样的"味道"我们不是都尝到了么，而且越来越浓了么!

这篇作品塑造了一个活灵活现的舅公，还得力于作品的语言口语化、精炼，形象富有特色。如写舅公的劳动习惯："石闲生苔，人闲生病。下不了田了，我侍弄个菜园子活动活动筋骨嘛！"写土肥："那土，终年黑亮亮地冒油花，扫帚插下去也发芽哩"。写舅公提意见没有人听他时的心情："管它呢，留着这口气，十冬腊月呵呵我的手掌心！"写提醒干部填塘种稻这种事不能做："三寸喉咙深似海，到年终，社员都得跟你要吃的哩"，等等。这些语言贴切，自然，很符合舅公的性格特点，闻其声，如见其人。没有对人物的深刻了解，是写不出来的。

叶文玲同志的作品中的人物形象，有很大一部分是以她家乡中的人为模特儿的。就如《舅公》中舅公说的那样：大队长昌根和他的媳妇秋云，洗衣裳的长脚五娘和原先卖发芽豆的牡丹，全让人给拥到书上去了，原来是你！这是一句玩笑话，但也是实情。作者熟悉这些人，深深地爱着这些人，所以写起来顺手，人物活灵活现。但怎样才能做到活灵活现呢?我们感到要人物在作品中能够活起来，首先就要在作家自己的脑子里活起来。叶文玲同志在《人民日报》上发表的《故土的眷恋》的创作过程就是一个很好的说明。小说中的"博士"陈佩宗，是她很熟悉的人物，她知道他很多先进事迹，也常常听到家乡的人谈到"博士"的许多发明。她很想表现这个人物，但一直感

沃土

幽香

171

到缺少点什么。有一次，一个家乡人来看她，她又问起了"博士"的情况，那个人笑嘻嘻地说："他呀，又有新发明啦!他可了不得呀，大热天还关在房子里，为了不让蚊子叮，两只脚插在坛子里"叶文玲一听，猛觉眼前一亮，像一根火柴点燃了。她酝酿很久的"博士"形象在头脑中活起来。这个两脚插在坛子里的细节像一个触媒，把陈侃宗的发明沼气灯、太阳灶，以及坚决不肯去香港继承遗产的事情有机地联系了起来，于是她写出了《故土的眷恋》。我们理解，这个"活"起来，不是别的，也就是真正认识到人物心灵的美。某个情节，某个细节，某一句话，某一个动作，也许就是一种契机，是给了作家由表及里的一个桥梁。就如陈侃宗吧!叶文玲同志虽然知道他的发明，他不去香港，然而他是在一种什么情况下搞发明创造的呀?那是在闷热的小房子里，脊梁上小溪流般地淌着汗水，周围起码有三百只蚊子组成的合唱队，要为人民为祖国做一点事情，只能两脚插在坛子里。这是何等刻苦的精神，又是何等美丽的胸怀。也正因为这样深沉的爱，他才能不去什么香港芳华饭店当老板，才能对姑妈说："子不嫌母丑，祖国再穷，家乡再落后，但总是生我、养我的亲娘，故土，我怎能不眷恋! "由此可见，我们要熟悉人物，更要发现并捕捉住人物身上闪光的、美的东西，浮浅的东西不能使人物活起来，只有深刻地把握人的心灵，才能使人物形象具有立体感。

叶文玲同志挖掘人物心灵的美，表现在她的创作中，我们还感到她比较注意而且比较善于扬长避短。她的作品中很少出现干部形象，有时偶尔出现，她也不怎么实写。她不熟悉他们，写起来感到吃力、陌生。是的，陌生的东西是写不好的。不过，叶文玲也有她的办法，那就是在陌生的东西中找熟悉的东西，那也是扬长避短。前年她去自卫反击战的前线，后来又去东北边防前哨，回来后写了两篇小说《寂静的山谷》和《虹》。由于她从小就熟悉这方面的生活，她没有正面去表现战争和部队的战斗生活，却从一个侧面歌颂了我们的战士，我们战士的心灵的美。比如在《寂静的山谷》中，作者并没有写春谷所倾心的"苗族傻小子"在战场上的英雄事迹，而是着重写了他和春谷表示爱情的几件琐事，深刻地展示了他们真挚热烈的感情世界。特别是春谷知道她们抬的伤员中有一个就是她的意中人，她有意不去抬，而让伙伴抬，但她又牵肠挂肚，描写十分细腻。春谷在小伙子求爱时并没有答应，这时却在民工伤员卡片上空着的"亲属姓名"一栏里，庄重地写下了自己的名字"杨春谷"。这既出人意料之外，又在情理之中。这一笔，像一道闪电，把杨春谷的内心照得透亮。我们有个简单的想法，如果扬长避短束缚了作家的创造力的话，那是不可取的。但是无论怎样一个作家——即使是很有才能的作家，恐怕总也有个扬长避短的问题，因为他是不会样样都行、样样都通的。发展自己的所长——如果是真正的所长的话，那总是应该的。如果硬要在自己所不熟悉所不擅长的方面去逼，恐怕是会适得其反的。

总之，我们感到，叶文玲同志的渴望和追求是很明显地体现在她的作品中的。正是这种渴望和追求，使她的作品有了突破和提高，有了新的特色。叶文玲同志很喜欢契诃夫这句话："新手永远应当凭独创的作品开始他的事业。"她的渴望和追求也是这句话的具体实践。我们希望作者不断探索，不断追求，有更新的突破，取得更大的成绩。

沃土
幽香

173

追求者的足迹

——孔捷生和他的小说

在1982年全国优秀中篇小说评选中，孔捷生以他的力作《南方的岸》和《普通女工》进入了"决赛圈"。一个几年前才崭露头角的青年作家，竟有两部脍炙人口的中篇昂扬地闯入最高文艺殿堂，这是令人瞩目的。

他赢得了荣誉：《普通女工》获奖。在此之前，孔捷生曾在1978年和1979年两届全国优秀短篇小说评选中以《姻缘》和《因为有了她》，这些都获奖，从而引起文坛的注意。

孔捷生平时言语不多，笔耕却甚勤。此刻摆在我面前的短篇小说集《追求》，中篇小说《南方的岸》，以及中、短篇小说集《普通女工》，这些都清楚显示出他这几年来心劳笔耕的实绩。

捷生同志把他第一本小说集定为《追求》。追求，这正是他为人作文的信条，也是他获得成功的奥秘。是的，当他涉足于人生，涉足于文坛的时候了他就是这样：孜孜不倦地追求。

让我们追寻"追求者"的足迹吧，为了寻求一个文学青年的成功的路……

一个少年的声音："寻找新岸。"

假如没有这崎岖难行的路，就不会有如今文坛上的孔捷生；假如没有始终如一的执着追求，那他无论如何也成不了如今文坛上的新星。

"生活磨难人，人需要生活的磨炼，文学和才思在生活的砥砺中孕育和诞生……"我忘了这是那位诗人的诗句。

历史是让人回顾和玩味的；人生不仅仅是为了人生……

汽笛。红旗。口号。人头攒动。亲人哭泣。高音喇叭里冲出时代进行曲。

都市的身影起伏不定，巍峨的南方大厦、爱琼大厦，栉比鳞次的南国名城，都向后缓缓移动着。海关大楼的尖顶，码头上扬起的胳膊和手绢由清晰变成淡影……

瓦蓝的天上闪烁着点点白光。那是什么?鸽子!汽笛惊飞起鸽群，惶惑，神秘，惊恐。啊，鸽子飞了，那是一只还没离过群的雏鸽，竟离别了窝!

他，一个乳毛未尽的16岁还不到的少年，也被热闹的红旗卷上了行踪无定的人生的航船——那是1968年秋天。

这个少年凭舷眺望，显得那么稚气，在他闪烁的瞳孔里跳跃着一种朦胧的光。拖轮拽着花尾渡，"突突突"地沿西江溯流而上。不知谁在船上吹起口琴，琴音在他心间缭绕，牵动着这少年的思绪，拨动了他的心中的琴弦。啊，琴音为什么如此令人烦闷和忧郁，令人百感交集?

船在粤北一个口岸抛下了锚链，而少年的人生征途却从这里起步。

这个少年赶着鸭群走向田野，走向生活。

他在那里晒脱了几层皮，担断了两根扁担，插秧，除草，割禾……起早摸黑，周而复始。他们创造了惊人的价值—— 一个劳动日：1968年值七毛；1969年值三毛；1970年几乎等于零。"领袖挥手找前进，上山下乡干革命!"震天动地的口号，震天动地的事业!

事业?!随着集体户泥抹的壁上蛛网增多，集体户里铺盖却在减少，他迷惘，他疑惑，他微微感到某种追求似明似灭的惆怅。

少年变成了青年。两年后，他离开了粤北山区，他依然凭着船舷。当年离别都市时，嘴角漾起的笑意如今安在?天真的幻想呢?是不是像海轮后面的浪花刚翻卷而随即消逝?这个青年由淡变浓的眉毛微蹙着，略为高起的颧骨上边嵌着一双大而亮的眼睛，正凝视着辽阔的大海，生活不正像波涛一样吗?给人以启示、快乐和希冀，同时也给人以恐惧、失败和忧伤!此刻，来自熟悉海南的知青说："你真傻，我们都想转点到大陆，你却从大陆转向海南岛……"朋友啊，你无须再说!此去寻求什么?他也无法作答。也许，仅仅是为了领略更广阔的人生吧!

他丢掉了放鸭竿，拿起了长把弯刀，扛起了巨齿大锯，向茫茫的原始森林宣战；向那弯曲奇异怪蟒般的巨藤、陈年杂树，向那墙一般高的锯齿般的大芒草猛劈、猛砍、猛锯；向那蔓延的漫无边际的野火巨龙扑去，在那狂暴的龙卷风咆哮着吞噬橡胶林时，他向狂风扑去。在海南岛五指山下，他洒下了汗水和鲜血，他有幸获得收获的失去——埋葬了青春。"即使如此，我们老知青在那个非常年代里仍然作出了奉献，用刀斧和锄头这些原始工具使千年荒山变成了胶园，一辈人的青春化为汗水滴在祖国大地。怎能因为我们的微小奉献远抵不上十年浩劫的空前损失，便觉得毫无价值呢?"他后来遥忆当年悲壮(恕我用这个词)的历程时，深有感慨地说。可不是?当他就要告别生活了六年的海南岛时，他才发现自己做了那么多：房舍的南墙是他砌的；石堰在雨季冲倒塌了，是他重筑的；那林段是他垦殖和管理的，那菠萝是他种的……还有那么多好友：木生、易杰、暮珍、银好……活着的和长眠在异乡土地上的……他想哭，终于把脸埋在枕头里哭了……

生活就像万花筒，猜不透，摸不透，变幻莫测。终于，他又登上了船，凭舷遥望那浩瀚的大海，同样带着幻想和希冀……不过，这次却是从海岛回到大陆，也许永远永远地…….

他成了就食于父母的社会青年。

不久，他又成了自食其力的新工人。

生活又抹上了一层淡淡的色彩，似乎还有点单调。他进了集体锁厂，当了毫无技术可言的钻锁工。更使他沮丧的是，这种工种大都是姑娘们干的。他感到别扭，感到男性尊严的"屈辱"。但是，生活还是从各个方面折射出斑斓的七彩。女工们向他诉说各自人生际遇，家庭的悲欢，对爱情理想的憧憬。啊，他认识了伍国梁、梁小珍、锁王陈炳、小乔以及"何婵"们，"佩珠"们，"厂长"们。

……他找到了"新岸"!

他抑制不住深深的激动，替老知青们，替经过漫长道路后仍孜孜不倦地寻找新生活位置的人们："我拿起了笔，不是添加注释，不是填上结语，只是忘不了那些经历，那些人们。"记录下他们的足迹，记录下他们——

追求的人生："人生哲理的真谛"

孔捷生在显示其才华横溢的中篇小说《南方的岸》中，有一段写麦老师与易杰谈关于找小说主题的精彩的对话：

麦老师："我觉得关键是要找到主题。从你过去的生活里，提炼出一个准确的主题。它重新安排你的素材。你说对吗？"

易杰："我已经意识到了。我正在找这个主题。"是的，我在找，不是为了这厚厚一迭草稿，而是……为了我的生活，我过去和来来的岁月。

我一定要找到它，人生哲理的真谛。

这是发人深思的关于人生哲理的思考！易杰找的岂止是一个小说的主题？他寻找的是严肃的人生主题！

岂止易杰一个人在寻找！和易杰，和作者同时代的青年在找整整一代被埋葬了青春的青年——当年的老知青们——在寻找人生的主题——"人生哲理的真谛！"

人们把当今的青年一代称为"思考的一代"，孔捷生的作品大都是描写青年题材的，他十分注意对青年题材的探索和开拓，使之不断丰富和深化。尤其是注意写出他的同龄人——经过那灾难的年代生活磨难后对生活的反思，以深沉浓重的笔触写出他们追求的人生。

他说，他的创作就在于创造，在于创新，在于锲而不舍的追求。追求，是他通向胜利彼岸的人生轮渡。他从1978年的《姻缘》开始，一直在悉心探索青年人的生活道路、前途和理想这个迫切而又具有现实意义的社会命题。他的作品大都把青年置于那个令人迷惘困顿的年代以及打倒"四人帮"后急遽变幻的广阔的社会背景之中，通过对"老知青"坎坷的人生历程的描述，从各个侧面探索新时期中一代青年如何从累累伤痕到痛定思痛，从醒悟后的思考到振奋起来，投身到当前四化建设的滚滚洪流中去的动人的、悲壮的人生历程。正如他说的："我渴望反映这个波涛汹涌的时代，记录我们这一代火花迸溅的思想感情。"（《追求》后记）如果把孔捷生的作品按作品反映的时间顺序串起来读的话，我们就会发现，作者简直是一名高明的画师，画出了一卷巨幅的青年生活、人生追求的画面，从而使人看到整整一代人的在人生道路上踯躅、探求和昂扬迈进人生新旅程的足迹。

作者在探索人生道路过程中，用凝重的笔触，沉重委婉地剖析了这一代青年在短暂而又漫长的人生道路的痛苦历程。在《动荡的青春》中，作者沉痛地写到柳晓月，这个当年在学校时是天真烂漫、才华横溢的青年，在那灭绝人性的年代里，无情的政治风暴毁灭了她的家庭，吞噬了她的青春，以至她心目中神圣的理想和信念。她变成玩世不恭的青年；而当年同是才华横溢的青年余军则变成冷酷的政治人物。他们的青春被宰割，灵魂被扭曲。作者沉痛地写道："如果说柳晓月是被坑害了的青年，那么余军就是一个被宰割的青年。如果说柳晓月很可怜，那么余军就太可悲了。"严凉和穆兰（《在小河那边》）由于那场政治飓风，把他们卷到五指山下的荒僻的小河边，多少年后，这对异姓兄妹竟相逢不相识，他们觉得自己是被欺骗，被玩弄了。两颗受了伤的心被奇异的信念糅合在一起，这是痛苦而奇异的结合。读到这里，谁不为那摧残青春的可诅咒的年代而激愤，而痛心疾首?!

作者不仅写出了青年心灵历程的创伤，更重要的是写出了他们创伤的愈合进程；不是为了博得人们几滴同情的眼泪，而是为了让人们与昨天告别；不是仅仅悲叹和感伤，而是为了在这痛苦的呼喊中自拔前进。总而言之，作者回顾昨天，是为了更加珍惜今天，为了使人们更加坚信美好的信念。穆兰在那可怕的岁月里，身陷囹圄而能宣布："我的信仰是能使每个人都得到幸福的共产主义！"这足以表现一代青年的呼喊，令人振奋，发人深思。

是的，这一代青年在崎岖的人生征途中，理想之光始终照耀他们愤然前行，使他们在艰难岁月中惊醒，拼搏，终于迎来了新时期的霞光。孔捷生对当时风靡一时的"伤痕文学"有着独特的见解，他觉得十年浩劫对一代老知青不仅仅意味着失去，而且更重要的是，还意味着有着更为深邃的东西，那就是失去以后的获得。基于这一点，他在创作中有意和当时文学时尚中的浮浅之风保持距离，把自己对生活的思考，对生活的希望和热情熔铸在作品之中，写出了像《因为有了她》、《这些年轻人》等充满感情色彩的作品。正如他说："我要写的青年一代是有希望的。"这是孔捷生作品与同时期的有些作品不同之处。也是他受到青年读者欢迎的原因。

在《南方的岸》中，作者沉痛地写到：一群垦荒海南荒原的青年，每个人都在丢失：四眼曾是班上的数理尖子，但丈量胶园时竟把平方米换算亩数的公式忘却了；当年能把中国历史大系表倒背如流的玉芳，在"批林批孔"时竟问"战国在前还是春秋在前？"木生献出了年轻的生命，暮珍埋葬了真挚的爱情……作者激愤地写道："也难怪，在非常的年月，整个民族都在不断丢失，犹如浊流恶浪中陷落崩塌的堤岸，挥霍一辈后生的青春又何足道哉！"作者痛苦地呼喊："青春，我们的青春！"中华民族的一代青年竟遭如此浩劫！读到这里，不由令人的灵魂悸动！

值得注意的是作者并没有像有些"伤痕文学"一样只是让人们看到生活的悲剧、人生的不幸。作者并没有让易杰、暮珍等人沉湎在苦涩的人生深渊中而自叹命运不济，他把笔锋一转，着重写出了他们的理想、奋斗、事业、和未来！正如易杰，他"追求，渴望，总是没有满足的时候。"作者着重写出他们心灵的呐喊和顽强奋斗精神，他们最终找到了青春的价值，人生的归宿。这样一代青年带着心灵上的创伤，当他们舔干了血渍，愈合了伤口后，迸发出前所未有的热情，迎接新世纪的风暴，有着鲜明的时代感。

因此，作者在写一群青年的艰辛的生活道路时，始终把握住分寸，没有让他们过多的痛苦感情的回流，而是让理想的光焰照亮他们的生活天地。这群青年人都有着苦难的心灵历程；但他们无论是在粤北山区还是在"天涯海角"，无论在钢花飞溅的炉旁还是在热火炙人的五指山下，在他们各自的生活天地里对生活的信念始终没有泯灭。相反，理想之光总是照耀他们愤然前行。理想、探求和奋斗是他们生活的主旋律。因此，他们没有给生活重荷压垮，就像在漫长的沙漠旅途中终于找到人生的绿洲：一代青年只有和祖国人民同欢呼、共甘苦，个人的命运和祖国人民的命运紧紧联系在一起，人生才能展示出崭新而实在的意义。在今天，就是要在各自的岗位上为"四化"建设而献出聪明才智，这样才能显示青春的价值。这是易杰、暮珍、锦平、小乔、何婵等一代青年经历生活磨难，历尽艰辛以后共同找到的发人深省的"人生哲理的真谛"——闪耀着时代之光的人生主题。

旧梦新寻：——并非为了逝去的梦

孔捷生是一位才思敏捷的青年作家，他对生活有着机智而执著的思考，因而时有独特的发现，充分显示出他的创作个性。

在孔捷生回城以后，面对五彩缤纷、变幻无定的生活，他的思绪也不断变幻。但是，有一点他是执著的：寻求旧梦。过往的生活给他的痛苦与欢乐，他像面对一堆乱纷纷的蚕茧，不时在细细地抽丝。他寻求的旧梦，就像一根纤细的丝线串起他对往事的回忆与思考。是的，他时时陷入无端的痛苦与欢乐之中。时时在惆怅之中品味着过往的岁月：过往的事为什么会在过往时刻发生?有着过往苦痛人生的一代青年应当如何思索过去?过往的事给今天的人们以什么启迪?他在寻拾旧梦，在逝去的梦中执拗地寻找新的东西：在过去和现实之间，青年人应当怎样作出严肃的道路选择?

孔捷生的智力视线紧紧地对青年的人生道路进行扫瞄和追踪。他在旧梦和新岸之间努力寻求内在的联结点。他高明之处在于不为纷纭杂芜的生活现象所迷惑，而是紧紧把握住青年人的生活道路选择问题进行机智的思考和探索。

在海南开发荒原的艰难困苦的日子里，当人们回忆往事时，往往把那段艰辛的岁月当作噩耗而彻底摈弃，但孔捷生却认为，在对那场浩劫运动应该否定的大前提下，他还在回味咀嚼，对那场上山下乡运动是否仅仅是意味着悲剧?有没有值得思索或值得寻找的有价值的东西?

"……那段历史已铸成，凝结着无数青年的血与汗，我们的世界观的形成都是在这片土地上。但任何年代都有悲欢哀乐，每个老知青都有其值得珍惜的回忆。"(《旧梦和新岸》)在《南方的岸》中，作者一方面用愤懑的情愫控诉埋葬青春的"运动"，对四眼、丽容、玉芳、易杰等有才华的青年的青春被践踏蹂躏，挥霍浪费而迸发出极端悲愤的呼喊，但是，他又对易杰、暮珍、木生等用汗水鲜血浇种的橡胶林——青春的果实而流露出由衷的喜悦，作者充分肯定青春汗水浇灌的劳动价值和值得赞颂的青年人对土地的眷恋之情，他由衷赞颂青年人的进取、创造和开拓精神，在他其它篇什中，例如《海与灯塔》、《沿着赭红色的公路》、《那过去了的……》、《绿色的蜜月》等都充满了对过往岁月的眷恋之情；另一方面，作者在对那又是一阵潮水般的老知青回城问题上，也有着独特的见解。他既肯定刘炫德、丹妮(《那过去了的……》)、锦平(《海与灯塔》)、四眼、丽容(《南方的岸》)、何婵(《普通女工》)等人回城后的道路选择的合理性，同时又充分肯定银好(《那过去了的……》)留在海南的不随流俗的举动："她有自己的理想，有自己的选择的道路，也许她的生活要比我们丰富得多。他不一味盲从，不认为好的一切都好，而让他笔下的人物易杰、暮珍以及艾霞(《情谊》)重返山乡，寻求他们各自认为合理的生活的归宿。这些并不是作者故作惊人之笔，而是从生活中提炼出具有现实意义的闪光的东西，深刻地揭示出生活的底蕴。

作者寻求旧梦不是为了逝去的梦，而是为了寻求新岸。综观孔捷生的作品，可以看出作者一以贯之的思想是在苦苦追寻人生的坐标。在《那过去了的……》、《海与灯塔》、《情谊》、《普通女工》、《南方的岸》等篇章中，作者以极大的热情在探寻从困顿迷惘的年代中挣扎出来的青年的生活道路，表现了作者对同龄老知青命运的极大热忱和关注。作者立足于现实，对"旧梦"进行反思，从动荡的年代所失落的青春中追寻逝去的岁月给予的珍贵的馈赠，在既往与今天以及未来中寻求联结的纽带，竭力寻找通向今天和未来的人生坐标。这无疑比许多同时期的知青小说深沉和高明得多。

在《南方的岸》中，易杰、暮珍从"广州——海南——广州——海南"的人生旅程中，我们看到的不是简单的路程重复，而是饱经忧患的一代老知青的严肃的生活道路的抉择。这绝不是绝对自由的表现，恰恰相反，他们动机绝不是仅仅从个人的主观意愿中产生，他们行动的出发点是与对整个社会的奉献联系在一起的。他们的人生道路的选择是他们性格发展的必然。易杰是个孤儿，从小就受到当海员的父亲的熏陶，他向往"有一天，我会在无人的港湾抛下锚，把信号旗引上桅杆，召唤远方的兄弟姐妹们，在沙滩上印上我们的足迹，在岛上浇下我们的汗水。"开拓海岛是他从小梦寐以求的希望。在人生征途中，那艰难岁月使他彩色的梦幻灭，但在开拓那荒漠的山林中他洒下了汗水，付出了青春，换取了胶林丰收的愉快。他激烈地抨击那压制人性、人的创造力的可悲年代，但他不简单地否定过往的一切，青春的开拓、创造的劳动价值是他与海岛感情的维系。当他回广州后，这种内在的眷恋感情激起他深深的思索：与他的"粥粉铺"相比，他觉得在海南更能实现他对社会的全部价值。他的抉择是他基于对生活的认真思辨后作出的，他对过往生活道路的回顾和对今天的选择，蕴含着深刻的社会内容。暮珍重返海南是她对家庭及社会中某些庸俗的铜钱欲的鄙视，而在海南，有她的初恋，有她的爱情的果实，她的坚韧不拔的创造性劳动创造了令人喜悦的价值：在"粥粉铺"一个月的价值她在海南一天就能达到。"她的生活乐趣在海峡南边，那儿有她热爱的事业，有她埋藏的感情，却没有龌龊家庭的屈辱。"她在海南寻找生活的归宿是她性格发展的必然。在《情谊》中，艾霞告别城市，重返粤北山区去养蜂；《海与灯塔》中，锦平在回城与若诚结婚后过着平庸的生活而苦恼，发出"青春，热情，理想，都遗失在哪里？"的痛苦呼喊，都表达了老知青在新生活面前努力寻求新岸。

应该指出的是，作者对易杰、暮珍、艾霞等人的赞颂并没有提倡重返山乡或否定别人的道路选择。相反，他对丽容、四眼、何婵选择回城并对社会作出了奉献而给予充分的肯定。丽容回城后成了名演员，她的艺术才华获得了社会承认；四眼在技术革新中一下子就创造了五十万元的价值，尽管他或多或少带着个人奋斗的痕迹；银好为研究橡胶管理作出贡献；何婵在机械简单的劳动中创造出新的价值。作者同样认为，他们为寻求新岸而作的努力，在人生道路的选择是严肃的，值得肯定的。对银好放弃回城的机会留在海南种橡胶，后来又因发展橡胶事业的需要考取华南热带作物学院，作者充分肯定其动机与行动，情深意切，溢于言表。

这样，孔捷生的"旧梦新寻"就比当时一些以揭露或展览当时非常年代的社会弊端的文学棋高一着：他寻找"旧梦"并非为了旧梦，他力图在历史和现实之间作出沟通；他努力避开作品的表面效果，从自己对生活的艺术感受和理解中划出人生的轨迹，展示出生活的华彩。

值得注意的是，作者赞扬青年人在新生活面前所作的严肃的生活道路选择，是对社会的奉献作为行动的出发点和归宿的。这就在寻求旧梦中注入了新的生活内容，跟有些赤裸裸表现人的生存竞争、以个人的利益为人生坐标的作品比较，有着不可比拟的社会容量，使他的作品有着更深的厚度和力度。毫无疑问，这种选择与时代前进步伐合上节拍，因而这种"旧梦新寻"就有着强烈的时代感和社会意义。

在浊污年代里发出奋斗呼喊的青年，当面对崭新的、令人振奋的新的生活天地，在惊喜之余，不能不对被剥夺了青春的自我存在价值作一番估量，才能找到自己在世界上的恰当的存在位置。丽容在回城后对易杰说："人最痛苦的莫过于找不到自己的位置……难道你不愿意估量一下你的自我价值，寻找你自己在这个世界上应有的位置？"这是一代青年深深思考的问题。对于这个问题，易杰经过思考作出回答："当一个人把自己与所挚爱的东西紧紧连在一起时，他的生命才呈现出全部价值，他的性格才迸发出全部光采。"当每个人对自我价值作了慎重认真的估价时，他们同样恰如其分地重新选择自己生活的位置，在旧梦和新岸之间找出实在的联结纽带，"寻找新岸——这是青年人常为之血液波动的心理历程。"（《旧梦和新岸》）孔捷生这个发现有着鲜明的时代色彩和深刻的现实意义。

人物的寻踪：在不能收回的失去和不会失去的收获之间

应该说在孔捷生创作中，无疑接受了现代派文学的影响，这在《海与灯塔》、《那过去了的……》、《南方的岸》、《大林莽》等作品中明显地表露出来。但是，孔捷生对现代派文学只不过是"吸收"其有用的东西(例如，吸收其放射性结构方式、时空交错的意识流写法等)，融到自己的艺术天地之中，使其作品容量更大、更加厚实和深沉。在这同时，他始终坚持自己的创作个性，坚持塑造艺术典型。这是他一以贯之的创作思想。

别林斯基说："如果长篇小说或中篇小说里没有形象，没有人物，没有性格，没有任何典型的东西，那么，不管其中所讲的一切是怎样忠实而精确地从实物摹写下来，读者还是不会觉得这是真实的，他看不出任何忠实地察知、并巧妙地把握住的东西。他会觉得人物显得很模糊，他在故事中只看到一堆混乱的不理解的事件。破坏了艺术规律，是不可能不受到惩罚的。"看来，孔捷生是深谙此道的。

孔捷生认为文学必须以塑造形象来反映生活，文学才能变得生气勃勃，才能反映深刻的社会内容。在人物形象塑造上往往是作家艺术才华的折射。孔捷生在创作时，无论采取何种表现手法，对人物塑造上都是煞费苦心表现了作者的追求和创新。孔捷生在人物塑造上以《那过去了的……》为分界线，可以分为初期和近期。剖析这两个时期的联系和区别，可以看到作家创作个性的发展。

孔捷生说："生活奔腾向前，新人在各条战线涌现。时代赋予我们的任务就是在发现表现他们，歌颂他们的精神面貌，揭露阻碍他们的旧势力，揭示他们的丰富的内心世界，表现他们的喜怒哀乐，包括他们的'澎湃的激情'与'淡淡的惆怅'（只要不把不健康的东西当作善与美）。同时必须刻划他们的对立面及中间状态人物的内心世界。才能囊括我们的广阔的现实生活，更加增加作品的时代感、现实感。"（《〈追求〉后记》）这是作者初期对艺术形象塑造的基本观点。

孔捷生初期的作品在人物塑造上可以概括为"写新人"。这以《姻缘》《因为有了她》、《锁王传略》为代表。作者在这些作品中塑造出技术员伍国梁、锁王陈炳、女工小乔等一系列生动感人的新人形象。这些新人都是以微笑来迎接打倒"四人帮"后的新的生活，他们意识到自身的使命，自觉地为实现四化而献出自己的聪明才智，把个人的命运和四化紧紧联系在一起，因此他们都有一股子进取精神。这就是他的新人形象的共性。但这些人物又各具个性：小乔天真烂漫，个性倔强，有着逗人喜爱的稚气，而对自己的事业有执着的追求；伍国梁憨厚，在个人生活上甚至有些迟钝感，但他对工作一丝不苟，有强烈的爱民精神和事业心；陈炳则聪明机智，幽默诙谐，惹人喜爱……应该指出的是，这些人物形象并不厚实，有性格单纯之感。

《那过去了的……》问世，标志着作者走向成熟，在创作中走上新的阶段。这以后的作品在人物形象塑造上，可以用一句活来概括：写普通人。作者觉得初期的歌颂性的新人远远不能表达自己的思想和对生活的认识，便试图用创造普通人来在更大程度上概括更深刻更广阔的生活内容，展示新时期的人的复杂性和多样性。这时期的作品以《那过去了的……》、《海与灯塔》、《南方的岸》、《普通女工》、《大林莽》为标志。银好、锦平、易杰、暮珍、阿威、丽容、何婵等一系列的人物出现震动文坛，令人瞩目。这些普通人与初期的新人有内在的联系，例如，他们虽经生活磨难，但他们最终都意识到了自己的社会责任，醒悟到只有把个人融进社会，个人的命运与"四化"建设联系起来，生活才能展示新的意义。从这个意义上说来，可以认为，孔捷生的普通人是具有更广泛意义的新人。但是，这些普通人都有一个共同点，就是在那十年浩劫中，心灵上、肉体上都刻下了难于愈合的创伤，他们时常对过去进行回顾和反思。痛定思痛，他们对过去有着更深刻的认识，因而对现实也就有着更亲切的感受。他们的感情是复杂的，他们的行动深深地打上了时代烙印。但他们在经历了漫长的生活之后，才在"四化"建设的事业中找到生活的支撑点，正如暮珍所说："我的幸福恐怕只能在事业中。"这是这群普通人的共同心声。

值得玩味的是，作者在塑造普通人时不贴金、不拔高，紧紧把握住"普通"二字：人物普通，职务普通，工种普通，思想也普通。他既写普通人眼中看世界，又写普通人的平凡生活，而这平凡的生活和工作又无一不与对社会整体的贡献联系在一起。在一定程度上，使读者感到亲近、熟悉，从而产生"认同感"。这是作品艺术魅力所在。

作者独特的思索之处还在于，他的普通人都是奋斗者，而且是奋斗的胜利者(前一段时间也有不少作家写普通人，但他们大都把这些人写成在社会重压面前无能为力，是奋斗的失败者)，这就使人物有着强烈的时代感和生活实感。易杰和暮珍，在他们的生活旅途中充满奋斗者的呐喊，作者在写人物性格时又紧紧把握住人物的个性特征，把笔触伸进人物的心灵深处，着重挖掘其内在的、与众不同的心理、禀性、气质等等，把这些人物的性格作出强烈的对比，使他们鲜明地呈现在读者面前。同是生活的奋斗者的易杰、暮珍和何婵，他们的个性有着各呈异彩的鲜明的特征。

易杰是孔捷生笔下的成功的艺术形象。追求和奋斗是易杰性格的主导方面。这个海员的后代，从小就有着开拓新生活的愿望，在中学生作文比赛中，他憧憬着："我希望有一天，登上一艘双桅船，亲手拉起帆索，让风儿把我带往南方，向着辽远的海洋……在沙滩上印上我们的足迹，在岛屿上浇下我们的汗水。"他继承了那当海员的父亲的搏击风雨、强悍诚实的性格。他对自己的理想有着执著的追求。他十七岁那年随着上山下乡潮流来到海南岛橡胶园，尽管他的理想在严酷的现实面前碰得粉碎，但正如小汀所说他的那样："像你这样的人，头破血流也不会认命的！"他拼搏，他追寻那种迷蒙的东西，他"追求，渴望，总是没有满足的时候"。血是红的，汗是咸的，他们的劳动换取了愉悦的果实——橡胶丰收。失落的青春换来"少许辉光"的获得，展示出他朦胧的希望之光。因此，当他返回广州后，他和暮珍、阿威合开粥粉铺，有着比一个导演还丰厚的收入，但他愈加强烈地感到自己生活中缺少一种无法言明的东西，一种内在的，比物质追求更为高尚的东西。他时常思念过去的生活，但他又不能不否定过往的压制人性的生活，就象小汀直截了当说的："看得出你的思想感情很矛盾。你不想完全否定你们的过去，但过去的记忆又让你不愉快，是不是这样？"显而易见，易杰是一种复杂型性格的青年，但他的性格主导面是：追求，奋斗，拼搏——为了自己挚爱的事业。因此，当他梳理了自己的生活和思绪后，毅然作出惊人的举动——重返海南岛橡胶园，去开拓新的生活，"另起一章吧！"他认定了自己的人生道路。

与此相联系的是暮珍。暮珍的性格是压抑的、内在的。她是沉默寡言，性格内向而又倔强质朴的姑娘。在海南岛，她默默地垦种橡胶园，精心培育和收割橡胶，她就像大林莽中的一朵花，不为人瞩目。她默默地工作，可是，当暴风雨摧残橡胶园之夜，她却表现出一种令人难于置信的顽强搏击精神，一种内在的精神力量使她的性格烁出耀眼的火花；当她以高明的技术夺得割胶高产时，她甚至怀疑自己对社会的奉献，怀着惊喜的心情，享受这意外的荣誉。回城后她仍是默默地工作，郁抑的情感一直占据着他的心间位置。她言辞不多，但内心深处却有如大海波涛，怒腾翻卷。她对易杰写的反映海南岛橡胶园的凄切生活不以为然，她说："你写的尽是伤心事，这……不全对。那阵也不光是这些，也有别的。再说……人跟人也不同。"深沉的思索，不随流俗，对既往的生活不作简单的否定，而是有其独特的思考，这显露出暮珍性格的外柔内刚的一面。她的性格确有一种深沉的内向性，她的内心丰于言辞，蕴藏甚于流露。她就像压在石头下面的小草，柔韧向上，顽强地生长。经过深思熟虑之后，认识到她的"生活乐趣在海南那边"，终于选择了回海南岛的行动，她的举动虽然多少带有点个人的东西，但她孜孜不倦地追求自己的幸福（她认为她的幸福"只能在事业中"）寻找自己在新生活中的位置的勇气，不也值得赞颂吗?

在孔捷生的人物画廊中，何婵是一个值得赞颂的另一类"普通人"的形象。如果说易杰、暮珍是在激烈的心灵搏斗之后，毅然决然返回海南岛的惊人之举而闪出耀眼的性格火花的话，那么，何婵的性格则是在极为普通的岗位上经过生活的砥砺而灼出光彩的。何婵与易杰、暮珍有着相似的经历，他们都是怀着天真的信念下了乡，后来又回了城，但何婵又有自己独特的苦难的经历，她带着私生子经受了易杰他们没法经受的感情折磨。回城后，她只希望勤勤恳恳劳动，"好好做工，好好教育儿子。"她对生活的要求可以说到了最低限度，而她对社会却做出了意想不到的贡献，她得到了社会承认。于是，她这个几乎被社会遗弃的弱女子变成了生活的强者，她的性格也就在这特定的社会条件下得到发展，她这个生产组长是再普通不过的职务，但她却觉着自己的职责并不普通，她深深地意识到了自己的社会责任。随着她的生活道路起着巨大变化，她成了自己命运的主宰者，成为生活的强者，随着何婵对生活的认识的变化和发展，她的性格也逐步发展和丰满。在何婵的性格塑造上，作者紧紧把握住她的顽强的、内在的精神力量，这种性格的力量焕发的光彩照亮了她人生道路，这是使她由弱者变成生活的强者。

作者在刻划易杰、暮珍、何婵等人的性格时，在不可收回的失去和不会失去的收获之中进行人物心理的探索，紧紧把握住时代生活的脉搏，让时代生活的美与丑投射到人物的心灵深处，为人物思绪的变化和发展创造出良好的心理环境，从而引起人物灵魂深处的欢悦与悸动，使人物思想的变化，性格的发展有着深刻的时代内容和生活依据。这样，孔捷生的知青小说尽管毫不隐讳地描摹那动乱年代中人生深处悲怆的东西，但是很容易看出，作者笔下的人物与那些同类题材中的只寻找表面效果的肤浅作品有着天渊之别。他的人物有血肉之躯，给人以立体感、历史感和现实感。

艺术的追踪：划出颇具特色的艺术轨迹

如果我们把《姻缘》、《因为有了她》、《那过去了的……》、《海与灯塔》、《沿着赭红的公路》、《红棉几时开》、《南方的岸》、《普通女工》、《大林莽》以及《绝响》等串起来读的话，人们会惊异地发现：孔捷生确像是高明的画家，给人们展示出色彩斑斓、人物多采的生动画面。在他笔下，有工笔划，有油画，有国画，有浮雕式的漆画……令人炫目，使人赞叹。王蒙说一个作家要有两把刷子，在孔捷生手上的何止两把刷子！《姻缘》、《因为有了她》等清新明快中透露出一种稚气；《那过去了的……》、《海与灯塔》等是他吸取意识流手法并把它融进传统手法之中，《南方的岸》、《大林莽》是他这种创作手法的一个新高度的标志；《普通女工》又以全新的姿态闯入读者心间：他把生活流和传统手法巧妙地融为一体；而《绝响》则是运用传统的古典小说的手法写出人物与故事，引人入胜。

孔捷生的可贵之处是，他在艺术上不断追求和创新，决不满足于一时的成绩和掌声，也不怕某些人的批评和谴责，尤其可贵的是他不求个人的功利而执着追求社会的功利。当他1978、1979年连中"二元"后，他认为自己过往的作品尽管获取喝彩声，但总觉得有点幼稚和肤浅，于是他在思索开拓新路，《那过去了的……》是他创作的转折和新的起点，也是他走向成熟的标志。接着《海与灯塔》问世，他成熟多了。但是，这一连串的探索并没有引起社会的反响，相反倒遭来不少批评。甚至有人怀疑孔捷生这样的路是否走得通。人们的怀疑不是没有根据的。凭心而论，上面提到的两篇作品无论从政治上还是艺术上来看，都是高水平的，远远超过《姻缘》、《因为有了她》以及当时某些轰动文坛之作，但都上不了"金榜"，评论家们也似乎视而不见，但都实实在在显示出他的才华和创作实质。当时老作家严文井一方面担心他"会丧失一些读者"，但他却独具慧眼，看出孔捷生超人的智慧和才华，赞同地指出："一个人喜欢在一定时期多用其几种色彩，试验着一些新的手法，我看这是很自然的，如果他有出息的话。"他并语重心长地鼓励作者："在'试'或'变'中还得有一定的坚持。但是，无论如何不要追求廉价的掌声。"（《给孔捷生的信》）真是"心有灵犀一点通"，师生两人想在一处了。

　　孔捷生在短短几年的创作实践中，已经给我们划出了追求者的清晰的艺术轨迹，给青年读者以深刻的启示。如果说，孔捷生的《姻缘》、《因为有了她》、《这些年轻人》等初期作品充分显示出青年作家的特点：明快、活跃、天真而又略带稚气的话，那么，到了《南方的岸》、《普通女工》、《大林莽》这三部中篇小说的问世，标志着作者在思想上和艺术上的成熟和深化。如果把这几部作品摆在一起而不署上"孔捷生"名字的话，谁也不会相信这些风格迥异的作品竟全出自同一作者之手！作者说过他初期的作品是师承赵树理，作品线条清楚、活跃明快、通俗易懂，容易引起人的共鸣；《南方的岸》采用时空交错、思绪跳跃的意识流写法，把过去与现在，叙事和哲理，肯定和否定……纵横交织，浓抹淡描，写得色彩斑斓、感情浓重。作品从头至尾用凝重的笔墨和人物感情回流，写得深沉浓郁，通篇充满理想、哲理和奋斗的呼喊；而《普通女工》采用生活流的写法，人物和情节都没有惊人之笔，而是随着生活的流动而随手点染，不着痕迹地写出人物心灵世界的美。

　　值得一提的是，在作者与作者笔下的人物感情把握上，作者也煞费一番苦心。作者在写《南方的岸》时，"回首往事，我的情感极为复杂，这些在《南方的岸》里无处不流露出来。"（《旧梦与新岸》）作者把感情融进人物之中，使作品有强烈的感情色彩，读者也为之动情；《普通女工》则不然，作者在写何婵时，时时有意抓住距离感，行文时控制自己不要太动感情，不动声色地像旁观者似的冷静地叙述何婵身边发生的生活事件，于平淡之中寓真情，作品同样是扣人心弦，发人深省的收到了强烈的艺术效果。作者后来发表的《绝响》，古朴典雅，思想深邃，情深意切，委婉有致，表现出作者独特的创作个性，这似乎又透露出作者追求的新的讯息。

孔捷生的生活历程和创作道路，给我们划下了一个有为的青年作者前进的轨迹，他在生活上和创作上的孜孜不倦地追求，对于文学青年来说是有启迪和借鉴意义的。在这里必须说明的是，孔捷生的作品并非完美无缺，也不是到了炉火纯青的地步，他的作品的缺陷也是显而易见的，例如，有些作品形象性不强；有的思想大于形象，有说教味道，有的内容浅薄，有的人物有雷同感等等，但这些都是在追求之中存在的不足之处，是能克服的。孔捷生在迈开可喜的一步，坚实的第一步之后，如今又迈开第二步。如今，他正在制作长篇，我们热切地预祝他成功。

190

独遣春温上笔端

——戴胜德创作论之一

　　读者常常会有这样一种阅读心理；对于久违了的东西，当你与之重逢时，会感到由衷的欣慰，甚至会从中发现一些新鲜之处，由此生发出由人生体验而联想到过去不曾思虑过的东西来。

　　当代文学创作中有过这样一种现象：写工人和工人题材曾有过长时间的辉煌，乃至到了几乎独霸文坛的地步，自从"工人阶级领导一切"的口号声销声匿迹后，工人题材也犹如走进了荒漠，杳无声息。最近读完戴胜德的小说集《陋屋·邪屋》(学林出版社)和《肥佬阿由》(工人出版社)后，宛如在荒漠中发现一块芳草地，令人耳目一新。的确，在泱泱文坛的喧嚣和混沌中，我们已很难触摸到当代工人的真实脉搏和心灵世界了。戴胜德的小说犹如迎面吹来的清风，廓清了浑浊之气，让人们感受到工人在改革开放大潮中的心灵变化和对新生活的不懈追求，作者的朴素真诚的情感倾注到像火一样跃动着光耀的生命之中，使人们看到社会转型期中工人的痛楚的人生体验而又包容着彷徨中奋进，沉重中洒脱的积极进取精神。

　　对人生的感悟，来自对生活的真切的生命体验，来自在命运的沉浮中奋力搏击，在历尽人生艰辛历程后，蓦然回首才会大彻大悟，从而感悟出人生真谛。肥佬阿由在历尽人间沧桑后才感叹地说出了过往一直避讳的"瘦"字真谛，本来是"瘦骨仙"却硬充肥佬，"都是让人家吹肥的"，由此而吹出了他坎坷的命运。阿由本来是一个守本分、技术也不差的工人，可是历次政治运动把他推到生活的另一面，在政治风口浪尖上颠簸，成了厂里的风云人物，由"猴子，还是晒干了的"跻身于政治暴发户的"肥佬"之列，使他在历次政治运动中都成为尖顶人物。他是一个普通工人，他揭发过老板，他羡慕"大粒佬"(南下干部)，"文革"中又成为"活学活用"的积极分子，"亲

沃土
幽香
191

不亲，阶级分"，他笃信这种理论。"聪明反被聪明误"。后来他反而被打到了人生的最底层。在商品经济大潮中，被他踩过的老板回来办了厂，他成了老板的代理人，结果又被老板陷害进了监狱。肥佬在命运的沉浮中终于悟出"徒有虚名的害处来，本来就瘦，何必打肿脸皮充胖子。"作者写的是平常的人生，平常的心，可在平凡之处隐喻着不平凡的人生哲理：人活着不必硬去徒虚名，人生的脚步要印在实实在在的大地上，而不能踏在虚幻的云端里。这寓意在《糖莲藕》中作了更深一层的表述：阿强想发财，求神拜佛，甚至不惜偷渡香港，当他历尽艰辛后终于获得了母亲遗下的蜜饯制作要诀，这时他心里豁然开朗：只有靠自己真本事干，才是人生正道。这里寄寓着作者对人生的深沉思考：无论是过往还是面对新生活，都要作冷静的思索，只有把整个身心沉在生活的厚实层中，作社会的耕耘者才会有金秋的人生硕果。

如果说阿由是被生活戏开后才顿悟出人生真谛的话，那么，《邪屋》中的阿好却是在顽强地和不公平的命运搏击过程中显示出生命的真实意义。

192

阿好命乖运蹇，丈夫早逝，婆婆逼嫁，叔子索屋，儿子夭折，命运之神在捉弄她。然而她不认命，就像被盘石压住的竹笋，硬是顶掉石头破土而出。她凭借改革开放的机遇用自己的毅力开拓出新生活。作者在旧题材中发掘新生命，在中华民族的深厚的沃土中展示出新的生命母题，他以最逼近生命本质的文化精神角度去探讨生命题旨，呼唤生命的崇高意义。

作者还饱含激情、酣畅淋漓地抒写转型期中的工人的痛苦的心理历程。多少年来一直当"领导阶级"的工人——作为阶级的一员，过去以"领导阶级""领导一切"而自豪，可是当今严酷的现实却展示出与之迥然不同的生活场景：工人还是工人；工人要解决温饱问题还得日夜辛勤地劳作，仍然需要做"机器仔"。当以往偷渡香港而今却回来搞合资厂的陈财通出现在老工人赵松生面前时（《晨光好》），他不能接受这个现实，他心里感到痛楚。痛定思痛，他终于悟出对方有先进的管理经验还是治厂良方。作者在过去的现实的巨大反差中来展示工人的内心矛盾，又由他们对外部世界的观照中来揭示工人的生活和情绪的巨大变化。作者写工人生活不仅写得细致入微，原汁原味，更重要的是，作者敢于直面社会、反思人生，写出当代工人在社会剧变中的率真的灵魂。在当今作家们热热闹闹地写商战，写人间悲喜剧的今天，戴胜德却拾起寂寞冷落的题材，真是独遣春温上笔端，进而开掘出其中的蕴意和哲理，着实令人敬佩。

沃土
幽香

深圳河畔潮头涌

——戴胜德创作论之二

羊台山、梧桐山乃深圳的两座大山，相峙于大鹏湾，共波涛，同风云，可以说是荣辱与共，休戚相关。自从改革开放以来，深圳从一个边陲小镇一跃成为沿海14个开放城市之首冲，创造了惊人的"深圳速度"。羊台山、梧桐山也沐浴改革春风，从寂寞冷落中苏醒过来，继而奋进搏击，使一直被贫穷困扰的穷山僻壤随之发生天翻地覆的变化。地处山区的龙华镇已成为高楼大厦林立的深圳卫星城。

作家戴胜德被羊台山，梧桐山人的创业精神所感动，全部身心投到山区去感受时代浪潮律动的脉搏，去描绘站在改革大潮的时代弄潮儿。报告文学集《羊台山下的春天》和《梧桐山村沧桑》是作家对创业者的奉献，对报告文学如何反映封闭的山区走上社会主义商品经济道路方面作了有益的探索。

作家从时代发展的高度上去把握生活，从改革开放的必然趋势上去描绘历史、现实和人物命运，勾勒出山区历史进程，发展风貌和未来发展趋势，具有强烈的时代感。

作家把笔触伸进山区的历史，从苦难的历史中透示出山区要改革，要发展的必然性。鸦片战争给中国人民蒙上了奇耻大辱，香港从宝安县割了出去。香港得到了长足的发展，而宝安却依然贫困落后，即使在解放以后的三十多年，山区人民仍处于愚昧贫乏之中。1975年龙华镇整个家当只有一个农场、一个林场、一座水库以及一辆残旧的卡车和一辆拖拉机。全镇年收入不到10万元，人均年收入才10元。梧桐山民收入更低，以致后来梧桐山民大批逃港，去寻觅边界那边的"天堂生活"。历史催人警醒。作家在揭示山区人民深沉苦难的同时，笔锋一转，满怀激情地抒写邓小平改革开放的大思路："我是主张改革的，不改革就没有出路，旧的那一套经过几十年的实践证明是不成功的。"作者以此为契机,热情地讴歌了去改革,去改造,去创新,争奉献的山区人民,突出在这古老山村经过历史积淀以后告别旧我,在商品市场大潮冲击下,新一代山民的不断开拓、进取,迎接时代挑战的当代主题。应该说这个主题开掘是有现实意义的。

由于作家长期住在山村山镇,对新一代山民有深切的理解,熟悉笔下人物的音容笑貌,尤其洞悉他们所思所想以及所作所为,因此,作家得心应手地塑造出羊台山、梧桐山新一代山民的群体形象。无论是龙华镇的党委书记黄亦辉,镇长廖锦洪,亦或是梧桐山村党支部书记黄天财,他们都是极普通的农民,但他们都有一个共同点,就是不安份、不满足。思改、思变,向往新生活。鲁迅说:"不满是向上的车轮。"他们经历痛苦、迷惘之后,改革春雷震醒他们,他们拨开了阵阵历史迷雾,看到云隙间的曙光。他们思变、要变、敢变,硬是从崎岖的山路上踩出一条巨变之路来。他们敢于打破千百年来因袭传统的守土观念,把土地化作金钱,批租给外商办企业,再用这些资金投资办厂,搞"三来一补",筑巢引凤,使山区发生巨变。龙华镇是"老区、山区、贫困地区",十一届三中全会以前,工业是空白,农业只种稻,刚够口粮。就是在黄亦辉、廖锦洪等人的领导下,乘改革的春风,把握住深圳经济发展的时机,使农业发展,工业巨变,现在已有固定资产近10亿元,年产值近2亿元。数字是人的生命创造的价值标码,亦是人的价值的体现,它有着深刻的涵义:创造、超越、更新,这就是山区农民的新价值观。戴胜德的报告文学较好地把握住了这一生命价值题旨,使作品赋予新的社会蕴含。

作家在写人物时,没有简单地堆积材料,而是很好地处理人物和事件的关系,使人物的描写入情至理,明情说理,这是作品的另一特色。从事情着手写人物,抓住人物的事件发展进程中的主导作用,人物把握历史,创造历史,书写历史,而历史的发展趋势又导致着人物的思路,发展的格局,明事晰理,使人物在多方位的描绘中得以丰满,富有立体感。应该说这是戴胜德报告文学最具魅力之处。

黄亦辉,这位从贫困世界里苦苦挣扎,又从贫困山区踩出致富之路的带头人,作家在创造他时大胆泼墨,巧妙着彩,使人们看到时代造就能人,能人顺应时代，在龙华山区创造奇迹。这位山里长大的党的干部，踏遍羊台山区，思索着彻底改变贫困山区的方案。他不甘落后，不安分，不守规，不平庸，瞅准时机，毅然决定划出一块山坡作工业区，征地、修路、配水、供电、筑桥、实干……改革的阻力来自因循守旧、眷恋土地的农民，动力也来自敢破陈规陋习、敢拚敢搏的农民。当厂房遍坡、高楼林立，羊台山区欣欣向荣之时，人们发现这位年轻书记又在运筹帷幄，酝酿新的"战"役。戴胜德写人写得朴实、真实，深情、真情，使人物具有鲜明的时代感。值得一提的是，作家总是借写人物融入自己独特见解。作家在写黄亦辉和。黄天财时，都写到这位农民企业家在创造物质财富的同时，对精神文明建设的深切关注，他们抓教育，抓治安，搞绿化，搞精神文明建设规划，这对祖祖辈辈厮守山林为温饱殚精竭力的农民来说，这种思路无疑是现代农民的重要特征。作家借这些道出对社会的见解：积累社会财富，创造物质文明是当前的任务，时代赋予的重任；但在创造社会物质财富的同时，如果忽略或者对创造精神文明的偏视，那会把物质文明毁于一旦。只有把创造物质财富和创造精神财富紧密联系在一起，才能筑牢社会发展的基坝。

"窥一斑而知全豹"。从对羊台山、梧桐山的巨变的描绘，使人们从山村小社会看到中国大社会的新走向和未来的发展趋势。从这个意义上说来，戴胜德这两本报告文学集是值得一读的。

沃土幽香

——戴胜德创作论之三

人说，抡惯了大锤的手握起笔来有千钧重，可这位从船厂里走上文坛的作家却挥笔自如，笔走龙蛇，纸上耕耘，收获颇丰，长篇小说、报告文学一本接一本出版。出人意料的是，这位壮实的南国汉子，竟然写出一篇又一篇情真意切、清新隽永的散文来，当我收到他赠送的散文集《幽香》(花城出版社出版)时，我竟爱不释手地一气读完，在淡淡的书香背后，我闻到沃土佳卉的芬香。戴胜德用富于情韵的笔墨，给读者描绘出散发出阵阵幽香的、色彩斑斓的生活之花。

人的生活磨难、生活阅历从创作角度或人生审视角度说来，是一笔可贵的财富。生活之于创作，有如鱼水关系。戴胜德童年从沪上迁居广州，少年时代就随父亲到船厂当不拿工资的工人，甚至连吃饭都还得向"老窦"伸手。嗟来之食叫他羞愧难当，他向命运挑战，钻舱底，打大锤，乱的、脏的、累的活他争着去干；他苦练字画，国画、书法样样都在行；他还练武功剑术，一发"虎威"，三五个人近不了他的身。有志者事竟成，他集作家、画家、武术家于一身，以作家观察生活的敏锐，画家构思落笔的细腻，武术家耍弄拳脚的粗犷，观照生活，审视人生，抒写感悟，使他的散文既有南国明丽的生活图景，又有独特审美视角，洋溢著作家内在的生命激情，负载着深沉的人生内涵。在戴胜德笔下，重返船厂不是旧地重游式的怀旧，而从知识分子、技术人员与工人的通力合作想到在改革开放形势下，工人不能仅仅是抡大锤的体力付出的工人，而应当把体力活与脑力活"合二而一"，"成为完整的工人"(《重返船厂》)。长河落日是壮丽的，但在过去文人笔下总带有几分伤感，带着淡淡的哀愁，而作者却展开丰富的想象，抒写落日的壮丽："啊！红红的落日，红红的江水。难道又是一颗硕大无朋的红光珠宝，将浸入大江，生此光辉?"由今天的日落想到明天的日出，进而联想到珠江儿女一代接一代，代代奋发进取创造新生活的时代精神，使人领略到激越、豪迈、奔放的人生境界。(《长河落日圆》)

由于作者的生活阅历广泛，生活基础雄厚，使他在下笔时有较大的自由度，那深圳涛声，珠海秀色，黄山雄奇，珠江绚丽，长城壮蔚，东海日出，外滩神奇……作者仿佛信手拈来，却写得娓娓动人，绘声绘色，既引导读者涉游这些胜景，又启人们心智，循着作者的思路去思索人生之旅中的一些困顿的问题，正如《观佛灵隐寺》中所云："现代都市生活中人，有志之士固然甚众，然蝇营逐臭、唯利是图之徒亦不少。我想，到这个远离世间纷扰和喧嚣的地方，领略一下山水的怡情、佛地的顿悟，使山之清，石之坚，树之直，花之秀，佛之端庄陶冶我们的性情，未尝不是一种乐趣。"

散文是心灵的天地，心迹的记述。现代散文的特点是文为心声，是心灵轨迹的描述和展示。揭示和折射转型时期社会的复杂性和多元性，在物欲横流、真情遗失的五光十色社会里把圣洁的真情，不竭的追求酣畅淋漓地遣上笔端，显现当今都市人的生存本真和文化心态，使戴胜德散文有着较独特的格调。中山图书馆内，一池荷花，翠影香魂，临风映日，门外是车水马龙、市声喧嚣的热闹马路，行人匆匆，叫卖声声。作者在门外的动中映托馆内的静，把门外的热热闹闹来托衬馆内的静悄悄。当今的广州人不都是只会高声拍卖推销商品的物欲者，而是有更高情致的当代人。作者的艺术视线显然是转向后者，他写图书馆里的青年男女在读书，在讨论问题，在思考人生。甚至满池荷花也像在思索，"也像读书人，坐在一起，相看无语"。这种动中之静表述出广州人的文化心态。当"我"碰到往日厂里的一位秀美的姑娘，常常流连舞厅的姑娘，如今竟成了图书馆的热心读者，这种变化使"我"产生一种落伍感和紧迫感，知识层次不同的工人和作家在人生价值观念上找到了联结点。(《思考的荷花》)在社会转型时期的复杂的社会形态的大背景后，作者思考着人的生存状态问题，那些躬耕沃土、孜孜追求的南海农民，在暴雨狂风中苦护荔枝的果农，那些在远离闹市区上班的工人，那些在狂涛骇浪中航行的海员，那些为净化都市的文化环境苦苦劳作的文化人……他们在各自的岗位上展现自我，实现自我价值，作者用善感的心灵去略领，去感受，从而敏锐地捕捉并表现他们，在当今日渐萎缩变窄的生活空间和精神危机面前，作者给人们勾勒出一种文化精神之光，一抹都市亮色，让人们呼吸到南国大都市的一股清纯的空气，实在是令人欣慰的。

沃土
幽香

蒲叶溪的情韵

古华是不甘寂寞的。当他以脍炙人口的《芙蓉镇》和《爬满青藤的木屋》昂首步入文坛后，他并没有在热情的赞扬声中陶醉。近年来，他以山里人的"自己的声音"——独特的、深沉的节奏和旋律给人们谱下了一曲动人的乐章：中篇小说《"九十九堆"礼俗》、《姐姐寨》、《相思树女子客家》、《蒲叶溪磨房》、《雾界山传奇》以及《五彩石》、《潜逃》、《天涯防鲨网》等短篇小说，它们以迷人的、和谐的韵律，拨动人们的心弦，引起相当强烈的反响。

时代生活的发展和变革，促使古华面对严峻的现实生活不断地思索；时代前进的足音在古华坦荡的胸臆中引起深沉的回荡。面对现实，他敏锐地观察，他机智地思考：他品味着流逝的过去、迎面扑来的喧闹的新的生活天地、以及寻找它们之间的联结的纽带。在过去和现实土壤产生的引起人们的心灵悸动的生活事件中，他以炽热的情感努力捕捉生活中新的信息，他用探索精神小心翼翼地努力划出走向明天的轨迹，给人以热和希望。应该说，作者对当今生活的深深回味和思索，使作品产生锐利的思想锋芒和遒劲的艺术力度。

一

假如你到古华笔下的天地里去神游，就会不难发现，他的王国领地并不开阔。你很快就可以在绿色王国雾界山听到传奇故事，在相思树女子客家里驻足，在云烟街的美丽的夜景下看到生活的美与丑，还可以到蒲叶溪那古老的磨房里闻到现代生活的气息……是的，你可以很快遨游他的王国——五岭山脉的狭小天地。但当掩卷退思时，你会感到尽管这千百年来有着古老的习俗、古老的歌谣、古老的传说……它是那么动人，令人神驰；但是，你会感到，就在这古老的土地上，有明媚的阳光，也有忧郁的阴霾；有动人的传说，也有痛心的故事；古老的磨房在唱着动人的情歌，古老的磨房唱着心碎的恋歌；"九十九堆"神奇莫测，"九十九堆"揪人心肺……作家"用最小的面积惊人地集中了最大量的思想"，"对每个观众的想象力来说，这里既有画面和情节，又有被唤醒了的形象和深刻的美感。这就是艺术作品的力量。"（巴尔扎克《论艺术家》）古华用笔划出了五岭山区现代生活的动人的诗篇。

如果把古华的前期作品《芙蓉镇》、《爬满青藤的木屋》、《浮屠岭》等跟他近期的作品比较的话，就不难发现作者创作上的一个突变：就是作家创作的现实主义意识更强烈了，反映生活韵距离更近了，跟时代更贴近了！他的艺术聚光镜紧紧对准急遽变化的现实生活，他的大部分作品都是近距离拍摄的，有着浓烈的时代感。

这种时代感首先表现为作家的强烈的使命感。凡是以社会为己任的作家，都有一种反映变革中的社会，从而尽可能用文艺推动社会生活的责任感。因此，他们不仅把他们的智力视线对准现实生活，而且敢于说出他感受到的东西。换言之直面人生，揭示生活的底蕴。

别林斯基说："我们要求的不是生活的理想标本，而是生活的真相。"给世人呈现社会"生活的真相"，这是现实主义作家思考的严肃命题。古华通过《云烟街夜话》中的原县委书记环珲的口，说出了他创作的题旨："世界应当归于讲真话的人。"古华的近作，较之过去，在题材上作了多方面的开掘，反映社会生活面更广泛了。既热情地讴歌改革潮流对传统保守势力的冲击，又敢于针砭时势，对阻碍四化的种种势力进行无情的揭露和鞭挞，还有在作品中写点幽默故事，给人一点轻松、乐趣……这就构成他作品的真实感和强烈的艺术感染力。

　　古华有的短篇，篇幅短、容量小，乍看上去似乎是随感式的，其实，这些作品大都表现出作家对生活的观察，寄寓了作家对人生的某种理解。《议价鱼》写"我"排队买鱼，听到表姐妹俩关于老人的有趣谈话。表姐觉得老娘是个包袱，干脆让她到哥哥家里去"当保姆"，这样自己不再赡养她了。没想到，哥嫂也讨厌起老娘来了，于是只好担负起自己不情愿担负的责任；表妹也诉哭说，她爹爹也是累赘，每月要给他付十五元生活费。这时表姐兴奋地说起她找到了舅舅，舅舅就要从美国回来了，她奢望舅舅会使家庭"日立化"。表妹顿觉眼红，眉头一皱便想一着妙棋：她要自己当红娘，让自己的爹娶表姐的妈，这样可以让大家都卸掉讨厌的包袱(让舅舅负担他们)更重要的是，她可以来个釜底抽薪，把表姐的舅舅带来的"现代化"全名正言顺归到她名下。尽管她们的想法是建筑在海市蜃楼上的，故事也不一定真实，或者说稍为带点荒诞的成份，但人们还是相信它是真实的。古华似乎是给某些人开点小玩笑，但就在这随手点染的故事中，作家给人们的是苦涩的笑，辛酸的笑。《金龟的旅程》似乎也是小品式的，但读者决不会忘记那看似道貌岸然、实则灵魂极为丑恶的妇人是如何趁下车之际，捞了别人的金龟，自己立刻现出丑恶的原形。《雾界山风月》中为人正直，医德甚高的老院长在极左思潮迫害下，一夜之间人格贬值，连妻儿也反目，而随着他意外地发现了对男女都具有神效的"阿偎"时，他又一夜之间身价百倍，连整他的"领导小组"成员也来拍马要药……作家表面是写"风月"案的变化，实际上作者极为深刻地揭示世人世相，对种种庸俗的价值观念辛辣讽刺。

　　古华在用冷峻的色调表述了他对那些自私、狭隘的市侩哲学鄙视的同时，他以掩饰不住的激情，由衷地赞颂了在新时代潮流冲击下摆脱精神负荷，勇于与世俗观念决裂的人们。社会的变革在人们的生活中带来一些观念的变化，在新旧交替时期，由于新的生活的确立和发展，这就极容易引起在人们思想上长期以来蛰伏的、向往新的生活的思想观念的萌发、生长。由于作家长期生活在群众之中，对世世代代传授下来的旧的生活观念以及在新时期的变革生活中，人们对之产生的细微的变化，及其之间的矛盾冲突，作家都有铭心的感受，这就使他对人们观念的变革倾注极大的兴趣和热情，由此产生的真切感受遣上笔端，便使作品产生新的意蕴和有别于他前期作品的特殊韵味。

《乡里来的画匠》表现的是一个画匠在生活中拼搏，寻找人生真谛和信念。画匠秋风，擅长民间年画，跟州艺术馆签订了三年的工作合同，他祈求能留下来当一名拿工资的有稳定生活的画师。可是，女馆长运用自己的权力，拿极左思想的棍子打人、整人，他向某画院订阅的人体画刊被女馆长扣住了，他连这么一点点的公民权都得不到，只好忍气吞声。当他回到农村，看到农民实行生产责任制后物质生活和精神生活都发生剧变，农民需要画匠，他以可开个画铺，看到生活向他展示出美妙的前景时，他回到了州里，第一次与女馆长平起平坐，并且用农民特有的幽默，给女馆长以辛辣的嘲讽，然后他毅然告别大家："鹿有鹿路，獐有獐路！欢迎诸位，今后光临我的画铺，光临我的画铺！"在这里，画匠寻找到的不仅仅是生活的归宿，更重要的是他寻找到了人生的价值和尊严。《潜逃》给人展示的是人生的悲喜剧。一个当年在北京建造人大会堂时荣立三等功的复员军人，竟然变成杀人的逃犯。他逃到天涯海角，日夜过着胆颤心惊的生活。他极有进取精神，他想努力营建生活的天堂，可他在严峻的生活面前败下阵来。他想扩大自留地、种烟叶、养鸡，可全给割了"尾巴"，连作为人的一点尊严都被剥夺殆尽。他要报复，可找到的是错误的报复形式——杀人(后来才知道他醉后杀的是治保主任家的猪)。他只好亡命天涯，改名隐姓。当党的改革春风吹进偏僻的山村后，他才醒悟到新的生活赋予人们的是这么美好：新的精神境界，新的人生价值，人的尊严，人的希望……他哭了："好人，我总算是醒了……我们大家都醒了！"作家对生活有着深刻的感受力、理解力和洞察力，他敏感地捕捉生活中的人和事，剪下一个片断，撷取一朵浪花，加以艺术的提炼和再现，融进自己对人生的理解和情感，在生活的美与丑的撞击中揭示人物的心灵变化的轨迹，给人们以思索和想象。

难能可贵的是，作家怀着强烈的社会责任感，在抒写人生、社会时，他那奔突着的熔岩般的激情，对阻碍社会前进的丑恶势力大胆挞伐，喜怒笑骂，直陈心迹。《五彩石》就是令人啼笑皆非的小说。在水利大会战中，一块巨石挡道，领导把炸毁搬运这顽石的任务交给石工班。于是，石工们便在估量定额上给几位领导开了个不大不小的玩笑。赵指挥长、钱指挥长、孙副书记、李处长众多的官都给了估量工分的大相径庭的工条，作家有意让这些官僚们在石工面前现丑。作品的题旨不在于给领导者们开开玩笑，而是通过这个幽默而具有讽刺意味的故事有力抨击官僚作风，是的，官僚主义作风犹如这块顽石，它"太大，太沉，一下子不易搬动。"老石匠痛心疾首的话是足以令人深思的。胡耀邦同志指出：文艺作品在反映四化建设的同时，要"狠狠揭露那些阻碍向四化进军的错误行为、错误思想"。古华在《乡里来的画匠》、《雾界山传奇》、《华盛顿来的舅舅》等篇什中，对官僚主义、封建残余势力等作了有力的挞伐，足见作家的胆识。

　　作家在以极其愤懑、沉痛的心情揭露官僚主义对"四化"严重危害的同时，还给人透示出一种希望。《绿树如烟》揭露的是官场中并不鲜见的吃喝之风的故事。州的接待处长即将离休，但在他的抽屉里还有一张五年前中央某首长来视察时一次吃喝了二千五百元的账单。碰巧，那位老首长又来到这里，他也即将离休，当他闻讯后，心里沉痛地说："离休要离得干净，痛快，千万不能背着什么心债。"他回到北京后立刻汇来款项，并且发出今后要"管好大大小小各级各类的'上梁'"的呼声。鲁迅在谈到《红楼梦》时指出，"其要点在敢于如实描写，并无讳饰。"古华的近作遵循现实主义原则，站在现实的沃土上，寻踪辨迹，用锐利的生活解剖刀，敢于剖析生活中丑恶现象，使他的作品获得一定的深度。

　　更值得称道的是古华在反映现实时，力图准确地把握时代发展的总趋势。尽管作品写出了在社会前进中的艰辛步履，但总的来说，作家给人示意出一种积极的、向上的力量。中篇小说《蒲叶溪磨房》、《相思树女子客家》、《"九十九堆"礼俗》是古华近期的力作，也是他直接拥抱现实的作品。《蒲叶溪磨房》是写复员军人莫凤林回家乡搞改革的风风雨雨。莫凤林有一股锐意进取精神，但他陷进爱情与事业的纠葛中，岳丈乡支书、未婚妻杨叶叶、他的父亲磨老倌等结成联合战线，打着维护"文明"的旗号向改革示威。旧的生产方式和旧的习俗、旧的观念紧紧扭结在一起，向代表改革潮流的莫凤林、赵玉枝等人发起冲击。但是莫凤林清醒意识到这场严重冲突的实质，当他明白了改革需要付出极大的代价时，他勇猛地站起来，和赵玉枝一起向保守势力发起反击。作家大力渲染改革的复杂性和艰巨性的同时，透示出改革的希望所在。在《相思树女子客家》、《"九十九堆"礼俗》等作品中，作者着意描绘观音姐、杨梅姐在严峻的生活面前的困境，支撑她们的精神支柱是对改革必胜的信心和向往美好生活的信念，因而促使她们努力探索，奋然前行，她们在寻找生活的真谛中终于悟出了人生的真谛——或者说悟出了时代的总主题：尽管改革有其复杂性和艰巨性，但改革势在必行，改革必胜。

二

有一次我在和古华谈话中，谈到他创作的美学追求时，他说："塑造山村特有的女性形象，给人们以生活的美感，这是我一以贯之的追求。"的确，古华从踏上文坛开始就着力塑造各种类型的女性形象，给人们留下了深刻的印象。

人们不会忘记那在极左路线重压下挣扎，在阴霾满天时渴求生活和爱情的一线亮光的芙蓉姐，那在丈夫愚昧横蛮的桎梏下渴望一点点精神文明的盘青青，那历尽艰辛盼望摆脱贫困生活的秀秀和亮妹……这些生活在那艰难岁月的女性，她们在极度困苦中心灵上仍亮起追求新生活的火花，她们竭力摆脱传统重荷的痛苦而奋力拼搏，她们的青春的启蒙、爱情的呼唤……"浑厚的社会内涵，质朴的女性形象永远留在读者的记忆深处。

相形之下，古华近年来对女性形象的塑造和美学追求，又有新的发展，透示出作家对时代和生活的新的感受，传递出新时代女性渴求新的生活内容的新信息。

在古华以往的作品中，不少女性是以追求建立自由自立的、完美幸福的家庭生活模式为中心而展开矛盾冲突，这对封闭状态的、古老而又患有封建痼疾的山村社会来说，无疑有着振聋发聩的冲击力，尤其对于由于极左路线带来的某种程度上的封建家长制的政治形态来说，更具普遍意义；这不能不说是古华作品的撼人心弦的魅力所在。但随着党的十一届三中全会以后，山村政治形势发生剧变。古华的艺术视线对新时期的女性生活、爱情以至心灵上的变化进行追踪、思辨，他发现变革波涛在女性思绪中引起浓烈的感应，她们对人生——尤其对女性的人生价值观念上也有急剧变化，这就是新时期女性力图在更大程度上摆脱以家庭为中心的、单一循环的生活方式，追求更高层次的完美：她们在精神上不再仅仅寄托于一个美满的"家"，生活道路上不再遵循"姑娘——媳妇——母亲"这种单一的妇女生活模式，而是力求像男子一样走向政治生活，主宰自己的生活和命运。

受到好评的《相思树女子客家》是一部以一群女性为描写对像的中篇小说。作品中的女主角观音姐是颇具才能的青年会计，她有苦涩的爱情，为此给她心灵上蒙上一层"污垢"。按理，她满可以在好容易获取与广东司机结婚的条件时美满地成个家，满可以做个贤妻良母，找到生活的归宿。但她却不甘走历来妇女所走的路，偏偏去捅马蜂窝，到相思树女子客家当店长，自行其是，搞改革，搞承包，遭到县委书记的爱女、公社书记的夫人等的围攻。众口铄金。尽管最终她含着辛酸的、委屈的泪离开了相思树客家，但作品展示的却是不可忽视的新信息：女性不仅祈求有美好的爱情生活，而且不甘寂寞，企求跻身于历来为男子汉所把持的政治领域，要求有更为充实的政治生活和精神生活。如果说观音姐在表像上是以改革失败而告终的话，那么，《蒲叶溪磨房》中的新女性赵玉枝和《雾界山传奇》中穆莲阿妹则是以敢于涉足政治旋涡，以强者姿态呈现在世人面前的。赵玉枝和穆莲阿妹都是在高压的政治气候中挺身而出的，她们是为了捍卫心中神圣的原则和要求改变女性屈辱状态的强烈愿望而挺身而出的，她们在保守势力、在古老习俗的挑战面前无所畏惧，浓缩着新时代中女性与陈腐的世俗观念决裂的进取精神。

随着改革的深入和发展，山村固有的、单调的闭塞状态的生活被打破了，生活节奏、生活方式等都产生一系列的变化，生活色彩更加浓烈、多样，引起女性在生活观念、道德观念的变化。作家敏感地捕捉这些在女性心灵深处的细微变化，使女性的形象更具内在的、厚实的神韵。

在古朴的山村，女性是以服从忍耐、贤妻良母为最高的道德规范的，谁欲越雷池一步，就会被视为异端、邪恶和祸水。可《雾界山传奇》中的穆莲阿妹并不管这一套，她没结婚，领养了老书记遗下的年仅比她小几岁的两个孤女，她要她们叫她"妈"；她敢于跟青皮后生打情骂俏，给单调的生活加一点调剂品；更使人惊异的是，在老书记的追悼会上，她领着两个女儿，昂然步入灵堂，公然以"家属"身份发表即席讲话，大煞正人君子们的"风景"。那个性格开朗的赵玉枝，穿起紧身尼龙衣，挺胸昂首跟男人社交，跟男人们来个"嘟嘟"，不仅如此，她竟敢插足于老支书的爱女杨叶叶和莫凤林之间，她以她的新的生活观念和道德力量征服了莫凤林，让杨叶叶败北。而那个外秀内刚的观音姐更是"出格"：她为了使客店能站住脚跟；竟敢在客房里贴上显腿露臂的电影明星照片；在与上级和客人打交道时公然"用漂亮的脸蛋作通行证"，这在愚昧落后的山村无异为平地炸雷，不同凡响。在作家对这系列女性的变化中的道德观念的描述中，清晰地显示出作家探索的新轨迹：过去他的作品较着重于揭露抨击旧的道德习俗对女性精神和肉体上的摧残，揭示妇女们在封建的道德观念禁锢下的命运悲剧；而今天，基于对变革中的女性的内心世界的深切感受和理解，他的笔触侧重于女性掌握自己命运后用新的生活观、道德观对封建的陈规陋俗、愚昧的道德观念主动发出攻击。对他作品前后加以比较，不难发现他对女性形象描写的侧重点和寓意所在。

古华在谈到他刻意塑造女性形象时说："我没有简单地去写一个妇女的命运，而是借助一个小镇小社会，来描绘出一卷当代南方农村深刻变化着的风俗民情画。"（《生活与文学的思索》）古华总是把女性置于一个小镇、小山村、小林场或小客店的浓缩了的社会中来描绘她们的命运，同时，又通过人物的命运来折射大千世界的变化，揭示时代发展的趋势。这就使作家对妇女命运的探索涂抹上浓重的政治色彩和时代特色。也就是说，作家对女性形象的思索探求有着更大的容量，从而使他的作品与一般的儿女风情的描述有天渊之别，蕴含着更深刻丰富的社会内涵。

《姐姐寨》叙述的是竹妹和玉竹母女两代的命运。母亲在封建家长制和极左思潮的折磨下，有爱不敢爱，有怒不敢怒，有恨不能恨，有歌不敢歌，最后只好亡命他乡。而女儿玉竹却不然，她和盘满牛一起顶住大队支书盘三旺的父权、政权——封建家长制和极左的政治重压以及种种诱惑，有力地揭示出在告别昨天的苦痛和女性获得自主自立的步履艰辛。《"九十九堆"礼俗》中的杨梅姐的命运也是坎坷不平的。由于江湖郎中刘药先披上神的袈裟，文盲加愚昧的一些村民对之起了敬畏之情，杨梅姐也以身相许，任其玩弄。但当复员军人刘海果略施小计使刘药先现形显迹时，杨梅姐愧悔交加，但这时杨梅姐已陷入落后愚昧的可怕的舆论包围之中，她"不能讲出真相"，"众怒难犯"，如果她讲了刘药先"半神半鬼"的真相，那她自己侧反而会被人当作"中了邪"的"蠢女人"，她无法解脱，最后只好携儿出逃。作家并没有把杨梅姐的爱情故事当作风流逸事加以渲染，而是寓反封建迷信的内容于爱情故事之中，从而向人们指出在这历史转折时期，扫除人们思想中的封建意识的重要性和必要性。

　　更值得注意的是，作为新人赵玉枝形象所揭示的社会意义。赵玉枝深谙"关系学"，为莫凤林办磨房出谋献策、奔走呼号；她有高人一筹的电工技术，她能变魔戏一般使机器轰鸣，给山民们带来物质文明——电的光明。然而，她却是山村传统习俗的叛逆者，她不拘小节，随意跟男人交往，甚至有点出格的"挑逗"，她几乎成了众口一词的"贱货"；而与之对立的杨叶叶却是依仗大树的金枝玉叶，有威有势，她仗着有着权力的爸爸(大队支书)和专横封建家长式的未来的公爹的威势，呼风掀浪，对莫凤林貌似温顺钟情，实则貌合神离，对他的改革设置重重障碍，她"不会创造"，却擅于心计，想从内里搞垮莫凤林，而对赵玉枝则诸多指责，恶言中伤。但赵玉枝并没有屈服种种压力，她掷出铮铮语言："闲言闲语就杀不死我！"她时而进攻，时而退守，左右冲突，奋力抗争。从表像上看，她卷进了杨叶叶与莫凤林的爱情的旋涡中去，成了"第三者"，但在似乎是三角的爱情故事里却寄寓了作家新的审美观念：在对待爱情这古老而永恒的主题方面，往往是对一个人的品德，政治态度的试金石，爱情意味的不仅仅是男女的情爱，它有着切实而丰富的社会内容。赵玉枝在对待爱情上敢于跟世俗观念抗争和挑战，其本身是建立在对改革潮流的必然认识和充满信心的基点上。也可以这样说，赵玉枝的爱情观是寓于对时代潮流的深刻的理解和认识上的，因此，在赵玉枝、杨叶叶和莫凤林的爱情纠葛中，我们透过表层，看到了地下岩层深处奔突的、炽烈的、不可抑制的岩浆的迸发。

三

如许多评论家所述，古华作品有着特殊的艺术韵味。他是一位有特异风格的作家。他善于思考：对生活的思考和艺术的思考。对生活的思考决定他的作品深度，对艺术思考使他的作品更有力度，更显示其特异性来。我以为古华在创作中时常思考的艺术角度是使他作品更具艺术生命力的重要原因。

绘画艺术中极重视透视法。画家总是站在一定的角度观察事物，进行构思。小说创作也有一个艺术角度选择问题，无论是题材确定，主题开掘、人物塑造等方面都有个艺术角度问题，只有选择最佳的表现角度，作品才能舍俗出新，别具一格。

艺术角度有一个总体构思角度问题。在营建艺术之宫时，无论它或宏伟或玲珑，都必须首先考虑总体构思。古华的一些较优秀的作品，在总体构思上都有其独到之处。《蒲叶溪磨房》反映了湘南山村变革的艰巨性和复杂性。它没有大起大落的情节和气势磅礴的宏伟场面，也没有简单写农民一夜之间兴隆发达，成了万元户，更没有就事论事地热热闹闹地写山村农民轰轰烈烈搞改革，而是用"以小见大"，"以一斑窥全豹"的手法，仅选取一个山村小磨房新旧更替的风波，从老磨倌眼里看世态的变化：他在磨房干了六十多年，如今改革之风吹进山里，儿子莫凤林竟无视他的对磨房的情感，把老石磨抬出来搬到角落里，代之以隆隆作响的机器，这暗喻的时代音响，震碎了老磨工的心。作者就从这样小巧的角度，巧妙地叙述在这矛盾冲突中人们心灵的波动，以此透射出中国农村发展的信息和趋势。《雾界山传奇》总体构思角度也极妙。作家似乎在讲一些深山老林的传奇故事，那蛇王、老树豹和小树精、穆莲阿妹等等，这些山里人个个都有传奇式的动人故事。作家讲千百年来的神奇传说、"文革"的轶事，今天的新事等等。再涂抹上一些神话的传说，讲古道今，扑朔迷离，读者就像被领进神秘的山谷，踏进梦幻般的境地，当拨开神云秘雾时，人们走出迷津，才恍然大悟，原来作家在讲这些遥远年代或当今时代的人和事，都服从于作家的总体构思：通过一个个似散非散，似独立而实相联的故事，追昔抚今，反映雾界山整体社会中的风云变幻、人世沧桑，含蓄地传递作家深寓的生活感受与意蕴。

其次，作家对生活的观察角度也颇具匠心。随着生活的不断丰富和发展，作家的观察生活的角度也更广泛了。作家总是多角度、多视点地探视生活，因而反映生活面也更为广阔。作家很注意根据题材来选择具体的站位角度。他总是选取最能清晰地、准确地表现生活事件的角度来透视生活。在《议价鱼》、《天涯防鲨网》、《凤爪》等篇什中，作家是以普通人的身份来观察生活的，"我"站在极普通的生活场景中，摄取市民生活的一角，通过排队买鱼听取两个妇女的即席随谈，似乎不加修饰其实又是不动声色地巧妙的艺术提炼，生动地再现普通市民的心绪和生活方式；在《五彩石》中，作家仍采用以普通人的身份出现，但此时作家具体站位角度又略有变化，"我"不再是混迹于平民百姓之中来"平视"市民生活，而是以石工身份来仰视官场作风，这样由于表现的具体对象的地位有所变化而采用相应的站位角度变化的仰视法，使由此观察的官场生活带有新鲜感。而且是由下至上的仰视，石工们可以不须带有官场中的装饰了的严肃性，这样便于用幽默的手法来抨击官僚主义对社会主义建设带来的危害。在《云烟街夜话》中，作家巧妙地变换观察角度，借用荒诞派手法，写在"文革"中被迫害致死的原县委书记环珲的魂夜游旧地，居高临下地审视过往和现实的一些干部的生活，迫使一些为了一己私欲而跟"四人帮"干过不少坏事和政治品德恶劣的变色龙站在"白云真旃"上说出真话，从而剖析了"文革"至今有些人的发迹史，显现出其肮脏灵魂，在古华近作中，更多的是站在旁观者的角度，冷静地观察、思考，这样使作品对生活的表现把握得更为准确有力。

古华认为："现实主义要发展。与时代同步，随生活变迁。"为此，它应该吸收其它文学流派的长处，优秀的表现技巧，"用以丰富、壮大自己。"(《关于现实主义的思考》)在艺术表现角度上，古华也极富变化，没有"定于一尊"，拘泥于一章一法，一招一式，而是多方面、多层次、多角度地表现生活。他的作品既有传统式的娓娓动人地叙述故事，也有生活偶感而铺排成篇，既有倒叙插叙相互交织的穿插而使作品厚实，也有吸取荒诞派的手法增加作品的色调。有时，他仿佛在从容地观察生活，对生活似乎带有一种距离感，但在艺术表现时又显得那样从容不迫、质朴自然，有时他在叙事中或讴歌或鞭挞时，他会突然打开感情的闸门，在作品中明显地带有强烈的冲动和激情，如江河奔腾、直冲而下，把生活真相淋漓尽致地表现出来，使作品产生一股撼人心弦的艺术力量。

当然，古华手中的"艺术的魔棍"(雨果语)的变幻仍是有规律可循的。艺术角度的选择主要是取决于作品向人们展示的主题思想的。主题是作品的灵魂，不同的主题可以从不同角度去提炼，恰到好处地选取最理想的角度，有助于深化主题。可以看出，古华的近作在主题提炼方面是煞费苦心的。例如《姐姐寨》，作家旨在反映远僻的小山村由于历史"左"的干扰，给人们的正常生活带来极大的危害。"左"的毒害流传之广和深，连历史闭塞的，不引人注目的小山村都带来如此灾劫，推而广之，对那些更接近政治风暴的村镇就更受摧残了。从一个社会侧面让人们痛感到清除"左"的流毒对于"四化"建设是多么迫切！作家这个立意促使他在构思时采用"我"，亲临其境的处理方法，并且还巧妙地以当事人的身份出现其间，从这种角度去看去想去体味，这就使作品既有历史感和纵深感，又具真情和生活实感，作品给人的思索远比纸面上提供的多。其它如《潜逃》、《雾界山传奇》、《凤爪》等篇，由于艺术角度的变化，而给作品以新鲜感。不同的立意，要从不同角度去开掘；而选取最佳的角度——正如巧选足球的射门角度能一足中的一样，能收到良好的艺术效果。古华近作在这方面的探索，可以说为人们提供了新的艺术经验。

四

最近，我收到古华的信，他告诉我《蒲叶溪磨房》获《昆仑》一九八四年优秀作品奖。他并没有多少欢悦，而带有惋惜的心情。他说，近年来他总是写得仓促，有几个有份量的作品由于编辑部催稿甚急，匆匆出手，没有让生活和作品沉淀一下，往往在一股创作激情之下仓促成篇，很少冷静下来思索和修改，因而使作品没有达到如作家和读者所期望的达到应有的水平，这不能不说是一件憾事。

的确，纵观古华的创作，虽然有些作品如《蒲叶溪磨房》、《相思树女子客家》、《雾界山传奇》等中篇力作如上所述在不少方面提供了新的艺术经验，也可以说在某些方面有所突破，但总的来看，跟读者对作家寄予的厚望还是有距离的。我们不能不注意到，在古华的近作中，除了几个中篇内容和艺术上有厚度和力度外，其实不少短篇内容单薄，有的甚至流于空泛，一般说来，他的中篇容量较大，内容较好，人物较活，有的人物在性格开掘上颇有新意，但在他的短篇中，却很少有性格的人物，有的人物有类型化，概念化的痕迹。这里是否存在这样一个问题：生活的库藏少了。支取多，收入少，入不敷出，因而不能像他早期写《芙蓉镇》那样，在他丰富的生活库藏中可以随意撷取自己所需要的"软件"，在创作原野上纵横驰骋，跃马扬鞭。

假如我以上的揣测不失为一家之言的话，我想，作家面临一个迫切需要解决的问题：回到生活底层中去，回到作家心爱的雾界山去，到林场，客店、山野人家去，重新跟猎人、司机、林场工人、农家的老少妇孺交朋友，重新认识、观察和熟悉生活去，这对作家会大有裨益的。作家经过多年的艺术实践，无疑有着更多更成熟的经验，能驾驭更庞大、更复杂的题材。如果作家在深入生活中不断丰富自己的素材宝库，我想，他定能达到更高到艺术境界。人们期待着。

古华小说中的女性形象系列

——古华小说论之二

在中国当代文坛上，有一批生动活跃的女性形象闯进读者的心间，使读者为之动情：胡玉音(《芙蓉镇》)、盘青青(《爬满青藤的木屋》)、金叶(《金叶木莲》)、兰妮(《兰妮》)、竹妹、玉竹(《姐姐寨》)、观音姐(《相思树女子客家》)、杨梅姐(《"九十九堆"礼俗》)、秀秀(《浮屠岭》)、亮妹(《昆仑》)……而这些深沉朴实、真切动人的女性形象却来自性格粗犷奔放、豪爽幽默的男性作家——古华之手。

这一群栩栩如生的女性形象以迥异的个性，叩击着读者的心弦，透过她们不同的命运，我们看到了当代社会的演变，听到了时代前进的足音。

一

古华是一位有着敏锐思想的作家，他以对历史和现实的冷静、机智的思考，真诚而执着地在富沃的现实土壤上开掘着生活，精细入微地描摹在严酷的生活中搏击的各种典型性格，把他对生活的思考熔铸在一系列维妙维肖的人物形象，特别是对有着不同经历和命运的女性形象的塑造之中，展示出激烈变革中的当代社会各个历史时期的人与人之间的复杂关系和社会矛盾，启迪人们在生活面前思考严肃的生活哲理。

他在描述女性命运时，站在历史和时代的高度，鸟瞰生活，洞察生活中细微的变化，把司空见惯，不为人注意的琐细生活，提炼为举众瞩目的重大社会命题，将个人命运与社会风云紧密糅合在一起，从而让人看到，作家不仅仅是写几个女性的坎坷际遇，而且是写出一个"小社会"，一个生活整体，一个艺术群体，反射出当代社会的风云变幻，勾勒出时代前进的足迹。这是作家的苦心孤诣之处。

胡玉音、盘青青、竹妹、秀秀和亮妹是一组有着痛苦的心灵历程的女性，在她们坎坷的生活遭际中，蒙上了一层浓重的时代投影。秀外慧中、聪明伶俐的胡玉音，有"芙蓉仙子"之称，她憧憬美好的生活，渴求爱情的清泉，但由于风云骤变，使她从色彩斑斓的幻想的云端猛地跌落在严酷的地狱牢笼，最后她又从地狱里回到阳光抚慰的现实大地之中。从胡玉音的"人——鬼——人"的命运浮沉中，我们窥视出急遽变化的社会现实，唤起人们对生活中假、恶、丑的仇视和睥睨，对真、善、美的向往和追求。在《姐姐寨》中，作家是把竹妹置放在三个不同的社会背景中来描述其命运的。这位天真的小歌手在州里举办的山歌演唱会中闪露出她的才华，她有"山花一般妩媚、孔雀一样羞涩的笑脸，像星星一样闪亮的明眸大眼"，对生活和爱情充满少女的希冀和幻想。但她也不得不承受命运的屡屡打击：在反右风暴中，她与龙老师的爱情全成泡影；在"文化大革命"中，她因唱山歌又带来沉重的灾难，丈夫被逼得发疯送了命，她也倍受非人的折磨，只好亡命江西，远走他乡，党的十一届三中全会之后，她才有了生活的希望。竹妹的多舛的命运，不正是那些历尽浩劫年代里许多人发生的悲剧的一个写照吗？

李国香、秦丽贞(《春天的花丛里》)、乔三腊(《相思树女子客家》)则是另一类女性形象，她们是政治化了的社会的畸形人物。在地们身上，人性几乎泯灭，正如谷燕山(《芙蓉镇》)一针见血所说的：李国香"心肠比铁硬，手脚比老虎爪子还狠！他们是吃得下人肉啊！……人无良心，卵无骨头……这就叫革命?叫斗争?"作为政治运动的产儿和宠儿的李国香、秦丽贞之流，她们正是拿"革命"、"斗争"两支令箭来不留情面地打倒对手，拉大旗作虎皮，戕害革命，践踏忠良，靠踩别人肩膀登上权力宝座。尽管随着政治运动的起伏，她们的地位也时有升降，但到头来她们还是趾高气扬地升了官，都当了县委书记。乍看去，她们官运亨通，命运走红，其实"祸兮福所依，福兮祸所伏"。这是历史的辩证法。李国香、秦丽贞和乔二腊的功成名就是建筑在冰山上的，当骄阳高照、万物苏醒之时，它将哗然崩溃，其命运也将是悲剧性的。作家通过这类骄横跋扈、不可一世的女性命运的描述暗喻出深奥的生活哲理：在万紫千红、争妍斗艳的春天花丛里，还隐伏着蛀虫，稍不留意，这些蛀虫便会钻出来戕害光鲜闪耀的花朵。

在我们的社会里，如果说由于极左路线的温床，孕育出李国香、秦丽贞、乔三腊式的人物，那么是新时代的雨露阳光滋润了像兰妮、金叶、玉竹、桑桑、赵玉枝、观音姐等大批炼出光泽的新一代女性形象。古华是以微笑来观察和抒写一代成长中的新人形象，她们是寄寓着作家理想和希望的人物。在这一组女性形象中，既往的政治运动，也曾给她们的生活带来魑魅阴影，在她们的心灵上刻下道道伤痕，可贵的是，她们能以创造新生活的意念和拼劲，冲洗心灵上的创伤，自己驾驭自己的命运，就像春天里山间的竹笋，它可以顶起压住头上的巨石，倔强地占据自己的生存空间。《姐姐寨》中雾界山的女歌手玉竹善唱优美民歌，"我"是从州里下来采风的。但当"我"采集玉竹所唱深情完整、濒于失传的《竹鸡调》时，她又不唱了。作者从这里开始探根究源，追寻生活的踪迹。他高明地把母亲竹妹与女儿玉竹两代人的不同命运交织起来写。原来玉竹母亲竹妹因唱山歌弄得家破夫亡，而且这个冤案至今没有平反。打倒"四人帮"后，大队支书老盘非但不给玉竹父母平反，甚至还把唱山歌视作洪水猛兽，"借唱山歌偷情养汉，乱搞男女关系"，"骂新社会是封建"，像盘石一样压制他们。女儿玉竹在这重压下，不像竹妹一样逆来顺受，苟且偷生，而是我行我素，甚至还与大队盘书记儿子盘满牛谈情说爱，纵情歌唱。这与她母亲竹妹的悲惨命运恰成鲜明的对照。作家把同一社会两个不同时期的两代人的命运交替描绘，熔于一炉，通过比较鉴别，从一个侧面映照出社会发展的趋势。桑桑的父母在"文革"中也被迫害致死，作家在写桑桑的不幸遭遇时，并没有让她过多悲叹以往的苦难，而是在她面前展示出朝霞般的前景，把更多的笔墨和心力用于揭示她积极进取，勤于学习管理森林的现代科学知识的精神。对兰妮和金叶，作家是采取明丽轻快的笔调，富有戏剧性的节奏，多层次地雕画了她们自己掌握自己命运后所释出的巨大热能：兰妮为掌握通向世界现代科学的新技能拚命学习外语，金叶为培养和管理稀有珍贵的金叶木莲而勤奋好学；观音姐和赵玉枝在改革潮流的冲击下挺身而出，冲破阻拦改革的种种羁绊和旧的习惯势力和罗网，搞承包，搞改革，建立新的管理体制。尽管她们的命运和事业不免带有悲剧色彩，但她们却勇敢地作了改革征途中的铺路石子，成为新时代的新型女性形象。这就是告别了过去沉重的灾难，摆脱了巨大精神桎梏后的一代女性在党的十一届三中全会的光芒照耀下崭新的精神面貌，这就是蓬勃向上的新人形象。这一组新人形象，在今天进入新时期的中国社会无疑有着普遍的美学价值和现实意义。作家把对不同女性命运的认真抒写，升华为对社会问题的缜密思考，给人以启迪，这也许是古华作品所蕴蓄的巨大社会内涵的奥秘吧。

二

　　文学的根本特征是以艺术形象反映生活，任何有成就的作家都在形象塑造上孜孜以求。

　　古华在塑造人物形象时，善于在皴染一幅幅生动的民情风俗画中，勾勒人物的外部形态，使人物先有形象感。例如《金叶木莲》，作家开头并不写人，却写雾界山金叶木莲的秀美形象，它的神秘色彩和神奇魅力。这里作家有意先不让人物出场，通过以物拟人、以物咏人的造型方法，欲扬先抑，使读者对还未出场的少女金叶产生一种美妙的联想。随着"我"的到来，金叶应声而出："妹子二十二三岁的样子，长圆脸庞，一双眼睛仿佛大得有点过份，鼻梁高而且有点翘，紧抿着的嘴角仿佛透着微笑，双耳垂上还吊着两个惹人注目的银耳环，神态颇为妩媚。"作家轻描淡写，为瑶家姑娘勾勒出一幅素描，给人一种美感，留下难忘的印象。

　　作者对金叶除了静态外形的刻画外，又精心刻画她的动态："大约是见有生客，她的脸盘有点微微泛红，从长长的睫毛下边瞄了我一眼，就赶紧埋下眼皮。"这时的金叶不再是一尊美丽的塑像，而是感情丰富，"动"了起来的少女，她怕见生人，就像深山的金叶木莲，藏而不露，娇羞可人。作家还从更深的方面，以极俭省的白描手法，从容不迫地用她本人的一系列言行采使人物自身动起来：金叶急着要回林场时，老场长爱怜地挽留她，要她在这个难得的机会中与伯娘团聚。她娇嗔地说："我是守林人呀！阿伯。总不能叫我丢了林子，来守着您和伯娘这两蔸大树呀！"廖廖数语，道出了她作为森林主人的强烈的责任感和自豪感。作家接着笔锋一转，进一步点染金叶的动态形象："女护林员含着娇嗔地说：'等下一回，我捡满了一篮筐香菇，再来呗！'""含着娇嗔"，写出她天真活泼、笑容可掬的形象；"捡了香菇再来"这两句又点出她幼稚的心理：她竟像哄小孩似的哄老场长，同时又表露出她对山林对事业的爱恋。

作家在刻画人物外形时，既注意静态塑像，又尤为注意静态与动态的有机融合，静中有动，动中有静，写"形"又写"神"，做到形神兼备，这种高超的多层次刻画人物的技巧，使人物显得可感可触，可见可闻。

作家在刻画女性形象时，还多采用虚实结合、欲扬先抑的艺术手法，产生强烈的艺术效果。例如《爬满青藤的木屋》中的盘青青，作家开头介绍她时只用了一句："林场的后生仔们只听说她是一位仙姑般的阿姐，没有见过她本人。"这是虚写，"仙姑"是美神，但在各人心中有着各种不同的"美"的形象，盘青青究竟"美"到如何，读者只能拭目以待。这篇作品的重点是放在对人物精神世界的探索上，但作家是采用对盘青青形象的微妙刻画来进行的。对盘青青的出场，作家用半遮半掩的手法，点了仙姑美神般的形象后，才作介绍："二十六七岁了，还像没成亲的阿妹那样水灵鲜嫩。脸盘像月亮，眼睛水汪汪，嘴巴么，像刚收了露水的红木莲花瓣，还有两个浅酒窝，一笑就甜，不笑也甜，谁个不喜欢……"再用传神的笔法写她的眼睛："她的眼睛乌黑乌亮，照得见人的影子，照得进人的心。"从笑脸写到传神的眼睛，进而写她与粗野丈夫的关系的动作神态。王通发现她与"一把手"有往来时，他生闷气，"女人仿佛晓得他窝了什么气，几次抖着双手和解地推了推他光赤条条的脊背。但他就像只沉甸甸的火药桶，倒在那里动也不动，真吓人。"从动作表现各人的心境："抖着的双手"表现她生性胆怯和善良，王木通的"火药桶"则表现出他一触即发、势不可挡的粗野劲。这样从虚到实、虚实相应的造型方法就颇为生动地把富有立体感的盘青青的形象凸现在读者面前，令人赞叹不已。

三

在古华的创作中，在对女性形象的性格刻画时，十分注意把握时代特点，把人物置放在特定的环境氛围中去刻画，在特定时代中刻画出"这一个"人物性格。

《爬满青藤的木屋》中的盘青青，就是有着鲜明个性的女性。作家截取盘青青在"文革"期间的生活横断面，写她在精神文明和愚昧粗野的惊心动魄的搏击中觉醒过来的动人故事。瑶家阿姐盘青青，是一位美丽的女性，善良的母亲，温顺的妻子。一方面她对男人的专制蛮横逆来顺受，但她性格中又蕴含着另一方面；她聪颖灵秀，求知欲旺盛，有一颗向往美好事物、美好感情的纯贞的心。当"一把手"带来一点少得可怜的文明之光时，她先是觉得新奇惊异，后是感到愉悦神往。作家把盘青青放在矛盾的旋涡中心，间以微妙的心理剖析，生动地刻画出她的性格变化的过程。在丈夫的高压下，她不但没有屈服，还公然用这种方式向丈夫的愚昧落后挑战，她执着地追求现代精神文明，进而义无反顾地寻求过去从未萌发、而今躁动在心灵深处的爱情，尽管丈夫"脑后都长了眼睛，提防着她"，但她毫不示弱，她再也忍受不了丈夫把她当作私物的屈辱生活了，丈夫要她早点睡，她不像以往那样"温顺驯服"，而是勇敢地回击："还早哪！傍黑就上床，天难得亮哪！"盘青青觉得"自己在变"，她竟大胆地平生头一回给一个后生子洗衣，她男人没发觉，她庆幸自己成了"胜利者"，这时的盘青青的性格由温顺柔弱转变为刚毅倔强。最终无视现代文明的王木通受到了惩罚，盘青青历尽生活的磨难后，得到了她所执着追求的东西。作者随着情节的推进，使盘青青的性格渐趋鲜明，使她的性格蕴含着极大的社会容量。

作家善于捕捉急遽发展的现实生活中富有时代特色的积极向上的人和事，放在广阔的社会背景之下来让各种不同性格互相碰撞而使"彼此区别得明鲜些"（恩格斯语），给读者留下想象的空间。《兰妮》中的兰妮，是一位勤奋好学的姑娘，她在火车上读外语，被"我"说了一声"放洋屁也不看个地方"。表面上，这是生活中微不足道的冲突，但作家却抓住这稍纵即逝的性格冲突，使这种冲突不止于生活中的口角，而上升为带有普遍意义的社会内容："我"是技术工，目光近视，认为只要搞好技术就行；兰妮却认为要把眼光放远一点，青年人在四化建设中应该多作贡献。于是，她用近乎报复的手段一步一步迫"我"就范。最初是恶作剧似的告了"我"一状，接着是见了面时固执地跟我说英语，甚至在陪英国专家来指导工作时，把英国专家的洋话原封不动地扔给"我"。她这是恨铁不成钢，在"我""不要学"与她"跟我学"的矛盾冲突中，兰妮的个性跃然纸上。

和兰妮一样，《姐姐寨》中的玉竹的性格是在恋人盘满牛的映衬下得到充分展示的。玉竹对爱情热烈真挚，但当她得知盘满牛开后门进厂时，她对这些世俗观念表现出深恶痛绝，她斩钉截铁地与他决裂。她有极强的自尊心，当满牛说将来要接她进城时，她觉得自己人格受了侮辱，怒不可遏地斥责他，并把他的定情物抛还给他。党的十一届三中全会带来的光辉的生活前景，是她性格成长和发展的基本点，这决定了她独特的处世态度和生活方式。兰妮和玉竹这种进攻型的性格生发着强烈的时代色彩，正是生活的前进力把她们带入了广阔的天地。

《蒲叶溪磨坊》中的赵玉枝是作者笔下罕见的女性。她是作为"妖女人"形象出现的。她承受着来自两方面的压力：她爱打扮，经常穿紧身尼龙衣，显示她丰满轻盈的身段，因而被古老的山村习俗所不容，被人视为洪水猛兽，惹了一身坏名声，她有高超的电工技术，能变戏法似地使磨坊发电，能打通各路关节，给勇于改革的莫凤林有力的支持，因而又遭到他未婚妻，一个极端自私阴险的女人杨叶叶及她爸爸——大队党支书的敌视。但她爱美，追求美，尤其是追求生活中最美好的东西——改革事业，简直到了极端固执的地步，就像过河卒子，步步向前。因此，她的这种不畏人言、不畏权势的勇往直前的性格便和那些因循守旧、裹足不前的杨叶叶之流发生不可避免的冲突，虽然她受到各种无法忍受的凌辱，但这种种的矛盾冲突非但没有挫伤她的锐气，反而使她的性格更趋鲜明，她终于赢得了爱情和事业。古华笔下的女子多以悲剧告终，而赵玉枝却以胜利者姿态呈现于读者面前，这是十分可喜的。

值得注意的是，古华在人物个性化过程中，集中笔力，努力写出人物性格的复杂性，使人物性格和心理世界呈现出像生活本身一样复杂的特点，显示出深沉而凝重的现实主义力量，使人物更具有立体感。《芙蓉镇》中的胡玉音就是一个十分成功的文学典型，胡玉音原是一个性格既温柔又泼辣、精明能干的青年妇女，她凭自己的劳动创造了财富，建起了山镇少有的吊脚楼。有"一镇人望"的谷燕山号召"应当向他们看齐，向这对勤劳夫妇学习"，"发展集体生产和家庭副业"。她觉得老谷这样的老干部"代表新社会，代表政府，代表共产党。"然而四清工作组的李国香和县委书记杨民高却"洞察"了芙蓉镇的新动向，得出"地富反坏右一齐跑了出来，党内党外，气味相投，互相利用，互相勾结"的结论。网已经张开了，胡玉音心上罩上了阴影，她的性格变得复杂起来，但她在逆境中依然处于攻势，她责问李国香镇上流传工作组要收缴米豆腐摊子和杀猪刀的话是真是假，她理直气壮地对丈夫说："地主富农是收租放债、搞雇工剥削！你当屠夫剥削了哪个?我卖米豆腐剥削了哪个?"但是，李国香代表的决不是她个人，在她背后有一股力量，小小的胡玉音免不了厄运：吊脚楼和存款被没收，丈夫被逼死，自己也被打成新富农婆。人的尊严被剥夺，人的灵魂被扭曲，胡玉音的性格变得更加复杂了：一方面她逆来顺受，怨叹命运不济，只能认命；另一方面又有一股内在力量促使她在逆境中倔强地活下去。当她和右派分子秦书田产生感情时，她惶惑、惊喜。最终，她觉得他们的感情是那样珍贵，那样发散着生命的光和热。当她意识到他们这叫胆大妄为的爱情是对他们政治身份、社会等级的一次公然的挑战和反叛时，便毅然地以爱情和"不死"作为对邪恶势力的抗争。当她怀孕触犯了没有文字的"刑律"、李国香和王秋赦横蛮地要她下跪时，终于胡玉音蕴藏在心中的感情像火山一般地喷发了，她义正辞严地宣告："王秋赦！要打要杀我也要讲一句话！"人性得到回复，人的尊严得以维护，她的性格迸发出耀眼的光彩。

出现在古华笔下的女性形象系列，反映了各个时期女性的政治地位和家庭生活中的位置，反映了当今社会变革对妇女命运的巨大变化，这对我们认识生活和开拓生活无疑有着启迪意义。

路正长……愿古华在创作中取得更大的丰收！

沃土
幽香

噩梦醒来是早晨

——张贤亮长篇小说《烦恼就是智慧》解读之一

一

这是著名作家张贤亮又一部以劳改(严格说来是劳教)生活为题材的长篇小说。跟作者几年前推出的长篇小说《习惯死亡》相比，作品虽然不算像《习惯死亡》一样"相当难读"，但却也有些"颇费索解"。

在作品中很难找出那种习惯称之为小说的最基本构件——故事。作者似乎有意识摈弃传统意义上的有头有尾、有惊有险、有波澜起伏，有伏笔悬念的完整故事的营造程序，而是只使用一些故事散件来构建小说，但如果细心的读者把这些打碎了的故事用时间顺序和情感心理作线性组装和连结的话，你会寻找到令人心灵为之悸动的故事链，而且，你也会随着作者情感的波澜起伏而进入作品境界中去。

在作品中你也简直无法找出一般意义上的小说中的人物形象，甚至没有一个中心人物来贯穿始终(除叙述者"我"外)，作品人物大都是召之即来的故事，因而小说也就没有基本情节——构成人物性格形成和发展的生动情节，这似乎是小说创作的规律的逆向行为，但这部小说却是真实意义上的艺术品，它随时随处抓住读者的情绪，让你跟着作品的叙说和情感流动而产生情绪骚动和激荡，产生一种撼动人心的艺术震撼力。

有的作者千方百计在故事情节上下功夫，读者可以从中读到一个长长的完整的故事。由于这类小说在审美趋向上有情节化，故事化倾向，虽然故事情节缠绵曲折、几无破绽，但这类作品故事情节掩映着社会意蕴，以致只留下故事情节的躯壳而失去艺术的水平。张贤亮在《烦恼就是智慧》写作时似乎漫不经心，甚至有意摈弃小说故事的框架，而着重梳理自己在过往苦难岁月里的心理机制，因此，作为小说的重要的故事构件便散落在他的浓重的情绪流动和激越的情感喷发之中，故事情节成了情绪表白的载体。随着作者情感的流向和起伏，作者巧妙地用看似随手拈来其实是颇具匠心的故事零件，以便明证这种对社会的思辨的合理性和深刻性，这种故事零件的使用简直到了出神入化的地步。

在这里，乍看上去作品细节似乎是打碎了的小说配件，其实不然。作者还是充分注意故事在小说中的基本地位。小说是从"我"因在报上发表一首小诗而被打成右派，经过原单位的"热处理"后遣送劳改农场开始的。作品写到劳改犯人到了改造场所后"心情比较踏实了"，不致于像"热处理"时一样总感到"自己脚下是万丈深渊"。这是作品人物情绪在沉到命运谷底时的流向。但作者很快就把对劳改农场这种幻觉式的"幸福感"转换成无情的现实："运土坏"这种痛苦的劳动是对犯人的躯体的摧残。连皮带肉只不过四十四公斤的人要背上一倍重量，来回走五十米到一百米，"我"甚至能听见干硬的土块和骨头直接摩擦所发出的咯吱咯吱的响声，喉咙里吐出血。片息的宁静和短暂的"幸福感"在严酷的现实面前掷得粉碎。作者紧接着更进一步运用更有典型意义的故事细节，把读者的注意力推向高潮：薅草踩田。水田里的"泥汤"使犯人脚上长出"痒疯疙瘩"，痒得钻心，催人发疯，令人痛苦难当。作者刚上阵就机智地使用了两个"运土坏"和"薅草踩田""故事环"，让虚幻的"幸福"跟严酷而实在的改造生活产生激烈的碰撞，这种反衬比照比用眼泪和哀愁的恣意敷陈要凝炼含蓄得多。

作品虽没有用一个中心情节作主线贯穿始终，读者自然读不到长长的尾婉动人的故事，但读者只要以劳改生活为楔子，把人物和事件的故事零件加以排列组装的话，就会从中觅出令人读之动容，掩卷后心灵为之悸动的故事链。而作者在行文中巧妙地选择细节，设置令人难忘的故事环，尽管看上去似乎是一个一个细节的铺陈，但人们仍从中获取当年知识分子犯人劳改生活的整体印象，丝毫没有散乱感。

作品中的故事环主要是由人和事两种基本要素组合。

　　犯人搞"基建"一节是由事写人。"基建"中拿瓦刀的"大工"一般是由有技术的犯人担任，这些多是刑事犯人，做"小工"的则是知识分子犯人。当"大工"的因有技术，能取宠于队长，而"小工"则成为他们取笑和捉弄的对象，作者含泪写道当时令人心怵的心态："看着别人比自己还难受，竟会成为一种安慰……只要看到别人所承受的痛苦超过自己，自己的痛苦就会减轻许多。"这种病态心理使囚犯们分成等级，刑事犯折磨"思想犯"，而"思想犯"又不团结，相互揭发乃至殴斗。透过这些令人辛酸的故事，人们便能看到知识分子犯人群体煎熬的破碎的心。

　　作者还善于调动细节，由人及事，营造精当的故事环。那个睡在"我"身边的右派分子，又高又瘦，沉默寡言，他把自己全身都封闭起来，与世隔绝。有一次，"我"偶然在谈论犯人逃跑迷失了方向时听到他自言自语说到巴比伦王国时天文学就很发达了，由此推及他是天文学家。此后在他身上不断发生事情，连吃"饭"慢了，被说成"向党无声示威"。在被批斗后，他照例不声不响地钻进被子里。第二天"我"起来时才发现他已经僵硬了。这是令人何等悲怆的事件，令人久久难以忘记。尽管对这个"巴比伦"着墨不多，但由他而及的悲惨故事久久地留在读者的心里。在作品的下部，作者写到一对父子相会在劳改农场的镜头更是令人心碎。秋天是收获的季节，也是许多父子、夫妻、兄弟家庭团圆的季节。然而，在那个年月，许多家庭的团聚不是在家里，而是在劳改农场。作者选择一对父子"团聚"的故事：九月的一天，当收工之后，"我"看见一个年轻人向蹲在墙下的老汉走去，轻轻地叫了声"爸"，随后也蹲下去，和他爸紧紧地靠在一起。他爸笑眯眯地看着他，"两人默默无语，就用目光交流着含蓄的欢欣。过多的亲情流出来，泛化出一片玫瑰色，以至于大院也不成为劳改大院了。倘若把他俩从后面的背景割裂出来，这个镜头完全和父亲到学校去看望儿子时的情景相同。"在冷静地以旁观者口吻叙述之后，接着又描述了父子互相交换食物的情景。这种设置的故事环节，以平静的心态叙述不平静的故事，而让作者和读者交融的感情这根线把各个故事环紧紧连结起来。

由人及事来组合情节，展开在"左"的路线高压下知识分子在劳改农场的一幅幅悲惨或悲壮的劳改生活场景，这又是作者匠心独运之处。的确，在作品中很难找出一般意义上的小说的人物形象，甚至没有一个中心人物贯穿作品的始终(作品中的"我"是以叙事和见证人的身份出现的，而不是作者刻画的中心人物)。作者笔下的人物几乎都是"召之即来，挥之即去"，并无固定，但小说中几乎所有人物，哪怕是稍纵即逝的人物，都写得生动，把握准确，神情毕肖，就像站在读者眼前。究其原因，是因为作者有丰富而痛苦的生活阅历，在心中储存着各种人物和生活具象，这样随着不同人物的出现就能心想笔到，选择颇具生活实感的生活细节，以人写事，以事写人，人事合一，天衣无缝。这就是由人及事巧妙设置的故事环，再由时间和作者情感线链把故事环环相扣，达到很高的艺术境界。

如果把作品分解开来读，那是按时序编排的故事环，倘若作者没有高超的艺术驾驭能力，洋洋二十余万言的长篇小说就会变得散乱拖沓，难于卒读。张贤亮高明之处在于：在随着时序变化发展而组合的故事环，都是经过精心安排的，即便是把一个个故事拆开来读，其精彩程度也令读者拿得起，放不下，欲罢不能；同时作者巧妙地利用时空变化把各个精彩的故事环加以缀串连结，使故事发展有着时序发展和社会变迁的依据，不致使故事环散落而显现出其真实性。由于作者把故事置放在反右斗争和反右斗争风暴之后对知识分子的荒唐的"把敌我矛盾作人民内部矛盾处理"这特殊社会环境之中，使许多看似荒唐的故事情节变得更加真实可信。这就是作者巧设故事环的艺术构思的魅力。更重要的是作者在以时序作为故事环的串线的同时，还匠心独运地巧设"我"的感情线索——在那荒唐年代劫后余生的"思想犯"的情感历程作为贯穿作品的主线，巧妙地以"我"的情感历程来安置一个一个故事环，又以情感线索来串通整个作品的故事环，这样长篇小说便有了长长的坚实的故事链，作品显得一气呵成，有完美的整体感和艺术美感，这在当代长篇小说创作中是不可多见的，这是小说的重要艺术特色。

英国当代小说大家佛斯特在《小说面面观》中指出：情节化、故事化的小说只反映了人的时间生活。所谓故事，佛斯特认为就是一些按时间顺序排列的事件的叙述。小说创作要向更高的审美层次发展，就应当从仅仅把握时间生活中超越出来，进入对空间生活，尤其是对价值生活的整体性把握。佛特斯的"空间生活"概念是小说必须具有空间感，才可能具有立体感。佛斯特认为"价值生活"就是认为人的主体内心世界即显示人的生存意义和人的价值观念的生活。提高小说审美水平的关键在于从整体上把握人的价值生活。所以，佛斯特认为："小说家的功能就在表现内心最深处的生活。"《烦恼就是智慧》正是以故事为基石而又超越了故事，写出知识分子在历尽磨难中的痛苦的心境和苦苦追求，写出他们对生的渴望和对死的无奈，他们追求"价值生活"却又在严酷的现实面前显得无能。作者着重开掘了知识分子犯人心灵深处最隐秘的世界，使作品有别于其它"大墙"题材而有更高的审美价值。

二

　　一部有深度和力度的文学作品，只有当作家全身心投入，并把自己对艺术的真诚寓于作品之中才得以凸现。

　　对艺术的真诚必须以作者的对生活、对人生的真情为代价。"情深而文明"。只有对作品注入真情，才能获得更高层次的审美形态。《烦恼就是智慧》艺术魅力一方面在于作者对特殊年代知识分子的特殊遭遇在生活场景上作了高度凝炼和概括，往往寥寥几笔便把那年代的氛围渲染出来，使人留下了难忘的记忆，更难能可贵的是，作者在作品的进程中，对知识分子囚犯群体或个体心理状态作了人木三分的剖白和解析，坦露出知识分子的心扉，这是作者在艺术上的真情显现。

　　英国当代小说大师佛斯特指出："小说家的功能就在表现内心最深处的生活。"在新时期的当代文学创作中，开初有的作品(有卢新华的《伤痕》、郑义的《枫》和陈国凯的《我应该怎么办》等)偏重于情节化，尽管适应了当时大批读者的审美需要，但随着时光的流逝而使其光彩逐渐褪色，后来出现一批注重人物性格塑造的作品(如蒋子龙的《乔厂长上任记》、高晓声的《陈奂生上城》等），但由于作者太偏重人物性格的塑造而有刻意雕凿之虞，往往使人物性格外化，减弱了对人物丰富的内心世界的挖掘，作品留下了抱憾之处。真正意义上的文学作品，除了要求对故事构件、人物性格作整体性把握之外，更应当把笔触伸向人物的灵魂深处，展示人物丰富复杂的内心深处的情感世界，作品才有更高的审美价值。

张贤亮在《烦恼就是智慧》写作中，既不采用以情节制胜的方式，也不作人为的对人物的高度个性化的性格处理，而是在人物和情节的进程中渗透机智幽默的理性剖析，以及通透灵魂的、对人物最隐秘的心灵深处的开掘，使作品有鲜明的时代感和社会蕴含。

《烦恼就是智慧》，标题本身就耐人寻味。有智慧的人才会有烦恼、或智慧使人烦恼，烦恼就是为智慧，因为太聪明了，太智慧了，才招来烦恼。知识分子犯人在劳改中所受的折磨竟是双重的：尽管肉体上被折磨得死去活来，但心灵上有失其对信仰的虔诚。他们为了肉体生存的需要干了些"坏事"，"即使没有被队长发现，自己的心灵深处还会自我谴责一番，生恐'道德的堕落'。知识加重了人的不平；智慧引起人的烦恼"。这是张贤亮的痛切的人生体验，也是那个年代知识分子囚犯的痛苦的心路历程的昭示。这部思辨性极强的小说，是作者的苦难的人生体验与心灵自传的高度融合，产生出有极强的冲击力的艺术效应。

作者从两个方面描绘五十年代末、六十年代初"智慧"的"思想犯"——知识分子犯人的困境：由于当年物质极端匮乏而造成饥饿，其饥饿程度是：在高强度的体力劳动之后，当局一日只给三顿野菜汤，有时甚至只能吃到两顿，饿得连地上横着一根稻草提腿跨越过去也感到困难；另一方面，由于躯体的崩溃，使人失去正常人的情感而往往作出丧失人性的举动。在这种情境下，当局者又强制对知识分子犯人作精神上的"改造"，使"一个思想本来很单纯、具有现实感的知识分子，在政治运动中经人们反反复复地批判斗争，自己也不禁认为自己的思想真的有什么错误，决心'幡然悔悟'，'痛改前非'之后，他便完全迷失自己，全然丧失现实感，用马队长的话说是'伤了本性'，陷入更可怕的黑暗，最终异化到非人的地步。和这种知识分子在一起，比夜晚在深山中和狼同行还危险。"知识分子被贬到人格低于流氓、小偷等刑事犯，沦落到与地球上的低等动物几乎没有差异的地步，心灵上的摧残比肉体上的毁灭更为可怕，而当时的知识分子囚犯竟改造到这样的地步：精神麻木、人性变异为其基本特征。

求生存，祈求能保存一具纯粹生理意义上的"活"的躯体，这是当时特定环境下知识分子犯人的人生第一要义。作者带着辛酸的笔触，记录下当时在死亡线挣扎的知识分子犯人的悲惨故事。当时正是"低标准瓜菜代"的年月，知识分子犯人一天只能吃五碗野菜汤，但是繁重的超负荷的体力劳动却在摧残着人的躯体，为了证明凡能长草的地方便能长粮食，不惜付出无数的生命，硬是从远处背土来在白花花的盐碱地上营造出万顷农田。犯人成批死亡，有的吃着，人就栽倒了，再也起不来了，有的犯人偷跑到玉米地里，偷摘青玉米吃得肚子里发酵胀死在地里。为了偷吃路上拾到的一棵生玉米，苏效苏被队长抽得手上鲜血淋漓，仍宁愿挨打也要把玉米啃光；为了生存，知识分子犯人冒死吃有毒的蘑菇、癞蛤蟆，知识分子犯人竟"把全付精力放在各种野生植物和野生动物的食用上"。作者接着在第一部的最后给读者推出一个令人肝肠欲裂的悲怆的故事：一个犯人在与千里迢迢来探监的妻女见面时，像强盗似的一手抢过妻子手中的食物后连忙跑，到渠坝顶上饿狼似地吃起来，后来发现妻女挨饿的情景，他愧疚地割腕自杀了。这是作者亲身目睹的人生悲剧，令人心惊神悸。作者压抑住激愤述说以上的故事时，以冷静的审美心境观照生活，把自己的痛苦的生活体验有意无意地渗透到叙述语言和悲惨情状描写之中，融情于作品之中，出现有我之物，有我之情，有我之境，披露出一幕幕真实生活情景。

饥饿使人性变异，而对这批本来不是犯人的人的改造，更使知识分子犯人的人性异化以至沉沦。作者以入木三分的笔触通透这些人物的灵魂，并且以过来人深痛的反思后，指出这一切带来的灾难性后果。

作者抓住知识分子犯人投入劳改场以后的情感变态的心理线索，一步一步揭示他们的苦痛的从希冀到变异的心理历程。在他们被投入劳改场而获得短暂的"幸福感"后，随着体能的折磨而很快就陷入精神麻木乃至崩溃状态，从肉体上和精神上失去了疼痛感。这对一刻也离不开对人生、对社会和对科学思考的知识分子，顷刻间陷进停止思维的思想状态，思想变成空白，无异晴天霹雳，这是何等可怕的人生景况！但是，人毕竟是人，人有情感天地也有苦有悲，有波有澜，作者以苦涩的笔触揭示他们在困顿的境遇中有时又免不了陷进苦苦思索之中：为什么刑事犯人即使对人造成了伤害，也是"人民内部矛盾"，而知识分子犯人却是"敌我矛盾"? 奇怪的不是这种难于自圆其说的逻辑，奇怪的是知识分子犯人居然相信这种奇怪的逻辑。知识分子犯人这种短暂的叛逆性思维最终被无情的现实所粉碎。作者更进一步揭示他们苦痛的感情煎熬后被驯化到了顺从臣服的可悲境地：他们失去了个人思维的天地，"失去了独立思考的能力，失去了自信心"，他们学会了机械性思维。老政委对改造知识分子的标准是"听话"："不听话的知识分子，不配当知识分子！"以致这些"思想犯"只能做千篇一律的思考："它从来不会让我认为把我送来劳改是错误的，而只会让我以为我不愿劳改是错误的。"作者进而揭示他们的悲剧性的心态："我们并不害怕他们把我们推到物质匮乏的深渊，却在对方并不认为我们在思想上和他们一致时难过得要命。"作者写本来有着强烈的社会使命感和自信力的知识分子，如今却带着强烈的原罪感和自卑感，他们封闭的内心启开的一丝缝隙竟是由极端的恐惧带来的思维错位，导致对外来的压迫和伤害丧失了本能的抗拒力。

在人性的沦落的同时，作者更进一步用犀利的笔把自己的社会体验和心灵的缺陷写得毕露无遗。知识分子在遭受灭顶之灾后，为生存计终于露出了人性恶的一端：自私、自我。组长为了"毕业"，不惜栽赃，趁火打劫，趁人之危，动员全组签名整"我"，而整"我"不成，"我"反而被提拔为小组统计员时，他却惊异了；"我"为了保护自己一息尚存的躯体，利用笔杆子之长，违心地撰写歌颂老政委的《永远放红光》，博得队长好感而躲过了"全组签名"整"我"的灾难；另一位犯人则巧妙地利用场长与女犯人的暧昧关系，使自己成为"高等囚徒"，与场长一样享受"吃鸭子"的高级生活待遇；一个留日工程师揭发一个农业技术员，谁知农业技术员反诬对方，使对方升级为正式劳改犯而自杀……知识分子丑陋习性终于显现：由于自戕自残和互相揭短，剥去了自己仅有的一点面纱，这就更进一步把自己逼上命运的深渊。在这里，作者把知识分子犯人的心理紊乱与他们的卑微人格互为表理，把情感控诉与社会反思揉合在一起使作品有更强的力度。

　　作者善于捕捉人物的精微的心灵颤动和情感波痕，把知识分子的苦痛的情状和对前途的迷惘绝望推向心灵的悬崖。人毕竟是有思维的高级生物，不幸身陷囹圄的知识分子囚徒的不幸在于，用农村老大娘的话来说是"头脑把你害哕"！戒备森严的劳改农场囚禁得住身体却禁锢不住人的思想。这些善于幻想的知识分子犯人有时还禁不住要想象自由的天空。但在失去自由的人的心中，尽管看到大自然的美景时，心物交流，意象为之相通，但他们眼中的景象也会变色。他们竟会从地平线铺满一片灿烂的朝霞，联想到出工队伍竟像去送葬一样。如此不协调的景色和心绪是由于心灵受折磨变态使然。所以，当"我"在夏季田野上怅惘："所有的野草野花都能充分地吸收到营养，都欣欣向荣，唯独人，只有人，在挨饿，在受折磨"时，由景而情，眼前就像乌云沉重地压在心头，使之产生绝望的情绪。"巴比伦"的死；因揭发他人反而遭对方反诬而自杀，用制造别人的困难来减轻自己所承受的痛苦；因饿疯而使之失去正常人的灵性……作者披露这些知识分子心灵深处的隐蔽之处，既为情感控诉，又是社会反思，也是知识分子自我心理写实性的剖白，糅合在一起形成复杂的创作情绪，揭示更深刻的社会蕴含。由于极左路线的干扰，使不少有才华的知识分子在缺乏人性温情的劳改农场默默地消失，遭受灭顶之灾，作者后来回首这可怕的情景时悲怆地说，"我以为，那一时代的黑暗，并不完全在于它将人们所需的生活必需品都扫荡得精光，更痛心的是它粉碎了多少人的智慧。生活必需品会在经济政策调整后很快生产出来，智慧却很难再生。"可见作者是以此为出发点来构建作品，也是作品所深蕴的认识价值和社会价值所在。

　　应该指出，作者在从个人的生活体验和心灵自传的融合摹写中，以冷静的理智来节制情感，而情感的深沉和喷发又借助于作者机智思考和沉静的思辨，使作者独特的劳改生活体验和痛苦的心理自传跟对社会、人生的思考互溶互补、互相渗透，进入一个润物无声却又令人动容的情感天地。这就使作品进入更高的艺术审美境界：既对过往那苦难的生活作精微恰当的艺术再现和评判，而又对当前社会进程的美好前景作肯定性的评价，这使作品趋于审美体验的丰富蕴藉和精深。

凡是有强烈艺术感染力的工作毫无例外地都是出自亲身阅历和生命体验，并以全身心投入为前提。艺术上的真诚是作家个人心灵深处真情之泉的喷发，所以感人的艺术品应该出自内心，畅开内心，而作者的心灵自传只有寓于艺术上的真诚才能使作品显得厚重、真切和感人。《烦恼就是智慧》在这方面提供的审美操作程序比其它小说来说有明显的独特之处。

三

从张贤亮的《告地状——代后记》来看，这部长篇小说是其生活的实录，是他从1958年至1979年的二十二年中的几个月在身、心两方面的感受。张贤亮人生道路颇为坎坷，两次进狱，倍受折磨，这是因为仅仅为一首小诗，便遭到在《人民日报》点名的待遇，这种待遇使他埋葬了青春。在劳改农场，他在死亡线挣扎，好容易熬过了痛苦的年月，迎来了新中国最美好的年代。痛定思痛，当回首往事时，对那摧残人性的极左路线应扼腕呼号。然而，作者却一方面向今天的读者诉说那年代知识分子的厄运，另一方面又使人从中探索这些现象的深层社会动因，使人从中顿悟一些人生哲理，从而对今天的生活更加珍视。而这一切作者都是几乎在不动声色中冷静地处理。可以说，这部作品是作者激越情感的记录，同时又是作者冷静思辨的艺术结晶。

一切艺术手段都是在冷静之中产生：冷静地描述，冷静地观察，冷静地比照，冷静地嘲讽……艺术上的冷静是这篇作品的艺术基石，可以说，这是高超的冷静的艺术。

对社会、对当权者，对犯人，对所发生的事的嘲讽都是冷静中进行，冷静之中处理。

作者对社会造成不公，对知识分子命运的坎坷，都是静观默察，然后用宁静的心境提出疑问，进而又用改造过程中产生的认同感来作答复，尽量隐藏自己的复杂心境，达到对当时社会析理评判的艺术效果。在反右斗争后，许多知识分子受到不公正的待遇，这是历史事实。知识分子到劳改农场后经受不了身心两方面的磨难，不少人含冤死去，"我"的身边的犯人及同组的犯人就有饿死和自杀的。用装"饭"送食的车，在回场部时顺便用来装拉上工"休克"的犯人，这是劳改农场的奇观，内中含着多少冤和多少血泪。然而，作者在述说这些时，并没有采用激烈的言辞或极浓的感情色彩，而是淡淡地叙述，淡淡地描绘，似乎有意对这些事件保持一定的情感距离，尽可能客观冷静地落笔。而且作者有意注重事实本身，着重写出"是什么"，而却不发问"为什么"，这样就把作者的真实思想隐藏到事实里去了。然而，读者透过这惊心动魄的事实，却自然而然地思考"为什么"，之后从读者心底里不由自主地呼喊："千万不能走那条路！"

作者在行文中忍不住对某些事物作了嘲讽。犯人改造内容之一是到稻田里拔草，其实，在那个时候农场哪有什么稻草？但农场当局还是驱使犯人去那可怕的"泥汤"里拔草。作者在描写那:事件时，冷冷地记述："有时犯人们在一块田里拔了一天，草拔光了，回头一看，田里也没有一根稻苗……原来田里的稻苗在幼芽期就被杂草扼杀了……"作者不对事物进行抨击，但经这样客观冷静的描述，知识分子犯人"改造思想"的内涵便令人啼笑皆非了。作者对被嘲的对象也是采用冷嘲的方式。"我"所在的小组里接二连三地死人，但对死了人，你不能说"又死了一个"，而只能说"某某人死了"，"你必须习惯这样的计算方法：在劳改队，不管死了多少人都只死了一个人。"组里不断死人，而对有血有肉的人来说，不能动感情，只能冷冷地旁观，而且你的思维方法还必须这样：不能说许多死的人是饿死的，因为每天至少有三碗野菜汤给犯人喝，作者把愤懑的情感强压在心底，不动声色地叙述，似乎他是旁观者，下笔时只作客观的叙述，再用几笔冷冷的正讽法：死了人不能说"又死了一个"，更不能说是饿死的，因为每天至少有三碗野菜汤！作者情绪简直冷静到了可怕的境地！"分饭"更是绝妙的嘲讽，为了计算一桶稀饭里的份量，要在组里成员中每个人尽可能分得平均，每勺子中汤里有多少片菜叶?里面有没有藏着饭疙瘩?每一勺也有稍稠和稍稀的区别。于是，"数百名工程师、农学家、会计师、教员……还有在国外留过学的学士、硕士、博士或旧军官，一个个为怎样把这桶饭分得绝对平均绞尽脑汁。"这种辛辣的嘲讽读后令人心酸，同时产生一种奇异的艺术效果。

作者在巧妙地使用反讽时，也是持冷静的情绪。老政委是劳改农场的开拓者，他对改造犯人也另有一套。他的"吃野菜刀理论是独具匠心的创造。"他认为吃野菜是有阶级性的，地主、资本家是不吃野菜的，只有劳动人民吃野菜。于是他得出结论："所以人人都要吃野菜，吃了野菜才能改造好！"作者再进一步把老政委的"吃野菜"论加以夸张伸延："谁说吃草没营养，吃野菜不长力气?牲口就是吃草的，干起活儿来不比谁的劲大?！"作者把老政委的"理论"夸张到荒谬的地步，作尖锐的嘲讽，使人觉着劳改农场的思想改造荒诞滑稽，作者还不止于此，再把老政委的"吃鸭"行为与"吃野菜"论对照，进一步揭示其"理论"的荒谬性。在犯人吃野菜度日时，老政委却让犯人为其养鸭子。他每天必吃一只鸭子。然而，吃野菜度日的犯人却每天要坐在台下听每天吃公家鸭子的老政委思想改造的训话。这时作者冷静地讽道："老政委在上面讲着'双反'，我在下面似乎听到鸭子呷呷的叫声，但《永放红光》还是准备投寄"。《永放红光》是"我"为了保存自己而替老政委写的歌功颂德的文章。作者轻轻点染，在反衬中给老政委作了毫不留情面的冷嘲。笔力深厚，达到很好的艺术效果。

冷静的艺术并非冷漠的艺术，冷静的看取人生并非对人生持冷漠的态度。张贤亮对过往的劳改生活作冷静的思索，以便更好地整体把握生活，把握人的主体内心世界的生活，显示出人的生存意义和人的价值观念。冷静的背后有感情的岩浆，透过冷静的艺术世界，人们看到岩浆在迸发、在奔流、掩卷之后，人们从反思过去非理性年代的苦难生活，发出热切的呼喊：人们，热切地欢呼尊重知识，尊重知识分子崭新时代的到来吧！

情感岩浆的喷发

——张贤亮长篇小说《烦恼就是智慧》解读之二

一

一个有才华的作家，只有他在创作中不断创新，无论在内容上亦或在艺术上，要不断注入新的创作机理，丰富自我的创作世界，他的作品才能获得更高层次的审美形态。

张贤亮确实没有闲心去为艺术而艺术，但在他丰厚的创作成果中，却总是为读者展示出其功力深厚的小说艺术，使他的小说取得厚实的社会意蕴。他最近发表在《小说界》上的长篇小说《烦恼就是智慧》(《小说界》1992年第5期和《小说界》1994年第2期)在艺术上有撼人心弦的魅力，本文试从其创作的美学追求上剖析其艺术题旨。

二

小说的情节是人物性格发展的历史，故事是情节的最基本构件。在这部长篇小说中，我们读不到完整的故事——那种有头有尾、有波澜起伏，招之即来，挥之即去，但凡作品中出现过的人物，那怕是稍纵即逝的匆匆过客，也令人久久难于忘怀，知识分子犯人在精神上刚经受严酷的打击随之而来的是对肉体的摧残，令人感慨不已，心里久久不能平静。

在这部作品中，始终都抓住读者情感这根线，让人压抑、郁闷，令人悲伤从而引发人们深深的思索。人们不由对智慧会产生新的解读方式。因为有智慧，才会产生无穷无尽的烦恼，人太智慧了才会有太多的烦恼；烦恼由智慧产生，而智慧又会在烦恼中毁灭——在那个年代，你只能作别人指给你的惯性思维或线性思维而丝毫不能越轨——不管你自觉不自觉，有意或无意，否则会给你太多的烦恼，以致使身心两方面在无尽的烦恼中消失。智慧是人生的起点，也是人生的终结。

在这部作品中，作者以血和泪勾勒出那年代令人灵魂颤栗的人生图画。一个刚出茅庐的青年知识分子，由于一首小诗闯下了人生大祸，身体被囚禁，灵魂被扼杀，只剩下可怜的一张皮紧裹着骨头，在那个天地里仍不断地改造，他们就像一头瘦牛，肩上负着沉重的枷锁，眼前飘来一道鞭影……这是在极左路线下知识分子犯人的人生写照。这就是张贤亮的又一力作《烦恼就是智慧》(载《小说界》1992年第5期和1994年第2期)，这是一部思辨色彩极浓的"议政小说"。

三

名曰小说，其实是作者大墙内改造生活的真实记录。关于这一点作者也直言不讳："以上发表的小说仅仅是我从1958年至1979年的二十二年中的两个月在身、心两方面的感受。"(《告地状——代后记》)下半部则是作者1960年下半年三个多月时间的劳改生活感受。作者从1958年起，因为写了一首小诗，便被报上点名批判，投入劳改农场，经过了七百多天的改造，冒着危险记下了六十年代初五个多月的身体和心理历程。

作品把人物命运置放在严酷的六十年代初的政治背景下，通过众多知识分子被无情的政治飓风卷到大西北的偏僻的劳改农场，展示出一代知识分子的悲剧人生，通过他们的不幸际遇，引起人们对人的命运、人才和人性的深切关注以及对人的尊严、人的价值的呼唤。

作品以"思想犯"——知识分子"犯人"在这极端残酷的社会环境和生

存环境中，身体受摧残和心灵被扭曲为两根基线，穿插交织，铺排情节，融进对社会对知识分子、对祖国前途的深深的思索，寄寓着对知识分子前途、对社会、对民族的殷切期望。

作者以苦涩的笔触，写出知识分子"犯人"在极左路线下艰难的生存状态。这批"思想犯"经过各自单位像金属部件一样的"热处理"，已经获得了适合于劳改的性能，所以当押送劳改农场后，他们还获得一种"幸福感"。可是，他们很快就陷进求生存的旋涡之中。这批"犯人"在大西北监狱里首先碰到的是劳动改造，这种不科学的、超体能的劳动是对"犯人"身体的残虐，在这种贫瘠荒芜的盐碱地上，许多专家学者科学地论证了不合适开发，连当时的苏联"老大哥"专家也论证了这里没有开垦价值，但是老政委却以"能长草的地方就能长庄稼"这一简单化的理论指导实践，于是大批人就从远处背来黄土把大面积的湖泊填平了，这中间"究竟用人的脊背背来多少才能填平几万亩平地，无法用立方米来计算"，就这样老政委硬是带领十几个干部、工人以及大批犯人，挑土填湖，挑土覆盖盐碱地，造出万顷农田。然而，这种农田却杂草丛生，以致"犯人"在田里拔过野草后留下的还是大片野草，因为稻苗稀疏得像野草一样。这种体能上的折磨使犯人成批死亡，连老政委也没隐讳这种情况，他就以这故事来教化新的知识分子"犯人"的："……那时候的苦才叫苦。吃着吃着馍，人就栽倒了！一摸，没气了！是饿死的?不是！不是嘴里还嚼着馍吗?只要有一口饭吃，人就饿不死！"那么，这些人是怎么死的?老政委没说，也不能说。作者以此为铺垫，进而展示知识分子"犯人""不算苦"的改造生活：在食物极端匮乏的条件下，劳改当局硬要犯人"劳其筋骨苦其心志"，让弱不禁风的知识分子"犯人"到让人致命的"泥汤"里拔草，使得"犯人"患上"痒疯疙瘩"，这种钻心的痒和痛叫人无法忍受；饥饿得连地上一根稻草也难于跨越过去，但每顿只能喝野菜汤度日；连皮带骨不过四十四公斤重的人却还要背上一倍重的土坯，"犯人"甚至听得到坚硬的土坯与皮骨发生磨擦的声响；这样的恶劣的改造环境造成犯人大量死亡，知识分子"犯人"更是死亡之神扼杀的对象，但当你第二天起床发现身旁的犯人死亡时，千万不能说，"又死了一个"，而只能说某某人死了，因为劳改队习惯于这样的计算方法："在劳改队，不管死了多少人都只死了一个人。"作品表现出知识分子犯人的强烈的生命意识；人对生命本能的爱，这种爱的力量是人们在苦难历程中所求生存的内驱力。

　　超体能的劳动使知识分子"犯人"身躯受到严重的摧残，在这严峻的生存状态下，对这些"犯人"来说，"能够保一具纯粹生理意义上的'活'的躯体，才是最重要的。"作者以冷静的笔调写下饥饿对知识分子"犯人"的身体和意志的摧残。作者以苦涩带泪的笔触写下了当年的战斗英雄，作了阶下囚后竟饥饿得趴在地上跟猪抢吃饲料；写教授、科学工作者为了生存，全副精力都放在各种野生植物和野生动物的食用试验上，"第一个吃癞蛤蟆，第一个吃耗子，第一个吃蜥蜴，第一个吃干水坑里自然风干的小鱼，第一个吃据说有毒的蘑菇……全是知识分子犯人"！在"分饭"这细节描写中，作者把自己对当时情境中的情感体验渗透于细微的分"稀饭"时人物的奇特的反应之中，行文层层削示，处处铺陈，把知识分子"犯人"的心态和形态写得活灵活现，淋漓透致。为了把饭分得"绝对均匀"，"数百名工程师、农学家、会计师、教员……还有在国外留过学的学士、硕士、博士或旧军官，一个个为怎样把这顿饭分得绝对平均绞尽脑汁。"这是令人何等心酸的生活。

　　更令人难受的、也是更具讽刺意味的是老政委在"低标准瓜菜代"困境时对知识分子"犯人"的教化。粮食不够，犯人只好吃野菜，终日里只靠三顿野菜汤度日，老政委认为，只有劳动人民才吃过野菜，地主、资本家是不会吃野菜的"，犯人是来改造的，"所以人人都要吃野菜，吃了野菜才能改造好！"但人不是牲口，光靠野菜度日难于生存，有的犯人说野菜没有营养，长不出力气，无法出工，老政委便制造出更令人瞠目的"吃野菜改造论"，老政委强辞夺理说："谁说吃野菜没营养?野菜不长力气?牲口就是吃草的，干起活儿来不比谁的劲大?！"作者巧妙地把老政委的理论夸张一番，夸大到不戳自破的地步，使当局者改造知识分子"犯人"的理论变得黯淡无光。在老政委眼光中，知识分子"犯人"跟吃草的牲口没有多大的差别，所以当天文学家"巴比伦"悲惨地死去，那个中学教员在饱噬一顿后自杀都属"牲口现象"，没有什么可大惊小怪的，当然，对犯人下"泥汤"后在水坝下面痒得乱蹦乱跳时，他悠闲地站在大渠坝上大笑："对啦！对啦！这样你们就快改造好啦！"

作者在行文中渗透着愤懑，但又以出奇的冷静笔触轻轻点染，冷静地叙述一个知识分子"犯人"偷吃玉米而胀破了肚子，为了活命却丢了命；最后掩饰不住悲怆的感情，写下一位犯人在饥饿难耐时抢食妻女探监带来的有限食物，终于发现母女俩也在困境中挨饿而愧疚地割破静脉血管自杀，使读者情绪到了沸点，随着犯人的血渗透在黄土地上缓缓流动。读者的内在情绪和作者的外在描写互相浸染，构成一种令人悲怆的内在和外在氛围，从而激发人们对生命价值的思索。

四

"思想犯"在中外法律词典里是无法找到这名词的，从法律角度来说也是无从解释的，但在那年代里，在缺乏法制而重视"人治"的情况下，确确实实有过许多既够不上刑事犯罪也够不上政治犯罪的"思想犯"——那些当年或慷慨陈词或作文上书的知识分子文人，一个个被拉下马来，"充军"改造，这就是张贤亮笔下的知识分子"犯人"。作者不仅仅描绘出当年这批"犯人"在改造生涯中的躯体上的摧残，而且用重笔剖示了这些"犯人"的苦难的心理历程。

如果把那些"思想犯"们与低等动物几乎没有差异的在困苦境况下仍挣扎着求得生存权利的行为视为悲壮的话，那么，这些囚犯们的灵性的困惑和失落应视为悲惨。这些"犯人"尽管在饥饿线苦苦挣扎，跟死神搏斗，但他们仍然虔诚地祈求灵魂的再造再生，念念不忘改造世界观，把它视为人生最神圣的东西。而这些在农场改造思想的人，恰恰被改造掉了作为人的"最基本的生存要素——人性，人的生存本性。

人性是人的基本属性，它存在于"社会本身，即处于社会关系中的人的本身"。换言之，人性是由社会结构关系所决定的人的特性。因而，"评价人的一切行为、运动和关系等等，就首先要研究人的一般本性，然后研究在每个时代历史地发生了变化的人的"本性"。(《马克思，恩格斯全集》第三卷669页)

　　用农村老太太的话来说，"思想犯"们是"头脑把你害喽"。头脑出智慧，智慧出烦恼，与某些潮流时尚相佐的观念在那个年代是很容易把自己"害"了的。作者高明之处在于，他没有就事论事地罗列铺排如何变成"思想犯"的，这些只在行文中有时作随手点染，作者以灵敏的艺术感觉提纲挈领式地写出知识分子"犯人"如何从"另一世界里"(即从他们原来各自不同的社会岗位上)走到这个严酷的世界里的痛苦历程。"我"身陷囹圄是因为写了一首小诗；那位大学讲师是因为坚持"石器时代"之前还应有一个"木器时代"的观点；那位极虔诚地改造，但由于饿极而像狼一样吃饱了后在妻女面前结束生命的中学教师，因在备课会议上独出心裁地宣布"在唯心主义和唯物主义之间并没有一条确定的界限"；而自投罗网，那位研究天文学的学者"巴比伦"被莫名奇妙地投进劳改营，又一夜之间"瞪着爱看风景的眼睛"离开人世，冥冥之中仿佛仍在寻觅呼唤"巴比伦"……作者静观默察，不动声色地记下了悲惨的事实：学术问题变成了政治问题。于是数百名工程师、农学家、会计师、教员……还有在国外留过学的学士、硕士、博士纷纷踏进陷阱，"阳谋"变成"阴谋"的战俘，投进改造营。

　　作为正常的人在这特定的社会环境中，随着社会地位和所处的社会结构、人际关系的急遽改变而使人的本性产生变异。作者以深邃的洞察力，把笔触伸向特殊社会的各个层面，摄取各种奇异的场景、人物和事件，作多方面、多角度的深层次的透视。许多知识分子"犯人"，作为大写的人，有着普遍的人性：对祖国的忠诚，对事业的执着，对人的挚爱，但一场政治风暴袭来，忠诚变成"叛逆"，爱心顿成"狼心"，被誉为"万物之灵"的知识分子却成为阶下囚。当他们从理想境界中狠狠地砸在严酷现实的地上时，"唯独疼痛的感觉是真实的"，但当投进劳改场经过饥饿——饿得连地上横着一根稻草也难于跨越时，终于使人们灵魂颤抖，精神麻木，人性异化，疼痛感消失了，只感到饥饿。为了躯体"活"着，囚犯们学会了虚伪，充分利用从"另外一个世界"里学会的一点技能自卫,为了遥遥无期的"毕业",人们自相戕残,互相指给对方死路而暗中给自己留一条活路;人的价值法码便是生存,并以此来决定取舍。人性变态到如此可悲的地步:如果摈弃思维,便与其它低等动物几无差异,因为他们"已经丧失了做人的资格"。不仅如此,作者还给人们展示那极左路线下的特殊年代的,特殊社会环境的可怕图景:且不说当局者为了证明"能长草的地方就能长庄稼"。这一条被资产阶级否定了的"真理"硬拼硬干而不计其中饿死累死多少人!更使人心悸的是,当局者对活着的人使用远比钢刀还利害的"木刀子杀人"——对知识分子囚犯实行灵魂大屠杀。同是写囚犯,作者刻意写出囚犯中的等级区别:有原来当官的犯人,改造好后回到"另一世界"里还要使用者为上等;原国民党官兵次之;再次的是小偷、流氓等刑事犯,因为以上的均属"人民内部矛盾";而知识分子"犯人"却打进十八层地狱,成为囚徒中的囚徒,因为他们是"敌我矛盾作人民内部矛盾处理",所以连小偷、流氓犯人也可以随意欺凌他们,任何人都可以奴役他们。作者带着心酸的血泪写下那位宁愿挨皮鞭抽打也要把路上拾到的玉米棒吃完的犯人,就是嘴巴被抽得鲜血淋漓也不丢弃最后一粒玉米!知识分子人格被贬值,灵魂被践踏。作者愤懑地步步揭示知识分子不仅躯体麻木,而且连灵性也被扼杀,过"世界关(观)"比过鬼门关还恐怖,木刀子杀人不见血,可被杀者心里在淌血,以致"我"的灵魂被戕害到如此令人颤栗的地步:"我的'思想'通过学习已达到这样的高度;它从来不会让我认为把我送来劳改是错误妁,而只会让我以为我不愿劳改是错误的。"

作者在静观中作冷静的叙述,在情感压抑中作不露声色的客观描绘,把人间悲剧处理成淡淡的故事,然后笔锋一转,进而指出这不是个体现象,而是群体效应,"所有来改造的知识分子,都失去了独立思考的能力,失去了自信心,"甚至"丧失了人的资格。"作品发人深思的是,尽管"思想犯"们在身心方面遭受虐杀,但他们还是真诚地认为,这种思想改造是必要的,对此没有丝毫的疑议,以致对同类中稍有思维的人进行挞伐,愤愤不平。哀莫过于心死。作者给读者捧出一颗带血的心!

作者没有到此而止,而更深层地揭示在那年月知识分子人性遭摧残带来

240

更严重的恶果。在那年代由于政治运动而带来激烈的社会动荡，人心震荡中，作为知识分子囚徒，人格被践踏，斯文扫地，为了活命而失去理智。理智是人的精神支柱、行为准则，而感情是人与人之间的纽带，而"木头刀子"杀人时不是朝喉管胸膛戳过去，而是从人与周围世界的感情纽带上下手。"木头刀子"虽然戳不进人体，但砍无形的感情纽带却锋利无比。知识分子"犯人"经过改造，由"智慧"带来灾难，带来烦恼；而通过改造，使人失去正常的理智，由烦恼而麻木，作者对此表示难以理解。但更使人感到人性失落带来的可怕后果是，"人"一旦失去情感，任何人都不再使他留恋和关心，他对任何人、对整个社会也不再负有义务和责任，在一时的冲动中，他就会做出正常人完全不能理解的事来。作者写到人与人之间缺乏人性纽带联络，互设陷阱，欲置对方于死地而后快，"我"对母亲失去情感，折磨他。最后写出人性毁灭后的可怕的一幕：那位犯人当着妻女的面割腕自杀，留下了撼人心灵的一幕。人失去了情感纽带，便对亲人及整个社会失去责任感，也就是说由于人性的泯灭而使我们的国家、民族陷进悬崖边缘，这正如闻一多诗中所说："噩梦挂着悬崖。"

沃土
幽香
241

　　作者用犀利的解剖刀剖析了在那个年代的特殊生活和事件，层层递进，处处梳理，表现出对社会、民族的挚爱和关切。作品融政论与思辨、哲理与形象、心理与联想于一炉，尤其是作者以全身心的投入，把生命体验与情感融于作品之中，使作品有更深的内涵，可以说，这是一部撼人心弦的议政小说。

五

　　张贤亮声言：他无心为文学而文学，也不想使文学远离政治而传之久远。作者试图以亲身的生活体验过的那梦魇般的生活的描绘，通过对那扭曲人性、自相戕残的非理性年代的抨击，进而探究更为深层的历史原因和社会动因。

　　现实是由历史积淀而成，历史是现实的一面镜子。历史和人的生命都不会随时间流逝而无声无息地消失，而历史的再现却是为了现实中不再重复。

综观张贤亮"大墙题材"的系列小说，我们可以看出作者创作的思想脉络。《绿化树》主要写章永璘在马缨花帮助下克服"饮食"饥饿这一主题，《男人的一半是女人》则是着重探索在"大墙"的高压下知识分子犯人的压抑的性的变异与复苏，"维系我们的，在根子上恰恰是情欲激起的需求……离开了肉与肉的接触，我们便失去了相互了解、互相关怀的主要依据。"而《烦恼就是智慧》的上部主要是写知识分子"犯人"到农场劳改后由于物质(主要是食物)极度匮乏，再加上高强度的、超出体能负荷的体力劳动，引发极度饥饿而使身心方面受到摧残，终使人性变异。下部则是着重从当时极左路线和由此制定的压抑人性的对知识分子"犯人"的政策所产生失望情绪，进而抨击当时的社会政治的弊端，剖析产生这种极左路线的社会政治动因，作品有强烈的议政色彩。

作者对那个年代对知识分子的沉重打击，及后来对知识分子"犯人"的身心两方面的摧残感到痛心疾首。作者以苦涩的心情、以"过来人"的反思，沉痛地披露那年代对一代知识分子英才的毁灭。有的人出于"天真"，为了完成"右派"指标而自愿充当了右派；有的仅仅与领导有点小小隔阂便送进劳改场；有的当了右派还不知道为什么成为右派，有个有"儒家风范"的知识分子为了照顾别人而争取到"改造"名额，在农场死去，更令人啼笑皆非的是，一个押送"犯人"的农民最后补了逃跑的"右派先生"的名额……由于极左路线，"把大批不是敌人的人民群众打成敌人，然后又对他们宣布仍旧按人民内部矛盾来对待他们"。在劳改农场，应当说从领导到干警也不乏好人，但由于当时所处的特殊的政治气候，也只能给他们加压改造，这就造成"犯人"身心两方面受到摧残，不少知识分子"犯人"就是这样默默死去。那位名牌大学毕业的工程师王三育，明显错判被投进劳改场，但他就在临死前还念念不忘共产主义理想，并以此来勉励别人坚持活下去，继续改造，重新回到建设共产主义的队伍来。在当局反理性、反理想主义的高压下，这种思想改造使得许多有理想有抱负的知识分子精神麻木到了可怕的境地："我们并不害怕他们把我们推到物质匮乏的深渊，却在对方并不认为我们在思想上和他们是一致时难过得要命。"由于人的自我尊严被践踏，自我价值的否定，肉体的戕残，思想的禁锢，"我已被改造得能够和任何魔鬼安然地同处一室了"。

作者再三申明，他的作品是政治小说，写的是政治。而这种政治小说在当代中国是很忌讳的，往往有"反党"之嫌。所以作者由衷地说："我不讳言，这部小说是小平同志南巡谈话的产物。"

莎士比亚笔下的哈姆雷特称人是"宇宙的精华！万物的灵长！"张贤亮正是通过那时代对知识分子精英人才的厄运、磨难，造成人性的异化乃至毁灭来反思当时的政治生活的。在总体把握上，作者是站在现在爱惜人才、让知识分子施展抱负的角度上回首以往，反思过往的极左路线给中国知识分子带来沉重的灾难，又从过往的角度来为中国的未来着想而痛心疾首。这不仅仅是作者个人的反思，也应视为是民族的反思，是知识分子通过苦难的血和泪洗礼以后发出痛苦的呼喊：不能再回复过去，要走今天改革开放即定的路！

可以说，《烦恼就是智慧》是血和泪写就的书。那不是书，是历史，含血带泪的历史。这是张贤亮的生命体验，写得真实、真切、真诚，是一部撼人心灵的生活大书。

《我看广东》的创新意识

——程贤章创作论之一

社会上有一种说法："东西南北中，发财看广东"。外地人看广东，觉得广东像个万花筒，五彩缤纷，神秘莫测，广东人如何看广东呢?近读广东著名作家程贤章新作《我看广东》（百花洲文艺出版社），这部洋洋30万言的新作，以作家观察事物的精细入微和记者的敏捷锐利，写出广东近年来变革的真实意蕴，给人们撩开了"广东之谜"的面纱。

程贤章是作家，也是记者，他的创作生涯和记者生涯几乎一样长。近年来他以记者身份到珠江三角洲采访，以作家的身份在粤东山区梅县挂职深入生活，对改革热潮既有面上的认识，又有点上的感受，更有深临大潮的深切体验，把自己所历、所看、所闻、所感、所思遣诸笔端，使作品有亲切感和真实感。

广东是改革开放的前沿阵地，广东如何动作，如何决策以及向何处去，确实牵动着世人的心，人们拭目以待。广东在近年来经济上高速发展，率先向社会主义市场经济转型，这是众所周知的。但领导者如何下这盘棋，如何把棋走活，对读者来说还是陌生的，即便对广东人来说也不甚了了。尤其是长期以来把各级党政主要领导人划为新闻媒体的禁区，采访这些领导人有如登天之难，使他们的形象蒙上一层神秘色彩，要用文学形式来写出这些领导群体和个体形象，确实难度较大。

都说广东人开放。确实，从程贤章采访对象来看，从省委书记、省长到市委书记、市长、县长，他们自觉解"禁"，接受采访、豁达大度、纵横捭阖，无所不谈，通过新闻媒介，使读者了解这些岗位上的决策者在改革开放大潮中所想什么，所干什么，如何决策以及如何干等等，这样把领导者们的大思路及时传递给读者，使读者多一份了解，多一份理解，多一份深情，多一份投入，沟通读者和领导者的感情，别开生面地反映出广东的改革大潮。

在《广东农业开发战略决策》中，作者捕捉住省委领导高度重视农业生产，把发展农业生产提高到整个国民经济上来认识的大思路，用专访的形式表达了省委主要领导人对社会上只叫"无工不富，无商不活"却很少叫"无农不稳"的担忧，致使有个山区贫困县竟不顾"山"情，盲目搞商，招致数千万元的亏损。在山不靠山，在山不吃山，结果既不能脱贫，也不能致富。程贤章把省委领导的决策很快用长篇专访形式作了披露，使群众与领导人之间有了较多的共识。

程贤章不仅注意采访的深度，还充分注意反映广东改革的广度。《我看广东》从人物上既写省委书记、省长，也写市长、县长，还写出大批的基层改革者，村长、乡长、经理、知识分子、工人等等，既有宏观决策者，也有微观实施者。这些人的特点是敢想、敢说、敢干和敢承担责任，他们都是时代弄潮儿、人才、帅才，是广东改革的宝贵财富。作者饱蘸笔墨为他们立传，为他们的业绩唱颂歌。程贤章在这些人物所虑、所想、所作、所为的同时，特别注意把笔触探入人物丰富的内心世界中去，揭示他们深层次的思索，使作品有更丰富的蕴含。另外，《我看广东》反映社会面之广也令人吃惊，作者全景式地反映广东的社会经济的发展。这里有省领导人鸟瞰式的对广东改革开放的展示，有市长对全市工农业发展的展望与具作，也有对党风、司法、市政、市场、教育、文化建设、引进外贸以及外贸等方面的描述，还有对经济发达的特区和经济落后的山区的报告，描述和比较，读者读着这些作品，不知不觉对改革潮头的广东产生全面的、立体的印象，使人们对改革开放产生全新的认识。

在广东，"专访"成为程贤章的"专刊"，就是在全国，迄今为止也未见像《我看广东》一样的"专访"专集。在国外，"专访"颇有市场，著名记者斯诺和安娜·斯特朗就是采访当年延安中共领袖人物而成名；当代意大利女记者奥里亚娜·法拉奇专门采访世界各地领袖人物，她的《风云人物采访记》成为畅销书，而在国内却很少有人为此花费笔墨。程贤章写"专访"，注入了文学因素，既有新闻性，又有文学性，既有新闻的敏锐和犀利笔锋，又有文学的深沉思索和多姿文采，两者互溶互补，使作品更有张力和活力。

更难能可贵的是，程贤章写"专访"既写事，也写人，写人的形象和思想深度，这在过往的专访中是很难达到的，可以说这是程贤章的创新意识。例如，他在写广东决策者这些"官"时，他不仅写他们的决策时的气度，也写他们在严峻的现实面前的欢悦与痛苦，烦恼与舒心，写他们与凡人一样要食人间烟火，一样有七情六欲，一样看成功与失败。更重要的是，作者极注意探入他们的思想深处，使人物内涵更深，人物也更可信、更真实。在"专访"中注意塑造人物，这无疑是《我看广东》的新创意。

《神仙·老虎·狗》：人生况味的品尝

——程贤章创作论之二

记忆中的客家山村是异常美丽的：那云遮雾障的野山，雨过天晴后飞架两山之间的彩虹；幽篁掩映的山畔人家；玲珑秀美的客家妹仔；当然，还有那背负重荷，在弯弯山道上艰辛爬行的老农……当我在习惯性的思维轨道上行走时，蓦地，我眼前出现一个中年汉子，他自信而充满期待地向我走来，当我的目光和他的睿智的目光相遇时，我惊呆了，他竟是我期待中的熟悉的陌生人——A市代市长牛皋。

牛皋是程贤章长篇小说《神仙·老虎·狗》中着意刻画的人物。作家刻意把牛皋置放在改革时代的大背景中，让这位身负历史重荷的汉子在人生舞台上纵横捭阖、锐意进取，在纷乱错杂的社会矛盾重重包围下寻求进展与突破，弘扬其直面人生、直面现实的主体积极性；同时，作家又以独特的把握时代的新角度，通过牛皋由盛而衰，从"老虎"而"狗"的人生际遇及其情绪和心态的转换，对人生况味作整体性品尝。

尽管作家声明其作品并非改革文学，但牛皋却是改革时代的弄潮儿。粤东客家山城是世代贫穷之地，自从改革飓风卷进山城后，牛皋作为百姓父母官深感自己肩负的使命。他上任伊始，便立了10大项目，以期使贫穷落后的山城翻个身。他深知要实现这些必须改善投资环境，从A市到省城需要修筑铁路，有了大动脉这些项目才能活起来。岂料领导的一个座谈会便把这位市长雄心勃勃的计划打入冷宫。牛皋很快从情绪的低谷中再一次推向高潮，铁路造不成便造机场，这样外商可以从香港直飞A市。在他努力游说下，终于成功了。作品从改革深层生活中切进，既表现出牛皋的非凡气度和才干，又表现出他为实现个人价值和社会价值而奋进拼搏的强烈愿望。

但作家最终指向并非仅仅停留在牛皋的奋力进取的层面上，而是有意让牛皋在个人价值追求中透示更深层的人生底蕴。

牛皋作为A市的第一把手，确实表现出一身虎气。他制定的A市10大工程中，前8项是工业建设，大权独揽；后两项是农业建设。为他不屑一顾的弱项，推给牧副市长。他认为工业是"以几何级数递增"的，倍受青睐，农业却是"以数字级数递增"而冷落一旁。因此，发生他与牧副市长的关于修桥与修堤的石料之争。牛皋略发虎威，便使天平砝码倒向自己一边。作者其实是带着惴惴不安的心情来看取牛皋的"虎气"的。由于牛皋的我行我素，大权独揽，在私生活上又对传统的生活观念作出缺乏领导者应有的清醒、理智的态度，在行动上常常作出一些不合规范、不拘章法的举动，因此在他"虎气"张扬的时候，"狗气"同时潜伏于身。

随着改革的深进和时序的推移，在斑驳复杂的各种社会关系、人际关系以及自身的矛盾心态面前，牛皋陷进了困境。由于他性格上的盲目自信、听不进别人的劝告和情绪化等弱点，他对改革进程中的矛盾和困难缺乏足够的认识、判断和冷静理智的审视，就在他跟牧副市长石料之争时已隐伏着他命运的危机。作为领导者，他没有站在时代的高度审时度势，错误地把农业和水利置于无足轻重的位置，最终在洪水冲城的关键时刻贻误战机。"水淹七军"而使他命运急遽逆转，成了悲剧性人物。

牛皋从"老虎"变成"狗"时，并不意味改革的失败或时代的悲剧，相反，这正透示出改革进程的递进而伸向深层，预示着改革的希望。牛皋的失败有其社会因素，但最重要的还是其内在性格的软弱性所造成的。程贤章的创新之处在于他在作品结尾处让牛皋回蓟他曾打过败仗的山村，让当年的党支书含蓄地提示改革的事业是广大群众的事业，改革的伟大事业要与时代生活和广大群众联结，任何疏离群众的作风都必然导致人生的"水淹七军"的悲剧。作家以改革时代特定的人生的大构思把作品推向时代画卷的深层次。

改革文学的新拓展
——程贤章创作论之三

新时期的中国文学犹如夏夜的天幕，群星灿烂、耀人眼目。群星中有恒星与流星，恒星闪耀，汇成文坛星河；流星耀眼，曳空而过，只给人留下"曾经有过"的惆怅。

有人断言，改革文学不像乡土文学、寻根文学永恒，就像夏夜的流星，稍纵即逝。确实，自从蒋子龙的《乔厂长上任记》开改革文学先河，产生轰动效应后，柯云路的长篇小说《新星》问世，把改革文学推向高潮，此后，改革文学似乎缺乏力度，后来产生的作品大都按即定模式，写改革领导者大刀阔斧，与保守势力展开方案之争，性格碰撞，最终战而胜之。改革文学滑进一条即定的轨道，了无生气。

文学是生活的反映，生活是文学的源泉。当代改革开放生活犹如万花筒，五彩缤纷，生活呼唤文学去表现，读者祈盼着具有深度、力度的改革文学问世。

最近，百花洲文艺出版社出版的程贤章的长篇小说《神仙·老虎·狗》，冲破了改革文学的藩篱，使改革文学出现了生机，这部长篇小说的出现昭示改革文学的强大的生命力，标志着改革文学迈上了新的台阶。

程贤章是一位充满激情的作家。他是中共广东省梅县县委常委，对粤东山区的世态人情、生活情状以及客家人的禀性风俗有着深刻的了解，尤其对客家人聚居的粤东山区在改革开放潮流冲击下产生的巨变及其过程整个了如指掌。他本身就是这山城改革进程中的参与者，他全身心的投入使他获得丰富的创作素材和创作灵感。作者在梳理了近年来改革生活后，以高度的社会使命感和独特的审美心态关注着改革浪潮冲击下复杂的人际关系和人物命运，以酣畅淋漓的笔触塑造出饱满的艺术形象，从龙种、牛皋等活灵灵的人

沃土
幽香
249

物身上折射出当今社会的人情世态和改革开放的新走向，让人们从中体味出深邃的人生蕴含。

这部长篇小说摈弃了改革文学的方案之争模式，而是把笔触探入改革生活中的各种人物之间的新型关系，细微精确地描摹在这风云变幻中的人物心态，使改革文学在新的社会关系中得以深化和发展，显得更厚实。可以说，《神仙·老虎·狗》是"后改革文学"的扛鼎之作。

尽管程贤章再三声明《神仙·老虎·狗》这部作品无意描写和反映改革，特别是从正面反映改革，不能把作品纳入改革文学之列，但作品中的主人公牛皋却是在改革大背景下演出绘声绘色的壮丽话剧，他的思路，他的作为无一不是以改革开放的角度为出发点和归宿。因此，这部以反映粤东客家人聚居的当代生活的作品毫无疑义应当列入改革文学范畴。

作者以挚爱生活的热情，以时代弄潮儿的身份站在改革潮头看取生活，感受当代改革大潮的轰动。但作者又没有简单地描摹生活，或者简单地按前改革文学的思维定势来构建小说的艺术框架，作者面对复杂纷繁的生活机智地思索，巧妙地梳理和取舍，作者跳出前改革文学营造的窠臼，站在时代的制高点，居高临下地审视生活，过滤素材，然后选择新的、独特的审美角度，大胆地从牛皋取得A市的权力顶峰切入，紧锣密鼓地写他大权独揽、敢作敢为搞A市的改革，然后急转直下，写他权势跌进低谷，进而翻身落马，从而对酸甜苦辣的人生况味作出整体性品尝。读者读着牛皋戏剧性的、大起大落的人生这部大书，宛如喝着作品中写的粤东名茶白叶单丛一样，越喝兴味越浓，回味越多，留下深深的思索。

前改革文学在对当代改革生活的反映上出现突破性进展的同时，也明显暴露出其弊端：作品或以改革方案之争，或以提出改革中某一问题为契机展开矛盾；作品的主人公总是大智大勇、神威无比，并大刀阔斧地砍掉前来迎战的某些守旧势力而战而胜之，这一创作程序并不能真实地反映日趋复杂的改革生活，"乔厂长"再也难于解释和解决深化改革带来的新问题。程贤章的高明之处在于他能缜密地分析深化改革后产生的新矛盾，并把这矛盾置放在特殊的环境中去表达。他独具匠心地摈弃惯性改革文学模式的构思框架，而以改革时代的人生探索大思路去表现改革弄潮儿的命运。他把牛皋置放在改革潮流冲击下的封闭落后的粤东客家人聚居的山城，在特定的情境中展示人物的复杂心态，在矛盾冲突中揭示人物命运，又在人物命运的描写中展示改革的壮阔的生活图景。

牛皋是一个有着复杂性格的人物。他是英雄，又是失败者；他性格刚毅，内心又显得脆弱；他为人豁达，却又有时在小处使点心计；他敢说敢当，善于决断，但在厄运降临时又显得力不从心，双肩难支；他清廉勤政，而使他失却群体的力量，造成人生的悲剧。

但从总体上看，作为A市铁腕人物的牛皋，积极向上、敢作敢当、锐意改革是他性格的主导方面。他对事业和人生都有着强烈的乐观意识，这是程贤章紧紧把握的人物性格基调。他掌权伊始，便从宏观上把握A市改革的进程。他深知，"要想富，先修路"。从A市到省城修一条铁路，犹如人体的大动脉血管，可以带动A市的各项改革进程。无疑，他的蓝图是美妙的。但是，中央某要员的一句话便使他的苦心经营落了空。但他不气馁，不退却，他仍雄心勃勃，要把A市的改革搞上去。他要把A市到省城的机场修建好，以便改善投资环境；他下决心使新大桥如期通车，便于建设的运转，他要在A市开十间发廊，使山城融进现代气息；他要把工业促上去，使一贯依赖农业的A市来个质的变化。在他看来，"农业的发展是数学级数，而工业的发展却是几何级数！"他的人生信条是，活在世上就要有所作为，就要对社会负起责任，作出贡献。他在办这些实事时，雷厉风行，敢作敢为，充满虎气。可以说，牛皋有着改革者应有的新观念、新思维，有现代改革者的作风和气质，这正是牛皋性格可爱可敬之处。

程贤章说他所塑造的人物没有一个是完美性格的，是一个好坏兼而有之的人物。人物的性格除了个人的禀性、气质之外，社会大环境往往会使人物的个性带来极大的影响。牛皋的性格有虎气，但也有狗气。狗气，是牛皋的人性的另一面的显示。在战争年代，他有过马失前蹄、龙颈坳战败的纪录，从"虎"而"狗"；在改革开放年代，牛皋亦有"战败"的纪录，使他产生悲观意识。在小说开篇，他就与秘书龙种有过推心置腹的交谈。他把神仙、老虎、狗当做人生运行规律，也当作政坛的规律，就是说为官者最后谁也逃脱不了做狗的命运。

当然，牛皋是无意于做狗的。他要做老虎，他要有所作为，为A市的改革大干一番。当虎气和狗气集于一身时，或者"虎""狗"交战时，牛皋总是以大局为重，尽量妥善解决。当牛皋与牧村副市长的修大桥还是修大堤的石料之争时，素受尽牛皋歧视的牧村副市长把修大堤防洪保安全的大局与牛皋一说，这位大权独揽的牛皋最终还是以党的利益、大局利益来衡量自己的作为，没再敢到大堤上"抢"石料。尽管牛皋明知这次石料之争被牧村抢白一番，做了"狗"，但他还是坦诚心服地做"狗"。其实，这是反"狗"为"虎"，他这一忍受退让，使他更好地从宏观大局上把握改革进程。作者这一机巧的构思，使牛皋性格更趋丰满，含蕴丰富。

在牛皋人物性格刻画上，程贤章不仅仅从个人的脾气、禀性去描绘，也不单靠人物之间不同个性的碰撞来刻画，程贤章更注重让人物与社会、人物与习惯隋性，人物与群体之间的阻力等方面去展示，这样就使牛皋、龙种等人物性格烙上鲜明的时代色彩，显得更为真实。

随着改革的深入发展，作者敏锐地观察到，改革的阻力不再是简单地归纳于改革者与因陈守旧、阻碍改革的同事或上司之间的矛盾，而是由某种陈旧落后的生产关系、社会习俗、官僚主义、不适应改革的机关机制以及复杂的人际关系、人的心态组合成某种复合的、极其复杂的社会生活规程、人文环境和社会氛围等。因此，必须把人物置放于更为纷繁复杂的社会旋涡之中，跟多种不可预料的或难于抗拒的社会的、自然的阻力作争斗，人物性格才能在更高层次上得以体现。

牛皋是A市的第一把手，铁腕人物，他在A市搞十大工程，应该说在A市不会遇到来自上司的阻力，当然也不会有喋喋不休的方案之争，更不会产生一拖数年的"胡子工程"。如果说牛皋遇到什么上峰阻力的话，那就是他曾试图建造由A市到省城的铁路方案被否决，这是由于中央领导基于全局布棋而作出的抉择，但领导同意以建造造价较低的由A市至省城和香港的机场作补偿，这样同样可以改善投资环境，对牛皋改革方案并无多大的损害。可

252

见，牛皋施行改革方案时阻力并非来自上面，但奇怪的是，牛皋在改革中却步履艰难、阻力重重。他就像一头拉犁的牛，不停地喘着粗气，可抬头看时，发现永远没有尽头。对于这种阻力，连精明过人的牛皋也不甚了了，但却感到改革的阻力咄咄逼人，让牛皋疲于奔命，难于招架，这就引发读者深深的思索。

程贤章机敏之处还在于，他根据自身的体验对当前改革作出准确的分析判断，认为改革的阻力虽有其指性，但更重要的是它不是单一的、确定的具象，而是各种矛盾的综合体，有时具有不确定性，这样更能使人物在与各种矛盾的撞击中发出性格光芒。作品写了多种矛盾同时向牛皋进击，例如，同级之争造成的阻力，牛皋与牧村常务副市长关于石料之争，使牛皋吃了一次败仗；再如上下级之间的矛盾造成阻力。作品写到牛皋与牧村之争后，终于反省自己的作为，决定不再去大堤上抢石料，而决定求救于各区的书记，请他们加班多生产石料以解燃眉之急。岂料区委书记们虽然慑于他的权势而答应加班搞石料，但过后却虚晃一枪，把原定运上河堤的石料改运到大桥工地。这一偷梁换柱使牛皋抓的大桥如期完工，却使牧村抓的防洪河堤因缺石料而留下后患，致使牛皋做"狗"；在洪患来临时刻，牛皋要求上游各县领导暂勿开闸泄洪，以使下游堤坝不致冲毁，但各路诸侯强调各自困境，坚持泄洪，牛皋无法统一协调指挥；此外，牛皋表弟仗势掌握一方权势，假公营私，制造障碍等等。这些来自各方面的阻力是多层多方的复合外力，形成强大的有形或无形的阻力，弄得牛皋疲于应付，心力交瘁。作者没有把改革阻力归咎于某个简单明晰的确定对手，而是由一些传统习俗，各种规范、权力，人的心态、政策条文、人际关系、上下级之间关系等等织合成巨大的网，让牛皋左冲右突，难于突破，造成困境，使人们从中看到改革的艰辛和需付出的巨大代价。

如果说作者刻意把牛皋置于四面围困他的特定的严峻的氛围中而使牛皋性格灿然的话，那么，作者把思辨的笔触伸入牛皋的心灵深处，探索其内心最隐蔽的世界而使其形象更厚实更可信。以往的改革文学写改革者时，往往只注意其做什么，而忽略其为什么或想什么，对其内心世界很少作开掘，

沃土

幽香

253

因而人物性格往往显得外在而单薄。程贤章在塑造牛皋形象时，把笔力往在时代潮流冲击下的领导干部的心灵处延深伸和探究，这样人物的思想和行为相融相合，形象真实，可触可摸、可信可爱。这是牛皋形象塑造的另一大特色。作者描绘牛皋既强悍干炼，又懦弱寡断；既高瞻远瞩，掌握改革方略，运筹帷幄，又缺乏从全面考虑的辩证思维，往往在细微处失之偏颇而铸成大错。但牛皋可贵之处在于，每当事过之后他能反思，坦诚地解剖自己，当洪水冲破堤岸造成"水淹七军"后，他坦然承认自己决策时有些情绪化的偏颇，坦露内心，这是难能可贵之处。作品的艺术创新之处在于，通过对牛皋性格多层次的解剖，力图告诫人们：牛皋之所以无论怎样左冲右冲而无法在层层阻力面前突围，其重要原因是他虽然全身心投入搞改革，但在其改革方略中忽视了山区的农业根本大计，再加上由于他性格上的缺憾，归根结蒂是自己给自己制造了阻力，这是牛皋独特个性决定了的，使他成为改革主战场上的悲剧人物。

254　　　牛皋性格的悲剧性质还因为在他的气质中随着权力的膨胀而掺杂着某种复杂因素。

首先是牛皋的官气。牛皋对自己为何掌权和如何用权上缺乏足够的认识。他只想凭借手中的权势来施行政令，对同级或下级缺乏平等态度，听不进别人的意见。在他与牧村副市长的争论中，差一点凭一时的虎威把运往河堤的石料断下来运到大桥上，如果这样将会酿成惨祸，而自己也会因此而椰铛入狱，牛皋后来反省自己时还感到害怕。牛皋的问题恰恰出在这"虎"气上。由于他对龙伯、龙种、牧副市长等人的意见置之不理，一意孤行，对A市改革中涉及的根本性问题，如治洪、农业等根本性问题没处理好，在决策之中留下了隐患，在施行之中又难于听取下级部门的意见，因此给下级耍弄了他还没有察觉，这是其性格的悲剧。

其次是牛皋的傲气。改革开放是一项前所未有的事业，需要科学精神和集体的智慧。在A市，地处山区，交通还不十分发达，韩江处于丘壑之间一时难于作根本性治理。因此，农业的问题是重大问题，任何忽视或不重视农业都必将遭惩罚。关于这一点，省委领导、牧村副市长以及龙伯、龙种等均从各个角度提出忠告。但过于自信的牛皋根本未把这些中肯的意见在脑中过滤，因而酿成大祸。

再次是牛皋身上的邪气。牛皋作为年过半百的领导干部竟像新潮青年一样穿牛仔裤、高档运动鞋，追求时髦，他不拘小节在家庭舞会上跳贴面舞，跟漂亮姑娘双双进出舞场，还有有失领导身份的其它不恰当的举动，甚至在洪峰将至的关键时刻还跟美女在舞场跳舞，贻误战机，造成"水淹七军"的悲剧。

作品从对牛皋形象的塑造中挖掘出这样一个较有创新意义的主题：改革开放是当前社会新课题，也是与广大群众有内在的深层联结的新课题，改革者特别是执掌权力的领导者必须正确使用权力，任何与群众疏离的行为必将带来个人和事业上的悲剧。同时，从牛皋兴旺到走麦城的精细描绘中，作者把透示生活的目光潜入改革者心灵深处，努力开掘生活深层的人文环境底蕴，更加关注改革过程中的人物命运、人际关系等人生意蕴，努力寻求在改革进程中在层层矛盾围困下寻求突破、拓展与积极进取的人生，给予清醒和启迪作用。可以说，程贤章的这种艺术追求给改革文学带来了新的突破性的进展。

程贤章：客家人与《围龙》

——程贤章创作论之四

一、程贤章：当代客家文学的拓荒者

今年八月，我应全国文学创作广东中心和花城出版社的邀请，参加程贤章长篇小说《围龙》讨论会。这次讨论会规模之大、出席的作家学者层次之高是罕见的。在广东大厦会议中心，数百张座席没有空位，北京、上海、广东、香港、澳门各大报记者纷纷前来采访，中国作家协会副主席邓友梅、张炯以及著名作家学者吴泰昌、缪俊杰、刘斯奋(茅盾文学奖得主)、陈国凯(广东作协主席)、郦国义(《文学报》总编辑)、左多夫、蔡宏声等参加，我有幸作首席发言。我在发言中作了这样的论述：在大陆客籍作家中(客家人)有两位代表人物：陈国凯和程贤章。他们在当代文坛占有重要地位，他们的作品在当代文学中有不可忽视的影响。但是，两者是有所区别的，陈国凯长期生活在广州，有着都市文化对他的熏陶；从工人到作家的坎坷阅历；底层生活对他人生的影响等等。他的作品多数写工人，写人生，鞭挞恶势力，辛辣嘲讽官僚主义等等，作品的背景是工厂、广州大都市的迷乱生活与复杂的人际关系，几乎没有客家文化背景可谈，因而他的作品不属于客家文学范畴。而程贤章少时从南洋归国后，一直在客家人集中居住地梅县生活、工作。他在大学毕业后回到家乡，当记者，当基层干部，对客家山村、民情风俗、客家地区的变化发展有着深刻的了解，他的几乎所有作品都是以客家山村为背景的，反映客家人的精神风貌，所以他的作品是地道的客家文学。

我们可以毫不夸张地说，程贤章是当代客家文学的拓荒者和奠基者。

在文学史上，客籍作家和客家文学在文学史上占有重要地位。唐代张九龄的诗流传千古；近代诗人宋湘、黄遵宪、丘逢甲等的诗篇充满爱国主义精神；现代作家中张资平、李金发、温流、黑婴、任钧、杨石、碧野、黄谷柳等人的小说、诗歌和散文，在文学史上留下了坚实的足迹。在台湾的客籍作家中，钟理和是杰出代表，他的作品有着广泛的影响。到了当代，由于大陆风云变幻，难以捉摸，再加上客家地区的社会关系复杂，大部分客家人都有海外及台湾的亲属关系，在以"阶级斗争为纲"、"阶级斗争一抓就灵"的动荡年代里，客家人背上了沉重的政治包袱，生存环境极为恶劣，自顾不暇，"文化之乡"产生不了文人学士，在这几十年中客家文学几成空白，这是历史给客家人及其文学创作留下的不可磨灭的印记。

"文革"结束后，改革开放势头迅猛，社会生活、人际关系发生了急遽变化。有着深深的历史创伤的客家人——无论远居海外或台湾、香港等地的客家人，还是海内的客家人，都怀着报效祖国、报效乡亲父老的愿望，在客家地区投资办厂、兴办学校医院、筑堤修路，做了许多公益事业，使客家人的生活和精神面貌发生了巨大变化。在这种新生活面前，程贤章以欣喜的心情投入社会变革的激流中心去，他深入生活、感受生活、思考生活、评析生活、表现生活。从感性的具象到理性的思维，程贤章感觉到对眼前的色彩斑斓的世界应加以展示，于是，这位在五十年代以《俏妹仔联姻》驰名的老作家焕发出创作的青春风采，写下了国内最早反映农村改革开放，引起人们心灵变化和社会关系重新整合的中篇小说《彩色的大地》，嗣后又创作了抗日战争期间发生在客家山村传奇般的故事《胭脂河》，这部长篇小说一版再版，成为畅销书。到了九十年代初，程贤章老树绽新枝，令人刮目相看，连续创作了长篇小说《青春无悔》、《神仙·老虎·狗》和《云彩国》，今年又出版了四十万言的长篇小说《围龙》。程贤章连续出版反映客家地区生活的长篇小说，引起中国文坛的轰动，北京、上海、广州等地连续召开关于他的作品的讨论会，海内外报刊连续报导和评论"程贤章现象"，学者们更着重研评程贤章笔下的客家地域的深厚的人文底蕴以及通过这特殊的地域文化所反映出的中国当代社会发展的轨迹。

如果把程贤章的作品串起来读，我们可以看到粤东客家山民历史前进的步伐。《俏妹仔联姻》和《青春无悔》写的是五十年代农村普通山民及普通的基层干部在婚姻问题上的酸甜苦辣，鞭挞了某些不合理的制度带来的社会阴暗和丑恶现象；七十年代初创作的长篇小说《樟田河》印数达五十万册，它反映"文革"那段荒唐年代的非正常的社会状态，给人们留下了值得回味的社会历史资料；《神仙·老虎·狗》及《云彩国》所揭示的是当代中国摆脱了束缚生产力的计划经济桎梏，走向市场经济的社会体制下，客家地区人民的勇于冲破旧观念，打破旧程序，积极进取、敢于开拓的精神风貌。而新近问世的《围龙》则是一部颇有气势的"客家人的历史"，写出了客家这一支特殊的汉族民系坚韧不屈、敢于斗争的生活历史和社会变迁史。

二、走出"围龙"：追寻历史生命和灵魂

客家先民原来是中原士族，由于战乱，自秦汉以来，尤其是西晋以后大批南移，抵达江西南部，其中一部又迁移到闽西，有些人又从闽西迁至广东东部，即现在梅州山区，形成特定客家人群落，其特点是使用客家方言，他们的礼习多承传历史，保留中原古代遗风，黄遵宪在《已亥杂诗》中写道："筚路桃弧辗转迁，南来远过一千年；方言足证中原韵，礼俗犹留三代前。"写出客家人的真谛。

客家人是一支特殊的汉族民系，它具有深厚的历史渊源和历史神秘性，在中国近现代史上，涌现出像黄遵宪、丘逢甲、洪秀全、孙中山、朱德、叶剑英等这样一批中华民族优秀儿女，他们用生命和鲜血书写出充满激情和生命的历史。

然而，用艺术形象来抒写撼动人心的客家民系充满血与火苦难历程的文学作品却从未出现。最近花城出版社出版了程贤章的长篇小说《围龙》，它以恢宏的气势写出了客家人近百年来的苦难史、奋斗史和变迁史。作者是典型的客家人，他扎根在客家深厚的文化沃土之中，对客家人人文环境、勇于

开拓与拼搏的历史有深切体验与理解。他在作品中通过近一个世纪客家风云人物在激烈的社会变动中的对理想的执着追求、忍辱负重、坚韧不屈、为之奋斗、为之献身的事迹描绘，让人们看到了被启动了的历史。历史在这里不再是僵陈闷郁的文字，而是被赋予了血肉、生命、激情和灵性，作者在叩问历史、追寻历史的生命和灵魂。

作者特地在扉页上说明："这是小说，不是历史。"其实，它既是小说，也是历史，正如田政委说的："进士第浓缩了客家人百年兴衰史。"作者正是通过客家人的围龙屋进士第的变迁来反映历史过程的。作者用记史的笔法，写出了中国20世纪风云变幻的历史事件：陈长修在南方策应康有为戊戌变法；陈长胜、陈长捷在广州起义中英勇就义；程武投奔程潜，参加东征、北伐，最后在淞沪抗战中牺牲；谢晋元、姚子青、黄梅兴等客家子弟在淞沪抗战中惨烈牺牲，"文革"中陈氏家族及烈士家眷袁来福等受到冲击，以及避居海外的陈氏家族回家乡办厂、投资等，写得活灵活现，令人荡气回肠。在这里，历史变成活泼跃动的生命体；历史充满惊涛骇浪和复杂斑驳的颜色；客家子弟在这风云际会的历史进程中饱蘸生命的激情，书写着雄浑的历史，书写着生命史诗的篇章。

《围龙》反映历史，或者说折射历史，但不等于历史的叙说。《围龙》毕竟是小说，它的成功之处不仅在于反映中国百年来的社会激变和由此引起的心理震荡，而且还在于它描绘出在历史变革中活动在社会舞台上的几代客家人物的形象，这些叱咤风云的人物把平面化的历史复活了，复杂化和立体化了，变得多姿多彩和具有丰富内涵，让人们去思索。十九世纪英国历史学家麦芬莱说："历史，在它的圆满理想境界，至少是一种诗和哲学的合成品。它通过特定人物和特定事件的生动描述将真象印入人心。"（转引《世界历史》1981年第4期）。象征客家民系的围龙屋进士第大家族出来的陈氏子弟，在冲出围屋后，为实现自我人生价值而各奔前程，犹如汹涌的巨浪拍岸，折射出五颜六色的浪花。客家人是一个敢于冲击、敢于开拓、敢于拼搏的特殊的民系，他们不安于现状，不囿于陈旧固定的规范程序之中。所以进士第的几代人忧国忧民，在国家民族危难之际毅然以身报国；虽然有的远走异国，但"飞鸟恋旧林"，最终他们还是以各种方式报效母国。值得注意的是，作者一改以往致力于塑造某一人物形象来阐释自己的某种观念的程序，而是以写群体，造群像的思路来反映客家人的群体精神风貌，尤其在改革开放的特殊情境下，远走南洋的天送、省辉、韩辉以及客家人抚养长大的日本孤儿大野等回乡省亲投资，群贤毕至，群像皆活，使人省悟到有深厚文化意蕴的中华文化产生的巨大的融合力、亲和力和强劲的生命力。故乡的山水、故乡的田野和客家人的围龙屋……明月之思，家国情怀，把海内外的客家人凝结在一起了。作者巧妙地写出善良、正直和充满活力的田政委的生动事迹，这种积极进取的力量凝聚了客家人的进取力，把当代的客家人的历史写得更生动了，田政委用他的宽容、热心和远见卓识，用他在"文革"、抗洪和招商引资中的特殊的行动语言，凝聚了走出围龙屋以后的海内外乡亲，抛弃前嫌，为建设新家园而共同合作，昭示出当今改革开放的光明前景。

260

《围龙》是一部有深厚的历史感和鲜明的当代性和谐统一的作品。作者写历史、写人生都在强烈的社会价值、人生价值和伦理价值观念烛照之下来展示人们的价值取向。他审美，也审丑，把各人行为的正面品格与负面人生的复杂性充分揭示出来。例如程武，他与田氏始乱终弃，作品对他在深山修行时的恶劣德性等负面人格作无情的鞭挞，同时对他走出进士第怪圈之后投身东征、北伐乃至投身抗日，在上海吴淞港率军抗战、英勇杀敌的撼天地、泣鬼神的英雄气慨作了热情的歌颂。在这里人们看到的是再现的历史，雄浑的历史和鲜活的历史；而在改革开放后进士第的子孙们以各种形式报效祖国，又使人感奋不已，作者机智地把历史与现实融合在一起来思考，营造出一种客家人的敢于抗争，为国家民族利益敢于拼搏、不惜牺牲生命的特质，让人们感受到历史的生命力和延续，呈现出时代生活的深刻的社会蕴含。

三、生存与拓展：客家民系的文化品格

"围龙"是什么？

北方人把聚族而居的屋舍叫做"土围子"，客家人则把它叫作"围龙屋"。

《围龙》中的围龙屋颇有气派：

无疑，在沿河上十里、下千里二千多户人家中，陈家的围龙"进士第"是这一行客家人聚集中最够气派和繁华的。它坐北朝南，后面以百亩果园为依靠，这座两层的围龙屋前面有一口十来亩的池塘，像拱月形揽住三堂四横的大宅舍。那结构极像北京的四合院。一百个房间，二十多个厅堂，气势甚为庞大。据说，可以扎下一个团的官兵。其规模和气派要比北京的四合院宏伟得多。

"围龙"是什么？

它是客家民系象征的围龙屋，然而，它又是超越于围龙屋之外的"围龙屋"。这是一部历史，一部客家民系特殊的历史：创业史、苦难史、悲欢史，更重要的是，它是一部充满荆棘的社会前进的历史。

巴尔扎克说过："小说被认为是一个民族的秘史。"程贤章写围龙屋，他站在围龙屋里写围龙的客家人的"秘史"，同时又跳出围龙屋来写围龙。他审视历史，透视现实，使他的艺术世界极其宽阔。他从客家人的南迁，到定居与创业，写出这座进士第围龙屋所表现出客家民系的神秘的生存力与坚韧的文化融合力。

同时，程贤章又特意以浓墨重彩来写从辛亥革命到当今改革开放的政治风云，以家族史和家族文化为中心，淋漓尽致地描述客家民系的特殊地域的文化蕴含。

围龙屋进士第是客家人的居民特征，同时又象征着客家传统文化的具象，而进士第是客家人围龙屋的代表性建筑，为此，作者花了许多笔墨去描写。围龙屋是客家民系长期不断迁徙而形成的传统民居，它在客家人保护自己、抵抗外侮中起着重要作用。因此，这种有着特殊蕴含的围龙屋形成客家文化的特有的亮丽风景线。作者写魏晋末年，中原发生"八王之乱"，"五胡乱华"等，许多名门望族纷纷南迁，这就是中原汉民的大迁徙，就是客家人的大迁徙。作品写到南齐旺族程曼举家举族南迁到梅州，居山创业，施善行义，把中原文化与当地人的文化融合。多少年以后，程氏子孙陈氏家族在山居围龙屋里屋外，演出了忧国忧民、除暴安良、勇抗外侮的壮丽话剧。

值得注意的是，作者在描绘客家人的这些文化品格时，着重对中华民族文化精髓予以肯定，同时着意表述这些民族文化精魂在生生不息、顽强拼搏的客家人身上得以继承和发扬光大。"仁"和"义"为儒家文化精髓，其实也是中华文化的根本。《论语》说："孝弟也者，其为仁之本与？""爱人以仁"便成为客家人的行为准则，为此，居住围龙屋的客家人能与当地土著居民融和相处。"仁"与"义"是互融互补的，行仁好义是客家人的文化传统。当外力欺侮时，程武、谢晋元、黄梅兴等客家子民，舍身求仁，弃家取义，义无反顾地奋勇杀敌，英勇献身，表现出客家人的高尚的民族气节，这实际上也深刻地表现出中华民族文化的精魂。正是围龙这种象征的民族文化精神，使客家子弟对中华民族的正义事业矢志不渝的追求与为追求真理前赴后继、敢于献身，为国家民族和客家民系的生存与发展作出了不可磨灭的贡献。

《围龙》中的围龙屋进士第是宗教文化的典型，作者对陈氏家族的浓墨描绘中，其实还淋漓尽致地描绘了宗族文化的隐秘景观。在客家民系辗转迁徙的艰巨而又漫长的历史进程中，父子有亲，长幼有序，夫妇有情，朋友有信，这是人类的自然属性，也是客家人恪守的人生准则。

围龙屋进士第里的陈长胜、陈长捷等为国捐躯，留下的陈长报是年长的族长了，在风雨如盘的漫长岁月里，陈长报经受了风风雨雨，但他死守围龙屋进士第，从他的身上我们也看到了客家人的刚正不阿、树德务滋的品格。陈长报富于正义感，他曾经去过东南亚，回国后筹划办报反清；他与爱国华侨温生才有密切联系，并参与密谋刺杀两广水师提督李准。温生才事发失败后，他回家教书，在国共两党争夺撕杀中，两边不讨好，"国民党骂他白皮红心。共产党说他红皮白心，陈长报落了个里里外外不是人。"但陈长报凭良心做事，不雇工，不剥削，不搞土地出租，他遵循祖训，清清白白做人，认认真真办事，最后默默无闻死去。他竭力维护进士第这象征客家人文精神的祖产，体现出客家人遵循儒家的"修身齐家治国平天下"的文化精神，这也体现出客家民系恪守祖训，想维护温饱和仁义礼邦的理想家园的人文精神。

其实，在外战内争的过去，陈长报的想维护围龙进士第，维护温饱平和的理想家园是难于实现的，陈长捷的无言死去就表明他这种保守型的最低理想也随之湮灭。作者以淡淡的叙述手法已经对陈长报们作了否定。

在《围龙》中，作者以不动声色的叙事，把对客家民系的人文精神中的积极进取精神融汇到圆润的结局之中。这就是作者机智地对人与文化作出的耐人寻味的诠释。

福克纳在接受诺贝尔文学奖时，他在演说中强调："我相信人类不但会苟且生存，他们还能继续发展"，"人是不朽的"。

人的永恒的生命价值和文化精神是，他们不但能在逆境中苟且生存，而且他们还能继续发展，正如鲁迅所说：人类一要生存，二要温饱，三要发展。这是普遍的人性，人的通性。客家人世世代代饱经患难，风霜雨雪严相逼。但他们知道生存的要义与法则；他们深谙生存的深义，这就是延续生命和人文价值的重建。他们深知，"人是不朽的"。其内涵是为了生存与发展需要勇于开拓。人之所以不朽是因为他们有深深的蕴含：人的创造力。

《围龙》不仅描述客家民系为了生存发展而敢于反抗，不怕牺牲的正气，而且还写他们顽强的生存能力。在北伐中牺牲的老袁之子袁来福。在生活并没有"来福"，反之，绵绵而来的是苦难。他在国民党部队当军医，日本战败后，一位日本军官剖腹自尽，留下儿子。袁来福与这位日本军官之妹信子结合，把日本军官的遗子收为义子，并带回家乡抚养，由此带来人生的悲喜剧。袁来福为此招惹了祸，解放以后政治运动无穷无尽的审查，"文革"中更是在劫难逃，后来由于中日建交，才改变其悲剧命运：由悲而喜。接踵而来的又是由喜而悲——悲喜交集：由于信子回国，带来家族的难题，而袁来福的儿子袁和平也经历了"文革"带来的苦难，但他却有很强的顺应时事能力和倔强的生长能力，经过生活磨难之后。终于创造出人类的辉煌业绩。同样，进士第的陈长修在变法失败之后，逃到南洋谋生，衍繁后代，开拓事业，使后代天送、醒莲、韩辉等能在异国生根，从而有机会报效祖国，表现出客家人的顽强生命力。

落地生根，努力拓展，是客家人的特质。唯其如此，客家民系才能迅速从北到南，繁衍发展，而后又拓展海外，以致有这样的说法："凡有太阳的地方就有客家人的事业。"在南洋还有这样的评语："客家人开埠，广州人占埠，潮州人旺埠。"敢于开拓、善于开拓、坚韧不拔地生长发展，正是客家人的深厚的文化精神。程贤章在《围龙》中自觉地把据住这一客家民系的文化精神，给人以耳目一新的感受。

还值得一提的是，程贤章深谙客家人滴水之恩当以涌泉相报的知恩图报的美德，他在作品中作了精彩的诠释：袁来福的义子袁和平回日本后，也以客家人的发奋拼搏的精神创出了事业，他思念客家山区，回来投资，报答哺育他成长的第二故乡；韩辉是印度血统的弃儿，被天送夫妇收养，他成功创业后，也回到客家山村投资办厂，报答客家人的养育之恩：这里显示出作为中华文化的客家人的美德，连外籍血统的"客家人"都得其精髓，充分表现出客家文化精神的感人力量。

程贤章在对人性的挖掘和描写中，紧紧把握人与文化的关系，阐释了客家文化环境对客家民系的生存与发展的相互关系、相互作用与相互影响，揭示出客家民系的艰难的生存环境与文化环境所显示出的具有独特意义的客家人文精神，这是很有启示意义的。

四、山与屋：客家文学的地域叙事基调

不久前，我在一篇评述潮汕青年作家陈跃子作品的文章《海与岸：潮汕乡土文学的文化意韵》中，把同处粤东，同是由北方迁徙而来的汉族特殊民系而产生不同的文化现象作了比较："我常想同处于粤东的客家人和潮汕人的文化品格异同问题。概括地说，客家人地处山区，背山面山，围屋而居，视野较狭窄，走不出山与屋，其文化特征可归结为'山屋文化'；而潮汕人则背山面海，视野开扩，出门则海，其文化特征可概括为'海岸文化'。"

我以为，"海岸文化"是较准确地把握了潮汕文化的内涵，而"山屋文化"也准确地点明了客家文化的特征。背山而居，面山而行，向山而作，这是客家人祖祖辈辈难于改变的现实，正因为山穷造成人穷，穷则思变，必须向山宣战，向大地攫取，才能生存。山是刚强坚毅的，人也是刚烈不阿的。客家人由山与屋造就的独特的文化心理，形成敢上天，敢下地，不平则鸣，不屈不挠的民系性格。

也就是说，"山屋文化"是客家文学的重要标志。从客家文学史上看，宋湘、黄遵宪、丘逢甲等人的诗歌，张资平早期的一些描写客家人生活的小说，李金发的一些怀乡散文与诗，直至当代客家文学的奠基者程贤章的客家乡土系列长篇小说，都离不开山与屋以及由山与屋形成的独树一帜的客家文化，由此而奠定了客家文学在中国近代及现代文学史上的地位。

无疑，程贤章的《围龙》是当代客家文学的扛鼎之作。这是反映客家地区特定的社会历史与现实交融的写实作品，它写出了客家人厚重历史和具有热力的现实生活，是客家地区深厚的沃土上产生的乡土文学，是发韧于历史、植根于现实的有着深厚功力的作品。中国乡土文学源远流长，它通过一个地域乡村的历史变迁和人的心路历程的变化描绘，折射出过去与现实的历史文化和社会现实的状态与文化意蕴，因而具有强劲的艺术生命力。鲁迅的《阿Q正传》、《祝福》等标示出乡土文学的地域特色和社会蕴含，蹇先艾的《水葬》、王鲁彦的《菊英的出嫁》、废名的《竹林的故事》、马子华的《他的子民们》以及茅盾的《春蚕》、《林家铺子》、沈从文的《边城》、《萧萧》等写了作者的乡土情结和社会底层的人物命运；当代作家刘绍棠的运河系列，李杭育的葛川江系列，古华的湘西系列以及贾平凹的商州系列等作品展示出急遽变化的社会风貌，具有浓重的地域风情，形成独特的文学风景线。可见，一个作家如果用工笔重彩写出地域风貌的热烈颜色以及社会变革中的人情世态，就能产生具有长久魅力的乡土文学来。程贤章正是致力于描绘客家山川风貌、人情风俗以及展示客家社会历史情状的作家，他的系列长篇小说《胭脂河》、《彩包的大地》、《神仙·老虎·狗》、《云彩国》以及《围龙》等再现了具有客家韵味的风土人情，有其独特的生活情境：山歌、情歌、水客、围屋、墟镇、山寺、山川景物、风土人情、生理习俗、社会环境等，在程贤章笔下都作了绘声绘色的描摹。《进士第》中对围龙屋的描写，《"黑猫"投胎》对客家种种神秘文化叙述，《老母山两"道士"》对老少两"道士"的刻画，《宰狗》中对客家人焖糟水狗肉的细描，《跪乳》中对客家特有的子孝母亲养育之恩的体认等等，都深深地烙下客家乡土文学的印记，既有浓浓的人情味，又有浓厚的生活气息，呈示出美丽隽永的客家民俗的风情画，有着独特的韵味。

当然，乡土文学不仅要有厚重的地域文化色彩，还要有丰富的社会生活蕴含。茅盾在《关于乡土文学》中说："特殊的风土人情的描写，只不过像看一幅异域的图画，虽然引起我们的惊异，然而给我们的只是好奇心的餍足。因此，在特殊的风土人情而外，应当还有普遍性的与我们共同的对于命运的挣扎。"可见，乡土文学除了描绘特定的地域的社会风情外，还应该充分挖掘它的社会内涵，揭示其蕴含的时代性和社会性，这是乡土文学的重要命题。古华在《芙蓉镇》的"后记"中谈到他的作品是"寓政治风云于风情民俗图画，借人物命运演乡镇生活变迁。"可以这样认为，古华的这种乡土文学观念是乡土文学最重要的审美特征。

《围龙》叙事基调是以进士第里外作为人物活动的场景，通过进士第的兴衰荣辱描写，折射客家人的历史与现实生活，反映他们命运的坎坷，生活的艰辛，它具有强烈的生命意识和史诗意识。进士第里的陈氏家族，在经历100多年的人世沧桑之后。留守围龙屋也好，走出围龙屋也罢，他们演绎出一幕幕悲欢离合、令人震颤的活剧。无论留守围龙屋的陈长报，或投笔从戎的程武，抑或远走南洋的陈长利，他们是普通的客家人，又代表着千千万万个客家人的命运。他们虽然个性各异，生活道路也各不相同，然而，他们都有着共性：真诚、坦荡、执著、认真、倔强、勇敢地走自己的路，这些正是客家民系在千百年来形成的特点，体现出客家人的品格。而且，更重要的是，他们的生活道路无不与政治风云、社会变迁紧密联系在一起的，他们的命运与国家的前途维系在一道，这就使围龙屋进士第不仅仅有家族色彩，而且还具有浓厚的社会内涵。

由此可见，乡土文学需要准确把握一个特定地域的文化精神，尤其是要把握好这个地域的群体在特定的历史情境和现实社会环境中，由传统的文化积淀以及新的社会因素制约下产生的精神风貌，把握好这点，就能较好地表现特定地域中产生的与时代风云相联系的社会生活，从而达到以小见大的艺术效果。程贤章的《围龙》紧紧扣住客家民系的文化精髓，与时代风云变幻联系在一起，使作品不仅有时空的广度与宽度，而且有作品的厚度与力度，无疑这是乡土文学的新收获。

　　一方水土育一方人。特定的地域由于其社会环境、民情风俗、特有的文化品格和生活习惯等等，以及长期的历史环境会哺育出一方俊杰。乡土文学就要着意表现特定地域沃土上培养出来的有个性的人物，才能生动地表现时代生活的内涵。

　　在《围龙》中，程贤章给读者奉献出一个个鲜活的人物。

　　程武是颇具个性的人物。作者在塑造这个人物时，充满激情，以浓重的色彩描绘这个好坏兼而有之的人物。程武出生三个月便过继舅母田氏为子，长大后与田氏乱伦，留下血脉后离家出走。他当了道士，但不安分的他与女信徒做了许多"不安分"的事；他从军，却仍不安分，近乎恶作剧地教训了作奸犯科的小恶霸，这些构成了他的负面人生；但他嫉恶如仇，对军阀吴佩孚的战斗中他智勇双全，率部战而胜之；当日寇战火燃烧到上海时，他英勇作战，奋勇献身，为国捐躯。作者写他与田氏始乱终弃，忘恩负义；写他与女信徒的浪漫情调等，但瑕不掩瑜，程武在时代的血火锻造下，终于完成他的光辉人格的塑造，表现出客家人敢于抗争，不畏强暴，爱国爱家的刚毅性格。

　　在作品中，北伐牺牲的老袁之子袁来福也是性格复杂的人物。他子承父业，到东北前线抗日杀敌。在偶然的机会中与信子结识后结婚，返回故里。按理说，他可以过夫唱妇随的平静生活，偏偏解放后政治运动一浪高过一浪，一波接着一波，这就造成他逆来顺受、安贫乐道的性格，但他弃农就副的经营方法与当局者的政策不一致，变成了走资本主义的小农经济，于是在"文革"中产生了和县委"老走资派"站在一起陪斗的尴尬局面，但这一切使一直生活在社会底层，受尽凌辱的袁来福的性格变得多姿多彩起来：在批斗中，他不但没有自卑感、羞辱感，反而觉得有几分光荣。这种现象看似滑稽，其实是写出了时事造就的袁来福变态的个性，让人们掂出生活的分量。

大野(原名袁和平，是袁来福义子)是日军军官的孤儿，由袁来福收养，在客家山村长大，当中日邦交后回到日本；韩辉是印度血统的弃儿，由天送、醒莲夫妇收养。大野与韩辉都是客家文化熏陶下成长的，他们成家立业之后，忘不了父母亲的恩德，更忘不了浓浓的故乡情，他们回报家乡，他们虽然个性不同，但却在报答知遇之恩上殊途同归，因而产生了鲜明的共性，让人们读到活脱脱的人物形象。

田政委是作者笔下的理想人物，在他身上体现出客家人的美好特质：勇于开拓、敢于承担责任，为了众人的事业，他忍辱负重，任劳任怨，尤其在政治风暴袭卷客家山城时，他运用他的机智保护了像大野等外籍人士。他默默无闻地工作，善于团结人，在改革开放之后，又以自己特有的方式团结海内外客籍人士，共同建设新家园。

程贤章在《围龙》中把客家人的大山一样的宽阔的情怀，大山一样刚毅的性格，与围龙屋所象征和昭示的客家民系深厚的文化根基联系起来思考，在审美态度上把人与环境，人与历史，人与社会，人与人的关系都放在强烈的时代色彩中加以整体观照，使人物体现出深厚的历史感和鲜明的时代感。

当然，《围龙》并非完美无缺的。由于作品反映的社会生活时空跨度较大，结构上难免有某些松散之嫌；由于作者偏爱叙述和议论，并以此来推动情节发展，有时显得沉闷；另外在写法上有些地方也略显粗俗。但从总体上看，《围龙》是有力度、有气势的作品，无沦是思想还是艺术上都较为成功。

《长舌巷》的艺术特色：世俗与严肃的契合

——程贤章创作论之五

　　读了著名客家籍作家程贤章的几部长篇小说，文友问感觉如何？"好看，深刻。"笔者不假思索地回答。在笔者看来，作品既有消遣性，情节引人入胜，又有深邃的思想内涵，这是小说的鲜明特色，下面就以长篇小说《长舌巷》为例，权作抽样分析。

一、世俗小说的鲜明色调

　　如今是商品经济时代，小说既要有时代特点，又要有一定的可读性，才能走向市场。读者翻开一部长篇小说，为的是消遣娱乐，松缓一下紧张的神经，吸收一些人生知识。如果一部文字艰涩、索然无味的作品，读者一页尚未翻完便会弃之如敝屣，你的作品思想再深刻读者也不会买账。

　　程贤章是位既聪明又高明的作家，深知读者的需求，当然也深知如何表达自己。可以说，他的长篇小说写得精彩、生动、扣人心弦，令人开卷后便欲罢不能，非一口气读下去不可。《长舌巷》具有一般受欢迎的世俗小说的特色：故事环环相扣，情节曲折跌宕，悬念迭起，人物命运大喜大悲，所用的语言既通俗而又富有丰富表现力。只要翻开第一页后，作品那生动的故事，活跃的人物便牢牢吸引住读者的眼球。

　　《长舌巷》背景是南方客家地区某州城的一条普通的巷子，因巷子里的居民特别喜欢蜚短流长，使它有着异乎寻常的地方特色。小说故事围绕巷子里几户普通市民家庭展开，虽说都是些平凡的家庭，但由于身处大动荡时代，各家的命运都是充满离奇曲折，扣人心弦。小说重点写这几户人家中的三男三女，碰巧这些年轻人个个都出落得引人瞩目，男的个个是帅哥，女的个个是靓女，因邻居关系、朋友关系、同学关系，引出了一系列悲欢离合、喜怒哀乐以及爱情波折。长舌巷的生活不是小桥流水般的，相反，是波涛汹涌式的，充满了惊涛骇浪，其中的人物或彼此斗得你死我活，或爱得死去活来，于是悲剧自然是难以避免了。三个帅哥一个流落到新疆，另两个更惨，一个遭毁容，一个被判了死刑。三个美女的结尾也令人扼腕长叹：一个逃往新疆，另两个先后进了精神病院。小说的人物、事件之间有千丝万缕的联系，整部作品虽有繁多的头绪和层次，但线索清晰，繁而不乱。这种"线形"结构，符合大众的阅读习惯，故事一波三折地推进，大开大阖，案情扑朔迷离，矛盾冲突每每达到白热化程度，因而极具世俗性的美感。

如果《长舌巷》仅停留于此，那么，它只能说是一部好看、够刺激的世俗小说，其价值也只限于消闲、解闷。程贤章的高明在于除了通俗世俗小说的表面框架之外，还在其中填充了深厚的内蕴。

二、严肃文学的深厚内蕴

《长舌巷》的深厚内蕴，是故事的潜台词，读者只能从中加以体会。作品在叙述时不动声色，内涵深蕴，这明显表现在作品蕴含的深度上。应该说，作品的内涵不像故事情节那般大起大落，它却与人物命运息息相关，作品深藏的思想内含无所谓喜怒哀乐，却是故事喜怒哀乐的依托，是人物荣辱沉浮的缘由。如果将这深沉的内蕴从故事中提取出来，可以看到它如同正在猛烈喷发的火山深处复杂的地层结构，显现出火山运动的内在规律。小说的深厚内蕴融入了作者对人生的生命体验，提出了许多发人深思的问题，带有社会的、文化的、哲学的反思意味。这一深厚内蕴，在作者笔下巧妙地化作了小说形象世界的有机组成部分。《长舌巷》正是在这一点上明显超越、突破了寻常的世俗小说的框套和层次。

作者取"长舌巷"为书名，颇具深意，这里的居民身上的一些鲜明的印迹，使读者不禁会与"民族的劣根性"产生某种联想。从某种意义上说，长舌巷就是当时客家社会的一个缩影。这里的人喜欢窥探人家的隐私，搬弄是非，人云亦云，办事没有自己的主见，当政治风浪席卷而来时，很容易出现"集体无意识"的症状。小说中的李兴等一干人造了不少孽，像是灵魂被扭曲的畸形儿，看其人其事，有一种恨其作恶又哀其不幸的感觉。在反思"文革"时，有人提出这场动乱有其产生的必然性和不可避免性。读完《长舌巷》，笔者感到这种说法并非无稽之谈，书中那些底层社会的小人物，他们的生存状态是艰辛的，他们的命运是可悲的。然而，以另一个角度看，他们又何尝不是那场给国家民族带来巨大灾难的推波助澜者？！

小说末尾一句话写的非常令人深思："长舌巷人经过一场血的洗礼，像经历了一场心灵大地震，人人都在思考：改革开放年代，生活怎样走向新生⋯⋯"掩卷沉思，感觉程贤章的小说创造了一种新的模式，那就是将原本对峙、冲突的世俗文学和严肃文学巧妙地捏合在一起，使二者产生了自然的交叉、契合，其特点表现为：既有"消费故事"的表层形式，又有对历史的反思，对人性的透视，对人生的思索，对生命的感悟。它既有世俗小说的动人，而它的深沉、凝重，又使它的价值远在一般世俗小说之上，笔者特别看重的正是后面这一点。因为，文学就其本质而言，是无法用金钱尺度衡量的特殊商品，优秀的文学作品所拥有的撼人心魄的冲击力，是一般供娱乐、消遣的世俗文学所不具备的。

三、扎实老到的艺术功力

文学是人学。《长舌巷》的高品位、高水平，还来自人物塑造方面的功力。平庸的世俗小说中的人物大都有类型化的弊病。程贤章笔下的人物性格则是充分个性化的。小说刻画人物时主要采用古典小说的传统笔法，如对比刻画，注重肖像、动作描写，语言富于个性化、地方化等，同时，他又吸收外国小说细腻地描绘人物心理的手法。在塑造穿针引线的人物老干部王庆时，作者并不带理想化色彩，完全依据生活本来面目，不加修饰地展现人物的精神风貌，读者看到的是一个有灵有肉的活生生的人。小说中其它人物塑造也颇具功力。作者笔端像似有一束束激光，透视出人物内心潜在的善善恶恶、是是非非，揭示了环境对人性的扭曲，同时借人物命运警喻世人。

《长舌巷》在布局上吸取了中国古典小说的某些技法，各章节都有相对完整的故事情节，相互间又紧密衔接，有条不紊。

读程贤章的许多小说，笔者产生了这样的印象：文学若只有崇高、严肃，而没有轻松、消闲，是不够的；文学若只剩下轻松、消闲，而失去了崇高、严肃，那是不幸的。看得出，程贤章是有意识地在尝试用写严肃文学的态度写世俗小说，努力创造一种同时为雅、俗两方面读者群所接受的文学表述方式：他成功了。

《长舌巷》：痛苦的心灵需要爱来抚慰

——读程贤章创作论之六

　　程贤章的长篇小说《长舌巷》写的是州城一条普通小巷子的小人物的生活。小说的时代背景是在改革开放之初，而刚刚过去的灾难岁月在底层群众身上所投下的沉重的阴影是那样发人深思，人们发自内心的呐喊、呻吟是那样令人动容。

　　小说主要写了在小巷里生活和曾在小巷住过的王、周、张、赵、李五户人家的错综复杂的人际关系，可以说家家都有一本难念的经，户户都有窝心的事。老革命王庆如今是县政协副主席，其人生道路却极坎坷：由于莫须有的罪名政治上郁郁不得志，家庭生活也痛苦不堪，独生女儿竟被心理变态的恶妻活活逼疯；李旺原来职位是副县长，失去权势后影响儿子李国的仕途，孽子李国为此竟在父母的盐罐里下农药，李旺的大儿子李兴则因是重大刑事案件的主谋而被处死；张家的张灼华在"文革"时，因父亲被镇压不得已与丈夫离婚后，跟年幼的儿子相依为命；周家寡妇的老公在"文革"中被愚昧的群众镇压，她儿子是才貌出众的俊彦，在婚宴上不幸被人用硫酸毁容；赵家如花似玉的独生女因恋人被毁容而成了疯子……不仅如此，悲剧还发生在这五户人家之外的许许多多善良、正直的人身上：功勋卓著、堂堂正正的老干部饶嵩被扣上"叛国投敌"的荒唐帽子，遭殴打而成"植物人"；长舌巷的一名中学教师，因为给儿子起名的缘故被当成"苏修特务"枪毙了……

　　《长舌巷》是一部凝重的悲剧小说，作者似乎是为了冲淡一点过浓的悲伤情调，使读者不致太过压抑而尽量加上一点市民阶层的调侃，使作品涂上一点喜剧色彩和谐谑意味。然而，看得出，作者的笔是沉重的。小说写张省、周璇婚礼后，有这样一句叙述语："快乐骤然消失，生活太吝啬了，欢乐的时刻只有一瞬，实在太短太短了。"小说开篇就写到了令人惊悚的精神病院，到了尾声又出现了精神病院。可以看出，程贤章笔下的精神病院具有某种耐人寻味的象征意义，它提示人们：一场灾难过后，人们往往重视身体创伤，而忽视了心理创伤，其实心理创伤的修复更需要时间和爱心。

一系列悲剧的发生地——长舌巷，人们有根深蒂固的说长道短、善于新闻口头炒作的陋习，这使人们很自然地联想到"丑陋的国民性"这一沉重的话题。中国的封建社会极为漫长，辛亥革命推翻帝制，从袁世凯到蒋介石，现代中国又是一个缺乏民主传统的国家。在长舌巷，我们可以看到：一些封建专制主义的旧思想、旧作风、旧习俗一直死而不僵，"文革"时这些东西借尸还魂了。或许，这是发生在长舌巷的悲剧的重要缘由。

当然，程贤章不是为写悲剧而写悲剧，他写悲剧是为了展示痛苦的历史，用以警示人们，那极左的年代的悲剧再也不能重演了，人们要珍惜现在，要爱惜现今不易得来的生活，从而激发人们为新时代的美好生活而努力工作。在小说结尾，作者特意给人以希望的亮色：甜品店的谢老板严肃地劝阻顾客不要将他人的痛苦再当新闻炒。这表明，长舌巷的人们已迈出了移风易俗的第一步，正如小说最后一句话所说：他们在思考"改革开放年代，生活怎样走向新生……"我们看到：经历了许许多多人间悲剧的长舌巷的居民，向往一种文明、幸福的生活。温暖的阳光照进长舌巷居民的心灵，长久驻扎在那儿的阴影被驱逐，人们不再把自己的快乐建筑在他人的痛苦之上。

在此，当合上这部长篇小说的时候，人们沉重的心终于感到了一些宽慰和希望。

无意插柳柳成荫：《仙人洞》的核心价值追求
——读程贤章创作论之七

　　温家宝总理说："中国农民问题的核心是土地问题。"这句话抓住了"三农问题之纲"。读程贤章的长篇小说《仙人洞》，加深了笔者对温总理这句话的认识。

　　农民与土地的关系，是当前人们讨论的一个焦点问题，笔者正好接手在搞一个"三农"问题调研课题。曾找来当年写土改的被称为"红色经典"的《太阳照在桑干河上》、《暴风骤雨》等，觉得这些作品在一定程度上反映了当时的农村状况，自有其存在价值，但也存在不少问题。程贤章的《仙人洞》也是反映农村状况的作品，却有另一番风味，笔者津津有味地从头读到尾，其中的原因并不难理解。无疑，丁玲、周立波当年是怀着一腔理想和热情，试图通过他们的小说实现带有特定时代色彩的史诗追求，但自觉不自觉地将一个政治概念嫁接到一个艺术概念上。加之因时间、形势所迫，为了急于表现那个"重大题材"，无暇关注在那种背景下的人，这就难免留下种种遗憾。程贤章写《仙人洞》完全是另一种情形。

　　"不要把我的小说当作什么'土改题材'的小说来读。"这是程贤章在他的《仙人洞·后记》中的话。笔者喜欢程贤章的小说的理由就在于他并不着眼于写什么题材（对于"主题先行"之类更是嗤之以鼻），他始终把眼睛盯住人，努力刻画人的性格，发掘人性，表现人的命运。古人云："有心栽花花不发，无意插柳柳成荫"。有的作家雄心勃勃要写具有深刻"历史感"的"史诗"性大作，却落得漏洞百出；而有的作家很低调，并不考虑追逐"重大题材"的时髦，却取得了引人瞩目的成就。

　　程贤章的成功并不是偶然的，他写《仙人洞》确实有他独特的优势。程贤章是当年土地改革运动的亲身参与者，作为一名年轻的知识分子，他既

沃土

幽香

275

是土改工作队员，又是这场运动的冷静观察者和思考者。有这样的人生经历的作家，今天已属凤毛麟角。经过半个世纪的思想沉淀，站在今天的时代高度来反思土改，程贤章动用了自己丰富的社会阅历、深厚的生活功底，再加上小说创作的经验、技巧和扎实的文字功夫，他写《仙人洞》时可谓得心应手、游刃有余。

程贤章的仙人洞以及他的其它长篇小说《彩色的大地》、《胭脂河》、《神仙·老虎·狗》、《围龙》等，一个最突出的特点就在于写活了人。他笔下的人物富于立体感，血肉丰满，如见其人，如闻其声。一些"红色经典"里的人物往往营垒分明，或正派人物，或反面人物，像是贴政治标签，令人一目了然。《仙人洞》则不同，人们很难区分哪个是正面人物，哪个是反派人物。读《仙人洞》，笔者想起台湾作家施叔青说过的话，她认为："生活中的人性格会有许许多多的面，就像一张纸揉皱后再张开时看到的情形。"高尔基也曾说过，人物性格是复杂的，在人们身上常常是"黑白兼而有之"。程贤章笔下的地方基层干部杨组长、南下大军身份的土改组长宋火、贫协组长陈冬，乃至张远香、张十三、陈阿敬、韦寡妇等人，都不是简单地套一顶"正派"或"反派"帽子所能区分的，是生活本身的复杂性，人物所处的环境的复杂性，导致了人物性格的复杂性。以书中的贫协组长陈冬为例，与以往的"红色经典"中那些立场坚定，爱憎分明的贫协组长迥然有异，陈冬这个人物在当代文学史上都称得上是个令人耳目一新的形象。她并不把土改当作一场严肃的政治运动，只是把它当作拿来报复他人的机会，对于知道她底细太多的人，她妒恨的人，都欲置之死地而后快。她的生活作风很成问题，她同各种类型的男人鬼混过，最后，连久经战火考验的宋火也拜倒在她的"石榴裙"下。依仗着前后两位土改组长撑腰，陈冬把仙人洞的土地改革当成儿戏，呼风唤雨，为所欲为。耐人寻味的是：你又不能简单地给陈冬扣一顶"混进贫协队伍中的阶级异己分子"或"蜕化变质分子"帽子。事实上，很多事情她都是"以革命的名义"在干的，在公众场合，她总是表现得立场坚定，说起话来头头是道，很难说她不是推动土改运动的积极力量。程贤章手中的笔是诚实的，它告诉我们：仙人洞土改中的这些人和事，都是当年土改中真实的人和事，并不像那些"红色经典"所表现的那般纯而又纯。读程贤章的小说，使我们又想起"文学即人学"这一老生常谈的道理。

程贤章之所以成为一名出色的小说家，就在于他懂得珍惜时代与命运给他提供的这份得天独厚的优势，通过自己坚持不懈的努力和坚忍不拔的毅力，用文学作品将他的这种独特优势淋漓尽致地表现出来。

程贤章的艺术之根深植在客家文化这片土壤，他常说："我是地地道道的客家人，身上流的是客家人的血，我的性格是客家的典型，我的作品里写的是客家的生活。"大凡有成就的大作家都有自己的创作基地，客家人居住地区就是程贤章几十年如一日，锲而不舍、殚精竭虑、精心耕耘的创作基地。他的小说中有浓郁的客家风土人情，小说中人物的思维方式、文化意识和语言行动等等，无不打上了客家人的印迹。这些人物一举手、一投足，都有客家人的味道。

读程贤章的小说，深深打动我们的还有字里行间那深沉的人民性。作者为社会底层的弱势群体的悲哀而悲哀，为他们的不幸鸣不平，为他们最卑微的期盼都得不到满足而呼喊。他的每一部小说都体现出鲜明的平民化倾向，努力去亲近平民，去表达他们的心声。因为，程贤章始终视自己为普通平民中的一员。

我们为程贤章在文学领域取得了丰硕成果感到由衷高兴的同时，也对他在这过程中付出的常人难以想象的辛劳致以深深的敬意。程贤章在《仙人洞·后记》中写道："今年，三十八度的高温袭击大江南北。我室外也被三十七度高温包围，但我仍像一位老顽童恶战今年的高温。在深不可测的历史长河中找寻我半个世纪前生命的记忆之弦……"程贤章的十部长篇小说，是他心血的结晶。钢铁就是这样炼成的。

轻抚着这部《仙人洞》，笔者感到它对我们今天重新认识半个世纪前的土改运动，乃至我们今天对"三农"问题的思考，都提供了有益的启迪。同时，笔者还感到程贤章的创作为丰富我国当代文学人物画廊作出了可贵的贡献。

"把歌颂人民放在中心"

——陈世旭作品论之一

一九七九年十月，《小镇上的将军》发表并获一九七九年全国优秀短篇小说评选一等奖后，曾经立过赫赫战功，身受迫害的老将军跟林彪、"四人帮"英勇斗争的刚毅形象，赢得了人们的尊敬。老将军的形象进入了当代中国文学的人物画廊。人们也用热情的目光注视着这位陌生的作者名字：陈世旭。人们在惊叹这朵夺目奇葩的同时，还以为作者是文坛老手呢。

其实，当时的陈世旭年仅三十岁，这篇脍炙人口的佳作，严格地说来，是他的处女作。对于陈世旭的人生征途和创作道路，可以概括成一句话：在漫漫路上不断地求索。

陈世旭的生活道路是坎坷不平的。一九六四年，他在南昌市初中毕业后，满腔热情地和同学们来到九江县新洲垦殖场工作。在农村，他干过种稻、种棉等各种各样的活，接触各种各样的人。生活，并没有像在课堂上想象的那么美好，这使他犹疑、彷徨、苦闷和深深地思索。何以解忧，惟有读书和写作！在这时期他读了大量的文艺作品，积累了大量的素材，为他的创作打下了基础。后来他调到县里搞宣传工作，一九七九年又调到九江县文化站工作。在这段时间，他写过诗歌、报告文学、通讯报道等。这些生活经历和创作实践为他写《小镇上的将军》奠定了良好的基石。

《小镇上的将军》发表后，陈世旭又发表了《吝啬鬼》、《贫穷与富有》、《唱歌吧，桦树林》、《打赌》、《路漫漫》、《余生》、《带海风的螺壳》等十几个短篇，引起文艺界的重视，并获得好评。这些作品引人注目的是，作者在题材和所反映的生活内容上做了可贵的探索。

在一次和作者促膝谈心中，我问陈世旭："你在创作中最关心的问题是什么？"答曰："我力求使自己的作品有广泛的社会意义。"这正是陈世旭创作的重要特色。作家要有自己的声音，而这声音应该是时代、人民、阶级的音响的汇合。作家要用文艺来反映生活，就应该把注意力集中到对社会、人生的关注上去，要时时了解人们在想什么、追求什么，这就要求作家要努力加以思考，才能给作品以丰富的内涵，敏锐的思想。这是作品的灵魂。在这一点上，陈世旭是表现得颇为突出的。《小镇上的将军》之所以引起社会上的重视，是因为作者以深沉的笔调触及了中国七十年代的"史无前例"时期的重要方面：林彪、"四人帮"一伙出于篡党夺权的需要，疯狂地迫害老干部，而广大干部和人民是决不会屈服的，他们用各种形式反抗、斗争着，老将军和小镇上的市民们，这些人正是社会的脊梁，民族的希望。正是由于面对一些触目惊心的事实，面对人们对"文化大革命"深刻的反思，才使作者以深沉的笔触，对"四人帮"一伙坑害青年一代作了有力的控诉。《余生》则是对老教授的一种积极的人生观的热情赞颂。在《带海风的螺壳》中，作者提出了作家不能脱离人民这一含蓄蕴藉的主题。就是描写那"非常年代"的青年人生活的《打赌》，也表现了青年人对生活没有失去信念，从而有着积极的社会意义。此外，陈世旭的作品还反映了广泛的社会内容：有工人，有农民，有大学教师，也有古怪韵咨啬者……这些作品在不同程度上给人们展示了现实生活的绚丽多彩的画面，启迪人们思考。

在陈世旭的笔下，除了老一辈的无产阶级革命者，和一些读者极熟悉的领导形象之外，还有诸如解放军的连长、指导员、大学教授、讲师、大队支部书记和普通的农民，青工直至卖螺壳的小孩……这些普通人，他们没有干出叱咤风云的事业来，而是默默地在各自岗位上工作、生活着，作者用饱蘸激情的笔，描绘他们，赞美他们，透过平凡的事和细微的心理活动，作者热情地讴歌了人民对事业坚定不移的信念和坚不可摧的力量。《路漫漫》中写的是在所谓反击右倾翻案风、所谓批判资产阶级法权喧嚣一时的风雨如盘的年代，有些作者在处理这类题材时，容易写成消沉、悲愤，令人失去信心，但作者既写出了"四人帮"一伙的猖狂和虚伪，更写出了人民的力量。那位做了"四人帮"牺牲品的大学生，正是在人民的挽救下才恍然彻悟。《打赌》中的一伙青工，在"四人帮"横行时刻，确实曾一度陷入颓唐、苦闷，傍徨之中，但这只不过是暂时的现象。"你们，不能有别样的生活么?"美丽姑娘的话语像电光火石般溶化了这伙青工心中的冰层，点发了他们心灵上的火光，开始了新的生活，"文化大革命"中的青年一代并没有垮掉!在建设四化中，我们从边防军的连长、指导员，从老教授身上，不也看到了焕发出来的精神力量么?正如作者说的："要把歌颂人民放在中心。"这些构成了陈世旭作品的主旋律，从而使他的作品有昂扬的基调和扣人心弦的艺术力量。

陈世旭的《小镇上的将军》获奖从而取得社会承认后，他反而惶惑了;有人说他应该按现成的路子走下去，形成自已的风格;有的说《小镇上的将军》风格较老，语言风格都是属于十八九世纪的，没有多大前途。陈世旭听了多方面的意见，终于认识到：要有自己的风格，但不要被"风格"罩住自己，要兼收并蓄，才能跃向新的高度。的确，他最初几篇作品继承着《小镇上的将军》的路子和写法，有他独特的个性，但后来发表的《唱歌吧，桦树林》、《路漫漫》、《余生》等在写法和风格上有很大的变化，可以看出作者有意在创新路子。

280

作者在艺术上的创新和探索，首先明显地表现在人物形象的刻画上。以《小镇上的将军》为代表的前一类作品，作者较多地用情节和人物的行动，人物外在形象的描绘来展示人物形象;而《唱歌吧，桦树林》等后一类作品，则在注意外形刻画的同时，较多地致力于描写人物的内心世界，用浓重的笔墨揭示人物精神的内在美，使作者笔下的人物形神兼备，血肉丰满，更加感人。例如《余生》，作者着重从人物心理世界上的展示，表现了人物一种积极的人生观，读罢令人耳目一新。其次，在作品构思方面显出作者独具匠心的才华。读着陈世旭的作品，常常有出其不意、奇峰突起之感。再次，作者在语言运用上也有独到之处，有些作品讽刺和幽默恰到好处，令人吃惊;有些作品语言洗炼、隽永;有的文章，如行云流水、侃侃而谈，清新淡雅，都是自成一格的。

当然，陈世旭的作品也有不足之处，有的作品思考多于形象;有的作品有结构尚欠严谨的感觉。这些都是作者在漫长的探索过程中出现的情况，我们相信作者在今后的创作中会加以克服的。

知识分子灵魂的裸露

——陈世旭作品论之二

通常的裸体，指的是形裸，表达裸者形体的美与丑，而要裸露人的灵魂是很困难的，既要展示人的形体，又要裸露人的灵魂，这只有高明的作家才能通达。陈世旭的长篇小说《裸体问题》就是展示改革开放、时代转型期的裸露人生、通透人的灵魂的佳作。在深层次上集中挖掘了当代知识分子的人生态度和行为规范，描述知识分子在改革大潮惶惑和曲折的心理历程。

素有东方哈佛之称的东方大学的老、中、青三代"儒生"们或许没有想到，在经历声势浩大的"触及灵魂""大革命"之后，到了八十年代末，在商品经济浪潮的冲击下，世外桃园式的大学校园也掀起轩然大波，在钱和权面前，每个人都面临新的抉择，面临灵魂的洗礼。长篇小说《裸体问题》以中文系硕士研究生况达明为首的几位才子拟把屈原的《山鬼》搬上舞台，以期表现原始文化对生命本身的肯定以及在对待人的天性方面较为尊重自然法则，但山鬼是裸体的女性，有谁愿意在众目睽睽之下裸露自己呢？虽然欢庆等女性也曾跃跃欲试，但最终东方大学还是没有一个人愿意裸演，由是而连锁反应的东大师生们又无一不在这人生大舞台上裸露出自己乃至灵魂。

文学不是对现实生活作平直观照，也不是对生活作机械性的传递，文学是通过人物与事件来反照生活，审视人生。因此，文学只有对现实生活事件和活生生的人物在尽致描摹的同时进行生发开掘，作者站在时代高度观照生活，通过人物的活动和生活场景的描绘，对现实生活作出判断和思索。大学校园是知识分子集中的地方，是极为特殊的文侣小区，也是社会的敏感部位。通过大学校园生活描绘来反映社会风貌是陈世旭创作转型和对社会深层探索的重要方面。在改革开放的大潮冲击下，平静如湖的校园也掀起轩然大波，校园是特殊的文化小区，有着高度密集的知识分子，而这些知识和知识分子又与大社会的各个层面有着紧密的关系，可以说校园生活是时代的聚焦点，折射出时代的各种色彩。过去有不少反映大学校园生活的作品，只停留在生活表层上，反映青年知识分子爱情与生活的正面和负面，《裸体问题》却集中笔力从校长、系主任、老教授、青年教师到研究生作全景式的扫描，通过活生生的人物形象刻画，对变革中新老知识分子的心理震荡、生活形态和人生价值观作理性张扬。

在东大"儒族"中，校长董敦颐、学术部主任公伯骞、教授彭佳佩是一代名儒，他们一向循规蹈矩、谨小慎微，不敢越雷池半步。他们都有过令人心碎的往事，使他们形成懦怯、忍辱退让的性格。他们恪守儒家的安贫乐道，君子固穷的人生行为准则，但在商品经济大潮冲击震荡中，他们的心理防线受到猛烈的冲击，精神富有与经济贫困形成极大的反差，校园的躁动不安，正常的校园秩序被搅乱，使得本来对领导偌大的东方大学显得捉襟见肘的校长更加束手无策。更具讽刺意味的是，同是"老儒族"中的尹教授，在这动荡不安的时刻竟然在金钱和名誉面前公然把学生田家宝的研究成果攫为己有，有失名儒风范，即便是治学严谨一向惜墨如金的骞教授为了"炸"开港商梁老板的"金库"，也违心地挥毫写下"高掌远庶，磊珂不群"来盛赞根本瞧不起这些酸文人的梁老板的"爱国之忧"。作者维妙地写出了一代名儒在转型期中的焦虑、惶惑、无可适从和心理失衡的窘况。

如果说作者笔下命运多舛的老儒们在传统道德观念和新的思维观念撞击下显得迷乱茫然和莫可奈何的话，那么，在中年知识分子梁守一、范正宇等人身上表现为既要维护传统观念却又想扬弃被历代文人视为清高的安贫乐道、屈己求全的道德规范。讲师范正宇家境贫穷，却以传统道德家自居，他的生活信条是："要知足，随遇而安么。"任何时候都以"无可无不可"自解，求解心理上的平衡。对于这一点，连他女儿也不以为然，一针见血地抨击他："你们这一代知识分子是不会有什么希望的了，你们不能自救。"当骞教授积压多年的著作和范正宇的《庄子美学初探》在财大气粗的星星们支持下才解困时，他们的那一点自尊和清高立刻变得荡然无声，斯文扫地。中文系主任梁守一似乎清醒得多，开明得多，他不满于现状，他原先对办作家班赚钱不屑一顾，但他偶遇价值两万元的"未理之璞"时，不禁怦然心动，作品人木三分地描写出商品经济观念是怎样锋利地几乎一下子就击穿了他向来以为坚韧无比的典型的传统中国知识分子甲胄，使他陷入那么深刻不可自拔的人格困窘。当他当上东大第一副校长后，他学得乖巧和求实，再不在金钱面前显示其清高了。当香港梁老板捐赠"敬文堂"后，他放下斯文，撰写了一篇赞颂文章，读来令人心酸。梁守一在现实面前既迷惘，又不能正视，既守旧又试图变革，力图在变革中凸现出来的价值观和人生哲学作一番梳理和调整。但当梁守一导演的东大105岁校庆纪念落幕之后，梁守一们是否找到了新的人生价值定位点，连他自己也觉得茫然。

在精神富有和物质贫乏的矛盾加剧的时代演进途中，中国知识分子在人格与心态方面有着重大衍变：由自傲转为自审，由迷惘转为探求，这是陈世旭对生活的新发现。过去的学术骄子跌进了低谷，王子蜕变为贫民，成为实实在在的血肉之士。他们不能不在历史转折递进中估量自身价值和行为取向：在高潮雷动和钱潮奔涌中能否固守"固穷"？"君子固穷"是国粹抑或累赘？是立足之本抑或时代前进的羁绊、扼杀知识分子才能的祸水？作者虽然没有作出理性评判，但作了较深层次的探究和提示，无疑是有启迪意义的。

陈世旭确实把知识分子的"自救"寄寓在青年人身上。当范正宇的女儿指责其父"你们不能自救时"，陈世旭加深了对"自救"题旨的思索。应该说"自救说"是陈世旭对当代知识分子问题的重要发现，体现出《裸体问题》的深刻内涵。可以说陈世旭在作品中集中探究的就是知识分子在灵与肉上如何"自救"的问题。在他落笔中更多的把这个问题的探求放在青年知识分子身上。对腐儒的嘲讽，对陈旧的道德观念的鞭挞，对沉寂校园的搅扰，对建立新的人际关系和对如何体现人生价值的企望，对贫乏的精神生活和匮乏的物质生活的不满，对商品经济下知识分子生存状态的体验和探索，所有这些都寄托在敢说、敢想、敢笑、敢哭、敢怒、敢骂、敢闯、敢为的新一代的莘莘学子身上。为此，陈世旭借青年教师肖牧夫的口喊出了"自救"的呼声："自己拯救自己的灵魂"。

但对于如何"自救"，青年学子们用自己的超前思维和生命体验作一番深刻的人生体味。

沃土

幽香

283

对命运的不屈服，对事业的强烈进取精神，对社会的污垢敢于荡涤和抗争，这是作者寄寓在青年学子身上的理想。青年教师肖牧夫才气横溢，充满青年人的锐气，他想在艺术理论天地里翱翔，为此他勇于探求，寻求艺术本质真谛，在一次为争到教授而关联的学术报告会上，他雄辩滔滔，竭力阐释自己的艺术认识论体系，但在骞教授等学术名宿面前，他得到的是"永恒的挫折"。肖牧夫对于自己的前途充满信心，为实现自己的理想矢志不移，甚至耍点手腕把痴恋自己的露露抛弃，但最终他认识到在这观念陈腐的东大校园里，壮志难酬，只好出走去寻求自己的发展。与肖牧夫相比"化学界著名的活古董"田家宝对事业更有执着的追求。田家宝对导师尹教授并不盲从，坚持自己正确的科学论断，当他的科研成果发表时，自己的成果已经挂在了尹教授的名下。不仅如此，当田家宝对此提出异议时，尹教授翻脸撤回他原来推荐他到广州工作的动议，要贬他到大别山区筹建药厂。像肖牧夫一样，他也只好出走美国。在美国，他的命运更惨，他的科研成果完全被导师冠冕堂皇攫为已有，他自己只不过是牧羊人手下的"牧羊犬"。在经历艰辛的人生跋涉之后，田家宝毅然回国。作者试图告诉人们，青年人出洋虽然或许能实现个人的价值，但现实的中国在改革开放雄风劲吹下，阴霾将逝，阳光挥洒，是实现人生价值的最好场所。硕士研究生程志比肖牧夫、田家宝清醒得多，现实得多。程志满怀激情，想在大变革中寻找适合这一代人发展的生活位置，他编织着现代"兰德梦"，不乏热情地推行"科学文化普及运动"，他苦心经营"南方预测咨询开发公司"虽然如一股轻烟一样无声无息地消失了，但他仍执着地苦苦追求，毕业后毅然回乡当了乡长助理，甚至到一个偏远的山村当小学校长，几经折磨，他仍矢志不移，虽然他活得很苦，他却觉得生活充实，有着实在的意义。从肖牧夫、田家宝、程志等青年上身上，我们看到一代人的追求，尽管他们生活阅历、生存环境和人生道路不尽相同，但他们身上折射出时代之光，表现出当代大学生的沉重的义务和强烈的责任感、使命感。

作者还勾勒出另一类大学生的生活画面。这些大学生对外部世界的巨变表现出一种热情，同时也希望死水一潭的东大也来一番变化，多一些活力与

284

创造力。在他们对改革开放的热烈欢迎的同时又对此产生疑虑和迷惘，内心激情澎湃又躁动不安，他们在行动上与现实难于适应甚至格格不入；思想上与现实处处表现出矛盾，形成反差。他们盲目崇拜和模仿西方，最典型的是一代骄子热衷的"兰德梦"，梦幻不是现实，现实状态是当代大学生们需要去贴近、理解、和实实在在的参与。"兰德梦"的破灭显露出中国当代大学生的心理和行动方式上的窘境，也导致他们发现这样一个事实：空想是无法支撑他们的行动，只有在现实面前寻找自己新的起点，而寻找过程中必然会出现撞壁和不可思议，出现疑虑与困惑，但困惑不是绝望，而是希望所在，因为只有怀着希望才会有勇气从困惑的人生狭谷中走到豁然开朗的人生境界，勇于探索、实践和希冀"自救"的大学生们的才情挥发和行为方式才有现实的依托。

当然，各人的思想方式和行为方式有着差异，对实现"自救"的行动准则也有天渊之别。晓雨的狂妄浅薄、孤高自傲，将一切传统观念不分青红皂白踩脚下，况达明不满于现实而愤世嫉俗，宣泄他对现实的恐惧和对抗心理，他认为人们"如今更多的只是关心自己"，因此他既反叛传统的道德观念，又对当今社会不再承担义务，认为"何必在自己的肩膀上压上一些想象的担子"，表现在行动上是好说大话，不切实际、不负责任和玩世不恭，当然这些也难为世俗所容。大学校园里学生的行为失范、道德观念淡薄、精神的匮乏和知识的浅薄，反映出失去人生坐标的青年知识分子的躁动不安和不知所措的新的文化现象。况达明最终一事无成、平庸地活着，寓意着"躁动的一代"的无所作为的归宿。

跟况达明不同的是，作为研究生的张黎黎和戴执中，虽然对改革之风吹进校园后也引起心理震荡，同样也意识到新生活浪潮中必须有所作为，才能"自救"，但当他们投身到实际生活中去以后，深切地感受到校园生活与实际生活的脱离与矛盾，因而对现实频频发起冲击。但他们在行动过程中发现严酷的现实是：金钱和权力时时左右着人们的生活。他们感到痛苦不安，在钱与权面前左冲右突，想摆脱又无法摆脱，最终也陷进钱与权的泥潭之中。张黎黎在大学校中是以对传统道德观念的反叛和抨击而使她成为东大的新闻人物，她燃烧连衣裙以庆祝中国足球队的胜利，她下决心把从书本和阅历中学到的一切东西都忘掉，她可以不顾一切把男生带到女生宿舍中的自己的床上，当她脱离虚幻境界而投身于特区火热的生活之中时，虽然她仍放浪形骸，但她对生活的态度变得清醒得多，她卡住了内地不合品质的货，使内地厂方少赚一百万元而使法国老板受益。她再也不虚幻而变得实际，她关心和追求人生目标，虽然这目标带着明确的个人因素，但毕竟给社会带来益处，多少带有一点社会责任感，她的"自救"行动多少有些实际意义。戴执中是哲学系研究生，后来回到党校教书，而后又"下海"经商，跟母校东大争夺市场，最后到了特区做生意。他耍手腕，略施小计便制服了狡诈的姐夫刘高俅，得到了许多好处。为了钱使得当年慷慨激昂的热血青年变得平庸和不择手段，人性人格急遽变异，道德情操如同手纸。尽管张黎黎和戴执中生活经历有相似之处，但在人生目标和道德谁则上却划出明显的界限。张黎黎虽然在特区历尽折磨，但她的灵魂可以经受道德规则的拷问，而且带有一种悲壮感；而戴执中的行为乍看去似乎无可指责，但灵魂深处却显得如此卑劣。作者对张黎黎和戴执中的"自救"方式和人格行为作了审视，使人们看到当代中国的高等学府的教育方式与外界生活的不相适应，而新一代骄了在改革大风雨的冲洗下，有一个痛苦的生活和心理历程，而这些青年知识分子走进外部世界以后的行为具状和思想方式又反衬出校园教育的成绩与缺憾，从而找出校园与外部社会的"自救"的联结点。

陈世旭构思的可贵之处在于，他不是纯粹描写校园生活，而是有意把校园作为这些象牙塔上骄子们的依托，让他们先在校园的红杉社里关门高谈阔论，让他们不切实际的思想尽情地驰骋，然后把他们置放在广阔的社会舞台去演出人生悲喜剧，在现实与理想的矛盾碰撞中把他们各自的主张和理论作一番实践和检验，他们的思维方式、行为方式、情感方式和生活方式都在实际生活中受到冲击，他们穷于应对，显得笨拙和仓皇，才使他们醒悟到：清谈与现实是两码事，理想必须建筑在现实基础上才有实际意义，生活才是对理想情操的最高评判者。

值得注意的是，陈世旭虽然对他笔下的人物各有褒贬，但他笔下没有单色彩人物，每个人的色彩都是丰富的。这就摆脱了那种好的一切都好，坏的一切都坏的创作模式，而是从生活出发把握刻画人物的尺度，使各种人物有丰满感。研究生况达明是高谈阔论的典型、情场的放浪不羁者，作者对他鞭挞有加，空想清谈与严酷现实形成极大的反差，他无法逾越校园与外部世界的鸿沟，最后便一事无成。但他过去的空谈并不妨害什么人，爱情上也还算美满，戴执中虽然敢于开拓，闯荡商界，但他却缺乏人情味，张黎黎仍然我行我素，但她的"目标原则"并不以坑害别人来达到自己的目标，而是靠公平竞争，程志虽然矢志不移在乡村里实践自己的主张，但他却私放了参与掘祖宗坟的小学校长……每个人都有生活的正面与负面，每个人都有黑有白，有好有坏，有优有劣，作者把一个人的综合体维妙维肖地写了出来，使人物成为有血有肉、真实存在的人，这样他们的校园内外的生活就有真实感，反映的社会生活面就有实在可信之感。

陈世旭还提出一个生活命题，处于世界闻名的东方大学象牙塔上的骄子们，傲气逼人，有强烈的自尊，但现实状况是他们既处于精神文化的高层，又处于物质生活的底层，他们既保持自尊，又需要"自救"，自尊与"自救"是一个矛盾体，自尊是人格精神上的，"自救"是物质生存上的，自尊是道德情操与人生态度问题，"自救"是人生价值与生存体验问题，寻求"自救"必将失却自尊，两者如何统一在骄子们的实践之中，如何使之体现更完备的行动方程式，对于这个问题的探讨，将使校园文学或者知识分子问题创作走向深层次和成熟标帜阶段。

过往有些校园文学写大学生活时，有的写大学生沉醉于爱情之中，情缘代替书缘，这种作品与社会上的爱情小说无异，只不过把人物背景放到校园之中，有的写大学生活热热闹闹，上酒楼，进舞厅，挥霍青春，这也跳不出其它青年题材作品的巢穴；有的则写学生与权威教授的矛盾，师长掠夺学生的成果，有失为人师表风范，这与其它社会题材中描写科研人员与权威人士的矛盾很少有区别。所有这些都只是表层上的反映，缺乏实质性的深层探索。冻世旭敏锐地看到了困搅当代大学生的不仅仅是对知识的追求，更多的是对社会的认识，对前途的忧虑和恐惧，对社会变革的注视和参与，努力把书斋生活与社会生活联结在一起，那就是把个人的理想置放在社会大场景中去实践和观照；又在社会实践中回眸审视校园生活的利弊，力图在校园教育和社会大课堂之间找到内在的、相互合拍的接合点。"兰德梦"是大学生们在商品大潮冲击下引起的心理震荡，也是他们尝试与社会建立互溶关系的试验。大学生们以此为契机从校园走进社会的各个方面，从校园辐射社会，从社会观照人生。作者借用他们的爱情和社会生活的故事，剖析的都是人生的深层的意蕴：在当代社会中，权力、名誉、事业、理想、爱情和家庭，无一不与金钱联系在一起，金钱几乎左右着人的思维和行动，改变着人的命运和道德情操，改变人的性格。金钱的法则如铁坚硬，这种无情的现实谁也无法回避。作家协会用仅有一点经费购置龙舌砚去"炸"香港老板的金库；东大给香港老板建堂立碑；骞教授和梁校长给梁老板歌功颂德，程志的贫穷落拓，老教授和范正宇的学术著作的出版和推销，东大校庆典礼的成功；《山鬼》最终能搬上舞台等等，都与金钱密切关联，而且由于权与钱引起新的人际关系的变化，人的性格、人的人格、价值观念都在这二者面前产生剧变，在这二者面前人人都不能不裸露出真实的灵魂：或真或假，或高尚或卑劣，或正视现实奋然而行或逃避现实懦怯裹足，人人都得在这强劲的商品浪潮中抉择和调整心态，这才是真实的人生、真实的生活、真实的故事。从这个意义上说，校园文化，校园学子的"自救"除物质匮乏改变生存环境外，还意味着对校园文化的审视和重建，观念的更新，文化与经济建立更紧密的关系，理论与社会实践的衔接等等，《裸体问题》把校园文学引向更深的主题，给人予启迪和思索。

《裸体问题》没有中心人物，也没有中心情节，每个章节都独立成篇，要反映校园社会和校外社会无疑有很大的难度，尤其要把众多人物压缩在校园里，又把校园里的人物投到广袤的社会里去展示人的观念和刻画灵魂，确实有很大难度，陈世旭从生活出发，找到了适合表现其题旨的艺术形式，他大胆运用长篇连缀法，把众多人物先是集中在东方大学红杉社这一特定场景之中，让各个人物关系有情节上的连结，以共同场景作人物情节的表现场所，人物关系就有紧密关联而不会有散漫之虞，当人物走出大学校园后，作者便以人物的命运和精神归宿作为长篇的纲线，串通全篇，使人感到形散神不散，读者很容易在人物命运的追寻和散漫的人际关系中对各种人物加以比照，作品便释放出很大的艺术能量，显现和深化主题，达到较好的艺术效果。

《裸体问题》是一部颇具思想深度的作品，对社会、人生尤其是对当代知识分子面临的人生抉择有极强的透视力，它浸透人生的苦楚与愉悦，迷惘与希冀，作者以深切的人生体验回眸审视知识分子，对知识分子的价值观、人生观、道德观、爱情观以及行为准则等都置放在改革大潮中加以辨析、检验，作者敢于直面人生、思虑人生，同时也珍惜人生，对过往岁月的生活方式、道德标准和行为准则敢于大胆肯定与扬弃，作者给读者奉献的是真实的人生、大胆的人生和率真的灵魂，激荡人们去探求躁动着的现实的和未来的世界。

沃土
幽香

陈世旭小说艺术论

——陈世旭创作论之三

近年来，素以"小镇上的作家"著称的陈世旭，发表了两部长篇小说：《梦洲》和《裸体问题》，引起了文坛的强烈的反响，"小镇上的作家"转变为专写知识分子问题的"文人作家"，这是陈世旭再次向文坛高峰攀登。从《小镇上的将军》到《裸体问题》，反映出陈世旭创作的艰辛历程，循这条创作线路去寻找陈世旭的创作艺术轨迹，对探循当前的文学创作脉络是有重要借鉴作用的。

一、 一个议论的话题：波峰与浪谷之间

七十年代末，中国文坛上突然冒出一个陌生的名字：陈世旭。他以《小镇上的将军》闻名遐迩，一开始就以"将军"风度称雄文坛，人们呼他为"手笔老辣"、"成熟的青年作家"。人们期望他以更高的姿态向文坛高峰冲击——陈世旭一时成了文艺界热门的话题。

不久，人们发现，这位"小镇上的作家"，不过只这么"一板斧"，他的作品少，且质量平平，与人们的期望相去甚远。他在北京文学讲习所同窗王安忆不无担忧地想："怕是陈世旭的火势，已如大江东去，再不复返了。"这又成了另一个话题：原来陈世旭的《小镇上的将军》是他的创作波峰，现在他从波峰上跌到浪谷里来了。

作为一个有特色，有追求的作家是不甘寂寞的。陈世旭经历一段痛苦的摸索后，过了五年，即1984年，他再次攀上文坛高峰。他的中篇小说《天鹅湖畔》成为当时改革文学的力作；他的短篇小说《惊涛》再次获得"全国优

秀短篇小说奖"。他的《惊涛四题》被认为是"短篇小说精品"。陈世旭从写"小镇奇人"到写"乡下人",是他创作上的一次飞跃,也是他苦苦思索后在生活和艺术上的结晶。

陈世旭说:"我感到最窒闷惶恐的就是当时生活的封闭状态。因此一旦有走向更广大世界的可能,我便欣然前往。"走出小镇以后的陈世旭,在经历农场的锻炼后,又投身高校生活,他进了武汉大学作家班,在那里的文化熏陶下,陈世旭走进了另外一个别开生面的生活天地,那里是一个特殊的文化社区,小世界里折射出大世界的色彩缤纷生活,他获得了更高层次的知识和人生阅历,经过认真思索后,他写出了《三十辐共一毂》、《马车》、《研究生院的爱情故事》、《校长、教授、助教和红房子》等中短篇小说,对高层知识分子在商品经济大潮冲击下产生的心理震荡作了深度的剖析,其中《马车》使陈世旭获得第三次"全国优秀短篇小说奖"。这使陈世旭的创作又开辟个新的表现领域,大大增强了他在文坛的实力地位。

陈世旭在文坛耕耘十余载,在波峰浪谷之间颠簸。他以一个无畏的勇士姿态奋勇进击,创作出一篇又一篇脍炙人口的佳作,奠定了他在当代文学中的地位,他的孜孜不懈的创作追求和艺术探索,是值得注意的。

二 、一次严肃的笑话:误入歧途

八十年代初,陈世旭对自己几乎丧失信心,他曾半开玩笑半顶真地跟王安忆说:"我怀疑自己端错了饭碗。"

更能反映他当时心境的是,有一次他对一个出版社的编辑开的"严肃玩笑":当时,有个出版社准备出版《当代文坛新秀》之类的小书,寄来卡片,要他填报自传及作品篇名。他随手填了"误入歧途"寄去,对方以为他开玩笑,不再来联系了。

其实,以他当时的生活基础和艺术修养来说,《小镇上的将军》出现是必然的。他初中毕业后就到九江新洲垦殖场工作,他当农业工人将近十年,还在文化馆、县里报道组搞过文化工作；他读了不少书，很早就开始学写作，功力不可说不厚。《小镇上的将军》的出现是他厚积薄发的结晶。

然而，他确实是"误入歧途"了。

《小镇上的将军》，对他来说至少提供了三条艺术经验：一是作品要写"人人心中皆有，人人笔下全无"的独家发现，主要指敢于揭示社会矛盾；二是要写自己熟悉的东西；三是要把小说当作一门艺术来对待。

对于这些，陈世旭是多少意识到了的。他在谈《小镇上的将军》的写作体会时说："必须写自己的所爱，写自己真正感动的人物，而这种爱与感动，同人民的情感是相通的"。在艺术上，他认为要"师法鲁迅的简练"。可见，他也有某种艺术追求的愿望。

但是，在初期创作实践上，他似乎偏离了这些艺术经验。他把表达人民的愿望，狭隘地理解为对"文革"给人们造成的心灵上和物质上的损害作悲愤控诉和感情宣泄；他用过于冷峻、苛刻的眼光来审视人生。在他笔下，社会是灰暗的，人生是冷酷的，前途是迷惘的。《壳子》、《打赌》、《贫穷和富有》等篇什给人以明显的悲愤和压抑感；在《唱歌吧，白桦林》、《带海风的螺壳》等篇中，虽不乏欢悦和令人沉思的笔调，但由于作家对生活的理解并不深刻，下笔时力度不够，给人以苍白之感。作者也力图努力揭示社会矛盾，探寻社会症结之所在，但由于他对纷纭复杂的社会生活发展趋势缺乏历史的认识和整体的把握，所以，他的作品还是未能达到应有的水平。

值得指出的是，他在这一时期的创作很快背离了要写"自己熟悉的人和事"的初衷，不少作品写连自己也是陌生的侨生、专家、教授、省委书记、高干子弟等，对人物不熟悉，他便在编故事上下工夫。当然故事也不会编得顺当。例如《蜜月旅行》、《风儿吹动我的风帆》等，人物苍白，情节失真，人们很难想象这是陈世旭的作品。

还值得一提的是，在这时期，面对突如其来的成功与荣誉，陈世旭缺乏心理准备，心态失衡，感到惊骇和惘然，心理上有极大的压力，感到空前的惶惑。于是，这种心理负荷使他急于求成。他把过去写的十多篇作品翻出来改造一番，赶场充数，其中大多数作品理所当然地被退回。那时，他的创作热情空前高涨，几乎到了即兴创作的地步，在这状况下，很难谈得上对艺术的追求。这期间的作品如《余生》、《唱歌吧，白桦林》虽然也试图在艺术上作些尝试，但由于离开了自己的特长在搞什么心理现实主义之类的探索，还是不能尽如人意。陈世旭在回顾曲折的创作经历后感慨地说："有一段时间，我也热衷于即兴创作，看到什么写什么。不是立足于对生活的思考和挖掘，对新事物的探索和理解，而是急于成篇，以数量之多、之大，来弥补作品内容的苍白．结果适得其反。"这种创作的"反思"，给他以后的创作带来了生机。

综观陈世旭的初期创作，作为一条广阔的现实主义途径，被他某些偏离现实主义的情绪所误解了。他不是"端错了饭碗"，而是消化吸收器官出了毛病——在创作观念和实践上"误入歧途"了。

不过，陈世旭很快在创作上有了新的感性认识：任何偏离现实生活，偏离文学反映生活的原则都会使创作发生"短路"。他的创作被他的对生活的热情带来了勃勃生机，渐入佳境了。

三、一条曲径通幽的路：渐入佳境

在曲折道路上踽踽独行之后，陈世旭的文运似乎好起来了，终于有了转机，跃上了新的高峰期。

1984年初，他在《十月》发表的中篇力作《天鹅湖畔》引起了反响；紧接着，他发表的《惊涛》（《人民文学》1984年第3期）又一次震动了文坛，被评论家称为"可喜的短篇上品"，《人民文学》"编者按"里称赞它"堪称力透纸背"。《惊涛续篇》（《人民文学》1984年第9期)以及分别发表在《文汇月刊》、《百花洲》、《人民文学》上的以《下湾洲纪事》为题的七个系列短篇，无论在反映变革中的农民生活的深度方面，还是在作为长篇艺术方面，大都可视为不可多得的艺术精品。1985年初，他在《小说家》发表的中篇小说《梧桐院》，是他致力于小说情节淡化、构思意境化探索的结晶。

几年前，陈世旭跟我谈起他创作上的苦闷时说："让我在漫漫路上探索吧"。他"冷静，坚韧，老实"，孜孜以求，终于"跃上葱茏四百旋"，使他再次令文坛刮目相看。这时期陈世旭的创作探索有两条经验值得注意。

他的探索首先表现在他努力扩大生活视野，力图使自己对熟悉的生活作新的认识和评价，以便对熟知的生活保持一种新鲜感，从中品出一些人生哲味来。

在创作上有一种奇怪的现象：对于你过于熟悉的生活，你不一定能写出有新意的东西来，有时甚至于无能为力，所谓"司空见惯，见怪不怪"。这是因为你太熟悉了，熟悉得有点麻木甚至反应迟钝，难于对生活有一种独特的发现。因此，在分析问题时不能站在时代的高度鸟瞰生活，而是像高尔基批评的那样站在跟事实同一高度来认识生活，对生活只能平视，而不能居高临下地俯视，观其全景，因而也就不易发现其新鲜的东西。陈世旭就是这样，他对自己熟悉的知青生活，反而无所适从。有人鼓励他"站在小镇写小镇"，但他站在小镇反而读不出小镇的味来。他只好去猎奇，写一些道听途说，自以为新鲜有趣的人和事，效果适得其反。因此，他悟到要对自己熟悉的生活保持新鲜感，就"只有当你对社会的某一部分细胞有充分了解，同时你的目光又伸展到了社会的最广阔、最遥远的地平线，你认清了历史的一切合理性和必然性，认清了整个的发展趋势，这时候，那些为你所熟悉的东西，才是有文学意义的"。

要使艺术视野开扩，必须开拓生活视野。他终于省悟出了这简单的生活真谛和创作真谛。1982年底，他到海南岛采访两个多月，他跑了许多农场，接触到各种各样的人物，感受到新的生活气息，对改革和创业者有了直接的体验；回到江西后他又去访问了几个农场，还直接参与农场的抗洪斗争。通过采访、分析、比较和综合他对自己原来以为极熟悉的农场生活感到有许多问题要重新认识了。生活视野扩大了，他站在改革的潮头来摄取生活，对农场改革的认识就有一种新鲜感，也就是说，他有新的艺术发现，《天鹅湖畔》就是凝聚了他这时期的心血。

《惊涛》的问世，他颇费周折。他在吉安抗洪回来后写了一篇小说，由于他对生活认识较肤浅，没有写好。后来听说他长期工作的九江新洲垦殖场在洪水中破了堤，他震惊了，立刻奔赴抗洪前沿，在堤上半个多月，他与民工一块巡堤，扛沙袋堵泡泉。他看到一些老人在堤上竖令旗、烧香拜菩萨，看到某些自私自利丑恶灵魂的暴露；也看到许多干部、共产党员和普通群众在危急关头挺身而出的动人情景。当他回省城南昌之前，坐船来到当年下放的农垦场，看到当年他流过汗水的长堤崩决，丰收在望的棉田淹没在滔滔洪水之中，面对惊涛骇浪，他涌出了泪水。他对过往熟悉的生活有了新鲜的感受，一股创作冲动像汹涌的洪波，冲击着他的心房。于是，《惊涛》从他胸中奔泻而出。这里，农村题材在他的笔下有了新的阐释，达到了新的高度。

如果说陈世旭创作第二阶段是"当乡下人"写"乡下人"的话，那么，他创作的第三个高峰期是"当知识分子"写"知识分子"。《惊涛》之后，陈世旭又寂寞了几年，这是因为他在开辟新的生活天地和创作领域，他的创作又开始转型。他一头扎进武汉大学作家班去，耕耘新的田畴，去收获丰厚的果实。在这时期，除了他强烈的求知欲望、希冀尽快提高自己的学识和艺术修养外，他还想在这高等学府的知识分子阶层中求得更多的生活体验，使他的创作获得更多的生活素材，开辟更能反映中华文化传统的和现代文化人的文化心态创作领域。《马车》的获奖以及长篇小说《裸体问题》发表，再一次使他成为文坛瞩目人物。

综观陈世旭的创作经历的三个不同形态，可以看出陈世旭是一个有追求的作家，他坚持深入生活，坚持创作上"文以载道"，坚持现实主义，使他创作不断注入新的因素而充满活力，这种创作经验对当今中国文坛仍有借鉴意义。

陈世旭除了努力读好"世间这部活书"外，还有意加强艺术修养。这是他创作成功的第二条经验。这一时期，他读了不少书。在他成名之前，他的艺术准备并不那么充分，当他冷静下来梳理过去的一些情况后，他才发现，读书对他来说意味着什么。尤其是他进入高等学府后，使他的文学视野更加扩大，他的文学素养迅速提高，艺术技巧也更加圆熟，他进入了"文人作家"的行列，或者说他已是学者型的作家了，这从他对文学的见解和创作实践中充分体现出来。

他对自己有一条禁令：不轻易提笔，要有真情实感才写，要有新的独特的发现才写。他说："拼命写、乱写，这最容易毁灭一个作家的创造力。"在1983年整整一年，他只写了两个短篇，其中《我们的郝经理》在人物个性开掘方面，又显露出他圆熟的技巧。

走了一段之字形的路之后，他终于实践了他初期的现实主义创作观念，并且强化了他的现实主义意识，这是一条创作的生命之路。他在作品的内容和艺术上作了多方面的探索，对今天的文学创作，尤其对青年作者，是不无意义的。

四、一个古老的文学命题：文变染乎世情

正当有的作家热热闹闹地追求文学的古朴美、原始美、自然美、甚至从封闭的山村的某些应该扬弃的封建的道德习俗中，也"发现"其"美学价值"的时候，陈世旭却说："在内容上，我强调文学的社会意义。"这个古老的文学命题，对他仍是那样新鲜。

陈世旭初期的作品，虽然也企求揭示一些社会矛盾，但由于作者审美意识和对社会生活本质的把握，存在某种程度上的偏差，大多数作品过多地在过往的沉重的生活中间回旋，因此，作品只是较为肤浅地揭示一些生活中的丑恶现象，有的简直成了丑恶现象的展览，令人郁闷。刘勰在《文心雕龙·时序》中说："文变染乎世情，兴废系乎时序。"时代生活的积淀有一个不断自我否定和扬弃的进程，社会的变革，人与人之间的关系的演变，社会各种矛盾运动的演化和转变，这一切必然孕育着作家审美意识的嬗变。陈世旭在时代生活的剧变中，他观察生活的角度和主旨思维方式也发生了根本性的变化。从《天鹅湖畔》、《惊涛》及其续篇，以及《下湾洲纪事》系列短篇来看，作者力求站在时代高度来俯视生活，用积极进取的眼光来透视时代的变化，这就使他的作品获得一定的深度和力度。

陈世旭这种创作意识的变化，首先表现出作家较为强烈的时代使命感。急剧变化的社会生活现实向作家提出了严肃的生活课题：文学要触及和揭示当代的变革生活中的矛盾，展示时代发展的流向。换言之，文学要有强烈的当代意识，作家要有强烈的社会责任感。

一向不善于驾驭重大题材、广阔场面的陈世旭，却沉着、冷静地接受生活的挑战，他一气写成矛盾复杂、气度非凡的中篇小说《天鹅湖畔》，表现出他的艺术追求的自觉性。其作品不是简单地写改革方案之争，而是着眼于适乎世界潮流的艰难的经济起飞。显然作者选择巧妙的表现角度是有其丰富的时代内涵的。面临着第四次产业革命挑战的章友法，把眼光紧紧"盯在二十年以后"，他要"搞拳头产品，搞第一流的生产能力"，在国内外竞争中"不飞则已，一飞冲天"。这位"等不得主义"者，碰到了纷纭复杂的矛盾，而他本人则成了各种矛盾的交叉点。首先，他作为八十年代的改革者碰到的对手是五十年代农场的开拓者季嘉兴的压力，思想隔阂，思维方式和观念的迥异，使他背上了沉重的历史负荷；手握实权的周尚全、黄谦给他施加种种压力，甚至釜底抽薪；国内外竞争给他带来新的课题……低下的生产水平、简陋的生产工具、传统保守的小农经济思想，给章友法经济起飞的宏伟计划涂上了一层阴影。最后章友法虽然被周尚全以提升为名，把他从垦殖场拔走，但从中透视出中国的改革势在必行、中国的经济必将起飞的信息。《天鹅湖畔》的新意在于：作者写改革者章友法跟保守势力的斗争不是一个具体的方案之争或人事安排之争，而是把章友法领导的天鹅垦殖场改革，放在世界第四次产业革命挑战的广阔背景下来展示这场斗争的实质，揭示出中国社会生活的新流向。应该说，《天鹅湖畔》赋予了改革题材以新的内涵。

近年来，陈世旭把艺术视线对准时代的敏感区域——大学校园，从对乡下人的挚爱移情于知识分子，表现出作者对社会生活与人生的更深沉的思考。《研究生院的爱情故事》反映出在社会转型期中青年人的青春躁动，对前途的希冀与忧虑。青年知识分子对社会变革具有敏感性与虚幻性。他们对外部世界的日新月异的变化既感欣慰又感疑惧，他们希望投入社会，对生活进行具作但又显得无可奈何，他们不切实际的超前意识难于实现自我价值，这使他们感到恐惧而转向放浪形骸……对青年学子的这些不平静的心绪，作者作了细致的剖析，让社会了解青年学子的苦衷，也使青年学子更加了解当前社会生活，在大社会与大学的小环境之间寻找实现青年学子自我价值的联结点。对老年知识分子和中年知识分子，陈世旭更是直抒胸臆，坦然地写出他们生存窘况和对商品经济的滥觞下举止失措、心理失衡生活情状。《校长、教授、助教和红房子》、《未理之璞》等道出了两代知识分子的甜酸苦辣和在商品经济冲击下惶惑不安的心态。东方大学学术部主任公伯骞和彭佳佩教授，在过往的生活环境中他们均有所作为，但在现实的商品大潮冲击下，他们感到惘然，手足无措；而中年知识分子梁守一和范正宇虽然在他们身上也有"君子固穷"、甘受清贫的儒家传统美德，但在商品经济下，金钱几乎左右着人们的道德观念、行为规范等，他们的美德在当代观念的审视下，似乎变成了一种缺憾，安贫乐道并不能改变严峻的现实：要发展需要钱，要办学需要钱，家庭生活需要钱，要出学术著作需要钱。作者意在说明：要有发展的健全的人格没有社会的关注和自身的更新观念是不行的。

卢那察尔斯基说过："艺术家之所以可贵正是由于他能提出新的东西，能运用其全部直觉，深入到通常统计学和逻辑学所难于深入的领域中去。"大凡机智敏捷的作家、决不被眼前的琐细生活所迷惑，总是用具有穿透性的目光，力图从总体上把握生活，用发展的眼光来审视生活，从而发现并表现新的生活趋势，勾画出时代前进的轨迹。陈世旭近期的小说之所以取得一定程度上的成功，就是因为他对生活有新的发现并在艺术上作深度的把握。

当今改革潮流以不可阻挡的气势冲击着一切，愈来愈渗透到社会的各个领域，从而改变着人们的思想观念和心理结构。陈世旭面对这些进行机智地思考，他看到由于社会各种矛盾的运动，一些旧的平衡被打破了，代之以一些新的平衡：旧的观念被新的观念代替，旧的人物被新的人物所左右，有的默默无闻的人物突变成领潮人物，以往难于理喻的观念变成时髦，这是极其有趣而又启人心智的社会现象。他敏锐地捕捉这种新的社会信息，文笔独运地表达出来，给人一种新鲜感和艺术享受。

职守，勤劳憨厚，在人烟罕至的洲上看瓜。当生产责任制之风吹进村里的时候，这洲上瓜地要包给人，他却斩钉截铁地说：“只要我在，芒榧洲就永远是社会主义。”他坚守这块“社会主义阵地”，不愿看到旧的平衡被打破，就是他的小儿子提出承包这块地，也遭到他毫不犹疑的当头一旱烟筒。后来他死了，很快的他儿子就承包了这块地，并获得了丰收。儿子又在倒塌的旧竹楼基地上重新建筑了永久的竹楼。尽管老人抱残守缺，以小生产者的眼光来看待改革，但最终他只不过给旧的事物唱一曲挽歌，新的生产关系，新的平衡必将建立。《惊涛·宿怨》中，那春甫和公社书记结下的宿怨，在惊涛的冲击下(不能仅仅理解为自然界的惊涛)，前嫌顿失，人与人之间的关系趋向新的平衡。《下湾洲纪事·暮归》中的殷友义，他希望的是得到一辆过时的牛车，做着五世同堂的梦。改革之风打碎了他的迷梦：家庭细胞分裂，老大、老二及小儿子分了家，他的梦“彻底破灭了”。小儿子满子说出了生活真谛：“细胞分裂，生命才能发展。”在事实面前，他才猛然醒悟到：“儿子比自己强，强一百倍。”社会和家庭的结构都得到新的平衡，生活呈现出崭新的时代意义。

《裸体问题》从总体上把握住在时代浪潮冲击下特殊文化社区——大学校园的平衡与不平衡状态，以及相互转化，达到反映新的社会状况的目的。东大校长董敦颐，在原先状态下他把握得住平衡。但在新形势下，他就显得捉襟见肘，他缺乏现代人的管理才干，面临教育观念更新和中国高等学府碰到的某种教育危机，使他一筹莫展，难于应对。这是在平衡状态下产生的新的不平衡。当中年教师梁守一掌握校政之后，他意识到“朝政”所处的人才和经济上的困境，力图变革，不再以君子固穷来自我约束，而是把教育与发展经济双轨并进作为治校手段，产生出奇异的治校效果，达到了新的平衡。而在新的平衡中又隐伏着动荡的危机，学子无心恋书，却勤于恋人和恋钱，以致人才外流；学子经商，潜藏着新的不平衡……作者给一潭死水的校园注入新的内容，尤其是他不是从校园写校园，而是站在大社会角度上审视校园生活，使校园生活赋于崭新的内容，有鲜明的时代感。

陈世旭并没有一味唱欢快的歌。他那冷峻的目光还直射生活的另一面，人生的悲剧。《惊涛》中，公社书记的儿子死了；《天鹅湖畔》中的章友法明升暗降；《梧桐院》中德高望重的吴祖煌、秦静芝夫妇及他们的儿女们的人世沧桑；《惊涛续篇·车灯》中的胡月胜，把车斗中的鹅卵石连同他的生命一起填进了泡泉眼；《小镇名人录·六指头》中秉正的六指头，被革回家，受到不公平的待遇；《那最远的星星》中的刚直不阿、富有才华的赵大庆被处罚下连队，在受伤出院后被复员回家；在《裸体问题》中职称评选上搞"二桃三士"，肖牧夫愤而出走；在住房分配上的"教授楼"成为"处长、副处长、教授楼"，结果真正的教学者却得不到应有的待遇；真正有质量的学术著作得不到出版，还得靠个体户资助和推销……这些虽不能说悲剧人物和悲剧事件，但至少可以说带有浓重的悲剧色彩。作者可贵之处是，他没有把人物的悲剧因素简单地归咎于某人或某种契机造成的；而是从这些人物的命运和性格悲剧身上折射出更浓烈的时代色彩，交织着更错综复杂的社会矛盾，"将人生有价值的东西毁灭给人看"（鲁迅语），从而展示出改革的艰巨性和时代意义。

同时，作者在描绘这些悲剧时，始终把握时代的暖色调，在明朗的色调中抹上这些略呈阴暗的颜色，作为暖色的对衬，使主色调更为鲜明夺目。这样，这些悲剧便奇妙地产生净化人的心灵，提高人的情操，给人以认识新生活和迎接新生活的勇气和力量的艺术效果。

可以看出，陈世旭近期的创作，明显地摆脱了以往过多地让痛苦的感情回流，在悲愤和感伤中觅取创作素材的羁绊，而是以期待的心情热切地呼唤新生活，用欣喜的心情迎取新生活；从单纯的愤激、倾诉和宣泄到机敏的发现、思考和探索，从而抒写出在变革生活中的民族心理和历史意识；创作的色调由冷而暖，由单纯到丰富；主题由单一变多元，由直奔主题到含蓄蕴藉，这是陈世旭创作思路转变之后的重要思想艺术特色。

五 、一切艺术至高境界：返朴归真

陈世旭近期创作所表现出的当代性，不仅仅表现为他迅速地、生动地撷取时代生活的浪花，艺术地呈现给人们；他的作品的强烈的时代感还表现在他艺术地再现生活，把生活艺术化，把小说艺术化。读完他近期的一些小说，总感到有一种无穷的韵味，余音缭绕，令人回味。

陈世旭曾对王安忆说："最好的字是返朴归真，这也是一切艺术的最高境界。"这正是他艺术追求的真谛。

这种返朴归真的艺术追求，首先表现在作者题材的精心选择上。陈世旭似乎有意避免选择重大题材来表现生活，而是从各种细小的生活侧面来反映当代社会生活的大主题。除《天鹅湖畔》直接描写改革与保守势力的正面冲突外，其余篇章，作者大都把当代生活的重大事件推到背景地位中去，在大背景中选取小题材，生发开去，小中见大。写出来的"小"，读者看得分明，但内中蕴藉的"大"，虽看不见，可想象得到。作者精明地把深刻的意蕴，藏在"小"的后面，正如海明威作过的形象的比喻："冰山在海里移动很是壮观，只是因为它只有八分之一露出水面，而有八分之七是在水面以下。"这露出水面的八分之一，对整座冰山来说，是一小部份，但它却不仅指示出它水下的八分之七，更重要的是它还指示着负载着它的大海——可以任人神驰想象的"大"，这才是真实的艺术。中篇小说《梧桐院》，作者切进的生活角度极小，只是写梧桐院吴祖煌、老马、魏立民三家几个人物的坎坷道路和不同命运，勾画世人世态，人世沧桑。题材虽小，时间跨度却极长，主题的伸延，大大超越了题材本身的时空意义。《门房问题》仅仅写某单位宿舍搬迁到近于郊区后寻找看门人的几件琐事，但作品延展下去的却是依托冰山的辽阔大海，作品不仅顺笔揭露了假道学，而且委婉地提出了在改革的时代，如果不认真改革，实际上是对普通人命运漠不关心的大问题。

长篇小说《梦洲》写的也是极普通的"老知青"的生活故事。主人公小小由于"出身不好"被发配到社会最底层，使他受尽屈辱，对于这种不公正的待遇，他"不得不有时接受，有时又极力摆脱掉这种支配"。他毕业后主动下乡务农，他为了摆脱出身的阴影，主动靠拢组织，主动打小报告揭发他人，终于入了团。而可悲的是，他还是成为"内控对象"；"文革"中，他又积极响应号召，进军省城批斗副省长，后来他又成为清理对象；最后他只好逃往他乡，直到最后他移居海外，成为异国游子。作品人物小，题材普通，但作品却以小见大，使小小这个普通人的命运变异，看到历次政治运动造成人性的变异，从压在最底层的小人物的痛苦的人生历程看到社会历史变化的畸型轨迹，启迪人们的思索。

如果把陈世旭前后作品加以对比，就可以发现他近期的作品有极明显的艺术踪迹：有意回避大起大落的情节冲突，而刻意淡化情节，使情节尽量平淡，质朴和自然，尽量接近生活，或者说，努力使情节生活化。这是他返朴归真的艺术题旨的又一追求。

鲁迅曾说紫的小说集《丰收》取材都是"极平常的事"，"因为极平常，所以和我们更密切，更有大关系"。陈世旭似乎深得个中三昧。《惊涛》尽管写了汛期的惊涛骇浪，但作者却只不过以惊涛为背景，展开的却是极平常的洪水中救人的事；春甫与公社书记有宿怨，但他却没作激烈的报复，只不过给书记开个玩笑，把船从他船边擦过去，打了个满舵走了；公社书记的儿子为抢救春甫的父亲被毒蛇咬死了，春甫照了面，按理应该有个感情起伏的场面，但作者只用淡淡的"春甫用力咽了一口。喉咙里干巴巴的，什么也没有"几句，把场面淡化了，然后用"春甫掉转船头"为一段，把他抱公社书记儿子上船的感情场面隐在文字之外；接着，他家的新屋倒塌了，作者写他义无反顾，只用"春甫没有回头"为一段，又把他用汗水筑起的新屋倒塌所掀起的感情波澜隐去。最后交代几句："他像一个要给自己赎罪的人一样，不顾旁人的劝阻，每一次都强蛮超载，强蛮在大风里开船。那天夜里，雨和风浪都特别大，他的船又装得特别多，结果没有开出多远，船就被风浪打沉了。船后来在江边的石山脚上撞得稀烂，他也几乎丧命。"作者不动声色，像旁观者淡淡地叙述某种极平常的事一样，使情节显得平淡、自然，这就避免了强烈的戏剧冲突，但其艺术效果的强烈却是出人意料。《门房问题》写某协会的宿舍大院的嘈杂景象：小孩子玩耍，比赛砸玻璃，对着围墙"放水"呼之为"救火"，在单元楼道里"官兵捉强盗"，院外鸡鸭成群，粪臭冲天……这真是写神了。作者由此而引出严重的门房问题来，接着对几任不负责任的门房绘声绘色的描述，然后再引出万叔来作对衬，显出万叔的好处来，由万叔的走，又引出人们深思的问题。严肃的主题却寓于生活中的诙谐和情趣之中，真令人叫绝。作者把平凡的生活事件置放于不平凡的时代背景中去作艺术处理，在看似客观冷静的叙述中潜藏着一股热力，一股激情，传递给读者的远比纸面上的多。

这种生活化的情节，在陈世旭作品里俯拾皆是。《秋月》写洪峰过后，洲里水还没有退尽，村民还被逼站在堤坝上，县里、乡里要求壮劳力在水退后集中一段时间突击，堵了决口再出去，但水退得太慢，有些人等不得了。秋月，无论是做生意还是跑运输都是黄金季节，腊女家里发了财，她要自己的相好金宝也趁这金秋外出做生意，即使"一时成不了'万元户'，总要有个往前奔的样子，我也好说话"。金宝是团支书，他不愿丢下筑堤的事去跑生意。腊女和金宝的临时棚宇紧挨着，中间只隔塑料薄膜，腊女的爸爸和金宝的瞎子娘都在家，在这奇特的情境中，作者在表达腊女思想变化和对金宝的爱恋时，写道：

忽然，金宝的耳朵根子火辣辣地痛起来，腊女重又伸过来的手揪住了它，往里拖，拖出了塑料薄膜的空当。

"你放憨……"金宝的话没有说完，两条滚烫的胳膊缠紧了他的颈。

"什么响?莫非又是猫?"

是唐老信沙哑的声音。

没有哪个答理他。

金宝的头动了一下，却反而被缠得更紧。

唐老信沉默了。他明明已经晓得弄出响动的不是猫。

作者写腊女对金宝的理解和体谅，对他人品的敬重和爱恋，以及她对金宝的炽热的爱情，写得似乎平淡，但却传神，这种从生活中演化出来的传神之笔，既有生活实感，又有新奇的艺术效果，是那些装腔作势，故弄玄虚的作品所无法比拟的。

用一副淡然的笔墨来写强烈的思想活动，有时比花大量笔墨来强化情节还要好。《未理之璞》写东大校长梁守一经人介绍花一千元买一块未理之璞，这块璞里面仅露一点玉，由购者判断里面蕴含多少玉，然后作出估价。这块璞也许含有价值二万元的玉，但也可能不值一千元。为这块璞梁守一通宵达旦思虑着，一会儿觉得自己失去一千元，一会儿又觉得自己失去二万元，当他临上飞机时，机上安全检查员要他出示购璞证明以防走私，送他的劳经理和洪先生说回头再把证明补给机场，这时作者以淡淡的笔墨写道：

"不麻烦了"，梁守一突然说，随之很坚定地把那块毛玉沿着安检的桌面推到洪先生面前。满脸一副富贵不能淫的庄重。

作者并没有写他激烈冲突的场面，也没有写他思想变化后坚守儒道的豪言壮语，而是轻轻点染，把人物的浓情淡化于恬静的言辞中，深化了读者对梁守一的思想行为的认识。这种平淡中见新奇，寓深沉的思考于淡化的情节之中，达到出奇制胜的艺术效果，使作品更加凝炼。

六、 一种可贵的艺术追求：缩短的艺术

探讨一下被评论家誉为"短篇上品"的作家陈世旭的短篇艺术，也许是必要的。事实上，陈世旭的短篇小说在中国当代文坛中占有重要的地位，其短篇创作无论情韵抑或艺术方面均超过他的中、长篇小说。

短篇小说是文艺形式的轻骑兵，它对时代生活有特殊的敏感性。当今的中国，是以九十年代的速度和节奏向前涌进的，社会变革的迅猛发展，生活节奏也急剧地加速起来，这就促使短篇小说更加艺术化，促使其内部结构发生衍变。这种更加艺术化是时代对短篇小说的更高要求。

如果短篇小说仅仅是给读者解渴的一杯白开水，仅仅是一支乏味的流行歌曲，仅仅是传递一种生活信息，那么，它将失去作为文学的实在意义。

事实上，短篇小说是不甘寂寞的。致力于短篇小说艺术的陈世旭也是不甘寂寞的。

短篇小说要短，正如契词夫所说："写作的艺术即缩短的艺术。"陈世

旭在构思谋篇时，总是尽力在"短"字上下功夫。1982年春，他到吉安去采访农民抗洪事迹，回来后写了两万字的短篇，先后投了两个刊物被婉退。由于篇幅长，"弄得极累赘，连我自己都怕读第二遍"。后来他意识到症结所在，在采访了长江汛区人民抗洪斗争事迹后，他把采访到的素材与在吉安积累的素材综合分析，把两万字的短篇分别写出三个短篇；《惊涛》之一的《宿怨》、《小镇名人录》之一的《六指头》及另外一篇。《惊涛》之后，陈世旭写的《下湾洲纪事》、《小说两篇》等近十个短篇，一般都在四、五千字左右，篇幅虽短，但却具特殊的艺术魅力。长而空，使人生厌；短而内容贫乏，虽短亦觉长，这不是"缩短的艺术"。陈世旭是深谙此道的。

马雅可夫斯基曾形象地把诗歌语言的提炼比作"镭的开采"。他说："一个字安排妥当，就需要几千吨语言的矿藏。"为了使"缩短的艺术"更具艺术效果，陈世旭刻意在语言的简洁、凝炼上下功夫。他不太重视修饰语句，不用华丽辞藻和晦涩的典故来显示作者的博学，而极重视撷取生活语言来作小说的眉眼。《小站上》童大年与那个迷人的女列车员猝然相遇，在他心灵上泛起阵阵涟漪。女列车员走了，这时，作者没有花笔墨去写他涨满春潮，而是轻轻几笔点染："他又低下头面对词典。词典上已经没有英文也没有汉文了。只有一双迷人的弯起来的细长的眼睛"。这种描写真是惜墨如金，恰到好处。《宿怨》中开头写长江洪水泛滥，干部们动员队里的人离开屋场，以老元为首的老人就是不肯离开，扯了红布做令旗，祈神保佑。七里圩终于破了堤，"现在，洪水正用最充分的激情，向他们表示自己的感激。"寥寥几句，囊括了许多内容，意在言外。此外，像写"活板鸭"刘宗昌的性格只用他有一张"能说得雀子下树，说得水能点灯"的嘴，有一双"永远像马拉松运动员一样奔波着"的腿，以及信息敏感的耳朵，随机应变的精明的心，写得活灵活现，省却了许多笔墨，却又极传神。

短篇姓"短"，这是短篇的外在特征，但它还不是短篇艺术的本质特性。古代评论家刘知几说要做到"文约而事丰"、"事溢于句外"，这是短篇小说艺术化的特殊需要。细细品味陈世旭的短篇，就会悟出其艺术魅力之所在。《下湾洲纪事》之一的《早春》只不过五千字，作者写农村青年殷满子富了，但却不去正面渲染他如何富，而是撷取他去城里买西装的细节来描绘。营业员瞧不起这个"洲巴佬"，把一套卡叽料子的西服丢给他，他却不露声色地指着另一套高级西装，"殷满子把那套终于非常艰难地从高档货架上下来的西装抓在手里，扯下别在领口上的标签，看了一眼，随手摔掉，也冷冷地笑道：'一百六十块还不到，就差点把个人吓死了'。"作者还不止于此，他还在尽短的篇幅中开拓更深的题旨。殷满子跟城里来卖书的姑娘关于买书一段傲慢的对话，简直有点居高临下了。他要买的是"有学术价值的科技理论著作和大部头的文学名著"，而售货员却带来大批"文字垃圾"。由买书风波而掀起的爱情风波也把由"富了"引起的人的价值观念的变化牵动起来，城里姑娘竟然爱上了言行不俗、精神充实而又富于进取精神的殷满子。这样就把农村富了后产生的精神上的变化，道德观念、价值观念的更新有机地联结在一起，浓缩了的内容置放于浓缩了的篇幅之中，做到了"虽发语已殚，而含意未尽"、"观一事于句中，反之隅于字外。"

如果说用尽可能短的篇幅压缩进最大的思想内涵，是陈世旭"缩短的艺术"的一个奥秘的话，那么，用最省俭的笔墨画出人物性格的闪光点来，是陈世旭"缩短的艺术"又一重要特征。陈世旭是极善于捕捉人物性格特征的。他描绘人物性格时，几乎不看外形，而注重于人物内在性格的展开。《小镇名人录·陶东篱》中的陶东篱的个性，作者只通过他"偷"书、摆书摊、写诗等几个细节来完成，把这个不得志的乡下文人的执著、孜孜不倦地追求的性格写得栩栩如生。《下湾洲纪事》中的《大风》、《初雪》两篇，主要写唐贵庚为了发财，半夜里叫老实巴交的邹水龙冒着风浪过江，以及当邹水龙船翻人病以后唐贵庚的内心自省。唐贵庚富有同情心和人情味，是跟邹水龙的性格对比中映现出来。当他们冒险过江后，邹水龙马上要唐贵庚付钱，唐贵庚以为他怕自己少他的船钱，心中不快，引起他的卑视，当唐贵庚把一张五块钱给他后，邹水龙却要找回他钱，这时唐贵庚生气了，而老实的邹水龙却坚持只要收一元钱。在这收多少、找多少的争论中，两个不同性格的人物就凸现出来了；唐贵庚发了财，居高临下，财大气粗，由瞧不起对方到尊重对方的人格，邹水龙人穷志不穷，守本份，不受嗟来之食。这轻轻几笔，两个人物全活起来了。

尤其值得称道的是，作者为了简练地勾出人物性格，常常使用出其不意的方法、巧妙安装人物性格的引爆点，使人物突然爆出特异的性格光彩来。《小镇名人录》中的《六指头》，写的是六指头从农村借调到镇林场之夜，他忠于职守，叫想来偷摘果子的调皮鬼无法钻空子。人们以为他为了转正(只有转正，他的对象才肯嫁给他)而如此勤恳，但事情突然逆转：他的位置被场长开后门塞进来的人顶上了，他被通知解职。就在那天，他的对象闻讯离开了他，也是那天晚上，"我"的朋友们为了"我"住医院而去偷采梨子，六指头破天荒地没有让看园狗来咬他们，默许了他们。当朋友们把梨子送到病房后，六指头来了，原来他是来讨梨子钱的，这突如其来的举动令人吃惊。他愧疚地说："这样的事做了一回，我一生也不会安心的。"顿时六指头的性格灿然生辉。更妙的是，当六指头看到"我"无力偿还时，他叹了口气说："那你就吃吧。钱，等我女人退了礼金，我再垫上。"平素不苟言笑的六指头，他的性格突然放出特异的光彩来，使人物的思想境界升华到应有的高度。《惊涛续篇》之一《车灯》中的胡月胜，在堵泡泉关键时刻，开车堵住了泡泉，献出生命；《热土》中的蔫巴佬鄢风求，平时少言寡语，一副呆头呆脑的样子，但在保堤与决堤中，抛弃个人的私心杂念，两次作出惊人的抉择，在急转突变之中，蔫巴佬毅然端起枪，作者捕捉住这个艺术的闪光点，使蔫巴佬的性格顿趋明朗。王蒙说："小说首先是对生活的发现。"对人物个性的刻画何尝不是这样?只有善于发现艺术闪光点，旋迅捕捉，诉诸节俭的笔墨，画龙点睛地轻轻点染，这正是"缩短的艺术"的至关重要之处。

为了使短篇写得短小精巧，具有更大的艺术凝聚力，陈世旭常常巧妙地使用艺术空白。他在创作时，一方面尽可能把一些情节浓缩，另一方面他又刻意把一些情节写在纸背，形成没有文字的文字，让读者凭自己的生活经验生发开去，加以合理想象和补充，造成"此时无声胜有声"的艺术效果。《小镇上的将军》写"文化大革命"，作者却不正面提"文化大革命"，写将军与林彪、"四人帮"斗争，亦不作正面的叙述，写刚毅的老将军，人们却不知他为何成为将军，对他的光辉年华只字不提，只能揣测，写他跛着一条腿，拄着发亮的油茶棍，却不写他如何会跛脚，是否林彪、"四人帮"迫害所致

沃土

幽香

307

等等。这些为读者关心、而又可以开展情节的地方，作者都省却了，让读者根据作者提供的严峻的背景材料，加之自己的生活感受去想象、评议，跟作者共同完成创作。这无疑大大地充实了作品的蕴含量，省去许多铺垫的笔墨；《永久的竹楼》中的老人原来对知青偷西瓜吃愤怒异常，但突然一夜之间改变了主意，摘了西瓜等他们来吃，跟他们建立了友好信任关系。读者对这执拗老人为何一下开了窍，发善心一直存疑，作者留下这情节的空白，让读者对老人的行动和思想动机作推测探究，这就大大地丰富了作品的思想内涵。

作者不仅在行文中有意留下一些情节上的空白，而且还利用句与句、段与段，篇与篇之间的衔接制造人物行为和事件的空白，给读者以驰骋想象的天地。《烽火》写秋霞与李欣夜巡圩堤，发现泡泉眼，当秋霞提了一大桶柴油来到柴垛边时，李欣却远远地逃走了。秋霞点火报警。接着作者笔锋一转，就写到李欣受伤住院。在这两个段落之间作者布下了情节和人物感情的空白。读者不禁猜度，李欣为组织群众转移受了伤，是不是对自己那夜临阵逃脱的忏悔？是否为秋霞高尚行为所感动？亦或向秋霞回报爱恋的秋波？这个谜底到后来李欣要秋霞为他那晚的"报警"的"英勇行动"作证时才得到说明。灵魂的美与丑，高尚与低下顿时泾渭分明。这种艺术空白起到了奇特的艺术效应。《下湾洲纪事》是系列小说，作者也很好地利用"系列"篇与篇之间的空隙做文章。《秋月》、《大风》、《初雪》中三篇既可独立存在，又有内在联系。在《秋月》中读者对唐贵庚财迷心窍，给妹子介绍朋友的印象极坏，而在《大风》中，人们发现他的良心并未泯灭。当老实人邹水龙送他回来浪翻船毁时，他来看望邹水龙，人们稍微改变了对他人品的印象，而紧接着《初雪》唐贵庚为帮助邹水龙而让野鸭，还为邹水龙发家画了蓝图，人们更觉得他并不这么坏。在《大风》和《初雪》中间，空着唐贵庚赚了钱后如何忏悔，如何下决心帮助邹水龙等等的情节，让读者在作者提供的人物、情节中去加以发挥，想象作者没有写下的文字的内涵。陈世旭说，这种创作中的艺术空白是"对读者欣赏能力的信任，也包括对他们的想象力和创造力的信任。其实这也是作者对自己创作力的信任。

七 、一次成功的尝试：《裸体问题》

评述陈世旭的创作，不能不花点笔墨来专门论及他的近期的长篇小说《裸体问题》，这是作者的第二部长篇小说，是他创作史上的一个里程碑，也是中国当代校园文学的扛鼎之作。作者采用放射性结构手法，从校园辐射外部世界的大社会，对当代大学校园的生存状态，各类高层知识分子的心态作了细致入微的描述，对当前高等学较教育危机、教育出路、教育方式、人际关系等提出了独特见解。《裸体问题》是对高层知识分子灵魂的展示，也是对当代教育问题的揭示，对读者有着重要的意义。

人们通常谈论的裸露有两种：裸形与裸魂。裸形并非难得，例如模特儿可以轻松洒脱地在画家面前裸体，画家也可以在画布上记下她的形体，而裸魂却是难事，灵魂无形，何以捕捉?读了陈世旭的长篇小说《裸体问题》后，我为作者高超的艺术技巧所慑服，他不单画出了各种人的形体，还极省俭精当地勾勒出入的灵魂。

改革大潮激荡着神州大地，把素有"东方哈佛"之称的东方大学搅得躁动不安，无论是满头华发的老教授和肩负承前启后重担的中年教授，亦或是研究生院的莘莘学子，无不在现实面前显露出激奋、焦躁、迷惘、思虑和希冀。从东大校长到青年教师乃至学生，各类人的灵魂在喧嚣和混沌之中穿行和探视，各种人的人生能量得到最大值的毫不掩饰的袒露和释放，展示出当代知识精英们的人生态度、艰辛探求和进取精神。

本来知识分子的生活就够沉重的，正如小说描写的马东在小路上踽踽而行，家庭的重负，工资的微薄，教学的繁重，职称名额的限制，住房条件的恶劣，人生价值的难于体现等等，而严峻的现实更加重了他的生命和精神的负累：物质的匮乏与精神的富有矛盾越来越加剧，金钱在认真严酷地检阅每个人的灵魂档案。

老教授董敦颐觉得校长越来越难当了，事情越来越难办了，金钱、人情左右着他的工作。人心不古，一向羞谈的"孔方兄"，竟然堂而皇之、摇摇摆摆地撞入知识精英的情绪天地。彭佳佩教授的红房子满溢粪水，中、老年教授的学术结晶需要出版，还需要推销，中年教师要晋升，由于经济和精力不济，使姚长安英年早逝，青年学子不安现状，急于跳到外部世界去等等，无一不与金钱紧密联系，连学术主任公伯骞也丢下清高和斯文，为"炸"开香港梁老板的"金库"，违心地写下"高掌远庶，磊珂不群"盛赞根本瞧不起这些酸文人的人的"爱国之忧"。君子无法"固穷"，知识、人格贬值和金钱升值是当今社会的痼疾，使老知识分子惶惑不安、无所适从，历史的递进，人格的变衍，对前途的怅惘与希冀，显示出老一代知识分子的不安心态和在生活面前的窘境。

中年知识分子是学校的栋梁，他们承上启下，继往开来。对事业的孜孜探索、不懈追求、甘守清贫、甘为人梯是知识分子传统美德。但系主任梁守一，讲师范正宇等人也感受到生活的热力和金钱的魔力，范正宇的"安贫乐道"受到严重挑战，连女儿也一语挑破："你们这一代知识分子是不会有什么希望的了，你们不能自救"。梁守一竭力想在知识分子的精神与物质的贫富之间架通桥梁，寻找新的人生价值定位点，但最终也不能不在金钱面前怦然心动。如果说那个"未理之璞"使他的灵魂初露端倪，那么，给香港梁老板造纪念堂和亲自撰写的《敬文堂记》则是他无可奈何的真实灵魂和人格价值变异的记录。

东方大学校园的骄子们，对改革大潮有着极高的灵敏度。他们在热烈欢呼世纪暴风雨来临的同时，内心却显得困顿、惶恐。他们不满大学校园的死水一潭、与世脱离，想冲出束缚自我的生活天地，却又对现实生活难于适应。最终他们还是勇敢地迎接生活的挑战，就像奔涌的潮水撞到现实生活的堤岸后，浪花四溅，闪出各自的暗面与光点。田家宝对事业的执著，肖牧夫闯进外部世界以后无所作为，张黎黎到特区后的甜酸苦辣，戴执中经商踌躇满志，况达明在撞墙以后的一事无成——重要的是他们敢说、敢想、敢作、敢为、敢骂、敢怒、敢笑，敢从各种角度对平静的校园生活，对旧的行为规范发起冲击，在金钱面前或洁身自好，或丧失人格，各自亮出灵魂，寻找生活的归宿。陈世旭以沉着的思辨色彩，写出青年人对人生道路的探索和痛切的心路历程。

作者借青年教师肖牧夫的口发出呼喊："自己拯救自己的灵魂。"的确，在改革大潮的惊涛骇浪中，人们不能不关心自我生存状态和选择合适自我的生存环境，以求更通达的发展。陈世旭抓住这一自救灵魂的契机，把东方大学校园的老中青三代知识分子置于商品经济的崭新而又特殊的社会背景下加以裸露，对他们的人格和灵魂作严格的审视与拷问，在展示灵魂和探究灵魂中寻找知识分子新的人生价值观念和行为规范，给人以回味和思索。可以说，《裸体问题》是一部发人深思的新《儒林外史》。

八 、一点疑虑：情节淡化之后

八十年代初，当有些作者致力于淡化情节的短篇艺术探索的时候，严文井是极赞赏他们的探索精神，但他又有点担忧，"我担心会丧失一些读者"。青年作者孔捷生在听了老人的意见后，机智地把意识流、人物、情节、哲理……揉合在一起，独辟蹊径，赢得了读者。

由此我想到陈世旭。他的短篇小说，应该说是比较精致、高雅的。但是不是也有个"曲高和寡"之虑?尤其是当作品情节淡化以后，作品的节奏慢了，作品要力求自然、平实和生活化，这就出现另一种弊病，如有的情节过于琐碎，有组装的感觉，如《小路》就有这种弊端。

另外，作者经常采用"散点透视"方法，移步换形，从各种不同的生活场景和多种不同的角度来组合情节，这固然有利于反映纷繁复杂的生活，但由于生活画面的不断更换，人物行动缺乏情节上的关联，对于小说来说，尤其对中国读者的审美习惯来说，既有利，也有缺憾，那就是由于缺乏生动的情节，尤其缺乏中心人物与中心情节，作品难于达到高潮起伏，使读者失去阅读兴味。在生活节奏加快的今天，我担心这种平缓慢流的小说也会丧失一些读者。

現代
◎- - - - - - - - - - - - - - - 文学

略论三十年代的长篇小说创作

　　上海文艺出版社编辑的《中国新文学大系1927——1937》长篇小说卷两卷已经与读者见面了，这两卷共选五部长篇小说，即：叶绍钧(即叶圣陶)的《倪焕之》、茅盾的《子夜》、巴金的《家》、田军(即萧军)的《八月的乡村》及李劼人的《死水微澜》。这五部小说是从新文学运动的第二个十年所出版的近四十部长篇小说中遴选出来时，它体现出这十年间长篇小说创作的最高水平，反映了中国新文学运动的实绩，作品本身所提供的创作经验对于今天的文学创作是有重要意义的。

314

一

　　鲁迅指出："一时代的纪念碑的文章，文坛不常有，即有之，也什九是大部的著作。"可以说，一个国家、一个时代的文学兴衰，很大程度上是以长篇小说创作的数量和质量为重要标的。换言之，长篇小说的创作，体现了一个国家、一个时代的文学发展水平。所以鲁迅把优秀的长篇小说称誉为"巍峨灿烂的巨大的纪念碑底文学"。别林斯基也对长篇小说的地位作了精辟的叙述："长篇小说和中篇小说囊括了我们时代的文学，把文学的一切其他类别不是整个排掉，就是给推到了末位。无须夸张地说，我们时代的文学果实就是长篇和中篇小说"。由此可见长篇小说创作在文学史上的重要地位。《大系》所选的这五部长篇小说，是中国新文学运动的纪念碑。

　　中国新文学运动发端于新诗和短篇小说，由于长篇小说社会容量大，结构较为复杂，所以孕育时间较长，问世较迟。1922年2月，张资平用白话写就并发表长篇小说《冲积期化石》，写一个青年冲破家庭樊笼，到日本留学的故事，由于作品反封建意识不那么明显，写得较拖沓松散，没有引起广泛的注意。这是中国新文学史上的第一部长篇小说。同年十月，王统照发表长篇小说《一叶》(商务印书馆)，作品反封建主题较明显，文学技巧也有独到之处，作品发表后引起了文坛震动，被视为中国新文学运动最早的有成绩的长篇小说。此后六、七年间，长篇小说创作又沉寂下去，没有什么佳作问世。到1928年，叶绍钧在《教育杂志》(二十卷第一号至十二号)上发表《倪焕之》，犹如一声炸雷，在文坛轰响，成为长篇小说创作的里程碑。由后长篇小说创作进入了丰收期：1931年4月18日至1932年5月22日，巴金在上海《时报》上连载《激流》(即《家》)，并于1933年5月修订，以《家》为题出版(开明书店)；茅盾亦于1933年1月出版了长篇巨著《子夜》(开明书店)、王统照也于同年十二月出版颇有影响的《山雨》(开明书店)，田军在1935年8月出版《八月的乡村》，(奴隶社)，李劼人于1936年7月出版《死水微澜》(中华书局)……长篇小说创作进入了一个新时期。

以上六部长篇小说，以其深广的社会内容和艺术的功力，引起广泛的注意并得到高度的评价。《倪焕之》发表后，茅盾立刻著文指出作品"具有时代性"，认为"在目前许多作者还收仅根据了一点耳食的社会科学常识或是辩证法，便自负不凡地写他们所谓富有革命情绪的'即兴小说'的时候，像《倪焕之》那样的'扛鼎'的之作，即使有多少缺点，该也是值得赞美的罢。"夏丏尊先生亦作高度评价，他说："在这样的国内文艺界里，突然见了全力描写时代的《倪焕之》，真是使之眼光为之一新。故《倪焕之》不但在作者的文艺生活上是划一时代的东西，在国内的文坛上也可说是可以划一时代的东西。"《子夜》出版后，瞿秋白立刻著文称《子夜》为"中国第一部写实主义的成功的长篇小说"，它的出版是"中国文艺界的大事件"。鲁迅在书信及文章中，就有六处提到这部作品，在给曹靖华信中亦说："我们这面，亦颇有新作家出现，茅盾作一小说日《子夜》，计三十余万字，是他们所不能及的。"书出版后一个月立刻重版，在国外，苏、德、日等国争相翻译出版，受读者欢迎又见一斑。《家》以《激流》为题在《时报》连载前两天，即4月16日登出令人瞩目的广告：

我们为应读者需要，特请巴金先生撰述一部长篇小说，不日可在本报上发表。巴金先生的小说，笔墨冷隽而意味深远，在新文坛上已有相当权威，向除文艺刊物及单行本外，不易读得其作品，此次慨允为本报担任长期撰述，得以天天见面，实出望外，我们应代读者十二分的表示感谢。

四月十八日该报又登广告，内称巴金为"新文坛巨子"。鲁迅后来称巴金"是一个有热情有进步思想的作家。在屈指可数的好作家之列的作家。"《家》是巴金当时的扛鼎之作，这里亦可看作是鲁迅对巴金当时作品(主要是《家》)的肯定。《八月的乡村》是青年作家萧军从东北回到青岛、上海后写作并出版的，作者曾请鲁迅审阅并作序，鲁迅看后作序说，反映东北人民抗日斗争的创作方面，"这《八月的乡村》，即是很好的一部"，"凡有人心的读者，是看得完的，而且有所得的"。小说是作者自费秘密印刷的，隔了一年，作品已重版六次，深受读者欢迎。《死水微澜》出版后，郭沫若写了《中国左拉之待望》，说作品是"小说近代史"，作品"写人恰如其人，写景恰如其景，不矜持，不炫异，不惜力，不偷巧，以正确的事实为骨干，凭藉着各种各样的典型人物，把过去了的时代，活鲜鲜地形象化了出来……似乎可以说，伟大的作品，中国已经有了。"他对当时文坛对小说没有引起足够的重视表示不满："像劼人这样写实的大众文学家，用着大众语写着相当伟大的作品的作家，却好像很受着一般的冷落。"诚如所言，对这部名著长期以来没有引起足够的重视，这次我们特选进《大系》以飨读者。

值得一提的是，《大系》所选的五部长篇均系按最初发表的报刊或最初出版的单行本发排，除了明显的错字外，一般不予改动。所以《大系》长篇卷具有极多的文献价值，弥足珍贵。现在这些作品的初版本都极难寻觅了，成了稀世珍品。

《子夜》、《八月的乡村》等由于较为真实地反映了当时的社会生活，自然不容于国民党当局，他们对这些进步书籍"严行查禁"，例如，1934年2月，国民党当局一气便开列了148种进步文艺作品，笼统地加上"鼓吹阶级斗争"的罪名以禁行。《子夜》亦被禁止，由于各方面的抗议，他们便强令删除第四章写农民暴动及第十五章写工人运动的章节，《八月的乡村》诚。

鲁迅预料："'要征服中国民族，必须征服中国民族的心！'但这书却于'心的征服'有碍……这书当然不容于满洲帝国，但我看也因此当然不容于中华民国。这事情很快的就会得到实证。"的确很快得到实证：国民党严禁此书发行。长期以来，这些作品虽曾多次重版过，但都作过不同程度的修改，读者难以窥其原貌。巴金对《家》曾先后修改八次，其中1933年初版时补写了第三十六章，1936年第五版时改排了五页，1937年第十版时作了较大修改。《倪焕之》在解放后重版时，原作第二十章及从第二十四章至三十章共八章全被删去，原作的结尾倪焕之死去，而新版的倪焕之却活着，这与原著的思想相去甚远。

在"文化大革命"中，由于"革"文化的"命"过于彻底，这五部长篇也在劫难逃。例如，巴金本人仅藏的一部《家》初版本也被造反派抄走了，至今下落不明。我们查遍了上海各大图书馆，竟找不到《家》、《子夜》和《八月的乡村》初版本，有些图书馆原先是珍藏有初版本的，但在浩劫的年代里全被"劫"走了。以上三部长篇的初版本我们是在北京才找到的。《八月的乡村》初版本连北京图书馆也没有。如今，当我们把五部长篇悉按初版奉献于读者面前的时候，心情的激动是墨笔所难形容的。应该说，这些作品对于今天的读者尤其是作者来说，不无启迪意义。

二

长期以来，对于长篇小说如何反映生活和应不应该、能不能迅速地反映现实生活，一直争论不休。一种意见认为长篇小说应该赶时髦，即所谓赶政治；另一种意见认为长篇小说是一种蕴含丰富、结构庞杂的作品，因此不应该、也不能迅速反映社会生活，因为看待过往的社会生活，正如看油画一般，只能远看，不能近看，所以长篇小说应与社会生活保持一定的距离，否则是无法写出传世之作的。

对于这个问题，《倪焕之》等五部长篇小说的创作经验，对今天的创作是有所启发的。它们的创作经验告诉我们，长篇小说创作既需要，也可以"赶时髦"，——假如把迅速地反映现实生活说成是"赶时髦"的话。问题的关键是，长篇创作要本质地、能动地反映社会生活，而不能一味简单地强调"赶时髦"，也不能片面地理解长篇创作要与时代保持距离。

的确，长篇小说相比其他文学样式来说，是有其特殊性的。别林斯基说长篇小说的特色"主要是社会的"。"长篇小说的内容是为当代社会之艺术的剖解……现代长篇小说的任务是复制出全部赤裸裸真实的现实。因此，很自然地，长篇小说超过一切其他种类的文学，独赢得社会的垂青：社会把长篇小说看作是自己的一面镜子，从它认识到自己，从而完成了自我认识的伟大过程。"别林斯基强调长篇小说创作要反映出当代社会生活的深广的社会内容。高尔基也有相似的见解："写大部头的长篇小说，需要认真研究我们的时代。"他还多次强调，文学应当迅速反映社会生活。

应该指出的是，《大系》所选的五部长篇小说，在反映时代生活上不但及时迅速，而且在内容上既有广度又有其深度，这是它们的主要特色。假如我们不按作品发表的时间顺序，而是按作品；反映的时代生活的时序和内容加以编排的话，就可以毫不夸张地说，这几位高明的大师，用"真真可以令人羡慕的笔"(借用郭沫若对李劼人的评价)，画下了自中日甲午战争后至三十年代中期中国社会生活的巨幅画轴，人们从中读到中国社会的变迁、阵痛和发展，寻出中国社会蹒跚前进的轨迹，透露出社会前进的讯息(尽管中间有痛楚和曲折)。

《死水微澜》描写的是甲午战争后至辛丑条约签订前后四川天回镇的社会生活，这是一个浓缩了的社会，人们从旋转的小世界中看到了动荡不安的晚清社会的大世界。在帝国主义的文化、精神和武力的奴役和掠夺下，一方面人民倍受奴役，生活越来越陷入困境之中；另一方面也透露出中国人民反抗外来势力和封建压迫的信息；《家》反映的是二十年代初，在"五四"思潮冲击下一个封建家庭引起的变化，有力地控诉了封建礼教对人性的压制、摧残、鼓舞人们向封建势力作斗争；《倪焕之》描绘的是"五四"前后到一九二七年这一段复杂的社会生活，当时就有人评价说《倪焕之》"可作五四前后至最近十余年来的思想史读"，"近十年来时代的复杂，好像是毫无头绪的乱麻。可是这本《倪焕之》竟能把这乱麻似的时代情形，详细清楚的表叙出来。"《子夜》则是反映三十年代初中国社会在外国金融资本的侵袭下，在帝国主义和官僚买办阶级勾结的背景下，民族工业兴盛和衰落的过程，深刻地揭示出中国社会非但没有向资本主义过渡，相反在更加陷入半封建半殖民地的境地；《八月的乡村》反映的是中华民族生死存亡关头，我东北沦陷区军民。与日本侵略者的搏斗，作品以一种撼人心弦的力量鼓舞着爱国军民向敌人决一死战，反映了当时的特殊的(沦陷区)生活。这五部长篇小说从纵的方面描绘了从中日甲午战争后至日本侵占东三省这四十多年间中国社会的激烈动荡的历史，作者们描摹了各个不同时期中国社会生活的各个方面，蕴含着巨大的社会内容。

我们欣喜地看到，作者们不是浮光掠影地描摹生活，而是把艺术视线射向社会生活的深处，往纵深方面开掘，力图描绘出各个不同时期社会发展的轮廓，从而揭示出生活的本质和社会发展的趋向。这就是这些作品直到现在还有其社会意义、审美价值和认识价值的真谛。《死水微澜》具体写出那时内地社会上"两种恶势力的相激相荡(教民与袍哥)"，生动而形象地叙述了袍哥罗歪嘴与教民欧天成为代表的两种势力的错综复杂的斗争。实际上，当帝国主义势力与清朝政府联合镇压地方势力袍哥时，人们看到，两股势力"又系于国际形势的变化，而帝国主义的侵略手段是那样厉害"，这时的情景已经起了变化，遭害的不仅仅是袍哥，更惨的是蔡傻子一类的下层人民，作者含蓄地告诉人们：帝国主义的魔爪连在四川这样闭塞的内地都伸进去了，而且这样猖獗横行，这就说明帝国主义奴役中国人民到了何等严重的程度！同时也多少透露出中国人民反抗帝国主义和封建统治的信息，预示着"死水"里将泛起"微澜"，以至掀起轩然大波！《家》作者巴金从对一个典型的封闭式的封建大家庭的兴衰荣辱的解剖，饱含辛酸和愤怒的泪水，正如巴金所说："我集中全力攻击的目标就是一切不合理的旧制度。"从对一个社会的细胞——家庭的剖析，深刻地揭示出新民主主义革命必须大反封建的社会命题。《倪焕之》几乎描绘了整个二十年代中国小资产阶级的苦难历程，倪焕之从学校走向社会，参加了五四运动，在"五卅惨案"后常和工人一道集会，对革命胜利充满幻想，但大革命失败使他终于堕入了深渊，终日借酒浇愁，最终带着郁闷的心情离开人世。作者从倪焕之短暂的人生历程的描写，实际上是剖析了中国社会的痼疾，揭示了几次革命运动失败的原因，蕴藉着深刻的社会内涵。《子夜》在解剖中国社会方面更具功力，更深刻有力。茅盾在写作之前对《子夜》的意图就十分明确。1930年，有过关于中国社会性质问题的论战，当时托派认为：中国已走上了资本主义道路，反帝、反封建的任务应由中国资产阶级来担任。作者力图通过艺术形象的塑造大规模地反映当时中国的社会现象，从而回击托派："中国并没有走向资本主义发展的道路，中国在帝国主义的压迫下，是更加殖民地化了。"作者还通过"子夜"暗示人们：中国人民即将经过子夜时的黑暗走向黎明。《八月的乡村》是一首正气歌，它展示在人们眼前的是血和泪的世界："失去的天空，土地，受难的人民，以至失去的茂草，高粱，蝈蝈，蚊子，搅成一团，鲜红的在读者眼前展开，显示着中国的一份和全部，现在和未来，死路与活路。"(鲁迅语)作者通过对东北人民革命军英勇抗日的描写，深刻地揭示出时代特征：在中国社会转折的关头，战则存，降则亡。炎黄子孙决不会屈服于敌人的刺刀之下，他们正为失去的土地和天空而战斗。尽管小说艺术上还显得有些粗疏之处，但却有一股震撼人心的力量。综上所述，可以看出这五部长篇小说在揭示中国社会发展的各个阶段的社会生活方面无疑是深刻有力的，它们不但展示出当时社会的耻辱、苦难和黑暗，更重要的是，人们从中可以看到中国的希望和活力，中国发展的趋势，增强人们为创造新社会而斗争的力量和信念。他们努力与时代生活合上节拍，较为准确地把握时代生活的脉搏，生动而具体地通过艺术形象的塑造反映了中国新民主主义革命的反帝反封建的主题，因而是深刻的现实主义的杰作。

值得注意的是，《倪焕之》、《子夜》和《八月的乡村》都是"近距离"的作品，甚至简直是有点"赶时髦"了。请看：《倪焕之》反映的是辛亥革命至1927年大革命失败后的社会生活，而作者在1928年1月开始发表《倪焕之》这部长篇小说；《子夜》反映的是1930年前后中国动荡的社会

320

生活，而作者却在1930年秋就开始酝酿、构思，次年十月便开始写作，其间因病因事有八个月没写作，真正写作时间仅有半年，到1933年1月便出版了；《八月的乡村》反映的是东北"九一八"事变后我军民英勇抗日的故事，作者于1934年从伪满统治下的哈尔滨到了青岛便着手写作，第二年便秘密出版。这几部作品从构思、写作与所反映的生活事件的距离只不过1至3年左右，如此"近距离"的作品却同样反映了深刻广泛的社会内容，有如此强大的艺术生命，这充分说明，长篇小说也是可以而且应该迅速反映生活的。（在国外，高尔基的《母亲》于1906年发表，反映的却是1905年俄国"二月革命"的内容，成为世界名著，也是一个例证。）像《家》及历史小说《死水微澜》这样"看油画"的作品也同样脍炙人口，有较高的思想和艺术价值，但这并不证明作品与所反映的时代距离愈远愈好。这些作者成功的奥秘倒不证明作品的质量与所反映的时代距离的远近成正比，而是证明了这样一个事实：一个作家，只要他有高度的时代感和社会使命感，同时又努力掌握先进的思想方法，紧紧把握住时代的脉搏，站在时代的高度来鸟瞰生活，就能准确地、本质地反映时代，表现社会和人生，他们的作品就有价值，有意义。

现代
文学

321

三

前一段时期，有的同志对文艺作品塑造艺术典型的必要性提出质疑，认为塑造艺术典型的文学观念和艺术手段已经过时，说本世纪以来的小说家们已经有了"更巧妙、更有力"的表现手段和文学观念，就是文艺作品可以非人物、非情节、非典型，作家只要写主观感受、心理意识、非理性情绪、直觉印象等就可以铺排成篇，构成杰作。这实在是一种误解。

文艺作品是藉形象来反映生活，离开了人物形象的塑造，也就失去了文艺的意义。这是古今中外的文艺作品所证明了的。

茅盾就十分强调文艺作品，尤其是长篇小说要写人，要塑造艺术典型。

他说，"人物形象的塑造，永远是艺术创作的中心议题。"这些作家都遵循现实主义的创作原财，集中笔力写好自己笔下的人物。叶圣陶在谈到《倪焕之》的创作时说："每一个人物，我都用严正的态度如实地写，不敢有着玩弄的心思。"(《作者日记》)古今中外的文学大家都十分注意对艺术典型的塑造，《大系》所选的五部长篇小说，在这方面提供的创作经验对今天的文学创作也是有所启迪的。

这五部长篇小说，写了众多的人物，据统计，《子夜》写了九十多个人物，《家》有七十人左右(有名姓的)，其余作品也不下数十人。作者们给中国现代文学史留下了众多栩栩如生的人物：倪焕之、金佩璋、蒋冰如、王乐山(《倪焕之》)，吴荪甫、赵伯韬、屠维岳、孙吉人、王和甫、杜竹斋、朱吟秋(《子夜》)；觉新、觉慧、高老太爷、鸣凤、端珏、冯乐山(《家》)，罗歪嘴、顾天成、蔡大嫂(《死水微澜》)，萧明、李七嫂(《八月的乡村》)。其中倪焕之、吴荪甫、赵伯韬、觉新、觉慧、罗歪嘴等堪称新文学史上的艺术典型。作者通过各种类型的、众多人物形象刻画，通过这些艺术典型的命运描摹，反映了中国现代社会的几乎各个领域的生活事件，展现出中国人民走过的坎坷的历程，无论在当时或现在，都有着巨大的社会内涵和认识价值。在塑造艺术典型方面，最少有如下几点至今仍可资借鉴的创作经验；

一、情节是人物性格发展的历史。没有情节也就没有人物，因而也就没有文学，这些作家大都深谙欧美文学，巴金、李劼人还到巴黎读过书，对于十九世纪末、二十世纪初欧美流行的"意识流"之类文学作品有所领悟，但他们对"非情节"之类并不以为然。情节是刻画人物形象的重要手段，值得借鉴之处是，作家们十分重视在情节发展中刻画人物性格，在刻画人物性格中推动情节的发展，用情节的演进完成人物性格的发展。例如倪焕之，他原先对生活充满幻想，在辛亥革命后更加燃起他对生活的希冀，他想有所作为，把身体内"一种新鲜强烈的力量"、"发散出来"，他在学校天真地搞农场，试验新型的教学方法；但严峻的现实打碎了他五彩梦幻，地头蛇蒋老虎强夺农场地产，使他感到生活并不是如想象中一样富有诗意。随着社会矛盾的激化，使他性格趋于复杂化，他有时萌生出"伤颓的心情"，"时时有缕愁烦"。但他不甘沉沦，"五四"运动唤起他的良知，他觉悟到"要转移社会，非得有组织地干去不可"，毅然离家到了大都市。在"五卅惨案"和大革命中，他都和工人一起，向着自己的目标奋进。但现实又给他当头一榨，大革命失败了，他堕进失望的深渊而了却一生。作家高明之处是，把人物置放到典型环境之中去，紧紧抓住时代变幻对倪焕之的冲击，在时代的变化和情节的发展中使他的性格进一步复杂化以至最终完成。这样作为小资产阶级知识分子的倪焕之的性格就更具典型意义：他是热情洋溢而又常常处于失望消沉的矛盾状态之中，他不甘寂寞、希望有所作为而又到处碰壁，他的死既是个人的悲剧性格又是时代的悲剧。"他的一生在茫茫的人生道路上追求，动摇最终又幻灭，体现了中国知识分子的艰辛道路，是具有时代本质意义的。此外，其他几部作品在运用情节刻画人物方面都是十分成功的。

这里需要说明的是，这些作家们对情节的选择和提炼是极严格的，他们的特点是，在特定的历史背景下来选择情节，使所选择的情节具有典型意义，更具有时代性，因而就更真实，因人物只有通过这具有浓郁的时代色彩的情节才能得到充分的展示。在这里"直觉印象"对作品情节构思并不起作用。

二、刻画人物要有厚度和力度。人物有厚实感，才具美学价值。这就要注意写出人物性格的丰富性来。茅盾说过，塑造人物形象的中心问题是写好人物性格。而写人物性格最忌的是性格单薄、概念和某种意念的演绎。只有写出人物性格的丰富性，人物形象才能活起来。黑格尔认为，艺术中理想的性格所具有的特征首先应该是丰富性。他以荷马所塑造的阿喀琉斯的性格作为范例，指出他"一方面有年轻人的力量，另一方面也有人的其它品质。荷马借种种不同的情境，把他的这种多方面的性格都揭示出来了。"（《美学》）鲁迅也认为，人物性格不能简单划一，他在批评《三国演义》时指出其缺点就在于人物性格不丰富，"写好的人，简直一点坏处都没有；而写不好的人，又是一点好处都没有。其实这在事实上是不对的，因为一个人不能事事全好，也不能事事全坏……但是作者并不管它，只是任凭主观方面去写，往往成为出乎情理之外的人。"（《中国小说的历史变迁》)写好人物性格的丰富性是塑造艺术典型的重要标志。

《家》中的觉新和觉慧为什么给读者留下鲜明的印象?为什么青年人能从觉新的遭遇看到封建礼教的狰狞面目,从觉慧身上汲取反抗黑暗社会的力量?这就因为这两个人物有很大的概括性和典型性。而这又与作家赋予他们的丰富的复杂的性格分不开的。觉新是高家的长房长孙,他父亲死后,"他平静地把这个大家庭的担子放在他的年轻的肩上",他一方面要维持高家的封建礼俗,但又不忍不对于敢于反叛的弟妹们施加压力(尽管他内心不愿这样做),比如,觉民不听高老太爷定的亲,觉新死劝他顺从爷爷,当爷爷说觉民的亲事可以暂时不提时,他又感到如释重负,十分欣慰;觉慧要出走上海,高家老一辈人都反对,他也不能不阻止觉慧,但他私下里又资助路费:"我们这个家庭需要一个叛徒,我一定要帮三弟成功。他可以替我出一口气。"觉新的性格就是这样矛盾着,斗争着,尽管他内心深处潜藏着民主的要求,但他行动中又不能不采取"作揖主义"和"无抵抗主义",这种复杂丰富的性格产生的艺术效果是,人们哀其不幸,怒其不争,更多的是寄予同情。觉慧是封建家庭的叛逆者,他首先觉悟到"家"是一个"狭小的笼!""是埋葬青年人的青春和幸福的坟墓",因而希望呼吸五四运动吹来的民主的新鲜空气,敢于跟高老太爷对抗:帮觉民逃婚,反对大哥的"不抵抗主义",阻拦端公捉鬼等等,最后冲破牢笼愤而出走。勇敢地向前走去,这是他性格的主导方面。但他性格也有复杂的一面,他勇猛反抗黑暗势力,但动机往往是个人的,他与传统观念决裂,但有时又带有点犹疑和软弱,等等。这样,觉慧这个人物就有生活实感,不觉得是拔高的人。同样,《子夜》中的吴荪甫是民族资本家的典型。作者在刻画他的形象时既写出他的刚愎自用、运筹帷幄的气魄,又写出他色厉内荏的虚弱本质。例如,他作为精明能干的工业家,瞅准机会,一口气以低价吞并朱吟秋等人的八个小厂,组织了实力雄厚的益中公司,准备大力发展民族工业;另一方面,作家又写出当他在与赵伯韬决战时的空虚怯弱的心理;他对工农运动恨之入骨,但又慑于革命运动等等。作家调动各种艺术手段,从各方面、多层次来刻画吴荪甫的多方面性格,使之丰富形象,成为中国现代文学史上不可多得的艺术典型。

　　作家们在刻画人物形象方面还有不少有益的经验,例如把人物置放在矛盾的激流旋涡中去展示；在不同人物的对比中刻画各种人物的性格，在不同的社会环境和氛围中勾勒人物的心理情绪。写出人物的心理特质等等，对今天的创作都有借鉴作用的。

《中国新文学大系》的编辑出版，不仅对于总结历史经验和搞好文化积累有所裨益，而且对今天的文学创作也将会产生广泛的影响。

作家郁达夫及其创作

郁达夫（1896～1945）原名郁文，出生于浙江省富阳县一个世代教书、行医的家庭。在他出时，他的家庭早已破落。1913年，他随兄长郁华赴日本。次年，考入东京第一高等学校预科。1919年10月，考入东京帝国大学经济部。在日本，他与郭沫若等人组织文学团体"创造社"，并且于1921年9月回上海筹办文学刊物《创造季刊》，开始文学创作。在此后20多年的文学创作中，他写出《沉沦》、《春风沉醉的晚上》、《薄奠》、《迟桂花》、《出奔》等小说及大量的诗歌、散文、政论文等。

抗日战争爆发后，郁达夫积极投身到抗日洪流中去，写了《救亡是义务》、《战时的文艺作家》、《战时的小说》等不少关于抗战的政论文章和文学作品，并在文艺界人士《给周作人的一封公开信》上签名，正告周作人不要堕落为民族罪人。1938年月12月18日，郁达夫应新加坡《星洲日报》社之邀，携妻将子从福州乘船赴新加坡，担任《星洲日报》副刊编辑。1942年初，由于新加坡被日军占领，郁达夫撤到印度尼西亚，以做生意为掩护，继续抗日。1945年8月15日，日本宣布无条件投降后，驻印度尼西亚日军于8月29日秘密逮捕郁达夫，然后秘密杀害于武吉丁宜的荒野中，时年50岁。中国著名的作家郁达夫就这样惨死于日本法西斯的屠刀下！

郁达夫是著名小说家、诗人、散文家和文艺理论家。他在这四个领域都有所建树，成为中国现代文学史上有代表意义的作家。

他的创作是从日本回国后开始的。1921年10月，他在上海出版小说集《沉沦》，这是中国现代文学的第一部短篇小说集，也是郁达夫早期的重要作品，同时，也是中国现代文学的重要作品。

他的早期的作品大都是自传体的，正如他说的：他的"文学作品，都是作家的自叙传"。这时期的作品，如《银灰色的死》、《沉沦》、《南迁》、《怀乡病者》等，都是写留日生活的，多是写自己在异国生活的感受。由于中国当时是弱国，留学生在日本学习，有时会受到日本人的歧视，使他们总有一种压抑感。因此，他在这一时期的作品表现出个人的郁闷、孤独、内省、自卑、忍辱负重和不堪忍受的伤感，同时表达出强烈的思乡情绪。作者在文章中，时时表现出一种灰色的情调，这是因为作品中的青年不甘心沉沦，而又无力挣扎，当他们在受人欺凌时，在穷困潦倒中，这些孤独愤世者只能向世人倾诉和发出呼喊。

在郁达夫的早期的自叙体小说中，《沉沦》是一篇代表作。主人公"他"是留日青年，在异国生活中，特别渴求真挚的友谊，希冀获得纯洁的爱情。但是，由于"他"是"弱国子民"，这种热情在异国备受侮辱和嘲弄。他感到孤独空虚，形影自吊，内心压抑，无处渲泄，终于他在无奈之下，到了不该去的地方去发渲，自毁男儿的纯真。在这以后，"他"的心情不但没有解脱，反而更加抑郁和深深的失望，痛苦的阴影时时笼罩着自己，挥之不去。但"他"又不甘沉沦，顾影自怜，回望神州，发出"祖国快快富强"的游子呼喊。作者写出了那一代青年人在异国所受的冷遇、歧视，反映出他们的苦闷心理以及他们希望祖国早日强大起来的心情；控诉了这些游子在外受到帝国主义的压迫，在内受到封建主义势力的统治，从而产生心灵上的痛苦和哀伤，发出祖国早日强大起来的强烈愿望。

应该指出，郁达夫早期小说在表达留日青年的苦闷孤愤的同时，小说中有一种消极因素。例如，在《沉沦》中就有不恰当的性意识描写，还有"他"为了解脱心灵的苦闷，到酒馆妓院，这些都是消极的成份。在后来写的《茫茫夜》和《迷羊》等，作者有意识去写性心理，这是《沉沦》消极意识的发展。

但是，作家并没有停留在"灰色的情调"上写作。随着作家对社会认识的加深，他的思想也在发展。尤其是随着国内工人运动的高涨，作者有意识地加强对下层人民的联系和了解，使他对下层人民的痛苦有深一步的认识，因而在他的作品中加强了现实主义的因素。他的小说集《鸟萝集》、《寒灰集》中，加深了对劳动人民痛苦生活的描写，并且能够从对个人的不幸遭遇的描写中，揭露社会制度的罪恶，对劳动人民的悲惨遭遇表示出深切的同情。

《春风沉醉的晚上》就是这时期的代表作。这篇作品把贫穷的知识分子与烟厂的女工的生活对照起来写，揭示出他们的不幸的命运。作品写"我"跟一位烟厂女工的友谊。"我"因病蜗居在贫民窟里，"一日一日的萎靡下去"，差不多把自己是什么人都忘记了。这时，"我"遇到同样被生活所迫的一个烟厂女工，她也有不幸的境遇，同是"天涯沦落人"使他们相互理解，他们互敬互怜，感情日增。但"我"自卑，觉得自己穷困潦倒，"现在是没有爱人的资格"，使他正常的人性难于发展。作者写出了女工对压迫者的反抗，和她对"我"的同情关心，富于人情味，由衷地赞扬了女工的高尚情操和真挚的感情。

郁达夫同时期的小说《薄奠》写的是人力车夫的悲惨生活。作者写"我"在一个大风天里乘人力车回寓所，车夫不因为天气的恶劣而多收钱。于是，"我"摘下银表暗自资助他。当他发现后，坚决不收不义之财，还特地登门送还，表现出车夫的高尚品德。车夫家里生活很清苦，夫妻经常为生活而争吵，但他决不做昧良心的事，要靠自己的诚实劳动来生活。他的最大愿望是买一辆人力车，但他最终不幸落水身亡。他生前买不起人力车，死后"我"应他的妻子要求买了一辆纸车，在他的灵前烧化。作者以写实的手法，把"我"与人力车夫交织起来写，由"我"眼中来看他的品德，感受他的辛苦，描写他的悲惨命运，具有较好的社会意义。这是郁达夫较成功的小说。

郁达夫一生追求进步，总是用他的身心去感受时代生活，反映时代生活。1926年，在国内第一次革命高潮时期，他亲自去大革命的策源地广州，感受大革命的生活。他回到上海后，加入了我党领导的革命文艺组织"左翼作家联盟"。中篇小说《她是一个弱女子》就是他加入"左联"后所写的中篇小说。这篇小说从侧面写出了大革命风暴在青年人中的反响。作品写到了军阀压迫、工人罢工、日本帝国主义的暴行等，反映了当时社会生活的许多重要方面，这在郁达夫作品中是很少的。

在白色恐怖来临时，郁达夫隐居杭州，每日里在山水之间寻求乐趣，过着隐逸生活。郁达夫有许多诗意小说大多在这时期写成的。在这时期，郁达夫写下了脍炙人口的小说《迟桂花》、《迟暮》等。这些作品是郁达夫小说创作的艺术高峰。作者在写《迟桂花》时，正是他在杭州寓居的日子。在"三秋桂子"飘香的季节，他曾两度到山里赏迟桂花，此后似乎一连半个月的这种桂花香气使他兴奋不已。于是，他便写出了这篇小说。郁达夫自己认为这篇作品是"今年我的作品中的佳作"。作品写郁先生在友人翁则生的介绍下，先期到达翁家山，拟参加翁则生的婚礼。到了翁家山，便与蛰居山村的翁则生的妹妹翁莲见了面。翁莲因为婚姻的不幸，丈夫暴病死了，背上一条"克夫"的罪名，回到了娘家。而郁先生的好友翁则生又要结婚了，他看到一向高高兴兴的妹妹翁莲"似乎有点不太安闲的样子"，怕自己迎娶张灯结彩时，妹妹会"又要想到自己的身世"，便叫郁先生先来劝劝她。于是，便产生郁先生与翁莲之间的诚挚的友情故事。作者把翁莲的苦难的婚姻与她的纯真联系起来写，描绘出一个令人同情而又令人爱怜的女性形象。作品的意义在于，在封建卫道者眼里，翁莲是丑与恶的形象，因此她在夫家备受折磨，最后又背了个"克夫"的恶名。无奈之下，她只好回到娘家。而在郁先生眼里，翁莲像迟桂花一样，经历过酷暑严冬、风霜雨雪，终于绽放出撩人香气，给人美的享受。翁莲就像迟桂花，是美的象征。

值得注意的是迟桂花的象征意义。作者对迟桂花的描写是很耐人寻味的。作者在到山里时，第一次闻到迟桂花时的感觉："……从背后又吹来了一阵微风，里面竟含有一种说不出的桂花香气。"这种开头"撩人的香气"与最后离别时与翁家兄妹说"但愿我们都是迟桂花"，互相映衬。这里含有对翁莲的人格的爱慕，也蕴含对美的追求之意。作者处处写迟桂花的清香，飘散在灵秀的山水之间，飘散在如兄似妹的纯情之间，飘散在无邪的村姑的笑声之间，它象征美丽与幸福，象征清新与和谐，它能净化人的灵魂，获得美的享受。

郁达夫最后一篇小说是写于1935年的《出奔》。作品以大革命为背景，写出一个革命青年被地主腐蚀收买，而后觉醒，焚烧地主全家后"出奔"。这篇作品是郁达夫在"革命文学"旗帜下写的一篇小说，表达了他对革命的理解与向往。作品刻划了地主董玉林的形象，揭示出董玉林的丑恶贪婪的本性，同时也揭示出农民革命的必然性。

郁达夫的小说反映出20年代到30年代中国的社会状况，尤其写出了中国知识分子的苦难的心路历程和他们追求进步，追求光明的信念，同时写出旧知识分子的弱点。郁达夫刻划出不少知识分子的艺术形象，在中国新文学史上有着独特的、重要的地位。

作者的后期，由于日本帝国主义侵略中国，郁达夫积极参加抗日斗争，后来又到新加坡办报，与海外华侨一起抗日。由于公务繁忙，他主要写一些散文随笔以及一些诗词。这些作品表现出郁达夫作为爱国者的一身正气。

郁达夫的散文写得优美清丽，写山水散文具有灵气和诗情。散文集《屐痕处处》是作家在江南的灵山秀水中陶冶性情，颇有感受而写的。作品散发出清新闲逸的气息。作家寄情山水，以优美的笔触写出江南山水之美。《钓台的春昼》是一篇写得非常美的散文，作者写夜探桐君山，朝发富春江，写沿途画山秀水、美丽风光，如诗如画，引人入胜。在郁达夫的散文中，在抒写祖国美丽河山的同时，不时散发出忧国忧民的爱国热忱，使他作品有着更深的意蕴。

郁达夫的文学创作，从"五四"运动到抗日战争，贯穿各个重要时期。他从最初表现青年人的苦闷开始，到描写劳动人民的不幸，进而融到抗日的时代洪流中，写了大量宣传抗日的文章。郁达夫是时代造就的爱国作家，他的作品与他的名字永远载入中国文学史册。他的作品主要收集在《郁达夫文集》中。

作家叶圣陶及其作品

叶圣陶（1894～1988）原名叶绍钧，江苏省苏州人。1911年高中毕业，因家境贫寒无力升学，在家乡任初等小学教员。后来任中学及大学教师、教授。1920年他与茅盾、周作人等发起成立文学研究会，后任商务印书馆、开明书店、《小说月报》、《中学生》、《文学旬刊》编辑。抗日战争期间，任全国文艺界抗敌协会理事。全国解放后先后任出版总署副署长、教育部副部长、全国政协副主席等职。

叶圣陶是著名作家、教育家。他从1914年开始发表一些文言小说。真正写小说是1919年3月在《新潮》上发表他的第一篇白话小说《一生》，从此开始了真正的文学创作。主要作品有长篇小说《倪焕之》，短篇小说集《隔膜》、《火灾》、《抗争》、《叶圣陶短篇小说选》等，散文集有《叶圣陶散文甲集》、《小记十篇》等，童话集有《古代英雄石像》、《稻草人》，文集有《叶圣陶文集》(3卷本)。此外，还有论文集多种。

从1919年到1928年，叶圣陶在"五四"运动的民主、科学、自由、平等、博爱的新思潮的影响下，高举批判的旗帜，积极投身到这个大潮中去，对封建旧势力作出有力的批判。在这个时期，他的创作获得了丰收，发表了大量的短篇小说，后来收集在他的《隔膜》、《火灾》、《线下》等五个集子中。他的童话集《稻草人》以及长篇小说《倪焕之》都是这时期的作品。可以说，这时期是叶圣陶创作的高峰期，也是他对中国文学作出重要贡献的时期。

叶圣陶主张为人生而艺术。他的作品大多是写下层劳动人民的悲惨命运。他的白话小说处女作《一生》就是写一个连姓氏都没有的农家妇女的悲惨一生。小说中的"伊"15岁便出嫁，夫家娶她是为了得到一个抵得半条牛的帮工。她的儿子饿死后，她倍受到公婆、丈夫的虐待，只好逃进城里当佣人。丈夫死后，她又被当作一条牛一般被卖掉，用她的身价钱给丈夫作殓葬费。作者写出了连牛马不如的妇女的命运，有力地批判封建主义的吃人的本质，开拓了现实主义的创作途径。

叶圣陶的短篇小说多写家庭和社会问题，写小人物的命运。叶圣陶是教员出身，他对教员生活熟悉，因此，他的作品有不少是写中、小学教员生活的。《饭》写乡村小学教员吴先生每月只有6元薪金，因为他不是师范毕业生，还被上司克扣一半。后来他由于一次上司来视察，不巧他外出，又被扣掉2元，使他难于糊口，为了一点可怜的薪金而低三下气，爱尽欺侮，让人们看到屈辱地挣扎着活下去的"小人物"的悲苦生活。《校长》也是写教育的作品。小学校长叔雅上任之后想有一番作为，并且拟好一套办学计划。但是他无法劝阻教员聚赌，因为前任校长就是因为想辞退不良教员反遭诬，最后败走麦城。这样他瞻前顾后，对积重难返的学校前途感到悲观。作品有力地揭露出当时教育界的腐败之风。茅盾对叶圣陶这些作品作了很高的评价，认为他的作品"反映了小市民知识分子的灰色生活"。《饭》、《校长》和《潘先生在难中》是叶圣陶关于教育题材的三篇代表作。

叶圣陶的小说还着重描写出军阀混战对人民带来的苦难。1924年，他到军阀混战的浏河战场考察，回来后他写出了《金耳环》、《潘先生在难中》等小说，反映出军阀混战给人民带来的痛苦。《金耳环》写出一个士兵想象长官一样在战争中掠劫金耳环，发一笔横财，最后悲惨地死去。作者借金耳环来象征军人的贪婪残暴，反映出战争的祸害。《潘先生在难中》是叶圣陶短篇小说创作的高峰。作者写出了在军阀战乱中给知识分子带来的种种灾难。小学教员潘先生听说军阀开战，携妻带子仓皇逃往上海。到上海后，他又担心教育局长诘难他临难逃脱、玩忽职守，只好只身返回家乡。但他又怕战火烧到他身上，便到外国人办的红十字会那里领取会旗、会徽，挂在家门口、别在身上，祈求保平安。这还不算，当他听到战事紧急时，慌忙逃进外国人办的红十字会的房子里。待战事平息后，人们推荐他书写为军阀歌功颂德的条幅时，他眼前出现军阀蹂躏老百姓的场景，终觉违心，良心不容。作品写出了旧社会的军阀混战，人民不得安身的苦难生活，同时写出了潘先生的小市民的利己主义心态。茅盾认为，这篇小说把小资产阶级知识分子的心态写得淋漓尽致，是一篇好小说。

叶圣陶的小说一方面写出统治者对人民的镇压，另一方面写出了人民对统治者的反抗。小说《夜》是这方面的代表作。作品写一对革命者、年轻夫妇在白色恐怖中被杀，他们的孩子改换姓氏，藏在外婆家中。外婆叫人去探视尸场，那人带回她女婿的遗书，暗示其将牺牲，嘱岳母照顾好小孩。后来，岳母得知女婿牺牲信息后，从痛苦中奋起，决心担负起抚养革命后代的重任。作品反映出在白色恐怖下人民反抗统治者的无畏精神。

叶圣陶在20年代曾在江南小镇　直当小学教师，对江南农民的生活较熟悉，他的作品一定程度上反映了农民的疾苦和要求。1933年他发表了小说《多收了三五斗》，这是他的代表作之一。它反映了农民丰收成灾，谷贱伤农的悲惨现实。作品描写农村难得的一个好年成，无水灾、虫灾，每亩多收了三五斗，农民满想借此还债，但由于洋米洋面充斥于市，再加上米商压价，使他们希望破灭，丰收了反而带来了灾难。作品深刻揭露了旧社会人吃人的本质。

1928年，叶圣陶在《教育》杂志上连载长篇小说《倪焕之》，在国内引起强烈的反响。茅盾誉之为中国文学的"扛鼎之作"。《倪焕之》是叶圣陶创作的高峰标志，也是中国新文学的重要作品。

《倪焕之》是教育题材的作品。小说以小学教员倪焕之的生活经历为主线，写出倪焕之在人生道路上的摸索，反映出从辛亥革命到第一次国内革命战争时期，追求进步的小资产阶级知识分子的坎坷的人生历程和精神面貌。

倪焕之是一个小学教员，是个热烈地探索新事物的热血青年。他在辛亥革命失败后，同许多知识分子一样，把救国的"一切的希望悬于教育"，带着一股"急于散发出来"的"新鲜强烈的力量"，希冀用"自己的理想教育"，"养成正当的人"，来洗涤社会的黑暗，使中国一天天好起来。这种在不以触动旧的社会制度为代价的教育救国的思想，明显带有改良主义的色彩，即便如此，还是不容于封建主义势力极强的农村的宗法社会。倪焕之和水乡小学校长蒋冰如设想新的教育方案，提倡游戏和功课合一，学习同实践合一，同时在学校开办农场、商店、戏台，这时候，以蒋老虎为代表的旧势力百般破坏，诬陷他们破坏风水、强占地皮等，蒋冰如只能委曲求全，使得改革教育的希望落空。

在与金佩璋的爱情问题上，倪焕之也同样是失败者。他原来与金佩璋爱的基础是建立在共同的事业、互爱互助上，希望以此共同搞好教育改革。但现实并不按照他的愿望发展，婚后的金佩璋完全失去了往日的锐气，只满足于当少奶奶，全然沉湎于家庭琐事之中，使倪焕之感到失望。他们的婚姻"有了一个妻子，但失去一个恋人、一个同志"，为此，"幻灭的悲凉"笼罩他的心，他为此而感到悲哀。

"五四"运动的到来，使倪焕之从单纯的"教育救国"的改良主义色彩中醒悟过来，在王乐山的"要转移社会，非得有组织地干去不可"革命观点影响下，他的视线从学校中投向社会，认为要取得成功，"还得睁眼看社会大众"，他毅然投身到革命工作中去。在"五卅"运动和大革命高潮期间，他从小家庭到大社会，从学校到大都市，从教员圈子到工人群众中去，去工厂宣传，到街头演讲，参加示威游行，在轰轰烈烈的群众运动中，使他的性格中"减少了温和，增添了劲悍的勇气"。

但是，当白色恐怖降临时，许多革命者被杀，王乐山被害，这使他觉得反动势力的凶残，"人是比兽更具兽性的东西"。他感到世事混浊，前途渺茫，因而悲观失望，终日沉湎于烈酒之中，以此来麻醉自己，最后痛苦地死去。临死前，他深深谴责自己"完全不中用"，希望将来"自有与我们全然两样的人"继续奋斗。

金佩璋在丈夫死后，省悟到自己不应该这样平庸地生活，而应该"为自己，为社会，为家庭"去奋斗，"萌生着长征战士整装待发的勇气"。

《倪焕之》是中国文学史上的重要作品，它以浓重的笔墨，饱蘸激情，写下现代中国知识分子追求进步，追求有价值的人生的奋斗史，刻划出有代表性的知识分子倪焕之丰满的艺术形象，写出了知识分子苦难的心灵历程。作者写出一个从"五四"运动中奋起的知识分子，面对黑暗的社会奋起抗争，企图以教育来改良社会，到最后投身到民众中去，跟旧社会势力作斗争。但由于知识分子本身的弱点，他们对旧社会的斗争方式着重改良，而不是从社会本质上去看问题，不是从根本上去推翻旧制度，因而最终还是以失败告终。茅盾在评论《倪焕之》时指出：作品"有意地要表示一个人——一个富有革命性的小资产阶级知识分子，怎样地受十年来时代的壮潮所激荡，怎样地从乡村到都市，从埋头教育到群众运动，从自由主义到集团主义，这《倪焕之》也不能不说是第一部。在这两点上，《倪焕之》是值得赞美的。"

叶圣陶的散文也是颇具特色的。他的散文有不少是写家乡的生活，如《没有秋虫的地方》、《藕与莼菜》等，写思乡之情，写得优美自然；《牵牛花》写出了牵牛花的无时不回旋向上的"生之力"，给人以启迪。他的散文以文字优美、自然流畅著称。

叶圣陶的童话是我国现代儿童文学创作较早的作品。他的童话想象力丰富，充满情趣，寓意深刻，在儿童文学中起了很好的影响。在童话集《稻草人》中的《小白船》、《芳儿的梦》等描绘出超凡尘世的"天真的乐园"；《古代英雄石像》以隐喻的手法，揭示出轻视群众的"英雄"的可悲的下场。

叶圣陶是语言大师。他的作品语言都是经过锤炼的，用词准确，生动活泼，简洁明快，能准确地表达意思。

"十分真实的"记录

——读巴金怀念鲁迅的散文《不能忘却的记忆》

怀念鲁迅先生的文章，很多人怀念鲁迅都是从评价他的文章入手，但巴金《不能忘却的记忆》却与众不同，是通过记述鲁迅逝世后人们悼念他的动人情景来怀念这位伟人的。

巴金对鲁迅十分尊重，因为他从这位伟人身上学到了许多东西，学到了文学是作者把自己燃烧的心献给读者这样的理念，学到了做一个真实的人的道理。

巴金一向认为，艺术的最高境界就是像俄国作家高尔基所描绘的勇士丹柯那样，将自己一颗燃烧的心高高举起，指引人们走出长长的草地。而鲁迅就是用自己赤诚的心高高地举起，指引人们前进的这样一个勇士。他对鲁迅的感情，对鲁迅的理解，在他1956年写的《秋夜》里得到淋漓尽致的发挥。

本文于1936年10月在上海写的。作者在鲁迅逝世后，怀着对鲁迅的热爱，对这位伟人的景仰，以悲痛的心情，写出鲁迅逝世后他在万国殡仪馆守灵时，所看到普通老百姓对鲁迅沉痛悼念的一幕幕动人情景。

这篇文章是巴金怀着深情写下的。巴金对鲁迅的为人为文是非常敬佩的，鲁迅逝世后，他怀着悲痛心情去万国殡仪馆悼念鲁迅，并且亲自目睹了广大群众对鲁迅的真挚感情，随后他抑制不住激动的心情，以饱蘸深情之笔，将当时这些动人的历史场面真实地再现于读者眼前。行文中，巴金特地写到他在10月21日夜晚11点，一个人瞻仰鲁迅遗容，心里是非常复杂的，对鲁迅的眷恋之情跃然纸上。清末的梁启超曾说过："笔锋常带感情，对于读者，别有一种魔力。"此文的艺术感染力正是源于巴金对鲁迅的真情，为此强烈地震撼着读者的心灵。

这篇文章还真实地记录了当时人民群众对鲁迅的热爱。巴金向人们展示了普通百姓自发地前来悼念鲁迅真实场面：有老人、有女孩、有小学生、有工人、有太太，甚至连盲人都来悼念鲁迅。这些人代表着普通群众，表达了广大人民对鲁迅的热爱。巴金笔下鲁迅出殡的情景更是令人难以忘怀：在鲁迅被安葬时，人们把"民族魂"的旗子盖在鲁迅身上，使人们从中感受到了鲁迅作为中国文化革命的旗手的感人的力量。

诚如巴金篇末所说："这是十分真实的。"巴金真实地记述了鲁迅逝世后人们对他怀念的真实情景，同样表现出巴金对鲁迅的崇敬之情，这既是历史文献，又是真实感情的记录。

"燃烧的心"

——巴金及其文学创作

今年是中国现代文学史上的文学巨匠巴金100年诞辰。

巴金（1904～2005）原名李尧棠，字芾甘，四川成都人。曾任中国作家协会上海分会主席、上海市文联主席、全国政协副主席、中国作家协会主席。巴金曾获1982年意大利国际但丁奖、1983年法国荣誉军团勋章、1985年美国文学艺术研究院名誉外国院士称号、1990年苏联人民友谊勋章。1999年北京天文台发现的小行星被联合国有关单位批准命名为"巴金星"，这是一项崇高的国际性永久性荣誉。

巴金1904年出生于四川成都的一个官僚地主家庭，他的家庭"有将近二十个的长辈，有三十个以上的兄弟姐妹，有四五十个男女仆人"。他在少年时代就曾目睹封建大家庭内当权势力的种种腐朽丑恶的生活，青年们受压迫以至死亡和"下人"们极为悲惨的命运。在"五四"浪潮的冲击下，1923年，具有正义感的巴金，毅然决然从封建家庭出走，到上海、南京等地求学。1927年1月，巴金赴法国留学，并且开始文学创作。同年3 月，巴金写出中篇小说《灭亡》，这是巴金的第一部小说。1928年12月，巴金回到上海从事文学创作。此后，巴金全身心投身到文学创作之中。几十年来，巴金先后写出了长篇小说"激流三部曲"《家》、《春》、《秋》，"爱情三部曲"《雾》、《雨》、《电》等，短篇小说集《英雄的故事》、《憩园》等，中篇小说《春天里的秋天》。70年代末以后，巴金创作又走上一个高峰，写出了震动中国文坛的散文《往事与随想》5卷，被誉为是"一部说真话的大书"。他还出版了《巴金全集》26卷，《巴金译文全集》10卷等。

巴金的文学创作是中国文学乃至世界文学的宝贵财富。他的作品以长篇小说"爱情三部曲"、"激流三部曲"和散文《往事与随想》为代表，反映了中国几十年来的社会变迁和人民的生活，是一部20世纪中国社会生活的百科全书。

"爱情三部曲"是作家最喜爱的作品之一，尤其是其中的《电》，是他最喜欢的。这些作品写一群知识青年在军阀统治下所从事的种种活动，揭露封建军阀统治的残暴与罪恶，塑造了陈真、李佩珠等一批热血青年形象，赞美了他们敢于反抗黑暗统治追求光明的未来和勇于自我牺牲的精神。

"激流三部曲"是作者创作的一个高峰，是巴金倾吐"积愤"之作。《家》、《春》、《秋》以四川成都为背景，写的是封建大家庭高家的纷繁复杂的生活，作品通过描写高家大家庭由盛而衰的过程，写出封建大家庭的宗法制度的没落的必然性，同时写出革命潮流在青年一代中的影响。作品以极大的热情，歌颂了青年知识分子的觉醒、抗争，赞扬他们敢于与吃人的封建家庭决裂，走向光明之路。

作品写出了封建势力的罪恶和吃人的社会本质。作者说作品是要"宣告一个不合理的制度的死刑，来向一个垂死的制度叫出我的'我控告'"。

作品描写了以高老太爷为代表的封建大家庭的腐朽、败落的历史。高家在外表上是知书达理、书香门第，但在它的背后，却是内部相互倾轧、尔虞我诈、残酷无情、荒淫无耻，是一部活生生的人吃人的历史。高老太爷年轻时玩世不恭，到了老年仍然花心不凋，竟还娶一个年轻的姨太太；他把鸣凤作为"物品"送给冯乐山；他摧残觉民和琴的爱情；他代表的是一个罪恶的社会制度，他想尽力维护这种制度。但是，由于觉慧、觉民为代表的年轻一代的觉醒，这种大家庭的崩溃是必然的。

作品还写出了女性的悲惨命运。梅、瑞珏和鸣凤是封建制度下的牺牲品。梅是一位聪明贤淑的女性，她的性格多愁善感。在高家的长辈的高压下，她郁郁不得志。她与大少爷觉新相爱，但在高家的严格的宗法制度压迫下，她和觉新的爱情只能以悲剧告终，最终咯血而死；瑞珏贤慧端庄，待人和气，但在临产时，在高家长辈以避"血光之灾"的借口下，赶至城外生产，难产而死；鸣凤是婢女，地位低下，她心恋觉慧，自知无法实现，结果被高老太爷作为"礼物"送给冯乐山为妾，最后只好选择沉湖自杀。巴金曾痛苦地说："我要为那过去无数无名的牺牲者喊一声冤！我要从恶魔的爪牙下救出那些失掉了青春的少年。"对那些女性的冤死，巴金的心情是十分沉重的。

对于觉新、觉慧和觉民，巴金把他们作为重点来写。他们的故事作为整部小说的主线。觉新是一个悲剧人物。他作为长子，上要面对长辈，下要面对弟妹和下人，他是旧制度培养出来的人，有着奴性，失去了反抗精神，但在他的心里，有着是非与爱憎的明确界线；他无力挣脱封建礼教的羁绊，他既是封建礼教的不自觉的维护者，又是受害者。而觉慧是作为青年叛逆者形象出现的。觉慧受到新思潮的影响，他坚决反对大哥觉新无原则的"作揖哲学"和'无抵抗主义"，他对旧势力的态度是"不顾忌，不害怕，不妥协"。他继承"五四"精神，敢于对高家的恶势力作出否定，最后他离家出走。作者通过觉慧来对觉新的"作揖主义"作出批判。觉民的性格较为沉着，他对自己的命运充满信心，他相信自己能掌握自己的命运。他和那些长辈们不妥协，敢于当面抗争，他是巴金笔下的寄予希望的青年。

从以上作品看，作品有着强烈的反封建、求生存、争自由、向往革命的主题。

在"激流三部曲"中，《家》是写得最好的一部，也是影响最大的一部。《家》原名《激流》，1931年初在上海《时报》连载，1933年出版时易名为《家》。自从《家》发表以来，在青年中发生很大的影响，有不少青年在读了《家》以后走上了革命道路。作品呈现出来的敢于反抗黑暗势力，敢于跟丑恶势力作斗争，自己掌握自己的命运，对未来充满信心并且为之奋斗的深刻内涵，激励着人们，在中国乃至世界文学史上，有着很高的地位。

脍炙人口的《往事与随想》是巴金晚年创作的散文随笔集，写作时间是1978年至1987年，共150篇，这是巴金创作的又一个高峰。

"文化大革命"的十年是中国遭受浩劫的十年，那种近乎宗教崇拜的狂热和疯狂的造神运动，与现代文明是格格不入的。在那个年代里，人与人之间关系似乎只有政治上的关系，父子反目、兄弟成仇，朋友争斗，人性泯灭，反映出人性层面的丑恶的一面。痛定思痛。当"文革"结束后，思考过往的沉痛的历史，特别是审视知识分子在这幕历史活剧中的表演，挖掘出隐藏在人性深层的历史动因，对于提高民族的免疫力是有重要作用的。基于这一点，巴金以沉重的笔触，写下了这历史的惨痛记忆，把自己的心献给读者。这是一部被称为"讲真话的大书"。巴金说："五卷书上每篇每页满是血迹，但更多的却是十年创伤的脓血。我知道，不把脓血弄干净它就会毒害全身，我也知道，不仅是我，许多人的伤口都淌着这种脓血。"巴金并没有仅仅作为受难者来遣责历史，而是把自己连同历史一起押上审判台，在解剖历史的同时也解剖自己，挤掉心灵中的脓血，净化灵魂，净化人性，苦苦寻找通向未来的道路。

巴金在写完《往事与随想》时说："讲出了真话，我可以心安理得地离开人世了。""讲真话"是巴金一生的追求，把"燃烧的心"奉献给读者，是巴金对文学的真谛的探讨。

现代文学

"调和中西，创造时代艺术"
——谈林风眠绘画的创新意识

  林风眠先生是我国现代著名的艺术大师，也是一位著名的美术教育家。

  在创作方面，他融贯中西，创造出具有自己独特风格的绘画艺术。可以说他是中西合璧一路的开拓者。1928年，由他主持的西湖国立艺术院的口号中写道："介绍西洋艺术，整理中国艺术，调和中西艺术。"这是当时西湖国立艺术院的宗旨，也是林风眠创作的题旨。几十年来，他在创作道路上努力把西方艺术与中国艺术沟通融汇，创造出具有鲜明艺术特色的绘画艺术，在中国绘画史上有着独特的艺术地位。

  林风眠在绘画上有一句名言："绘画艺术是绘画艺术。"（见《我的兴趣》，载《东方杂志》第3卷第1号，1936年1月）这是他对绘画艺术的独特见解。林风眠认为，绘画语言与文字语言是有所不同的，文字语言可以用文字来表达自己的思想感情，而绘画则是用图像艺术来传达作者对人生的见解。因此，绘画艺术首先要在"物象正确"的前提下来展开艺术想象的翅膀，展示自己所憧憬、所追求、所宣示的人生境界。在这一点上，林风眠早在1933年1月写的《我所希望的国画前途》（见《前途》创刊号）有一段意义深蕴的话：

  绘画上的基本练习，应以自然现象为基础，先使物象正确，然后谈到"写意不写形"的问题。我们知道，古人之所以有"写意不写形"之语，大体是对照那些不管情意如何，一味以像不像为第一义的画匠而说的。在我们的时代，这种画匠也并不是没有，不过，他们是早已不为水平线以上的画家所齿及，而且他们的错处倒有不如我们的抄袭家那样厉害的趋势。于是，我们不得不努力矫正我们自己的，而不把那些画匠置之话下。

在这里，林风眠强调"先使物象正确"是绘画的基本功，对那些以"写意不写形"为幌子藏拙的画家，作了严厉的批评。

在这里，我想起鲁迅在此后的《致孟十还》的文章中也曾批评那些不肯下苦功的青年，他说：

青年向来有一恶习，即厌恶科学，便作文学，不能作文，便作美术家，留长头发，放大领结，事情便算了结。较好者则好大喜功，喜看"未来派""立方派"作品，而不肯作正正经经的画，刻苦用功。人面必歪，脸色多绿；然不能作一不歪之人面，所以其实是能作五幅油画，却不能作"末技"之插画的，譬之孩子，就是只能翻筋斗而不能跨正步。

从这里可以看出，在对待艺术这一问题上，林风眠与鲁迅的看法是一致的。他们都强调对艺术基本功训练的重要性，认为要创新首先要从扎扎实实的基本功练起，反对以"写意"为名，以引进外国现代派为名而随意搞什么"创新"之作，认为这样的"绘画"是谈不上艺术的。从这一点上，可以看出林风眠与鲁迅在创新艺术见解上是相通的。

绘画便是绘画，这似乎人尽皆知的道理，但并非人人都懂。而林风眠却深悟其中的奥秘，这是林风眠之所以成为林风眠，而不是李风眠或者其它什么人的道理。

林风眠从小深知，绘画需要很深的艺术功底，苦练艺术的基本功是最重要的。林风眠小时候就受到当石匠的祖父的艺术熏陶，在法国留学时，他认真训练绘画基本功，他说自己"曾沉迷在自然主义的框子里"。林风眠所说的自然主义，是指写实的训练。后来，他走出自然，走出校门，啃着面包到巴黎的东方博物馆和陶瓷博物馆欣赏和临摹中国古画和陶瓷纹样，苦练了扎实的基本功。

林风眠说的"先使物象正确"，或者说绘画的艺术基本功，还包含另外一层意思，就是在认识自然，体验自然，熟悉自然，然后去表现自然。人是自然的骄子，人在享受自然的同时，也创造自然，表现自然。在绘画中，要使物象正确，要准确地表达自然，没有练好读好自然的功是不行的。

就山水画而言古人很重视"状物"，也就是写实的基本功。唐宋两代的画家，"形似"重于"神似"，状物高于达意，也就是说，画家并不注重画中的主观情境，而是着重自然的原始状态的"真"。到后来宋朝画家较注重从"状物"向写意方面转变；而到了元代，画家注重"达意"；到了明代，画家则注重写意了。所以有一种说法：唐宋尚法，元代尚意，明代尚趣（即意趣）。林风眠说的"先使物象正确"，其实是要画家苦练基本功，而并非要画家回复自然。而是在打好基本功后才能从"状物"向"尚意"方面转变。

林风眠曾深有体会地谈起他对自然认识和表达的过程。林风眠1960年在《文汇报》上发表的《抒情·传神及其它》一文中，专门谈到他深情地谈起在梅县老家山村的大自然的美景，他对山上的树，山间的小溪，小河里的一块一块的石头，既熟悉又喜爱。童年的时候，他总是在小河里捉小鱼，或在树林中捉鸟，养一些小鱼和小八哥，是他最快乐的事情。他说："我就习惯于接近自然，对树木、崖石、河水它他纵然不会说话，但我总离不开它们，可以说对他们很有感情。"那时，他离开故乡已经40年了，"但童年的回忆，仍如眼前，像一幅幅的画，不时在脑海中显现出来，十分清楚，虽隔多年，竟如昨日！"他在外出旅行时，他总是望着窗外，不管怎样的景色，那怕是最平淡的东西，他都"永远不会感到厌倦"。他说："由于这种习惯，也许就因此丰富了我对一切事物和自然形象的积聚，这些也就成为我画风景画的主要的源泉。"在林风眠的一些风景画中，我们可以看到一些客家山村的形影。

林风眠为了说明画家要熟悉自然、了解自然这个观点，林风眠以《秋鹜》（见《抒情·传神及其它》）为例，谈了他对熟悉自然的认识。当年他在杭州时，他一个人天天到苏堤散步，走了三四个月。在秋天的日子里，他饱看了西湖的景色："在夕照的湖面上，南北山峰的倒影，因时间的不同，风晴雨雾的变化，它的美丽，对我来说，是看不完的。有时在平静的湖面上一群山鸟低低飞过水面的芦苇，这些画面，深入在我脑海里，但是当时并没有想画它。"正是这美丽的情景，经过他的酝酿，使它"烂熟于心"。解放后，他定居上海，有一次，他偶然想起杜甫的一句诗"渚清沙白鸟飞回"，触景生情，有感而发，创作了著名的《秋鹜》。

从上可以看出，林风眠很鲜明地指出了绘画的创新的基础是练好绘画的基本功，这是前提，也是成功的先决条件。

其次，创新还有一个重要条件，就是画家要深入研究中西画的特点，各自所长及所短，在作出有见地的研究后才能在这基础上有所创新。关于这个问题，林风眠从中西画的成败得失中作了深入的探讨。他在1929年的《中国绘画新论》（见1929年《亚波罗》杂志第7期）中认为，中国画有许多优秀传统，它的特点是以写意抒情为主，这是值得认真研究的和学习的。但是，如果画家不直接去体验自然界，不去研究自然的物象与精髓，而是陈陈相因，或者抄袭古人的一些构图、色彩、章法和运笔，而没有自己的自然体验，就会使作品离自然越来越远，从而变得不真实。因此，这就要求画家到生活中去，以自然的原生态为基本特征，加以概括、抽象、集中、提炼，来表现自己的情绪和美学意蕴，这样的绘画就有创意和艺术价值。另外，西方古典主义和自然主义艺术，虽然画面精彩，有强烈的物象感觉，但是，它全系以摹仿为能事，很难抒发自己的感情，而且有过于机械的感觉。林风眠认为，中国画的特点是重"神似"而轻"形似"，正如陈师曾在《论文人画的价值》一文中所说的："文人画尊重精神，不贵形式，故形式有所欠缺，而精神优美者，仍不失为文人画。"而西洋画的特点恰恰相反，它重"形似"而轻"神似"。，它可以画得很细致，很逼真，光线、色彩、甚至空气都似乎流动的，但是有不少画作却缺乏精神。为此，林风眠认为，如果能有机地把中西画二者糅合起来，取各所长，弃各所短，就能创造出新的艺术境界来。

他在1981年9月发表的《老老实实做人　诚诚恳恳画画》（见台北《雄狮美术》第9期）一文中，对他的学生、著名画家席德进的逝世表示悼念，同时对他的绘画成就作出两点肯定性的评价，一是他学画时苦练扎实的基本功。林风眠说："他一步一步学习绘画技术上主要的基础，他基本练习，在人体素描上不断努力，为将来绘画创作下了很大的功夫。"二是"他不断的观察自然，深入自然。"为此，林风眠在总结席德进取得成就时认为，由于上述两种原因，使他取得了成就："他沉醉在大自然中，追求他美好的梦境，他用西方写实的技术表达了东方绘画的传统精神。他是这一时代的人，

现代
文学
345

在绘画上说出了这一时代的话。"在这里，林风眠指出绘画所需要的基本功，就是一要苦练绘画的基本技术和研究自然，二要把中西绘画艺术融会贯通，为我所用，表现自己的思想感情。

林风眠还对中西绘画作了具体的分析，他觉得绘画作为一门艺术，中西绘画方面有共融共通的东西。这主要表现在，绘画在诸般艺术中的地位，"不过是用色彩同线条表现而纯粹用视觉感得的艺术而已"。因此，不管是中国画，还是西洋画，只要从这个角度去考察，它们其实是没有什么区别的。正如他说的："普通所谓'中国画'同'西洋画'者，在如是想法之下还不是全没有区别的东西吗？从此，我不再人云亦云地区别'中国画'同'西洋画'，我就称绘画艺术是绘画艺术；同时，我也竭力在一般人以为是截然两种绘画之间，交互地使用彼此对手底方法。"（以上引文均见《我的兴趣》，载1936年《东方杂志》第3卷第1号）

346

从这种观念出发，林风眠从不人云亦云地区别中国画和西洋画，而认为只要从艺术角度出发，用绘画来表达自己的感情，就能创作出真正的绘画艺术品来。正因为这样，他在创办国立杭州艺专时，坚决反对把所谓中国画和西洋画的学生分立两个系的主张，而把绘画专业综合成立为绘画系。学习中国画的学生，必须学习绘画的基础木炭画；而学习西洋画的学生也必须学习中国画。

林风眠并不是说中西画没有什么区别，恰恰相反，他认为中西画确实有着由于两种不同文化背景而产生不同的绘画艺术，我们必须认真研究两种绘画不同的艺术效果。中国画的基础是"绘画六法"（这里是指谢赫说的：一、气韵生动；二、骨法用笔；三、应物形象；四、随类赋彩；五、经营位置；六、传摹移写。），而西洋画的基础则是色彩和光线，以及他们的变化。他认为，中国画中的风景画，发达比西洋画早，对于时间变化的观念亦很早就感觉到了，但是，画家只倾向于时间变化的某一部分，而并没有表现时间变化整体的描写方法。中国的山水画，往往只限于风雨雪雾和春夏秋冬这些自然界显而易见的描写，而且描写的背景最主要的是雨和雾，对于色彩复杂、变化万千的阳光描写，是表现不出来的。这里除了技法之外，最重要的是绘画色彩原料的影响所致，因为水墨的色彩，最适宜表现雨和云雾的现象的缘故。而西洋的风景画发展较中国迟，自19世纪以来，经自然派的洗刷，印象派的创造，明了色彩光线的关系之后，在风景画中，时间变化的微妙之处，皆能加以表现，而且更引人注意的是，它充分注意到了空气的颤动、色彩的变化、线条的流动和自然界之中的音乐性的描写了。

林风眠不仅在美术理论上对中西绘画艺术的内在联系和相互的区别作出探讨和明确的界定，并且阐明了中西绘画艺术应该相互取长补短，互溶互补，创造新的艺术天地，而且他身体力行，以创作来实践他的理论。他的创新之处主要表现在：

首先，林风眠以中学为体，中西技法并用。他深深感到，中西绘画，都源于自然。中外画家无不取法于自然。山水、花鸟，人物等都是自然形态的。因此，他崇拜自然，师法自然。他对自然界的一山一水，一草一木，一鱼一鸟，一石一屋都有着深挚的感情，潜心观察研究，尤其注意它们的特点与神韵，作了许多速写和默记，积累了许多创作素材，加以集中、提炼、舍取，进行艺术构思，然后取其神韵，再加以中西画中的写实与传神的技法融会贯通，线条与色彩的运用加以糅合，创作出有着新意的中国画来。

1977年他在香港创作的两幅题为《裸女》的彩墨画，裸女恬静地依在床上，一幅的裸女在深思，一幅的裸女在凝视，呈现出淑女柔情意韵。作者除了构思上的新意外，还糅进了中西绘画中的神韵、形象和明快的画风，在用色上，他大胆地运用西洋画中的大片色块的用法，并且把流畅的线条和明丽的色彩结合起来运用，使人物更具神韵。人们简直可以从裸女形象中看到润滑和富有弹性的肌肤感。在彩墨画《秋艳》中，人们看到秋阳下的静谧的山村，墨绿的远山，浓密的大树掩映下的农家小舍，在农舍门前一片静静的池塘，池塘里荡漾着或绿或黄的睡莲，这是一幅极富诗意的农家秋意图。林风眠大胆运用西洋画中的强烈的对比色，运用油画中的冷暖色的反差，使作品呈现出既宁静，又有立体感，这样一幅山村的景色就呈现在读者面前，让人久久难忘。

其次，林风眠在创作中力求自己的情趣。人生需要情和趣。情就是感情，就是人的情绪；趣就是趣味，就是就是审美的意趣，也就是艺术趣味。早在1926年，林风眠就说："艺术是情绪冲动之表现，但表现之方法，需要相当的形式，形式之演进是关乎经验及自身，增长与不增长，可能与不可能诸问题。"（见《东方杂志》第23卷第10号）他在1927年的《艺术的艺术与社会的艺术》（见《晨报星期画报》第85号）中说：

艺术家为情绪冲动而创作，把自己的情绪所感到而传给社会人类。换一句话说：就是研究艺术的人，应负相当的人类情绪上的引导，由此不能不有相当的修养，不能不有一定的观念。

在这里，林风眠再次明确指出，艺术要表现人的情绪，而且要把这种情绪传递给读者；另外，这种情绪应该"有一定的观念"，就是自己的所表述的社会理想，人生的愿望，传递给读者。这就要求画家要表现人的情感与意趣，并以此来影响社会人生。他在1956年画的水墨画《双鹭》，一对白鹭在芦苇中悠闲地走动，其间一只鹭在低头觅食，另一只鹭在深情地注视着情侣，也是护卫着情侣，表现出一种爱意和深情。1978年创作的《猫头鹰》也是充满爱意的情侣题材。猫头鹰是夜行禽类，它们在白天一般都是休息的。林风眠画的猫头鹰是白天双栖在树枝上。一对情侣，相互偎依，沐浴在爱河之中，背景上是金黄色的树叶，呈现出亮色。这两幅画尽管是写动物的，但却写得有情有义，且趣味盎然，借物寓人，蕴含深刻，使人感到人间的暖意。

其三，林风眠绘画创新之处还在于，他既重"形"，更重"神"。从"形"着手，重在传"神"，做到"神"出于"形"，以"形"写"神"，互溶互补，形神兼备。绘画中的"神"是由意境来传达的。绘画中的意境就是"神"的表述。凡是高明的画家都是通过图画的意境来表达自己的情绪和愿望的。西洋画很重"形"，而中国画则十分注重意境的追求，从而达到传神的艺术效果。林风眠的绘画，在艺术的整体构思和物象形体上，常常吸取西洋画中的立体透视法，所画的物体或人物在画面上能突现出来，立体感强，而且在色彩运用上，他也敢于采用强烈的对比色，加强画面的三维效果；在时间和感觉上，他也常常捕捉流动的光线和画面的明暗，增强动感。但他又不是面面俱到，而是有选择地融汇西洋画中的某种表现方式，加以改造，融进西方的象征主义表现手法和中国画中的简练的线条流动的技法，常常寥寥几笔，便传达出作者的精神。例如，作者1947年画的水墨画《裸女》，1963年画的《立》等，画面简洁明朗，人物和鸟的图像既有实感，又颇具神韵，很有艺术冲击力。

林风眠在1964年画的《睡莲》，在平静的湖水中，伸展出一片片睡莲，有的伸出湖面，有的躺在湖面上，恬静舒展，悠然自得，远处和近处的出于污泥而不染的莲花，展示洁白的身姿，或含苞欲放，或展开美丽的花瓣，向世人展示它的美姿，整个湖面远远近近，莲叶荷花，构成一幅美丽的图画。作者在画中溶进了西洋画中的散点透视和色彩对衬等技法，还采用西洋画中的构图满卷的办法（中国画则不然，常采用画面上留下空白的构思方法），又用中国画中的彩墨主调挥笔而成。这是一幅典型的林风眠的中西合璧创造出的画意，立意鲜明，意境悠远，远处用冷色调处理，似山，似水，似云，朦胧浑沌，让人在恬静闲适中感受到遥远和不可捉摸，令人深思。林风眠曾说"绘画上单纯的描写，应以自然现象为基础。单纯的意义，是向复杂的自然物象中，寻求他显现的性格、质量和综合的色彩的表现。由细碎的现象中，归纳到整体的观念中的意思。"（《重新估定中国画底价值》，原载《1929年《亚波罗》第七期》）在《睡莲》中，我们看到他这种艺术主张的成功运用，取得了很好的艺术效果。

在人物画方面，林风眠早期的《人道》和《摸索》，以及后来的《宝莲灯》、《坐女》、《仕女》、《戏剧人物》等，画面色彩浓烈，线条笔触简洁明快，节奏感强，他似乎不顾物象的客观性而着重于意念的表达。在艺术表述上，很像象征主义的表达方式，他的静物画里我们还可以看到后期印象派塞尚的影子。

其四，林风眠认为，绘画并不仅仅是为了绘画，而且，绘画也不能仅仅是线条、色彩和构图的艺术。绘画是美的艺术。美是艺术的第一要素。他在1927年的《致全国艺术界书》中说："艺术的第一利器，是它的美。"（本文于是1927年以专册形式分送，选自《艺术丛论》）美是人类共通的要求，是人类崇高精神的体现。画家要用绘画表现人类这一精神追求，这也是艺术的最高境界。在中外绘画史上，美都是人微言轻画家们孜孜不倦的追求。蒙娜莉萨的微笑，是永恒的美。林风眠融中西美术对美的不同诠释和共同的追求于一炉，调和到他的创作之中，创造出美的画意。

在林风眠的画中，给人以美的感受。他寄情于景，以景寓情，在作品中生发出美的意韵。他画的荷塘，截取荷塘的一角，以满满的构图，像镜头一样由近而远，无声荷叶连天碧，艳丽荷花满池开。读着读着，让人产生无穷的联想，在恬静的景物中让你获得美的享受。他画的山村秋景，大多利用背光，在枫叶上镶上灿烂的金边，映照在清澈透明的湖水中，很有层次感。在他的笔下，秋天的天空、湖面、树林、房屋等组合成美丽平和的画面，给人以平和、静谧的感觉，让人感到秋景的美丽，同时也给人以丰富的联想。他的古装仕女和京剧画也别有风味，在这类画中，有的服饰吸取了古代人物的画的精髓，服饰华丽而具有装饰性；有的用衣袖和裙的线条，制造动感，动中有静，静中有动，极为写意与传神；他的静物画的花卉、水果等，具有浓重的西洋画的特色，画面浓艳热烈，有的淡装素抹，有的浓装艳色，姿态各异，个性纷呈，洋溢着生命的热烈的色彩。

其五，林风眠在创作中强调作品的时代性。画家无论画古装画还是画当代题材画，都要有时代感。因为画家本人是生活在时代中的，时代的变化也是直接影响到画家本人的，因而，绘画也是表现时代的艺术。这就需要从技巧到内容上都需要有所创新，早在1933年，他就说过："如绘画的内容与技巧不能跟着时代的变化而变化，而仅仅能够跟着千百年以前的人物跑，那至少可以说不能表现作家个人的思想与情感的艺术！"（原载《我们所希望的国画前途》1933年1月《前途》创刊号）生活与艺术是紧密相连的。生活是艺术的源泉，艺术是生活表述。而时代在发展，在变化，时代生活给艺术家提供了取之不尽，用之不竭的源泉。真正的艺术家就必须表现时代的变迁，反映时代生活所提供的社会内容和人民的情绪与愿望，这就不仅要求画家要在艺术上创新，而且要在内容上有所变化，才能表现出时代赋予艺术家的任务。

所以，绘画要创新，这是发展艺术的需要，也是时代的要求。

为此，林风眠认为，要创新，就要克服保守思想。中国人长期以来有固步自封的心态，在艺术上也有这种反映。这主要表现在：一是"忘了时间。"具体说来是："对于传统的保守，对于古人的摹仿，对于前人的抄袭。"其次是"忘了自然。"因为中国不少画家以师法古人的风格为时尚，他们忘了艺术原是人类思想感情的造形化，艺术是要藉外物之形来寓自己的思想感情的，或者说寓时代的思想与感情的，即古人所谓的心声心影。而外物之形就是大自然中一切事物的形体。离开了这些的基础，艺术家的情感将无以寄托。也就是说，画家应当高度重视大自然的物象的研究、捕捉与描绘的功力，否则，人类的思想感情将无法藉生活中的具象而寄托自己的情感，艺术的美也就不复存在了。（以上引言均见《我们所希望的中画前途》，原载1933年《前途》创刊号）

由此可见，艺术贵在创新，没有创新的艺术，是没有前途的艺术，或者说是僵化了的艺术。

中国画的创新，具体说来，首先是应该表现民族感情。"我是以能唤起强烈的民族意识的构图绘画为主要兴趣的。"（原载《我的兴趣》，1936年1月《东方杂志》第3卷第1号）

另外，国画的艺术创新，要在中国画的基础上吸收西方先进的东西，中西融通，创造出具有民族特色的东西来。例如，中国画中的风景画，它比西洋画发达早，也有很深的功力，它对时间变化观念也很早就感觉到了，它主要是对雨和云雾的描写，但对于复杂的色彩，变化万千的阳光的描写是无能为力的。而西洋的风景画对于色彩和光线的处理，以及时间变化的微妙皆能作出很好的表现，它甚至注意到了空气的颤动和自然界的音乐性的描写了。这些都是要很好地学习与借鉴的。

因此，在绘画艺术中，如果能有机地把中国画和西洋画融会贯通，是能很好地表现民族感情的，也就能较好地创造出新的艺术境界来。

林风眠以他的创作实践，证实了他的艺术理论的正确性。他辟出了一条前人没有走过的路。

林风眠的艺术是永存的。

现代诗坛和艺坛的拓荒者

——李金发创作论

> 人若谈及我的名字，
> 只说这是一个秘密，——
> 爱秋梦与美人之诗人，
> 倨傲又带点mechant。（法文：厉害，恶毒，严重。——丘峰注）
>
> ——李金发《自挽》

这是李金发的一首自挽诗，似乎有点"怪"，但他道及了他的人格与风格，人们不妨把它当作开启他的象征诗作和雕塑艺术的一把钥匙。

——丘 峰

一

唐朝有一位诗人叫李贺，人称"诗怪"；现代亦有一位被誉为"诗怪"的诗人，就是中国在现代诗坛上独树一帜的象征派诗歌的创始者李金发。

李金发，又名淑良，广东梅县人，1900年11月21日生于梅县梅南镇罗田径上村承德第。他的父亲到南洋谋生，积蓄一些财产供他读书。他六岁开始读书，念的是私塾。1916年在梅县读省立中学（现为梅州中学）读书，与著名画家林风眠及著名作家黄药眠是同学。1917年李金发到香港谭卫芝英文学校就读，翌年转入香港罗马书院。

李金发在香港读书时，也萌发到南洋做生意的想法，但在大哥的劝说下，便于1919年夏与同乡同学林风眠一起到上海，进南洋中学留法预备学校。同年冬天，他与林风眠、李立三、徐特立、王若飞、张道藩、郎静山等67位青年赴法国勤工俭学。

这批赴法学生在国内并未补习过多少法文，不懂法语。他们抵达马赛后，很快被安排到离巴黎不远的枫丹白露市立中学学习法语。和李金发在一起的有后来成为著名画家的梅县老乡林风眠（梅县白宫镇人）。法语老师马丁每天靠姓黄的越南人当翻译，不管大家听得懂听不懂，硬要大家记法语中的"现在"、"过去"、"将来"时态，大家兴味索然。经过两年多的学习，李金发基本上掌握了法文。在这期间，他们的费用都是由华法教育会直接付给学校的，后来转成自费。李金发由于大哥的支持，他也没吃什么苦。

1921年，李金发与林风眠转到法国中部城市第戎，他一面学习雕刻，一面学习美术，这是李金发最先受到的美术启蒙教育。李金发学习雕塑纯属偶然，有一次他与同学到郊外野游，无意识地在树上刻了一个"L"，同学们都叫好，认为他有雕刻才能，这样他便决定学习雕塑了。由于第戎是小城市，缺乏良好的师资，半年后，他们便带着第戎国立美术专门学校校长的信，到国立巴黎美术学院就读。从此，李金发和林风眠分别成了该院雕刻教授布谢和历史画大师高尔蒙教授的学生。这是李金发人生道路的大转折点。从此，他与木石为伴，刻苦学习雕塑。他和林风眠住在极简陋的旅馆里，除一床一桌和橱外，便没有其它东西了。李金发虽然有大哥接济，但他还是极为节俭度日。冬天房子里没有火，但他仍挑泥土回到旅馆里去练习肖像雕塑。下午，他常到蒙巴那司大街的"自由画室"去速写人体。这"自由画室"当时在法国是很有名气的，著名画家徐悲鸿、雕塑家江小鹣和著名诗人艾青，在这时期都曾先后到这里速写过。可以说，中国的许多艺术大师都与这个"自由画室"有密切的关系。

1922年春天，他为同学林风眠和刘既漂各做了一个石膏头像，并让工匠按会照模型做成花岗石塑像。这是两座具有很高艺术水平的塑像。朋友们怂恿他将两个人像送到规格很高的巴黎春季展览会去参展，他便把作品送了去。几天后，他接到展览会办事处通知：两个头像均入选！顿时，李金发名声大震！这是中国人的作品第一次出现在巴黎高档的艺术沙龙，连教过他的老师也惊奇李金发有这等绝顶的艺术才能。

1922年夏天，是李金发值得纪念的日子。那时，他与林风眠租到一间价廉物美的房子，他没有钱去海滨度假，便躲在斗室里日夜研读托尔斯泰和罗曼·罗兰等人的小说，直到患了神经衰弱症他还不知道。终于，有一次他在散步时晕倒，之后便大病一场。他在昏迷中，老是梦见一个白衣金发的女神领着他遨游空中，自己仿佛轻如羽毛，两脚一拨即在空中前进。这样奇怪的梦他连续做了好几天，直到病好为止。他认为这次大病未死，全是天使的帮忙，于是便以"金发"做笔名，以纪念那位女神金发女郎天使。

李金发在法国读书期间，十分刻苦。在这充满艺术氛围的良好环境中，他孜孜不倦地攻读，他在后来回忆当时的情景时说，那时他"没有女朋友，没有中外诸色人的交际，没有人保护（那时只有二十岁的孩子），没有人指导，全是自己死用功自己摸索，没有物质享受，所谓花都的纸醉金迷，于我没有份，我是门外汉。"（《我的巴黎艺术生活》，《人世间》第22期，1935年2月20日出版）

354

不久，李金发为了提高雕塑技艺，1922年冬到德国学习雕塑，而林风眠也在柏林单独开画展，也引起了轰动，参观者有数万人之多，当时德国的大画家哥麟、大雕刻家威乡、大文学家浩布特曼等都来参观，并与林风眠探讨东西方艺术的沟通问题。李金发和林风眠在国外的艺术活动引起欧洲及世界的艺术家的重视。

在留学法国和德国期间，李金发在纸醉金迷的异国，有着很强的抗诱惑能力。他就读的巴黎国立美术学院，"浪漫是全国著名的"，那些学生经常借"化装午会"玩弄女性，李金发却敬而远之。他说："能在特殊的领域处发泄他们的原始时代的兽欲，是现代文明的特产吧，可惜我们从前抱了敬鬼神而远之的观念，从没有参加过这个盛会。"（李金发：《邂逅》，《美育杂志》第二期）他每晚"舍灯市的逃煌，归冷清之暗室"，"努力爱护自己之委靡，远去黄金的诱惑"。（李金发：《夜归凭栏》及《多少疾苦的呻吟》）在花花世界面前，李金发能独善其身，抗拒外界的诱惑，专心致志地攻读文学与艺术，这是难能可贵的。

李金发来到德国后，住在柏林。由于受到法国象征派诗人波德莱特及魏尔兰等人的影响，李金发从1920年就开始写诗。他的诗集《微雨》中的《下午》就是在布鲁耶尔写就的。到了1922年至1923年间，他写就诗集《微雨》和《食客与凶年》。

1923年，他将这两部诗集挂号寄给当时在北京大学当教授的周作人，过了两个月，李金发接到周作人的复信。周作人极赞赏他的诗，称这种诗为国内所无，别开生面。由于种种原因，第一本诗集《微雨》拖到1925年11月才由北新书局出版。

1926年，李金发出版出版第二本诗集《为幸福而歌》，而另一本诗集《食客与凶年》直到1927年5月才由北新书局出版。这三部诗集的出版，使李金发诗名声大震，周作人、宗白华、钟敬文、沈从文、苏雪林、赵景深、梁宗岱等国内知名人士都发表文章评价李金发的象征派的诗，在国内文坛引起强烈反响。

1922年冬，李金发原配夫人朱亚凤由于婚姻和生活等原因在家乡梅县家中服毒自杀。第二年，李金发与德国柏林一位画家之女展妲相恋，1924年春，他与展妲在巴黎结婚。

1925年6月，李金发与展妲回到上海。当时，上海美术专科学校校长刘海粟把他安排在美专任暑期雕塑班教师。当时国人对雕塑艺术不了解，有人竟然认为雕塑就是刻图章呢。那年招生仅有两名学生报名，叫人啼笑皆非。正好那时国民政府正准备在南京建造中山陵，刘海粟便写信介绍李金发去做孙中山铜像，后来由于种种原因铜像未能做成。

1927年后，李金发先后到广州中山大学任教授和到杭州国立西湖艺术院任雕塑系主任。当时杭州西湖艺术院院长为林风眠，教务长为林文铮，他们和李金发三人都是广东梅县梅州中学校友，又是同期留法的，而今又同在一所高等艺术学院任教，自然是别有一番情趣的。

1930年底，展妲携子李明心从上海返回德国，从此夫妻两人分手，终生未再相见。后来李金发与同乡梁智因结婚，生子李猛省。

1932年，李金发回到广州，孙科要他塑伍廷芳铜像。李金发塑好伍廷芳铜像后，把铜像安置于越秀山畔（现藏于广东博物馆）。

1934年，李金发塑十英尺高的邓仲元铜像，竖立在广九车站邓仲元殉难的地方，邓仲元身披军大衣、手扶宝刀的威武形象栩栩如生，是中国雕塑经典之作。

1937年，李金发由陈立夫介绍出任广州美术学校校长。抗日战争爆发后，李金发在广西、越南及韶关等地参加抗日工作。

1941年，李金发创办《文坛》月刊，宣传抗日，他的办刊宗旨是："发扬民族精神，激发抗战情绪。"（李金发：《异国情调》35页）

1943年，他投笔从戎，担任第四战区上校专员兼外事科长，负责策动越南的抗敌工作。他坚信"抗战前途，无论遇到什么困难始终是乐观的。"（李金发：《异国情调·越南逃难归来》）他痛骂汪精卫"认贼作父"。值得一提的是，那时的李金发，对当年曾帮助过自己、竭力推荐自己的诗《微雨》出版的"恩师"周作人的爱憎分明的态度。在周作人堕落为汉奸文人后，李金发在1940年发表《从周作人谈到"文人无行"》，痛斥周作人"这个在苦雨斋下画蛇的诗人"、"贻羞吾国文化人，是铁一般的事实，用什么西江之水，也洗不干净的"。

1945年以后，李金发从事外交工作，先是驻伊朗一等秘书，后到伊拉克任职。

值得一提的是，当新中国成立以后，在国外任外交官的李金发，没有按国民党政府的指示回到台湾，而是在1951年离开伊拉克后辗转到美国新泽西州林湖小城经营农场。

1976年12月25日，李金发因心脏病发作在纽约长岛寓所逝世，享年76岁。一代著名的诗人和雕塑家客死在异国他乡，当时他是悄然离去的，事后也很少有人作报道。

李金发十分热爱故乡。1964年10月，李金发最后一部著作《飘零闲笔》在台湾侨联出版社出版，当时任总编辑的著名作家许希哲先生回忆说："李金发写文章没有什么忌讳，在书中对蒋介石直呼其名。"而许希哲先生也未在"蒋介石"后面加上当时流行的尊称，让朋友们捏了一把汗。在这本书中，有对故乡梅县的深深怀念，回忆儿时美好的生活："以是我五尺之躯复成了矮小之顽童，骑在牛背或入神地静听樵者之歌，还能补救么？"他憧憬美丽的梅江："有一条无名小河，横贯而下，而入梅江，河水清澈见底，都是崇山峻岭中渗出来的清泉。"李金发最大的愿望就是叶落归根，其妻梁智因在写给家人的信中说："我与金发虽身在异国，然心恒在祖国"，"愿有日能来归祖国，作落叶归根之计"。但由于当时国内在"革"文化的命，李金发这位"反动"文人和国民党的外交官，无论如何也不敢贸然回国。在"文化大革命"中，长子李猛省受李金发之托，悄悄回到梅县家乡。他对家人说，父亲是很想回来的，但他有顾虑，以后有机会定会回来。可惜，当"文化大革命"结束的1976年，这位飘零异国他乡的文化名人，便抱憾长眠异域他乡了。

二

李金发主要成就之一是诗歌创作。他的《微雨》、《为幸福而歌》和《食客与凶年》等三部诗集，奠定了他在中国现代诗坛的地位。

李金发是中国现代象征诗派的始祖，其影响一直伸延到当代中国诗坛。他的《微雨》、《食客与凶年》和《为幸福而歌》等三部诗集，给当时中国诗坛吹来怪异而又清新的风，在新诗界掀起波澜。

1925年《微雨》出版时，在当年的9月21日出版的第45期《语丝》上的关于《微雨》广告中说："其题材、风格、情调都和在时下流行的不同，是诗界的别开生面之作。"当时的女评论家苏雪林就指出："近代中国象征的诗至李金发而始有，在新诗界中不能说他没有贡献。"（《象征诗派的创始者李金发》），（见《中国二三十年代作家》，台北纯文学出版社1979年版）李金发在后来回忆说："一位苏雪林女士，还写了分析我诗的文章，说我的思想的来龙去脉，比我自己还明了。"（《飘零闲笔》）朱自清在《中国新文学大系·诗集》中把他列为"五四"三大诗派之一的创始人。他在"大系"中，选有闻一多29首，徐志摩26首，郭沫若25首，再是李金发19首。朱自清在"导言"中说："他的诗没有寻常的章法，一部份一部份可以懂，合起来却没有意思。他要表现的不是意思而是感觉或感情，仿佛大大小小红红绿绿一串珠子，他却藏起那串儿，你得自己穿着瞧。这就是法国象征诗人的手法，李氏是第一个人介绍它到中国诗里。"并且认为李金发的诗"不缺乏想象力"。最早发表李金发诗歌的《语丝》编辑周作人以及宗白华也大为赞赏李金发的诗，说他是"东方的鲍特莱"、"国中诗界的晨星"等等；最早评论李金发诗歌的是钟敬文，他认为："这种以色彩，以音乐，以迷离的情调，传递以读者，而使之悠悠然感动的诗，不可谓非很有力的表现的作品之一。"（见《一般》1926年12月号）黄参岛在评论李金发诗时冠之以"诗怪"的桂冠。

胡适、梁实秋等人则持全盘否定的态度。胡适说李金发的诗是"笨谜"（《谈谈'胡适文体'的诗》），梁实秋则说李金发的诗是"模仿一部份的外国文学"。（《我也谈'胡适文体'的诗》）穆木天则在《ALL》小杂志上撰文说：要黑发，不要金发，因为金发是外国的。但当时无论肯定亦或批评者，他们都承认李金发诗的存在的事实，也认同黄参岛对李金发"诗怪"的评定。

李金发的诗，从它问世之日起就有不同的价，这是很正常的。对于李金发的诗不能一概而论。我们既不能全盘肯定，也不能全盘否定。经过几十年的争论，人们对李金发的诗在中国现代文学中的地位是肯定的，尤其是对他开创中国象征派诗歌的地位，中外学者都是认同的，并作了充分的肯定。

但是，有不少学者在对李诗的研究方法上有形而上学的倾向。有的人只看到李金发诗歌中的颓废、苦闷现象；有的人只看到李金发诗歌中的晦涩和朦胧；有的人只看到李金发诗歌不讲章法，难以卒读等等。其实，对李金发的诗歌的评价，应该把他和他的诗歌置放到他当时所处的社会大环境中去考察，研究社会环境的发展变化对他的思想的影响；同时，也要研究他本人的思想变化对社会环境在不同时期有不同的感受，这些都在他的诗歌创作中得以充分的反映。也就是说，把社会环境的变化与李金发的思想变化结合在一起来研究，才能理解他的诗歌的真实意义。

三

从李金发的生活经历和他的思想发展脉络来看，李金发的诗歌在不同时期是有不同的情绪反应的，他的诗的内容和风格也是因时地不同而有所变化的。这应该看作研究李金发诗歌的出发点。

李金发早期的诗歌充满怪异、神秘、颓废和失落的情调。是很典型的中外合壁的象征诗的特征。《微雨》就是这方面的代表之作。

从李金发的"自述"中可以看出，他在法国留学的心情是很压抑的。他到法国时，由于当地人对中国人了解甚少，有色人种在那里受到歧视。在第戎美专，中国人被他们认为是"戴禽兽之冠"的"化外顽民"（李金发：《邂逅》）；在他转学国立巴黎美术学院后，他们也常被法国学生嘲弄，有时还被强罚酒费、做劳役，甚至被迫在众人面前裸体；他爱上一位法国少女，却因种族偏见与种种议论而未能如愿以偿……他这时的心情是抑郁的、落寞的、颓废的和迷惘的。李金发的当时所处的社会环境和他的思想使他感到伤感、孤独和情绪躁动不安。正如时人黄参岛在《〈微雨〉及其作者》（《美育杂志》1928年12月）中说的："他此时受了种种压迫，所以是厌世的、远人的，思想是颓废的、神奇的。"

也就在这时期，李金发对法国象征派诗歌产生了浓厚的兴趣。他在《中年自述》中说，他在这时期，尤其在写《微雨》时，"读Verlane（魏尔伦——引者注，下同）、Baudelaire（波特莱尔）、Samain（萨曼）、Regnier（雷尼耶）等诗最多。"这些都是有名的象征派诗人，他的诗风"受鲍莱特（即波特莱尔——引者注）的影响，很有这个趋向。"（见李金发、杜格灵：《诗问答》，载《文艺画报》第一卷第3期）。他对象征派诗人极为崇拜，他宣称："我最初是因为受了波特莱尔和魏尔伦的影响而作诗的。"（《诗问答》，见《文艺画报》1935第一卷三号）波特莱尔和魏尔伦等为"我的名誉老师"。（《巴

黎之夜景。译者识》，《小说月报》十七卷二期）

波特莱尔是法国19世纪中叶的象征派诗人（1821—1867），主要作品有《恶之花》和《散文小诗》一卷。嗣后，在法国接连出了三位大诗人马拉美（1842—1896）、魏尔伦（1844—1896）和兰波（1854—1891），他们是继波特莱尔之后的象征派大诗人。他们认知世界的特点是，世人认为美的，们却以为丑；世人以为丑的，们以为美。他们审美和审丑观念与世人绝然相反。被徐志摩称为"最恶、最奇艳的花"的波特莱尔《死尸》就是写丑恶与死亡的。（《语丝》第三期，徐志摩译与序）

在李金发的诗中，审丑与死亡是他的重要主题。在《夜之歌》中，他写道：

> 我们散步在死草上，
> 悲愤纠缠在膝下。

360

> 粉红之记忆，
> 如道旁朽兽，发出奇臭，

> 遍布在小城里，
> 扰醒了无数甜睡。

> 我已破之心轮，
> 永泥污下……

> 任"海誓山盟"，
> "溪桥人语"，

> 你总把灵魂儿，
> 遮住可怖之岩穴，

或一齐老死于沟壑，

如落魄之豪士。

但我们之躯体，

既遍染硝磺。

枯老之池沼里，

终能得一休息之藏所么？

在诗里，作者写"枯草"、"朽兽"、"泥污"和"死尸"，描写这些丑陋的事物，表达作者的悲愤人生，认为人生不是永恒，在丑的极处也许就会转换成美。

在《生活》一诗中，他觉得人生的归宿就是死亡与坟墓，死神是他"唯一之崇拜者"，他认为，生命最终是衰老和死亡，在"坟冢"中与"蝼蚁"相伴。生命是短暂的，死是永恒的，就连"坟冢"里"在你耳朵之左右，／沙石亦遂销磨了"。"我""见惯了无牙之颚，无色之颧／一切生命流里之威严，／有时为草虫掩蔽，捣碎，／终于眼球不能如意流转了。"写出诗人对人间痛苦和死亡威胁的恐惧，表现出李金发的悲观厌世的思想。在《有感》中，诗人直率地写道："如残叶溅血在我们脚上，／生命便是死神唇边的笑。"更是表现出诗人的对死亡的认识与恐惧，充满血腥和不安。

无疑，李金发的对死亡的认识与歌颂，是深受波特莱尔的《恶之花》的影响。波特莱尔写罪恶，写死亡，写丑陋，但他并非迷恋这些，而是揭露这些，诅咒这些，控诉这此些，正如他说的："在这部残酷的书中，我注入了自己全部的思想，全部的心灵，全部的信仰以及全部的仇恨。"李金发在留学期间，深感资本主义的种种罪恶，亲自看到了社会上的各种丑恶势力。在他的诗中，他怀着复杂的心情，披露了社会的丑陋的方面。他是带着忧郁、孤愤、病态的心理去揭露社会罪恶的。他对死亡的恐惧和歌颂表现出他的复杂的心态。

法国象征派诗人都是"身心憔悴，病态地善感和富于幻想的人们"，他们"神经比较敏锐，心地比较纯良。他们在黑暗的生活里迷失了方向，想给自己寻找一个干净的角落"。（高尔基：《保尔·魏仑和颓废派》）因此，在他们的作品里充满奇异的幻觉，常常呈现出冷灰色的。他们对声、光、色、香、味、触有一种交错和象征的感觉，并且以声形色，以色形声，而且常常在作品中使人感到神经的颤栗，官能刺激。波德莱尔在《恶之花》的"序"中说："颓废派的文体是富于才华的，复杂的，虽是极琐碎的意味也毫不遗漏的文体，是能使词汇极为丰富，以表现在思想上向来难于说明的东西，表现在形式上向来最爱昧最易消灭轮廓的文体，总之，它超越了向来语言的范围的文体。换句话说，颓废派的文体，是语言的最后努力，进步到语言这东西所能达到的最高境地。"他对感觉交错的审美观念作出解释，说："气味与声色相互回应，味之新鲜如婴儿之肌肤，柔嫩如草莓，绿如茵草。"象征派诗人主张作诗应该竭力避免明了和确定；诗应该如谜语；诗应该有神秘的意象；诗要运用感觉交错的技巧；诗要有魔术化了声色光彩的变化；他们强调音乐性和朦胧美。因此，19世纪末法国象征派诗歌有一个重要特点是：颓废、怀疑、苦闷的消极状态。

法国象征派诗歌充满颓废、绝望、病态和忧郁的情调，在李金发的诗歌中也得到了反应。在李金发的代表作《微雨》中，我们也窥视到这位悲观颓废的抒情诗人的凄凉的心境。在《微雨》近百首诗作中，多数篇章都表现出处在异国他乡中的青年那种孤寂、烦躁、忧郁、伤感的心情。他觉得人生就像孤身独往的过客，在"冷风细语"和"死神般之疾视"下，走过"荒凉"的"广漠之野"。在他的诗的意象中，往往出现"残叶溅血"、"阴黑之草地"等等。

不仅如此，他觉得，生命是孤寂的，恐怖的，无望的。他在《寒夜之幻觉》中写道：

巴黎亦枯瘦了，可望见之寺塔
悉高插空际，

如死神之手，

　　Seine 河之水，奔腾要门下，

　　泛着无数人尸与牲畜，

　　摆渡的人，

　　亦张惶失措。

　　在李金争的幻觉中，即使是繁华的巴黎，也是在"死神之手"控制下的、令人张惶失措"泛着无数人尸与牲畜"，这是一幅恐怖的社会图景。

　　在带有神秘性质的《恸哭》中，让人感到生命存在的残酷：

　　　　所有生物之手足，

　　　　全为攫取与征服而生的。

　　　　呵，上帝，互相倾轧了！

　　　　所有之同情与怜悯，

　　　　惟能在机会上诡笑，

　　　　遂带一切余剩远走！——远走！

　　　　暂次死逃遁了。

　　　　能呼啸，更能表示所有之本能。

　　　　啊，上帝，填塞这地壳

　　　　终无已时乎？

　　　　狼群与野鸟永栖息于荒凉乎？

　　　　或能以人骨建宫室，

　　　　报复世纪上之颓败，

　　　　我将化为黑夜之鸦，

　　　　攫取所有之腑脏，——

　　　　……

这是一幅很可怕的生命灾难图景。生命的手足，是为了攫取和征服而生的；弱肉强食，互相倾轧，连狼群与野鸟也欲以"人骨建宫室"；而"我"在这残酷的争斗中，也要施展兽性，"化为黑夜之鸦，攫取所有之腑脏"！使人感到社会的腐败、残酷，和人生的命运的不可知。

　　这一方面，作者怀着愤怒的心情揭露了资本主义社会的残酷性；另一方面，也写出作者在满眼凄惨的社会环境下惘然无措的惶恐心理。作品带有神秘的色彩和颓废的情绪。这种情绪在其它诗里也明白地表露出来。例如，他在《琴的哀》中写道："我有一切的忧愁，/无端的恐怖，/她们并不能了解呵。/我若走到原野上时，/琴声定是中止，或柔弱地继续着。"在《我的灵……》中，他向往天际世界，"我的灵与白云徜徉在天际"；在《一二三至千百万》中，他表现的是死亡。他认为死亡是永恒，因而才有"无开始亦无终期"。人是"可怜之生物"，永远无法得到满足，只有在死亡之后，一切都没有了，同时又有了一切，只有在这时，才会"寻得一切余剩，遂藏身道旁沟里"，表现出他的虚无的思想；在《自挽》中，他写出自我的挽歌。他希望"当我死了，/无向人宣诉余多言的罪过"，面对死亡，他觉得像是出远门一样从容写"自挽"……作者表现的情绪是颓唐、消沉和哀怨的。

　　波特莱尔在《随笔》中写道："'欢悦'是'美'的装饰品中最庸俗的一种，而'忧郁'却似乎是'美'的灿烂出色的伴侣，我几乎不能想象……任何一种美会没有'不幸'在其中……"（《西方文论选》下卷第225页）李金发的诗的基调是感伤、彷徨、阴暗、抑郁的，他常在美中发现丑，在丑中挖掘美。在他的诗作中，人们看到诗人"神秘地来了，/插着足便走，/交换与连结，/在年月上遇见，/冲突，骇异，终沉沦了。"（《神秘地来了……》）诗人手持形影相吊的"手杖"孤寂地行走，在走过之处，存在着"死神般之疾视"，无奈"时光之流去，如林鸟一唱，奔飞在我们眼下"，在"地已经荒凉，/独有冷风细语"的孤独中，如"末路之英雄"，"我"只能"终久靠着你"走过"广漠之野"。（《手杖》）这是孤独者的心语。他多么希望"张手在斜阳下，/正待拯救者之引带"（《过去之情热》），然而，诗人已走得"鞋破了"，"手足蜷曲了"，"终将死休于道途，/假如女神停止安睡之曲。"（《恸哭》）。在"生的疲乏"中，他倦了，厌了，累了，他怀着疲惫的心，想到了死亡的美丽，他在《死》中是这样讴歌死亡：

死！如同晴春般美丽
季候之来般忠实
若你没法逃脱
呵，无须恐怖痛哭
他终久温爱我们

在这里，人们可以看到李金发深受波德莱尔的影响。关于这一点，我们可以从波特莱尔的《恶之花》看到相似的意象：

这是'死'，给人安慰
……这是一位天使，在磁力的指间
握着出神的梦之赐予和睡眠……
——《穷人们的死亡》

……在无尽的黑夜中流徙
这永恒的寂静的兄弟。呵，城市
你在我们的周围笑，狂叫，唱歌
……我步履艰难，却更麻木……
——《盲人》

在李金发诗里，人们可以看到波德莱尔式的忧愁、伤感和人生的哀叹。也可以看到期他与法国象征派诗歌相似的对通感、暗示、跳跃、意象等艺术技巧的运用，他给人的审美意趣是美与丑的转换与变化，哀与愁，生与死，呼唤与失落中的痛苦与从容。他在诗歌中把思想、情绪、体验、感受、幻想、意象、色彩、音乐、节奏等与各种艺术技巧交融、渗透、强化，形成一种意象深化、艺术表现力极强的诗歌。这些在李金发的诗歌里得到很好的体现。

朱自清在清华大学讲授"中国新文学研究"时，用"生的枯燥与疲倦"和"静寂——夜——死"两点来概括他的许多诗作的内容，这是较为中肯的批评。李金发除了受波德莱尔等法国象征派诗人的哲学观点的影响外，还受到德国的哲学家叔本华的影响，李金发自己也说："不幸受叔本华暗示，种下悲观的人生观。"（《中年自述》）

确实，李金发的诗情绪是较为灰暗的。由于他在法国看到资本主义社会的种种血腥和罪恶，再加上他在异国他乡的孤寂、冷遇和遭受欺凌的不平心态，使他看到的、听到的和梦幻中的都是情绪低抑的、冷森、恐怖的，因此，他的心理状态很容易接受法国象征派诗歌的理论。波特莱尔所强调的"引起愁思的迷蒙梦境"，对"忧郁，疲倦……失意或绝望所产生的沉闷心情"等种种暗示，他都能充分体味和理解，并且作出令人出奇不意的运用。他常表现"枯骨"、"死尸"、"残月"、"残阳"、"残血"、"落叶"、"坟墓"、"荒野"、"污泥"等意象，在李金发这些反复呈现的系列的森冷阴惨的语汇、意象中，呈示他的复杂的内心世界，传递他对复杂的社会人生的理解。

在《微雨》中，李金发的诗表现出一种强烈的反封建礼教和提倡个性解放精神。在《使命》中，他写道：

生命
叩了门儿，要我们去齐演
这悲剧。

你太疲乏，
我全忘了
诗句的声调。
如何演？
但看的人多了！

我们且交臂出去
　　长立几刻，
　　你有美丽的颊
　　我有破碎的笔头。

　　恋爱，是人的使命。一对恋人面对众人的反对，他们演出了一场爱情的悲剧。但他们并没有屈服，仰起头，拿起笔，向压迫者挑战，向不平的命运挑战！诗歌充满生命的激情，具有哲理意味。
　　在《她》中，作者写出她的性情的温柔可爱和"我"对她的一往情深：

　　怜悯，温柔与平和是她的女仆，
　　呵，世纪上余最爱的，——如死了再生之妹妹。
　　她是一切烦闷以外之钟声，每在记忆之深谷里唤我迷梦。

　　在对爱情的意乱情迷之中，"我"深深地爱着她，对她的爱情的表示，每一个细小动作都注入深情，每一个声音都像音乐一样动听，不由让人动情：

　　我与她觉得无尽止亦无希期，
　　在寂静里，她唇里略说一句话，
　　淡白的手细微地动作，
　　呵，伊音乐化之声音，痛苦的女儿。
　　伊说在世界之尽头处，你的欲望将获得美丽之果实，
　　一切"理想"将为自己之花冠，在虫鸣之小道上将行着步。

　　李金发在诗中描述了自己的热恋中的心理感受，写得朦胧而又有激情，含蓄而真诚。他写的"怜悯，温柔与平和"的"她"显然是外国女郎，这从

诗中"淡白的手细微地动作"及其"音乐化之声音"的内心表白可以看出。

在《为幸福而歌》中，他的爱情更为炽热，更加坦露。在《晚上》诗中写道：

> 淡红的灯
> 在深黑的夜里，
> 温暖的你
> 在我冰冷的怀里。
>
> 话儿寂寥了，
> 但唇儿愈接愈近，
> 仅稍停气息，
> 便听到两处的心琴。

在《雨》中，他写到在故乡时令人怀念的小女孩：

> 我在故乡的稻田认识你，
> 不过那时我年纪尚小，
> 你湿了我的木屐儿
> 你不拉手便微笑着去了。

这是一首很有意味的诗，儿时故乡的美好的记忆，写出了少年的朦胧的恋情，少年在稻田里认识了一位少女，他想拉她的手，娇羞的少女"不拉手便微笑着去了"。

李金发在1924年与德国姑娘屐妲结婚，这激发他的深蕴心中的爱情火花，他的第三部诗集《为幸福而歌》改变了诗风，正如他说的，他这时的诗风与《微雨》相比，觉得"去此已远"（李金发、杜格灵：《诗问答》，《文艺画报》第一卷第三期）他原来对魏尔伦的诗是很推崇的，但这时他却声称对魏尔伦的诗"我不喜欢读"了。

他在《墙角里》、《记取我们简单的故事》、《彻夜》等诗中，热情地赞美爱情和婚姻自立，虽然"生活是随处暗礁"，但爱情却是美丽的指路"明星"和"灯塔之光"。这些情诗是有积极意义的。

李金发的诗对西方文明的虚伪和卑劣作了抨击。他在《巴黎之吃语》中对灯红酒绿的巴黎作极其深刻的揭露："地窖里之霉腐气，/烂醉了一切游客！"人们"用意欲的嬉戏，/冰冷自己的血。"

李金发不少诗作，表现出异国游子对祖国的思念和眷恋。李金发在一首著名的诗《弃妇》中成功地刻划出一个被遗弃妇女的形象。李金发用象征的手法表现出自己对故乡人和事眷恋的情愫。在李金发的《食客与凶年》里，有不少表现出诗人的浓烈的思乡情绪。在《spleens》中，诗人写道：

> 我可以立刻离开这世界，
> 但一片思乡的心呵。

在《秋兴》中，诗人写道：

> 当秋去重来，
> 橡林变了装服，
> 燕子拍羽到帘钩，
> 你倦睡在我怀里。
>
> 我愿在天国里，
> 得此同一之流泉，
> 清洗你如转的歌声，
> 增我思乡之眼泪。

在《流水》中诗人写道：

你平淡的微波，

如女人赏心的游戏，

轻风欲问你的行程，

沙鸥欲请你同睡。

故国三千里，

你卷带我一切去。

　　李金发在异国他乡，生发对故国家乡的思念，看到秋色、流水，不由引起对家乡的深深思念。在他的诗中有不少写对故乡的山水、人情、风俗的回忆与眷恋。表现出他爱国爱家的情怀。

　　古人在评论唐代诗人画家王维时说他诗中有画，画中有诗。李金发是诗人，也是雕刻家，我们同样感到他的诗中有画意，在雕刻中有诗意。他的诗意与雕刻是互相渗透，互相影响的。钟敬文在《李金发底诗》一文中最早提出："他诗的特征……不在于明白的语言的宣言，而在于浑然的情调的传染。"明确地揭示这"情调"的成因："金发原为一雕塑家，从雕塑的艺术引入诗中，别有一种浑成的感觉。"（《晦庵书话》300页）　废名在论述李金发的诗时也感到了李诗的艺术感觉在诗中的涌动，他说："大约如画，画的人东一笔西一笔，尽是感官的涂鸦。"（废名：《谈新诗》174页，新民印书馆，1944年版）

　　确实，读李金发的诗，细细品味之下，就能感到他的诗诗中的画，画中的诗。在这一点上，是不能简单地以象征派的"感知"、"神秘"、"暗示"、"官能交错"等来解释的，也很难在法国象征派诗歌的创始人波特莱尔、马拉美、魏尔伦等人的诗歌理论和创作中找到依据的。

　　也正是在"诗与画"、形象与感知糅合成有韵味的、耐人寻味的诗这一点上，李金发对象征诗的独特贡献。也正是在这一点上，长期以来被研究者所忽视。

　　确实，李金发的专长是雕塑，是绘画艺术。他崇尚的画家、雕塑家中有印象派大师雷诺阿、马奈以及雕塑家布尔德尔、阿尔贝·贝纳尔等。在文艺复兴时期，欧洲绘画偏重文学性，作品着重表现人物与情节。到了19世纪中叶，以法国为代表的印象派画家摈弃题材的效果，而重视形式的艺术，他们重视绘画的声、光、色、线的组合效和动感，用强烈的色彩、动态和光线等表现主观感情色彩，画面不仅层次、明暗、光照等表现作者的强烈的感情色彩，而且画面具有节奏感和音乐感，给人以强烈的乐感和诗意。有人称这一印象派画家的画为"绘画的诗"（卢那察尔斯基）。

在这方面，从李金发对他推崇的三个雕塑家的文章中，我们可以看到他的诗风明显受到这些雕塑家的影响。李金发是雕塑家和诗人，他在诗歌和绘画方面都受到象征派诗歌和印象派绘画的影响。他赞誉的其一是律特（即吕德）。他认为律特的全部天才的作品"是卡米那墓上的铜像，而像上是一个骨瘦如柴、冷森可怕的尸体。"（李金发《十九世纪法国三大雕刻家》）；另一个是罗丹，李金发推崇他的是丑陋的"老妓"；第三个是米开朗琪罗。这位诗人兼雕塑家，李金发认为他一生不幸，"怯情乖古"而"终于成其不朽的事业"。这位诗人的诗是哀愁、孤独、伤感而颓废的，像"我孤寒独结"，"我的面孔可怕怖人"，"疲倦撕碎我、毁灭我/有旅寓等候着我，/——死……"（李金发《米启安其罗的诗》，《艺术界》1927年1月号）这些雕塑家的作品大都是灰色情调的，压抑的，悲伤和颓废的，无疑对李金发的诗歌创作起了重要作用。

人们在读李金发的诗时都有个感觉，说是他的诗有点"怪"。在他的诗歌中，人们明显感到诗中的绘画感、雕塑感，诗中有明显的画意。这种画意是声、光、色、形、乐在诗中的渗透与糅合，形成的诗中的画意和乐感。请看《希望与怜悯》：

希望成为朝雾，来往在我心头的小窗里。
长林后不可信之黑影，
与野花长伴着，
疾笑在狂风里，如穷途之墨客。

怜悯穿着紫色之长裾，

摇　地向我微笑——越显其多疑之黑发。

伊伸手放在我灰白的额上，

我心琴遂起奏了。

在诗中，人们看到了色彩：雾的白色，花的艳丽，长裾的紫色，头发的黑色，额上的灰白；人们看到动感：朝雾的流动，黑影的动，长裾的动，野花的动……人们还可以听到声音：疾笑的声，狂风的声，"心琴""起奏"的声……

又如《景》一诗：

一天的早晨，

夜枭还没有停止悲鸣，

月的余光还在枝头踯躅。

在早晨，还残留着夜的余韵："夜枭"还没停止"悲鸣"，月的"余光"还在枝头"踯躅"这种光、声、色、音组合在一起，形成很新奇的印象效果。

再看一首《记取我们简单的故事》：

记取我们简单的故事，

秋水长天，

人儿卧着，……

你臂儿偶露着，

我说这是雕塑珍品，

你羞赧着遮住了，

给我一个斜视，

我答你一个抱歉的微笑。

空间静寂了好久，

若不是我们两个，

故事不必如此简单。

　　这是一首炽热的爱情诗。这首诗没有以往的晦涩、朦胧或暗示，而是有清新、婉约的情感。人们看到了"秋水长天，人儿卧着"、"臂儿偶露"的"雕塑珍品"静态画面，她的"羞赧"、"斜视"和"我"的"抱歉的微笑"的动态，构成了画与诗的融洽的画面，增加了诗意。

　　在李金发成长的客家山村，是很闭塞、贫穷、落后的，在思想意识上是封闭式的。尤其在男女爱情上，是不允许自由恋爱的。李金发的情诗，热烈地讴歌了婚姻的自主，爱情的自由，无疑是有积极意义的。

　　值得注意的是，李金发在回国后，尤其是参加抗日战争后，他的诗不仅诗风发生很大的变化，不现再那么朦胧晦涩了，而且在内容上也有质的变化。在诗中燃起爱国热情，表示出对日本侵略者的仇恨。他第一次写出长篇叙事诗《无依的灵魂》。作品写少女赫尔泰和抗日英雄傅东明的爱情与牺牲，有一股凛然的正气。在《悼》一诗中，他沉重悼念抗日英雄后写道：

铁的意志，摧毁了脆弱的心灵，

严肃的典型，无畏的坚忍，

已组成新社会的一环，

给人振奋像天海无垠。

　　在这时期的诗，李金发一改诗风，他关注现实，正视现实，表现出作为中国人的民族气节。

　　从以上所述可以看到，李金发的诗的内容与风格都是随着时代的发展变化而变化的。从晦涩到明朗，从病态到刚强，表现出他对祖国人民的真爱。

四

　　李金发是中国现代象征派诗歌的创始者，他的诗歌有着与众不同的艺术特色。李金发说："诗是文字经过锻炼后的结晶体，又是个人精神与心灵的升华，多少是带着贵族气息的。"所以，他认为，作为诗歌，并不会人人都看得懂，也不是每个人都能领略其中妙处的。他又说："作诗全在灵感的敏锐，文字的表现力之超脱。诗人那时那地所感觉到的，已非读者局外人所能想象，故时时发生理解的隔阂。我作诗的主观性很强，很少顾虑到我的诗境是否会令人发生共鸣。因为我始终以作诗为文字的玩儿，不曾希望它发生副作用，如宣传之类，故有许多诗句，只我自己才知道来历的。"（李金发：《卢森着〈疗〉序》）李金发强调他的诗是"个人精神与心灵的升华"，他的诗是"诗人在那时那地所感觉到的"、"主观性很强的"，这就道出了他写诗的真实状况，也使人们对他的诗的理解有迹可循，即要充分了解诗人在不同时期、不同地方所处的生活状态和思想变化，了解他的感情经历和对社会的观照，以及他当时的主观状态对诗的表达方式，只有这样才能准确地理解他的诗的内涵和艺术探索，才能理解他的诗的艺术特色。

　　象征性是李金发诗的重要特征。象征或者意象是李金发早期诗的最重要的艺术特征。诚如他说的，他的诗的主观性很强，他常常通过对外界的体验与感受，在他的艺术世界中。

　　因此，重在当时感觉的表述是象征派诗的重要特征。因为当时诗人观察到什么，感受到什么，世人很难知晓，因而对他的诗的象征意味就更加难于索解了。感觉交错，隐约朦胧，神经过敏是象征派诗歌的独特风格。李金发的诗，尤其是《微雨》中的诗，就使人感到诗的神秘性和不可捉摸性，因为他在写作时只考虑自己的主观感受，而不考虑读者是否会引起共鸣。在《里昂车中》诗中，诗人写道：

　　　　细弱的灯光凄清地照遍一切，
　　　　使其粉红的小臂，变成灰白，

软帽的影儿，遮住她们的脸孔，
如同月在云里消失！

朦胧的世界之影，
在不可勾留的片刻中，
远离了我们
毫不思索。

在夜晚的法国的里昂车中，在灯光下，显露出异国女郎的粉红的小臂，软帽的影儿遮住了她们的脸孔……这是一幅美丽的画面。可在诗人眼里，一切都变得那么凄冷，那么朦胧，瞬间即逝，美好的事物"毫不思索"地"远离了我们"，这不正是诗人对流逝岁月的感叹么？车开到了城外，月光下的山谷也显得"疲乏"了，只有烦闷的车轮的喧闹声"撕碎一切沉寂"，传达出诗人的不平静的心境。而"远市的灯光闪耀在小窗之口，/唯无力显露倦睡人的小颊，/和深沉在心底之底的烦闷。"在世上何止个人的烦闷？你看，在灯火阑珊处的法国城市，不是也有"万人欢笑"，也有"万人悲哭"吗？最后，他写道：

同躲在一具儿，——模糊的黑影
辨不出是鲜血，
是流萤！

诗人用的"夜气"、"灰白"、"余光"、"细流之鸣声"、"行云之飘泊""月儿似勾心斗角的遍照"等具有意象韵味的词句，来表达他此时的情绪感受。最后的"模糊的黑影"、"鲜血"、"流萤"的象征意味，是很难用一般人的理性眼光来理解的。

在他的代表作《弃妇》中，诗人写道：

长发披遍我两眼之前，

遂隔断了一切羞恶之疾视，

与鲜血之急流，枯骨之沉睡。

黑夜与蚁虫联步徐来，

越此短墙之角，

狂风在我清白之耳后，

如荒野狂风怒号，

战栗了无数游牧。

诗的开头"长发披遍我两眼之前，/遂隔断了一切羞恶之疾视"，直接写弃妇的形象和心理状态；"衰老的裙裾发出哀吟"表现出弃妇的衰老无依的哀叹；"鲜血之急流"、"枯骨之沉睡"和"黑夜与蚁虫联步徐来"，使人看到弃妇的悲哀险恶的处境。诗人不是直接描写弃妇的过程与行动，而是通过一种支离破碎的意念和幻觉，表达她的恍惚不定的心绪，进行种种暗示。在诗中，弃妇的"哀戚"只能印在"游蜂之脑"，并"与山泉长泻"，"随红叶而俱去"；"时间的烦闷"不能"化为灰烬"，"长染在游鸦之羽"等的描写和比喻，是作者主观意志的显现，常人很难理解；他的跳跃的、零碎的、奇巧的、冷僻的比喻与想象，让人感到扑朔迷离，其意象的空间就显得辽阔而有无穷的意蕴。显然，诗人笔下既有弃妇的忧伤，又有诗人的哀戚，弃妇不过是象征性的形象，它的象征意义远在"弃妇"形象之外，作者通过弃妇形象的抒写，含蓄地表述了诗人对世间不平的人生命运的感慨。

实际上，在上述的《弃妇》一诗中，还表现出李金发象征派诗的另一个鲜明的特征，就是诗人使用艺术形象的暗示，运用跳跃不定的思路，无法联接的场景碎片，新奇而又难于理喻的心理状态，以及如苏雪林所说的"观念联络的奇特"等，来表达自己的主观感受。这是李金发诗的另一个重要艺术特征。暗示是象征派诗歌的重要特征，而暗示又是与神秘性联系在一起的，李金发的象征诗充分表现出这一艺术特征.

李金发的象征诗，确实对当时的中国诗坛起了冲击作用。但是，他的诗也有严重的缺陷，首先是他的内容多是阴冷、暗淡的，以朱自清的两个字来概括是"灰色"。（朱自清《中国文学发展纲要》，上海文艺出版社1982年出版的《文艺论丛》第14辑）他的诗作多是写个人的感受，个人与大众，个人与社会的不融洽；在艺术上，他的诗偏重形式的探索，缺乏意识流程的逻辑性，他强调意识流动的散漫性，正如朱自清说的："他的诗没有寻常的章法，一部份一部份可以懂，合起来却没有意思。"（朱自清《中国新文学大系·诗集导言》）废名也说李金发的诗"没有一个诗的统一性"（废名《谈新诗》174页）。李金发强调视觉艺术的表现，强调意识的跳跃与流动，强调视觉印象的随心所欲的记录，因此，他的诗不仅使人感到朦胧，而且使人感到晦涩，他所表达的意象也让人难于理解。

李金发"创龄"虽然不长，作品也不算多，但他是一名中国现代诗坛的拓荒者。他的象征诗在当时就有很多人摹仿，紧接其后的著名诗人戴望舒、王独清等人就是受过他的影响。李金发作为中国现代象征诗派的开山祖地位永载文学史册。

五

李金发不仅仅在诗歌方面卓有成就，在雕塑方面也是独树一帜的。如果说李金发写诗是"无心插柳"的话，那么，他搞雕塑则是有意为之，并且为之奋斗的事业。他搞雕塑，是想将来能"在历史上留些痕迹"。在艺术上，他既反对中国艺术"千古如一日"的保守性，又反对"抄袭西洋人再走人已行过的路"搞全盘西化，主张"全体努力把思想与技巧调合，创造出一点新的东西来，在进化史上占一点地位。"

不过，他回国后在雕塑道路上颇为坎坷。他回上海后，刘海粟写信给中山陵筹备处，介绍李金发去做孙中山铜像，但一直没有消息。后来征集中山陵墓图告一段落要评奖时，孙科推荐李金发为评委，在宋庆龄家中开评裁会议。后来中山陵园筹备处要李金发塑孙中山铜像，李金发做了模型，但后来由于孙科和宋庆龄的要求不同而使铜像制作流产。后来李金发应孙科之邀塑造了伍廷芳铜像大获成功。1934年，他又塑造了高达10英尺的邓仲元铜像。邓仲元身披军大衣，手持宝刀，气宇轩昂，威武动人。铜像原来放在邓仲元殉难的广九车站，后来迁移到黄花岗72烈士陵园。这是李金发回国后的代表作，给他带来极大的声誉。此外，李金发还应邀替陈济棠之母及其朋友塑像，这些没有太大的影响。

2000年11月21日是李金发诞辰100周年。这位中国现代文学史上和美术史上留下赫赫大名的文化名人，留下了浓重的文化足迹。在新中国建立以来，由于"左"的影响，对这位著名诗人、雕塑大师，对这位敢于在荆棘丛中走出一条路来的先行者，一直没有得到应有的评价。进入60年代后，台湾加强了对李金发的研究，并出版了几部研究专著；进入80年代以后，国内外学者写了许多研究李金发的诗的论文，还出版了李金发的诗集，以及研究李金发的论著，上海文艺出版社率先出版大陆第一部研究李金发的专著《死神唇边的笑——李金发传》（陈厚诚著），这是值得庆贺的。但遗憾的是，国内外学者对李金发雕塑的研究，还没有专门论述的文章，对这位中国现代雕塑的开山祖的研究，实在应该提到议事日程上来了。

"壮志常留青春在"

——任钧及其创作

2003年3月23日，原"左联"成员、著名诗人、教授任钧先生病逝于上海，享年94岁。北京、上海等地的报纸都作了报道，正如报道中所说的："任钧先生一生简朴，淡泊名利，质朴忠厚，无悔无怨，具有中国老一辈知识分子的本色。任钧先生的逝世是中国文学界的一大损失。"

任钧（1909—2003.3.23）原名卢嘉文，曾用笔名卢森堡、森堡、孙博等，广东梅县人。1903年出生于印度尼西亚。从事"左翼作家联盟"的领导工作，任组织部长，并与诗人穆木天、杨骚、蒲风一起发起成立了"中国诗歌会"，以诗歌为武器与敌人战斗。在这一时期，任钧写出大量的政治讽刺诗，对日本帝国主义和当时的社会作冷嘲热讽，引起广泛影响。1936年，任钧出版了中国第一本讽刺诗集《冷热集》，这是中国新诗坛上最早的讽刺诗集，被著名文学家阿英评价为"中国第一本讽刺新诗"，"一种新的开拓"。

1935年，任钧先生参加了冼星海、贺绿汀等发起的"歌曲作者协会"，创作了许多以抗日救亡的歌词，例如《保卫国土》、《中国，你还不怒吼？》、《车夫曲》等，在抗日救亡运动中广为流传。1936年鲁迅逝世时，任钧先生写了《挽歌》，由冼星海谱曲，表达了广大民众对鲁迅的深切悼念。任钧先生在抗日战争中写下了《战歌》、《后方小唱》、《祖国，我永远为你歌唱》等，极大的鼓舞了广大群众。

任钧先生在一首抗日诗中写道："抗战的炮火是美丽的，／抗战的炮火是可爱的，／它是全民族心脏的鼓动，／它是全民族如虹的气息！"俗话说"文如其人"，又说"诗言志"。任钧先生的诗歌是他的心灵的表白。他的诗，他的心正是"如虹的气息"！

解放以后，任钧出版了诗集《新中国万岁》和《十人桥》，还创作了《全国人民齐欢唱》，欢呼开国大典，获得了奖。在抗美援朝运动中，在一次声讨美帝国主义大会上，任钧先生立即创作了《当祖国需要的时候》，当场由著名作曲家司徒汉谱曲教唱。不久，这歌声响彻祖国各地。后来任钧又创作了《走上国防最前哨》获得文化部的嘉奖。他的新诗理论《新诗话》表现出他对诗歌创作的精辟见解，表述他的创作特有风格，影响颇大。

在文化大革命结束后，任钧写了一批回忆性散文，主要是对30年代他参加以鲁迅为首的左翼文化运动的回忆主要作品有《关于"左联"和"中国诗歌会"的一些情况》、《关于"太阳社"》、《有关鲁迅先生的片断回忆》、《蒋光慈在东京》、《夏衍与"太阳社"》等等。

任钧的作品甚丰，有小说、散文、诗歌、独幕剧、译文诗歌理论等，主要作品有《战争颂》、《冷热集》、《新诗话》、《任钧诗选》、《为胜利而歌》、《战歌》、《乡下姑娘》、《发光的年代》等约20部。

解放后，没完没了的思想改造，他只能埋头教学，先后在上海音乐学院、上海第一师范学校及上海师范大学任教。在"文革"中，他被隔离审查，劳动改造，很少诗歌创作。在晚年，他到老人福利院颐养天年，并在那里度过了他的余生。

任钧先生为人和善，平易近人，在与他相处中你会感到亲切，感到浓浓的乡情亲情。我是在梅县读中学时就知道他的。1961年，我考进复旦大学中文系，变成了任钧先生的校友，更有一种亲切感。在读《中国现代文学史》时，我读了他的许多作品，对他在白色统治时期，敢于站出来参加"左联"，并且成立领导"中国诗歌会"，同时写了许多诗歌"鼓与呼"，跟敌人战斗，心里十分敬佩，但一直无缘拜见，直到1980年秋，我在上海文艺出版社参加国家级的重点工程《中国新文学大系》的编纂工作，才得以拜见他。那时，我们因在编辑过程中涉及到二三十年代的"太阳社"、"左联"和"中国诗歌会"等问题，要向他请教，便与同事到衡山路他的寓所拜访他。任钧先生给我们的印象很好，很热情，没有一点名家的架子，并且很认真的解答了一些问题。当他得知我是梅县老乡，而且还是复旦校友时，很是兴奋，并叮嘱我有空常来走走。我记得，在他家客厅里挂有大文豪茅盾的题字，还有大诗人臧克家先生的题幅，上面是这样写的："七十古稀今不稀，人生六十正当时。壮志常留青春在。头上白发莫相欺。"这是老诗人之间的相互鼓励。他在晚年还在上海师范大学带研究生，真是壮心不已，令人佩服。

任钧先生对晚辈很关心，记得80年代初在秋阳高照的星期天，我家的院子外面突然有人敲门。那时我在重庆南路的一幢别墅里，院子外面还有大门，当我出去开门时，只见来者是任钧先生。他笑容可掬地与我打招呼，我当时大吃一惊，一位德高望重的大作家，从衡山路走到我家来看我，其中路程少说也有好几里，真是出乎我的意料。我记得那天我们谈了一些关于二三十年代的文坛事情，我还向他请教关于作品的事，后来我和同事又多次到他家里，商谈一些选编作品的事情。

1999年4月初，上海梅州知识分子联谊会在上海政协的丽都花园为会长李国豪院士举行85岁华诞祝寿会，任钧先生伉俪和他的女儿卢莹辉前来祝贺。他坐在李老身边，热情地与李老交谈，他的精神很好，也很健谈。临别时，我们送他，我们谈到下次李老90华诞辰时再到这政协祝寿，他很高兴地说，李老对国家有很大贡献，也是客家人的骄傲，待李老90华诞时他定再来参加。遗憾的是，就在2003年初李老90诞辰祝寿会的前20天，他已悄然离去了。

记得2000年秋的一天，是任钧先生90诞辰。我们代表上海梅州知识分子联谊会，买了蛋糕、花篮等，专程到他在湖南路的家里祝寿，同去的有老作家庄辛（晴勋）及有关负责人郑萍、古锦侨、张军、丘高芳等。那时，他的几个子女都在国外，当时家里只有任钧夫妻二人，显得有点冷清。我们去后，老乡相聚，大家感到分外亲切。大家叙乡情，讲客家话，气氛热烈。后来大家还拍了许多照片，我们离开时，任钧先生还特地送我们到弄堂门口，大家才依依惜别。没想到这次成了我们的永别！

以后的几年，听说任钧先生和夫人到了乡下老人院安度晚年，我们因为没有打听到他的地址，失去了联系，直到2004的年3月28日，我们才从上海各报上读到他去世的消息，老乡们原拟去为他送行的，但无法跟他的家人联系，大家只好在心里默默地为他送行。

任钧先生一生是光明磊落的一生，他受过许多不公正的待遇，但他都无怨无悔；他只求奉献，不求索取。他是客家人的光荣，也是我们学习的榜样。

我记得任钧先生的挚友臧克家有一首著名的诗，大意是这样的：有的人活着，他却死了；有的人死了，他却活着！任钧先生虽然走了，他却是活着，永远活着！中国新文学史上，他留下了宝贵的财富；在为人师表方面，他有高尚的人格。

任钧先生永远活着，他活在乡亲们的心中，活在读者心中，活在史册里。

"文章可幽默，作事须认真"
——试论林语堂的幽默观

　　林语堂是中国的幽默大师，他不仅写出了大量的幽默文章，而且在创作过程中逐步形成了他的幽默理论。

　　早在1924年五六月间，林语堂就在《晨报副刊》上发表了《征泽散文并提倡"幽默"》和《幽默杂话》两文，主张把英语HUMOUR音译为幽默。到1932年9月16日，他在上海创办《论语》杂志，这是以提倡幽默为宗旨的刊物，当时真是一鸣惊人，幽默成为时尚，以致鲁迅在《一思而行》中说《论语》当时发行后的影响："轰的一声，天下无不幽默"。此后，林语堂除了亲自写一些幽默文章之外，还不断探讨幽默理论，写下影响颇大的《幽默论》（《论语》1934年，第32期），《论东西文化的幽默》等文章，形成了他的幽默观念。

　　幽默与讽刺是很容易混淆的。因此，林语堂首先注意把这二者区别开来。他说："讽刺每趋于酸腐，去其酸味，而达到冲淡心境，便成幽默。欲求幽默，必先有深远之心境，而带一点我佛慈悲之念头，然后文章火气不太盛，读者得淡然之味。"而讽刺可以当作对对手的挖苦，或者可以理解成带有攻击性的幽默，但幽默却不能理解为仅仅取悦于人的逗笑，而是在笑中带有另一种含义的。所以林语堂特别指出："幽默只是一位冷静超远的旁观者，常于笑中带泪，泪中带笑。"（《论幽默》）

　　为了更好地区分讽刺与幽默的差别，林语堂还特别夸大幽默笑的一面和轻松快乐的一面。他在《论幽默》中着重说明：幽默是冲淡的，讽刺是尖利的，所谓"世事看穿，心有所悦，用轻快笔调写出，无所持外，不作烂调，不忸怩作道学丑态，不求士太夫之喜誉，不博庸人之欢心，自然幽默。"林语堂在这里把幽默本质理解为着重于取悦读者的快乐，轻松心情，化解矛盾，这是他的幽默观之重要特征之一。

林语堂关于幽默的理解，值得注意的另一个重要观点是，他把幽默与人生紧密地联系在一起。如果幽默仅仅是博取读者的轻松一笑，那还不是真实意义上的幽默；幽默应该与社会人生联系在一起，这才有意义。为此，林语堂认为，人生应该多一点快乐，应当有幽默感，这样的人生才有情趣和乐趣，也就是说这样才能享受人生。他把幽默理解为是一种对人生的看法。他说："幽默是一种心理状态。进而言之是一种观点，一种对人生的看法。"

（《方巾气研究》，《林语堂随笔幽默小品集》）所以林语堂认为，在生活紧张之际，甚至在人们高谈学理的书中，或是大主笔的社论中，都不妨夹些不关紧要玩意儿的话，以免生活太干燥无聊，这样才能化解一些矛盾，于社会才益处。到后来，他的幽默与人生的观点发挥得更淋漓尽致，他在《论幽默》中说："幽默是轻轻地挑逗人的情绪，像搔痒一样。搔痒是人生一大乐趣，搔痒会感觉到说不出的舒服，有时真是舒服极了，爽快得使你不自觉的搔个不休。那就是最美的幽默之特性。"在这里，林语堂把幽默与人生联系在一起来考察，他不是说教严肃的人生，而是在严肃生活的背后，给一点生活的轻松，人生的乐趣，表现出他的人生态度，正如讽刺作家威廉·拉伯指出的："笑是世界上最严肃的事情。"（《喜剧理论在当代世界》新疆人民出版社1989年版），笑能表现出社会人生的另一面。

那么，在林语堂心中的幽默人生究竟是何种人生呢？他在《幽默人生》中作了阐释："在很大程度上，人生仅仅是一场闹剧，有时最好在一旁，观之笑之，这比一味介入要强得多。同一个刚刚走出梦境的睡梦者一样，我们看待人生用的是一种清醒的眼光，而不是带着昨日梦境中的浪漫色彩。人们会毫不犹豫地放弃那些捉摸不定具有魅力却又难于达到的目标，同时紧紧抓住仅有几件我们清楚会给自己带来幸福的东西。"在这里，林语堂把幽默与人生更深层的理念联系在一起来思考。这是很值得注意的。例如，对社会闹剧，从以上林语堂对幽默观的阐述中，人们可以看到林语堂在对待"人生闹剧"的基本人生态度。他认为，对待这类问题以不介入的态度来旁观为好，因为是"闹剧"，所以还是在旁"观之笑之"的洒脱态度为妙，所谓"观"和"笑"的态度，也就免不了有时"幽"他一回"默"；另外，人们还需有现实的目光，清醒地认识人生，不要不切实际地想象难于达到的目标，而要紧紧抓住"会给自己带来幸福的东西。"所以幽默应当与人生的态度紧紧联系在一起，因为"幽默是一种心理状态，进而言之是一种观点，一种对人生的看法。"

因此，林语堂提倡幽默，在他看来是极有社会意义的。这不仅"间接增加中国文学内容体裁或格调上之丰富，甚至增加中国人心灵生活上之丰富。"（《方巾气研究》），而且在实质上是提倡"西洋自然活泼的人生观"。所以，有人说林语堂的幽默是打诨插科、游戏人生、于人生无益的观点是偏颇的。

在林语堂的散文中，不少是探讨幽默与人生快乐问题的，诸如《论心灵快乐》、《悠闲生活的崇尚》、《乐园失掉了吗》、《来台后的二十四快事》等文章，谈人生应当如何享受生活情趣，享受人生快乐，他指出人生的幽默与快乐是联系在一起的，人生应当多一点幽默，或者应当享受幽默的乐趣。在《买鸟》、《中国有臭虫吗》、《论肚子》等文章中，作者谈日常生活，拉家常，像与朋友促膝谈心，在不经意间让人忍俊不禁，开心一笑。像他的"传遍了全世界"的笑话："绅士的演讲，应当是像女人的裙子，越短越好。"这是形容讲话要精彩。人们在开怀大笑之后，不禁令人思考一些官场中的问题。这样在林语堂的幽默文字中，让人感受到生活中需要幽默，幽默就蕴含在人们的日常生活之中。幽默是生活的智慧，智慧让幽默生辉。

还有一个值得注意的是，林语堂把幽默与哲学联系起来，让人更进一步思索社会人生问题。林语堂认为，幽默人生不是游戏人生，幽默家不是社会看客，幽默需要哲学的深刻。他在《幽默人生》中说："我以为这个世界太严肃了，因为太严肃，所以必须有一种智慧和欢乐的哲学以为调剂。如果世间有东西可以用尼采所谓愉快哲学（GAY SCIENCE）这个名称的话，那么中国人生活艺术的哲学确实可以称为名副其实了。"林语堂的所谓"愉快的哲学"，就是在面对严肃的社会人生中既要正视严酷的社会现实，又要对社会情态作哲学思考，只不过在思考问题时，要以智慧和欢乐的情调看待问题。在林语堂的这种见解中，似乎有点"化干戈为玉帛"的味道了。当然，在当时的条件下，林语堂以这种观念来对待严肃的社会斗争，并以此来看待压迫者对被压迫者的生死搏斗，那是有消极的负面作用的。在林语堂的幽默散文中，有的看似轻松，引人发笑，但在笑过之后，还是让人感悟到某些严肃的思想的。

林语堂在自勉的对联中写道："文章可幽默，作事须认真。"这实在是表明了他的人生态度，作幽默文章并不是提倡油滑，而是有着更深刻的内涵，因为幽默与社会人生是有密切关联的；而作事是表明一个人对国家社会的贡献，是不能马虎了事的。所以，如果仅仅把林语堂的幽默理论当作油滑消极因素来看，那是很难理解他的作品的真实意义的；同时，如果过高地评价林语堂的幽默理论，认为它有多么深刻的、积极的人生态度，那也同样是不合实际的。

山水清音
——读柯灵散文《桐庐行》

柯灵是中国现代著名作家，浙江绍兴人。幼贫辍学，自学成才。他的作品有童话《蝴蝶的故事》，短篇小说《掠影集》，散文集《望春草》、《遥夜集》等，还有话剧《夜店》，电影文学剧本《武则天》、《乱世风光》、《为了和平》、《不夜城》、《春满人间》等。柯灵的文学创作在中国现代文学上起着重要的作用，他的散文以文笔优美，意境深远著称。

《桐庐行》写于抗日战争胜利后，作者以主人的姿态去游久已向往的富春江上桐庐的情景。作者从小生长在水乡，对水有一种割之不断、挥之不去的特殊情结，而富春江的美丽山水，早就给他带来许多梦幻般的遐想。

作者从富春江溯流而上，以时间为序记述了桐庐之行的过程。作者从富春江沿岸的山水写起，记述沿途旖旎风光。作者以细腻丰赡的笔触，像水一样流畅的文字，描绘了富春江的山山水水，让人感受到祖国山河的美丽："清早启碇，沐着袭人的凉意，上面是层云飘忽的高空，下面是一江粼粼的清流，天连水，水连天，交接处迎面挡着一道屏风似的山影。"作者笔下的富春江的山光水色，俨然交织成了一幅淡雅宁静的水墨画，流淌着一股清新恬适、清丽可人的亲和力。

作者又以水为落墨点，由水化开去，并且以水景的变化衬托山景的灵气。由水而山，再重点写山，写山的树、山的花、山的各种景致，再写山水相映，山水相融，和谐融通，疏密有致，如诗如画的山水与劫后余生的一种喜悦交汇在一起，形成山水有意人有情的韵致，这样文章就写"通"了，写活了。

写到这里，不难看出，作者并非单纯写富春江的山水之美，主要抒发了一段心绪的变化——自己在离乱后欣喜之情，将大自然界的美与自己的对现实生活的心绪、情愫和至爱紧紧联在一起，富春江的美丽景色，让他生发"一种亲切和喜悦"。作者栩栩如生地写出山水之美，而在字里行间无不渗透着热爱祖国美丽河山的真挚感情。当作者登上桐君山时，联想到在抗日战争中几度沦陷，进而抒发了"主人是一个坚强的、不可征服的民族"的感叹；当他看到桐庐在重建中欣欣向荣的气象时，不由得发出"劫灰犹在，春意乍生"的赞叹。将自然景色融入人的感情，就使得自然同人一样富有生气，也使文章本身充满了活力。

中国新文学史上的第一次评奖

打倒"四人帮"以后，中国作家协会委托《人民文学》编辑部举办"一九七七年全国优秀短篇小说评奖"，此后有中篇小说、长篇小说、报告文学等一系列的评奖，对促进文艺创作起了巨大作用。有的读者以为中国新文学的评奖始于一九七七年，其实不是。

中国新文学的第一次评奖始于一九三六年《大公报·文艺》奖。《大公报》原是天津天主教人英敛之于一九零二年创办的，一九二六年吴鼎昌把它盘过来，成立了一个"新记公司"，一九三六年九月正是这家公司接办十周年。当时老板想藉此搞一次全国征文作为纪念，便征求文艺版编辑萧乾的意见，萧乾想起美国哥伦比亚大学一年一度的普立兹奖金，办法是奖给已有定评的作品，这样比较容易掌握，老板便请萧乾着手拟定方案并开列评选人名单。

"文艺奖金"的裁判委员会主要是由北平、上海两地与《文艺》关系较密切的几位先辈作家叶圣陶、巴金、朱自清、朱光潜、沈从文、靳以等十人组成。但在评奖过程中，这个裁判委员会并没有开过会，各方面的意见由萧乾来沟通协调，最后由投票推荐。一九三七年五月公布获奖名单：小说《谷》（芦焚——即师陀），戏剧《日出》（曹禺），散文《画梦录》（何其芳），由于考虑到各种体裁之间并无高低之分，所以不搞第一、二等奖，老板拨出的一千元奖金平分给三位作者。

值得注意的是，这次评奖不是公布名单，作者领奖就了结，裁判委员会在评奖过程中各位委员都认真阅读推荐作品，提出自己的见解，在公布获奖名单时还公布了对作品的评价。例如，对《日出》的作者曹禺有如此的评价："他由我们这腐烂的社会层里雕塑出那么些有血有肉的人物，贬责继之以抚爱，直像我们这个时代突然来了一位摄魂者。在题材的选择、剧情的支配以及背景运用上，都显示着他浩大的气魄。这一切都因为他是一位自觉的艺术者，不尚热闹，却精于调遣，能透视舞台的效果。"

不仅如此，在评奖时还介绍了三位作家的其他作品以及书评家的评论。对《日出》，还介绍了剧本上演情况及外文译本。

由此我联想近年来的各项评奖，费力耗资，待评选结果名单公布后，开个会，发个奖，便偃旗息鼓了，至于作品为何获奖及获奖作者其他情况都不作评定和公布，使读者很难品出个中三昧来。我想，介绍一下一九三六年《大公报·文艺》的评奖对我国今天的评奖工作或者是有借鉴意义的。

中国新文学史上的第一部长篇小说《冲积期化石》

中国新文学史上的第一部中篇小说是鲁迅的《阿Q正传》，第一部长篇小说是什么作品呢?这个问题得先从一则广告谈起。

一九三七年，赵家璧主编《二十人所选佳作》一书，书后面登了一则广告，是介绍王统照的长篇小说《春花》的。广告称："作者（指王统照）是中国新文学生上第一个写长篇的人，当他的伟著《一叶》出版时，曾轰动过全国文坛。"

王统照的《一叶》出版于一九二二年十月，是商务印书馆以"文学研究会丛书"出版的，为王统照的第一部长篇。

其实，中国新文学史上第一个写长篇小说的人并不是王统照，而是创造社的骨干张资平。张资平是广东梅县人，早年留学日本学自然科学，后开始搞创作，以写三角式爱情小说著称，曾受到鲁迅的批评。他在一九二二年二月由创造社出版了第一部长篇小说《冲积期化石》，全书十余万字，内容是写中国留日学生的生活和对故国的思念，还是有一定的积极意义的。他后来当了汉奸，受到中国人民的唾骂是理所当然的。但他早年的作品如《苔莉》、《公债委员》、《红海棠》等对于反封建，反军阀方面还是有一定的进步意义。

从《夕阳》到《子夜》

茅盾的长篇巨著《子夜》于1933年1月出版后名声大振，蜚声中外文坛。瞿秋白赞誉为"中国第一部写实主义的成功的长篇小说"，《子夜》的出版是"中国文艺界的大事"。今天，对青年读者来说，提起《子夜》，尽人皆知，但提起《子夜》的前身《夕阳》，则知者寥寥。从《夕阳》到《子夜》，有着艰难曲折的历程呢？

在"左联"初期，茅盾曾担任"左联"行政书记。1931年下半年，茅盾经过一年多时间搜集材料、酝酿和构思，决定写一部反映中国民族资本家办工业和崩毁情况的长篇小说，而且试写了三四章。于是地向"左联"领导人冯雪峰请长假专门从事创作。当时鲁迅听了茅盾写长篇小说的事十分赞同，他说："在夏天就听说你有一个规模庞大的长篇小说要写了。现在的左翼文艺，只靠发宣言是压不倒敌人的，要靠我们的作家写出点实实在在的东西来。"于是，茅盾便加快写作进程。

1932年1月，《小说月报》主编郑振铎请假赴北平，由徐调孚先生编二十三卷《小说月报》新年号。在新年号上同时刊登三部长篇小说：一是逃墨馆主的《夕阳》，二是老舍的《大明湖》，三是巴金的《新生》。同期还有戴望舒、施蛰存、沉樱等人的作品。当时三部长篇并不是全文刊登，而是各登二万字左右。"逃墨馆主"是茅盾的另一笔名，当时因国民党当局通缉他，"茅盾"名字不能在商务印书馆的刊物上出现，他便取了这个笔名。徐调孚还特意在广告上说明"逃墨馆主"是"一位新的作家的处女作"，以避某些"文坛消息家"来做索引，到处乱猜。这期"新年号"约有四百页，按规定应该1月10日出版，结果因故误期，直到1月27日才印成第一本。当徐调孚接到第一本杂志后，叮嘱印刷所务必在一月份内送到发行所。不料就在第二天晚上发生震惊中外的"一·二八"事件，日本侵略者把印刷所炸毁了，这期"新年号"除了徐调孚先生通读过外，没有第二个读者了。关于这一点，巴金在1932年7月《新生 序》一文中有所提及："这《新生》是我的一部中篇小说，它和《小说月报》社一起在闸北的大火中化成了灰烬。"

所幸的是，当时茅盾的稿子并没有写完（巴金的《新生》和老舍的《大明湖》全文交来，又无副本，全毁于大火），交到《小说月报》社的只是第一、二期的稿子，又是誊写稿，所以原稿得以幸免于难。茅盾自己说《子夜》写作是从1931年10月开始，至1932年12月5日脱稿（中间有八个月因事因病等没有写作）。可见在这期间写的字数并不多。到1933年1月，小说正式用茅盾笔名由开明书店出版，并改名《子夜》，小国现代文学史上的巨著才得以诞生。现在在茅盾的《子夜》的手稿上，上面竖写的便是《夕阳》。在《子夜》初版本的扉页，在"子夜"二字背衬，有用英文字组成的短句，大意是：黄昏，太阳落山的时候，1930年发生在中国的故事。如上所示，"夕阳"是概括旧中国日薄西山的意思，而"子夜"则是最黑暗的时刻，也是黎明到来之前的黑暗的意思。茅盾的寓意是明显的。

《子夜》的出版速度是惊人的：1933年12月写完"后记"（书上并无"后记"二字），1934年1月就出版了。仅隔一个月，《子夜》就再版，受读者之欢迎，由此可见一斑。《子夜》发表后，"左联"的同志曾为这部书的出版表示"诚挚的祝贺"。鲁迅对这一无产阶级文学实绩大为欣赏，他告诉国外友人说："直到现在，除了并未预告的一部《子夜》而外，别的大作都没有出现！"后来他在一次演讲时，对青年艺术家们说："《子夜》写得很好！"中外报刊，一时竞相介绍，为此也使国民党当局大为恐慌，一九三四年二月，《子夜》与别的一百四十八种进步文艺作品以"共产党及左倾作家之文艺作品"、"鼓吹阶级斗争"的"罪名"，遭"严行查办"。后来书店老板据理力争，《子夜》被纳入"应行删改"一类，国民党检查官批道："二十万言长篇创作（作者按：《子夜》为三十四万字），描写帝国主义者以重量资本操纵我国金融之情形。P．97至P．124讥刺本党，应删去。"强行删去描写浙江农民暴动的章节及描写工厂罢工斗争的第十五章。解放以后，人民文学出版社出版的《子夜》恢复了被删去的两章，使这部名著得以新生。

巴金与《家》

一、大哥与《春梦》

不久前，电视台刚放过根据巴金小说改编的电视剧《家、春、秋》。说到《家》，原名叫《激流》，于1931年4月18日至1932年5月22日在上海《时报》上连载，1933年5月在上海开明书店正式以《家》为书名出版。

《家》是巴金的代表作，是中国新文学的丰碑，在世界文学史上也占有重要地位。

其实，在巴金酝酿写《家》时，既不叫《家》，也不叫《激流》，而是叫《春梦》。《春梦》的诞生与巴金的大哥有着密切的关系。

1928年11月，巴金从法国乘邮船回国，当时他坐在四等舱里，想到自己大家族的兴衰，有许多发人深省的东西，他想回国后把他家族中的一些人和事写进小说中去，题名《春梦》。

1929年，巴金的大哥来上海，兄弟见面，促膝谈心。当时巴金住在霞飞路（今淮海中路）的一家公寓里，他向大哥谈到要写《春梦》一事，大哥当即鼓励他写出来。

大哥是有远见卓识的青年，自从他读过陈独秀主编的《新青年》后，思想受到启发，他很想写一部书来抨击吃人的封建礼教，但他没有写成，所以当他听了巴金想写《春梦》后，兴奋异常，希望把书写好。1930年农历3月4日，大哥给巴金写最后一封信，信中说："《春梦》你要写，我很赞成，并且以我家人物为主人翁，尤其赞成。实在的，我家的家史很可以代表——切家族的历史……希望你有余暇把(它)写成罢。怕什么！《块肉余生述》若恐(害)怕，就写不出来了。"大哥无疑在提示他以自己家族的人物和历史为构架，可以较深刻地揭示作品的主题。当然，巴金很清楚地意识到："他想谴责的是人，我要鞭挞的是制度。"大哥的信在巴金抽屉里摆了一年多，这封信给巴金极大的鼓舞，使他下定决心把这部小说写出来。

写《春梦》的念头在巴金脑子里孕育了三年，终于机会来了。1931年4月18日，上海的《时报》第一版开始刊登巴金的《激流》（即《春梦》），巴金兴奋极了，《春梦》变成了现实，他要向大哥报喜。不料，第二天下午，巴金刚写到《做大哥的人》（即第六章），突然接到家里的电报，说他只活了三十岁的大哥因无法忍受封建礼教的压迫和经济上的破产而自杀了！

这使巴金极为悲痛，那一夜他不曾闭眼。他想起大哥信中曾说："现在你想写(春梦)，我简直喜欢得了不得。希望你把它写成罢……"他的心简直碎了。大哥的话语犹在耳边回荡，人却去了，他决心把《激流》写完。当巴金刚动笔写作时，他只把这书的结构略略思索了一下，而当大哥死讯传来之后，他"经过了一夜的思索"，"最后决定了《家》的全部结构，我把大哥作为小说的一个主人公。他是《家》里面两个真实人物中的一个。"

从大哥的惨死，巴金想到大哥生前虽然曾经爱过一个少女，但他屈服于命运，父亲用抓阄的办法决定了他的命运；后来家人又因听信别人的鬼话而把待产的嫂子送到城外荒凉的地方去……巴金说："这样地受摧残的尽是些可爱的、有为的、年轻的生命。我爱惜他们，为了他们，我也应当反抗这个不公平的命运！"这就是巴金写作《家》的动机。

巴金《家》中的觉新，写得逼真传神，形象感人，其中溶入了巴金大哥的形象和情节。

二、《激流》的诞生

巴金的《激流》的诞生也经历了苦难的历程。

1927年初，巴金赴法国学习，住在巴黎拉丁区的一个旅馆里，后来由于身体不好，又到马伦河畔的一座小城休养。在这期间，国内发生"四·一二"政变，巴金对于蒋介石屠杀共产党人深感愤懑，创作了第一部中篇小说《灭亡》，在《小说月报》上发表后，从此名声大震。

1928年底巴金回国后定居上海。1931年初，上海《时报》一位编辑想约巴金写连载小说，因不认得巴金，便托一位学世界语的姓火的朋友来找他，约他写一部连载小说，每天发一千字左右。其时巴金正打《春梦》腹稿。听到当时在国内影响颇大的《时报》约稿，就想："我的《春梦》要成为现实了。"于是答应下来，先写了一篇《总序》，又写了小说的头两章《两兄弟》和《琴》交给姓火的朋友转送报社。编辑看后很高兴，立刻编发，并鼓励他继续写下去。

1931年4月18日，《春梦》便以《激流》为名开始发表，这就是后来的《家》。遗憾的是，第二天下午巴金就接到大哥自杀的电报，他大哥连巴金开始写《春梦》一事也不晓得。那时巴金住在闸北宝山路宝光里，收到大哥死讯的电报时，他刚写完了第六章，还不曾给报馆送去呢。当时《时报》在山东路望平街，他每天写好三四章就送去，可登十天到两个星期。

《激流》连载了五个月后，"九·一八"事变爆发，《时报》连着几个月以大量篇幅报道东北军民抗战消息，《激流》便停刊了约两个月，同年11月以后又几乎逐日刊登，到1932年5月，巴金花了一年的时间终于写完了。

当作品刊至瑞珏之死时，读者无不为之动情，但报馆却送来信函，说他把小说写得太长，超过了原先讲的数字。其言下之意是要"腰斩"。

原来当时向巴金约稿的编辑已经走了，换了人，以至有此波折。巴金了解到此情况后，便回信说，他手中还有几万字，请他们发表，当然，如果他们不再刊发，那他也不反对，不过为了读者，还是希望编者登完。巴金并作声明：后面发表的部分可以不要稿费，这样才算把作品登完。

1933年5月，上海开明书店正式出版《激流》的单行本，题名为《家》，在黑体"家"的背后衬托桔红色的"激流"二字，以表示《家》的来历。这样，中国新文学史上的杰作《家》便诞生了。

鲁迅阅读了巴金的《灭亡》、《家》等作品后，很是赞赏。后来在1934

年的一次文学社的宴会上，鲁迅第一次见到巴金，称赞巴金是"一个有热情的有进步思想的作家，在屈指可数的好作家之列的作家。"（《答徐懋庸并关于抗日统一战线问题》）

三 、 最早评论《家》的文字

巴金这位极有才华的作家，从二十年代末踏上文坛就受到读者的推崇，引起了文坛的注意。《时报》编者正是慕名向他组稿的。所以，当巴金试写了两章"样品"送报社审阅后，编辑部马上决定刊登。

在《激流》刊登前四天，即1931年4月14日，《时报》破例刊登一则极为显目的广告：

本报不日起刊载巴金先生新著

我们应读者需要，特请"巴金"先生撰述一部长篇小说，不日可在本报上发表。巴金先生的小说，笔墨冷隽而意味深远，在新文坛上已有相当权威，向除文艺刊物及单行本外，不易读得其作品，此次慨允为本报担任长期撰述，得以天天见面，实出望外，我们应代读者十二分的表示感谢。

这则广告，我们一方面可从中窥见当时巴金在读者中的影响；另一方面，也可以看作是对《激流》的第一次高度评价的文字。"笔墨冷隽而意味深远"，这是对小说的风格的评定，是很有见地的。

在《激流》刊登的当天，《时报》又发一则引人注目的广告，对巴金作了高度的评价：

本报今起揭载　新文坛巨子巴垒先生作　长篇小说《激流》按日刊登一千余字　不致间断　阅者注意

《时报》称巴金为"新文坛巨子"，是对巴金在当时文坛的地位的充分肯定。此后巴金把《激流》修改本交开明书店，改名《家》。1933年5月开明书店出版了《家》。《时报》关于《激流》的两则广告，我们可以把它们看作最早评论《家》的文字。

果如意料，当《激流》登出后，读者十分踊跃，《时报》销路陡涨。"九·一八"事变发生后，全国军民纷纷声讨日本侵略者，《时报》以极大篇幅刊登这类消息，《激流》只能断断续续刊登，有一个时期整月不登一节，直至同年11月份以后，才逐渐恢复逐日刊登。在这期间，读者纷纷给报馆来信来电，催他们登完，可见作品正当时受读者欢迎的程度。

巴金有一句名言："把心交给读者。"他写作时总是为读者着想，而他也把读者视为对自己作品的最高评判者。《激流》发表后，受到读者热烈赞扬，这也可以视为对其作品最真实、最高的评判。

四、巴金谈《家》的主题

许多作家对自己的作品并不是一开始就有清醒的认识，对自己作品的价值和它阐发的主题也有一个认识的过程。巴金对《家》的认识也有一个曲折的发展过程。

巴金在构思《家》和作品完成之后，他始终认为，作品中的高家是资产阶级的典型家庭，而作品的主题是反对资产阶级，这点在巴金1932年4月写的《〈家〉初版后记》中表述得相当清楚。他说："单从这一年内（指1931年4月至1932年5月。——作者）的大小事变底描写，我们已经可以看到一个正在崩坏的资产阶级的家庭的全部悲欢离合的历史了。这里所描写的高家正是一个这类家庭底典型，我们在各地都可以找到和这相似的家庭来。"

作者当时并没有准确地、清楚地意识到《家》的反封建主题和它的历史意义，而把它理解为描述资产阶级家庭的全部悲欢离合的历史，这似乎有点离题。

当时，作者在基于这种认识的基础上，准备写第二部作品，是写主人翁"从家庭走进到社会里面去"，拟把第二部作品题名为《群》。

随着巴金对社会生活有进一步的认识，对当时的中国社会本质的理解也进一步深化，他开始改变了自己的看法，对《家》的主题作了准确的理解。

1937年2月，在《家》第十版时，巴金认识到了作品反封建主题的价值。他在《关于<家>十版改订本代序——给我底一个表哥》中，他终于认识到以高老太爷为代表的封建势力摧残了觉新、剑云、鸣凤等一代青年人的青春，他认为社会对这些青年人并不公平，他认为"那些都是不必要的牺牲者，完全是被陈腐的封建道德、传统观念和两三个的一时任性杀死的。"他公开宣言："我所憎恨的并不是个人，而是制度"。"我要向垂死的制度叫出我的'我控诉'"。作者终于认清了《家》的主题和价值——它是向垂死的封建制度反抗和挑战。

尽管巴金认识到了《家》的主题的深刻性，但对《家》在社会上的远久的和发挥的社会功能的认识也有一个反复的过程。

1953年3月4日，巴金在人民文学出版社新版《家》时，在"后记"里说，他本想重写《家》的，但由于他看到在《家》出版22年后，他所攻击的不合理的制度已经被消灭了，《家》已经完成了它的历史任务。

到1977年8月，人民文学出版社重印《家》时，巴金在《 家 重印后记》里再一次断言他的作品已经完成了它的历史任务。他说："至于今天，那更明显，我的作品已经完成了它的历史任务，让读者忘记它们，可能更好些"。

但是，即1978年11月，作者对当代社会作了更深层的思索。意识到高老太爷的幽灵还在社会主义制度下游荡，"文革"便是一个例证，于是，作者毅然纠正了他原有的看法，他在《爝火集序》中沉痛地说："今天我们的社会里封建流毒还很深、很广，家长作风还占优势，据我看，要实现'四个现代化'必须大反封建。去年八月我写了《家》的重印《后记》，我说这部小说已经完成了它的'历史任务'，我并不是在说假话，当时我实在不理解。但是今天我知道我自己错了。明明到处都有高老太爷的鬼魂出现，我却视而不见，我不能不承认自己的无知。作者在注释中还说：其实连买卖婚姻也并未在我们国家绝迹。同年11月29日，作者在《家》的法文译序中再一次重复了以上况的话，可见作者痛感到了今天社会主义条件下，反封建主义任务还是相当长期的任务，而对《家》的主题的时代意义有着更深刻的理解。

时间老人对作品进行最长久，最公正的审视。《家》在数十年的风雨中始终显现出它的莹辉，它的强大生命力。

五 、 巴金对《家》的修改

巴金的创作态度是很严肃的。他说过，一个严肃的作家应对读者负责。他正是怀着这种心情，努力把自己的作品雕塑得更加完美。

有人问巴金对自己作品最满意的是哪几本？巴金谦虚地说他不曾写过一本叫自己满意的作品，但他也有个人喜欢的作品，那就是"爱情三部曲"。在这三部曲中，他最偏爱的、花的心血最多的是《家》。

巴金对《家》前后作了五次较大的改动。

1932年5月，当《激流》在《时报》连载完毕后，在读者中犹如吹来一股清新的风，人们争相传诵，上海开明书店应广大读者的要求决定尽快出版此书。这时，巴金对报上连载时有矛盾的地方稍作修改，并改正一些错别字，付印前校读了两遍，书店就匆匆排版了。作者在第一次看单行本校样时，又修改了一遍，补写了第三十六章，现在四川人民出版社出版的《巴金选集》第一卷《家》前面有一幅1933年巴金补写《家》第三十六章手迹照片，我曾请巴金之弟李济生请教巴老，此章是否那年他出版《家》时补写的，李济生后来说，巴老说是那时补写的。巴老当时还补写了第三十五章最后的"分家"那几段文字，一共三张稿纸。《家》的全部手稿都给《时报》丢失了，只有这三页增补的手稿保留下来了，弥足珍贵。

1936年《家》第五版时，巴金拟对作品作较大幅度的修改。当时巴金改排了五页，但因书店不同意通页，只同意通行，因此改动不大。

改动最大的是在1937年上半年，当时开明书店要排《家》的新五号字本。那时《家》已经是第十版了。巴金又把小说修改了一通，删去了原版的四十章的小标题，对欧化句式作了修改。不料，印刷所刚打好纸型，便发生了"八·一三"日军侵沪事件，印刷所化成灰烬，《家》的新五号字本便永远失去了同读者见面的机会，幸好当时巴金手中还留有一份校样，年底开明书店重排老五号字本，巴金便在这校样上作了改订，这便是《家》的唯一的改订稿了。这本改订稿还在巴老身边，几年前他回忆此事时，他曾找此书给李济生看，里面还有修改的记录，这是极为珍贵的改订稿了。

1952年10月，巴金从朝鲜前线回来，其时人民文学出版社要出版《家》，巴金便又把《家》改了一遍，主要是对一些累赘的字句作删改以及对有些用字不妥的地方作了改动。内容上没有什么改动。巴金强调："这次修改也是按照我自己的意思。"

第四次修改是1957年人民文学出版社编辑《巴金文集》时，他又主动改了一次《家》，这次主要是用"的"字代替作品中的"底'字。其余未作改动。

1980年巴金对《家》又作了一次修改，这次是历次改动中最小的一次，只改了几个错别字。这也是巴金对《家》作的最后一次改动了。

巴金的《家》是中国新文学史上最受读者欢迎的一部长篇小说，从1932年初版到1951年这19年间，《家》前后重版了33次！比《家》早一年出版的茅盾的《子夜》其次为26次，由此可见《家》在社会上的反响热烈程度。

六 、"众里寻她千百度"

1983年，我参与上海文艺出版社编纂《中国新文学大系·小说集》工作。在编辑两本长篇卷时，我们碰到了难题，按编辑"大系"的规定，所入选的作品都应使用初版本。上海文艺出版社是解放前的文化生活出版社，藏书甚丰，但经过十年文化浩劫，许多珍贵的书籍都流失了。巴金的《家》和茅盾的《子夜》初版本在出版社图书馆里找不到。

于是，我们开始了寻找《家》和《子夜》初版本的艰难历程。

我们先向上海旧书店资料室寻找，他们收购一些旧书，有时能收购到珍贵书籍的初版本，像王统照的《山雨》、李劼人的《死水微澜》、萧军的《八月的乡村》等初版本，我们都是从那里购得的，但《家》和《子夜》初版本都没有!

以后我们又找上海作家协会资料室,上海文学研究所等单位图书室,都没找到。

于是,我们通过关系找上海图书馆文献组。文献组的肖斌如同志是很热情的人,她找遍了卡片和资料室也找不到《家》和《子夜》初版本。

后来,肖斌如介绍说,复旦大学中文系曾编《巴金专集》,有过《家》的初版本。真是柳暗花明,我欣喜异常,当我们赶到复旦大学中文系资料室时,找到有关同志,请他们借《家》和《子夜》初版本给我们复印,有关同志说记不清有没有这两本书初版本了。这时,我们想起《巴金专集》208页的《家》初版后记,对他们说,这篇"后记"篇末注明:"选自《家》,开明书店1933年5月初版。"而在《家》的第三版以后这篇"后记"便抽掉了,原因大概是巴金当初在此"后记"中认为作品是写"一个正在崩坏的资产阶级的家庭底全部悲欢离合的历史",巴金后来改变了这种看法,认为作品是向一个垂死的封建制度挑战,所以他把这"后记"抽掉了,变成历史陈迹。此后,这篇"后记"没有收进巴金的各类选本,连花城出版社1982年出版巴金审定的《序跋集》中也没有这篇"后记",可见他们曾看到过初版本,最少是重版本。但几经寻找,有关同志也爱莫能助了。

事情又有了转机。8月下旬的一天,邹加力打电话给我说,她打听到上海辞书出版社有《家》、《子夜》、《八月的乡村》初版本,于是我们又奔到辞书出版社去寻找。该社图书室负责人很热情,答应给我们寻找。很快,他查到了《家》的初版本的卡号,上面注明是1933年5月出版。他高兴地告诉我们:"有了!"果然,他很快找到了《家》,交给我们,当时我们看到几个月到处奔波寻找的《家》的初版本,真是欣喜若狂,我们连忙接过来认真辨认:封面白底,中上方印着黑体《家》的美术字,在"家"的背后衬托桔红色的《激流》空心字,这无疑是《家》的初版本!

但是,当我们翻到书后的版权页时,版权页竟被人撕掉了!因作品没有版权页,尽管我们辨认出是初版,但我们还是不敢采用此版本。这时,旁边好心的同志说:"既然可以肯定是初版本,那就采用吧。"他再补充一句说："反正巴金对《家》的第二版也未作过任何修改就重版的，第一二版本内容编排完全一致，放心吧。"

那好心人说得有道理，但这时我们想起巴金常说的要对读者负责，我们只好割爱了。待我们恋恋不舍地离开辞书出版社时，心里是异常沉重的。

几乎到了山穷水尽的地步，这时我们只好求助病中的巴老了。巴老回答说，他原有《家》的初版本，但"文革"中被造反派抄走了，至今下落不明，现在他手中只有二版本，并把书借给我们复印。当然，我们为了对工作负责，还是不能采用二版本。

就这样，跑遍了几乎整个上海滩的知名图书馆，也没有找到《家》的初版本，后来魏心宏到北京出差，他头脑活络，他打听到北京图书馆有《家》的初版本，他知道如果通过正常途径去借来复印是很困难的，他便通过熟人"走后门"，悄悄地把书借出来，又悄悄地、迅速复印完毕，携稿回沪。

至于《子夜》初版本，又是魏心宏通过熟人从人民文学出版社借出来复印的。

现在上海文艺出版社出版的《中国新文学大系》长篇小说卷中的《家》和《子夜》等，全是采用初版本排印，编者除了订正原书一些错别字外，没作任何改动，这变成珍贵的文化遗产。

后 记

1961年夏天，我从广东梅州山区考入复旦大学中文系，当时的兴奋心情是难于用笔墨形容的，心想，这下可以当作家了！因为此前，我在中学读书时就在《梅江报》、《汕头日报》、《羊城晚报》等发表一些诗歌和小说，在梅州有"小作家"的称呼。

没想到进复旦后的第一课就给我当头一棒：当时中文系主任朱东润教授在欢迎新生会上说，复旦中文系不是培养作家而是培养学者。朱教授说的作家是指搞文艺创作的。朱教授要学生们打好理论基础，将来才能扎扎实实做学问。当时，我还不懂理论为何物呢。后来听吴中杰、徐俊西老师上文艺理论课和蒋孔阳先生讲美学时，真如同听天书，但对潘旭澜老师和吴欢章老师讲授的"中国现代文学史"和"中国现代文学作品选读"，却有浓厚的兴趣；对郭绍虞先生、刘大杰先生和王运熙先生讲古典文学也让我入迷；赵景深先生讲授戏剧时又讲又演的生动授课方法让我们在愉快的笑声中受到教育。

复旦大学的严谨学风陶冶了我，许多杰出教授的授课和他们的著作让我着了迷。我一头扎进教室和图书馆里。我觉得我太无知了，我如同久旱的禾苗逢甘露，如饥似渴地吸着水份和营养，渐渐地我增长和积累了知识。多少年以后我竟然也成为一名理论工作者，也出版了几本理论著作，而且现在仍在文艺理论园地上耕耘，我期望今后有更多的收获；每当我稍有收获的时候，我总想起在复旦六年就读的情景，想起那些辛勤育人的园丁……

　　上世纪80年代以来，我曾参与上海文艺出版社《中国新文学大系1927——1937》的编辑工作，在选编"大系"作品过程中，我读了许多书，写了一些研究现代文学方面的文章，也有一些新的发现，例如，关于中国新文学史上的第一部长篇小说，历来现代文学史家都认为是王统照的《一叶》，这是因为1937年赵家璧主编《二十人所选佳作》一书时，在书后面刊登介绍王统照的长篇小说《春花》的广告上说："作者是中国新文学史上第一个写长篇小说的人，当他的名作《一叶》出版时，曾轰动过全国文坛。"此后的文学史家便引用此说，几成定论。

　　后来我查证了一些资料，证实中国新文学史上的第一部长篇小说是张资平在1922年2月由创造社出版的《冲积期化石》，而不是王统照在1922年10月商务印书馆出版的《一叶》；再如，关于巴金研究，巴金的长篇小说《激流》（《家》）是中国现代文学的扛鼎之作，关于《家》的研究我也有新的发现。为了研究从《激流》到《家》的版本演进情况，我亲自到上海图书馆、辞书出版社图书馆等查阅1931年至1932年的《时报》，我在《激流》刊登的前四天，即1931年4月14日的《时报》上查到一则极为显目的广告，内称："巴金先生的小说笔墨冷隽而意味深远，在新文坛上已有相当权威。"等等，这实在是对《家》的最早的评论文字，可以看出巴金作品的特点及巴金在当时文坛的地位；之后，《时报》在1931年4月18日刊登《激流》的同时再一次刊登广告，称巴金为"文坛巨子"等。我把以上文字拍了照片，送给巴金先生，巴老才回忆起这些事情，连连说是有此事。以上两件史料发现，对研究现代文学史是非常重要的，我把这些内容写成文章发表后，国内外许多报刊转载，纠正了现代文学史上的错误观点，反响颇佳。

　　在长期的研究和写作实践中，使我感到，读书要有发现，创作也要有发现，评论更要有所发现。这就要以独特的眼光，并且借助自己的生活经验和艺术经验，来探索作品的成就与不足，要把一般读者没有看见的，或者虽然已经看见了但没有发现其内在价值的东西一把抓住，吟咏玩味，剖析探求，从而抽出其意蕴深刻的东西加以阐释发挥，只有这样才能"不仅使读者茅塞顿开，而且使作者惊叹宾服，大呼：原来如此！原来如此！"（王蒙语）

我在评论作家与作品或某种文艺现象时，总是力求有所发现，独辟蹊径，使所写的评论给人有所启迪。正如著名评论家、复旦大学杰出教授陈鸣树先生在为拙著《玫瑰园遐思》写序时说的，我的文艺评论"总命题是发现：人的发现、情的发现、美的发现……作者表现了这方面先声夺人的卓见。"陈教授的评论我把它当作对我的鞭策、鼓励和希望，为此我在写作文艺评论过程中总是力求有新意，力求有所发现。关于这些，我相信在我的《他走通了大渡河》、《陈世旭小说艺术论》、《都市文学的新拓展》、《追求者的足迹》、《噩梦醒来是早晨》、《先锋小说探踪》、《走进意义：散文创作的现时性——试论九十年代的散文创作》、《生命意志与艺术激情——赵丽宏散文创作的艺术踪迹》、《山川草木皆传情——论台湾作家周伯乃季序散文的审美特征》、《"善人者，人亦善之"——读台湾作家许希哲的怀人散文》及《艺术感觉与诗情文韵——新加坡作家淡莹诗论》等文章，都给读者提供了某些新的东西。

　　我觉得写文艺评论就是做学问，是不能信笔写来的。做学问贵在认真。我在拙著《玫瑰园遐思》的"后记"中写道："我搞评论犹如老牛拖车，踽踽而行。我总是在认真阅读作品，在占有详细资料基础上，对作品乃至作家作综合分析研究，由人及作品，由作品及人，细致考察，然后才动笔写作。"我没有"一目十行，下笔千言"的本领，更没有只要看"内容提要"就可以洋洋洒洒写出文章的"功力"，我只相信老老实实做人，踏踏实实做学问才是人间正道。

　　多年来我写的文章先后在国内外的许多报刊上发表，如《人民日报》、《文艺报》、《文汇报》、《羊城晚报》、《南方日报》、《社会科学》、《芙蓉》、《百花洲》、《当代作家评论》及台湾《世界论坛报》、香港《文汇报》、《港人日报》以及海外的《美华文学》(美国)、《汉声杂志》(澳大利亚)、《新华文学》、《赤道风》、《锡山文艺》、《新加坡作家》、《文学》(新加坡)和《马华作家》(马来西亚)等，特别令我感动的是，拙著《中国当代先锋小说流变》数万言的论文在台湾《世界论坛报》上连载月余，反响颇佳。其中有数十篇文章在《中国现代文学》、《中国文化》、《新华文摘》和《散文选刊》等转载，有的文章还在国内外获奖。在此，我对这些辛勤劳动的编者和朋友表示敬意和感激之情。

在此书出版之际，我要感谢母校复旦大学的陈鸣树教授和我的老师刘大杰教授、蒋孔阳教授、王运熙教授、章培恒教授、吴中杰教授、吴欢章教授、潘旭澜教授和黄润苏教授和文汇报著名编辑家、作家褚钰泉先生，人民日报著名编辑、作家郑荣来先生等，他们对我的关心和教诲令我终生难忘；我还要感谢台湾的著名文学史家、散文家周伯乃先生和著名作家许希哲先生对我的鼓励和帮助；感谢香港著名作家、评论家寒山碧先生的支持，以及新加坡著名作家、学者黄孟文、王润华诸友的关心。

在编辑文集过程中，获得上海汪义生教授、嘉应大学文学院院长曾令存教授、谭小斌先生，以及上海唯创印务公司侯锦章董事长、友人李亮、方慧、冯凯等人的帮助，在此一并致谢。

2010年3月6日于上海徐家汇寓中